御製

佛光恩照　三千大千　隨緣偏滿
恒沙法界　普度衆生　悉證菩提
身心安泰　年時豐稔　風雨調順
日月升恒　乾坤清寧　百昌蕃熾
上下樂利　中外協和　庶物咸亨
萬善圓成　情與無情　同登正覺
大清雍正十三年四月初八日

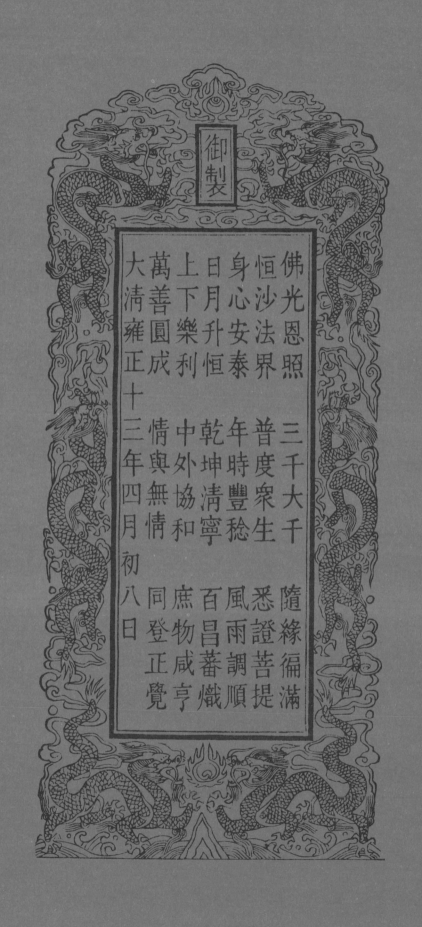

第一四册　大乘經　般若部（一四）

大般若波羅蜜多經

唐三藏法師玄奘奉詔譯

清刻龍藏佛說法變相圖

大般若波羅蜜多經卷第五百九十六

唐三藏法師玄奘奉　詔譯

第十六般若波羅蜜多分之四

復次善勇猛五蘊不可施設有去有來有住有不住十二處十八界等亦不可施設有去有來有住有不住如是蘊處界等無去無來無住無不住是謂般若波羅蜜多復次善勇猛五蘊不可施設有遠有彼岸十二處十八界等亦不可施設有遠有彼岸如是蘊處界等無遠無彼岸是謂般若波羅蜜多復次善勇猛五蘊不可施設有愛有恚有怖有癡十二處十八界等亦不可施設有愛有恚有怖有癡如是蘊處界等無愛無恚無怖無癡是謂般若波羅蜜多復次善勇猛五蘊無與無取無持戒無犯戒無忍無不忍無精進無懈

怠無等持無心亂無妙慧無惡慧十二處十八界等亦無與無取無持戒無犯戒無忍無不忍無精進無懈怠無等持無心亂無妙慧無惡慧如是蘊處界等無與無取無持戒無犯戒無忍無不忍無精進無懈怠無等持無心亂無妙慧無惡慧是謂般若波羅蜜多復次善勇猛五蘊無顛倒無不顛倒十二處十八界等亦無顛倒無不顛倒如是蘊處界等無顛倒無不顛倒是謂般若波羅蜜多復次善勇猛五蘊無念住正斷神足根力覺支道支十二處十八界等亦無念住正斷神足根力覺支道支如是蘊處界等無念住正斷神足根力覺支道支是謂般若波羅蜜多復次善勇猛五蘊無明無解脱十二處十八界等亦無明無解脱如是蘊處界等無明無解脱是謂般若波羅蜜多復次善勇猛五蘊無靜慮解脱等持等至十二處十八界等亦無靜慮解脱等持等至如是蘊處界等無靜慮解脱等持等至是謂般若波羅蜜多復次善勇猛五蘊無有量無無量無神通無非神通十二處十八界等亦無有量無無量無神通無非神通如是蘊處界等無有量無無量無神通無非神通是謂般若波羅蜜多復次善勇猛五蘊無空無不空無有相無無相無有願無無願十二處十八界等亦無空無不空無有相無無相無有願無無願如是蘊處界等無空無不空無有相無無相無有願無無願是謂般若波羅蜜多復次善勇猛五蘊非有爲非無爲非有漏非無漏非世間非出世間非有繫非離繫十二處十八界等亦非有爲

非無爲非有漏非無漏非世間非出世間非有繫非離繫如是蘊處界等非有爲非無爲非有漏非無漏非世間非出世間非有繫非離繫是謂般若波羅蜜多復次善勇猛五蘊非有著非無著非有智非無智十二處十八界等亦非有著非無著非有智非無智如是蘊處界等非有著非無著非有智非無智是謂般若波羅蜜多復次善勇猛五蘊無執持無動搖無戲論十二處十八界等亦無執持無動搖無戲論如是蘊處界等無執持無動搖無戲論是謂般若波羅蜜多復次善勇猛五蘊非有想非無想十二處十八界等亦非有想非無想如是蘊處界等非有想非無想是謂般若波羅蜜多復次善勇猛五蘊非寂靜非不寂靜十二處十八界等亦非寂靜非不寂靜如是蘊處界等非寂靜非不寂靜是謂般若波羅蜜多復次善勇猛五蘊非涅槃非不涅槃十二處十八界等亦非涅槃非不涅槃如是蘊處界等非涅槃非不涅槃是謂般若波羅蜜多復次善勇猛所說五蘊生起所攝非謂般若波羅蜜多所說五蘊生起所攝所有真如不虛妄性不變異性如所有性是謂般若波羅蜜多所說十二處十八界等生起所攝非謂般若波羅蜜多所說十二處十八界等生起所攝所有真如不虛妄性不變異性如所有性是謂般若波羅蜜多復次善勇猛所說緣起所生所攝非謂般若波羅蜜多所說緣起生起所攝所有真如不虛妄性不變異性如所有性是謂般若波羅蜜多復次善勇猛所說顛倒生起所攝非謂般若

波羅蜜多所說顛倒生起所攝所有眞如不虛妄性不變異性如所有性是謂般若波羅蜜多復次善勇猛所說諸蓋生起所攝非謂般若波羅蜜多所說諸蓋生起所攝所有眞如不虛妄性不變異性如所有性是謂般若波羅蜜多復次善勇猛所說三十六愛行生起所攝非謂般若波羅蜜多所說三十六愛行生起所攝所有眞如不虛妄性不變異性如所有性是謂般若波羅蜜多復次善勇猛所說六十二見趣生起所攝非謂般若波羅蜜多所說六十二見趣生起所攝所有眞如不虛妄性不變異性如所有性是謂般若波羅蜜多復次善勇猛所說靜慮解脫等持等至非謂般若波羅蜜多所說靜慮解脫等持等至所有眞如不虛妄性不變異性如所有性是謂般若波羅蜜多復次善勇猛所說四無量五神通非謂般若波羅蜜多所說四無量五神通所有眞如不虛妄性不變異性如所有性是謂般若波羅蜜多復次善勇猛所說有爲所攝世間一切善根等法生起所攝非謂般若波羅蜜多所說有爲所攝世間一切善根等法生起所攝所有眞如不虛妄性不變異性如所有性是謂般若波羅蜜多復次善勇猛所說念住正斷神足根力覺支道支生起所攝非謂般若波羅蜜多所說念住正斷神足根力覺支道支生起所攝所有眞如不虛妄性不變異性如所有性是謂般若波羅蜜多復次善勇猛所說苦集滅道聖諦非謂般若波羅蜜多所說苦集滅道聖諦所有眞如不虛妄性不變異性如所有性是謂

般若波羅蜜多復次善勇猛所說戒定慧解脫解脫知見清淨非謂般若波羅蜜多所說戒定慧解脫解脫知見清淨所有眞如不虛妄性不變異性如所有性是謂般若波羅蜜多復次善勇猛所說無爲所攝出世間無依無漏法非謂般若波羅蜜多所說無爲所攝出世間無依無漏法所有眞如不虛妄性不變異性如所有性是謂般若波羅蜜多復次善勇猛所說空無相無願無生無作法非謂般若波羅蜜多所說空無相無願無生無作法所有眞如不虛妄性不變異性如所有性是謂般若波羅蜜多復次善勇猛所說明解脫離滅涅槃非謂般若波羅蜜多所說明解脫離滅涅槃所有眞如不虛妄性不變異性如所有性是謂般若波羅蜜多何以故善勇猛如是般若波羅蜜多非色蘊攝亦非受想行識蘊攝非眼處攝亦非耳鼻舌身意處攝非色處攝亦非聲香味觸法處攝非眼界攝亦非耳鼻舌身意界攝非色界攝亦非聲香味觸法界攝非眼識界攝亦非耳鼻舌身意識界攝非地界攝亦非水火風空識界攝非欲界攝亦非色無色界攝非有爲攝亦非無爲攝非世間攝亦非出世間攝非有漏攝亦非無漏攝非善法攝亦非非善法攝非有情界攝亦非非有情界攝亦非遠離如是等法別有般若波羅蜜多復次善勇猛甚深般若波羅蜜多非如是等諸法所攝亦非不攝如是所攝所不攝法所有眞如不虛妄性不變異性如所有性是謂般若波羅蜜多善勇猛眞如者是何增語善勇猛眞如者謂諸法性

非如愚夫異生所得亦非異彼然諸法性如諸如來及佛弟子菩薩所見如是法性理趣眞實常無變易故名眞如即此眞如說爲菩薩甚深般若波羅蜜多復次善勇猛如是般若波羅蜜多於一切法無增無減非合非離非缺非滿非益非損非移轉非趣入非生非滅非染非淨非流轉非還滅非集起非隱沒非有相非無相非平等非不平等非世俗非勝義非樂非苦非常非無常非淨非不淨非我非無我非諦實非虛妄非作者非作具非容受非不容受非信解非不信解非自性非不自性非死非生非生非死非出非沒非續非斷非和合非不和合非有貪非離貪非有瞋非離瞋非有癡非離癡非顛倒非不顛倒非有所緣非無所緣非有盡非無盡非有智非無智非下性非高性非有恩非無恩非往去非還來非有性非無性非愛非恚非明非闇非懈怠非精進非空非不空非有相非無相非有願非無願非造作非不造作非隱沒非不隱沒非無明非解脫非寂靜非不寂靜非涅槃非不涅槃非如理非不如理非遍知非不遍知非出離非不出離非調伏非不調伏非持戒非犯戒非散亂非不散亂非妙慧非惡慧非識非不識非住非不住非同分非異分非有非無有非得非不得非現觀非不現觀非作證非不作證非通達非不通達甚深般若波羅蜜多於一切法不爲此等種種事故而現在前復次善勇猛如人夢中說夢所見種種自性如是所說夢境自性都無所有何以故善勇猛夢尚非有況有夢境自性

可說如是般若波羅蜜多雖假說有種種自性而此般若波羅蜜多實無自性可得宣說復次善勇猛如夢不爲顯示諸法而現在前如是般若波羅蜜多亦復不爲顯示諸法而現在前復次善勇猛譬如幻士說幻所見種種自性如是所說幻境自性都無所有何以故善勇猛幻尚非有況有幻境自性可說如是般若波羅蜜多雖假說有種種自性而此般若波羅蜜多實無自性可得宣說復次善勇猛如幻不爲生起諸法而現在前如是般若波羅蜜多亦復不爲生起諸法而現在前復次善勇猛如光影人宣說光影種種自性如是所說光影自性都無所有何以故善勇猛影尚非有況有光影自性可說如是般若波羅蜜多雖假說有種種自性而此般若波羅蜜多實無自性可得宣說復次善勇猛如影不爲顯示諸法而現在前如是般若波羅蜜多亦復不爲顯示諸法而現在前復次善勇猛如陽焰人宣說陽焰種種自性如是所說陽焰自性都無所有何以故善勇猛焰尚非有況有陽焰自性可說如是般若波羅蜜多雖假說有種種自性而此般若波羅蜜多實無自性可得宣說復次善勇猛如焰不爲顯示諸法而現在前如是般若波羅蜜多亦復不爲顯示諸法而現在前復次善勇猛如人住在山谷等中聞谷響聲都無所見若時自語復聞其聲如是般若波羅蜜多雖有所聞種種文句而所聞法都無自性唯除說時可有聞解復次善勇猛如響不爲顯示諸法而現在前如是般若波羅蜜多亦復不爲顯

示諸法而現在前復次善勇猛譬如有人見諸聚沫便説種種聚沫自性如是所説聚沫自性若内若外都不可得何以故善勇猛所説聚沫尚非實有況有自性而可宣説如是般若波羅蜜多雖假説有種種自性而此般若波羅蜜多實無自性可得宣説復次善勇猛如沫不爲生起諸法而現在前如是般若波羅蜜多亦復不爲生起諸法而現在前復次善勇猛譬如有人見浮泡起便説種種浮泡自性如是所説浮泡自性都無所有何以故善勇猛所説浮泡尚非實有況有自性而可宣説如是般若波羅蜜多雖假説有種種自性而此般若波羅蜜多實無自性可得宣説復次善勇猛如泡不爲生起諸法而現在前如是般若波羅蜜多亦復不爲生起諸法而現在前復次善勇猛如人披求芭蕉莖實雖不可得而有葉用如是般若波羅蜜多雖無眞實而有説用復次善勇猛譬如有人爲欲顯示太虚空故雖有所説而太虚空不可顯示如是爲欲顯示般若波羅蜜多雖有所説而此般若波羅蜜多不可顯示復次善勇猛如太虚空雖以種種言説顯示而太虚空無眞實法可得顯示如是雖以種種言説顯示般若波羅蜜多而此般若波羅蜜多無眞實法可得顯示復次善勇猛譬如影光雖可顯説而無實法可令執取雖無可執取而有所顯照如是般若波羅蜜多雖假文句種種顯説而無實法可令執取雖無可執取而顯照諸法復次善勇猛如末尼寶雖有大光明而此光明無内外可得如是般若波羅蜜多

雖能照燭一切法性而此內外都不可得復次善勇猛譬如燈光雖不暫住而能照了令有目者覩見衆色如是般若波羅蜜多雖於諸法都無所住而能照了令諸聖者見法實性爾時舍利子白佛言世尊甚奇如來應正等覺雖說般若波羅蜜多而說般若波羅蜜多非圓成實爾時世尊告舍利子如是如是如汝所說我說般若波羅蜜多非圓成實何以故舍利子五蘊非圓成實故我說般若波羅蜜多非圓成實十二處十八界亦非圓成實故我說般若波羅蜜多非圓成實舍利子無明非圓成實故我說般若波羅蜜多非圓成實行識名色六處觸受愛取有生老死愁歎苦憂惱亦非圓成實故我說般若波羅蜜多非圓成實舍利子常無常樂苦我無我淨不淨寂靜不寂靜顛倒非顛倒諸蓋見行增益損減生滅住異集起隱沒非圓成實故我說般若波羅蜜多非圓成實舍利子我有情命者生者養者士夫補特伽羅意生儒童作者使作者起者等起者受者使受者知者使知者見者使見者非圓成實故我說般若波羅蜜多非圓成實舍利子諦實虛妄往去還來有見無見內外等法非圓成實故我說般若波羅蜜多非圓成實舍利子地水火風空識界欲色無色界有情界法界非圓成實故我說般若波羅蜜多非圓成實舍利子業異熟果因緣斷常三世三際非圓成實故我說般若波羅蜜多非圓成實舍利子布施慳恡持戒犯戒安忍忿恚精進懈怠靜慮散亂妙慧惡慧心意識無間死生雜染清淨非圓成

實故我說般若波羅蜜多非圓成實舍利子念住正斷神足根力覺支道支苦集滅道靜慮解脫等持等至無量神通空無相無願非圓成實故我說般若波羅蜜多非圓成實舍利子善非善有漏無漏世間出世間有罪無罪有爲無爲有記無記黒白黒白相違所攝劣中妙貪瞋癡非圓成實故我說般若波羅蜜多非圓成實舍利子見聞覺知恃執安住尋伺所緣誑諂疾慳和合二相無生無作止觀明解盡離染滅棄捨諸依世俗勝義非圓成實故我說般若波羅蜜多非圓成實舍利子聲聞地法獨覺地法一切智智無著智自然智無等等智菩薩大願聲聞圓滿獨覺圓滿無量無邊無等等一切法智一切法如實無見一切法智見非圓成實故我說般若波羅蜜多非圓成實舍利子清涼眞實寂靜極寂靜最極寂靜非圓成實故我說般若波羅蜜多非圓成實舍利子成熟有情嚴淨佛土相好圓滿諸力無畏十八佛不共法等非圓成實故我說般若波羅蜜多非圓成實舍利子涅槃乃至一切法若善若非善等非圓成實故我說般若波羅蜜多非圓成實舍利子如太虛空無色無見無對無性非圓成實如是般若波羅蜜多無色無見無對無性非圓成實舍利子譬如虹蜺雖有種種妙色顯現而無一實如是般若波羅蜜多雖假種種言相顯示而所顯示無性可得舍利子譬如虛空雖以種種寸尺量度而未曾見有五指許是圓成實如是般若波羅蜜多雖假種種言相顯示而未曾見有少自體是圓成實時舍

利子復白佛言如是般若波羅蜜多甚爲難見佛言如是以能見者不可得故舍利子言如是般若波羅蜜多甚爲難覺佛言如是以能覺者不可得故舍利子言如是般若波羅蜜多不可顯示佛言如是能顯示法不可得故舍利子言如是般若波羅蜜多無所顯示佛言如是非爲顯法現在前故舍利子言如是般若波羅蜜多無性爲性佛言如是甚深般若波羅蜜多以蘊處界緣起無性爲自性故以諸顛倒諸蓋見趣愛行無性爲自性故以我有情命者生者養者士夫補特伽羅意生儒童作者使作者起者等起者受者使受者知者使知者見者使見者無性爲自性故以地水火風空識界無性爲自性故以有情界法界無性爲自性故以欲色無色界無性爲自性故以布施慳悋持戒犯戒安忍忿恚精進懈怠靜慮散亂妙慧惡慧無性爲自性故以菩提分法聖諦止觀無量神通靜慮解脫等持等至明脫無性爲自性故以盡離染滅無性爲自性故以無生智滅智涅槃無性爲自性故以聲聞地獨覺地佛地世俗智見勝義智見及無著智一切智智等法無性爲自性故舍利子言如是般若波羅蜜多非爲成辦滅壞法故而現在前佛言如是甚深般若波羅蜜多不爲成辦生起法故不爲滅壞無我法故而現在前舍利子言如是般若波羅蜜多不爲緣法爲方便故而現在前佛言如是以一切法非所緣故無如是法可爲所緣發起般若波羅蜜多舍利子言如是般若波羅蜜多於一切法不爲增減而現在前佛

言如是甚深般若波羅蜜多不見有法可增減故舍利子言如是般若波羅蜜多不爲超越一切法故而現在前佛言如是甚深般若波羅蜜多不見有法可超越故舍利子言如是般若波羅蜜多不爲損益一切法故而現在前佛言如是甚深般若波羅蜜多不見有法可損益故舍利子言如是般若波羅蜜多不爲合離一切法故而現在前佛言如是甚深般若波羅蜜多不見有法可合離故舍利子言如是般若波羅蜜多不爲於法持去調伏而現在前佛言如是甚深般若波羅蜜多不見有法可得持去而調伏故舍利子言如是般若波羅蜜多不爲於法作恩怨故而現在前佛言如是甚深般若波羅蜜多不見有法而可於彼作恩怨故舍利子言如是般若波羅蜜多不爲於法有起不起而現在前佛言如是甚深般若波羅蜜多不見有法而可生起不生起故舍利子言如是般若波羅蜜多不爲於法有少相應不相應故而現在前佛言如是甚深般若波羅蜜多不見有法可與相應不相應故舍利子言如是般若波羅蜜多不爲於法有少共住不共住故而現在前佛言如是甚深般若波羅蜜多不見有法可與共住不共住故舍利子言如是般若波羅蜜多不爲於法有所生起不生起故而現在前佛言如是甚深般若波羅蜜多不見有法可令生起不生起故舍利子言如是般若波羅蜜多不爲於法有所流轉不流轉故而現在前佛言如是甚深般若波羅蜜多不見有法可令流轉不流轉故舍利子言如是般

若波羅蜜多不爲少法作用作具而現在前佛言如是甚深般若波羅蜜多不見少法而可爲彼作用作具現在前故舍利子言如是般若波羅蜜多不爲於法證平等性不平等性而現在前佛言如是甚深般若波羅蜜多不見少法可證平等不平等故舍利子言如是般若波羅蜜多不爲於法有取捨故而現在前佛言如是甚深般若波羅蜜多不見有法可取捨故舍利子言如是般若波羅蜜多不爲於法有所作故而現在前佛言如是甚深般若波羅蜜多不見有法而可於彼有所作故時舍利子復白佛言如是般若波羅蜜多最爲甚深佛言如是何以故舍利子諸蘊處界甚深故如是般若波羅蜜多最爲甚深諸緣起支甚深故如是般若波羅蜜多最爲甚深顛倒五蓋見趣愛行甚深故如是般若波羅蜜多最爲甚深我有情等甚深故如是般若波羅蜜多最爲甚深戲論不戲論甚深故如是般若波羅蜜多最爲甚深布施慳悋持戒犯戒安忍忿恚精進懈怠靜慮散亂妙慧惡慧甚深故如是般若波羅蜜多最爲甚深念住正斷神足根力覺支道支甚深故如是般若波羅蜜多最爲甚深苦集滅道解脫解脫知見甚深故如是般若波羅蜜多最爲甚深過去未來現在三世平等甚深故如是般若波羅蜜多最爲甚深諸力無畏十八佛不共法等甚深故如是般若波羅蜜多最爲甚深無量神通甚深故如是般若波羅蜜多最爲甚深三世無著智一切佛法盡智無生智滅智無作智離染智甚深故如是般若波

羅蜜多最爲甚深棄諸蓋智甚深故如是般若波羅蜜多最爲甚深復次舍利子譬如大海深廣無量如是般若波羅蜜多深廣無量言深廣者無邊功德之所證故復次舍利子譬如大海無量無邊大寶衆寶之所積集如是般若波羅蜜多無量無邊大法衆法珍寶積集舍利子言如是般若波羅蜜多不爲顯示一切法故而現在前佛言如是甚深般若波羅蜜多不見少法可顯示故而現在前舍利子言如是般若波羅蜜多不爲於法有智無智而現在前佛言如是甚深般若波羅蜜多不見少法可名有智及無智故舍利子言如是般若波羅蜜多不爲於法有護藏故而現在前佛言如是甚深般若波羅蜜多不見有法可護藏故舍利子言如是般若波羅蜜

多不爲於法有所攝受而現在前佛言如是甚深般若波羅蜜多不見有法可攝受故舍利子言如是般若波羅蜜多不爲於法有所依止而現在前佛言如是甚深般若波羅蜜多不見有法可爲依止舍利子言如是般若波羅蜜多不爲於法有執藏故而現在前佛言如是甚深般若波羅蜜多不見有法可執藏故舍利子言如是般若波羅蜜多不爲於法有所執故而現在前佛言如是甚深般若波羅蜜多不見有法可生執故舍利子言如是般若波羅蜜多不爲於法有所著故而現在前佛言如是甚深般若波羅蜜多不見有法可生著故舍利子言如是般若波羅蜜多不爲於法有所住故而現在前佛言如是甚深般若波羅蜜多不見有法可共住故舍利

子言如是般若波羅蜜多不爲於法有續有斷而現在前佛言如是甚深般若波羅蜜多不見有法可續斷故舍利子言如是般若波羅蜜多不爲於法起貪瞋癡離貪瞋癡故而現在前佛言如是甚深般若波羅蜜多不見有法起貪瞋癡離貪瞋癡故舍利子言如是般若波羅蜜多不爲於法起能知者及使知者而現在前佛言如是甚深般若波羅蜜多不見有法起能知者使知者故舍利子言如是般若波羅蜜多不爲於法了知本性非本性故而現在前佛言如是甚深般若波羅蜜多不見有法可知本性非本性故舍利子言如是般若波羅蜜多不爲於法有清淨故而現在前佛言如是甚深般若波羅蜜多不見有法可清淨故時舍利子復白佛言甚深般若波羅蜜多本性清淨佛言如是何以故舍利子諸蘊處界本性清淨故如是般若波羅蜜多本性清淨緣起顛倒見趣愛行貪恚癡等本性清淨故如是般若波羅蜜多本性清淨我及有情命者生者養者士夫補特伽羅意生儒童作者使作者起者等起者受者使受者知者見者本性清淨故如是般若波羅蜜多本性清淨斷常邊無邊本性清淨故如是般若波羅蜜多本性清淨布施淨戒安忍精進靜慮般若本性清淨故如是般若波羅蜜多本性清淨念住正斷神足根力覺支道支靜慮解脫等持等至慈悲喜捨本性清淨故如是般若波羅蜜多本性清淨諸無顛倒苦集滅道神通聖道聲聞地獨覺地佛地佛法僧寶聲聞乘法獨覺乘法菩薩乘法解脫

解脫知見涅槃本性清淨故如是般若波羅蜜多本性清淨過去未來現在法無著知見十八佛不共法等本性清淨故如是般若波羅蜜多本性清淨欲色無色界地水火風空識界有情界法界本性清淨故如是般若波羅蜜多本性清淨舍利子言如是般若波羅蜜多無色無見無所對礙佛言如是甚深般若波羅蜜多不見少法有色有見有所對礙舍利子言如是般若波羅蜜多無所造作佛言如是能造作者不可得故舍利子言如是般若波羅蜜多無所趣向佛言如是甚深般若波羅蜜多不見有法可趣向故舍利子言如是般若波羅蜜多不可施設佛言如是甚深般若波羅蜜多不見有法可施設故舍利子言如是般若波羅蜜多即是不共佛言如是甚深般若波羅蜜多不見有法可與共故舍利子言如是般若波羅蜜多即是無相佛言如是以諸法相不可得故舍利子言如是般若波羅蜜多無所照了佛言如是能所照了不可得故舍利子言如是般若波羅蜜多即是無邊佛言如是何以故舍利子諸蘊處界無邊故般若波羅蜜多亦無邊緣起顛倒見趣愛行貪瞋癡等無邊故般若波羅蜜多亦無邊斷常前際後際中際無邊故般若波羅蜜多亦無邊布施淨戒安忍精進靜慮般若無邊故般若波羅蜜多亦無邊念住正斷神足根力覺支道支無顛倒無邊故般若波羅蜜多亦無邊靜慮解脫等持等至所緣明脫解脫智見無邊故般若波羅蜜多亦無邊聲聞地獨覺地佛地佛法僧寶聲聞乘法獨

覺乘法菩薩乘法無邊故般若波羅蜜多亦無邊我有情等欲色無色界無量神通諸蓋過去未來現在智見無著智見地水火風空識界有情界法界等無邊故般若波羅蜜多亦無邊舍利子甚深般若波羅蜜多初中後邊皆不可得於一切法亦無所得舍利子甚深般若波羅蜜多無邊無際舍利子如太虛空邊際不可得如是般若波羅蜜多邊際亦不可得舍利子如地水火風空識界邊際不可得如是般若波羅蜜多邊際亦不可得舍利子當知般若波羅蜜多初中後位皆無邊際亦無方域舍利子諸蘊處界緣起顛倒諸蓋見趣愛行貪瞋癡我有情等布施淨戒安忍精進靜慮般若菩提分法靜慮解脫等持等至苦集滅道無量神通明脫解脫智見諸異生法聲聞獨覺菩薩佛法及餘法門無邊際故當知般若波羅蜜多亦無邊際舍利子甚深般若波羅蜜多邊不可得故名無邊際不可得故名無際舍利子甚深般若波羅蜜多以無邊故說名無際以無際故說名無邊舍利子甚深般若波羅蜜多我性取性不可得故當知說名無邊無際舍利子以一切法無邊際故當知般若波羅蜜多亦無邊際以太虛空無邊際故當知諸法亦無邊際

大般若波羅蜜多經卷第五百九十六

音釋

浮泡 泡音拋漚也

虹蜺 虹胡公切蜺研奚切虹蜺螮蝀也色青赤或白陰陽相攻之氣也雄曰虹雌曰蜺

大般若波羅蜜多經卷第五百九十七

唐三藏法師玄奘奉　詔譯

第十六般若波羅蜜多分之五

爾時舍利子白佛言世尊云何菩薩摩訶薩衆依如是法行諸境相於是佛告舍利子言是諸菩薩摩訶薩衆尚不得法何況非法尚不得道何況非道於淨尸羅尚無所得亦無所執何況犯戒是諸菩薩不墮三界亦復不墮諸趣死生不著身命何況外境於生死流已作邊際已度大海已超大難又舍利子是諸菩薩摩訶薩衆依如是法行諸境相知一切境皆無境性由此因緣是諸善士於一切境皆無住著如師子王不著衆境是諸善士於諸境界無染無雜超一切境如大商主無能障礙是諸善士依如是法行諸境相無所執著又舍利子我都不見此大衆中有一菩薩於如是法不深信解於如是法疑惑猶豫又舍利子今此衆中一切菩薩於如是法疑惑猶豫皆已永斷此諸善士於如是法自無猶豫亦能永斷一切有情所有疑惑是諸善士由此因緣於一切法皆不猶豫能爲有情決定宣説一切法性都無所有復次舍利子於當來世若有得聞如是法者於一切法亦得斷除疑惑猶豫亦能永斷一切有情所有疑惑謂爲宣説如我今者所説法要又舍利子我終不説薄少善根諸有情類能於此法深生信解薄少善根諸有情類非於此法有所容受如是法財非彼能用又舍利子薄少善根諸有情類於如是法尚不聞名況能受持思惟修習若有得聞如是法者我定記彼

當得佛法彼當來世於諸佛法能師子吼如我今者於大衆中作師子吼無所畏吼大丈夫吼自然智吼又舍利子若有得聞如是所說甚深法要下至能起一信樂心不生誹謗我亦記彼當得無上正等菩提何以故舍利子若諸有情聞甚深法歡喜信受極難得故又舍利子若諸有情聞甚深法深生信樂能發無上正等覺心是諸有情復甚難得我說成就廣大善根具大資粮著大甲冑疾證無上正等菩提若諸有情聞說如是甚深般若波羅蜜多歡喜信樂數數聽受彼所獲福無量無邊况能受持轉爲他說設未已入正性離生若於二乘不決定者我皆記彼當得無上正等菩提利樂有情窮未來際常無斷盡復次舍利子若諸有情成下劣法我不見彼

於廣大法有容受義廣大法者謂佛菩提又舍利子諸有情類多有成就下劣法者所有信解亦皆下劣不能種植廣大善根彼於如是甚深廣大無染正法不能信受又舍利子若諸有情成廣大法所有信解亦皆廣大發趣大乘善辦事業善著甲冑善能思擇甚深義理善行大道無險正直遠離稠林其相平等無諸荊棘瓦礫坑坎清淨無穢不邪不曲利益世間安樂世間哀愍世間與諸天人作廣大義利益安樂與諸有情作大明照堅固梯隥具大慈悲哀愍一切於諸有情欲作利益欲與安樂欲令安隱普施有情諸安樂具如是有情即是菩薩是摩訶薩善能受用大法財寶是摩訶薩善能尋求大法財寶最勝財寶屬彼非餘所以者何若有情類不近善

友未種善根薄福德故下劣信解彼於如是廣大甚深無染正法不能信受我依如是諸有情類有差別故審意說言諸有情界種種差別隨類勝劣各相愛樂下劣信解諸有情類還樂下劣信解有情廣大信解諸有情類還樂廣大信解有情爾時舍利子白佛言世尊如是般若波羅蜜多以何等法爲所行境於是佛告舍利子言如是般若波羅蜜多以無邊法爲所行境譬如風界行無邊境如是般若波羅蜜多以無邊法爲所行境如虛空界行無邊境如是般若波羅蜜多以無邊法爲所行境又如風界以太虛空爲所行境如是般若波羅蜜多以諸法空爲所行境又舍利子如虛空界及如風界俱無處所而可見者亦復不爲生起法相而現在前如是般若波羅蜜多於法都無可顯示者亦復不爲生起法相而現在前又舍利子如虛空界及如風界俱不可執非圓成實亦無色相而可筭數如是般若波羅蜜多都不可執非圓成實非色等相筭數可知又舍利子如虛空界及如風界無有少法是圓成實而可示現如是般若波羅蜜多無有少法是圓成實而可示現時舍利子復白佛言如是般若波羅蜜多以何爲相於是佛告舍利子言如是般若波羅蜜多都無有相又舍利子如虛空界及如風界無有少法是圓成實可示其相如是般若波羅蜜多無有少法是圓成實可示其相何以故舍利子如是般若波羅蜜多遠離衆相無有少相而可得者又舍利子如虛空界無礙著處如是般若波羅蜜多無礙著處由

斯故說甚深般若波羅蜜多無著爲相又舍利子非無著法有相可得然隨世間名言理趣作如是說甚深般若波羅蜜多無著爲相又舍利子雖說般若波羅蜜多無著爲相而此般若波羅蜜多無相可得故不可說無著爲相以無著法無相狀故又舍利子言無著者謂著遍知著不可得著如實性遍知一切顛倒執著故名無著非諸著中有著可得由斯故說著如實性著不可得又舍利子言無著者即是般若波羅蜜多此即說爲無著相智又舍利子諸法皆以無著爲相以諸法相不可得故名無著相無有少法爲起相故而現在前以於此中無相可得故名無相以無相故說名無著若一切法有少相者應於此中有著可得以一切法衆相都無是故此中無著可得故說諸法無著爲相雖作是說而不如說以無著相不可說故所以者何以無著相無所有故性遠離故不可得故又舍利子法無著相不可示現無能顯了然爲有情方便示現此無著相故不應執又舍利子諸雜染相即是無相非雜染法爲起相故而現在前又舍利子諸雜染法顛倒現前諸顛倒者皆是無相諸無相者皆不可說故有相法即是無相又舍利子諸清淨法亦無有相所以者何諸雜染法尚無有相況清淨法而可有相又舍利子若能遍知諸雜染法如實性者彼諸雜染皆不可得然諸有情由顛倒故起諸雜染諸顛倒者皆非眞實若非眞實則無實體亦無實相若能如是如實遍知即名清淨諸雜染相尚不可得況清淨相而有可

得是故雜染清淨二法俱非有相非圓成實
又舍利子諸法無相非圓成實説名無著故
説諸法無著爲相以一切法無著相故説名
無著愚夫異生著無著相又舍利子如是名
爲説一切法無著爲相此無著相當知即是
智所行處亦是般若波羅蜜多所行之處此
無著相智所行處亦名般若波羅蜜多故説
般若波羅蜜多行無邊境諸無著性當知説
名行無邊境又舍利子所行處者當知此顯
非所行處甚深般若波羅蜜多非行處相可
能顯示又舍利子所行境者當知顯示非所
行境以一切法如實之性如所有性皆不可
得故一切法非所行境以一切法無境性故
若能如是遍知諸法是則名爲行一切境雖
作是説而不如説若能如是遍知諸法都無
所著名無著相由斯理趣故説般若波羅蜜
多無著爲相復次舍利子如是所説如來智
境甚深法要若欲宣説分别開示助伴甚少
此中助伴唯有見諦趣大菩提諸聲聞等及
已不退轉菩薩摩訶薩并見具足補特伽羅
於無上乘不復退者彼見具足補特伽羅亦
於如是甚深法要能正修行遠離疑惑身證
菩薩已得淨忍於斯法要定無疑惑又舍利
子愚夫異生如是妙法非彼行地又舍利子
如是所説甚深般若波羅蜜多相應法教甚
爲難得終不墮於下劣信解諸有情手若諸
有情曾事多佛成就最勝清淨善根信解廣
大如是所説甚深般若波羅蜜多相應法教
乃墮其手當知如是諸有情類已植無量廣
大善根成就調柔清淨意樂已於過去無量

佛所植菩提種發弘誓願行菩薩行乘佛所乘親近如來應正等覺於甚深法如理請問故此般若波羅蜜多相應法教墮在其手當知如是諸有情類或已證得無生法忍或近當證無生法忍故此般若波羅蜜多相應法教墮在其手當知如是諸有情類疾證無上正等菩提除悲願力不求速證當知如是諸有情類於諸佛所已得受記或復不久當得受記當知如是諸有情類設未得佛現前受記如已得佛現前記者又舍利子若諸有情善根未熟薄福德故尚不得聞如是般若波羅蜜多經典名字況得手執讀誦受持書寫供養爲他廣說彼能如是無有是處若諸有情善根已熟宿願力故得遇此經聽聞受持書寫讀誦恭敬供養爲他廣說又舍利子若諸有情善根增盛意樂調善如是般若波羅蜜多相應法教乃墮其手我記說彼諸善男子善女人等或菩薩乘或聲聞乘由得此法深心愛樂先雖懈怠多樂睡眠起不正知不住正念或心散亂或躭飲食或愛珍財或好麤語或喜暴惡或懷傲慢或根闇鈍無所了知彼由如是善根力故前所說過一切皆轉由得如是甚深法要設是聲聞轉成菩薩於甚深法倍生愛樂於諸境界能不放逸於諸善法愛樂修行勇猛正勤離諸懈怠一心攝念守護諸根不出麤言不行暴惡恒修恭敬樂習多聞精進熾然無所貪染善能簡擇甚深法義若欲圓滿如是功德當勤修學甚深法要復次舍利子若諸菩薩或聲聞乘聞斯法要獲殊勝果謂聞如是甚深法要決定不

復行諸放逸於諸惡法不生保信善欲精進俱無退減於所修行不生慢緩於外邪法不樂思求於貪恚癡不多現起如是等果無量無邊皆由得聞此深法要又舍利子甚深法要非但耳聞即名爲果要不放逸精進修行如實了知遠離衆惡自他俱利乃名爲果又聞法者謂於法要如實了知精勤修學非於正法起異解行若於正法起異解行當知彼類不名聞法又舍利子汝等皆應於所聞義方便善巧起無倒解安住正行若於法義起顛倒解不正修行當知彼類於佛正法定無順忍又舍利子於我正法毗柰耶中如説行者乃得順忍言順忍者謂於正法無倒簡擇發起正行又舍利子順忍具足補特伽羅安住正行當知決定不墮地獄傍生餓鬼諸惡趣中疾能證得正法勝果又舍利子諸有情類不應保信微少善根謂彼即能脱諸惡趣勤行精進亦不可保乃至於法未具正見於諸惡趣猶有墮落又舍利子若於正法圓滿修學得順忍已能不復造感惡趣業不復懈怠起順退分於下劣位不恐退墮於所修行心不慢緩何以故舍利子彼於雜染清淨分中能正遍知得如實見達一切法顛倒所起虚妄心現不生執著彼於正法甚深義趣已得正見具足順忍聰敏調柔住清淨戒律儀正行軌則所行由得順忍無不具足天龍藥义阿素洛等尚恭敬彼何況諸人天龍藥义阿素洛等一切於彼尚應愛念歸趣供養守護圍繞不令惡緣損壞身命及所修行何況諸人故應勤修正法順忍若得順忍天龍藥

又阿素洛等常隨守護恭敬供養曾無暫捨時舍利子告善現言云何具壽嘿然無說云何不說甚深般若波羅蜜多今者如來應正等覺現前爲證今此大衆於深般若波羅蜜多是眞法器意樂清淨願聞深法善現荅言唯舍利子我於諸法都無所見是故我今嘿無所說又舍利子我都不見甚深般若波羅蜜多亦不見有諸菩薩衆不見能說不見所說亦復不見由此爲此因此屬此依此而說我於此中旣無所見云何令我爲諸菩薩宣說般若波羅蜜多設我欲說誰是能說誰是所說亦復不知何由何爲何因何屬何依而說我當云何宣說如是甚深般若波羅蜜多又舍利子甚深般若波羅蜜多不可宣說不可顯示不可戲論又舍利子甚深般若波羅蜜多無能宣說無能顯示無能戲論若能如是方便表示即顯般若波羅蜜多又舍利子甚深般若波羅蜜多非過去非未來非現在又舍利子甚深般若波羅蜜多不可以過去相說不可以未來相說不可以現在相說又舍利子甚深般若波羅蜜多無相無說又舍利子我都不見甚深般若波羅蜜多有如是相可以此相宣說般若波羅蜜多又舍利子蘊處界等三世之相非深般若波羅蜜多蘊處界等三世之相所有眞如不虛妄性不變異性如所有性是深般若波羅蜜多又舍利子蘊處界等三世之相所有眞如不虛妄性不變異性如所有性不可施設不可顯示不可戲論非語業等所能詮表又舍利子甚深般若波羅蜜多不由說示諸法相故而現在

前不由説示蘊處界相故而現在前不由説示行非行相故而現在前不由説示緣起相故而現在前不由説示名色相故而現在前不由説示我有情等相故而現在前不由説示法界相故而現在前不由説示有繫離繫相故而現在前不由説示因緣相故而現在前不由説示苦樂相故而現在前不由説示安立非安立相故而現在前不由説示生滅相故而現在前不由説示染淨相故而現在前不由説示本性非本性相故而現在前不由説示世俗勝義相故而現在前不由説示諦實虚妄相故而現在前不由説示移轉趣入相故而現在前何以故舍利子甚深般若波羅蜜多離衆相故不可顯示此是般若波羅蜜多在此般若波羅蜜多由此般若波羅蜜多爲此般若波羅蜜多因此般若波羅蜜多屬此般若波羅蜜多依此般若波羅蜜多又舍利子我不見法由此法故説示般若波羅蜜多又舍利子無有少法能顯能取甚深般若波羅蜜多又舍利子非深般若波羅蜜多能顯能取諸蘊處界緣起明脱又舍利子諸出世間妙慧通達亦復不能顯取般若波羅蜜多又舍利子如法不能顯取諸法如何顯説甚深般若波羅蜜多然舍利子若能了知如是諸法真實理趣即能了知宣説般若波羅蜜多復次舍利子甚深般若波羅蜜多不由顯示所有法故而現在前又舍利子甚深般若波羅蜜多不由顯示蘊處界故而現在前不由顯示名及色故而現在前不由顯示染淨法故而現在前不由顯示諸緣起故

而現在前不由顯示諸顛倒故而現在前不由顯示我有情界等故而現在前不由顯示地水火風空識界故而現在前不由顯示欲色無色界故而現在前不由顯示布施慳貪持戒犯戒安忍忿恚精進懈怠靜慮散亂般若惡慧故而現在前不由顯示念住正斷神足根力覺支道支靜慮解脫等持等至無量神通故而現在前不由顯示諸諦道果故而現在前不由顯示聲聞獨覺菩薩佛地法故而現在前不由顯示所有法智及非智故而現在前不由顯示盡無生智及滅智故而現在前不由顯示涅槃法故而現在前又舍利子如無有法由顯示法而現在前我當云何宣說如是甚深般若波羅蜜多然舍利子若能了知如是所說甚深般若波羅蜜多不由顯示所有法故而現在前即能了知甚深般若波羅蜜多亦能宣說甚深般若波羅蜜多又舍利子甚深般若波羅蜜多不爲諸法有合有散而現在前何以故舍利子甚深般若波羅蜜多不爲諸蘊諸處諸界有合有散不爲諸行有合有散不爲緣起有合有散不爲顛倒有合有散不爲欲色無色界有合有散不爲地水火風空識界有合有散不爲我有情界等有合有散不爲法界有合有散不爲布施慳貪持戒犯戒安忍忿恚精進懈怠靜慮散亂般若惡慧有合有散不爲念住正斷神足根力覺支道支靜慮解脫等持等至無量神通有合有散不爲諸諦道及道果有合有散不爲聲聞獨覺菩薩佛地及法有合有散不爲過去未來現在三世平等有合有散

不爲無著盡無生智有合有散不爲涅槃有合有散而現在前又舍利子如無有法爲法合散而現在前我當云何宣說如是甚深般若波羅蜜多然舍利子我觀此義作如是說甚深般若波羅蜜多不可說示又舍利子我都不見有如是法可名能說可名所說可名由此爲此因此屬此依此而有所說云何令我爲諸菩薩宣說般若波羅蜜多爾時世尊告善勇猛菩薩摩訶薩言善男子諸菩薩摩訶薩修行般若波羅蜜多於一切法都無所行何以故善勇猛以一切法皆是顛倒之所等起非實非有邪僞虛妄又善勇猛譬如於法有所行者皆行顛倒皆行不實如是菩薩若有所行應行顛倒應行不實非諸菩薩是顛倒行及不實行之所顯了亦非菩薩行顛倒行及不實行能行般若波羅蜜多又善勇猛顛倒不實則非所行是故菩薩不於中行又善勇猛言顛倒者即是虛妄愚夫異生之所執著如是諸法不如是有如是所執不如其相是故說名顛倒不實故諸菩薩不行顛倒不行不實由此菩薩名實語者亦得說名無倒行者若實無倒則無所行故說菩薩行無所行一切行斷名菩薩行此菩薩行不可顯示是此由此在此從此非諸菩薩行所顯了何以故善勇猛以諸菩薩息一切行行菩薩行謂息異生聲聞獨覺有取著行行菩薩行又善勇猛如是菩薩於諸佛法亦復不行亦不執著此是佛法由此佛法在此佛法屬此佛法如是菩薩亦復不行一切分別異分別行謂諸菩薩不行分別及異分別一切分

別異分別斷名菩薩行善勇猛分別者謂於諸法分別自性異分別者謂於諸法分別差別非一切法可得分別及異分別以一切法不可分別異分別故若分別法則於諸法作異分別然一切法遠離分別及異分別又善勇猛言分別者是謂一邊異分別者是第二邊非諸菩薩行邊無邊若諸菩薩於邊無邊俱無所行是諸菩薩亦不見中若見中者則行於中若行中者則行於邊非中有行有顯有示離行相故又善勇猛所言中者當知即是八支聖道如是聖道於一切法都無所得而現在前如是聖道於一切法都無所見而現在前又善勇猛若時於法無修無遣爾時名爲止息之道此止息道於一切法無修無遣超過修遣證一切法平等實性由證諸法平等實性道相尚無況見有道又善勇猛止息道者謂阿羅漢漏盡苾芻何以故善勇猛彼遣道故非修非遣故名爲遣彼遣亦無故名爲遣以遣修故說名爲遣又善勇猛若有修遣應有所得不名爲遣此中遣者謂遣修性此中無修故名爲遣以修無故遣亦非有雖作是說而不如說何以故善勇猛遣不可說離遣性故復何所離謂顛倒法不復等起及不實法不復等起又善勇猛非諸顛倒能起顛倒夫顛倒者無實所起非於此中有實起故若於此中有實所起不名顛倒以無實起故名顛倒又善勇猛諸菩薩衆隨覺諸法離諸顛倒所以者何諸菩薩衆了知顛倒皆非實有謂顛倒中無顛倒性由知顛倒實無所有非顛倒中有顛倒性故說菩薩隨覺諸

法離諸顛倒由覺諸法離諸顛倒不復於法更生顛倒若於此中無復顛倒則於此法亦無所行何以故善勇猛一切顛倒皆有所行由有所行則有等起所行等起皆由顛倒虛妄分別諸菩薩衆於所行法皆無分別亦無等起是故說名遠離顛倒由無顛倒則無所行由無所行則無所起故說菩薩行無所行無所行者謂於諸法都無所行亦不觀察亦不示現有所行相故說菩薩行無所行若能如是行無所行爲行般若波羅蜜多復次善勇猛若菩薩摩訶薩不緣色行是行般若波羅蜜多不緣受想行識行是行般若波羅蜜多何以故善勇猛是諸菩薩知諸所緣性遠離故若知所緣其性遠離則無所行故說菩薩行無所行善勇猛若菩薩摩訶薩不緣眼行是行般若波羅蜜多不緣耳鼻舌身意行是行般若波羅蜜多何以故善勇猛是諸菩薩知諸所緣性非實故若知所緣其性非實則無所行故說菩薩行無所行善勇猛若菩薩摩訶薩不緣色行是行般若波羅蜜多不緣聲香味觸法行是行般若波羅蜜多何以故善勇猛是諸菩薩知諸所緣顛倒所起若顛倒起則非眞實若知所緣顛倒所起性非眞實則無所行故說菩薩行無所行善勇猛若菩薩摩訶薩不緣眼識行是行般若波羅蜜多不緣耳鼻舌身意識行是行般若波羅蜜多何以故善勇猛是諸菩薩知諸所緣皆是虛妄若知所緣皆是虛妄則無所行故說菩薩行無所行善勇猛若菩薩摩訶薩不緣名色行是行般若波羅蜜多何以故善勇猛

是諸菩薩覺諸所緣無所緣性若覺所緣無所緣性則無所行故說菩薩行無所行善勇猛若菩薩摩訶薩不緣我有情等行是行般若波羅蜜多何以故善勇猛是諸菩薩如實知我有情等想性非真實若能知我有情等想性非真實則於諸行都無所行若於諸行都無所行則離諸行故說菩薩行無所行善勇猛若菩薩摩訶薩不行我想有情想乃至知者想見者想是行般若波羅蜜多何以故善勇猛是諸菩薩遣一切想若能遣除一切想者則於諸想都無所行故說菩薩行無所行善勇猛若菩薩摩訶薩不行顛倒見趣諸蓋是行般若波羅蜜多不緣顛倒見趣蓋行是行般若波羅蜜多何以故善勇猛是諸菩薩知諸顛倒見蓋所緣都非實有若知顛倒見蓋所行都非實有則無所行故說菩薩行無所行善勇猛若菩薩摩訶薩不緣緣起行是行般若波羅蜜多何以故善勇猛是諸菩薩遍知緣起及彼所緣若諸菩薩遍知緣起及彼所緣則無所行故說菩薩行無所行善勇猛若菩薩摩訶薩不緣欲色無色界行是行般若波羅蜜多何以故善勇猛是諸菩薩普能除遣三界所緣若諸菩薩普能除遣三界所緣則無所行故說菩薩行無所行善勇猛若菩薩摩訶薩不緣布施慳貪持戒犯戒安忍忿恚精進懈怠靜慮散亂般若惡慧行是行般若波羅蜜多何以故善勇猛是諸菩薩遍知布施慳貪乃至般若惡慧所緣若諸菩薩遍知如是一切所緣則無所行故說菩薩行無所行善勇猛若菩薩摩訶薩不緣無

倒念住正斷神足根力覺支道支靜慮解脱等持等至無量神通等行是行般若波羅蜜多何以故善勇猛是諸菩薩於諸所緣自在覺了亦能除遣若諸菩薩於諸所緣自在覺了亦能除遣則無所行故説菩薩行無所行善勇猛若菩薩摩訶薩不緣苦集滅道諦行是行般若波羅蜜多何以故善勇猛是諸菩薩除遣苦集滅道所緣若能除遣曰諦所緣則無所遣亦無所行故説菩薩行無所行善勇猛若菩薩摩訶薩不緣明脱行是行般若波羅蜜多何以故善勇猛是諸菩薩普能除遣明脱所緣若能除遣明脱所緣則無所行故説菩薩行無所行善勇猛若菩薩摩訶薩不緣盡無生無造作行是行般若波羅蜜多何以故善勇猛是諸菩薩普能除遣盡無生無造所緣若能除遣此諸所緣則無所行故説菩薩行無所行善勇猛若菩薩摩訶薩不緣地水火風空識界行是行般若波羅蜜多何以故善勇猛是諸菩薩普能除遣地水火風空識界所緣若能除遣此諸所緣則無所行故説菩薩行無所行善勇猛若菩薩摩訶薩不緣聲聞獨覺菩薩佛地行是行般若波羅蜜多何以故善勇猛是諸菩薩普能除遣聲聞獨覺菩薩佛地所緣若諸菩薩普能除遣聲聞獨覺菩薩佛地所緣則無所行故説菩薩行無所行善勇猛若菩薩摩訶薩不緣聲聞獨覺菩薩佛法行是行般若波羅蜜多何以故善勇猛是諸菩薩普能除遣聲聞獨覺菩薩佛法所緣若諸菩薩普能除遣聲聞獨覺菩薩佛法所緣則無所行故説菩薩行

無所行善勇猛若菩薩摩訶薩不緣涅槃行是行般若波羅蜜多何以故善勇猛是諸菩薩遍知涅槃所緣若諸菩薩遍知涅槃所緣則無所行故說菩薩行無所行善勇猛若菩薩摩訶薩不緣相好清淨行是行般若波羅蜜多何以故善勇猛是諸菩薩普能除遣相好清淨所緣若諸菩薩普能除遣相好清淨所緣則無所行故說菩薩行無所行善勇猛若菩薩摩訶薩不緣佛土清淨行是行般若波羅蜜多何以故善勇猛是諸菩薩普能除遣佛土清淨所緣若諸菩薩普能除遣佛土清淨所緣則無所行故說菩薩行無所行善勇猛若菩薩摩訶薩不緣聲聞圓滿功德行是行般若波羅蜜多何以故善勇猛是諸菩薩普能除遣聲聞圓滿功德所緣若諸菩薩普能除遣聲聞圓滿功德所緣則無所行故說菩薩行無所行善勇猛若菩薩摩訶薩不緣菩薩圓滿功德行是行般若波羅蜜多何以故善勇猛是諸菩薩普能除遣菩薩圓滿功德所緣若諸菩薩普能除遣菩薩圓滿功德所緣則無所行故說菩薩行無所行善勇猛若諸菩薩能如是行為行般若波羅蜜多若諸菩薩能行般若波羅蜜多遍知一切所緣而行除遣一切所緣而行

大般若波羅蜜多經卷第五百九十七

音釋

稠林 稠除留切密也　荊棘 荊音京楚木也棘訖力切小棗叢生者　坑坎 坑丘庚切坑塹也坎苦感切陷也小阱也　梯隥 梯天黎切木階也隥丁鄧切登陟之道也　傲慢 傲魚到切倨傲也慢莫晏切不敬也　闇鈍 闇烏紺切不明也鈍杜困切不利也闇鈍謂根性不明利也　軌則 軌古委切法度也軌

則謂軌度法則也

詮表 銓逡緣切註也又具也表彼小切識也又明也

大般若波羅蜜多經卷第五百九十八

唐三藏法師玄奘奉　詔譯

第十六般若波羅蜜多分之六

復次善勇猛若諸菩薩能如是行則不緣色清淨而行亦不緣受想行識清淨而行何以故善勇猛是諸菩薩已能遍知色乃至識所緣本性清淨故若諸菩薩能如是行爲行般若波羅蜜多善勇猛若諸菩薩能如是行則不緣眼清淨而行亦不緣耳鼻舌身意清淨而行何以故善勇猛是諸菩薩已能遍知眼乃至意所緣本性清淨故若諸菩薩能如是行爲行般若波羅蜜多善勇猛若諸菩薩能如是行則不緣色清淨而行亦不緣聲香味觸法清淨而行何以故善勇猛是諸菩薩已能遍知色乃至法所緣本性清淨故若諸菩薩能如是行爲行般若波羅蜜多善勇猛若諸菩薩能如是行則不緣眼識清淨而行亦不緣耳鼻舌身意識清淨而行何以故善勇猛是諸菩薩已能遍知眼識乃至意識所緣本性清淨故若諸菩薩能如是行爲行般若波羅蜜多善勇猛若諸菩薩能如是行則不緣名色清淨而行何以故善勇猛是諸菩薩已能遍知名色所緣本性清淨故若諸菩薩能如是行爲行般若波羅蜜多善勇猛若諸菩薩能如是行則不緣我清淨而行亦不緣有情命者生者養者士夫補特伽羅意生儒童作者使作者起者等起者受者使受者知者使知者見者使見者清淨而行何以故善勇猛是諸菩薩已能遍知我乃至使見者所緣本性清淨故若諸菩薩能如是行爲行般

若波羅蜜多善勇猛若諸菩薩能如是行則
不緣顛倒清淨而行亦不緣見趣諸蓋清淨
而行何以故善勇猛是諸菩薩已能遍知顛
倒見趣諸蓋所緣本性清淨故若諸菩薩能
如是行爲行般若波羅蜜多善勇猛若諸菩
薩能如是行則不緣緣起清淨而行何以故
善勇猛是諸菩薩已能遍知緣起所緣本性
清淨故若諸菩薩能如是行爲行般若波羅
蜜多善勇猛若諸菩薩能如是行則不緣欲
色無色界清淨而行何以故善勇猛是諸菩
薩已能遍知欲色無色界所緣本性清淨故
若諸菩薩能如是行爲行般若波羅蜜多善
勇猛若諸菩薩能如是行則不緣布施慳貪
清淨而行亦不緣持戒犯戒安忍忿恚精進
懈怠靜慮散亂般若惡慧清淨而行何以故
善勇猛是諸菩薩已能遍知布施慳貪乃至
般若惡慧所緣本性清淨故若諸菩薩能如
是行爲行般若波羅蜜多善勇猛若諸菩薩
能如是行則不緣地界清淨而行亦不緣水
火風空識界清淨而行何以故善勇猛是諸
菩薩已能遍知地界乃至識界所緣本性清
淨故若諸菩薩能如是行爲行般若波羅蜜
多善勇猛若諸菩薩能如是行則不緣過去
未來現在清淨而行何以故善勇猛是諸菩
薩已能遍知過去未來現在所緣本性清淨
故若諸菩薩能如是行爲行般若波羅蜜多
善勇猛若諸菩薩能如是行則不緣無著清
淨而行何以故善勇猛是諸菩薩已能遍知
無著所緣本性清淨故若諸菩薩能如是行
爲行般若波羅蜜多善勇猛若諸菩薩能如

是行則不緣念住清淨而行亦不緣正斷神足根力覺支道支無量神通清淨而行何以故善勇猛是諸菩薩已能遍知念住乃至神通所緣本性清淨故若諸菩薩能如是行爲行般若波羅蜜多善勇猛若諸菩薩能如是行則不緣靜慮解脫等持等至清淨而行何以故善勇猛是諸菩薩已能遍知靜慮解脫等持等至所緣本性清淨故若諸菩薩能如是行爲行般若波羅蜜多善勇猛若諸菩薩能如是行則不緣明及解脫清淨而行何以故善勇猛是諸菩薩已能遍知明及解脫所緣本性清淨故若諸菩薩能如是行爲行般若波羅蜜多善勇猛若諸菩薩能如是行則不緣盡智無生智一切智清淨而行何以故善勇猛是諸菩薩已能遍知盡智無生智一切智所緣本性清淨故若諸菩薩能如是行爲行般若波羅蜜多善勇猛若諸菩薩能如是行則不緣一切有情諸法清淨而行何以故善勇猛是諸菩薩已能遍知一切有情諸法所緣本性清淨故若諸菩薩能如是行爲行般若波羅蜜多善勇猛若諸菩薩能如是行則不緣一切清淨而行何以故善勇猛是諸菩薩通達一切所緣本性清淨故若諸菩薩通達一切所緣本性清淨爲行般若波羅蜜多復次善勇猛若諸菩薩能如是行則不見此是色乃至識此由色乃至識此屬色乃至識此從色乃至識是諸菩薩不如是見色等法故便於色等不舉不下不生不滅不行不觀於色等所緣亦不行不觀若諸菩薩能如是行爲行般若波羅蜜多善勇猛若諸菩

薩能如是行則不見此是眼乃至意此由眼乃至意此屬眼乃至意此從眼乃至意是諸菩薩不如是見眼等法故便於眼等不舉不下不生不滅不行不觀於眼等所緣亦不行不觀若諸菩薩能如是行爲行般若波羅蜜多善勇猛若諸菩薩能如是行則不見此是色乃至法此由色乃至法此屬色乃至法此從色乃至法是諸菩薩不如是見色等法故便於色等不舉不下不生不滅不行不觀於色等所緣亦不行不觀若諸菩薩能如是行爲行般若波羅蜜多善勇猛若諸菩薩能如是行則不見此是眼識乃至意識此由眼識乃至意識此屬眼識乃至意識此從眼識乃至意識是諸菩薩不如是見眼識等法故便於眼識等不舉不下不生不滅不行不觀於眼識等所緣亦不行不觀若諸菩薩能如是行爲行般若波羅蜜多復次善勇猛若諸菩薩能如是行則不行色是過去未來現在亦不行受想行識是過去未來現在則不行眼是過去未來現在亦不行耳鼻舌身意是過去未來現在則不行色是過去未來現在亦不行聲香味觸法是過去未來現在則不行眼識是過去未來現在亦不行耳鼻舌身意識是過去未來現在若諸菩薩能如是行爲行般若波羅蜜多復次善勇猛若諸菩薩能如是行則不行色是我我所亦不行受想行識是我我所則不行眼是我我所亦不行耳鼻舌身意是我我所則不行色是我我所亦不行聲香味觸法是我我所則不行眼識是我我所亦不行耳鼻舌身意識是我我所若

諸菩薩能如是行爲行般若波羅蜜多復次善勇猛若諸菩薩能如是行則不行色是樂是苦等亦不行受想行識是樂是苦等則不行眼是樂是苦等亦不行耳鼻舌身意是樂是苦等則不行色是樂是若等亦不行聲香味觸法是樂是苦等則不行眼識是樂是苦等亦不行耳鼻舌身意識是樂是苦等若諸菩薩能如是行爲行般若波羅蜜多復次善勇猛若諸菩薩能如是行則不行色屬我非餘亦不行受想行識屬我非餘則不行眼屬我非餘亦不行耳鼻舌身意屬我非餘則不行色屬我非餘亦不行聲香味觸法屬我非餘則不行眼識屬我非餘亦不行耳鼻舌身意識屬我非餘若諸菩薩能如是行爲行般若波羅蜜多復次善勇猛若諸菩薩修行般若波羅蜜多於色乃至識不行集不行滅不行深不行淺不行空不行不空不行有相不行無相不行有願不行無願不行有造作不行無造作於眼乃至意亦不行集不行滅不行深不行淺不行空不行不空不行有相不行無相不行有願不行無願不行有造作不行無造作於色乃至法亦不行集不行滅不行深不行淺不行空不行不空不行有相不行無相不行有願不行無願不行有造作不行無造作於眼識乃至意識亦不行集不行滅不行深不行淺不行空不行不空不行有相不行無相不行有願不行無願不行有造作不行無造作何以故善勇猛如是諸法一切皆有恃執動轉戲論愛趣謂我能行如是動轉我於此行如是戲論我由此行如是愛

趣我依此行如是恃執此中菩薩了知一切恃執動轉戲論愛趣害諸無知無所恃執無恃執故都無所行亦無執藏無執藏故無所繫縛亦無離繫無所發起亦無等起如是菩薩害諸恃執修行般若波羅蜜多復次善勇猛若諸菩薩修行般若波羅蜜多於色乃至識不行常無常不行樂無樂不行我無我不行淨不淨不行空不空不行如幻不行如夢不行如光影不行如谷響於眼乃至意亦不行常無常不行樂無樂不行我無我不行淨不淨不行空不空不行如幻不行如夢不行如光影不行如谷響於色乃至法亦不行常無常不行樂無樂不行我無我不行淨不淨不行空不空不行如幻不行如夢不行如光影不行如谷響於眼識乃至意識亦不行常無常不行樂無樂不行我無我不行淨不淨不行空不空不行如幻不行如夢不行如光影不行如谷響何以故善勇猛如是諸法有尋有伺有行有觀此中菩薩了知一切有尋有伺有行有觀害一切行遍知諸行修行般若波羅蜜多是爲宣說諸菩薩行爾時善勇猛菩薩摩訶薩便白佛言世尊菩薩修行甚深般若波羅蜜多不可思議於是佛告善勇猛言如是如是如汝所說善勇猛色乃至識不可思議故菩薩修行甚深般若波羅蜜多亦不可思議眼乃至意不可思議故菩薩修行甚深般若波羅蜜多亦不可思議色乃至法不可思議故菩薩修行甚深般若波羅蜜多亦不可思議眼識乃至意識不可思議故菩薩修行甚深般若波羅蜜多亦不可思議

名色不可思議故菩薩修行甚深般若波羅蜜多亦不可思議緣起不可思議故菩薩修行甚深般若波羅蜜多亦不可思議雜染不可思議故菩薩修行甚深般若波羅蜜多亦不可思議業果不可思議故菩薩修行甚深般若波羅蜜多亦不可思議顛倒見趣諸蓋不可思議故菩薩修行甚深般若波羅蜜多亦不可思議欲色無色界不可思議故菩薩修行甚深般若波羅蜜多亦不可思議我有情命者生者養者士夫補特伽羅意生儒童作者使作者起者等起者受者使受者知者使知者見者使見者不可思議故菩薩修行甚深般若波羅蜜多亦不可思議地水火風空識界不可思議故菩薩修行甚深般若波羅蜜多亦不可思議有情界法界不可思議故菩薩修行甚深般若波羅蜜多亦不可思議布施慳貪持戒犯戒安忍忿恚精進懈怠靜慮散亂般若惡慧不可思議故菩薩修行甚深般若波羅蜜多亦不可思議貪瞋癡不可思議故菩薩修行甚深般若波羅蜜多亦不可思議念住正斷神足根力覺支道支不可思議故菩薩修行甚深般若波羅蜜多亦不可思議無量神通不可思議故菩薩修行甚深般若波羅蜜多亦不可思議靜慮解脫等持等至不可思議故菩薩修行甚深般若波羅蜜多亦不可思議苦集滅道不可思議故菩薩修行甚深般若波羅蜜多亦不可思議明及解脫不可思議故菩薩修行甚深般若波羅蜜多亦不可思議盡智無生智無造作智不可思議故菩薩修行甚深般若波羅

蜜多亦不可思議聲聞獨覺菩薩佛地不可思議故菩薩修行甚深般若波羅蜜多亦不可思議聲聞獨覺菩薩佛法不可思議故菩薩修行甚深般若波羅蜜多亦不可思議過去未來現在智不可思議故菩薩修行甚深般若波羅蜜多亦不可思議無著智不可思議故菩薩修行甚深般若波羅蜜多亦不可思議涅槃不可思議故菩薩修行甚深般若波羅蜜多亦不可思議佛法僧寶不可思議故菩薩修行甚深般若波羅蜜多亦不可思議何以故善勇猛菩薩修行甚深般若波羅蜜多非心所生故名不可思議亦不生心故名不可思議復次善勇猛若謂心生是爲顛倒謂心不生亦是顛倒若能通達心及心所俱無所有則非顛倒善勇猛非心本性有生有起有盡有滅善勇猛顛倒相應謂心心所有生有起有盡有滅善勇猛當知此中心可開示由顛倒起亦可開示善勇猛愚夫異生不能覺了心可開示及不覺了從顛倒起亦可開示由不覺了可開示故於心遠離不能正知亦不正知所緣遠離由斯執著心即是我心是我所心依於我心從我生彼執心已復執爲善或執非善或執爲樂或執爲苦或執爲斷或執爲常或執見趣或執諸蓋或執顛倒或執布施慳貪或執持戒犯戒或執安忍忿恚或執精進懈怠或執靜慮散亂或執般若惡慧或執三界或執緣起或執名色或執貪瞋癡或執嫉慳等或執我慢等或執苦集滅道或執四大空識或執有情法界或執念住正斷神足根力覺支道支或執靜慮解

脫等持等至或執無量神通或執明及解脫或執盡無生智或執無造作智或執佛法僧寶或執聲聞獨覺菩薩佛地或執聲聞獨覺菩薩佛法或執無著智或執般涅槃或執佛智或執相好或執佛土或執聲聞圓滿或執菩薩圓滿或執諸餘雜染清淨善勇猛諸菩薩衆於如是等種種法門不生執著知見有情所起顛倒心心所法於一切處終不發起顛倒之心亦不依心起諸顛倒何以故善勇猛諸菩薩衆修行般若波羅蜜多遠離顛倒心心所法證心本性清淨明白於中都無心心法起善勇猛愚夫異生依所緣境起心心所執有所緣執有一切心及心所諸菩薩衆知彼所緣及彼所起心心所法都無所有是故不生心心所法菩薩如是觀察一切心心所法本性清淨本性明白愚夫顛倒妄生雜染復作是念由所緣境心心所生了知所緣無所有故心心所法皆不得生既不得生亦無住滅心心所法本性明淨離諸雜染清白可樂心性不生亦無住滅亦不令法有生住等但諸愚夫妄執斯事如是菩薩知心心所本性不生亦不住滅修行般若波羅蜜多若諸菩薩能如是行爲行般若波羅蜜多如是行時不作是念我行般若波羅蜜多我今依此而行般若波羅蜜多我今由此而行般若波羅蜜多我今從此而行般若波羅蜜多若諸菩薩作如是念此是般若波羅蜜多此由般若波羅蜜多此依般若波羅蜜多此屬般若波羅蜜多彼由此念非行般若波羅蜜多若諸菩薩於諸般若波羅蜜多無見無得而

行般若波羅蜜多是行般若波羅蜜多爾時善勇猛白佛言世尊菩薩如是行深般若波羅蜜多是無上行菩薩如是行深般若波羅蜜多是清淨行菩薩如是行深般若波羅蜜多是明白行菩薩如是行深般若波羅蜜多是無生行菩薩如是行深般若波羅蜜多是無滅行菩薩如是行深般若波羅蜜多是超出行菩薩如是行深般若波羅蜜多是難伏行謂諸惡魔若魔眷屬若餘有相有所得行若我有情命者生者養者士夫補特伽羅意生儒童作者受者知者見者所有諸見若斷常見若諸蘊見若諸處見若諸界見若諸佛見若諸法見若諸僧見若涅槃見若證得想若增上慢若貪瞋癡行若顛倒蓋行若越道路而發趣者皆不能伏是故菩薩行深般若波羅蜜多超出世間無能及者最尊最勝爾時世尊告善勇猛如是如是如汝所說如是菩薩行深般若波羅蜜多超諸世間無能及者最尊最勝一切惡魔若魔天子眷屬軍衆皆不能伏乃至執著涅槃相性所有諸見亦不能伏一切愚夫異生等行於此菩薩所行之行皆不能伏善勇猛此菩薩行愚夫異生皆所非有有學無學獨覺聲聞亦所非有善勇猛聲聞獨覺若有此行應不說名聲聞獨覺應名菩薩當得如來四無畏等無邊功德善勇猛聲聞獨覺無此行故不名菩薩不得如來四無畏等無邊功德善勇猛菩薩所行甚深般若波羅蜜多是諸如來應正等覺四無畏等功德之地諸菩薩衆行深般若波羅蜜多以能證得四無畏等爲所作業若諸菩

薩行深般若波羅蜜多疾能證得四無畏等如來功德善勇猛若諸菩薩未證無上正等菩提由大願力或諸如來護持之力行深般若波羅蜜多速能攝受四無畏等無邊功德善勇猛聲聞獨覺不能願求四無畏等諸佛功德諸佛世尊亦不護念令彼證得四無畏等善勇猛諸菩薩衆由大願力及諸如來護持之力當能證得四無畏等何以故善勇猛諸菩薩衆行深般若波羅蜜多定能獲得四無礙解何等名爲四無礙解義無礙解法無礙解詞無礙解辯無礙解如是名爲四無礙解諸菩薩衆成就如是四無礙解雖未證得所求無上正等菩提由大願力即能攝受四無畏等諸佛功德諸佛世尊知彼成就四無礙解勝善根故知彼已得甚深般若波羅蜜多功德地故以神通力勤加護念令彼攝受四無畏等諸佛功德是故菩薩欲求證得四無礙解欲求攝受四無畏等功德善根應學般若波羅蜜多應行般若波羅蜜多勿生執著復次善勇猛若諸菩薩修行般若波羅蜜多通達諸法若因若集若没若滅無有少法不合般若波羅蜜多是諸菩薩如實了知諸法因集滅道之相知法因集滅道相已於色不修不遣於受想行識亦不修不遣於眼不修不遣於耳鼻舌身意亦不修不遣於色不修不遣於聲香味觸法亦不修不遣於眼識不修不遣於耳鼻舌身意識亦不修不遣於名色不修不遣於染淨不修不遣於縁起不修不遣於顛倒見趣諸蓋愛行不修不遣於貪瞋癡不修不遣於欲色無色界不修不遣

於地水火風空識界不修不遣於有情界法界不修不遣於我有情命者生者養者士夫補特伽羅意生儒童作者受者知者見者不修不遣於斷常見不修不遣於布施慳貪持戒犯戒安忍忿恚精進懈怠靜慮散亂般若惡慧不修不遣於念住正斷神足根力覺支道支不修不遣於靜慮解脫等持等至不修不遣於斷顛倒不修不遣於苦集滅道不修不遣於無量神通不修不遣於盡智無生智無造作智不修不遣於異生聲聞獨覺菩薩佛地不修不遣於異生聲聞獨覺菩薩佛法不修不遣於止觀不修不遣於涅槃不修不遣於過去未來現在智見不修不遣於無著智不修不遣於佛智不修不遣於無畏等諸佛功德不修不遣何以故善勇猛色無自性不可修遣受想行識亦無自性不可修遣眼無自性不可修遣耳鼻舌身意亦無自性不可修遣色無自性不可修遣聲香味觸法亦無自性不可修遣眼識無自性不可修遣耳鼻舌身意識亦無自性不可修遣名色無自性不可修遣染淨無自性不可修遣緣起無自性不可修遣顛倒見趣諸蓋愛行無自性不可修遣貪瞋癡無自性不可修遣欲色無色界無自性不可修遣地水火風空識界無自性不可修遣有情界法界無自性不可修遣我有情命者生者養者士夫補特伽羅意生儒童作者受者知者見者無自性不可修遣斷常見無自性不可修遣布施慳貪持戒犯戒安忍忿恚精進懈怠靜慮散亂般若惡慧無自性不可修遣念住正斷神足根力覺

支道支無自性不可修遣靜慮解脫等持等至無自性不可修遣斷顛倒無自性不可修遣苦集滅道無自性不可修遣無量神通無自性不可修遣盡智無生智無造作智無自性不可修遣異生聲聞獨覺菩薩佛地無自性不可修遣異生聲聞獨覺菩薩佛法無自性不可修遣止觀無自性不可修遣涅槃無自性不可修遣過去未來現在智見無自性不可修遣無著智無自性不可修遣佛智無自性不可修遣無畏等諸佛功德無自性不可修遣何以故善勇猛無少法性是圓成實一切皆是世俗假立非於此中有少自性無自性故皆非實有諸法皆以無性爲性是故諸法無實無生何以故善勇猛諸顛倒法皆非實有諸法皆從顛倒而起諸顛倒者皆無實性何以故善勇猛以一切法皆離自性尋求自性都不可得是故皆以無性爲性善勇猛無性者無實無生故名無性此則顯示性非實有故名無性若性非有則不可修亦不可遣顛倒所起非實有故既不可修亦不可遣何以故善勇猛以一切法無性爲性遠離自性則非實物非實物故無修無遣善勇猛若諸菩薩摩訶薩衆於諸法中住如實見修行般若波羅蜜多於一切法無修無遣名修般若波羅蜜多善勇猛若諸菩薩能如是行能如是住修行般若波羅蜜多速得圓滿復次善勇猛若諸菩薩摩訶薩衆修行般若波羅蜜多不起色相應相心亦不起受想行識相應相心不起眼相應相心亦不起耳鼻舌身意相應相心不起眼識相應相心亦不起

耳鼻舌身意識相應相心不起色相應相心亦不起聲香味觸法相應相心不起栽蘗俱行之心不起瞋恚俱行之心不起慳貪俱行之心不起煩惱俱行之心不起忿恚俱行之心不起懈怠俱行之心不起散亂俱行之心不起惡慧俱行之心不起欲結俱行之心不起緣色執俱行之心不起無色執俱行之心不起貪欲俱行之心不起離間俱行之心不起邪見俱行之心不起執著財位俱行之心不起執著富貴俱行之心不起執著大財勝族俱行之心不起執著生天俱起之心不起執著欲界俱行之心不起執著色無色界俱行之心不起聲聞地心不起獨覺地心不起執著諸菩薩行俱行之心乃至不起執涅槃見俱行之心是諸菩薩摩訶薩衆成就如是

清淨心故於諸有情雖起遍滿慈悲喜捨而能遣除諸有情想於有情想無執而住於四梵住亦無執著成就妙慧方便善巧彼由成就如是法故能無執著修行般若波羅蜜多速得圓滿是諸菩薩修行般若波羅蜜多速圓滿故便於諸色無取無執於受想行識亦無取無執於眼無取無執於耳鼻舌身意亦無取無執於色無取無執於聲香味觸法亦無取無執於眼識無取無執於耳鼻舌身意識亦無取無執於名色無取無執於染淨無取無執於緣起無取無執於顛倒見趣諸蓋愛行無取無執於貪瞋癡無取無執於欲色無色界無取無執於地水火風空識界無取無執於有情界法界無取無執於我有情命者生者養者士夫補特伽羅意生儒童作者

受者知者見者無取無執於斷常見無取無執於布施慳貪持戒犯戒安忍忿恚精進懈怠靜慮散亂般若惡慧無取無執於念住正斷神足根力覺支道支無取無執於靜慮解脫等持等至無取無執於苦集滅道無取無執於無量神通無取無執於盡智無生智無造作智無取無執於異生聲聞獨覺菩薩佛地無取無執於異生聲聞獨覺菩薩佛法無取無執於奢摩他毗鉢舍那無取無執於涅槃界無取無執於過去未來現在智見無取無執於無著智無取無執於佛智力無畏等無邊佛法無取無執於斷顛倒見趣蓋等無取無執何以故善勇猛以一切法不可隨取不可執受無能隨取無能執受何以故善勇猛無有少法應可執受亦無少法能有執受所以者何若能執受若所執受俱不可得何以故善勇猛以一切法皆不堅實如幻事故以一切法皆不自在堅實之性不可得故以一切法皆如光影不可取故以一切法皆悉虛僞無自性故以一切法皆如聚沫不可撮摩故以一切法皆如浮泡起已速滅故以一切法皆如陽焰顛倒所起故以一切法皆如芭蕉中無堅實故以一切法皆如水月不可執取故以一切法皆如虹蜺虛妄分別故以一切法皆無作用不能發起故以一切法皆如空拳無實性相故善勇猛諸菩薩如是觀察一切法已於一切法無取無執無住無著善勇猛諸菩薩於一切法不深保信不起取著不生固執無所貪愛而行般若波羅蜜多善勇猛若諸菩薩能如是行能如是住修行

般若波羅蜜多速得圓滿復次善勇猛若諸菩薩如是學時不於色學不爲超越色故學不於受想行識學不爲超越受想行識故學不於色生學不於色滅學不於受想行識生學不於受想行識滅學不爲調伏色故學不爲不調伏色故學不爲調伏受想行識故學不爲不調伏受想行識故學不爲攝伏移轉色故學不爲趣入安住色故學不爲攝伏移轉受想行識故學不爲趣入安住受想行識故學善勇猛若諸菩薩如是學時不於眼學不爲超越眼故學不於耳鼻舌身意學不爲超越耳鼻舌身意故學不於眼生學不於眼滅學不於耳鼻舌身意生學不於耳鼻舌身意滅學不爲調伏眼故學不爲不調伏眼故學不爲調伏耳鼻舌身意故學不爲不調伏耳鼻舌身意故學不爲攝伏移轉眼故學不爲趣入安住眼故學不爲攝伏移轉耳鼻舌身意故學不爲趣入安住耳鼻舌身意故學善勇猛若諸菩薩如是學時不於色學不爲超越色故學不於聲香味觸法學不爲超越聲香味觸法故學不於色生學不於色滅學不於聲香味觸法生學不於聲香味觸法滅學不爲調伏色故學不爲不調伏色故學不爲調伏聲香味觸法故學不爲不調伏聲香味觸法故學不爲攝伏移轉色故學不爲趣入安住色故學不爲攝伏移轉聲香味觸法故學不爲趣入安住聲香味觸法故學善勇猛若諸菩薩如是學時不於眼識學不爲超越眼識故學不於耳鼻舌身意識學不爲超越耳鼻舌身意識故學不於眼識生學不於

眼識滅學不於耳鼻舌身意識生學不於耳鼻舌身意識滅學不為調伏眼識故學不為不調伏眼識故學不為調伏耳鼻舌身意識故學不為不調伏耳鼻舌身意識故學不為攝法移轉眼識故學不為攝伏移轉耳鼻舌身意識故學不為趣入安住眼識故學不為趣入安住耳鼻舌身意識故學

大般若波羅蜜多經卷第五百九十八

音釋

栽蘖 栽將來切種蒔也蘖牙葛切與枿同伐木之餘謂斫而復生也

撮摩 撮麤括切蹙聚而捎取之也摩眉波切楷也相切也

大般若波羅蜜多經卷第五百九十九

唐 三 藏 法 師 玄奘 奉 詔譯

第十六般若波羅蜜多分之七

復次善勇猛若諸菩薩如是學時不於色學若常若無常若樂若苦若空若不空若我若無我亦不於受想行識學若常若無常若樂若苦若空若不空若我若無我善勇猛若諸菩薩如是學時不於眼學若常若無常若樂若苦若空若不空若我若無我亦不於耳鼻舌身意學若常若無常若樂若苦若空若不空若我若無我善勇猛若諸菩薩如是學時不於色學若常若無常若樂若苦若空若不空若我若無我亦不於聲香味觸法學若常若無常若樂若苦若空若不空若我若無我善勇猛若諸菩薩如是學時不於眼識學若常若無常若樂若苦若空若不空若我若無我亦不於耳鼻舌身意識學若常若無常若樂若苦若空若不空若我若無我復次善勇猛若諸菩薩如是學時不緣色若過去行若未來行若現在行亦不緣受想行識若過去行若未來行若現在行善勇猛若諸菩薩如是學時不緣眼若過去行若未來行若現在行亦不緣耳鼻舌身意若過去行若未來行若現在行善勇猛若諸菩薩如是學時不緣色若過去行若未來行若現在行亦不緣聲香味觸法若過去行若未來行若現在行善勇猛若諸菩薩如是學時不緣眼識若過去行若未來行若現在行亦不緣耳鼻舌身意識若過去行若未來行若現在行復次善勇猛若諸菩薩能如是行雖以空寂靜無我行

相觀察過去而不以空寂靜無我行於過去雖以空寂靜無我行相觀察未來而不以空寂靜無我行於未來雖以空寂靜無我行相觀察現在而不以空寂靜無我行於現在善勇猛若諸菩薩能如是行雖觀過去空無我無我所無常無恒無久安住不變易法而不如是行於過去雖觀未來空無我無我所無常無恒無久安住不變易法而不如是行於未來雖觀現在空無我無我所無常無恒無久安住不變易法而不如是行於現在善勇猛若諸菩薩能如是行能如是住修行般若波羅蜜多速得圓滿善勇猛若諸菩薩能如是行一切惡魔不能得便若諸菩薩能如是行普能覺知一切魔事非諸魔事所能引奪

復次善勇猛若諸菩薩能如是行則不緣色亦不緣受想行識不緣眼亦不緣耳鼻舌身意不緣色亦不緣聲香味觸法不緣眼識亦不緣耳鼻舌身意識不緣名色不緣染淨不緣顛倒見蓋愛行不緣貪瞋癡不緣我有情等不緣斷常不緣邊無邊不緣欲色無色界不緣緣起不緣地水火風空識界不緣有情界法界不緣諦實虛妄不緣有繫離繫不緣貪瞋癡斷不緣布施慳貪持戒犯戒安忍忿恚精進懈怠靜慮散亂般若惡慧不緣念住正斷神足根力覺支道支不緣顛倒等斷不緣靜慮解脫等持等至不緣慈悲喜捨不緣苦集滅道不緣盡智無生智無造作智不緣無著智不緣異生聲聞獨覺菩薩佛地不緣異生聲聞獨覺菩薩佛法不緣神通智見不緣解脫不緣解脫知見不緣涅槃不緣過去

未來現在知見不緣佛智力無畏等不緣佛土清淨不緣相好清淨不緣聲聞圓滿不緣獨覺圓滿不緣菩薩圓滿何以故善勇猛以一切法非所緣故以一切法非能緣故非一切法有所取故而可於彼說有所緣善勇猛若有所緣即有動作計著執取若有執取即有憂苦猛利愁箭悲惱歎生善勇猛若有所緣即有繫縛無出離道由斯一切憂苦增長善勇猛若有所緣即有恃執動轉戲論若有所緣即有種種鬪訟違諍若有所緣即有種種無明癡闇若有所緣即有恐怖若有所緣即有魔羂及有魔縛若有所緣即有苦逼及求安樂善勇猛菩薩觀見有如是等種種過患不緣諸法無所緣故於一切法則無所取無所取故於一切法無執而住如是菩薩雖無所緣而於境界得定自在雖於境界得定自在而無恃執亦無所住善勇猛若諸菩薩能如是行於一切法能不攀緣無所執著無所諍論於一切法無染而住善勇猛是諸菩薩普於一切所緣境法皆得離繫修行般若波羅蜜多善勇猛若諸菩薩能如是行能如是住修行般若波羅蜜多速得圓滿一切惡魔不能障礙魔軍眷屬不能攝持欲求其短終不能得亦復不能方便擾亂而能降伏魔及魔軍普能覺知一切魔事不隨魔事自在而行震動焚燒諸魔宮殿亦能降伏一切外道不爲外道之所降伏亦能摧滅一切他論不爲他論之所摧滅復次善勇猛若諸菩薩能如是行則於色不住分別無異分別於受想行識亦不住分別無異分別於眼不住分

別無異分別於耳鼻舌身意亦不住分別無異分別於色不住分別無異分別於聲香味觸法亦不住分別無異分別於眼識不住分別無異分別於耳鼻舌身意識亦不住分別無異分別由此因緣是諸菩薩於諸名色不起分別無異分別於諸染淨不起分別無異分別於諸緣起不起分別無異分別於諸顛倒見蓋愛行不起分別無異分別於諸斷常不起分別無異分別於欲色無色界不起分別無異分別於有情界法界不起分別無異分別於貪瞋癡不起分別無異分別於諦實虛妄不起分別無異分別於地水火風空識界不起分別無異分別於有繫離繫不起分別無異分別於我有情命者生者養者士夫補特伽羅意生儒童作者受者知者見者及彼諸想不起分別無異分別於布施慳貪持戒犯戒安忍忿恚精進懈怠靜慮散亂般若惡慧不起分別無異分別於念住正斷神足根力覺支道支不起分別無異分別於顛倒等斷不起分別無異分別於靜慮解脫等持等至不起分別無異分別於苦集滅道不起分別無異分別於慈悲喜捨不起分別無異分別於盡智無生智無造作智不起分別無異分別於諸異生聲聞獨覺菩薩佛地不起分別無異分別於諸異生聲聞獨覺菩薩佛法不起分別無異分別於神通知見不起分別無異分別於過去未來現在知見不起分別無異分別於無著知見不起分別無異分別於明解脫不起分別無異分別於解脫及解脫知見不起分別無異分別於諸佛智力

無畏等不起分別無異分別於相好清淨不起分別無異分別於佛土清淨不起分別無異分別於聲聞圓滿不起分別無異分別於獨覺圓滿不起分別無異分別於菩薩圓滿不起分別無異分別何以故善勇猛若有分別則異分別若於是處無有分別則於是處無異分別愚夫異生一切皆是分別所起彼想皆從異分別起是故菩薩不起分別無異分別善勇猛言分別者是第一邊異分別者是第二邊若於是處不起分別無異分別則於是處遠離二邊亦無有中善勇猛若謂有中亦是分別 分別中者亦謂有邊若於是處有分別者則於是處有異分別由此因緣無斷分別異分別義若於是處無分別者則於是處無異分別由此因緣有斷分別異分別義善勇猛斷分別者謂於此中都無所斷何以故善勇猛由無所有虛妄分別異分別力發起顛倒彼寂靜故顛倒亦無顛倒無故都無所斷善勇猛無所斷者當知顯示苦斷增語謂於此中無少苦斷故名苦斷若苦自性少有眞實可有所斷然苦自性無少眞實故無所斷但見苦無說名苦斷謂遍知苦都無自性少分可得故名苦斷諸有於苦都無分別無異分別名苦寂靜即是令苦不生起義善勇猛若諸菩薩能如是見則於諸法不起分別無異分別善勇猛是名菩薩遍知分別異分別性修行般若波羅蜜多善勇猛若諸菩薩能如是行能如是住修行般若波羅蜜多速得圓滿一切惡魔不能障礙諸魔軍衆所起事業皆能覺知諸有所爲不隨魔事自

在而轉令諸惡魔自然退散摧彼軍衆令其漸少身意泰然離諸怖畏惡魔軍衆不能擾惱止息一切往惡趣因斷塞世間衆邪逕路離諸黑闇越渡暴流於一切法得清淨眼與有情類作大光明紹隆佛種令不斷絶證得眞道道平等性哀愍有情起淨法眼具足精進離諸懈怠獲得安忍遠忿恚心入勝靜慮無所依止得眞般若成通達慧遣除惡作遠離蓋纏出惡魔羂斷諸愛網安住正念無所忘失得淨尸羅至淨戒岸安住功德離諸過患得定慧力不可動摇一切他論不能摧伏得諸法淨永無退失宣說諸法得無所畏入諸大衆心無怯弱施諸妙法無所祕悋以平等道淨諸道路誓離邪道修所應修以清淨法熏所應熏以清淨慧淨所應淨器度深廣猶如大海湛然不動難可測量法海無邊過諸數量善勇猛若諸菩薩能如是行成此及餘無邊功德如是功德難測其岸除佛世尊無能知者復次善勇猛菩薩如是修行般若波羅蜜多妙色無滅財位無滅眷屬無滅種類無滅家族無滅國土無滅不生邊地不遇無暇不與穢惡有情共居亦不隣近不淨事業自心無退智慧無滅從他聽受種種法門皆能會入平等法性紹隆佛種一切智智令常興盛無有斷絶於諸佛法已得光明已得隣近一切智智若有惡魔來至其所欲為惱亂則令彼魔及諸眷屬皆成灰燼辯才頓喪羂網俱絶假使俱胝魔及軍衆俱來嬈惱心不動摇於是惡魔及諸軍衆驚怖退散作是念言今此菩薩已超我境彼於我境不復當

行不復當住不復躭著令餘有情於我境界皆得出離蕭然解脱時諸惡魔作是念已愁憂悲歎共相謂言今此菩薩損我等輩眷屬朋黨令無勢力言已各生憂苦悔恨復次善勇猛若諸菩薩行深般若波羅蜜多修深般若波羅蜜多會深般若波羅蜜多時魔宮殿皆失威光處處漸生煙焰之相惡魔驚怖愁憂苦惱如刀傷心如中毒箭咸共傷歎作如是言今此菩薩當令有情不受我等之所徵發今此菩薩當令有情出我等境今此菩薩當令有情脱我等界今此菩薩當令有情不住我境今此菩薩當令有情斷滅我界今此菩薩當令有情毀我羂網今此菩薩當拔有情令其永出諸欲淤泥今此菩薩當令有情脱諸見網今此菩薩當令有情出蓋邪路令此菩薩安立有情令住正道今此菩薩引諸有情令其永出諸見稠林善勇猛彼諸惡魔見此菩薩有如是等諸勝義利愁憂苦惱如箭入心譬如有人失大寶藏成就廣大愁憂苦惱如是惡魔深心悔恨如中毒箭愁憂苦惱晝夜驚惶不樂本座復次善勇猛若諸菩薩行深般若波羅蜜多修深般若波羅蜜多會深般若波羅蜜多時諸惡魔共集一處思惟方便欲壞菩薩互相謂言我等今者當設何計作何事業壞此菩薩所修正行時惡魔衆心懷疑惑愁憂不樂如中毒箭共相勸勵往菩薩所伺求其短現怖畏事由此菩薩修行般若波羅蜜多威神力故諸惡魔衆盡其神力尚不能動菩薩毛端況令菩薩身心變異時諸惡魔覺知菩薩遠離驚恐毛竪等事

更設方便種種魅惑心神俱劳懐怖畏故諸魅惑事皆不能成時惡魔王便作是念我尚不能壞此菩薩況我眷屬或餘能壞念已驚怖力盡計窮還歸自宮愁憂而住如是菩薩修行般若波羅蜜多具大威力惡魔眷屬尚不能令如彈指頃心有迷惑何況能爲餘障礙事善勇猛如是菩薩修行般若波羅蜜多成就如是功德智慧大威神力假使三千大千世界諸有情類皆變爲魔一一皆將爾所魔衆爲擾亂故往菩薩所盡其神力亦不能障所修般若波羅蜜多何以故善勇猛爾時菩薩成就如是甚深般若刀劒力故亦復成就不可思議不可測量及無等等般若力故不爲一切暴惡魔軍之所降伏善勇猛夫大刀者謂般若刀夫大劒者謂般若劒夫大力者謂般若力是故般若波羅蜜多非諸惡魔所行境地復次善勇猛諸有外仙得四靜慮四無色定超欲魔境生諸梵天四無色地彼於菩薩常所成就世間妙慧尚非行境況實般若波羅蜜多何況惡魔能行此境彼於獲得色無色定外仙妙慧尚非行境況於般若波羅蜜多善勇猛若諸菩薩成就般若波羅蜜多爾時菩薩名爲成就大威力者若有成就般若威力即名成就利慧刀者若有成就般若利刀即名成就利慧劒者諸惡魔軍不能降伏而能降伏一切魔軍復次善勇猛若諸菩薩成就般若波羅蜜多利慧刀劒具大勢力是諸菩薩於一切處無所依止諸有所作亦無所依何以故善勇猛若有所依則有移轉若有移轉則有動搖若有動搖則有戲

論善勇猛若諸有情有依有轉動搖戲論是諸有情隨魔力行未脫魔境善勇猛若諸有情雖復乃至上生有頂有所依止繫屬所依依所依處彼必還墮魔境界中未脫惡魔所有羂網惡魔索縷常所隨逐如猛喜子及阿邏荼迦邏摩子并餘一切依止無色繫屬所依依所依處諸仙外道善勇猛若諸菩薩行深般若波羅蜜多修深般若波羅蜜多會深般若波羅蜜多是諸菩薩於一切處無所依止諸有所作亦無所依善勇猛若諸菩薩勇猛精進修行般若波羅蜜多隨順安住爾時菩薩不依止色亦不依止受想行識不依止眼亦不依止耳鼻舌身意不依止色亦不依止聲香味觸法不依止眼識亦不依止耳鼻舌身意識不依止名色不依止顛倒見趣諸蓋及諸愛行不依止緣起不依止欲色無色界不依止我有情命者生者養者士夫補特伽羅意生儒童作者受者知者見者及彼諸想不依止地水火風空識界不依止有情界法界不依止初靜慮乃至非想非非想處不依止有愛不依止無有愛不依止斷常不依止有性不依止無性不依止布施慳貪持戒犯戒安忍忿恚精進懈怠靜慮散亂般若惡慧不依止念住正斷神足根力覺支道支不依止斷顛倒等不依止靜慮解脫等持等至不依止苦集滅道不依止盡智無生智無造作智不依止無著智見不依止明及解脫不依止解脫智見不依止異生聲聞獨覺菩薩佛地不依止異生聲聞獨覺菩薩佛法不依止涅槃不依止過去未來現在智見不依止

三世平等性不依止佛智力無畏等不依止一切智智不依止相好圓滿不依止佛土圓滿不依止聲聞衆圓滿不依止菩薩衆圓滿不依止一切法不依止移轉不依止動搖不依止戲論由無依止除遣一切亦不執著無依止道於無依止亦不恃執亦復不得此是依止亦復不得在此依止亦復不得屬此依止亦復不得依此依止於所依止亦無恃執如是菩薩於諸依止無恃無得無執無取無說無欣無著而住不爲一切依止所染於諸依止亦無滯礙證得一切依止淨法善勇猛此諸菩薩依一切法依止清淨微妙智見修行般若波羅蜜多由此惡魔不能得便惡魔軍衆不能降伏而能降伏一切魔軍復次善勇猛若諸菩薩未發無上正等覺心先應積集無量無數善根資粮多供養佛事多善友於多佛所請問法要發弘誓願意樂具足於諸有情樂行布施於清淨戒尊重護持忍辱柔和悉皆具足勇猛精進離諸懈怠尊重修行鮮白靜慮於清淨慧恭敬修學是諸菩薩既發無上正等覺心復應精勤修學般若波羅蜜多以智慧力伏諸魔衆恒作是念勿爲惡魔伺求我短作擾亂事由斯力故令諸惡魔不能得便障所修學亦令魔衆不起是心我當伺求此菩薩便爲擾亂事障礙所修設起是心即令自覺我作斯事必遭大苦由斯發起大恐怖心勿我今時喪失身命故應息此擾亂之心於是魔軍惡心隱沒善勇猛由此因緣惡魔軍衆不能障礙菩薩所學甚深般若波羅蜜多復次善勇猛若諸菩薩聞說

般若波羅蜜多起純淨欲增上意樂深心尊重稱讚功德起大師想聞說六種波羅蜜多相應法教亦不發起猶豫疑惑聞甚深法心不迷謬亦復不起猶豫疑惑終不造作感匱法業亦不發起感匱法心勸導無量無邊有情信受修學甚深般若波羅蜜多讚勵無量無邊有情亦令信受修學六種波羅蜜多是諸菩薩先意樂淨一切意樂皆無雜染諸惡魔軍不能障礙伺求其便亦不能得衆魔事業皆能覺知一切惡魔不能引奪不隨魔力自在而行善勇猛由此因緣是諸菩薩惡魔眷屬不能擾亂復次善勇猛若諸菩薩修行般若波羅蜜多不行色合相不行色離相不行受想行識合相不行受想行識離相不行眼合相不行眼離相不行耳鼻舌身意合相不行耳鼻舌身意離相不行色合相不行色離相不行聲香味觸法合相不行聲香味觸法離相不行眼識合相不行眼識離相不行耳鼻舌身意識合相不行耳鼻舌身意識離相不行色相合離相不行受想行識相合離相不行眼相合離相不行耳鼻舌身意相合離相不行色相合離相不行聲香味觸法相合離相不行眼識相合離相不行耳鼻舌身意識相合離相不行色清淨不清淨相不行受想行識清淨不清淨相不行眼清淨不清淨相不行耳鼻舌身意清淨不清淨相不行色清淨不清淨相不行聲香味觸法清淨不清淨相不行眼識清淨不清淨相不行耳鼻舌身意識清淨不清淨相不行緣色清淨不清淨相不行緣受想行識清淨不清淨相不

行緣眼清淨不清淨相不行緣耳鼻舌身意清淨不清淨相不行緣色清淨不清淨相不行緣聲香味觸法清淨不清淨相不行緣眼識清淨不清淨相不行緣耳鼻舌身意識清淨不清淨相不行起色清淨不清淨合離相不行起受想行識清淨不清淨合離相不行起眼清淨不清淨合離相不行起耳鼻舌身意清淨不清淨合離相不行起色清淨不清淨合離相不行起聲香味觸法清淨不清淨合離相不行起眼識清淨不清淨合離相不行起耳鼻舌身意識清淨不清淨合離相不行緣色自性清淨不清淨合離相不行緣受想行識自性清淨不清淨合離相不行緣眼自性清淨不清淨合離相不行緣耳鼻舌身意自性清淨不清淨合離相不行緣色自性清淨不清淨合離相不行緣聲香味觸法自性清淨不清淨合離相不行緣眼識自性清淨不清淨合離相不行緣耳鼻舌身意識自性清淨不清淨合離相不行色本性清淨不清淨合離相不行受想行識本性清淨不清淨合離相不行眼本性清淨不清淨合離相不行耳鼻舌身意本性清淨不清淨合離相不行色本性清淨不清淨合離相不行聲香味觸法本性清淨不清淨合離相不行眼識本性清淨不清淨合離相不行耳鼻舌身意識本性清淨不清淨合離相不行緣色本性清淨不清淨合離相不行緣受想行識本性清淨不清淨合離相不行緣眼本性清淨不清淨合離相不行緣耳鼻舌身意本性清淨不清淨合離相不行緣色本性清淨不清淨

合離相不行緣聲香味觸法本性清淨不清淨合離相不行緣眼識本性清淨不清淨合離相不行緣耳鼻舌身意識本性清淨不清淨合離相不行色過去未來現在清淨不清淨合離相不行受想行識過去未來現在清淨不清淨合離相不行眼過去未來現在清淨不清淨合離相不行耳鼻舌身意過去未來現在清淨不清淨合離相不行色過去未來現在清淨不清淨合離相不行聲香味觸法過去未來現在清淨不清淨合離相不行眼識過去未來現在清淨不清淨合離相不行耳鼻舌身意識過去未來現在清淨不清淨合離相不行緣色過去未來現在清淨不清淨合離相不行緣受想行識過去未來現在清淨不清淨合離相不行緣眼過去未來現在清淨不清淨合離相不行緣耳鼻舌身意過去未來現在清淨不清淨合離相不行緣色過去未來現在清淨不清淨合離相不行緣聲香味觸法過去未來現在清淨不清淨合離相不行緣眼識過去未來現在清淨不清淨合離相不行緣耳鼻舌身意識過去未來現在清淨不清淨合離相善勇猛若諸菩薩能如是行則不與色若合若離亦不與受想行識若合若離亦不與眼若合若離亦不與耳鼻舌身意若合若離不與色若合若離亦不與聲香味觸法若合若離不與眼識若合若離亦不與耳鼻舌身意識若合若離不與名色若合若離不與顛倒見趣諸蓋及諸愛行若合若離不與欲色無色界若合若離不與貪瞋癡若合若離不與我有情命者生

者養者士夫補特伽羅意生儒童作者受者知者見者有無有想若合若離不與斷常若合若離不與界處若合若離不與有情界法界若合若離不與地水火風空識界若合若離不與緣起若合若離不與五妙欲若合若離不與雜染清淨若合若離不與布施慳貪持戒犯戒安忍忿恚精進懈怠靜慮散亂妙慧惡慧若合若離不與念住正斷神足根力覺支道支若合若離不與斷顛倒等若合若離不與靜慮解脫等持等至若合若離不與苦集滅道若合若離不與止觀若合若離不與明及解脫若合若離不與解脫智見若合若離不與無量神通若合若離不與異生聲聞獨覺菩薩佛地若合若離不與異生聲聞獨覺菩薩佛法若合若離不與盡智無生智無造作智無著智若合若離不與生死涅槃若合若離不與佛智力無畏等若合若離不與相好圓滿若合若離不與莊嚴佛土若合若離不與聲聞圓滿若合若離不與獨覺圓滿若合若離不與菩薩圓滿若合若離何以故善勇猛以一切法無合離故善勇猛非一切法爲合離故而現在前善勇猛合者謂常離者謂斷善勇猛一切法性不由覺察有合有離善勇猛一切法性不爲合故離故現前善勇猛若諸法性爲合爲離現在前者則應諸法可得作者使作者起者使起者受者使受者知者使知者見者使見者合者使合者離者使離者如來亦應施設諸法此是作者使作者乃至離者使離者善勇猛以諸法性不爲合離現在前故諸法無有作者使作者

乃至離者使離者少分可得不可得故佛不施設善勇猛諸法皆由顛倒所起非諸顛倒有合有離何以故善勇猛諸顛倒事無少可得亦不可得實生起性何以故善勇猛顛倒非實虛妄誑詐空無所有非於此中有少實法可名顛倒善勇猛夫顛倒者惑亂有情施誑有情諸有情類虛妄分別之所顯現令諸有情妄生恃執動轉戲論善勇猛如以空拳誑惑童豎彼無知故謂有實物愚夫異生亦復如是虛妄顛倒之所誑惑於一切法非合離性妄見合離謂爲實有愚癡顛倒於無實中起有實想難可解脱是故一切愚夫異生妄見合離顛倒繫縛馳流生死謂合得合住合見合執有合故便執有離謂除遣合而得離故善勇猛若處有合是處有離若於合中無得無恃不起執著亦不見離善勇猛若於離中有得有恃起執著者彼便有合與生死苦未可別離善勇猛是諸菩薩觀此義故與諸法性非合非離亦不爲法若合若離而有所作或有修學善勇猛是諸菩薩遍知合離修行般若波羅蜜多善勇猛如是菩薩安住般若波羅蜜多速能圓滿一切智法復次善勇猛若諸菩薩修行般若波羅蜜多不行色著無著不行受想行識著無著不行眼著無著不行耳鼻舌身意著無著不行色著無著不行聲香味觸法著無著不行眼識著無著不行耳鼻舌身意識著無著不行色著無著清淨不行受想行識著無著清淨不行眼著無著清淨不行耳鼻舌身意著無著清淨不行色著無著清淨不行聲香味觸法著無著

清淨不行眼識著無著清淨不行耳鼻舌身意識著無著清淨不行色著無著所緣不行受想行識著無著所緣不行眼著無著所緣不行耳鼻舌身意著無著所緣不行色著無著所緣不行聲香味觸法著無著所緣不行眼識著無著所緣不行耳鼻舌身意識著無著所緣不行色著無著合離不行受想行識著無著合離不行眼著無著合離不行耳鼻舌身意著無著合離不行色著無著合離不行聲香味觸法著無著合離不行眼識著無著合離不行耳鼻舌身意識著無著合離不行色著無著清淨合離不行受想行識著無著清淨合離不行眼著無著清淨合離不行耳鼻舌身意著無著清淨合離不行色著無著清淨合離不行聲香味觸法著無著清淨合離不行眼識著無著清淨合離不行耳鼻舌身意識著無著清淨合離不行色所緣清淨合離不行受想行識所緣清淨合離不行眼所緣清淨合離不行耳鼻舌身意所緣清淨合離不行色所緣清淨合離不行聲香味觸法所緣清淨合離不行眼識所緣清淨合離不行耳鼻舌身意識所緣清淨合離何以故善勇猛如是一切皆有移轉恃執動搖若行若觀菩薩遍知如是一切不復於中若行若觀復次善勇猛若諸菩薩修行般若波羅蜜多不行色過去未來現在著無著不行受想行識過去未來現在著無著不行眼過去未來現在著無著不行耳鼻舌身意過去未來現在著無著不行色過去未來現在著無著不行聲香味觸法過去未來現在著無著

不行眼識過去未來現在著無著不行耳鼻舌身意識過去未來現在著無著不行色過去未來現在清淨不清淨不行受想行識過去未來現在清淨不清淨不行眼過去未來現在清淨不清淨不行耳鼻舌身意過去未來現在清淨不清淨不行色過去未來現在清淨不清淨不行聲香味觸法過去未來現在清淨不清淨不行眼識過去未來現在清淨不清淨不行耳鼻舌身意識過去未來現在清淨不清淨不行色過去未來現在著無著所緣清淨不清淨不行受想行識過去未來現在著無著所緣清淨不清淨不行眼過去未來現在著無著所緣清淨不清淨不行耳鼻舌身意過去未來現在著無著所緣清淨不清淨不行色過去未來現在著無著所緣清淨不清淨不行聲香味觸法過去未來現在著無著所緣清淨不清淨不行眼識過去未來現在著無著所緣清淨不清淨不行耳鼻舌身意識過去未來現在著無著所緣清淨不清淨何以故善勇猛是諸菩薩修行般若波羅蜜多都不見行及不行法善勇猛是諸菩薩都無所行善能悟入遍知諸行修行般若波羅蜜多善勇猛若諸菩薩能如是行速能圓滿一切智法

大般若波羅蜜多經卷第五百九十九

音釋

暴流 暴蒲報切驟也猝也 灰燼 燼徐刃切火餘也 俱胝 梵語此云百億 胝張尼切 躭 都含切樂也又過樂謂之躭 魅惑 魅明祕切老精物也人面鬼身四足好惑人山林異氣所生 縷 隴主切葺綫也 邏 郎佐切 匱 求位切匱乏也 羂 古泫切罥也亦網也

大般若波羅蜜多經卷第六百

唐三藏法師玄奘奉　詔譯

第十六般若波羅蜜多分之八

復次善勇猛若諸菩薩修行般若波羅蜜多不行色開顯不開顯不行受想行識開顯不開顯不行眼開顯不開顯不行耳鼻舌身意開顯不開顯不行色開顯不開顯不行聲香味觸法開顯不開顯不行眼識開顯不開顯不行耳鼻舌身意識開顯不開顯不行色寂靜不寂靜不行受想行識寂靜不寂靜不行眼寂靜不寂靜不行耳鼻舌身意寂靜不寂靜不行色寂靜不寂靜不行聲香味觸法寂靜不寂靜不行眼識寂靜不寂靜不行耳鼻舌身意識寂靜不寂靜不行色本性清淨不清淨不行受想行識本性清淨不清淨不行眼本性清淨不清淨不行耳鼻舌身意本性清淨不清淨不行色本性清淨不清淨不行聲香味觸法本性清淨不清淨不行眼識本性清淨不清淨不行耳鼻舌身意識本性清淨不清淨不行色本性開顯不開顯不行受想行識本性開顯不開顯不行眼本性開顯不開顯不行耳鼻舌身意本性開顯不開顯不行色本性開顯不開顯不行聲香味觸法本性開顯不開顯不行眼識本性開顯不開顯不行耳鼻舌身意識本性開顯不開顯不行色本性寂靜不寂靜不行受想行識本性寂靜不寂靜不行眼本性寂靜不寂靜不行耳鼻舌身意本性寂靜不寂靜不行色本性寂靜不寂靜不行聲香味觸法本性寂靜不寂靜不行眼識本性寂靜不寂靜不行耳鼻

舌身意識本性寂靜不寂靜不行色本性遠離不遠離不行受想行識本性遠離不遠離不行眼本性遠離不遠離不行耳鼻舌身意本性遠離不遠離不行色本性遠離不遠離不行聲香味觸法本性遠離不遠離不行眼識本性遠離不遠離不行耳鼻舌身意識本性遠離不遠離不行色過去未來現在本性清淨不清淨開顯不開顯寂靜不寂靜遠離不遠離不行受想行識過去未來現在本性清淨不清淨開顯不開顯寂靜不寂靜遠離不遠離不行眼過去未來現在本性清淨不清淨開顯不開顯寂靜不寂靜遠離不遠離不行耳鼻舌身意過去未來現在本性清淨不清淨開顯不開顯寂靜不寂靜遠離不遠離不行色過去未來現在本性清淨不清淨開顯不開顯寂靜不寂靜遠離不遠離不行聲香味觸法過去未來現在本性清淨不清淨開顯不開顯寂靜不寂靜遠離不遠離不行眼識過去未來現在本性清淨不清淨開顯不開顯寂靜不寂靜遠離不遠離不行耳鼻舌身意識過去未來現在本性清淨不清淨開顯不開顯寂靜不寂靜遠離不遠離善勇猛若諸菩薩能如是行速能圓滿一切智法復次善勇猛若諸菩薩修行般若波羅蜜多不恃執色不恃執受想行識不恃執眼不恃執耳鼻舌身意不恃執色不恃執聲香味觸法不恃執眼識不恃執耳鼻舌身意識不恃執色清淨不恃執受想行識清淨不恃執眼清淨不恃執耳鼻舌身意清淨不恃執色清淨不恃執聲香味觸法清淨不恃執眼識

清淨不恃執耳鼻舌身意識清淨不恃執色所緣清淨不恃執受想行識所緣清淨不恃執眼所緣清淨不恃執耳鼻舌身意所緣清淨不恃執色所緣清淨不恃執聲香味觸法所緣清淨不恃執眼識所緣清淨不恃執耳鼻舌身意識所緣清淨復次善勇猛若諸菩薩修行般若波羅蜜多不執著色不執著受想行識不執著眼不執著耳鼻舌身意不執著色不執著聲香味觸法不執著眼識不執著耳鼻舌身意識不執著色清淨不執著受想行識清淨不執著眼清淨不執著耳鼻舌身意清淨不執著色清淨不執著聲香味觸法清淨不執著眼識清淨不執著耳鼻舌身意識清淨不執著色所緣清淨不執著受想行識所緣清淨不執著眼所緣清淨不執著耳鼻舌身意所緣清淨不執著色所緣清淨不執著聲香味觸法所緣清淨不執著眼識所緣清淨不執著耳鼻舌身意識所緣清淨善勇猛若諸菩薩能如是行速能圓滿一切智法善勇猛若諸菩薩能如是行則爲鄰近如來十力四無所畏四無礙解大慈大悲大喜大捨十八佛不共法善勇猛若諸菩薩能如是行則爲鄰近三十二大士相八十隨好身眞金色無邊光明如龍象視無能見頂善勇猛若諸菩薩能如是行則爲鄰近過去未來現在無著無礙智見亦爲鄰近如來教授教誡示導亦爲鄰近過去未來現在無著無礙智見決定受記善勇猛若諸菩薩能如是行速證一切佛法清淨速能證得佛土清淨速能攝受聲聞衆圓滿速能攝受菩薩衆圓

滿善勇猛若諸菩薩能如是行不住色不住受想行識不住眼不住耳鼻舌身意不住色不住聲香味觸法不住眼識不住耳鼻舌身意識不住名色不住顛倒見蓋愛行不住欲色無色界不住有情界法界不住地水火風空識界不住我有情命者生者養者士夫補特伽羅意生儒童作者受者知者見者及彼諸想不住斷常不住染淨不住緣起不住布施慳貪持戒犯戒安忍忿恚精進懈怠靜慮散亂妙慧惡慧不住念住正斷神足根力覺支道支不住顛倒等斷不住靜慮解脫等持等至不住明及解脫解脫智見不住盡智無生智無造作智及無著智不住止觀不住無量神通不住苦集滅道不住異生聲聞獨覺菩薩佛地不住異生聲聞獨覺菩薩佛法不住生死涅槃不住佛智力無畏等不住過去未來現在智見不住佛土圓滿不住聲聞衆圓滿不住菩薩衆圓滿何以故善勇猛以一切法不可住故善勇猛非一切法有可住義所以者何以一切法皆無執藏無執藏故無可住者善勇猛若一切法有可住者應可示現此可執藏此法常住如來亦應安住諸法示現諸法此可執藏此可積集善勇猛以一切法不可安住不可執藏不可積集是故無法是常住者由此如來不安住法亦不示現此可執藏此可積集善勇猛無有少法是實可生以無少法實可生故都無所住故說諸法無可住義善勇猛以無所住及無不住為方便故說一切法都無所住善勇猛無有少法可說住者如四大河無熱池出未入大海

終無住義如是諸法乃至無造諸行未盡終無住義善勇猛無造行者謂於此中無住不住無留難者一切皆依俗數而說實無有住無留難者無究竟者亦無不住善勇猛無造行者依俗數說如諸有情世俗所見非實有住或留難者或究竟者亦無不住非無造行有實住者是故可言依俗數說故一切法皆無住義善勇猛如是菩薩摩訶薩衆依一切法無住方便修行般若波羅蜜多善勇猛若諸菩薩能如是行速能圓滿一切智法鄰近無上正等菩提疾能安坐妙菩提座疾能證得一切智智疾能圓滿三世智見疾能圓滿一切有情心行差別遍知妙智故善勇猛若諸菩薩摩訶薩衆欲普饒益一切有情欲以財施一切有情皆令充足欲以法施一切有情皆令願滿欲能破壞一切有情無明卵𣪍欲普授與一切有情大智佛智欲普哀愍一切有情欲普利樂一切有情欲令一切有情豐足財施法施欲令一切有情豐足清淨尸羅欲令一切有情豐足安忍柔和欲令一切有情豐足勇猛精進欲令一切有情豐足清白靜慮欲令一切有情豐足微妙般若欲令一切有情豐足究竟解脫欲令一切有情豐足解脫智見欲令一切有情豐足生諸善趣欲令一切有情豐足明及解脫欲令一切有情豐足畢竟涅槃欲令一切有情豐足諸佛妙法欲令一切有情豐足圓滿衆德欲轉無上微妙法輪一切世間沙門梵志天魔外道皆無有能如法轉者欲於世間宣說妙法欲能如實記諸佛地欲能如實記菩薩地欲能

如實記獨覺地欲能如實記聲聞地欲能覺發諸有情類本願善根應學如是甚深般若波羅蜜多勇猛正勤常無間斷應依如是甚深般若波羅蜜多精勤修學無所顧戀善勇猛我都不見有諸餘法能令菩薩速疾圓滿所求無上諸佛妙法如此所說甚深般若波羅蜜多若諸菩薩安住如是甚深般若波羅蜜多精勤修學時無暫捨速能圓滿一切智法善勇猛若諸菩薩修行般若波羅蜜多能至究竟是諸菩薩鄰近無上正等菩提定無疑惑善勇猛若善男子善女人等聞此般若波羅蜜多歡喜信受生實想者我說彼類能引無上正等菩提殊勝善根速至究竟是善男子善女人等攝受善根定能積集大慧資粮善勇猛若諸菩薩手執如是甚深般若波羅蜜多方便善巧相應法教是諸菩薩設不現前蒙佛受記當知已近蒙佛受記或復不久當蒙諸佛現前受記善勇猛譬如有人精勤受學十善業道已至究竟當知彼人善根成熟已得鄰近北俱盧生如是菩薩若手執此甚深般若波羅蜜多當知鄰近所求無上正等菩提定無疑惑善勇猛譬如有人樂行惠捨於諸財寶無所顧悋於諸有情常以布施愛語利行同事攝受持戒修忍摧伏憍慢修如是行至究竟時速獲大財生於高族如是菩薩若手得此甚深般若波羅蜜多當知鄰近不退轉位善勇猛譬如有人樂修施戒尸羅安忍無不具足慈愍有情勸持淨戒復能造作感增上業當知速獲轉輪王位如是菩薩若手得此甚深般若波羅蜜多當知速

坐妙菩提座善勇猛如轉輪王將登大位於白半月十五日晨沐浴受齋至大殿上昇師子座面東而坐有大輪寶從空而來當知彼王受轉輪位不久當得具足七寶如是菩薩手中得此甚深般若波羅蜜多當知速獲一切智智善勇猛如有情類成勝善根常樂修行清白之行信解廣大厭患人身具淨尸羅樂營衆事其心長夜思願生天與四洲人常爲覆護當知彼類不久得爲四大天王護四洲界如是菩薩若以般若波羅蜜多相應法教施有情類心無悋惜當知不久得爲法王於一切法皆得自在善勇猛如有情類成勝善根清淨過前所成就者所獲財寶先惠施他後自受用所營事務先爲有情後方爲已常自守護不爲非法不平等貪之所染汙其心長夜願爲天主於所修善其心堅固當知彼類不久定生三十三天作天帝釋如是菩薩若以般若波羅蜜多相應法要施有情類無顧悋者當知不久定作法王於一切法得大自在善勇猛譬如有人得四梵住當知不久生於梵天如是菩薩若以般若波羅蜜多相應法要施有情類無顧悋者當知不久轉妙法輪施諸有情利益安樂善勇猛譬如大地至雨際時見上空中密雲含潤天將昏闇漸降大雨陂湖池沼處處充溢大地原隰上下俱潤密雲垂覆甘雨普洽令諸藥物卉木叢林枝葉華果悉皆茂盛水陸山川香氣芬馥處處皆有華果泉池大地于時甚可愛樂人非人類見已歡娛採摘華果齅香嘗味如是菩薩現得般若波羅蜜多精勤修學是諸

菩薩當知不久一切智智之所潤沃善能趣入一切智智當能開顯一切智智由斯潤洽一切有情分别開示無上法寶善勇猛譬如無熱龍王宫内有水生已出四大河各趣一方充滿大海如是菩薩手中得此甚深般若波羅蜜多復能於中精勤修學彼皆能出大法流注以大法施充足有情善勇猛如衆鳥等依妙高山形類雖殊而同一色如是菩薩手中得此甚深般若波羅蜜多信受修行皆同一趣謂趣如來一切智趣善勇猛譬如大海諸水依持常爲衆流之所歸趣如是菩薩手中得此甚深般若波羅蜜多精勤修學令極通利不久當知一切法海速疾當成一切法器常爲諸法之所歸趣世俗諸法不能擾動善勇猛如日輪舉蔽諸光明如是菩薩所學般若波羅蜜多出現世間一切外道悉皆隱没善勇猛若諸菩薩所學般若波羅蜜多出現世間與有情類作法明照善勇猛若諸菩薩出現世間作諸有情善根明照與有情類作淨福田一切有情皆應供養一切有情皆應歸趣一切有情皆應稱讚復次善勇猛若諸菩薩能學般若波羅蜜多於諸學中是最勝學如是學者普爲有情淨涅槃路何以故善勇猛若學般若波羅蜜多於諸學中最勝第一爲妙爲微妙爲上爲無上無等無等等善勇猛若諸菩薩能學般若波羅蜜多令一切學皆至究竟普能受持一切所學於一切學皆能開示摧伏一切他論邪學善勇猛若諸菩薩能學般若波羅蜜多則能修行三世諸佛諸菩薩行善勇猛諸佛世尊於此所

學甚深般若波羅蜜多已正當學極善安住爲諸有情已正當說如是無上清淨學法善勇猛如是所學甚深般若波羅蜜多超過一切世間所學最尊最勝善勇猛如是所學甚深般若波羅蜜多是自然學一切世間無能及者善勇猛若學般若波羅蜜多於諸法中都無所學謂若世間若出世間若有爲若無爲若有漏若無漏若有罪若無罪於如是等一切法門不生執著於一切法無著而住爲諸有情無倒開示無上清淨所學之法何以故善勇猛以一切法無著無縛無有少法爲著爲縛而現在前由此亦無得解脫義善勇猛色無著無縛亦無解脫受想行識無著無縛亦無解脫眼無著無縛亦無解脫耳鼻舌身意無著無縛亦無解脫色無著無縛亦無解脫聲香味觸法無著無縛亦無解脫眼識無著無縛亦無解脫耳鼻舌身意識無著無縛亦無解脫名色無著無縛亦無解脫顛倒見趣諸蓋愛行無著無縛亦無解脫貪瞋癡無著無縛亦無解脫欲色無色界無著無縛亦無解脫有情界法界無著無縛亦無解脫我有情命者生者養者士夫補特伽羅意生儒童作者受者知者見者及彼諸想無著無縛亦無解脫地水火風空識界無著無縛亦無解脫緣起染淨無著無縛亦無解脫布施慳貪持戒犯戒安忍忿恚精進懈怠靜慮散亂般若惡慧無著無縛亦無解脫苦集滅道無著無縛亦無解脫念住正斷神足根力覺支道支無著無縛亦無解脫顛倒等斷無著無縛亦無解脫靜慮解脫等持等至無著無

縛亦無解脱無量神通無著無縛亦無解脱盡智無生智無造作智及無著智無著無縛亦無解脱明及解脱解脱智見無著無縛亦無解脱異生聲聞獨覺菩薩佛地無著無縛亦無解脱異生聲聞獨覺菩薩佛法無著無縛亦無解脱生死涅槃無著無縛亦無解脱佛智力無畏等無著無縛亦無解脱過去未來現在智見無著無縛亦無解脱何以故善勇猛以一切法著不可得縛不可得著縛既無從彼解脱亦不可得善勇猛言著縛者謂於法性執著繫縛法性既無故不可說有著有縛言解脱者謂脱著縛彼二既無故無解脱善勇猛無解脱者謂於諸法都無有能得解脱性若於諸法能如是見即說名爲無著智見善勇猛言無著者謂於此中著不可得著無著性著無實性故名無著以於此中能著所著由此爲此因此屬此皆不可得故名無著善勇猛言無縛者謂於此中縛不可得縛無縛性縛無實性故名無縛以於此中能縛所縛由此爲此因此屬此皆不可得故名無縛善勇猛若於諸法無著無縛如何於法可說解脱善勇猛無著無縛亦無解脱離繫清涼名眞解脱善勇猛若於諸法無執著者則無繫縛若於諸法無繫著者則無解脱遠離三事離繫清涼名眞解脱善勇猛如是菩薩悟入諸法無著無縛亦無解脱得眞智見修行般若波羅蜜多善勇猛若諸菩薩能如是行鄰近無上正等菩提速能證得一切智智善勇猛我以如是甚深般若波羅蜜多微妙法印印諸菩薩摩訶薩衆令斷疑網精勤

修學甚深般若波羅蜜多速至究竟善勇猛我今自持如是法印令久住世利樂有情所以者何我聲聞衆無勝神力能持般若波羅蜜多微妙法印至我滅後後時後分後五百歲饒益有情爾時世尊告賢守菩薩導師菩薩等五百上首菩薩及善勇猛菩薩摩訶薩言善男子汝等應學如是如來無量無數百千俱胝那庾多劫曾所修集甚深般若波羅蜜多而爲上首甚深般若波羅蜜多之所流出甚深般若波羅蜜多之所建立無上法藏汝等應持如是法藏我涅槃後後時後分後五百歲無上正法將欲壞滅時分轉時廣爲有情宣說開示令彼聞已獲大利樂時諸菩薩聞佛語已皆從座起頂禮佛足合掌恭敬俱白佛言世尊我等當學如是如來無量無數百千俱胝那庾多劫曾所修集甚深般若波羅蜜多而爲上首甚深般若波羅蜜多之所流出甚深般若波羅蜜多之所建立無上法藏我等當持如是法藏佛涅槃後後時後分後五百歲無上正法將欲壞滅時分轉時廣爲有情宣說開示令彼聞已獲大利樂世尊當於彼時有大恐怖有大險難有大暴惡當於彼時諸有情類多分成就感匱法業心多貪欲不平等貪及非法貪之所染汙慳悋嫉妬纒縛其心多忿凶勃好麤惡語諂曲矯誑樂行非法多懷輕蔑鬬訟相違住不律儀耽嗜所蔽懈怠增上精進下劣忘失正念住不正知口强喙長偃蹇憍慠喜行惡業隱覆內心貪恚癡增善根薄少爲無明鷇之所闇蔽諸有所行皆順魔黨與深法律恒作怨害

於法寶藏常爲大賊稟性弊惡難可親附世尊我等今者決定能持如是如來無量無數百千俱胝那庾多劫善根所集無上法藏與彼有情作大饒益世尊彼時當有少分有情於斯法藏勤求樂學彼性質直無諂無誑寧捨身命不作法慳於法亦無誹謗厭背我與彼類當作饒益於此深法示現勸導讚勵慶喜令勤修學爾時世尊即以神力護持般若波羅蜜多微妙甚深無上法藏令惡魔衆不能壞滅復以威力護能受持精進修行此法藏者令斷魔羂蕭然解脱於所修行速至究竟佛時微笑放大光明普照三千大千世界人中天上處處有情因佛光明互得相見時此衆會天龍藥叉健達縛阿素洛揭路荼緊捺洛莫呼洛伽及餘神衆皆持種種天妙華香奉散世尊而爲供養復發廣大讚詠聲言甚奇如來大威神力護持法藏及修行者令惡魔軍不能壞滅斷諸魔羂得大自在於所修行速至究竟若有淨信諸善男子善女人等於此法門受持讀誦爲他廣說不復怖畏諸惡魔軍若諸菩薩於此法門受持讀誦爲他廣説便能降伏諸惡魔軍一切惡魔不能留難爾時佛告善勇猛言如是如是如天等説善勇猛如來於此無上法門爲諸惡魔已結疆界令惡魔衆所有羂網於此法門不能爲礙善勇猛如來今者依此法門摧諸惡魔所有勢力善勇猛如來今者護此法門制諸惡魔令不侵損善勇猛若有淨信諸善男子善女人等於此法門受持讀誦廣爲他説一切惡魔不能擾亂而能降伏諸惡魔怨若諸

菩薩於此法門受持讀誦廣爲他說普能降伏一切魔軍施諸有情利益安樂善勇猛如是法門非諸雜染弊有情類手所能得善勇猛如是法門非魔羂網所拘縶者之所行地善勇猛如是法門是性調善極聰慧者之所行地善勇猛如極調柔聰慧象馬非小王等之所乘御亦非出現於弊惡時唯爲輪王之所受用由斯出現於彼世時如是調柔極聰慧者方能受用此深法門故此法門乃墮其手善勇猛譬如齋戒龍王善住龍主哀羅筏拏龍王彼不爲人之所受用及爲見故而現在前亦復不爲諸餘天衆所受用故而現在前唯爲調柔聰慧天衆所受用故而現前也如如帝釋思與天衆往遊戲處嚴飾之時如是如是彼龍現作如是相狀來現其前爲天帝等所受用故如是若有善士人帝乃能受用此深法門謂能聽聞受持讀誦爲有情類宣示分別彼於此法爲大莊嚴能大流通作大法照成大法喜受大法樂善勇猛若於般若波羅蜜多甚深法門受持一句尚獲無量無邊功德況有於此大般若經能具受持轉讀書寫供養流布廣爲他說彼所獲福不可思議善勇猛唯性調柔極聰慧者乃能攝受如是法門若不調柔極聰慧者此甚深法非其境界善勇猛我爲有情斷諸疑惑故說如是大般若經說此法時無量無數菩薩摩訶薩得無生法忍復有無邊諸有情類皆發無上正等覺心爾時如來記彼決定當證無上正等菩提時薄伽梵說是經已善勇猛等諸大菩薩及餘四衆天龍藥义健達縛阿素洛

揭路荼緊捺洛莫呼洛伽人非人等一切大衆聞佛所説皆大歡喜信受奉行

大般若波羅蜜多經卷第六百

音釋

卵㲉（卵魯管切羽蟲所生為卵㲉克角切鳥卵也）陂湖（陂班糜切澤也又畜水曰陂）原隰（隰音習陂下濕也又下平曰隰）卉木（卉虎委切草之總名也）芬馥（芬敷文切馥房六切芬馥謂花草香氣也）那庾多（梵語也此云萬億庾弋渚切）㓙勃（勃蒲昧切正作悖亂也逆也）矯誑（矯舉夭切矯揉也又妄也詐也誑古況切欺也）輕蔑（蔑莫結切輕蔑謂輕易而相陵蔑也）嗜（時利切喜欲之也）喙長（喙許穢切口喙也）偃蹇（偃於幰切蹇紀偃切偃蹇驕傲也）弊（毗祭切敗也）

放光般若波羅蜜經

西晉三藏無羅叉共竺叔蘭譯

清刻龍藏佛說法變相圖

放光般若波羅蜜經卷第一

西晉三藏無羅叉共竺叔蘭譯

放光品第一

聞如是一時佛在羅閱祇耆闍崛山中與大比丘衆五千人俱皆是阿羅漢諸漏已盡意解無垢衆智自在已了衆事譬如大龍所作已辦離於重擔逮得所願三處已盡正解已解復有五百比丘尼諸優婆塞優婆夷諸菩薩摩訶薩已得陀隣尼空行三昧無相無願藏已得等忍得無罣礙陀隣尼門悉是五通所言柔輭無復懈怠已捨利養無所希望逮深法忍得精進力已過魔行度諸死地所教次第於阿僧祇劫順本所行所作不忘顏色和悅常先謙敬所語不麤於大衆中所念具足於無數劫堪任教化所說如幻如夢如響

如光如影如化如水中泡如鏡中像如熱時燄如水中月常以此法開悟一切悉知衆生意所趣向能以微妙慧隨其本行而度脱之意無罣礙具足持忍所入審諦顧攝無數無量佛國無量諸佛所行三昧皆現在前能請諸佛爲一切説法種種諸見離於所著已遊戲於百千三昧而自娛樂諸菩薩者德皆如是其名曰護諸繫菩薩寶來菩薩導師菩薩龍施菩薩所受則能説菩薩雨天菩薩天王菩薩賢護菩薩妙意菩薩有持意菩薩增益意菩薩現無癡菩薩善發菩薩過步菩薩常應菩薩不置遠菩薩懷日藏菩薩意不鈌減菩薩現音聲菩薩哀雅威菩薩寶印手菩薩常舉手菩薩慈氏菩薩及餘億那術百千菩薩俱盡是補處應尊位者復有異菩薩無央數億百千及諸尊者子皆悉來會爾時世尊自敷高座結跏趺坐正受定意三昧其三昧名三昧王一切三昧悉入其中作是三昧已持天眼觀視世界爾時世尊放足下千輻相輪光明從鹿膞腸上至肉髻身中支節處處各放六十億百千光明悉照三千大千國土無不遍者其光明復照東方西方南方北方四維上下如恒邊沙諸佛國土衆生之類其見光明者畢志堅固悉發無上正眞道意爾時世尊復放身毛一一諸毛孔皆放光明復照三千大千國土復照十方無數恒邊沙國土一切衆生見光明者畢志發無上正眞道意世尊復以諸如來無所著等正覺法放大光明悉遍三千大千國土復照十方無數恒邊沙國土一切衆生見光明者亦畢志發無

上正眞道意爾時世尊出廣長舌遍三千大千國土遍已從其舌根復放無央數億百千光明一一光明化爲千葉寶華其色如金一一華上皆有坐佛一一諸佛皆說六度無極一切衆生聞說法者皆發無上正眞道意其舌光明一一華像復照十方恒邊沙國土一切衆生見其光明聞說法者亦發無上正眞道意是時世尊於師子座三昧其三昧者名師子遊戲身放神足感動三千大千國土六反震動三昧威神令此三千大千國土地皆柔軟跛蹴踊沒諸有地獄餓鬼蠕動之類及八難處皆悉解脫得生天上人中齊第六天適生天上人中已皆大歡喜即識宿命來詣佛所稽首受法如是十方恒邊沙國土諸三惡趣及八難處亦離懃苦生天上人中齊第六天適生歡喜亦識宿命各各自至其國佛所稽首受法爾時三千大千國土諸盲者得視聾者得聽啞者能言傴者得伸拘躄者得手足狂者得正亂者得定病者得愈飢渴者得飽滿羸者得力老者得少裸者得衣一切衆生皆得同志相視如父如母如兄如弟等行十善淳修梵事無有瑕穢澹然快樂譬如比丘得第三禪一切衆生皆逮於智調已自守不嬈衆生爾時世尊坐師子牀於此三千大千國土其德特尊光明色像威德巍巍譬如須彌山王衆山無能及者爾時世尊如諸如來無所著等正覺法以大普音遍三千大千國土諸首陀會天及諸梵天第六天王釋天四王天其中諸天及諸衆生悉見師子座聞佛所說各持天上所有種種名香種種名

華來詣佛所供養如來無所著等正覺於是三千大千國土其中衆生各持世間所有名香水陸諸華來詣佛所供養世尊是時諸天香華衆生香華所可供養散如來上者於空中合化成大臺於其臺中垂諸幢旛幢旛華蓋五色繽紛華蓋光明悉遍照三千大千國土皆作金色十方恒邊沙諸佛國土亦復如是是時閻浮提人意自念言今日如來無所著等正覺獨爲我等說法不在餘處諸三千大千國土中諸衆生亦各念言今日如來在我前坐獨爲我等說法不在餘國爾時世尊於師子座復放光明照於三千大千國土其中衆生見光明者盡見東方恒邊沙佛及弟子衆悉見是閻娑訶國土釋迦文佛及諸會衆十方國土各各相見亦復如是東方度如一恒邊沙國有世界名寶迹其佛號寶事如來無所著等正覺今現在以般若波羅蜜教化一切有菩薩名普明見釋迦文佛光明變化威神感動便白寶事如來言今日何緣有是佛身光明變化感動如是寶事如來告普明曰西方極遠有世界名娑訶其佛號釋迦文今現在爲諸菩薩說般若波羅蜜是其瑞應普明白佛言唯然世尊我欲詣彼見釋迦文佛禮事供養彼國菩薩皆得總持得諸三昧超越三昧佛告普明欲往隨意時寶事佛便以千葉金色蓮華與普明言持是供養釋迦文佛重告普明汝詣彼國攝持威儀無失法度所以者何彼國菩薩奉持律行是以生彼是時普明菩薩與無央數百千菩薩無數比丘諸善男子善女人衆從東方來所經諸

佛皆以香華供養禮事來詣忍界見釋迦文佛稽首作禮普明菩薩白釋迦文佛言寶事如來致問慇懃問訊世尊坐起輕利氣力如常不令奉此華供養世尊佛即受之釋迦文佛便以此華散於東方恒邊沙佛國其華遍至一一華者皆有坐佛皆說般若波羅蜜教化衆生聞是教者皆發無上正眞道意彼善男子善女人隨普明菩薩來者皆禮事釋迦文佛足所齎香華供養世尊南方度如一恒邊沙國有世界名度憂其佛號無憂威如來無所著等正覺有菩薩名離憂西方度如一恒邊沙國有世界名滅惡其佛號寶上如來無所著等正覺有菩薩名意行北方度如恒邊沙有世界名勝其佛號仁王如來無所著等正覺有菩薩名施勝下方度如恒邊沙有世界名賢其佛號賢威如來無所著等正覺有菩薩名妙華上方度如恒邊沙有世界名思樂其佛號思樂威如來無所著等正覺有菩薩名思樂施如是六方菩薩各白其佛此何變化而現於此其佛各報諸菩薩言去是極遠有忍世界佛號釋迦文爲諸菩薩說般若波羅蜜是其瑞應彼諸菩薩各白其佛欲詣忍界見釋迦文佛禮事供養爾時諸佛各與寶花及諸無數百千菩薩諸比丘僧善男子善女人俱來詣此所經諸國土各以香華供養諸佛次詣忍界見釋迦文佛供養禮事問訊皆如東方諸菩薩比爾時一時之頃三千大千世界其地所有皆成爲寶諸樹草木悉爲香華懸諸幢旛繒綵華蓋譬如華跡世界普華如來國土文殊師利善住意王天子

及諸大威神菩薩所處國土此忍世界所有珍妙亦如彼國爾時衆會諸天魔梵諸龍鬼神沙門婆羅門世界人民諸菩薩摩訶薩及新發意者皆悉來集佛知衆會已定告舍利弗言菩薩摩訶薩當習行般若波羅蜜舍利弗白佛言欲建知一切諸法當云何行般若波羅蜜佛告舍利弗菩薩摩訶薩行般若波羅蜜者未曾不布施有財有施有受者爲行檀波羅蜜知罪知福爲行尸波羅蜜不起恚意爲行羼提波羅蜜身口常精進意不懈怠爲行惟逮波羅蜜於六情無所味爲行禪波羅蜜佛告舍利弗菩薩摩訶薩行般若波羅蜜定意不起當具四意止四意斷四神足五根五力七覺意賢聖八品道當具足空三昧無相三昧無願三昧具足四禪四等四無形三昧具八解禪得九次第禪當復知九想新死想筋纏束薪想青瘀想膿想血想食不消想骨節分離想久骨想燒焦可惡想已知諸想當念佛志法志比丘僧志在施戒志在安般守意志在無常苦空無我人想無所樂想無生滅想無道想無盡想無所起想善想法想豫知一切衆生之意是謂爲慧便得覺意三昧無畏三昧有想有畏無想無畏亦無想亦無畏所不知根當知已知當知欲過八患却十二衰具足佛十力十八法四無所畏四無礙慧大慈大悲覺知一切菩薩慧者當習般若波羅蜜菩薩摩訶薩欲具足薩云若離於生死習緒者當學般若波羅蜜如是舍利弗是爲菩薩摩訶薩行般若波羅蜜復次舍利弗菩薩摩訶薩欲上菩薩位者欲過聲聞

辟支佛地欲住阿惟越致地者當學般若波羅蜜欲住六通知一切人意所趣向者當學般若波羅蜜欲勝羅漢辟支佛慧者當學般若波羅蜜菩薩摩訶薩悉欲得諸陀隣尼三昧門諸衆智門者當學般若波羅蜜諸聲聞辟支佛家所作布施持戒勸助種種功德欲過其上者當學般若波羅蜜菩薩摩訶薩欲知聲聞辟支佛家諸所有戒三昧智慧解脱見解脱慧欲過其上者當學般若波羅蜜菩薩摩訶薩欲行少施少戒少忍少進少禪所習行少而得大報功德無量者當學般若波羅蜜菩薩摩訶薩欲使親族身體如佛形像者當學般若波羅蜜菩薩摩訶薩欲具足大士三十二相八十種好成諸菩薩種性逮得鳩摩羅浮者當學般若波羅蜜菩薩摩訶薩常不欲離諸佛世尊供養諸佛種種所行欲成功德者當學般若波羅蜜菩薩摩訶薩欲滿一切衆生之願欲求飲食車乘象馬履屣衣裘香華服飾牀卧之具給衆所求能令具足欲得是者當學般若波羅蜜復次舍利弗菩薩摩訶薩欲使恒邊沙佛國中人悉具足行六波羅蜜者當學般若波羅蜜菩薩摩訶薩欲行功德便正至佛者當學般若波羅蜜菩薩摩訶薩欲使十方恒邊沙佛國土諸佛世尊所讚歎功德者當學般若波羅蜜菩薩摩訶薩欲一發意超越十方恒邊沙諸佛國土悉遍至者當學般若波羅蜜菩薩摩訶薩欲發一音都使十方盡聞其聲者當學般若波羅蜜菩薩摩訶薩欲護一切十方諸佛刹土使不斷者當學般若波羅蜜菩薩摩訶薩

欲住内空外空大空最空空空有爲空無爲空至竟空無限空所有空自性空一切諸法空無所倚空無所有空欲知是空事法者當學般若波羅蜜菩薩摩訶薩欲覺知一切諸佛諸法如是當學般若波羅蜜欲知一切諸法性者當學般若波羅蜜欲知一切諸法眞際者當學般若波羅蜜舍利弗菩薩摩訶薩如是爲行般若波羅蜜當作是住復次舍利弗菩薩摩訶薩欲知三千大千國土其中塵數及諸樹木生草枝葉莖節悉欲知是數者當學般若波羅蜜菩薩摩訶薩欲以一毛破爲百分以一分毛取三千大千國土其中海水數知幾滴悉知其數不嬈水性欲得是者當學般若波羅蜜三千大千國土其中火起譬如劫盡燒時欲一時吹滅大火者當學般若波羅蜜三千大千國土其中大風起吹須彌大山令如糠糩能以一指障其風力令不起者當學般若波羅蜜菩薩摩訶薩欲以結跏趺坐悉遍滿三千大千國土虛空欲得是者當學般若波羅蜜三千大千國土諸須彌山能持一手舉著他方無數佛國欲得是者當學般若波羅蜜菩薩摩訶薩能以一鉢之飯充飽十方恒邊沙佛及弟子衆悉令滿足者當學般若波羅蜜又以珍寶服飾幢幡繒蓋香華供養恒邊沙佛及弟子衆欲得是者當學般若波羅蜜欲使十方恒邊沙國其中衆生悉具於戒三昧智慧解脱見解脱慧沙門四道及至無餘泥洹欲得是者當學般若波羅蜜復次舍利弗菩薩摩訶薩行般若波羅蜜者若布施當作是念使我得大果報得

生尊者家梵志大姓家迦羅越家生四王天上乃至第六天中因是布施得第一禪上至四禪空無形禪作是布施得賢聖八品道得須陀洹上至阿羅漢辟支佛者當學般若波羅蜜復次舍利弗菩薩摩訶薩行般若波羅蜜以慧方便具足六波羅蜜舍利弗白佛言菩薩摩訶薩云何布施具足六波羅蜜佛言菩薩摩訶薩行檀波羅蜜者當習無所倚法其所布施及受者令具足諸波羅蜜是爲具足檀波羅蜜於善於惡不與罪福是爲尸波羅蜜無瞋無喜是爲羼提波羅蜜意無懈怠是爲惟逮波羅蜜於無所著不起狐疑是爲禪波羅蜜離於諸法是爲般若波羅蜜復次舍利弗菩薩摩訶薩欲知過去當來今現在諸佛世尊之德者當學般若波羅蜜欲度有爲無爲之法當學般若波羅蜜欲學過去當來今現在諸佛諸法如者法相所起欲逮覺滅際者欲過聲聞辟支佛前欲爲一切諸佛給所當者欲爲諸佛世尊内眷屬者圖大眷屬者欲得菩薩眷屬者欲報大施者欲行無相施者欲不起惡意者欲不起恚恨意者欲不起懈怠意者欲不起亂意者欲不起惡智者當學般若波羅蜜復次舍利弗菩薩摩訶薩欲使一切立於布施戒念作務勸助功德者當學般若波羅蜜菩薩摩訶薩欲立五眼者當學般若波羅蜜何等爲五眼肉眼天眼智眼法眼佛眼復次舍利弗菩薩摩訶薩欲得天眼見十方諸佛者天耳聽十方諸佛所說法者欲悉知諸佛意者當學般若波羅蜜菩薩摩訶薩欲聞十方諸佛所說不斷乃至

阿耨多羅三耶三菩者當學般若波羅蜜復次舍利弗菩薩摩訶薩欲見過去諸佛現在諸佛世尊剎土者當學般若波羅蜜菩薩摩訶薩欲聞十方諸佛所説十二部經欲諷誦者及諸聲聞所未曾聞者當學般若波羅蜜菩薩摩訶薩欲聞十方諸佛所可説法甫當所説悉欲識知遍教衆生者當學般若波羅蜜過去當來今現在諸佛所説諸法欲盡聞知聞已遍教一切讀者當學般若波羅蜜十方恒邊沙諸佛世界有窈冥之處日月所不照欲持光明悉遍照者當學般若波羅蜜十方恒沙諸佛世界有初不聞佛音法音僧音者能立衆生皆使正見聞三寶音者當學般若波羅蜜復次舍利弗菩薩摩訶薩願欲令十方恒沙世界衆生盲者得視聾者得聽狂者得志裸者得衣飢渴者得飽滿當學般若波羅蜜菩薩摩訶薩欲令十方恒沙國土其中衆生諸在罪地三惡趣者欲令解脱皆得人身者當學般若波羅蜜欲使恒沙世界皆令衆生具足戒行三昧智慧解脱見解脱慧從須陀洹至阿羅漢辟支佛乃至阿耨多羅三耶三菩及諸佛威儀者當學般若波羅蜜復次舍利弗菩薩摩訶薩欲悉知道事俗事者當學般若波羅蜜欲使行時足離地四寸而輪跡現諸四天王及阿迦膩吒天與無央數諸天眷屬圍遶共至佛樹當使諸天以天上氎爲座使我成阿耨多羅三耶三菩所遊行處所住處坐處悉爲金剛當學般若波羅蜜菩薩摩訶薩欲使出家之日即成阿耨多羅三耶三菩即出家日便轉法輪使無央數

阿僧祇人遠塵離垢諸法眼淨無央數阿僧祇人漏盡意解無央數阿僧祇人得阿惟越致成阿耨多羅三耶三菩如是菩薩摩訶薩當學般若波羅蜜菩薩摩訶薩願作佛時爲無央數弟子衆一時說法便於座上得阿羅漢發菩薩意者得阿惟越致成阿耨多羅三耶三菩無央數菩薩爲增其壽命無量其光明隨其壽不增減當學般若波羅蜜菩薩摩訶薩成阿耨多羅三耶三菩時欲令國土無婬怒癡之名衆生智慧悉皆得等常念淨戒自調自檢不嬈衆生般泥洹後欲使法無滅盡之名當學般若波羅蜜菩薩摩訶薩自願得阿耨多羅三耶三菩時其有聞我聲者必至阿耨多羅三耶三菩欲得如是者當學般若波羅蜜

無見品第二

復次舍利弗菩薩摩訶薩行般若波羅蜜發是念時四天王皆歡喜意念言我曹亦當復以四鉢奉上菩薩如前王法奉諸佛鉢忉利天王及第六天王皆歡喜意念言是菩薩成佛時我曹亦當奉侍給使減損阿須倫種增益諸天衆三千大千國土中諸阿迦膩吒天各各歡喜亦復念言是菩薩摩訶薩行般若波羅蜜成作佛時我曹亦當勸助請佛使轉法輪如是舍利弗菩薩摩訶薩行般若波羅蜜時於六波羅蜜轉增益具足善男子善女人各各歡喜意自念言我當爲是菩薩作父母兄弟妻子眷屬朋友知識爾時四天王及諸阿迦膩吒天各各念言當使是菩薩常修梵行從初發意至成作佛莫使與色欲共會

犯欲者失梵行況行道者是菩薩常修梵行者必成至佛不從犯欲而得成道舍利弗白佛言菩薩要當有父母妻子眷屬耶佛告舍利弗菩薩或有父母無妻子或有菩薩從初發意作童男行至成作佛不娶妻色或有菩薩以漚和拘舍羅於五欲中示現發阿耨多羅三耶三菩意出家舍利弗譬如幻師善於幻法化作五樂色欲於中自恣共相娛樂於意云何是幻師所作寧有所服食者不舍利弗言不也世尊幻無所有如是舍利弗菩薩以漚和拘舍羅示現有欲於色欲中育養一切無所黠汙觀欲如火譬如怨家說欲之惡志常穢之菩薩雖在欲中示現常作是念行權菩薩尚作是意何況新學發意者乎舍利弗白佛言菩薩當云何行般若波羅蜜佛告舍利弗菩薩行般若波羅蜜者不見有菩薩亦不見字亦不見般若波羅蜜悉無所見亦不見不行者何以故菩薩空字亦空空無有五陰何謂五陰色陰痛陰想陰行陰識陰五陰則是空空則是五陰何以故但字耳以字故名爲道以字故名爲菩薩以字故名爲空以字故名爲五陰其實亦不生亦不滅亦無著亦無斷菩薩作如是行者亦不見生亦不見滅亦不見著亦不見斷何以故但以空爲法立名假號爲字耳菩薩行般若波羅蜜不見諸法之字以無所見故無所入

放光般若波羅蜜經卷第一

音釋

羅閱祇 梵語具云羅閱祇伽羅此云王舍城
耆闍崛 梵語也此云鷲峯亦云鷲臺闍時遮切崛渠勿切
重擔 擔都濫切重擔謂生死重擔也
逮 徒耐切及也
罣礙 罣古責切礙牛代切罣礙罥也
泡 披交切水漚也
娛樂 娛元俱切歡娛也樂歷各切悅樂也
跏趺 跏古牙切趺方無切跏趺屈足坐也
輻 方六切輪輻也
腨 市兗切腓腸也
跛𨁾 跛補火切𨁾音我跛𨁾傾側搖動貌
蠕 乳兗切蟲動貌
懟 徒對切怨也
啞 倚下切口不能言也
傴 委羽切傴僂也
拘躄 拘恭于切手拘攣也躄必益切足不能行也
羸 力追切瘦也
裸 魯果切赤體也
瑕穢 瑕何加切瑕疵也穢於廢切穢污也
澹然 澹徒覽切恬靜也
繽紛 繽紕民切紛敷文切繽紛雜亂貌
唯然 唯以水切唯然應聲也
繒綵 繒慈陵切帛也綵倉宰切繪繒也
羼提 梵語也此云忍辱羼初限切
恚 於避切恨怨也
筋 舉欣切骨絡也
青瘀 瘀依據切青瘀謂血氣積瘀而色青也
履屣 履兩几切屣所爾切履屣並鞋屬
飾 賞職切粧飾也
莖 戶庚切枝柱也
糠糩 糠丘剛切糩苦會切並轂皮也
窈冥 窈伊鳥切深遠也冥忙經切幽暗也
阿迦尼吒 梵語也此云質礙究竟吒竹稼切
阿惟越致 梵語也此云不退轉
忉利 梵語正云多羅夜登陵舍此云三十三忉音刀
阿須倫 梵語也亦名阿修羅此云無酒人云非天
漚惒拘舍羅 梵語也此云方便漚烏侯切

放光般若波羅蜜經卷第二

西晉三藏無羅叉共竺叔蘭譯

假號品第三

復次舍利弗行般若波羅蜜菩薩當作是觀菩薩者但字耳佛亦字耳般若波羅蜜亦字耳五陰者亦字耳舍利弗一切有言吾我者亦皆字耳索吾我亦無有吾我亦無衆生亦無所生亦無生者亦無自生無人無生無作無造亦無成者亦無受者亦無授者無見無得何以故一切諸法無所有用空故是故菩薩於一切字法都無所見於無所見中復不有見菩薩作是行般若波羅蜜除諸佛過一切諸聲聞辟支佛上用無所有空故何以故一切不見所入處故舍利弗菩薩如是者爲行般若波羅蜜譬如一閻浮提内其中所有樹木生草稻麻甘蔗叢林竹葦悉如舍利弗目揵連等其數如是智慧神足其德無量欲比行般若波羅蜜菩薩終不可得比無數億百千倍不可以譬喻爲比何以故舍利弗菩薩持智慧度脱一切衆生故復次舍利弗菩薩行般若波羅蜜所念智慧一日之中過諸聲聞辟支佛上舍利弗置閻浮提其中草木三千大千國土如舍利弗目揵連等其數滿中復置是事十方恒邊沙悉如舍利弗目揵連等盡滿其中其數如是不可計量欲比菩薩行般若波羅蜜者百分千分巨億萬分不得爲比行般若波羅蜜菩薩持是智慧比諸聲聞辟支佛之智慧百千萬倍不以爲比舍利弗白佛言唯世尊弟子所有智慧從須陀洹至聲聞辟支佛上至菩薩諸佛世尊是諸

衆智不相違背無所出生其實皆空無有差別不出不生其實空者無有差殊優劣云何世尊言行般若波羅蜜菩薩一日之念出過聲聞辟支佛上乎佛告舍利弗所以出彼上者是菩薩行般若波羅蜜一日之念言我當以道法因緣當爲衆生覺一切法度脫衆生云何舍利弗諸聲聞辟支佛頗有是念不耶舍利弗言唯世尊諸聲聞辟支佛初無是念是故舍利弗當作是知當作是念諸聲聞辟支佛所有之智欲比菩薩之智百分千分巨億萬倍不可爲比復次舍利弗聲聞辟支佛頗作是念言我當行六波羅蜜教授衆生淨佛國土具足佛十種力四無所畏四無礙慧具足佛十八法當成阿惟三佛使不可計阿僧祇人令得泥洹頗有是念不舍利弗言唯世尊無有是念佛言菩薩能爾菩薩行六波羅蜜具足十八法成阿惟三佛當度脫一切衆生舍利弗譬如螢火蟲不作是念言我光明照閻浮提普令大明如是舍利弗諸聲聞辟支佛亦無是念言我當行六波羅蜜具足十八法成阿惟三佛度脫衆生舍利弗譬如日出遍照閻浮提莫不蒙明者如是菩薩行六波羅蜜具足十八法成阿惟三佛度不可計一切衆生舍利弗白佛言云何菩薩過羅漢辟支佛地逮得阿惟越致地嚴治佛道地佛告舍利弗菩薩從初發意以來常行六波羅蜜住空無相無願之法過阿羅漢辟支佛地逮阿惟越致地舍利弗白佛言菩薩住何所地爲聲聞辟支佛而作福田佛告舍利弗菩薩從初發意以來常行六波羅蜜乃至道

場於其中間常爲聲聞辟支佛作護何以故舍利弗世有菩薩便知有五戒十善八齋四禪四等意四無形定乃至三十七品法盡現於世便具足十八事佛十種力四無所畏世間適有是法便知有王者種梵志種長者種迦羅越種便知有第一四天王上至三十三天便知有須陀洹斯陀含阿那含阿羅漢辟支佛上至佛皆現於世舍利弗白佛言云何菩薩畢報施恩佛告舍利弗菩薩不報施福何以故本已報故菩薩常施持何等施施諸善法何等善法十善之法從十善之法上至諸佛世尊之法十力四無所畏具佛十八法以是爲施與舍利弗白佛言菩薩云何與般若波羅蜜相應佛告舍利弗菩薩當知色與空合是爲應般若波羅蜜當知痛想行識與

空合是爲應般若波羅蜜當知眼耳鼻舌身意與空合當知色聲香味細滑識法與空合眼色識耳聲識鼻香識舌味識身細滑識意法性識亦爾是爲應當知苦集盡道四諦之法亦與空合當知十二因緣何等十二一者癡二者所作行三者識四者名色五者六入六者觸七者痛八者愛九者受十者有十一者生十二者死此十二因緣亦與空合當知一切諸法有爲法無爲法亦與空合當知本性亦與空合是爲應般若波羅蜜如是舍利弗菩薩摩訶薩知七空合何謂七上七事是也知此七事與般若波羅蜜相應者亦不見五陰合亦不見不合亦不見生五陰法亦不見滅五陰法亦不見著五陰法亦不見斷五陰法亦不見色與痛合亦不見痛與想合亦

不見想與識合亦不見識與行合所以者何初不見有法與法合者性本空故舍利弗用色空故爲非色用痛想行識空故爲非識色空故無所見痛空故無所覺想空故無所念行空故無所行識空故不見識何以故色與空等無異所以者何色則是空空則是色痛想行識則亦是空空則是識亦不見生亦不見滅亦不見著亦不見斷亦不增亦不減亦不過去當來今現在亦無五陰亦無色聲香味細滑法亦無眼耳鼻口身意亦無十二因緣亦無四諦亦無所逮得亦無須陀洹斯陀含阿那含阿羅漢辟支佛亦無佛亦無道如是舍利弗菩薩摩訶薩行般若波羅蜜當作是念當作是知當作是應作是行者亦不見應亦不見不應於六波羅蜜亦不見合與不合於五陰法乃至身法亦不見合與不合三十七品佛十種力四無所畏及佛十八法乃至薩云若法亦不見應與不應是故舍利弗當知菩薩與般若波羅蜜相應復次舍利弗菩薩摩訶薩行般若波羅蜜不與空合不與無相無願合無相無願不與空合所以者何空亦不見合亦不不合無相無願亦復如是是爲應般若波羅蜜舍利弗菩薩行般若波羅蜜度空法相已亦不與五陰合亦不不合過去色亦不與過去色合亦不見過去色當來色亦不與當來色合亦不見當來色現在色亦不與現在色合亦不見現在色痛想行識亦復如是所以者何去來今三世名皆空故作是合者爲應般若波羅蜜舍利弗菩薩行般若波羅蜜薩云若法亦不見與過去當

來今現在合亦不見過去當來今現在菩薩當作是念當作是應復次舍利弗薩云若亦不見與五陰合五陰亦不見與薩云若合薩云若亦不與六情合六情亦不與薩云若合色聲香味細滑法亦不與薩云若合薩云若亦不與色聲香味細滑法合亦不不合是爲應般若波羅蜜舍利弗菩薩行般若波羅蜜於檀波羅蜜亦不見與薩云若合尸波羅蜜羼提波羅蜜惟逮波羅蜜禪波羅蜜乃至般若波羅蜜亦不見與薩云若合亦不見薩云若與六波羅蜜合亦不見薩云若與三十七品十力合三十七品十力亦不見與薩云若合亦不見薩云若是爲應般若波羅蜜舍利弗行般若波羅蜜菩薩佛亦不與薩云若合薩云若亦不與佛合道亦不與薩云若合薩云若亦不與道合所以者何薩云若則是佛佛則是薩云若道則是薩云若薩云若則是道是爲與般若波羅蜜合復次舍利弗菩薩行般若波羅蜜知五陰不與有合有亦不與五陰合五陰亦不與苦樂有我無我合六情法亦復如是五陰亦不與空無相無願合亦不不合亦不見行亦不見不行菩薩當作是行當作是應復次舍利弗菩薩亦不以般若波羅蜜故行檀行尸行羼行惟逮行禪波羅蜜亦不以五波羅蜜故行般若波羅蜜亦不以阿惟越致故教授衆生亦不以淨佛國土故行般若波羅蜜亦不以四無所畏四無礙慧佛十種力十八法不共故行般若波羅蜜亦不以內空外空所有無所有空空空大空畢竟空故行般若波羅蜜亦不以有爲空無

爲空無底空諸法相空一切諸法空亦不以生空亦不無生空亦不眞空亦不僞空亦不如亦不法性亦不眞際故行般若波羅蜜所以者何不見法有所破壞者復次舍利弗菩薩行般若波羅蜜亦不以神足徹視徹聽知他人意自知宿命故行般若波羅蜜所以者何行般若波羅蜜者尚不見般若波羅蜜何況見有菩薩神通衆事是爲應般若波羅蜜舍利弗行般若波羅蜜菩薩心不自念我當以神足到十方見諸佛世尊亦不念言十方諸佛有所說法我當聽受亦不念言我當盡知十方衆生心中所念亦不自念我當自知不可計劫所從生之事亦復不念見十方衆生生死所趣善惡之趣是菩薩爲應般若波羅蜜舍利弗菩薩亦不自念我當度不可計阿僧祇人令般泥洹是爲菩薩行般若波羅蜜菩薩作是行者衆魔不能得其便諸世間之事皆爲降伏十方恒沙諸佛皆共擁護是菩薩令不墮聲聞辟支佛地四天王上至阿迦膩吒天是諸天皆共護是菩薩不令中道有礙是菩薩身中所有衆病現世爲愈所以者何用有普慈加衆生故當知是爲應般若波羅蜜復次舍利弗菩薩行般若波羅蜜者疾得陀隣尼諸三昧門皆現在前所生處常見諸佛乃至道場常不離佛是爲應般若波羅蜜菩薩行般若波羅蜜者亦不念有法合與不合等與不等所以者何亦不見法合亦不見法等是爲應般若波羅蜜菩薩行般若波羅蜜者亦不念我當疾逮覺法性亦不不逮覺何以故法性者無所逮覺是爲合復次

舍利弗行般若波羅蜜菩薩不見有法與法性別者亦不見合亦不念言法性作若干差別是爲菩薩一切皆合亦不作念言是法於法性現亦不不現何以故初不見於法性現者當知是則爲合復次舍利弗菩薩行般若波羅蜜者於法性不與空合空亦不與法性合是爲合六情十八性亦不與空合空亦不與六情十八性合乃至法性不與空合空亦不與法性合舍利弗如是空合最爲第一行空菩薩不墮聲聞辟支佛地淨佛國土教授衆生疾成至佛舍利弗諸所有應般若波羅蜜無過是應最尊第一應無上所以者何爲是空無相無願無上正眞應故舍利弗如是行者當知是菩薩爲已受莂近於道場如是行者爲不可計阿僧祇人而作益厚菩薩亦不念言我與般若波羅蜜相應亦復不念諸佛世尊當授我莂亦不念我受莂不久當淨佛國土亦不念我當成至佛而轉法輪所以者何與法性一體無有別亦不見有法行般若波羅蜜者亦不見諸佛有所記爲阿耨多羅三耶三菩者何以故菩薩行般若波羅蜜初不見有生衆生相亦不見滅衆生相何以故一切衆生初不見起滅故一切衆生不見有生尚不見有生滅云何行般若波羅蜜菩薩作是行者爲行般若波羅蜜不起衆生想不空衆生想不見衆生行不別衆生行是爲菩薩空行第一空行菩薩住是中者爲都合集衆合於其中住菩薩如是住者爲處大慈大悲無嫉慢意無亂怠意無恚恨意無起惡意不起惡智意也

學五眼品第四

舍利弗白佛言菩薩摩訶薩應般若波羅蜜者從何所來而生是間於是間去復生何所佛告舍利弗言菩薩與般若波羅蜜相應者於兜術天上來生是間或於他方佛國來生是間或從人道中來生是間從兜術天上來者終不失般若波羅蜜諸陀隣尼諸三昧門諸衆智門悉皆在前從他方佛國來者便疾成般若波羅蜜於智慧中日日增益諸深法要皆現在前却後乃成般若波羅蜜所生常見諸佛不離諸佛從人道中來者是菩薩未及阿惟越致者諸根闇鈍不能疾得般若波羅蜜不能便見陀隣尼門舍利弗汝所問菩薩習行般若波羅蜜者於是間終當生何所是菩薩當生他方佛國從一佛國復至一佛國常見諸佛不離諸佛世尊復有菩薩無有漚惒拘舍羅從四禪行六波羅蜜持是禪福生長壽天不盡天壽來生世間供養諸佛是菩薩輩諸根闇鈍不大聰明舍利弗復有菩薩行於四禪及四等意四無形禪念三十七品大慈大悲持漚惒拘舍羅禪福不能稽留常生諸佛所教授處當生是拔陀劫中成逮覺者常不離般若波羅蜜復有菩薩以行四禪及四等意四無形定以漚惒拘舍羅不隨禪生生於種姓大豪貴家生梵志家生迦羅越家所可生處常教衆生復有菩薩行四禪四等意四無形定以漚惒拘舍羅不爲禪所稽留來生四王天生忉利天生第六天常教授諸天淨佛國土教授衆生供侍諸佛復有菩薩行般若波羅蜜以漚惒拘舍羅行第一

禪生於梵天於梵天中尊從梵天以至十方諸佛轉法輪處請諸佛世尊轉於法輪復有一生補處菩薩行般若波羅蜜以漚惒拘舍羅具於四禪具四等意四無形定三十七品空無相無願具足三昧不隨禪教常見諸佛供事世尊持清淨行便生兜術天於其天上隨其壽命諸根具足爲無央數諸天人眷屬圍遶而爲說法已復來生世間人中作阿惟三佛舍利弗復有菩薩得六神通不生欲界形界無形界從一佛國至一佛國禮事諸佛復有菩薩得六神通遊諸佛刹其所至處無有聲聞辟支佛教名復有菩薩持六神通生諸佛刹其壽無量往生其國復有菩薩以六神通遊諸世界到無佛處於其刹中歎佛法衆令彼衆生聞三尊之功德聞已歡喜皆得往生諸佛國土復有菩薩從初發意得於四禪得四清淨四無形定三十七品乃至佛十八法不生三界常生有益於衆生之處復有菩薩行六波羅蜜從初發意便上菩薩位至阿惟越致地復有菩薩從初發意便得阿惟三佛轉於法輪益於無數億百千衆生已於無餘界而般泥洹其法留住或半劫一劫復有菩薩適發道意便與般若波羅蜜相應與諸無數億百千諸菩薩共遊諸佛國淨諸佛土復有菩薩行六波羅蜜四禪四等至四無形定皆於其中而自娛樂住於四禪從四禪起還至解脱禪從解脱禪起至無形定從無形定起入解脱禪從解脱禪起至無思想慧禪復從是起還入解脱以漚惒拘舍羅入蒲法闇三昧是爲行般若波羅蜜復有菩薩以

三十七品乃至佛十八法不取聲聞辟支佛證復有菩薩行般若波羅蜜以漚惒拘舍羅入三十七品諸發小道者各使得度諸有聲聞及辟支佛所得道慧皆是菩薩之忍也行般若波羅蜜者當知是爲阿惟越致舍利佛復有菩薩行六波羅蜜生兠術天者當知是拔陀劫中諸菩薩等也復有菩薩以四禪福乃至佛十八法所可有道志不信受當知是菩薩則一生補處復有菩薩行六波羅蜜從一佛刹復至一佛國建立衆生使至道場知是菩薩從初發意以來當更無數阿僧祇劫乃成佛耳復有菩薩行六波羅蜜爲衆生故不說無益之事復有菩薩行六波羅蜜爲衆生故從一佛國復至一佛國斷三惡趣復有菩薩行六波羅蜜常以惠施安樂一切恣所求索象馬車乘衣被財穀國城珍寶皆給與之復有菩薩行般若波羅蜜能自變身如佛形像入三惡趣隨其語言而爲說法皆度脱之復有菩薩行六波羅蜜變身如佛遍至十方教授衆生能淨佛土已至十方悉觀諸佛威儀法則好醜清濁而便自起上妙最尊殊異之士純以一乘教諸一生補處菩薩復有菩薩行六波羅蜜便具大士三十二相諸根特異衆生見者莫不敬喜因其歡喜以三乘法而度脱之令般泥洹舍利弗菩薩行般若波羅蜜者先當學清淨身口意便得諸根特異已得殊異亦不自舉亦不下人復有菩薩從初發意行檀波羅蜜尸波羅蜜乃成阿惟三佛初不墮三惡趣復有菩薩從始發意至阿惟越致初不忘捨十善之行復有菩薩行

檀尸波羅蜜得作遮迦越羅皆化衆生建立十善所有財寶惠施衆生復有菩薩行檀尸波羅蜜億百千反作遮迦越羅常供養諸佛恭敬啓受復有菩薩行六波羅蜜爲諸衆生照明法化乃至阿惟三佛不離照明是故菩薩常明佛法是爲菩薩摩訶薩行般若波羅蜜菩薩行者常攝身口意不善之事不令妄起舍利弗白佛言何謂菩薩攝身口意佛言菩薩心念不持身口意諸惡因緣用作罪事菩薩行般若波羅蜜亦不見身口意雖有身口意終不嫉恚邪見不兩舌惡口妄言綺語無殺盜婬無懈慢意初不起惡智之事若有菩薩不能捨此諸惡事者此非菩薩復有菩薩行六波羅蜜者除身惡行除口惡言除意惡念舍利弗白佛言何謂菩薩除身口意佛言菩薩不倚身口意是故能除菩薩從初發意以來常奉十善是故過諸聲聞辟支佛上菩薩行般若波羅蜜者淨於佛道淨於六波羅蜜舍利弗白佛言云何菩薩淨於佛道佛言菩薩不倚身口意不倚六波羅蜜不倚羅漢辟支佛不倚菩薩亦不倚佛所以者何於一切法無所倚故是爲菩薩道舍利弗復有菩薩一一行諸波羅蜜用是故無能伏者舍利弗白佛言云何菩薩行六波羅蜜無能伏者佛言菩薩行六波羅蜜者不有念五陰六情不有念色聲香味細滑法不有念十八性不有念三十七品不有念六波羅蜜不有念佛十種力四無所畏佛十八法不共不有念聲聞辟支佛道不有念佛道不有念阿耨多羅三耶三菩如是舍利弗菩薩行六波羅蜜

於功德中展轉增益用是故無能伏者復次舍利弗菩薩住於般若波羅蜜具足薩云若以諸慧不墮惡趣不墮貧賤中所受身體諸根具足人不憎惡常爲諸天阿須倫所敬愛舍利弗白佛言云何菩薩摩訶薩慧佛言菩薩以具足諸慧盡見恒沙諸佛世尊從諸世尊聽受法教悉聞諸佛德好之法得慧菩薩無有佛想亦無菩薩想亦無聲聞辟支佛想亦無我想亦無人想亦無諸佛國想慧行菩薩行檀波羅蜜亦不見檀亦不見般若波羅蜜行三十七品亦復不聞三十七品名亦不見佛十八法舍利弗是爲菩薩之慧以是慧故具足諸法亦不貢高見一切諸法行般若波羅蜜菩薩淨於五眼肉眼天眼慧眼法眼佛眼舍利弗白佛言何謂菩薩淨於肉眼佛言有菩薩以肉眼見百俞旬見二百俞旬有菩薩以肉眼見一閻浮提見二閻浮提見四天下有菩薩以肉眼見千世界見二千世界有見三千世界是爲菩薩於肉眼淨舍利弗白佛言何謂天眼淨佛言菩薩以天眼見四王天上所有悉識悉知從忉利天至第六天乃至阿迦膩吒天菩薩悉見悉識悉知從四天王上至阿迦膩吒天此諸天人皆不識不知不見菩薩天眼所見菩薩天眼悉見十方恒沙世界衆生生死善惡之事悉見悉知是爲菩薩於天眼淨舍利弗白佛言何謂菩薩於慧眼淨佛言菩薩慧眼不作是念有爲法無爲法有道法俗法慧眼菩薩無法不見無法不聞無法不識無法不覺是爲菩薩於慧眼淨舍利弗白佛言何謂菩薩得法眼淨佛

言菩薩以法眼見是人堅信堅住於法是人無相無願之脫立於五根受不中止定於不中止定成解脫慧以解脫慧度於三有礙有身礙有狐疑礙有邪信礙度是三礙得須陀洹便得道念於婬怒癡薄得斯陀含精勤於道却婬怒癡得阿那含便消五愛一者色愛二者無色愛三者癡愛四者很戾愛五者亂志愛已度是者便得羅漢如是行空菩薩便得空脫便成五根疾近不中止禪至羅漢道是人已得無相解脫逮得五力乃至羅漢是爲菩薩得法眼淨菩薩所知生法即是滅法便逮五根是爲菩薩得法眼淨菩薩發意從檀波羅蜜至般若波羅蜜具足信根精進辯根漚惒拘舍羅根持是三根及諸功德便生王者家大種姓家梵志家迦羅越家生四天王上至第六天便於其中育養教化衆生隨其所樂淨佛國土禮事諸佛不墮聲聞辟支佛地當成三耶三佛是爲菩薩得法眼淨法眼菩薩悉知一切從佛受決未受決者有動還者不動還者有具足神通者未具足者以具足神通遊諸世界禮事諸佛者有未得足者得佛國淨者得不淨者菩薩教化衆生者不教衆生者菩薩爲諸佛所稱譽者不稱譽者菩薩有親近諸佛者有不親近者菩薩成佛其弟子衆諸菩薩數其數無限者有限者是菩薩成佛時以諸菩薩爲僧者不以菩薩爲僧者有菩薩以勤苦行成佛者不以勤苦行成佛者有菩薩一生補處者未補處者有菩薩至道場者不至道場者有菩薩坐樹下降致魔者不致魔者是諸衆事一一悉知是

爲菩薩得法眼淨舍利弗白佛言何謂菩薩得佛眼淨佛言已得金剛三昧得薩云若佛十種力四無所畏行四等心十八不共大慈大悲是菩薩眼所見諸法一切衆事無事不見無聲不聞無物不識無法不覺舍利弗是爲菩薩得阿惟三佛得最正覺眼菩薩欲得五眼淨者當習六波羅蜜所以者何諸所有善法悉合在六波羅蜜中故一切菩薩聲聞辟支佛法諸法等者無過般若波羅蜜等般若波羅蜜者是五眼之母菩薩學五眼者疾成阿惟三佛

度五神通品第五

復次舍利弗菩薩行般若波羅蜜當念具足度五神通逮諸菩薩無量神足能動天地變身無數更合爲一徹視無礙石壁皆過譬如鳥飛無所觸礙能履水蹈虛身出水火手捫摸日月身至梵天有是神足不自貢高不見貢高用本空故誰有能起是神足者唯有得薩云若者乃能起是耳舍利弗菩薩學般若波羅蜜者爲已得神足之證耳所徹聽爲過諸天人耳雖得徹聽亦不貢高於有無之中了無所得於有空無空無所生菩薩行般若波羅蜜得天耳慧神通之證能知他人心中所念知有婬怒癡者無婬怒癡者知有愛欲意無愛欲意者知有有者知無無者知有亂意無亂意者有多者有少者有定意者無定意者有脫者無脫者有高者有下者雖知是不自貢高何以故是意非意故意不可思議故以神通滅宿命之證識一意至百意從一日至百日一月至百月一歲至百歲一劫至

百劫無數百劫無數千劫無數億百千那術盡自識知名姓種族所作所習壽命長短所受苦樂死此生彼從彼生此所作事物威儀禮節都識所更不以神通而自貢高菩薩學如是爲學般若波羅蜜以神通明識宿命以天眼見衆生生死所趣善惡之道所得高下各隨本行身行惡口言惡意念惡謗毀聖賢信邪倒見以邪見因緣自壞其身死墮地獄中爲人身善言念亦善不謗聖賢見正信行得生天上能見十方衆生乃至五道所見如是其一神通之德盡見十方持神通滅漏盡之證不取聲聞辟支佛道不持餘法當成阿惟三佛不以神通漏盡證故而自貢高菩薩行般若波羅蜜具足神通其功德轉增上乃至阿惟三佛有菩薩行般若波羅蜜住檀波

羅蜜淨薩云若迹計空無狐疑菩薩住尸波羅蜜淨除薩云若迹不疑罪福以空無所起故舍利弗有菩薩住羼提波羅蜜中淨除薩云若迹以空故不起瞋恚菩薩住惟逮波羅蜜淨除薩云若迹於身精進不起懈怠菩薩住禪波羅蜜淨除薩云若迹定志意不起菩薩住般若波羅蜜中淨除薩云若迹不起愚癡菩薩行般若波羅蜜住六波羅蜜中淨除薩云若迹從空來往不疑不犯不瞋不忍不進不怠不定不亂不智不愚亦不施與亦不有貪不戒不犯不進不退不忍不恚不定不亂不慧不癡不謗不譽不有爲不無爲如是舍利弗無所從生法無有罵者無有歎者無有爲無爲是爲菩薩摩訶薩行般若波羅蜜以得奇特之德諸聲聞辟支佛所不能及具

足之德以教衆生淨佛國土

授決品第六

復次舍利弗菩薩行般若波羅蜜以發等意於一切人發等意已便得一切諸法等已得諸法等便能等意於一切法便爲現在諸佛菩薩羅漢辟支佛之所愛敬所在生處眼終不見惡色意初無惡念行般若波羅蜜菩薩終不耗減於阿耨多羅三耶三菩爾時說般若波羅蜜行時座中有三萬比丘以身所著衣盡用奉佛皆發無上正眞道意於是佛笑時阿難從座起正衣服右膝著地叉手白佛言佛不妄笑會當有意佛告阿難是三萬比丘於是壽終當生阿閦佛國劫後六十二劫皆當作佛號摩訶伎頭復有六萬欲天子皆當生彌勒佛前皆當出家作沙門佛之威神令會者見東方千佛及四部衆及諸十方各千佛現爾時沙訶樓陀剎土不如彼佛國土嚴淨爾時座中有十千人皆發願言我曹皆當作功德生彼淨國爾時佛知善男子意所念佛復笑阿難白佛願聞笑意佛告阿難見是萬人不阿難言唯然世尊已見佛言是萬人壽終皆當往生彼諸佛國皆不離諸佛世尊後當作佛號莊嚴王如來無所著等正覺

妙度品第七

爾時尊者舍利弗摩訶目揵連須菩提摩訶迦葉及諸大神通比丘復有餘大神通菩薩摩訶薩諸優婆塞優婆夷俱白佛言唯世尊般若波羅蜜者是菩薩摩訶薩之最大度上度妙度無上尊度唯世尊辯才之度無與等者復無無等度法度空度空無相度諸法空

度有無空度具足諸德空度唯世尊是諸菩薩摩訶薩行般若波羅蜜其功德普具無能伏者唯世尊令是菩薩摩訶薩成般若波羅蜜功德行般若波羅蜜菩薩巳作是無與等之施無與等者種種具足檀波羅蜜身體種種無有與等者巳得無等之利行般若波羅蜜自致得成阿惟三佛唯世尊世尊亦復行般若波羅蜜種種無與等法之本種種無等之欲本種種無與等五陰之利轉無上法輪過去當來諸佛世尊行般若波羅蜜亦復如是亦復轉於無上法輪唯世尊諸菩薩摩訶薩欲得度於諸法彼岸當習行般若波羅蜜唯世尊若有菩薩摩訶薩行般若波羅蜜者諸天龍鬼神諸阿須倫世間人民皆當爲作禮佛告諸大會比丘及諸菩薩當爲善男子善女人行般若波羅蜜者作禮諸天龍神皆當作禮佛告舍利弗世有菩薩摩訶薩便有諸天帝王世間人民便有梵志迦羅越種便有轉輪聖王便有四大天王乃至阿迦膩吒天便有須陀洹道羅漢辟支佛道便有菩薩便有佛道巳有菩薩便有供養衣服飲食牀卧七寶珠璣瓔珞瑠璃摩尼舍利弗天上世間人所娯樂便身之具以菩薩故皆悉有是所以者何行菩薩之事住於六波羅蜜中調伏衆生使布施乃成般若波羅蜜菩薩摩訶薩欲安隱衆生者當行般若波羅蜜

舌相光明品第八

爾時世尊出廣長舌相普遍三千大千世界於其舌根出種種無央數百千光明徹照十方各一恒沙國是時東方及十方國土無央

數諸菩薩見是光明各各自白其佛是何瑞應有是大光明佛告諸菩薩言西方去是度一恒邊沙有佛世界名娑訶其佛號釋迦文出舌相光明爲諸菩薩説般若波羅蜜今有是應於是十方恒沙國諸菩薩各白其佛言我等欲往見釋迦文及諸菩薩并欲聞般若波羅蜜諸佛各各告諸菩薩言欲往隨意於是諸菩薩各各取諸名華名香種種幢旛珍寶華蓋發其國土來詣忍界諸四天王乃至阿迦膩吒天各持天上諸名香華來詣佛所諸天人諸菩薩皆悉來至見釋迦文佛已各各供養散諸名華所散華寶即於佛上在虚空中化成四柱臺其臺高顯四面窻向臺遍三千大千刹土各各莫不見有好臺羅列分別不相障蔽其臺妙好交露莊飾未曾所有

於是坐中諸億百千人各各從座起長跪叉手前白佛言唯世尊願使吾等於當來世逮得法利當如世尊今於百千衆圍遶説法所現感動亦當如是佛於是知諸大衆各已有仍堪任於諸法無所從生法忍佛便笑阿難白佛言何因緣笑願聞其意佛告阿難是億百千衆皆得無所從生法忍却後六十八億劫劫名散華皆當作佛號覺華如來無所著等正覺

放光般若波羅蜜經卷第二

音釋

目揵連（梵語也此云萊茯根因父母好食之以標子名）
優劣（優於求切勝也劣力輟切弱也）
莂（必列切記莂也）
闇鈍（闇烏紺切不明也鈍徒困切不利也）
兜術（梵語也亦云兜率陀此云知足兜當侯切）
遮迦越羅（梵語正云斫迦羅伐辢底遏羅闍此云轉輪王遮之奢切）
很戾（很下懇切戾郎計切）

不聽從也捫摸捫謨奔切撫也摸慕各切摸㨷也薩云若梵語也此云一切智若爾者切阿閦梵語也此云無動

放光般若波羅蜜經卷第三

西晉三藏無羅叉共竺叔蘭譯

行品第九

於是世尊告須菩提言爲諸菩薩摩訶薩說所從因成就般若波羅蜜是時諸會菩薩大弟子諸天人意念言今須菩提爲諸菩薩說般若波羅蜜自持辯才說耶是佛威神乎須菩提知諸菩薩大弟子天人意之所念語舍利弗言敢佛弟子所說法所出音聲所可教授皆是世尊大士之務佛所說法事與法不相違背是善男子學法以法作證舍利弗我等當承佛威神爲諸菩薩摩訶薩說般若波羅蜜非我等所入境界也聲聞辟支佛不能爲菩薩摩訶薩說般若波羅蜜於是舍利弗須菩提共白佛言唯世尊言菩薩菩薩者何所法中有言菩薩乎我等初不見法有菩薩者我初不見菩薩亦不見菩薩字亦不見般若波羅蜜當爲何所菩薩而說般若波羅蜜佛告須菩提般若波羅蜜菩薩及字亦不在內亦不在外亦不在兩中間止佛告須菩提譬如字衆生爲衆生言我人言生是男是士是夫是作是知是覺佛告須菩提設是名法但著名字亦不生亦不滅從久遠以來但共傳字耳佛語須菩提所謂般若波羅蜜所謂菩薩及菩薩字但著字法從久遠以來但行其字亦不生亦不滅須菩提譬如所有色痛想行識但著字法從久遠以來因緣合爲數諸因緣合數法亦不生亦不滅也所謂般若波羅蜜所謂菩薩及菩薩字亦復如是佛告須菩提所謂眼耳鼻舌身意從久遠以來但

著字法亦不生亦不滅色聲香味細滑法亦復如是亦不內亦不外亦不生亦不滅從久遠以來但著字法般若波羅蜜菩薩及字亦不內亦不外亦不在兩中間止佛告須菩提譬如內身所有名爲頭字爲頸肩臂脊肋脞腨腸脚是法亦不生亦不滅亦不內亦不外亦不兩中間止所謂般若波羅蜜菩薩及字亦復如是佛告須菩提譬如外諸所有草木枝葉莖節從久遠以來但著名字是字亦不生亦不滅亦不內亦不外所謂般若波羅蜜菩薩及字亦復如是佛告須菩提譬如過去諸佛世尊從久遠來因字如住是字亦不生亦不滅亦不內亦不外須菩提譬如夢響幻熱時之炎如如來所化皆著字數法所謂般若波羅蜜所謂菩薩及字亦不生亦不滅亦不內亦不外亦不兩中間止佛告須菩提菩薩摩訶薩行般若波羅蜜當學字法合法及權法數行般若波羅蜜不見色痛想行識字有常無常亦不見五陰字有苦有樂亦不見五陰有我無我亦不見五陰空無相無願亦不見五陰淨亦不見寂亦不見著亦不見斷亦不見五陰生亦不見滅眼耳鼻舌身意色聲香味細滑法及十八性亦復如是行般若波羅蜜菩薩摩訶薩不於有爲性中見般若波羅蜜亦不見菩薩亦不見菩薩字亦復不於無爲性中見所以者何須菩提菩薩摩訶薩行般若波羅蜜於諸法無想念故行般若波羅蜜住於無想法成三十七品行般若波羅蜜亦不見般若波羅蜜亦不見般若波羅蜜字亦不見菩薩亦不見菩薩字行般若波

羅蜜成佛十八法亦復不見般若波羅蜜亦不見般若波羅蜜字亦不見菩薩字菩薩行般若波羅蜜爲已盡超越諸法之相超越已亦不著亦不斷佛告須菩提菩薩行般若波羅蜜當覺知字數合法覺已不入色亦不入痛想行識亦不入眼耳鼻舌身意亦不入色聲香味細滑法亦不入十八性亦不入意識覺亦不入苦樂亦不入不苦不樂亦不入有爲性亦不入無爲性亦不入檀尸羼惟逮禪亦不入般若波羅蜜亦不入相好亦不入菩薩身亦不入五眼亦不入慧度亦不入度神通亦不入度慧亦不入內外空亦不入所有無所有空亦不入教化衆生亦不入淨佛國土亦不入漚惒拘舍羅何以故不見諸法當有可入者佛告須菩提菩薩摩訶薩行般若波羅蜜於諸法無所入便增益六波羅蜜便履菩薩位履菩薩位過阿惟越致地具足諸神通具足神通已遊諸佛國育養衆生供養禮事淨佛國土盡見諸佛從諸佛求願即隨其所欲而皆得之從諸佛世尊聞法得諸陁隣尼三昧門乃至阿耨多羅三耶三菩終無有斷絶時佛告須菩提菩薩行般若波羅蜜當具知是法數著字於須菩提意云何色痛想行識爲是菩薩耶眼耳鼻舌身意是菩薩耶須菩提對曰非也世尊佛言於須菩提意云何以色聲香味細滑法爲是菩薩耶眼識耳識鼻識舌識身識意識爲是菩薩耶對曰非也世尊佛告須菩提於意云何以地水火風空識爲是菩薩耶對曰非也以癡爲是菩薩耶行識名色六入栽覺愛受有生死是菩

薩耶對曰非也世尊佛告須菩提於意云何離五陰六衰六情十八性地水火風空離十二因緣是菩薩耶對曰非也世尊佛告須菩提五陰十二因緣及如爲是菩薩耶對曰非也世尊於須菩提意云何可離如爲菩薩耶須菩提對曰非也世尊佛告須菩提汝觀何等義而言五陰六衰十二因緣及如非菩薩亦不離五陰六衰十二因緣及如爲菩薩也尊者須菩提白佛言世尊初不見有衆生當於何許有菩薩云何以五陰六衰十二因緣爲菩薩云何當離五陰六衰十二因緣爲菩薩如如亦非菩薩離如亦非菩薩無有是處世尊讚歎須菩提言善哉善哉須菩提菩薩學當作無所見學不見衆生不見般若波羅蜜於須菩提意云何以五陰常故言菩薩耶

以五陰無常故爲菩薩耶以五陰是我所爲菩薩耶非我所爲菩薩耶以五陰空無相無願故言是菩薩耶須菩提對曰非也世尊佛言離五陰空無相無願爲是菩薩耶須菩提對曰非也世尊佛告須菩提汝觀何等義而言五陰空無相無願非菩薩亦不離五陰空無相無願爲菩薩乎須菩提白佛言初不見五陰當云何以五陰故言菩薩初不見有常云何以無常故言菩薩須菩提白佛言世尊初不見有樂云何以五陰苦而爲菩薩初不見有我云何以五陰無我而爲菩薩初不見有人云何以五陰空故而言有菩薩世尊初不見有相云何以五陰無相而爲菩薩世尊初不見願云何以五陰無願而爲菩薩爾時世尊讚歎須菩提言善哉善哉菩薩摩訶薩

學當於五陰作空無相無願無所見無所得菩薩行般若波羅蜜當作是學佛告須菩提汝向者所言我不見法有菩薩實如所言須菩提法法不相見法不見法性法性亦不見法五陰性不見法性法性不見五陰性六情性不見法性法性不見六情性佛告須菩提有為性不見無為性無為性不見有為性有為不離無為無為亦不離有為佛告須菩提菩薩作是行般若波羅蜜於諸法無所見雖不見諸法亦不恐亦不畏懼不悔亦不懈怠何以故以不見五陰不見眼耳鼻舌身意亦不見色聲香味細滑法故亦不見婬怒癡亦不見十二因緣亦不見吾我亦不見知見事亦不見三界亦不見聲聞辟支佛意亦不見菩薩亦不見菩薩法亦不見佛亦不見佛法亦不見道一切諸法盡不見亦不恐亦不怖亦不畏懼須菩提白佛言世尊菩薩何以故不恐不畏佛告須菩提以菩薩意識法不可得不可見以是故不恐不畏菩薩當於諸法當作無所得無所見學行般若波羅蜜亦不見般若波羅蜜亦不見菩薩亦不見菩薩字亦不見菩薩意是則菩薩學是則菩薩行

學品第十

是時須菩提白佛言世尊菩薩摩訶薩欲具足檀波羅蜜當學般若波羅蜜欲具足尸羼惟逮禪波羅蜜當學般若波羅蜜菩薩摩訶薩欲知色痛想行識當學般若波羅蜜欲知六情內外者當學般若波羅蜜欲知十八性欲消滅婬怒癡欲消滅吾我想當學般若波羅蜜欲除狐疑欲除犯戒妄見欲除三界婬

諍欲捨六衰習欲除四食欲捨四淵流四結四顛倒欲捨十惡知十善之行當學般若波羅蜜欲知四禪三十七品四等心及佛十八法當學般若波羅蜜欲得覺意三昧者當學般若波羅蜜欲知四禪及四空定欲得師子遊步師子奮迅三昧者欲得諸陁隣尼三昧首楞嚴三昧海寶三昧月幢三昧諸法普至三昧觀印三昧真法性三昧作無垢幢三昧金剛三昧諸法所入門三昧三昧王三昧王印三昧力淨三昧月幢三昧諸法所入真辯才三昧諸法言所入照十方三昧諸法陁隣尼門印三昧不忘諸法三昧諸法都聚印三昧虛空所止三昧淨三昧處三昧不起神通三昧作上幢三昧菩薩欲得是諸三昧門及餘三昧者當學般若波羅蜜須菩提白佛言唯世尊菩薩摩訶薩欲滿一切衆生之所願者當學般若波羅蜜菩薩欲具足諸功德持是具足之德不墮罪處亦不生卑賤之家亦不在羅漢辟支佛地住亦不爲菩薩頂諍當學般若波羅蜜舍利弗語須菩提言云何爲菩薩頂諍須菩提報言菩薩摩訶薩不以漚恕拘舍羅行六波羅蜜復不以漚恕拘舍羅趣空無想無願三昧墮聲聞辟支佛地亦不順菩薩道是爲菩薩頂諍舍利弗問須菩提何以故名爲菩薩頂諍須菩提報言所謂法愛是問言何等爲法愛須菩提報言菩薩摩訶薩行般若波羅蜜入於五陰計校五陰空無相無願是爲順法愛入於五陰計校五陰空寂無常苦空非我是爲菩薩法愛計校言當滅五陰是無爲證是非證是成道是著是

斷是可習是不可習是菩薩行是非菩薩行是道是非道是菩薩學是非菩薩學是六波羅蜜是非六波羅蜜是漚惒拘舍羅是非漚惒拘舍羅是菩薩順法愛須菩提語舍利弗言菩薩行般若波羅蜜入法中計校分别是爲菩薩順法愛舍利弗語須菩提言何等爲菩薩順道須菩提報言菩薩行般若波羅蜜不以内空觀外空不以外空觀内空不持内外空觀空空不持空空觀内外空亦不以空空見大空亦不以大空觀空空亦不以大空見最第一空最第一空亦不見大空第一空亦不觀有爲空有爲空亦不觀第一空亦不持有爲空觀無爲空亦不持無爲空觀有爲空亦不持無爲空觀無邊際空亦不以無邊際空觀作空作空亦不觀性空性空亦不觀作空作空亦不觀自空自空亦不觀性空自空亦不觀諸法空不持諸法空觀自空諸法空亦不觀無空無空亦不觀諸法空諸法空亦不觀有空有空亦不觀無空有空亦不觀無有空無有空亦不觀有空舍利弗菩薩作是行般若波羅蜜轉上便應菩薩之道復次舍利弗菩薩作是學般若波羅蜜不念五陰亦不貢高亦不念眼耳鼻舌身意不念色聲香味細滑法亦不念六波羅蜜乃至佛十八法不念亦不貢高作是學般若波羅蜜亦不念道意妙無與等者亦不念不貢高所以者何是意非意意性廣大而清淨故舍利弗問須菩提言云何意性廣大而清淨須菩提報言於婬怒癡亦不合亦不散不與塵勞合亦不散不與惡行及六十二見合亦不散亦不

與聲聞辟支佛意合亦不散是爲菩薩意性廣大而清淨舍利弗復問言意爲有耶言是意非意須菩提報言意無所念時有意無意寧可得可見可知不舍利弗報言唯須菩提不可得不可見不可知須菩提語舍利弗若意無念時亦不見有意亦不見無意亦不可得亦不可見是故即爲清淨舍利弗問須菩提何等爲無意意報言於諸法無作無念是爲無意意舍利弗復問無爲無作亦是意耶於五陰無爲無作亦復是意乃至道無爲無作亦是意耶須菩提報言如是如是如所問是時舍利弗讚歎須菩提言善哉善哉如須菩提爲是佛子爲從佛生爲從法化生則爲法施非爲思欲施隨其證而爲說法實如佛所舉樂空寂行第一菩薩摩訶薩當作是學般若波羅蜜便爲阿惟越致終不離般若波羅蜜菩薩欲學知聲聞辟支佛地當學般若波羅蜜當讀當習當持欲學菩薩地當學般若波羅蜜當讀當學當持當習何以故般若波羅蜜中廣說三乘之教菩薩摩訶薩聲聞辟支佛亦當從是中而學成

本無品第十一

是時須菩提白佛言世尊如菩薩行般若波羅蜜我亦不覺有菩薩亦不見菩薩當爲何等菩薩說般若波羅蜜當教誰不見諸法終始云何當爲菩薩作字言菩薩耶世尊是字必不住亦不不住所以者何是字亦不見亦不可得世尊我亦不見五陰終始云何當爲菩薩作字是故世尊是字不住亦不不住世尊我亦不見六情六衰終始當云何爲菩薩

作字是字不住亦不不住所以者何是字亦不可見不可知云何爲菩薩建字是字亦不可見亦不可知是字不住亦不不住世尊亦不見十八性亦不見十二因緣終始世尊我亦不見十二因緣生滅根本亦不見婬怒癡終始亦不見六十二見亦不見六波羅蜜終始亦不見吾我亦不見人亦不見壽亦不見命衆生終始亦不見三十七品空無相無願四禪四等四無形禪之終始佛志法志僧志戒志施志天志安般志死志終始亦不可得見我亦不見佛十八法終始世尊五陰如夢如響如光如影如幻如炎如化終始不可得寂靜不生不滅終始不著不斷終始及如法性之法眞際終始皆不可見世尊我亦不見善惡之法終始我亦不見有爲無爲有漏無漏之終始世尊我亦不見當來過去今現在之終始我亦不見不當來不過去不現在法之終始我亦不見世尊終始我亦不見十方恒邊沙國土諸如來無所著等正覺諸弟子及菩薩衆終始世尊諸法之終始尚不可得不可見當教何等菩薩當爲誰說般若波羅蜜是字亦不住亦不不住是字不可得知亦不可得亦不可見是故字亦不住亦不不住何以故世尊諸法之如終始不可見故當云何爲菩薩作字何以故諸字法皆不見亦不可得世尊菩薩者合數建字法亦無有與作字者五陰十八性十二衰三十七品佛十八法亦無有與作字者世尊譬如夢響光影炎化名虛空世尊譬如言地水火風空亦無有與作字者言戒三昧智慧解脫見解脫慧是

字亦無有與作字者言須陁洹斯陁含阿那含阿羅漢辟支佛其字亦無有與作字者言菩薩言道言佛佛法其字亦無有與作者言善惡言有常無常苦樂有我無我言寂靜所有無所有其字無有與作者以是故我狐疑所以者何諸法終始不可得見而爲菩薩作字世尊是字亦不住於法性何以故是字無所有不可得是故字亦不住亦不不住若菩薩摩訶薩聞作是說般若波羅蜜不恍不悔不懈不怠不恐不怖當知是菩薩審諦住阿惟越致地住於無所住復次世尊菩薩行般若波羅蜜色痛想行識不當於中住眼耳鼻舌身意不當於中住色聲香味細滑法不當於中住六識不當於中住六栽不當於中住六覺不當於中住地水火風空識不當於中住十二因緣不當於中住何以故以色痛想行識空故世尊若五陰空者爲非五陰五陰亦不離空空亦不離五陰空則是五陰五陰則是空是故世尊菩薩摩訶薩行般若波羅蜜不當於五陰中住乃至十二因緣亦不當於中住何以故十二因緣空故十二因緣則是空空則是十二因緣復次世尊菩薩摩訶薩行般若波羅蜜三十七品乃至佛十八法不當於中住佛十八法亦不離空空則十八法十八法則空是故不當於中住復次世尊菩薩摩訶薩行般若波羅蜜六波羅蜜不當於中住何以故六波羅蜜空故住則非六波羅蜜六波羅蜜不離空空亦不離六波羅蜜是故世尊菩薩不當於六波羅蜜中住復次世尊菩薩摩訶薩行般若波羅蜜文字數不

當於中住文字數若多若少不當於中住何以故文字數空故復次世尊行般若波羅蜜菩薩神通亦不當於中住何以故神通則是空空則是神通復次世尊行般若波羅蜜菩薩色痛想行識無常不當於中住何以故無常空故假令無常不空則非無常空亦不離無常無常則是空空則是無常是故菩薩不當於中住五陰苦五陰無我亦不當於中住五陰空亦不當於中住五陰寂靜亦不當於中住復次世尊行般若波羅蜜菩薩如不當於中住法及法性不當於中住眞際不當於中住復次世尊菩薩行般若波羅蜜諸三昧門陁隣尼門不當於中住世尊菩薩摩訶薩無有漚惒拘舍羅作吾我想著於五陰有仍五陰受般若波羅蜜亦不順般若波羅蜜不

得具足般若波羅蜜便不能得出生薩云若復次世尊菩薩行般若波羅蜜著於吾我想住於諸陁隣尼三昧門以想識求陁隣尼三昧門又復有仍受般若波羅蜜亦不應不順般若波羅蜜不得具足般若波羅蜜不能得出生薩云若何以故不受色痛想行識故不受五陰則非五陰所以者何其性空故諸陁隣尼三昧門不受不受則非陁隣尼三昧門其性空故乃至般若波羅蜜亦復不受本性空故菩薩摩訶薩行般若波羅蜜當觀性空之法雖觀於諸法不當使有所著是名爲菩薩摩訶薩無所受三昧積聚廣大無限之用諸羅漢辟支佛所不能及薩云若亦不受乃至內外空及有無空亦不受何以故不可以想行故所以者何想行有垢故何等想五陰

想三昧想是謂垢想當作是受當作是念不爾者異道人先尼終不有信於薩云若慧何等信於般若波羅蜜不以想信解受持觀其所應亦不以想亦不以無想作是不受想先尼得解信要便得度空性之慧不復受色痛想行識所以者何以見解空想之法何以故亦不於內見慧亦不於外見慧亦不離內外事見慧何以故亦不見法當有可識知者亦不於內五陰見慧亦不於外五陰見慧亦不離五陰見慧以是因緣先尼得解得解已便得信要於薩云若是謂比諸法信等以爲證而不見諸法先尼作是解脱已便於諸法無所受不想不念故是法亦無有得者亦無有受者亦無有解者是法亦非受亦非持亦不可獲亦無有念一切諸法皆無念故世尊菩薩摩訶薩所以於般若波羅蜜通達來往於彼此岸者何於諸法無所受不受色痛想行識者於諸法無所受故乃至三昧陁隣尼門無所受於諸法亦無所受不具足三十七品佛十力佛十八法不共終不中道般泥洹何以故三十七品非三十七品乃至佛十八法非十八法是法非法亦不非法是爲菩薩摩訶薩行般若波羅蜜不受五陰復次世尊菩薩摩訶薩行般若波羅蜜當作是觀言何許是般若波羅蜜般若波羅蜜爲是誰誰有是般若波羅蜜菩薩行般若波羅蜜當復作是念言不可得法不可見法非爲般若波羅蜜於是舍利弗問尊者須菩提言賢者何等法不可得不可見須菩提報言般若波羅蜜不可得不可見禪惟逮羼尸檀波羅蜜亦不

可得亦不可見以外空内空及有無空故五陰亦不可得見三十七品佛十八法神通亦不有亦不可得見法性法住眞際佛薩云若亦不有亦不可得見以内外空有無皆空故舍利弗菩薩摩訶薩行般若波羅蜜若作是觀作是念意不倦不猒不恐不怖當知是菩薩終不離般若波羅蜜舍利弗問尊者須菩提何以當知菩薩不離般若波羅蜜須菩提報言如色之狀貌離色如痛想行識狀貌離痛想行識如檀波羅蜜狀貌離檀波羅蜜乃至般若波羅蜜狀貌離般若波羅蜜乃至佛十八法乃至眞際亦復如是舍利弗問須菩提言五陰狀貌何類六波羅蜜佛十八法狀貌何類法性及如眞際其狀貌何類須菩提報言五陰無所有之狀貌六波羅蜜佛十八法眞際亦無所有之狀貌其類非物之類舍利弗是故當知五陰狀貌離五陰如六波羅蜜狀貌離六波羅蜜乃至眞際亦復如是五陰離五陰相乃至眞際亦離其相相亦離其眞際舍利弗問須菩提菩薩摩訶薩於中便出生薩云若耶報言如所問無有異何以故諸法無所出亦無所生舍利弗又問何以故諸法無有生無有出須菩提報言五陰空亦不見其出亦不見其生般若波羅蜜佛十八法眞際亦不見其出亦不見其生舍利弗菩薩摩訶薩作是學般若波羅蜜以漸近薩云若以漸近薩云若便得身意想淨已得身意想淨便無婬怒癡意强梁貪意不復生意終無六十二見事終不於母人腹中生常得化生從一佛國至一佛國育養衆生普淨佛國

土至成阿耨多羅三耶三菩終不離諸佛世尊舍利弗菩薩摩訶薩行般若波羅蜜當作是學當作是行

放光般若波羅蜜經卷第三

音釋

頸脊（頸居郢切頭莖也脊資昔切背呂也）肋䏶（肋盧則切脅骨也䏶禮切股也）奮迅（奮方問切迅思晉切）首楞嚴（梵語也云健相分楞盧登切）辟支（梵語具云辟支迦羅此云緣覺辟音壁）惋（烏切愌也）

放光般若波羅蜜經卷第四

西晉三藏無羅叉共竺叔蘭譯

空行品第十二

須菩提白佛言菩薩摩訶薩行般若波羅蜜無有漚惒拘舍羅於五陰爲行想若念五陰有常爲行想念五陰無常爲行想念五陰苦言五陰是我所是爲行想念五陰寂靜爲行想世尊菩薩摩訶薩不以漚惒拘舍羅行般若波羅蜜學三十七品佛十八法亦復爲行想世尊若菩薩行般若波羅蜜自念言我行般若波羅蜜設欲有所得是亦爲行想若菩薩念言有作是學者爲學般若波羅蜜是亦爲行想作是學者當知菩薩未有漚惒拘舍羅故須菩提語舍利弗言菩薩作是學般若波羅蜜爲住色爲分別色坐分別色便作行色求已作是行不得離生老病死苦菩薩復不以漚惒拘舍羅行般若波羅蜜處於眼耳鼻舌身意分別六情復分別十八性復住於三十七品及佛十八法各分別計校作色求亦復不能脫生老病死苦是菩薩尚不能逮聲聞辟支佛地證況欲得阿耨多羅三耶三菩是事不然以是故當知菩薩行般若波羅蜜無漚惒拘舍羅舍利弗問須菩提當云何知菩薩行般若波羅蜜而是漚惒拘舍羅須菩提報言菩薩摩訶薩行般若波羅蜜於色痛想行識不作想行亦不言五陰有常無常於五陰亦不作苦樂行亦不作是我所非我所行於五陰不作空無相無願行於五陰亦不作寂靜行以是故舍利弗以五陰空爲非五陰五陰不離空空不離五陰五陰則是空

空則是五陰六波羅蜜三十七品及佛十八法皆空假令空者亦不離十八法十八法亦不離空菩薩如是行般若波羅蜜則爲是漚惒拘舍羅菩薩作是行般若波羅蜜便成阿耨多羅三耶三菩行般若波羅蜜亦不見般若波羅蜜亦不見行者亦不見不行者舍利弗問須菩提菩薩摩訶薩何以故行般若波羅蜜亦不見般若波羅蜜須菩提報言以般若波羅蜜狀貌本實不可得見故何以故所有者無所有故是故行般若波羅蜜無所見所以者何菩薩悉知諸法所有無所有有三昧名於諸法無所生是諸菩薩摩訶薩無量無限廣大之用非聲聞辟支佛所知菩薩摩訶薩不離是三昧便疾得阿耨多羅三耶三菩舍利弗問須菩提但是三昧使菩薩疾成阿耨多羅三耶三菩耶頗復有餘三昧須菩提報言亦復有餘三昧令菩薩疾成得佛舍利弗問言何者是須菩提言有三昧名首楞嚴菩薩行是三昧亦疾得佛復有寶印三昧師子遊步三昧月三昧作月幢三昧諸法印三昧照頂三昧眞法性三昧必造幢三昧金剛三昧諸法所入印三昧三昧王所入三昧王印三昧力進三昧寶器三昧必入辯才三昧如是等三昧菩薩摩訶薩悉學已便疾得佛舍利弗復有無央數不可計三昧菩薩所應學亦復令菩薩疾得佛須菩提承佛威神言若有菩薩摩訶薩行是三昧者已爲過去佛所授決已今現在諸佛亦授其決已亦不見三昧亦不念三昧亦不貢高念言我得是三昧亦不念言我住是三昧都無三昧想舍

利弗問須菩提言諸有住是三昧者爲巳從過去諸佛授記巳耶須菩提言不也舍利弗何以故般若波羅蜜及三昧菩薩無有異菩薩則是三昧三昧則是菩薩般若波羅蜜亦爾等無有異而善男子不知諸法等三昧何以故不知菩薩以不見是三昧是故不知於是世尊讚歎須菩提言善哉善哉如我所歎譽汝於諸空寂行者第一菩薩摩訶薩當作是學六波羅蜜及三十七品及佛十八法舍利弗白佛言菩薩摩訶薩當作是學般若波羅蜜耶佛言當作是學六波羅蜜三十七品及佛十八法亦不想有所得有所見舍利弗白佛言何等爲無所得無所見世尊報言吾我及衆生不可得見以内外空故五陰十八性十二衰不可得不可見本淨故十二因緣不可見常淨故苦集盡道不可見常淨故不可見欲性形性無形性不可得見三十七品佛十八法常淨故不可得見六波羅蜜從須陁洹乃至佛常淨故不可見舍利弗白佛言何等爲淨世尊報言不生不有不可見無所爲是爲淨舍利弗白佛言菩薩摩訶薩作是學爲學何法世尊報言菩薩作是學於諸法無所學何以故法不爾如凡人所入舍利弗白佛言法云何世尊佛報言法之所有如無所有作是有故言無所有舍利弗白佛言何等爲無所有而有世尊報言五陰無所有内外所有無所有空故三十七品佛十八法無所有内外所有無所有空故凡夫愚人隨癡入愛於中作癡行爲兩際所得而不知不見法所不應者而爲入於名色入於六入入於

三十七品及佛十八法雖入其中法所無者及更念亦復不知亦不見不知不見何等佛言不知五陰不見五陰不見三十七品佛十八法以是故墮於凡夫愚人之數而不出於貪不出於欲形無形界不出於聲聞辟支佛法不出而復不信不信何等不信五陰空不信三十七品佛十八法空亦復不住於何所不住不住於六波羅蜜不住於阿惟越致地乃至佛十八法不住以是故謂爲凡夫愚人便入於眼耳鼻舌身意入於五陰六衰入於十八性入於婬怒癡入於諸見入於三十七品佛十八法入於道舍利弗白佛言世尊菩薩作是學爲不學般若波羅蜜不成薩云若慧耶佛言如是學爲不學般若波羅蜜不出生薩云若舍利弗白佛言何以故菩薩不學般若波羅蜜不成薩云若慧佛言以菩薩摩訶薩無漚惒拘舍羅以想念入六波羅蜜及三十七品佛十八法以想念入薩云若以是故菩薩摩訶薩不學般若波羅蜜不生薩云若慧舍利弗白佛言菩薩當云何學般若波羅蜜而令菩薩成薩云若慧佛言菩薩行般若波羅蜜不見般若波羅蜜是爲菩薩摩訶薩行般若波羅蜜者學如成薩云若慧如應無所見無所得舍利弗白佛言何等爲無所得無所見佛言不見一切法空故

問幻品第十三

須菩提白佛言世尊若人問言幻人布施持戒精進忍辱一心智慧學三十七品佛十八法學薩云若當成薩云若不乎我等當云何報佛告須菩提我自還問汝隨須菩提意報

我於須菩提意云何五陰與幻有異不眼耳鼻舌身意色聲香味細滑法十八性與幻有異不須菩提對曰無有異世尊佛言三十七品佛十八法空無相無願及道與幻有異不須菩提答曰無有異世尊五陰則是幻幻則是五陰十二衰及十八性皆是幻三十七品及佛十八法亦是幻幻則十八法佛告須菩提幻人頗有著有縛有生有死不對曰無於須菩提意云何幻人亦不生亦不滅學般若波羅蜜當成薩云若不須菩提白佛言不能得於須菩提意云何著字名合法五陰數字爲菩薩不對曰如是如是世尊著字五陰生滅可得見不須菩提對曰不可得見亦無起亦無滅亦無字亦無身行亦無意行亦無著亦無縛學般若波羅蜜寧成薩云若不須菩提對曰不能成佛言菩薩學般若波羅蜜應無所得須菩提白佛言菩薩如是學般若波羅蜜及阿耨多羅三耶三菩爲如幻人學耶所以者何當知五陰如幻人於須菩提意云何五陰爲學般若波羅蜜當成薩云若不須菩提白佛言不也世尊何以故五陰所有無所有無所有者亦不可得見於須菩提意云何五陰如夢如響如影如熱時焰如化當學般若波羅蜜耶對曰非也何以故五陰六衰如夢如幻無所有不可得見須菩提白佛言新發大乘意菩薩聞作是說般若波羅蜜將無恐怖佛言新學大乘菩薩未得般若波羅蜜漚惒拘舍羅不與善知識相隨或恐或怖須菩提白佛言菩薩當行何等漚惒拘舍羅令菩薩不恐不怖世尊佛告言菩薩行般若

波羅蜜應薩云若行觀五陰無常亦不倚五陰是爲菩薩行般若波羅蜜漚惒拘舍羅復次須菩提菩薩意行應薩云若行觀五陰苦空非我觀五陰空無相無願觀五陰寂靜應無所得無所倚是爲菩薩行般若波羅蜜漚惒拘舍羅菩薩當作念言我當爲一切衆生說無常苦空非我爲說空無相無願寂靜之法應無所得無所倚是爲菩薩檀波羅蜜復次須菩提菩薩亦不以羅漢辟支佛意觀五陰無常苦空非我亦不以羅漢辟支佛意觀空無相無願寂靜是爲菩薩不越戒以是故菩薩不恐不怖菩薩盡能奉行能忍是爲菩薩行羼提波羅蜜復次須菩提菩薩意行應薩云若觀五陰無常應無所見無所著不捨薩云若意是爲菩薩行惟逮波羅蜜菩薩適作是行不起羅漢辟支佛意鞅他惡意亦不得生是爲菩薩摩訶薩行禪波羅蜜不恐不怖復次須菩提菩薩行般若波羅蜜當作是觀言不以五陰空空則五陰六情十八性三十七品亦復如是是故菩薩行般若波羅蜜不恐不怖須菩提白佛言菩薩行般若波羅蜜當與何等善知識相得聞說般若波羅蜜不恐不怖佛報言菩薩說五陰無常苦空無我空無相無願寂靜而無所希望持是無所希望之福不作羅漢辟支佛地行但求薩云若是爲菩薩善知識爲說六情十八性寂靜而無所希望持是功德不願聲聞辟支佛地是爲菩薩善知識復次須菩提菩薩念三十七品佛十八法念薩云若念道以爲一切說法無所希望持無所希望福不爲聲聞辟支

佛地但爲薩云若是爲菩薩善知識須菩提白佛言何等爲菩薩學般若波羅蜜無漚惒拘舍羅爲惡知識聞說般若波羅蜜爲恐怖世尊報言菩薩離薩云若意倚般若波羅蜜而自貢高行禪精進忍辱持戒行布施以倚檀波羅蜜而自貢高復次須菩提菩薩離薩云若意念五陰內外空以空貢高有所倚念六情空念十八性空以是爲貢高念三十七品及佛十八法空倚十八法而自貢高是爲菩薩不行般若波羅蜜無漚惒拘舍羅聞說般若波羅蜜爲恐怖須菩提白佛言何等爲菩薩惡知識佛言教令遠離六波羅蜜語菩薩言莫學是非佛所說但合會作是不足聽聞不當受持不當諷誦讀亦不當教他人當知是菩薩惡知識菩薩復有惡知識與說魔所樂事魔波旬作佛形像往到菩薩所使菩薩遠離六波羅蜜語菩薩言善男子用是六波羅蜜學爲當知是菩薩惡知識魔復作佛形像往到菩薩所分別廣說聲聞所應行經但爲說是魔事當知是菩薩惡知識魔復作佛形像往到菩薩所語菩薩言善男子汝亦無菩薩意亦非阿惟越致汝亦不能成阿耨多羅三耶三菩假令不教菩薩令覺魔事者是菩薩惡知識魔波旬復作佛形像往到菩薩所語菩薩言善男子眼耳鼻舌身意空六衰十八性皆空六波羅蜜三十七品佛十八法皆空用是阿耨多羅三耶三菩學爲有作是教者是爲菩薩惡知識復次須菩提魔復作辟支佛形像往至菩薩所語菩薩言善男子十方皆空無有佛亦無有菩薩亦無有聲

聞而爲菩薩說是輩魔事當知是則菩薩惡知識魔復作聲聞形像被服往到菩薩所斷菩薩薩云若意爲說聲聞辟支佛行有作是教者則是菩薩惡知識魔復作菩薩師和尚被服到菩薩所教令離菩薩行教令離薩云若三十七品及佛十八法持空無相無願法授菩薩汝當念是法受聲聞地證當用是阿耨多羅三耶三菩學爲是但魔事耳復次須菩提魔復作菩薩母形像來至菩薩所言子汝當受是須陁洹證習羅漢果證當用是阿耨多羅三耶三菩爲當受是無央數劫生死當受是截手截脚之痛向菩薩說是輩魔事是則魔所作復次須菩提魔復作比丘被服至菩薩所語菩薩言眼耳鼻舌身意無常苦空非我空無相無願寂靜爲說三十七品佛十八法皆爲說相著事當知是菩薩之惡知識覺已當急遠離之

了本品第十四

須菩提白佛言菩薩號爲菩薩其句義云何佛告須菩提菩薩句義無所有所以者何道者無有句義亦無吾我菩薩義者亦如是須菩提譬如鳥飛虛空無有足跡菩薩義者亦如是譬如夢幻熱時焰影如來所化無所有菩薩義者亦如是譬如法性及如眞際亦無所有譬如幻士五陰不可得不可見行般若波羅蜜菩薩摩訶薩其義亦如是譬如幻士行內外空亦無所有菩薩行般若波羅蜜其義亦如是須菩提譬如幻士行六波羅蜜三十七品及佛十八法無所有菩薩義者亦如是須菩提譬如佛五陰不可得何以故無有

五陰故菩薩行般若波羅蜜不見菩薩之句
義須菩提譬如怛薩阿竭阿羅訶三耶三佛
六情無所有菩薩行般若波羅蜜其義亦如
是須菩提譬如佛行内外空其際不可得見
行三十七品及佛十八法不可得見菩薩其
義亦如是有爲無爲性亦無有義須菩提譬
如不生不滅無所有無作無著無斷其義亦
無所有何等不生不滅不著不斷不有不作
報言五陰不生不滅亦不著亦不斷亦不可
見十八性六情六衰五陰無著三十七品佛
十八法無著無斷義不可得行般若波羅蜜
菩薩其義亦如是須菩提譬如三十七品佛
十八法本淨無有義菩薩義者亦如是譬如
吾我淨以吾我無有邊際故我人壽命淨不
可得見衆生無邊際故菩薩行般若波羅蜜
其義亦如是譬如日出時諸冥迹不復現菩
薩義亦如是譬如天地刧盡火燒時世間諸
所有皆燒盡其迹不可見菩薩行般若波羅
蜜其義亦如是須菩提譬如世尊戒具本時
惡戒迹不復現得三昧亂意迹不復現得智
慧無有愚癡迹得解脱不復見未解脱迹已
見解脱慧不復見不解脱慧譬如佛光出時
日月忉利諸天至阿迦膩吒天光明不復現
菩薩行般若波羅蜜其句義不可見何以故
道及菩薩菩薩義是亦不合亦不散無有形
不可見無有對一相一相者則爲非相須菩
提菩薩於諸法當學無所著亦當覺知諸法
須菩提白佛言何等爲諸法何等爲菩薩於
諸法學無所著何等爲菩薩覺知諸法佛告
須菩提諸法者謂善法惡法記法未記法俗

法道法有漏法無漏法有爲法無爲法是爲菩薩當於是諸法學無所著亦當學須菩提白佛言何等爲世俗善法佛告須菩提俗善法者謂孝順父母供養沙門道人育養長老施諸福事約身守節精勤念善意崇方便修行十善有俗内想腐敗想青瘀想血想食不消想亂想骨想半燋想四禪四等四無形禪想佛想法想比丘僧想戒想施想天想精勤想安般想身想死想須菩提是謂世間善法何等爲世俗惡法殺盜婬惡口妄言綺語嫉妬邪見是爲世俗惡法何等爲記法若善法若不善法是爲記法何等爲未記法未有身口意未有四大未有五陰十八性十二衰是爲未記法何等爲世俗法五陰十二衰十八性十善四禪四等四無形禪是謂世俗法何等爲道法三十七品三解脱門三根三三昧解脱攝意八解脱門九次第禪十八空佛十力四無所畏佛十八法是爲道法何等爲漏法五陰十二衰十八性十二因緣四禪四無形禪是爲漏法何等爲無漏法三十七品佛十八法是爲無漏法何等爲有爲法欲界形界無形界三十七品乃至佛十八法是爲有爲法何等爲無爲法無爲法者不生亦不滅下終亦不始常住而不改婬怒癡盡如無有異法性及眞際是謂無爲法菩薩摩訶薩當於是空相之法無所著而不傾動覺諸法而不二須菩提白佛言何等爲摩訶薩佛告須菩提於諸大衆必有上首是故名爲摩訶薩須菩提白佛言當爲何等衆生而作上首佛告須菩提大衆者謂須陁洹斯陁含阿那含

阿羅漢辟支佛初發意菩薩摩訶薩至阿惟越致地住者是爲大衆之聚菩薩當於是中作上首於中當發金剛意便爲上首須菩提白佛言世尊何等爲金剛意佛告須菩提菩薩摩訶薩發意言我當受無央數生死作精進行我當爲衆生故捨一切所有我當等心於一切衆生我當以三乘度脫衆生當令般泥洹亦不見衆生般泥洹我當覺諸法無所從生常當以薩云若慧意行六波羅蜜我當學當救濟一切須菩提是爲菩薩發金剛意便爲大衆最上首菩薩復發意言我當爲泥犁薜荔中罪人所受苦痛我當爲衆生代受無央數劫苦痛盡令衆生於無餘泥洹而般泥洹然後我自爲身作善本億百千劫乃成阿耨多羅三耶三菩須菩提是爲菩薩發金剛意於大衆而爲上首菩薩當爲妙意以妙意故於衆生爲上首從初發意已來亦不當生婬怒癡意亦不當嬈衆生亦不起聲聞辟支佛意是爲菩薩摩訶薩妙意而爲大衆作上首亦不念貢高菩薩當於薩云若意而不動亦不貢高菩薩常當起護念於衆生亦不捨衆生菩薩摩訶薩當爲法行當爲法樂何等爲法樂隨其所知而諷誦受菩薩行般若波羅蜜住於諸空爲大衆作導亦無所倚亦無所得菩薩住於三十七品及佛十八法爲大衆作上首無所倚而無所見菩薩行般若波羅蜜住於行如金剛三昧乃至盡虛空際無所染逮解脫三昧便爲大衆作上首而無所得亦無所倚須菩提菩薩住於是法地故便能爲衆生而作上首是故名爲摩訶薩

摩訶薩品第十五

是時舍利弗白佛言我亦當復説所以爲摩訶薩者何佛告舍利弗便説舍利弗言菩薩於諸妄見悉斷是故名爲摩訶薩何謂諸見妄見吾我見有人見及衆生見有斷見有常見有見無見五陰見十八性見十二衰見有諦見十二因縁見有三十七品佛十八法見有有育養衆生見有淨佛土見有道見有佛見轉法輪見一切諸見悉斷作如是説法是故名爲摩訶薩須菩提問舍利弗言菩薩摩訶薩何以故有五陰十二衰十八性十二因縁見何以故有三十七品佛十八法見及有諸妄見舍利弗對曰菩薩摩訶薩不以漚惒拘舍羅行般若波羅蜜如務五陰六情十八性十二因縁倚六波羅蜜三十七品及佛十八法起諸見菩薩摩訶薩行般若波羅蜜漚惒拘舍羅斷是諸見爲人説法而無所倚須菩提白佛言我亦當説所以爲摩訶薩者何佛告須菩提樂説者便説須菩提言道意無有與等者非聲聞辟支佛所知何以故以薩云若意無漏故意亦不著是故爲摩訶薩舍利弗問須菩提何等爲菩薩意無有與等者諸羅漢辟支佛所不能及者須菩提報言菩薩摩訶薩從初發意以來不見法有生滅亦不見有增減亦不見著亦不見斷舍利弗諸可不生不滅不增不減不著不斷者亦無羅漢辟支佛意亦無道意亦無佛意是爲菩薩摩訶薩意無有與等者非羅漢辟支佛所能及知者舍利弗言如須菩提意不著羅漢辟支佛地五陰亦不著三十七品佛十八法亦不

著舍利弗語須菩提假令薩云若意無漏者凡人意亦當無漏性空故羅漢辟支佛及諸佛世尊意亦當無漏須菩提言爾如所言舍利弗言五陰亦無漏其性本空故三十七品佛十八法亦復無漏性空故須菩提言如舍利弗所言舍利弗問須菩提言無意為不與意合耶無色痛想行識為不與識合耶須菩提言爾如所言舍利弗復問三十七品佛十八法與非十八法為不著不合耶須菩提報言有無之事皆合須菩提語舍利弗言菩薩摩訶薩作如是行般若波羅蜜不持道意及羅漢辟支佛所不能及知意亦不貢高而有所倚於倚於法而無所入

問僧那品第十六

是時邠耨文陁尼子白佛言世尊我當說所以為摩訶薩者佛言汝樂欲說者便說之邠耨言菩薩為大功德所纏絡乘於大乘以是故謂為摩訶薩舍利弗問邠耨言何等為菩薩摩訶薩以大功德所纏絡而為摩訶薩邠耨報言菩薩摩訶薩不為齊限於人故住檀波羅蜜而為布施普為一切衆生故行檀波羅蜜尸羼惟逮禪般若波羅蜜普為衆生故作謙苦行菩薩成僧那僧涅不限衆生亦不言我當限度若干人不能度餘人亦不言我當教若干人至道亦不言我不能教餘人菩薩為衆生故起大誓願言我自當具足六波羅蜜亦當教他人使具足六波羅蜜菩薩行檀波羅蜜所布施應薩云若意願言持是功德與一切衆生俱共得阿耨多羅三耶三菩舍利弗是為菩薩行般若波羅蜜而習布施

復次舍利弗菩薩布施應薩云若不求羅漢辟支佛地是爲菩薩行般若波羅蜜布施習於尸波羅蜜復次舍利弗菩薩布施時作薩云若念法所應行是爲習羼波羅蜜如精進所應行是爲惟逮波羅蜜一心布施應薩云若念終不起聲聞辟支佛意是爲習禪波羅蜜所可布施如幻想不見施者亦不見所施亦不見受者是爲菩薩布施而習般若波羅蜜菩薩以薩云若意不想諸波羅蜜亦不倚舍利弗是故當知菩薩爲僧那僧涅復次舍利弗菩薩摩訶薩行尸波羅蜜意應薩云若布施持布施功德與衆生共求阿耨多羅三耶三菩是爲菩薩行尸波羅蜜而具檀波羅蜜復次舍利弗菩薩行尸波羅蜜盡能奉行能忍辱是爲菩薩行尸波羅蜜具足羼波羅蜜復次舍利弗菩薩行尸波羅蜜具足惟逮波羅蜜是爲菩薩習精進菩薩行尸波羅蜜不受羅漢辟支佛意菩薩行尸波羅蜜於諸波羅蜜如幻想不貢高亦無所倚舍利弗是爲菩薩行尸波羅蜜如習般若波羅蜜是爲菩薩行尸波羅蜜總持諸波羅蜜是故名爲僧那僧涅菩薩行羼波羅蜜應薩云若布施菩薩入無形禪亦不處其中是爲菩薩行漚惒拘舍羅而爲般若波羅蜜復次舍利弗菩薩行禪分別空無相無願是爲菩薩行僧那僧涅而爲般若波羅蜜以是故名爲僧那僧涅舍利弗菩薩作是僧那僧涅者十方諸佛世尊皆以大音聲讚歎是菩薩言其國土菩薩具諸功德爲僧那僧涅當育養衆生淨佛國土於是舍利弗問邠耨文陁尼子何等爲

菩薩摩訶薩摩訶衍三拔致摩訶衍三拔致晉言發趣大乘云何爲發趣大乘邠耨報言行六波羅蜜隨諸禪所應行盡奉行持求薩云若菩薩以薩云若意於八禪觀其無常觀其苦空非我無相無願是爲菩薩行般若波羅蜜爲摩訶衍菩薩念三十七品佛十八法是爲菩薩摩訶衍菩薩意不近羅漢辟支佛地志但崇薩云若是爲菩薩行四等而爲羼波羅蜜菩薩行薩云若意無懈時是爲菩薩惟逮波羅蜜菩薩雖行四禪慈悲喜護八禪亦不能動揺菩薩所以者何以漚惒拘舍羅故菩薩行四等爲衆生消諸漏是爲菩薩行四等而爲檀波羅蜜諸法所作禪不持求羅漢辟支佛何以故常求薩云若故是爲菩薩行四等而不抛尸波羅蜜菩薩復有摩訶衍於内外空其慧不轉無所倚無所得無所見是爲菩薩摩訶衍復有摩訶衍不於諸法慧不在亂亦不在定慧亦不在有常亦不在無常慧亦不在苦樂亦不在有我無我是爲菩薩摩訶衍而應無所倚復有摩訶衍慧不在當來過去今現在慧亦不離三世是爲摩訶衍應無所倚摩訶衍者慧不在三界亦不離三界復有摩訶衍慧不在俗法亦不在道法亦不在有爲亦不在無爲亦不在有漏亦不在無漏是爲無所倚舍利弗是爲菩薩摩訶薩摩訶衍

摩訶衍品第十七

爾時舍利弗問邠耨文陁尼子言何等爲菩薩摩訶薩乘於大乘邠耨報舍利弗言菩薩行般若波羅蜜乘於檀尸羼惟逮禪波羅蜜

乘是六波羅蜜不見六波羅蜜亦不倚菩薩
而無所倚是爲乘於大乘復次舍利弗菩薩
摩訶薩一心學薩云若具足三十七品佛十
八法雖念欲成不有所倚是爲菩薩乘於大
乘復次舍利弗菩薩作是念言菩薩者但是
字耳五陰者但有字不倚五陰故六情者但
有字耳不倚六情故三十七品者但有字耳
不倚三十七品故内外空者但有字耳不倚
内外空故佛十八法者但有字耳不倚佛十
八法故如來法者但有字耳不見法性故眞
際但有字耳眞際不可見故佛及道但有字
耳不倚佛故是爲菩薩摩訶薩乘於大乘復
次舍利弗菩薩摩訶薩從初發意以來故具
足菩薩之神通具足已欲育養群生從一佛
國遊至一佛國供養禮事諸佛世尊從諸佛
聽受法教何謂法教報言菩薩大乘是菩薩
乘是大乘遊諸佛刹淨佛國土育養衆生初
無佛國想亦無衆生想亦不住二地菩薩爲
衆生故隨其所應而變其形像不得一切智
終不離菩薩乘逮一切智已便能轉法輪非
羅漢辟支佛及諸天龍閲叉阿須倫及世間
人所能轉是時聞十方恒邊沙諸佛世尊讃
歎聲言某國某菩薩摩訶薩乘於大乘逮薩
云若轉於法輪舍利弗是爲菩薩摩訶薩乘
於大乘

放光般若波羅蜜經卷第四

音釋

䩭 居宜切檢也制也

腐敗 腐奉吅切爛也敗薄邁切壞也

薜荔 梵語具云薜荔多正言閉麗多此云祖父鬼又云餓鬼薜蒲計切荔郎計切

邠䆲文陀尼 梵語正云富那曼陀弗多羅此云滿嚴飾女子邠卑民切䆲奴豆切

齊限 齊才詣切限下簡切齊限謂分劑限量也

摩訶衍 梵語也此云大乘衍以淺切

批 將此切取著也

放光般若波羅蜜經卷第五

西晉三藏無羅叉共竺叔蘭譯

僧那僧涅品第十八

爾時須菩提白佛言何等爲菩薩摩訶薩僧那僧涅佛告須菩提六波羅蜜三十七品内外空及有無空佛十八法及一切智被諸功德之鎧成佛身光徹三千大千刹土復以光普遍十方恒邊沙佛國土便爲六反震動三千大千刹土復以六反震動十方恒邊沙佛國土菩薩以受是光明住於檀波羅蜜以大乘之鎧便能變化三千大千刹土化爲瑠璃自變其形爲遮迦越王布施一切隨其所欲飢渴與飲食欲得衣者與衣欲得香華醫藥布施種種隨衆人身所便樂盡給與之作是布施已便爲衆生説六波羅蜜行衆生聞菩薩教以至得阿耨多羅三耶三菩不離六波羅蜜行是爲菩薩被大乘之鎧須菩提譬如工幻師在四要道頭於大衆人前布施隨人所欲飲食衣被錢財隨人意所索幻人盡與於須菩提意云何是幻師頗有所布施於人不須菩提白佛言無所施亦無得者佛告須菩提菩薩自化身作遮迦越王布施隨人所樂而在所與恣人所欲而施與之雖施而無所與亦無得者何以故須菩提法之幻法應爾復次須菩提菩薩摩訶薩住於尸波羅蜜亦現作遮迦越羅於中使人持十善法教人使爲四禪四等四無形禪立於三十七品至佛十八法衆生聞是法教至得道終不離是法教須菩提譬如幻師化作大衆人教幻人持十善立以三十七品至佛十八法於須菩

提意云何頗有人立於十善四禪四無形禪
頗有人立於三十七品及佛十八法者不須
菩提對曰無有立者也世尊佛告須菩提菩
薩立諸衆生於十善地三十七品佛十八法
亦不見有人住是法者所以者何法幻之法
自應當爾以是故須菩提菩薩摩訶薩爲被
大乘之鎧復次須菩提菩薩住羼波羅蜜亦
立衆生於羼波羅蜜菩薩從初發意以來作
誓言假令衆生持刀杖害我悉受終不起惡
意如彈指之頃當復立衆生於忍辱地亦復
如是雖立衆生於羼波羅蜜亦復如幻師亦
無衆生想須菩提是爲菩薩大乘之鎧復次
須菩提菩薩摩訶薩住於惟逮波羅蜜立衆
生精進意應薩云若亦復如幻師是爲菩薩
大乘之鎧菩薩住於禪波羅蜜亦復教一切
人行一心菩薩住於等法不見法有亂者有
一心者須菩提是爲菩薩住於禪波羅蜜亦
復教一切人行禪乃至阿耨多羅三耶三菩
終不離是一心亦復如幻師是故名爲僧那
僧涅復次須菩提菩薩摩訶薩住於般若波
羅蜜亦復勸助教一切人使立於般若波羅
蜜須菩提是爲菩薩摩訶薩行般若波羅蜜
於諸法不見有彼此岸是爲菩薩住於般若
波羅蜜亦復勸助衆生教化立人於般若波
羅蜜雖教化衆生亦復如幻不見有學者不
見有受者以是故須菩提菩薩摩訶薩僧那
僧涅復次須菩提菩薩被大乘鎧以安處十
方恒邊沙佛國衆生立於六波羅蜜爲衆生
說六波羅蜜法使衆生聞之聞已至阿耨多
羅三耶三菩不離是法亦復如幻亦不見受

法者亦不見受是教者以是故菩薩爲大乘之鎧菩薩復被大乘之鎧意應薩云若菩薩不言我當教若干人立於六波羅蜜亦不言我當教若干人行三十七品佛十八法亦復不言我不能教若干人亦復不言我教若干人得須陁洹乃至阿羅漢辟支佛不言我不教若干人至阿羅漢亦不言我立若干人至薩云若不言我不悉教爾所人何以故菩薩所度無有限礙亦無適莫菩薩所度亦無有數亦無有量須菩提菩薩譬如幻師教幻人不見有所教亦不見有受者是爲菩薩摩訶薩僧那僧涅須菩提白佛言如我從佛所聞義當知菩薩非爲僧那僧涅何以故諸法空故色痛想行識空眼耳鼻舌身意色聲香味細滑法十八性各隨其相各自空檀波羅蜜至般若波羅蜜亦自空内外空皆自空從三十七品至佛十八法皆空菩薩亦空僧那僧涅亦自空以是故世尊當知菩薩爲非僧那僧涅佛告須菩提如所言無有異須菩提薩云若非爲非作菩薩爲衆生作摩訶僧那僧涅者是衆生亦非爲非作須菩提白佛言何以故薩云若及衆生非爲非作佛言不見有人故是故薩云若無爲無作何以故須菩提五陰亦不有所作亦非不作六情六衰亦無所爲亦無所作我人壽命亦無所爲亦無所作何以故邊際不可得故須菩提夢響影幻熱時炎化無所作亦無所爲内外空三十七品佛十八法亦無所爲亦無所作何以故其本際不可得見故如及法性眞際亦無所作亦無所爲菩薩薩云若亦無所作亦無所爲

何以故無有本際故以是故須菩提薩云若及衆生無所有無所作以是故當知菩薩非爲摩訶僧那僧涅須菩提白佛言如觀世尊所說義五陰亦無縛無脱邠耨文陁尼子問須菩提何等五陰無縛無脱須菩提報言五陰如夢如響如影如幻如化如熱時炎當來過去今現在五陰無縛無脱五陰無端緒無縛無脱五陰寂無所生無縛無脱五陰善不善俗五陰道五陰有漏無漏亦無縛無脱一切諸法無縛無脱無際寂靜無縛無脱六波羅蜜無縛無脱無際寂靜内外空無縛無脱三十七品無縛無脱佛十八法無縛無脱無際寂靜故道及菩薩薩云若一切智事無際寂靜無所生亦不縛亦不脱如法性眞際無爲亦無縛無脱無際寂靜不生無縛無脱如是邠耨菩薩摩訶薩於無縛無脱六波羅蜜中住無縛無脱薩云若於無縛無脱育養衆生無著無縛無脱淨佛國土無著無縛無脱見諸世尊以無縛無脱聞法終不離無縛無脱諸佛世尊終不離無縛無脱諸神通終不離無縛無脱五眼終不離無縛無脱轉無縛無脱法輪無縛無脱安立衆生於三乘如是邠耨菩薩摩訶薩於無縛無脱六波羅蜜於諸法得逮覺無際寂靜無所生故邠耨當知是爲菩薩摩訶薩無縛無脱之僧那僧涅

問摩訶衍品第十九

是時須菩提白佛言何等爲菩薩摩訶薩大誓世尊云何當知菩薩趣至大乘乘是乘當至何所誰當成是乘者佛告須菩提言六波羅蜜是菩薩摩訶薩之大乘何等爲六檀尸

羼惟逮禪般若波羅蜜須菩提白佛言何等爲菩薩檀波羅蜜佛告言菩薩摩訶薩布施意應薩云若內外所有布施已持是功德盡施衆生與衆生共發阿耨多羅三耶三菩是爲菩薩摩訶薩檀波羅蜜須菩提白佛言何等爲尸波羅蜜佛言菩薩持戒發意應薩云若自持十善教他人行十善亦無所倚是爲菩薩不𢫬戒應無所倚須菩提白佛言何等爲羼波羅蜜佛言菩薩自具足於忍地復勸他人令行忍辱而無所倚是爲菩薩摩訶薩行羼波羅蜜須菩提白佛言何等爲惟逮波羅蜜佛言菩薩意應薩云若不廢五波羅蜜亦復立衆生於五波羅蜜而無所倚是爲菩薩惟逮波羅蜜須菩提白佛言何等爲禪波羅蜜佛言菩薩摩訶薩以薩云若意自以漚惒拘舍羅入諸禪不隨禪生亦復教他人使行禪而無所倚是爲菩薩禪波羅蜜須菩提白佛言何等爲菩薩般若波羅蜜佛言菩薩摩訶薩以薩云若意不入於諸法而觀諸法之性而無所倚亦復教他人令不入於諸法而觀諸法之性而無所倚是爲菩薩摩訶薩般若波羅蜜是爲菩薩摩訶薩摩訶衍又須菩提復有摩訶衍內空外空乃至有無空是也何等爲內空內法是謂眼耳鼻舌身意眼眼本空不著垢亦不壞何以故本性爾耳耳本空鼻鼻本空舌舌本空身身本空意意本空亦不著垢亦不壞何以故本性爾是爲內空何等爲外空謂色聲香味細滑法色本空亦不著垢亦不壞何以故色本性爾聲香味細滑法皆爾何以故本性空故是爲外空何

等爲内外空内六衰外六衰是爲内外法以外法故内法空以内法故外法空亦不著亦不壞何以故本性爾是爲内外空何等爲空空諸法之空持諸法空空於空是爲空空何等爲大空八方上下皆空是爲大空何等爲最空泥洹是不著不壞是爲最空何等爲有爲空從不著不壞本至三界空是爲有爲空何等爲無爲空不生不滅住於不異從不著不壞皆空何以故本空故是爲無爲空何等爲至竟空所可不得邊際者是爲至竟空何等爲不可得源空諸可來者不知所從來無有處故是爲無有源空何等爲無作空於諸法無所棄是爲無作空何等爲性空諸法所有性及有爲無爲性非羅漢辟支佛諸佛世尊所不作是爲性空何等爲諸法空諸法者謂五陰十二衰十八性有爲法無爲法是爲諸法從不著不壞至諸法之性是爲諸法空何等爲自相空色相所受相是所持相爲想所有相便有所覺相是爲識乃至有爲無爲相從有爲無爲相至諸法皆悉空是爲相空何等爲無所得空從無著無壞至無所得法亦無所得是爲無所得空何等爲無空於中無所見是爲無空何等爲有空諸法無有偶者於諸合會中皆無有實是爲有空何等爲有無空於諸聚會中亦無有實是爲有無空復次須菩提有以有爲空無以無爲空異以異爲空何等爲有有者謂五陰性性以性爲空是爲有空何等爲無以無爲空無所成無所成爲空空者亦非智可作亦非見可作何等爲餘事空有佛無佛法性法寂如及爾眞

際住如故以是異空是爲餘事空須菩提是爲菩薩摩訶薩摩訶衍須菩提復有摩訶衍何等爲衍百千三昧是各各有名何等三昧名首楞嚴三昧何等爲首楞嚴三昧諸三昧門之所趣聚皆來入其中是故名首楞嚴復有三昧名寶印何等爲寶印三昧諸三昧所有印皆而印之復有三昧名師子遊戲何等爲師子遊戲住是三昧者盡遊戲諸三昧中復有月光三昧住是三昧者能以光明照諸三昧復有月幢三昧住是三昧者持諸三昧復有在諸法上三昧住是三昧者諸三昧悉從其中出復有照頂三昧住是三昧者能以光明照諸三昧上復有法性畢三昧住是三昧者能決了諸法復有必造幢三昧住是三昧者於諸三昧中必持堅固幢復有金剛三昧住是三昧者諸三昧無有敵當者復有法所入印三昧住是三昧者與諸法印相應復有安住三昧住是三昧者便能住諸三昧復有放光明三昧住是三昧者便能徧照諸三昧復有勢進三昧住是三昧者能以力勢教諸三昧復有等步三昧住是三昧者能等行諸三昧復有入辯才教授三昧住是三昧者能辯解諸三昧復有過量音聲三昧住是三昧者得入無量名字三昧復有照處處三昧住是三昧者於諸三昧能徧照於諸方面復有總持印三昧住是三昧者能持諸三昧印復有不忘三昧住是三昧者不忘諸三昧復有一切法所聚海三昧住是三昧者能使一切諸三昧等行復有虛空普三昧住是三昧者能徧足諸三昧復有金剛部三昧住是三

昧者持諸三昧部復有寶勝三昧住是三昧者降伏諸垢濁復有熾炎三昧住是三昧者能以光炎徧照諸三昧復有無願三昧住是三昧者於諸法無所取復有審住三昧住是三昧者不見諸法有住處復有選擇三昧住是三昧者於諸三昧無意念想復有無垢燈三昧住是三昧者爲諸三昧作燈明復有無限光三昧住是三昧者於諸三昧無有限量復有作光明三昧住是三昧者能於諸三昧而有所照復有普照明三昧住是三昧者諸三昧皆在眼前現復有淨要三昧住是三昧者逮得等淨三昧復有無垢光三昧住是三昧者散諸三昧垢復有造樂三昧住是三昧者受諸三昧樂復有電明三昧住是三昧者爲諸三昧作燈明復有無盡三昧住是三昧者不見盡以不盡復有上威三昧住是三昧者於諸三昧中威德獨然復有畢盡三昧住是三昧者見諸三昧盡所可見而不見復有不動三昧住是三昧者令諸三昧不動不覺不戲復有不別三昧住是三昧者不見離別復有日燈三昧住是三昧者照諸三昧門復有月無垢三昧住是三昧者能去諸三昧冥復有淨光明三昧住是三昧者於諸三昧分別四無礙慧復有作明三昧住是三昧者爲諸三昧門作明復有造作三昧住是三昧者爲諸三昧作畢竟復有諸慧三昧住是三昧者見諸三昧慧復有金剛三昧住是三昧者決斷諸三昧復有住意三昧住是三昧者不動不搖不恐不怖亦無意想復有現明三昧住是三昧者於諸三昧悉徧見明復有安立

三昧住是三昧者於諸三昧善處復有實積
三昧住是三昧者普見諸三昧實復有法印
三昧住是三昧者印諸三昧從印及不印復
有等三昧住是三昧者不見諸法有等脫復
有棄樂三昧住是三昧者悉棄諸樂復有過
法定三昧住是三昧者滅諸法之冥在諸三
昧上復有散結三昧住是三昧者能散用諸
三昧復有解諸法句三昧住是三昧者能解
諸三昧及諸法句復有等文字三昧住是三
昧者得諸等字復有畢字三昧住是三昧者
不見一字復有斷因緣三昧住是三昧者斷
諸因緣復有無態三昧住是三昧者不得諸
法態復有無行三昧住是三昧者不見諸法
行復有無窟行三昧住是三昧者不見諸三
昧有巢窟之行復有畢陰三昧住是三昧者

能淨諸陰復有主行三昧住是三昧者見諸
三昧行復有不起三昧住是三昧者不見諸
三昧起復有度境界三昧住是三昧者過諸
境界復有聚諸善三昧住是三昧者能得聚
諸法諸三昧復有止選三昧住是三昧者意
不墮落復有清淨華三昧住是三昧者得諸
三昧清淨華復有主覺三昧住是三昧者於
諸三昧有七覺意復有無限辯三昧住是三
昧者逮得無量之辯復有無等等三昧住是
三昧者便得無等等復有度諸法三昧住是
三昧者越度三界復有決斷三昧住是三昧
者能見諸法見諸三昧決斷事復有散諸狐
疑三昧住是三昧者逮得散諸法三昧復有
無住三昧住是三昧者不見諸法處復有一
行三昧住是三昧者不見諸法有二復有衆

生所入三昧住是三昧者不見衆生亦不見所入復有一事三昧住是三昧者不見諸三昧事復有猒該衆事三昧住是三昧者不見有別復有散諸生死勞怨三昧住是三昧者逮得諸猒三昧慧所入處無所覺復有衆行音所入三昧住是三昧者衆行音聲皆悉隨從復有脫諸音響字三昧住是三昧者見諸三昧脫於音字復有然炬三昧住是三昧者於諸三昧中威德獨明復有淨相三昧住是三昧者能淨一切三昧相復有無准三昧住是三昧者於諸三昧不見於准復有具足衆事三昧住是三昧者於諸三昧皆得具足復有不願苦樂三昧住是三昧者不見諸三昧有苦樂復有事不滅三昧住是三昧者不見諸三昧有盡復有持迹三昧住是三昧者盡着諸三昧復有邪正聚三昧住是三昧者於諸三昧不見邪正復有滅恚諍三昧住是三昧者於諸三昧不見恚諍復有無恚三昧住是三昧者不見於諸法於諸三昧有恚無恚復有無垢光三昧住是三昧者於諸三昧亦不見光亦不見垢復有主要三昧住是三昧者於諸三昧不見無要復有明月滿無垢炎三昧住是三昧者能使諸三昧滿具足如月十五日時復有大莊飾三昧住是三昧者能使諸三昧嚴好復有與世間作光明三昧住是三昧者光明普照十方及諸法復有三昧名三昧等住是三昧者於諸法亦不見有亂亦不見有定復有無忿三昧住是三昧者能使諸三昧而無有忿復有無倚無窟無樂三昧住是三昧者於諸三昧不見巢窟復有最

如三昧住是三昧者於諸三昧不轉於如復有三昧名身骸住是三昧者不見此三昧性復有三昧名斷口行與空合住是三昧者不見諸三昧有言復有三昧名虛空本脫無色住是三昧者逮得諸法本空須菩提是爲菩薩摩訶薩行般若波羅蜜摩訶衍

陁隣尼品第二十

復次須菩提復有摩訶衍何所爲衍所謂四意止是何等四意止菩薩自觀身觀他人身觀内外身已亦無身想亦無所倚若行若寂常念世間從癡有惱觀内痛意行法觀外痛意行法觀内外痛意行法若行若寂常念世間癡惱須菩提云何菩薩觀内身行菩薩自知可行知行可住知住可坐知坐可卧知卧隨身所行皆能自知是爲菩薩自觀身行若行若寂常念世間苦惱又須菩提菩薩出入進止安庠視瞻不妄坐卧左右亦常安庠服三法衣不失威儀行般若波羅蜜菩薩自觀内外身行如是而無所倚菩薩常觀息出入息長亦知息短亦知譬如旋輪調其緩急若菩薩自知意與息俱俱出俱入是爲菩薩觀内身行若行若寂常念世間癡苦愛患復次須菩提用是行般若波羅蜜常當觀身分别四分地水火風譬如屠牛分爲四分菩薩觀身分别四事本末從來亦復如是是爲菩薩觀内外身亦無所倚復次須菩提菩薩觀身從頭至足但有不淨髮毛爪齒筋骨五藏三十六物有何可貪譬如田家器盛五穀有目之士若開發器悉見種稷分别識知菩薩觀身身中所有亦復如是是爲菩薩自觀内身

若行若寂常念世間癡愛痛苦亦無所倚復次須菩提菩薩觀人初死之日至于五日膖脹爛臭體壞汁流互相澆漬無有淨處或爲飛鳥走獸所食或噉其半惡露不淨或有死人筋纏骸骨血澆或有死人血肉已盡筋骨相連中有骸骨已解離者節節異處或見久死骸骨青白色者或腐壞者或與地土共同色者菩薩都作是觀作是觀已還自計校我身分未脫未離此法俱亦當爾是爲菩薩觀內身法觀他人身無所貪倚若行若寂常念世間癡苦災患自觀覺意法亦觀他人覺意法分別思念斷癡惑意須菩提是爲菩薩摩訶薩摩訶衍須菩提復有摩訶衍漸御四意斷是何謂爲四惡意法未生樂御習精進攝意使不生已起惡意法亦復樂御精進攝意

習使斷未生善事法持樂意精進習使得生已生善法念欲處具足廣顯欲使不忘亦復樂習精進攝意御使得成是爲菩薩摩訶薩摩訶衍須菩提復有摩訶衍謂四神足是何謂爲四已得樂定除諸所作行總攝神足以精進定除諸所作行總攝神足以持意定除諸所作行總攝神足以智之定除諸所作行總攝神足是爲菩薩摩訶薩摩訶衍須菩提復有摩訶衍謂五根是何謂五根信根精進根志根定根智慧根是爲菩薩摩訶薩摩訶衍須菩提復有摩訶衍謂五力是何謂爲五信力精進力志力定力智慧力是爲菩薩摩訶薩摩訶衍須菩提復有摩訶衍謂七覺意是何謂爲七以志覺意以法覺意以精進覺意以悅喜覺意以信覺意以定覺意以適無

所著覺意是爲菩薩摩訶薩摩訶衍須菩提復有摩訶衍謂賢聖八品道是何謂爲八正見正念正言正行正業正習正志正定是爲菩薩摩訶薩摩訶衍亦復無所倚須菩提復有摩訶衍謂三三昧是何謂爲三空三昧無相三昧無願三昧是爲菩薩摩訶薩摩訶衍復有摩訶衍謂諸慧事是苦慧集慧盡慧道慧消慧無所起慧法慧明慧各各知他人所念慧眞慧何等爲苦慧不生苦是爲苦慧何等爲集慧集滅已斷是爲集慧何等爲盡慧滅諸苦事是爲盡慧何等爲道慧賢聖八品道是爲道慧何等爲消慧貪婬瞋恚愚癡盡是爲消慧何等爲不起慧不受生死處是爲不起慧何等爲法慧曉斷五陰是爲法慧何等爲明慧眼耳鼻舌身意無常色聲香味細滑法亦復無常是爲明慧何等爲各各知他人所念慧一切衆生心中所念所起種種悉知是爲各各知他人所念慧何等爲眞慧所謂如來薩云若智是爲眞慧亦無所倚須菩提是爲菩薩摩訶薩摩訶衍復有摩訶衍所謂三根是何等爲三根謂學士從白衣至須陁洹五根是未曾知當知從斯陁含至阿那含亦有五根應知當知從阿羅漢辟支佛菩薩至佛亦有五根謂已知無所復學當知是爲菩薩摩訶薩摩訶衍須菩提復有摩訶衍謂三三昧也何等爲三第一有覺有觀第二無覺有觀第三無覺無觀何等爲有覺有觀謂第一禪是爲有覺有觀何等爲無覺有觀謂第一禪未至二禪在其中間是爲無覺有觀何等爲無覺無觀從第二禪至無思想無

思想慧禪是爲無覺無觀是爲菩薩摩訶薩摩訶衍須菩提復有摩訶衍謂十念是佛念法念僧念戒念施念天念滅念安般念身苦念死亡念是亦無所倚是爲摩訶衍須菩提復有摩訶衍謂四禪四等四無形禪八惟無禪九次第禪佛十種力四無所畏十種力者謂佛現身相好神足變化感動衆邪迴使入正一力也口之所說在衆智上能變疑結開令解脫二力也意入空定清明六達邪神撓亂道志不搖三力也默然斷想神足無爲感動三千大千日月人無驚悚四力也道意聰叡演法布化流盈十方各得其所五力也逆知衆意曉人行趣若縛若脫悉能解散六力也三世所作殃福本際報受之未大慧悉知無有罣礙七力也一切人民衆行根源種種

各異受身不同悉覺本際因緣起處八力也慧眼已淨所察無限見諸生死往來所墮九力也大慧已足方便已備生死已斷著行已盡所作已訖不復還受自然無師稱一切智是謂十力也四無所畏者佛爲正覺或有沙門婆羅門或魔或天或梵若復有餘衆無有能來難詰我者佛亦不見有起是意者以是證故佛行安隱逮無所畏一無畏也逮精進行得知最處在衆人中得師子吼能轉梵輪諸沙門婆羅門諸天梵魔一切餘法所不能轉獨佛能轉二無畏也佛漏已盡若有沙門婆羅門或天魔梵無有敢言佛漏未盡者三無畏也如佛所說言眞無諱善惡之報不失所行一切餘衆諸天魔梵不見能敢違佛言者如佛所說賢聖八道行是得道得度衆苦

一切餘衆諸天魔梵亦無有能戾此教者佛亦不見有此處者四無所畏也是爲菩薩摩訶薩摩訶衍亦無所倚須菩提復有摩訶衍謂四無礙慧是何等爲四知諸法事其慧無礙解諸句義其慧無礙分别辯才其慧無礙所説了了其慧無礙是爲菩薩摩訶薩摩訶衍須菩提復有摩訶衍謂佛十八法何等爲十八法一者諸佛從得佛以來初無誤時二者從得佛以來言無麤無漏失三者無忘志四者無有種種想五者意無有不定時六者初無他觀七者自在無有減八者精進無有減九者志念無減十者智慧無減十一者解脱無減十二者見解脱慧無減十三者一切身所行智慧最在前十四者口所言事智慧最在前十五者意所行事智慧最在前十六者見過去事其慧無礙十七者見當來事其慧無礙十八者見現在事其慧無礙是爲摩訶衍亦無所倚須菩提復有摩訶衍所謂陁隣尼目佉是何等爲陁隣尼目佉與字等與言等字所入門何等爲字門一者阿阿者謂諸法來入不見有起者二者羅羅者垢貌於諸法無有塵三者波波者於諸法泥洹最第一教度四者遮遮者於諸法不見有生死五者那那者於諸法字已訖字本性亦不得亦不失六者羅羅者得度世愛支各因緣已滅七者陁陁者諸法如無斷絶時八者波波者謂法已離獄九者荼荼者諸法垢已盡十者沙沙者諸法無有罣礙十一者和和者諸法言行已斷十二者多多者諸法如不動十三者夜夜者諸法諦無所生十四者吒吒者諸

法强垢不可見十五者加加者諸法造作者亦不可得見十六者娑娑者諸法不可得時不可轉十七者摩摩者諸法吾我不可得見十八者伽伽者受持諸法者不可得見十九者他他者諸法處不可得二十者闍闍者諸法生者亦不可得二十一者濕波濕波者諸法善不可得二十二者大大者諸法性不可得二十三者赦赦者諸法寂不可得二十四者佉佉者諸法虛空不可得二十五者叉叉者諸法消滅不可得二十六者侈侈者諸法各在其所處不可動搖二十七者若若者諸法慧不可得二十八者伊陁伊陁者諸法義不可得二十九者緐緐者諸法無有閑時三十者車車者諸法無可棄者三十一者魔魔者諸法無有丘墓三十二者叵叵者諸法不可分別三十三者蹉蹉者諸法死亡不可得三十四者峨峨者諸法無有朋黨三十五者咃咃者諸法各有異無不有處三十六者那那者諸法無來無去亦不住亦不坐亦不臥亦不別三十七者破破者諸法皆於三界不安三十八者歌歌者諸法性不可得三十九者嵯嵯者諸法不可得常四十者嗟嗟者諸法分捨不可得四十一者吒吒者諸法無有度者四十二者嗏嗏者諸法邊際盡竟處亦不生亦不死諸字數無有過嗏上者何以故是字無有數亦不念言是字有失亦不可見亦無所說亦無所書亦不現須菩提當知一切法譬如虛空是字教所入皆是陁鄰尼所入門若有菩薩摩訶薩曉了是字事者不住於言數便曉知言數之慧若有菩薩摩訶薩

聞是四十二字所入句印者持諷誦者若復爲他人解説其義不以妄見持諷誦者當得二十功德何等爲二十一者得强識念力二者得慙愧羞恥力三者得堅固行力四者得覺知力五者得辯才二談語力六者得陁隣尼不難力七者所語不説不急之事八者終不狐疑於經九者聞善不喜聞惡不憂十者亦不自貢高亦不自卑十一者進止安庠不失威儀十二者曉了五陰六衰十三者善於四諦十二緣起事十四者善知識因緣事十五者善於法慧能滿具諸根十六者知他人所念言凶報應十七者善於天耳徹聽自識宿命十八者善知衆生所生十九者能消諸漏二十者善於往來處處教授須菩提是爲陁隣尼門是爲字門是爲來入門是爲菩薩摩訶薩是爲摩訶衍

放光般若波羅蜜經卷第五

音釋

適莫 適丁歷切莫末各切適莫謂可不可也 巢窟 巢鋤交切樹居曰巢窟苦骨切土居曰窟 身骸 骸户皆切形骸也 種稷 種之隴切類也稷子力切百穀總名 膖脹 膖匹絳切脹知亮切 澆漬 澆堅堯切沃也漬則旰切灑也 惡露 惡烏各切糞穢也露洛故切暴露也 驚悚 驚舉卿切駭也悚息拱切懼也 叡 叡俞芮切明達也 難詰 難乃旦切責也詰去吉切問也

放光般若波羅蜜經卷第六

西晉三藏無羅叉共竺叔蘭譯

治地品第二十一

佛告須菩提如汝所問菩薩摩訶薩摩訶僧那僧涅摩訶衍三跋致者菩薩行六波羅蜜過從一地至一地云何菩薩過從一地至一地以諸法無所過法無來者亦無去者亦無有過亦無不過諸法亦無有壞亦不貢高亦不念但治住地事亦不見地何等菩薩爲治地事始從第一地住當行十事何等爲十一者先當淨於三垢亦無所倚二者所作施與不自爲身所念無倚爲一切衆生淨於四等心亦不有衆生三者爲布施不有所與不有受者四者當與善知識從事亦不貢高五者欲得爲法不有一切法六者欲爲出家不有愛欲七者欲爲佛身不有相好八者欲爲分流法教終不壞法九者常欲滅於憍慢自用不有法財十者欲爲諦說不有言教故須菩提是治地菩薩當爲是十事須菩提菩薩摩訶薩於二地中常當念八法亦當成之何等爲八一者當淨其戒二者常念報恩三者住於忍辱四者得歡喜意五者不捨一切六者大慈爲始七者恭於師尊敬事篤信八者於諸波羅蜜如奉世尊常欲崇習須菩提菩薩摩訶薩於二地中當具足是八法復次須菩提菩薩於三地中當住於五法何等爲五一者多學問無猒足二者不入字法分布法施亦不貢高三者淨佛國土四者施於善本而不貢高五者住於羞恥慙愧之地須菩提是爲菩薩於三地中住於五法須菩提菩薩於

四地中當不捨奉行十事法一者不捨宴坐二者少欲三者知足四者不捨沙門十二法行五者不捨於戒六者見欲汚穢七者於起意如泥洹八者不惜身所有九者無有懈慢十者不慕所有須菩提是爲菩薩於四地中當奉行十事而不捨離須菩提菩薩於五地中當離八法何等爲八一者當遠離家業二者當遠離比丘尼三者善於功德遠離嫉妬四者遠離世會五者遠離忿諍六者遠離鬬訟七者遠離高住八者遠離蔑人須菩提是爲菩薩住五地中遠離八事須菩提菩薩於六住地當具足六法何等爲六所謂六波羅蜜復有六事所不應爲何等爲六一者不爲聲聞意二者不爲辟支佛意三者不爲小意四者見有所索者遠離有猒足意五者所有好物施與之後遠離悔意六者遠離吾我想須菩提是爲菩薩於六住中當具足六事遠離六事須菩提菩薩於七住地有二十事所不當爲何等二十有吾我有衆生有壽有命想有斷有常有念想有種想入陰入性入衰欲生三界不入依佛見不入依法見不入依僧見不入依戒不入空不入無相不入無願不入道是爲二十事所不當爲當復具足二十事何等爲二十覺空無相證不願慧淨身口意慈哀一切衆生亦不念有衆生等視諸法雖爾無所入欲爲導御亦不貢高無所生忍一道教化斷諸分別轉於想轉於見轉於滅垢見慧地自調意慧無所礙不染於欲事須菩提是爲菩薩摩訶薩於七住行地當具足是二十法復次須菩提菩薩當復於八住

地具足四法何等爲四以神通爲遊觀入於衆生之意到諸佛國觀其奇特當自莊嚴其佛國土往見禮敬供養諸佛如其實觀佛身當具足是四法復次須菩提菩薩摩訶薩於八住地當復具足四法何等四法以智具足諸根淨佛國土常坐如幻三昧知其衆生本所作功德所應得者各隨其所而成就之須菩提菩薩於八住地具足四法復次須菩提菩薩摩訶薩於九住地當具足十二法何等爲十二持無限處廣大之願隨所應各授其證天龍閱义揵陀羅悉皆具足知其音聲以辯才教授所因胞胎成就居家成就父母成就種姓成就宗親成就得生成就出家成就莊嚴佛樹成就諸善功德成就須菩提菩薩摩訶薩九住地當成就十二法須菩提十住菩薩摩訶薩當名之爲如來須菩提白佛言世尊何等爲菩薩淨其所有佛言所作衆善應薩云若意是爲菩薩淨其所有何等爲菩薩等於衆生佛言淨於四等心等於衆生何等爲菩薩施於所有佛言施與衆生而不分別何等爲菩薩當與善知識從事佛言教人入薩云若勸修勸助當與是人共從事恭敬師受是爲菩薩善知識何等爲欲得爲法佛言所行法但求薩云若法不墮羅漢辟支佛地是何等爲菩薩常欲出家爲道佛言在所生處常欲作沙門無能中道爲作礙者初不忘失出家之事何等爲意願佛身相佛言若見佛形像意常在佛至得薩云若未曾有離時何等爲分流法化佛言若佛在世若般泥洹後菩薩持十二部經教授上教亦眞中教

亦眞竟教亦眞本末義解具足清淨何等爲菩薩不虜邑自用佛言從滅恚怒以來初不復墮下賤之處何等爲菩薩所說如諦佛言如口所說言行相應是爲菩薩十法事行須菩提白佛言何等爲菩薩淨戒佛言不念羅漢辟支佛意及餘惡戒誹謗道者是爲淨戒云何菩薩報恩念恩佛言行菩薩道者小恩尚不忘何況於大者是爲念恩云何菩薩立忍辱力佛言於諸衆生無侵無恚是爲忍力云何菩薩得歡喜樂佛言教授衆生以是爲樂云何菩薩不捨衆生佛言欲救一切故云何菩薩而有大悲佛言菩薩心念我當爲一一衆生故在地獄中恒邊沙劫代受勤苦一一衆生皆得佛道令般泥洹以是勸樂是爲大悲云何菩薩順尊師父於信恭敬佛言事於師父如世尊想云何菩薩欲習諸波羅蜜佛言遠離餘事但求諸波羅蜜何謂菩薩多學無猒佛言諸十方佛世尊所說盡當受持是爲無猒何謂菩薩持無所希望法施分布佛言持所法施不希望道何況其餘何謂菩薩淨佛國土佛言爲諸善本種種功德持是功德淨佛國土何謂菩薩生死無量阿僧祇劫不以爲限佛言以諸功德備具持是育養衆生淨佛國土至具足薩云若不猒不懈何謂菩薩立於慙愧佛言恥於羅漢辟支佛意何等爲菩薩不捨宴坐佛言諸羅漢辟支佛所不能及是爲菩薩不捨宴坐何謂菩薩少於所欲佛言菩薩道尚不欲何況餘欲何謂菩薩而自知足佛言得薩云若是爲知足何謂菩薩不捨沙門頭陀德行佛言入深法忍

者是何謂菩薩不捨於戒佛言菩薩不復用戒是爲不捨於戒何謂菩薩汙穢色欲佛言於婬妬無所生何謂菩薩意與泥洹等佛言菩薩不有一切諸法何謂菩薩棄捨所有佛言不受内外所有是爲棄捨何謂菩薩不猒不懈佛言不生二識之處是爲不猒何謂菩薩於諸所有無所戀慕佛言於諸物無念故須菩提白佛言何等爲菩薩遠離居業佛言遊諸佛國轉所生處常下鬚髮被著袈裟是爲遠離家業何謂菩薩遠離比丘尼衆佛言彈指之頃不與共止彈指之頃不得生意是爲菩薩離比丘尼何謂菩薩離於妬嫉佛言菩薩當作是念我當安隱衆生不宜生嫉何謂菩薩離於聚會佛言菩薩所住聚會若有羅漢辟支佛意者常遠離之何謂菩薩遠離

瞋恚佛言不令恚害鬬諍得其便云何菩薩遠離自舉佛言内法不可得見故云何菩薩遠離呰蔑他人佛言亦不見外法故何謂菩薩遠離十惡佛言此十惡事常欲壞於賢聖之道何況佛道而不遠離是故當遠離十惡何謂菩薩遠離憍慢佛言不見有法可貢高者是爲離於憍慢何謂菩薩遠離自用佛言尚不見有形當於何所而行自用何等爲菩薩遠離顛倒佛言以形不可得見故云何菩薩離婬怒癡佛言不復見婬怒癡形故云何菩薩在於六住具足六波羅蜜佛言住於六波羅蜜諸佛世尊及聲聞辟支佛所可度彼岸是爲菩薩具足六波羅蜜云何菩薩不爲聲聞意佛言以聲聞事非平等道故不爲小意何以故亦非平等道故云何不猒猒者亦

非平等道故棄捨不悔悔者非平等道初發意者便當施與亦不當惜云何菩薩不當作吾我想從本際以來不可見故乃至衆生有壽命想從本以來亦不可見故云何菩薩不斷所生見以諸法無有斷截從有本以來無所生故云何菩薩不爲常見見法所不生者亦無有常故云何菩薩不作念想以無有垢故云何菩薩不作種想以諸見不可得見故云何菩薩不入名色不見有形故云何菩薩不入五陰亦不入性亦不入衰其實不可得見故云何菩薩不入三界以三界亦無眞故云何菩薩不作住處亦不與虛空作期無所依怙何以故無有形像故云何菩薩不入佛見不從所依得見佛故云何菩薩不與空諍一切法空空不與空諍故云何菩薩具足於空其欲具足相者是爲具足空云何菩薩得無相證不念於諸相故云何菩薩得無願智不著三界故云何菩薩淨於三事具足十善故云何菩薩以慧具足哀念衆生以大悲利之故云何菩薩無衆生念欲淨佛國故云何菩薩等觀諸法以不高下諸法故云何菩薩得於道覺隨諸法所覺而度脫之故云何菩薩得無所生忍得諸法所有無生無滅無所忍故云何菩薩得無所生慧知名色無所起故云何菩薩得一道之教無有二教故云何菩薩滅諸分別於諸法無所分部故云何菩薩不修轉見以不轉求羅漢辟支佛意故云何菩薩轉於垢濁滅諸所習漏故云何菩薩得滅諸垢而得清淨所謂薩云若慧是云何菩薩而自調意不猒三界故云何菩薩而得

滅意制六根故云何菩薩慧無有礙謂得佛眼故云何菩薩知情欲不堅固觀六衰故云何菩薩能入衆生意持一意悉知衆生所念故云何菩薩遊於神通從一佛國至一佛國初無有佛國想故云何菩薩得佛國觀於是國住徧見諸佛國亦無佛國想故云何菩薩隨其所見諸佛國土自成其國住於遮迦越羅地遊諸三千大千國土故云何菩薩奉見諸佛以見法故是爲見佛云何菩薩眞見佛身達法性故是爲眞見云何菩薩以智具足力已住世尊十力之地便能具足衆生力故云何菩薩能淨佛國能淨衆生故云何菩薩如幻三昧所作隨所應無有動轉故云何菩薩常住三昧已得報應故云何菩薩入諸功德隨其道法而度脫之故云何菩薩不復思議能自成立教授一切故云何菩薩所願諧偶具足行六波羅蜜是故諧偶云何菩薩知諸天龍鬼神所知所言以辯才慧無所不了故云何菩薩得胞胎成就在所生常化生故云何菩薩居家成就生於豪貴家故云何菩薩父母成就得生刹利婆羅門家故云何菩薩種姓成就得繼過去諸菩薩種故云何菩薩宗親成就以衆菩薩爲眷屬故云何菩薩得生成就生時光明普徧無量國土震動無量國土故云何菩薩出家成就菩薩出家時安諸無央數百千衆生滿具足是三乘之願故云何菩薩莊嚴佛樹以黃金爲樹七寶爲枝葉其枝葉光明悉徧照十方無央數刹土是爲佛樹成就云何菩薩諸善功德成就菩薩摩訶薩淨佛土淨衆生是爲成就淨諸功

德也云何十住菩薩名爲如來用具足六波羅蜜諸習緒盡得佛十八法具足薩云若慧須菩提是故菩薩摩訶薩巳得十住名爲如來云何菩薩巳住十地佛告須菩提菩薩摩訶薩漚惒拘舍羅行六波羅蜜乃至三十七品行十八法過滅淨地種性地八地見地薄地滅婬怒癡地巳作地辟支佛地菩薩地須菩提菩薩摩訶薩過是九地便住佛地須菩提是爲菩薩摩訶薩十住之地當知是爲菩薩摩訶薩摩訶衍三跋致

問出衍品第二十二

佛告須菩提汝所問菩薩摩訶薩從何所出衍中當住何所者今當說之佛言當出三界隨薩云若住而無所倚何以故摩訶衍與薩云若是法共等亦不別亦不同亦無形亦非見亦非礙一相一相者謂無相何以故須菩提無相之法亦不出亦非不出須菩提若無相法出者法性亦當復出生假令無相法出生者如亦當復出生欲出生無相法者爲欲出生眞際若欲出生無相法者爲復欲出生不可思議性欲出生無相法者爲復欲出生安隱之性欲出生無相法者爲欲出生滅盡欲出生無相法者爲欲出生滅盡之體欲出生無相法者爲欲出生色空痛想行識空何以故色空者亦不出三界亦不住薩云若痛想行識空亦爾何以故須菩提色色自空痛想行識識自空欲出生無相法者爲欲出眼空爲欲出意空欲出生無相法者爲欲出六衰及十二因緣空何以故六衰空者亦不出三界亦不住薩云若欲出生無相法者爲欲

出生𧩱幻炎響光影欲出生無相法者爲欲出生如來之所作化何以故𧩱幻炎響光影及如來所化亦不出三界亦不住薩云若何以故𧩱以𧩱事空炎事幻事響光事影事乃至如來所化事皆自空欲出生無相法者爲欲出生檀波羅蜜欲出生無相法者爲欲出生尸波羅蜜羼波羅蜜惟逮波羅蜜禪波羅蜜欲出生無相法者爲欲出生般若波羅蜜何以故須菩提六波羅蜜事亦不出三界亦不住薩云若何以故六波羅蜜六波羅蜜空故欲出生無相法者爲欲出生內外空欲出生無相法者爲欲出有空無空何以故須菩提內外空事至有無空事自空亦不出三界亦不住薩云若何以故內外空空乃至有無空空欲出生無相法者爲欲出生四意止四

意斷四神足五根五力七覺意八正行欲出生無相法者爲欲出生十八法欲出生無相法者爲欲出生羅漢辟支佛上至如來等正覺也何以故羅漢辟支佛事上至佛亦不出三界亦不住薩云若何以故羅漢羅漢事空辟支佛辟支佛事空佛佛事空欲出生無相法者爲欲出生須陀洹果斯陀含果阿那含果阿羅漢果辟支佛果佛果欲出生無相法者爲欲出生薩云若欲出生無相法者爲欲出生名相欲出生行者爲欲出生設法教數何以故須菩提名空及設教法行空空何以故名空空故欲出生無相法者爲欲出生無所生無所滅無所著無所斷無所有以是故須菩提摩訶衍從三界出住薩云若不動處須菩提汝所問衍住何所佛言衍無所住何

以故如諸法亦無所住衍所住如無所住譬如法性亦不住亦不不住衍者不住亦不不住無所生亦不住亦不不住不生不滅不著不斷無所有亦不住亦不不住衍亦如是何以故法性事亦不住亦不不住法性事自空故乃至無所有無所有亦自空須菩提衍無所住何以故諸法無所住而住而不動如須菩提所問誰當出衍者無有從衍中出者何以故須菩提所可出者及衍甫當出者亦無所有是亦不可見諸法亦不可見當從何法出何以故吾我不可見故乃至壽命知見之事從本至竟淨從我人至知見及法性不可見如亦不可見眞際亦不可見至竟淨不可思議性陰衰不可見六波羅蜜亦不可見至竟淨內外空至有無空亦不可見至竟淨三

十七品佛十八法亦不可見至竟淨從須陀洹至羅漢辟支佛上至佛亦不可見至竟淨從須陀洹道至羅漢辟支佛道上至阿耨多羅三耶三菩亦不可見至竟淨不生不滅不著不斷無所有不可見至竟淨過去當來今現在亦無所有至竟淨去住從此至彼亦無所有至竟淨增減亦不可見至竟淨阿誰不生而不可見法性不生不可見何以故法性亦不可見亦不不可見如不可見無所見空眞際至般若波羅蜜無所有不可見內外空至有無空無所見亦不可見三十七品及十八法無所有不可見從須陀洹至佛無所有不可見從須陀洹道至佛道阿耨多羅三耶三菩無所有不可見無所生不可見至無所有從無所有無所有不可見何以故須菩提

無所有不可見初住地亦不可見至十住地無所有不可見無所有不可見至竟常淨何等爲初住地滅淨地種性地第八地見地薄地除垢地所作已作地辟支佛地菩薩地佛地於内外空亦不見初地不可見至内外空有無空無所有第二住地第三第四第五第六第七第八第九乃至第十從内外空有無空至第十住亦不可見何以故須菩提從一住至十住亦無所有亦不可見至竟淨内外空至有無空衆生淨無所有至竟淨内外空至有無空佛國淨無所有至竟淨内外空有無空五眼無所有至竟淨須菩提如是菩薩摩訶薩以無所倚事令諸法以摩訶衍出薩云若

歎衍品第二十三

須菩提白佛言唯世尊摩訶衍摩訶衍者出諸天世間人阿須倫之上衍與空等如虛空與無量無央數衆生而作救護以是世尊爲摩訶衍菩薩摩訶薩亦不見來時亦不見去時亦不見住處摩訶衍如是亦不見前後亦不見中央世尊是故摩訶衍名爲無有與等者而無有雙是故名曰摩訶衍佛告須菩提如是如是須菩提摩訶衍者六波羅蜜是復有摩訶衍所謂諸陀隣尼門諸三昧門首楞嚴三昧乃至虛空際解脫無所著三昧是爲菩薩摩訶薩摩訶衍須菩提復有摩訶衍内外空乃至有無空是爲摩訶衍復有摩訶衍三十七品佛十八法是爲菩薩摩訶薩摩訶衍如須菩提所言摩訶衍者出諸天阿須倫世間人民之上須菩提假令欲界其中所有

實有不異諦不顛倒有常堅强亦不變易非爲空法若當爾者摩訶衍亦不能出過諸天龍阿須倫世間人民上須菩提當知欲界劫盡燒時所有皆盡無常無强亦無堅固用是故摩訶衍出過世間人民諸天阿須倫之上若使色界亦當有常常堅固者摩訶衍亦不能出其上用色界空無常堅固亦當壞盡亦不久住是故摩訶衍出過其上至于無色界皆當滅盡亦如是須菩提若色湛然堅固有常諦不顛倒爲是堅固法者摩訶衍亦復不能過諸天阿須倫世間人民上用色無常無强堅固不諦顛倒故摩訶衍出過其上痛想行識皆悉無常亦如是若眼耳鼻舌身意色聲香味細滑法及十二因緣湛然有常堅强牢固諦不顛倒常久安者摩訶衍亦復不能出過其上用諸法及十二因緣無常無堅無强無牢無固不諦顛倒皆如劫燒非安法故摩訶衍德出過諸天龍鬼神世間人民上須菩提若法性中有所有者不爲摩訶衍以法性無所有故爲摩訶衍假令如眞際不可思議體有所有者亦不爲摩訶衍以如眞際不可思議體無所有故爲摩訶衍須菩提若六波羅蜜有所有者不爲摩訶衍以六波羅蜜無所有故爲摩訶衍出過諸天龍阿須倫世間人民上若内外空及有無空有所有者不爲摩訶衍以内外空及有無空無所有故爲摩訶衍出過諸天阿須倫世間人民上若三十七品及十八法有所有者不爲摩訶衍用三十七品及佛十八法無所有故爲摩訶衍出過諸天阿須倫世間人民上須菩提若八

輩地法須陀洹法斯陀含法阿那含法阿羅漢法辟支佛法阿惟三佛法佛法有所有者不爲摩訶衍用八輩法從須陀洹至佛法無所有故爲摩訶衍出過諸天阿須倫世間人民上須菩提若八輩從須陀洹斯陀含阿那含阿羅漢辟支佛阿惟三佛佛有所有者不爲摩訶衍用種性從須陀洹上至佛無所有故爲摩訶衍出過諸天阿須倫世間人民上須菩提若諸天阿須倫世間人民有所有者不爲摩訶衍用諸天阿須倫世間人民無所有故爲摩訶衍出過其上須菩提若有菩薩摩訶薩從初發意乃至佛坐中間諸可所作發意以來有所有者不爲摩訶衍用菩薩摩訶薩初發意以來乃至佛坐無所有故爲摩訶衍出過諸天阿須倫世間人民上須菩提若菩薩摩訶薩金剛慧有所有者菩薩不覺諸習緒不成薩云若用金剛慧無所有故菩薩覺諸習緒成薩云若以是故出過諸天阿須倫世間人民上須菩提若如來無所著等正覺三十二大士之相有所有者如來無所著等正覺不能出諸天阿須倫世間人民上無此威德神曜光明巍巍之事用三十二相無所有故如來無所著等正覺威德神曜光明巍巍出過諸天阿須倫世間人民上須菩提若如來無所著等正覺光明有所有者如來光明不能遍至十方恒邊沙國土須菩提用光明無所有故能遍照恒沙國土須菩提若八種聲有所有者如來音聲不能周遍十方恒邊沙無量國土若佛法輪有所有者如來不能轉法輪諸沙門婆羅門世間人民諸

天鬼神龍諸魔諸梵所不能轉者須菩提若衆生有所有者如來不能爲衆生轉法輪令諸衆生於無餘泥洹界而般泥洹以衆生非物無所有故是以如來而轉法輪令得泥洹當來者亦當復般泥洹

放光般若波羅蜜經卷第六

音釋

胞胎 胞班交切胎衣也胎土來切几孕未生皆曰胎

虜扈 虜籠五切扈胡古切虜扈縱橫行貌

恚 於避切恨怒也

婬妬 婬夷斟切婬妖也妬都故切妬忌也

訾蔑 訾將此切毀也蔑彌結切陵蔑也

㦕悷 㦕力董切悷郎計切㦕悷多惡不調也

諧偶 諧雄皆切偶五口切諧偶和合也

劫燒 劫居怯切梵語具云劫波此云時分燒失照切劫燒謂大三災中劫火所燒之時也

放光般若波羅蜜經卷第七

西晉三藏無羅叉共竺叔蘭譯

衍與空等品第二十四

佛告須菩提如汝所言衍與空等如是如實與空等譬如虛空亦不可知東亦不知西亦不知南亦不知北亦不知四維上下須菩提如來衍者亦無有東西南北亦無四維上下須菩提譬如虛空無長無短無方無圓如來衍者亦如是譬如虛空亦不青黃亦不赤白亦不紅縹如來衍者亦如是是故須菩提衍與空等是故名爲衍譬如虛空不過去不當來亦不現在如來衍者亦如是衍與空等譬如虛空不長亦不大不增亦不減如來衍者亦如是是故衍與空等須菩提譬如虛空亦不著亦不斷如來衍者亦如是譬如虛空不生亦不滅亦不住亦無異是故名爲衍衍與空等譬如虛空亦不善亦不不善亦不言亦不語衍亦如是不語亦不善惡是故衍與空等須菩提譬如虛空亦不見亦不聞亦不有亦不識衍者亦不聞亦不見亦不有亦不識是故衍與空等須菩提譬如虛空不思亦不覺亦不作證亦不棄亦不念衍亦如是譬如虛空亦不婬法亦不無婬摩訶衍亦如是須菩提譬如虛空亦不屬欲界亦不屬形界亦不屬無形界衍亦如是亦不屬三界是故衍與空等譬如虛空亦不初發意亦不二三四五六七八九亦不十住意衍亦如是亦無十住意是故衍與空等譬如虛空亦無須陀洹道斯陀含道阿那含道阿羅漢道衍亦如是是故衍與空等須菩提譬如虛空亦非弟

子地亦非辟支佛地亦非阿惟三佛地行亦如是是故行與空等譬如虛空亦非形色亦不非形色亦非礙亦不非礙亦非應亦不非應行亦如是是故行與空等須菩提譬如虛空亦不有常亦不無常亦非苦亦非樂亦非我亦不非我行亦如是是故行與空等譬如虛空亦非空亦不非空亦不相亦非不相亦不願亦非不願行亦如是是故行與空等須菩提譬如虛空亦不滅淨亦不不滅淨亦非寂亦不非寂行亦如是是故行與空等譬如虛空亦不明亦不冥行亦如是須菩提譬如虛空亦不可見亦非不見行亦如是是故行與空等譬如虛空亦無行亦無不行行亦如是是故行與空等以是故須菩提摩訶衍與空等如須菩提言虛空覆護不可計阿僧祇人摩訶衍亦如是須菩提衆生無有緒虛空亦無有緒虛空無有緒摩訶衍亦無有緒當作是念當作是知須菩提是故不可計阿僧祇人仰摩訶衍何以故須菩提衆生摩訶衍虛空俱無所有故衆生無有限量虛空亦無有限量摩訶衍亦不可限量是故須菩提無量阿僧祇衆生望摩訶衍須菩提虛空摩訶衍衆生俱不可得見須菩提如衆生無有限虛空無有限當作是知摩訶衍亦無有限衆生無有緒法性亦無有緒如法性無有緒虛空亦無有緒如虛空無有緒摩訶衍亦無有緒如摩訶衍無有緒無量無限亦無有緒如無限無有緒不可計亦無有緒以是須菩提不可計衆生望摩訶衍何以故衆生及法性虛空摩訶衍阿僧祇無有量不可計皆不可

得見須菩提如衆生無緒當知如來亦無緒如佛無有緒虛空亦無有緒如虛空無有緒當知摩訶衍亦無緒如衍無緒阿僧祇無有緒如阿僧祇無緒當知無量無限亦無緒如無限無有緒當知一切衆生亦無有緒如是須菩提不可計阿僧祇人皆仰摩訶衍何以故衆生及佛虛空摩訶衍阿僧祇無量無限一切諸法皆不可見復次須菩提吾我緒乃至知見緒眞際緒如眞際緒當如是知諸法緒是故須菩提無央數阿僧祇人皆仰摩訶衍何以故衆生及諸法皆不可見須菩提吾我衆生緒及知見不可思議體如不可思議當知五陰緒諸法緒須菩提不可計阿僧祇人望摩訶衍何以故所謂吾我及諸法皆不可見故須菩提如吾我緒知見緒眼耳鼻舌身意亦無有緒如六情無有緒當知諸法亦無有緒如是須菩提不可計阿僧祇人皆仰摩訶衍何以故所謂吾我及諸法皆不可見故須菩提如吾我無緒及知見亦無有緒當作是知六波羅蜜亦無有緒如般若波羅蜜無緒當知諸法亦無有緒須菩提是故無央數阿僧祇人皆仰摩訶衍何以故吾我及諸法皆不可見須菩提以吾我無緒内外空無緒及有無空亦復無緒如有無空無端緒諸法亦無端緒以是故不可計阿僧祇衆生皆望摩訶衍何以故吾我及諸法皆不可見故須菩提吾我衆生及知見無端緒及三十七品十八法亦無端緒如十八法無端緒須菩提是故不可計阿僧祇人望摩訶衍何以故吾我諸法皆不可見故須菩提吾我無端緒

種姓已辦及諸法無有緒是故不可計衆生望摩訶衍何以故吾我及諸法皆不可見須菩提須陀洹無有緒斯陀含阿那含阿羅漢辟支佛上至佛薩云若及諸法無有緒以是故一切衆生望摩訶衍何以故吾我及諸法皆不可見譬如泥洹性爲一切衆生而作覆護是故摩訶衍爲一切衆生而作覆護如須菩提所言摩訶衍亦不見來時亦不見去時亦不見住處何以故諸法不動揺故諸法亦不去亦不來亦無有住處何以故五陰性五陰相五陰事五陰如亦不來亦不去亦不住處眼耳鼻舌身意色聲香味細滑識法性如事相亦不來亦不去亦無住處四大性如事相識性空如事相亦不來亦不去亦無住處如眞際不可思議性亦不來亦不去亦無住處六波羅蜜性如事相亦不來亦不去亦無住處三十七品十八法性如事相亦不來亦不去亦無住處道及佛性如事相亦不來亦不去亦無住處有爲無爲性如事相亦不來亦不去亦無住處須菩提如汝所言摩訶衍亦不見東西南北四維上下者名與三世等是故爲摩訶衍須菩提如汝所言審諦無異何以故過去世非世空當來世非世空現在世非世空三世等等者空摩訶衍衍自空菩薩菩薩自空須菩提空者亦非數亦非多亦非少是故菩薩摩訶薩摩訶衍與三世等無偶無隻無婬怒癡亦不離婬怒癡亦不恚亦不可見善惡亦不可見有常無常及與吾我亦不可見苦樂我非我亦不可見三界亦不可見度三界亦不可見何以故其形事不可

見故過去色以過去色自空當來色以當來色自空今現在色以現在色自空痛想行識亦爾過去色空不可見過去空空不可見現在五陰色空尚不可見何況當來過去五陰空而可見者空亦不見五陰五陰亦不見空假令空能見五陰者五陰亦當見空須菩提過去六波羅蜜亦不見當來六波羅蜜亦不見現在六波羅蜜亦不見三世等六波羅蜜亦不見等亦不見三世等亦復不見等等不見等故三世不見過去當來今現在三十七品十八法亦不見三世等亦不見須菩提等亦不見三十七品及十八法過去當來今現在等亦不於三世不可見於三世中亦不見三十七品及十八法何況於三世等而可見者復次須菩提過去凡人當來凡人現在凡人亦不可見三世等凡人亦不可見何以故衆生本不可見故過去當來今現在弟子緣覺菩薩如來亦不可見三世等弟子緣覺菩薩如來衆生本不可見故須菩提菩薩摩訶薩住般若波羅蜜中當了三世事當具足薩云若是爲菩薩摩訶薩三世等學摩訶衍菩薩摩訶薩已住其中者便過諸天阿須倫世間人民上出薩云若須菩提白佛言善哉善哉世尊菩薩摩訶薩從摩訶衍中學自致具足薩云若慧過去十方諸菩薩皆從是摩訶衍得成逮薩云若慧當來十方諸菩薩亦當從是摩訶衍中學得成逮薩云若今現在十方無央數不可計諸菩薩摩訶薩亦皆從是摩訶衍得成具足薩云若是故菩薩摩訶薩摩訶衍佛告須菩提如是如是須菩提過去

當来今現在諸佛皆當從是衍中學成薩云若已逮者未逮者甫當逮者皆當從是摩訶衍中學具足薩云若慧

合聚品第二十五

於是邠耨文陀尼子白佛言唯世尊世尊使須菩提説般若波羅蜜乃説摩訶衍教爲須菩提白佛言唯世尊須菩提説摩訶衍教將無離般若波羅蜜耶佛言不也須菩提汝所説摩訶衍教者順從無違不失般若波羅蜜教也何以故須菩提諸所可有一切善法及諸聲聞辟支佛法上至佛法皆共合聚於般若波羅蜜中須菩提白佛言世尊云何善法及聲聞辟支佛法菩薩法佛法皆共合在般若波羅蜜中佛告須菩提所謂六波羅蜜四意止四意斷四神足五根五力七覺意賢聖八品道三脱門四無礙慧大慈大悲十種力四無所畏十八不共無所望法常等行須菩提是爲善法三十七品聲聞法辟支佛法菩薩法佛法是爲合聚般若波羅蜜中須菩提所謂摩訶衍六波羅蜜五陰十二衰十八性三十七品乃至佛十八法三脱門善法漏法有爲法無爲法苦集盡道法欲界形界無形界内空外空所有空無所有空諸三昧門陀隣尼門佛十八法如是如來所説法教律法性及如眞際不可思議性泥洹一切諸法亦不合亦不散亦無有形亦不可見亦無有對一相一相者所謂無有相以是故須菩提汝所説摩訶衍教與般若波羅蜜其義順從不相違錯所以者何摩訶衍與般若波羅蜜無别無異摩訶衍與三十七品至十八法亦復

不別摩訶衍則佛法佛法則摩訶衍是事一無有二亦不相違背須菩提以是故說摩訶衍教者則爲說般若波羅蜜

不可得三際品第二十六

於是須菩提白佛言菩薩摩訶薩無有端緒無有邊際亦無有底色痛想行識亦無有端緒亦無有邊際當知菩薩亦復如是欲言色是菩薩乎非也痛想行識是菩薩耶非也須菩提言世尊我都盧不見有菩薩當爲阿誰說般若波羅蜜當教阿誰須菩提言所謂菩薩菩薩但字耳世尊譬如自言我有無之法不生云何色痛想行識不生世尊不生者爲非色亦非痛想行識尚無所生當爲誰說般若波羅蜜亦不離於生處見菩薩行道作是說者菩薩聞是不恐不怖不悔不却是爲菩薩摩訶薩行般若波羅蜜舍利弗問須菩提若使菩薩前後邊際中央際不可得何以故色與菩薩俱無有邊云何色痛想行識爲非菩薩云何言都盧不見有菩薩當爲誰說般若波羅蜜何以故言菩薩但有字耳何以故言我有無之法不生五陰何以生何以故言不生者爲非五陰云何言無生當教誰說般若波羅蜜云何言不見有離生行菩薩道者何以故言菩薩聞是不恐不怖爲行般若波羅蜜須菩提語舍利弗言用衆生始終端緒不可得故菩薩前後中央際不可得見舍利弗以衆生空故菩薩端緒亦不可得見用衆生寂故菩薩端緒不可得見用五陰無有邊際用五陰空用五陰寂用五陰不眞故是故菩薩端緒不可得見以六波羅蜜無有底無

有邊際故何以故舍利弗空及五陰菩薩等
無異是三事一無有二是故舍利弗菩薩端
緒不可得見以六波羅蜜空寂不眞是故菩
薩端緒不可得見何以故舍利弗空本際亦
不可見末際亦不可得見中際亦不可得見
空與菩薩俱亦不可得見舍利弗空菩薩端
緒一無有二是故菩薩端緒不可見内空外
空及有無空邊際不可得見是故菩薩端緒
不可得見復次舍利弗三十七品及佛十八
法皆無有端緒佛法空佛法寂佛法不眞是
故菩薩端緒不可得見從六波羅蜜至佛十
八法皆無有端緒皆空皆寂皆不眞是故菩
薩端緒不可得不可見復次舍利弗諸三昧
門陀隣尼門皆無有端緒皆空皆寂皆不眞
是故菩薩端緒不可得見復次舍利弗法性
及如眞際不可思議性皆無有端緒空寂不
眞是故菩薩端緒不可得見復次舍利弗聲
聞辟支佛如來皆無有端緒皆空皆寂皆不
眞是故菩薩端緒不可得見道薩云若皆無
有端緒皆空皆寂皆不眞是故菩薩端緒不
可得見何以故舍利弗空始終端緒中邊皆
不可得見故菩薩亦不可得見舍利弗空五
陰菩薩是三事皆一無有二法是故菩薩端
緒不可見如舍利弗所問五陰無有底故當
知菩薩亦無有底須菩提言五陰如虛空虛
空亦無邊亦無際亦不可量亦無有底但以
名字爲虛空耳舍利弗色空無有邊際痛想
行識識空無有邊際亦不可得見是故舍利
弗虛空底五陰底菩薩底亦不可得見十二
衰十二因緣三十七品佛十八法此諸法端

緒菩薩端緒皆不可得見皆無有邊際故須
菩提言舍利弗所問五陰是菩薩耶不可得
見是故五陰與菩薩皆不可得見舍利弗六
波羅蜜六波羅蜜自空内外空内外空自空
乃至有無空有無空自空三十七品三十七
品自空乃至佛十八法十八法自空如及真
際不思議性陀隣尼三昧門薩云若道事聲
聞縁覺佛佛義各各自空舍利弗如來五陰
空亦不有亦不可見以是故舍利弗是故菩
薩五陰不可得見舍利弗所問何以故菩薩
不可見不可得當爲阿誰説般若波羅蜜須
菩提語舍利弗色不見色色亦不見痛痛亦
不見色痛亦不見行行亦不見痛痛亦不見
想想亦不見痛想亦不見識識亦不見想色
痛想行識亦如是眼眼亦不有亦不可見至
意意亦不有亦不可見眼識意識亦不有亦
不可見眼栽至意意栽至因縁法亦不有亦
不可見至六波羅蜜亦不有亦不可見内空
外空至所有空無所有空三十七品及佛十
八法亦不有亦不可見諸三昧門陀隣尼門
亦不有亦不可得見從須陀洹法至羅漢法
亦不有亦不可見十住亦不有亦不可見道
法薩云若法亦不有亦不可見須陀洹至羅
漢辟支佛及佛亦不有亦不可見至教法亦
不有亦不可見舍利弗以諸法無所有不可
見菩薩不可見以是故無所教須菩提語舍
利弗如所問何以故但以字爲菩薩者字法
但以名字假號爲菩薩耳以是故但字爲菩
薩也色痛想行識亦復假號有字耳諸有名
者亦無色痛想行識何以故空無有真名故

若使空者非是菩薩是故言但以字爲菩薩耳復次舍利弗六波羅蜜者但字耳六波羅蜜亦非字字亦非六波羅蜜何以故字菩薩諸波羅蜜俱等不可見故是以菩薩但以假號爲字耳舍利弗内外空有無空亦但以字著耳字亦非空空亦非字何以故字空内外空乃至有無空俱不可見故舍利弗是故但以字爲菩薩耳舍利弗三十七品至十八法亦假名與字耳諸三昧門陀隣尼門亦復如是乃至薩云若普皆如是如舍利弗所問何以故名爲吾我至本無所生從本以來至於吾我亦不可得見當那得生從有生有命至於知見常不可見當那得生從有名以來五陰不可見知當那得生從六情至十二因緣起亦不可見何況有生六波羅蜜亦不可見何況有生從内外空及有無空常不可見何況有生從有名以來三十七品及十八法亦不可見當從何生從有名以來諸三昧門陀隣尼門亦不可見當從何生從有名以來聲聞辟支佛及佛亦不可見當從何生舍利弗是故名爲吾我諸法皆不生故復次舍利弗如所問諸法有無之事無有作者舍利弗問須菩提何等所有無有作者須菩提言五陰所有無有作者六情内外至于十二緣起所有亦無作者六波羅蜜所有亦無作者以是因緣舍利弗諸法亦不有亦不無復次舍利弗一切諸法皆悉無常無能壞者舍利弗問須菩提何等諸法無有常無能壞者答言五陰無有常無能壞者何以故無常無所有消盡是故諸法無常無能壞者乃至有爲法無

爲法有漏法無漏法已記法未記法無常無能壞者舍利弗無常無所有消盡以是故諸法無常無能壞者舍利弗諸法亦不聚亦不散舍利弗言何等不聚何等不散須菩提言五陰不聚不散何以故性自爾乃至善法惡法有爲法無爲法有漏法無漏法亦不聚亦不散何以故性自爾以是故諸法亦不有亦不無舍利弗所問五陰無所生者用五陰六衰無有作者不見有作者故諸法皆無有作者以是故無所生舍利弗所問無所生非五陰者以五陰性自空故亦不生亦不滅亦不住乃至有爲性性空故性自空者亦不起亦不滅亦不住是故無所生非五陰舍利弗所問無所生爲誰說般若波羅蜜者若無所生爲非般若波羅蜜般若波羅蜜亦非無所生無所生般若波羅蜜一法無有二是故言當爲誰說般若波羅蜜舍利弗所問亦不離五陰生行菩薩道者無所生則是般若波羅蜜般若波羅蜜則是無所生無所生則是五陰五陰則是無所生而不別是法亦不二舍利弗是故亦不離生行菩薩道也舍利弗所問云何聞是不恐不怖爲行般若波羅蜜者菩薩摩訶薩見諸法皆空如夢如幻如炎如響如影如化以是故菩薩聞是教不恐不怖須菩提白佛言菩薩行般若波羅蜜時作是觀是時亦不見色亦不入色亦不生色亦不住色亦不言是色痛想行識亦不見識亦不入識亦不生識亦不住識亦不言是識眼耳鼻舌身意亦不見亦不入亦不生亦不住亦不言是我所六波羅蜜亦不見亦不入亦不生

亦不住亦不言是我所內外空至有無空亦不見亦不入亦不生亦不住亦不言是我所世尊菩薩行般若波羅蜜至三十七品佛十八法亦不見亦不入亦不生亦不住亦不言是我所諸三昧門陀隣尼門亦不見亦不入亦不生亦不住亦不言是我所何以故菩薩行般若波羅蜜亦不見色乃至薩云若亦無所見世尊不生色者爲非色亦不生痛想行識者爲非識不生六衰者爲非六衰不生六波羅蜜者爲非六波羅蜜六波羅蜜至無所生一法無二不生內外空爲非空不生有無空爲非空有無空及無所生一法耳無二世尊三十七品不生爲非三十七品佛十八法不生爲非十八法無所生及佛十八法一法無二世尊無所生一法耳亦非二亦非三亦非四亦非五亦不若干數是故佛法無所生法一法無二世尊如及不思議性不生者爲非如爲非不思議性不生道者爲非道不生薩云若者爲非薩云若無所生薩云若一法無二世尊無所生亦不一無有若干數是故不生薩云若者爲非薩云若滅色者爲非色滅色者是一法無有二世尊滅者一無有二是故滅色者爲非色滅痛想行識者爲非識是故生識者爲非識內空外空至有無空及三十七品佛十八法亦如是世尊是爲滅非若干也從識至薩云若亦如是是爲行般若波羅蜜

放光般若波羅蜜經卷第七

音釋

縹（匹沼切帛青白色也）緒（徐吕切絲端也）都盧（盧落胡切都盧猶總也）

放光般若波羅蜜經卷第八

西晉三藏無羅叉共竺叔蘭譯

問觀品第二十七

舍利弗問須菩提言菩薩摩訶薩云何行般若波羅蜜而觀諸法何等爲菩薩何等爲般若波羅蜜何等爲觀尊者須菩提語舍利弗言如所問何等爲菩薩菩薩者爲道士也故名爲菩薩以道故知諸法事而無所入問曰知何等諸法事答曰知色事不入色知痛想行識事不入識盡知佛十八法事不入十八法舍利弗問何等爲諸法事須菩提言所可名者諸法之貌色聲香味細滑法内法外法有爲無爲法像貌所可名者是爲諸法事也舍利弗所問何等爲般若波羅蜜般若波羅蜜者名爲遠離問曰何以故名爲遠離須菩提言遠離五陰遠離十八性遠離六衰遠離檀波羅蜜至禪波羅蜜遠離内外空至有無空遠離三十七品至十八法是名爲遠離遠離薩云若遠離薩云若事尊者舍利弗是故名爲遠離般若波羅蜜舍利弗所問何等爲觀行般若波羅蜜菩薩亦不觀五陰有常無常亦不觀五陰苦樂亦不觀五陰有我非我亦不空亦非不空亦不相亦非不相亦不願亦非不願亦不滅亦非不滅亦不寂亦非不寂亦不作是觀至六波羅蜜從内外空至有無空及佛十八法亦復如是諸三昧門陀隣尼門至薩云若乃至滅不滅亦不作有常無常觀舍利弗行般若波羅蜜菩薩當作是觀舍利弗問尊者須菩提何以故賢者作是言五陰無所生爲非五陰乃至薩云若無所生

爲非薩云若須菩提報言五陰空空非五陰是故五陰無所生爲非五陰六波羅蜜空空亦非六波羅蜜亦非生是故六波羅蜜無所生爲非六波羅蜜從内外空至有無空亦復如是從三十七品至佛十八法亦復如是薩云若亦復爾以是故五陰無所生爲非五陰五陰亦非生乃至薩云若亦無所生舍利弗問須菩提何以故言五陰不二爲非五陰乃至薩云若不二爲非薩云若須菩提報言五陰不二亦不合亦不散亦無有形不可見一相一相者則無相薩云若亦如是以是故五陰無有二不爲五陰薩云若無有二不爲薩云若舍利弗問何以故五陰無有二爲作數乃至薩云若無有二爲作數耶須菩提言無所生及五陰無有二五陰則是無所生無所生則是五陰以是故五陰無有二爲作數耳乃至薩云若亦無有二爲作數耳須菩提白佛言菩薩學般若波羅蜜觀是法時見五陰無所生常淨故見吾我亦無所生常淨故見檀波羅蜜至般若波羅蜜亦無所生常淨故見内外空至有無空亦無所生常淨故見三十七品佛十八法亦無所生常淨故見諸陀隣尼三昧門亦無所生常淨故見薩云若無所從生常淨故見凡人凡人法亦無所生常淨故見須陀洹須陀洹法斯陀舍斯陀舍法阿那舍阿那舍法阿羅漢阿羅漢法辟支佛辟支佛法見菩薩菩薩法見佛佛法皆無所生常淨故舍利弗問如我從須菩提所聞五陰爲無所生乃至道亦無所生佛法亦無所生亦無所逮得須陀洹至阿羅漢辟支佛亦

復不逮菩薩亦無所逮得薩云若亦無所逮得菩薩摩訶薩無所逮得薩云若者爲壞五趣是爲菩薩不於五趣中得道舍利弗言若使諸法無所生云何須陀洹三應滅而念成道斯陀含三垢薄而念成道阿那含五應滅而念成道阿羅漢滅上五所得辟支佛以因緣覺故而念成道何以故菩薩作勤苦行代衆生受勤苦爲何等故如來無所著得等正覺轉法輪乎須菩提言舍利弗我亦不使無所生法有所逮得我亦不使無所生得須陀洹道斯陀含阿那含阿羅漢辟支佛道我亦不使菩薩有勤苦行菩薩行亦無有勤苦想舍利弗菩薩亦不覺苦想何以故舍利弗不可從覺苦想能爲不可計阿僧祇衆生作本菩薩於衆生如父想如母想如子想如身想亦無所有菩薩於内外法當作是想當作是念所言我及一切衆生亦不有亦不可見於内外法當作是念作是想念不起勤苦想何以故一切無所有故世尊於無所生非我所能令得如來阿惟三佛亦無所生如來不從無所生逮轉法輪舍利弗問尊者須菩提言欲使從無所生逮得欲使從有所生逮得須菩提言我亦不使從無所生逮得亦復不使從有所生逮得舍利弗言如所言爲無所逮無所得耶須菩提言有所逮有所得不以二世俗之事有逮有得但以世事故有須陀洹斯陀含阿那含阿羅漢辟支佛有佛欲論最第一者無有逮無有得從須陀洹上至佛亦無逮亦無得云何須菩提但以世事故有逮有得壞五趣者亦復如是耶須菩提言以世

俗事故有逮有得以世俗事故有五趣教何以故舍利弗最第一法無有生死無有善惡之報亦無斷亦無著舍利弗言云何須菩提無所生有所生耶有所生有所生乎須菩提報言我亦不使無所生有所生亦不使有所生有所生也舍利弗言爲欲使何所無所生法有所生須菩提言我不令五陰有無空有所生乃至道有無空亦不令無所生舍利弗言不生爲生耶生爲生乎須菩提言生亦不生不生亦不生何以故諸可有所生無所生一耳亦不別亦無形不可見不可得一相一相者則無所有之貌是故舍利弗有所生亦不生無所生亦不生舍利弗言當說無所生無所生法說有所生無所生法我樂欲聞須菩提言恣所樂何以故舍利弗所可無所生法所生有所生法無所樂所問無所生無所生是諸法亦不合亦不散亦無形不可見不可得一相一相者則無相舍利弗言所生亦復無所生所樂亦復無所生法亦無所生所報亦復無所生如是如是舍利弗諸法皆無所生何以故五陰無所生六情亦無所生六性地水火風空識是六性亦無所生身口意行亦無所生至薩云若亦無所生是故舍利弗所報亦無所生法法所因緣樂聞皆無所生舍利弗言如尊者須菩提爲是法師之上何以故隨所問能發遣何以故於諸法無所依舍利弗問長老須菩提諸法云何無所依答言舍利弗色性空亦不依內亦不依外亦不依兩中間痛想行識性空亦不依內亦不依外亦不依兩中間六情十二衰性空亦不

依内外中間六波羅蜜性空亦不依内外中間從内外空至有無空性空亦不依内外中間三十七品至佛十八法性空亦不依内外中間諸法性皆空者亦不依内外中間舍利弗是故無所依是故行六波羅蜜菩薩能淨五陰至薩云若舍利弗問須菩提云何菩薩行六波羅蜜淨菩薩道答言舍利弗亦有道檀波羅蜜亦有俗檀波羅蜜至般若波羅蜜亦有道亦有俗復問何等爲俗檀波羅蜜何等爲道檀波羅蜜答言菩薩住於布施若有沙門婆羅門若有貧窮疾病形殘隨其所索城國珍寶衣被飲食妻子眷屬頭目肌肉髓腦骨血一切所有皆給與之所可與者有所依倚作是念言我與彼受我不嫉他人與言我是施主言我與一切言我隨佛教言我行檀波羅蜜雖作是施與而有所倚所作阿耨多羅三耶三菩與衆生共之以是施與欲令衆生於無餘泥洹而般泥洹雖布施有三礙意何等爲三有我想有彼想有施想是爲三礙是爲世俗布施何以故名爲世俗布施以不能離世俗亦不出世俗事故是爲世俗布施何等爲道施以三事淨何等爲三菩薩布施亦不自見亦不見受者不望其報是爲菩薩於三事淨舍利弗菩薩布施施與衆生亦不倚衆生爲阿耨多羅三耶三菩亦不見有阿耨多羅三耶三菩之兆是爲道檀波羅蜜何以故名道檀波羅蜜道檀波羅蜜者勝出勝於世俗故從檀波羅蜜至般若波羅蜜世俗有所依道無所依須菩提言是爲菩薩行六波羅蜜淨菩薩道舍利弗問須菩提何等

爲菩薩摩訶薩道答言三十七品是菩薩摩訶薩道空無相無願三脱門内外空乃至有無空諸三昧門陀隣尼門佛十種力四無所畏佛十八法四無礙慧大慈大悲是爲菩薩摩訶薩道舍利弗言善哉善哉須菩提是爲何等波羅蜜功德力須菩提言是般若波羅蜜功德力何以故般若波羅蜜者諸善法功德之母般若波羅蜜者悉持三乘之法諸過去佛世尊皆行般若波羅蜜自致成阿惟三佛當來諸佛世尊亦行般若波羅蜜自致成阿惟三佛現在十方恒邊沙國諸佛世尊亦行般若波羅蜜自致成阿惟三佛須菩提言若聞説般若波羅蜜不疑不懼當知是菩薩能行菩薩道不捨衆生能爲一切衆生作護亦無所倚終不離是念所謂大慈大悲之念

舍利弗復問欲使菩薩不捨大慈大悲之念不離是者以爲一切衆生皆當爲菩薩何以故一切衆生終不離是念須菩提讚言善哉善哉舍利弗我已覺知所識來迹我當受之如衆生無所有念亦無所有有無亦無所有如衆生寂念亦復寂如衆生空念亦復空如衆生無所覺念亦無所覺如五陰無所有念亦無所有如五陰無有實如五陰空如五陰寂如五陰無所覺當知念亦無所覺眼耳鼻舌身意色聲香味細滑法地水火風空識亦爾六波羅蜜空内外空至有無空三十七品佛十八法陀隣尼門諸三昧門及薩云若薩云若事乃至道與念等無所有如道無所覺念亦無所覺舍利弗我欲使菩薩不離是行念於是世尊讚歎須菩提言善哉善哉爲諸

菩薩摩訶薩說般若波羅蜜行當如是如須菩提所言如須菩提承佛威神說般若波羅蜜菩薩摩訶薩亦當如是如須菩提所說須菩提說是般若波羅蜜品時三千大千剎土六反震動前没後涌前涌後没八方上下皆悉如是佛因是事便笑時須菩提叉手白佛言世尊何因縁笑佛告須菩提今我說般若波羅蜜東方恒邊沙不可計諸佛亦爲諸菩薩說般若波羅蜜十方諸如來等正覺無所著亦復爲諸菩薩說般若波羅蜜亦復如是須菩提說是般若波羅蜜時十二那術億天及人阿須倫皆得無所從生法忍十方諸佛說般若波羅蜜時不可計阿僧祇衆生皆發無上正眞道意

無住品第二十八

爾時三千大千剎土諸四天王與無央數億百千諸天子皆來共會諸釋提桓因與諸無數億百千諸天皆共來會須炎天子上至首陀會天其中諸天各各與無數若千億百千天子皆來共會從四天王至首陀會天諸天功德光明巍巍雖爾不如世尊最下光明百千萬倍巨億萬倍諸天光明及閻浮檀寶之光明悉不現也諸天在佛邊其形體光明如燒炷是故諸天光明即不復現釋提桓因白尊者須菩提今是三千大千剎土諸四天王諸首陀會天欲聽須菩提說般若波羅蜜教菩薩云何住般若波羅蜜何等爲菩薩摩訶薩般若波羅蜜當云何行般若波羅蜜須菩提報釋提桓因言拘翼今當承佛威神爲諸菩薩說般若波羅蜜當爲菩薩如所應住說

是諸天子未發意者今當應發菩薩心已住於道檢者力不堪發阿耨多羅三耶三菩意何以故爲生死界作障隔故假令是輩能發阿耨多羅三耶三菩意者我亦代其歡喜從上轉尊我終不中道斷其功德拘翼何等爲般若波羅蜜菩薩摩訶薩當持應薩云若意當念色無常苦空非身老病憂患惱結裁聚轉變壞敗恐畏鬪訟不可恃怙菩薩當念是亦無所倚痛想行識六情六性皆當念是苦淨亦無所倚當念五陰淨當念六情六性淨寂以薩云若意當知從癡有愛習十二因緣亦無所倚當復念滅癡愛十二因緣得滅衆苦亦無所倚復次拘翼菩薩摩訶薩以薩云若意當念三十七品亦無所倚亦當念乃至佛十八法亦無所倚復次拘翼菩薩摩訶薩以薩云若意行檀波羅蜜尸波羅蜜羼波羅蜜惟逮波羅蜜禪波羅蜜亦無所倚如是拘翼菩薩行般若波羅蜜作是觀使法法相續法法相得皆使具足菩薩於念少無吾我若作異念不應道念拘翼以不等念意於道亦不可見亦不可得道無意念意亦不可得亦不可見拘翼菩薩行般若波羅蜜當作是觀於諸法無所得釋提桓因言耆年須菩提云何念意不與道意同云何道意不與念意同云何道意念意俱不可得不可得見須菩提言拘翼所念意不成意道意亦非意亦不成意不持非意念非意意則是非意非意亦是意是爲菩薩摩訶薩般若波羅蜜於是佛歎須菩提言善哉善哉如汝爲諸菩薩說般若波羅蜜教勸助之意須菩提白佛言唯世尊

我當報恩不得不報恩我當報過去諸如來無所著等正覺恩及弟子勸助安立諸菩薩等世尊爾時亦學六波羅蜜得阿惟三佛世尊我等亦當復勸助安立諸菩薩學六波羅蜜亦當使成得阿惟三佛須菩提言拘翼聽我說菩薩摩訶薩住般若波羅蜜如住亦不住五陰五陰空菩薩菩薩空五陰空菩薩空一空無有二拘翼菩薩當作如是住般若波羅蜜拘翼六情六情空菩薩菩薩空六情空菩薩空等無有異六性六性空菩薩菩薩空六性空菩薩空等無有異菩薩摩訶薩當作是念於般若波羅蜜當作是住復次拘翼十二因緣十二因緣空滅十二因緣滅十二因緣空菩薩菩薩空十二因緣十二因緣滅空菩薩空一空無有二拘翼菩薩摩訶薩於般若波羅蜜當作是住六波羅蜜六波羅蜜內空外空及有無空三十七品佛十八法諸三昧門陀隣尼門聲聞乘辟支佛乘亦爾菩薩如來薩云若亦爾菩薩空薩云若空一空無二菩薩於般若波羅蜜當作是住釋提桓因言云何須菩提菩薩摩訶薩不於般若波羅蜜中住須菩提言拘翼菩薩不住五陰有所倚亦不住於六情有所倚不住於六性有所倚從三十七品至薩云若皆不住有所倚從須陀洹至阿羅漢辟支佛上至佛皆不住有所倚從五陰至薩云若是爲不住亦無所倚從須陀洹至佛亦不住有所倚五陰無常不當於中住五陰有常不當於中住五陰苦樂不當於中住淨不淨不當於中住我非我不當於中住空不空不當於中住滅不滅不當

於中住寂不寂不當於中住有所倚須陀洹不具足故不當於中住至佛不具足故不當於中住須陀洹成就德能福一切不當於中住上至佛成就德能福一切不當於中住復次拘翼菩薩初地不當於中住至第十地不當於中住有所倚也從初地言我當具足檀波羅蜜不當於中住於尸波羅蜜羼波羅蜜惟逮波羅蜜禪波羅蜜般若波羅蜜不當於中住有所倚我當具足成就三十七品不當於中住有所倚菩薩道不當於中住我從菩薩道至阿惟越致地住不當於中住菩薩具足五通不當於中住有所倚住菩薩神通已言我當遊無量阿僧祇佛國見諸佛如來聽受法教已轉復教授一切衆生亦不當於中住有所倚言我亦當變化作如諸佛如來世界所有亦不當於中住有所倚也般若波羅蜜不當於中住有所倚也我當教授衆生至道亦不當於中住我當供養無央數阿僧祇諸佛持諸幢播香華繒蓋無央數億百千張氈不當於中住我當成就無央數阿僧祇衆生令得阿耨多羅三耶三佛亦不當於中住我當具足五眼肉眼天眼法眼慧眼佛眼亦不當於中住我皆當起諸三昧亦不當於中住亦不當願言我得是三昧時當於中遊戲亦不當於中住具足陀隣尼門不當於中住我當具足四無礙慧四無所畏佛十種力佛十八法亦不當於中住我當具足四等心大慈大悲亦不當於中住我當具足三十二大士之相八十種好不當於中住有所倚也住八輩事成就信要法要不當於中住須陀洹

至第七不當於中住斯陀含一種不當於中住道等不當於中住命終垢盡不當於中住須陀洹中道般泥洹不當於中住斯陀含未斷諸苦本不當於中住得阿那舍道意不當於中住於阿那含中中道般泥洹不當於中住得阿羅漢證成阿羅漢從是間於無餘泥洹而般泥洹不當於中住辟支佛不當於中住過羅漢辟支佛至菩薩地不當於中住道事慧不當於中住有所倚也以衆事成阿惟三佛不當於中住從次諸垢消盡不當於中住成如來等正覺無所著當轉法輪不當於中住我當爲佛事度不可計一切衆生不當於中住以四神足於三昧住命恒邊沙劫不當於中住令我壽命無有數不當於中住於三十二大士之相一相成百福功德不當於中住使我一佛國大如十方恒邊沙佛國不當於中住使我三千大千刹土盡作金剛不當於中住使我佛樹中出香一切衆生聞其香者無有三毒不起聲聞辟支佛意有聞是香者身病意病皆悉除愈令我佛土不聞五陰色痛想行識六波羅蜜之聲不當於中住令我佛國不聞三十七品及十八法不聞須陀洹上至佛之聲不當於中住何以故如來無所著等正覺成阿惟三佛於諸法亦無所得如是拘翼菩薩於般若波羅蜜無所倚住爾時尊者舍利弗意念菩薩摩訶薩當云何住須菩提知舍利弗意所念便問舍利弗於意云何諸佛爲住何所舍利弗報言諸佛無所住不住意有所止亦不於五陰住亦不住於成就亦不住於不成就亦不住於有爲無

爲不於十八法薩云若有所住須菩提言菩薩摩訶薩住般若波羅蜜中當如諸如來無所著等正覺住如不住菩薩當作是住住無處所住於是會中有天子作是念諸閱义所語所說悉皆可知尊者須菩提所說般若波羅蜜教了不可知須菩提知諸天子意所念語諸天子言不解不知耶諸天子言爾須菩提實不解不知也須菩提語諸天子言我所說者常不見一字教亦無聽者何以故般若波羅蜜者非文字亦無聽聞何以故諸天子諸如來無所著等正覺道亦無文字諸天子譬如如來化作佛化作四輩弟子作是化已爲說諸法於諸天子意云何是頗有教有說寧有受者不諸天子言唯須菩提是無所有須菩提言諸法譬如化亦無說者亦無受者亦無知者譬如士夫夢中見佛佛爲說法於意云何有說有受者不諸天子言無說無受須菩提言諸法如幻無說無受亦無所有譬如有二人於彼深澗各住一面俱發音聲讚歎佛法及比丘僧其聲音響寧展轉相知不諸天子言嚮無所知譬如絶工幻師於四衢道化作如來及四輩衆而爲說法於諸天子意云何寧有說有教有受者不諸天子報言實無所有諸天子復念今須菩提敷演般若波羅蜜其事甚深所教轉深所說轉妙須菩提語諸天子言色亦不深亦不微妙不以五陰故微妙也六情從內外空及有無空乃至六波羅蜜佛十八法皆如是諸三昧門陀隣尼門至薩云若亦不深亦不妙不以薩云若故深妙諸天子意念是中所說亦不說五陰

六情亦不說六波羅蜜亦不說內外空及有無空亦不說三十七品佛十八法亦不說須陀洹道亦不說阿羅漢辟支佛道亦不說文字是事云何須菩提報言如是如是諸天子諸如來道者皆無所得亦無所說是故諸法亦無說者亦無聞者亦無受者亦無得者須菩提言諸天子欲住須陀洹道者取須陀洹證者若住羅漢辟支佛上至佛欲取證者作是住者終不得是忍菩薩從初發意以來無所說無所聞當作是住

如幻品第二十九

爾時諸天子意念我等當云何從須菩提聽受其教尊者須菩提知諸天子意所念語諸天子言今諸會者觀聽我所說當如幻化人所聽受亦無所受亦無所見亦不作證諸天子言云何須菩提衆生爲如幻化耶來會者亦如幻化耶須菩提言如是如是衆生如幻來會者亦如幻吾我亦復如幻如夢五陰如幻如化六情識栽如幻如化內外空及有無空如幻如夢三十七品佛十八法如幻如化須陀洹道上至於佛三耶三佛亦復如幻爾時諸天子問須菩提云何乃至佛亦復如幻如夢須菩提言我說至佛亦復如幻若復有法勝於泥洹者我亦復言如幻諸天子夢幻化是一耳無有二是時舍利弗大目揵連摩訶拘絺羅摩訶迦旃延邠耨文陀尼子大迦葉等與無央數菩薩是諸大衆俱問須菩提言般若波羅蜜甚深甚廣難曉難了難見難解誰能過截是者是時阿難語衆弟子諸菩薩言般若波羅蜜者是深妙法甚廣難見難

解難了不可思議唯有阿惟越致菩薩摩訶薩具足見諦阿羅漢前世於無央數諸佛所而作功德與善知識相隨者善男子善女人有大智慧如是輩人聞深般若波羅蜜乃能信樂終不能遏絕不以空分別五陰不以五陰分別空亦不以五陰分別無相無願不以無相無願分別五陰亦不以無所生無所滅分別五陰不以五陰分別無所生無所滅亦不以寂淨分別五陰亦不以五陰分別寂淨乃至六情及諸緣起亦復如是從檀波羅蜜至般若波羅蜜亦復如是從內外空至有無空亦復如是從三十七品至佛十八法亦復如是諸三昧門陀隣尼門不以分別五陰不以五陰分別三昧門陀隣尼門從須陀洹至阿羅漢辟支佛乃至薩云若亦不以分別空不以空分別薩云若亦不以無相無願分別薩云若亦不以薩云若分別無相無願不以具足不具足性分別空不以空分別具足不具足性至無相無願亦復如是不以無所生無所滅分別寂淨不以寂淨分別五陰須菩提語諸天子言是甚深般若波羅蜜極有智者不能遏絕何以故法無有憂者亦無有慼者若無憂無慼衆生亦無能遏絕者舍利弗語須菩提言般若波羅蜜爲廣說三乘之教及菩薩總持之教從初發意至十住道地教至六波羅蜜三十七品佛十八法菩薩摩訶薩悉總持之教是爲菩薩行般若波羅蜜化生也不耗於神通遊諸佛國隨其所欲所作善本供養諸佛即得如願從諸世尊所聽受法至薩云若初不斷絕未曾離三昧時當爲

無所罣礙辯不可斷絶辯如所應辯利辯義辯一切最辯須菩提言如是如是如舍利弗言廣説三乘及菩薩乘大乘菩薩摩訶薩所得最辯亦無所倚亦不倚吾我知見壽命五陰亦無所倚從檀波羅蜜至般若波羅蜜亦無所倚從内外空及有無空亦無所倚三十七品佛十八法至薩云若慧亦無所倚舍利弗言何以故於般若波羅蜜説三乘之教而無所倚何以故説菩薩總持何以故得最妙之辯而無所倚須菩提言從内空乃至三乘皆從般若波羅蜜教出亦無所倚從外空至有無空廣説三乘之教亦無所倚從内外空所説教及菩薩總持説一切世間最妙之辯亦無所倚從有無空至菩薩獲一切世間最第一之辯而無所倚也

放光般若波羅蜜經卷第八

音釋

恃怙（恃常利切賴也怙侯古切依也）四衢（衢權俱切四達之道曰衢）摩訶拘絺羅（梵語也此云大膝絺丑知切）迦葉（梵語也此云飲光葉失涉切）過截（過烏割切止過也截昨結切斷截也）

放光般若波羅蜜經卷第九

西晉三藏無羅叉共竺叔蘭譯

雨法雨品第三十

於是釋提桓因意念言尊者須菩提所說法爲雨法雨三千大千刹土從四天王上至阿迦膩吒天各各念言今須菩提所說法雨我等寧可作華散佛世尊及諸菩薩大弟子衆及散須菩提上爾時三千大千刹土諸釋提桓因及諸四天王各化作華散佛菩薩及比丘僧及散須菩提上持是供養般若波羅蜜諸天散華應時普遍三千大千國土地無空缺處譬如敷座也虚空中華未墮地者應時化成華交露臺姝妙嚴事時須菩提意念我數至天上初未曾所見如是華比是諸天子所散華者不從樹生化華耳釋提桓因語須菩提是華非生華亦非意樹華須菩提言如拘翼所言是華亦非生華亦非意樹華拘翼若不生者是爲非華釋提桓因語須菩提但是華不生耶五陰亦復不生耶須菩提言是華及五陰俱亦無所生若使不生爲非五陰六情亦無所生爲非六情六波羅蜜亦無所生若六波羅蜜不生爲非六波羅蜜從內外空至有無空亦不生若不生者爲非有無空三十七品佛十八法亦不生若不生者爲非十八法至薩云若亦不生若不生者爲非薩云若釋提桓因意念言今須菩提辯才深妙乃如是耶隨其所應如爲說法而無違背佛告釋提桓因如是如是拘翼須菩提實爲深入辯才第一隨其所應而爲說法無有違錯釋提桓因白佛言唯世尊云何須菩提隨其

所應而爲說法而不違錯佛告拘翼五陰六
情但有數耳以五陰六情但有數故是故須
菩提所說無錯何以故如法者亦不違錯亦
不和合以無和無錯是故須菩提所說無錯
至六波羅蜜及內外空至有無空三十七品
佛十八法皆如是從須陀洹道至辟支佛道
至薩云若薩云若事亦如是從須陀洹羅漢
辟支佛上至佛三耶三佛拘翼亦復是法數
所施耳須菩提所說亦復如法數所施是故
所說無有違背何以故拘翼如法者亦不和
亦不錯以不和以不錯故須菩提作是說法
隨其所應無有違錯須菩提言如是如是拘
翼如佛世尊施諸法教菩薩摩訶薩行般若
波羅蜜當知諸法亦復但是法數所施拘翼
菩薩作是學者爲不學色痛想行識亦不見
五陰當所學者如是學者爲不學六波羅蜜
何以故不見六波羅蜜當所學者如是學者
不學內外空及有無空何以故不見空法有
所學者如是學者爲不學三十七品佛十八
法不學須陀洹道不學羅漢辟支佛道不學
薩云若何以故不見薩云若當所學者釋提
桓因白須菩提言何以故不見五陰至薩云
若亦不見耶須菩提言是故拘翼五陰五陰
自空薩云若薩云若自空何以故不可空色
而學色空不可以薩云若空學空薩云若不
作空學爲學空不以二學如是學不以二事
學五陰空亦不以二事學薩云若空拘翼不
以二事學空五陰者爲學六波羅蜜不以二
事學薩云若空者爲學六波羅蜜爲學內外
空至有無空爲學三十七品爲學佛十八法

不以二事學爲學須陀洹至羅漢辟支佛不以二事學爲學三耶三佛亦不以二事學爲學薩云若學佛學薩云若者爲學不可計阿僧祇諸佛法學諸佛法者不學增五陰不學減五陰亦不增薩云若學亦不減薩云若學如是不增不減學者亦不受五陰亦不中道滅五陰學至薩云若亦不受學亦不中道滅薩云若舍利弗語須菩提菩薩作是學亦不受薩云若學亦不中道滅薩云若學耶須菩提報言如是如是舍利弗復問何以故從五陰至薩云若亦不受學亦不中道滅薩云若學報言色自無受亦無有受色者薩云若亦自無受亦無受薩云若者從內外空至有無空亦自不受亦無受空者如是舍利弗菩薩摩訶薩於諸法無所受是故於薩云若中出生舍利弗言菩薩學般若波羅蜜於諸法無所受爲出生薩云若耶須菩提言如是如是舍利弗復問菩薩作如是學於諸法無所受亦不學受亦不學滅云何出生薩云若須菩提報言菩薩行般若波羅蜜亦不見色生亦不見色滅亦不受亦不不受亦不著亦不斷亦不增亦不減何以故舍利弗不以五陰故有亦不見生亦不見滅亦不見受亦不見不受亦不見著亦不見斷亦不見增亦不見減何以故舍利弗不見五陰有乃至薩云若亦不見生滅亦不見受亦不見著斷亦不見增減何以故薩云若空故無所得是故菩薩於諸法無所生無所滅無所受無著無斷無增無減學般若波羅蜜出薩云若當作是念亦無所學亦無所出釋提桓因問舍利弗菩薩

當從何所求般若波羅蜜舍利弗報言拘翼菩薩摩訶薩當從須菩提所轉品中求釋提桓因言以須菩提因縁恩力使舍利弗言菩薩摩訶薩般若波羅蜜當於須菩提所轉品中求須菩提報言拘翼非我因縁恩力釋提桓因言是誰之恩力所處須菩提言是佛威神恩力所處釋提桓因言諸法皆無處所云何言是佛之威神所處乎如來亦不於異無處所法中見佛亦不於異如中見須菩提言如是拘翼如來亦不於餘處中見亦不於異處如中見亦不以如來爲如亦不以如爲如來亦不以五陰如爲如來亦不以如來爲五陰如亦不以五陰法爲如來亦不以如來爲五陰法亦不以薩云若如爲如來亦不以如來爲薩云若如亦不以薩云若法爲如來亦不以如來爲薩云若法拘翼若佛與五陰法不合亦非不合者亦不離五陰法有合不合亦不離五陰如有合不合乃至薩云若薩云若法如亦不合亦不不合亦不離薩云若薩云若法如亦不合亦不不合拘翼以是諸法不合不散神力之所處是爲無處所行如拘翼向之所問當於何所求般若波羅蜜亦不於五陰中求亦不離五陰中求何以故拘翼般若波羅蜜五陰是法亦不同亦不異亦無有形亦不可見亦無有礙一相一相者則無相復次拘翼菩薩摩訶薩求般若波羅蜜亦不離薩云若求亦不於薩云若求何以故般若波羅蜜薩云若及所求者亦不同亦不異亦無形亦非見亦不礙一相一相所謂無相何以故般若波羅蜜亦非五陰亦不離五陰

般若波羅蜜亦非薩云若亦不離薩云若五陰如亦非般若波羅蜜般若波羅蜜亦不離五陰如般若波羅蜜亦非五陰法亦不離五陰法般若波羅蜜亦非薩云若法亦不離薩云若法何以故拘翼是諸法亦不有亦不可得以諸法不可得故五陰非般若波羅蜜般若波羅蜜亦不離五陰般若波羅蜜亦非五陰法亦不離五陰法般若波羅蜜亦非五陰如亦不離五陰如般若波羅蜜亦非薩云若亦不離薩云若亦非薩云若如亦不離薩云若如亦非薩云若法亦不離薩云若法釋提桓因言摩訶波羅蜜是菩薩摩訶薩之大度波羅蜜者是諸菩薩無量無限之大度於是中學得須陀洹斯陀含阿那含阿羅漢辟支佛於中學成菩薩淨佛國土教化衆生成得阿耨多羅三耶三佛須菩提言拘翼如是如是如釋提桓因所言無異已得者甫當得者皆當從般若波羅蜜中成阿惟三佛以五陰大故般若波羅蜜亦廣大拘翼五陰亦無前亦無後亦無中亦無邊際至薩云若亦如是拘翼是爲菩薩摩訶薩之大度以五陰無有量是故菩薩摩訶薩無量之度何以故五陰不可量故譬如虛空不可度量五陰亦不可度量以空不可度量五陰亦不可度量以五陰不可度量般若波羅蜜亦不可量乃至薩云若不可量故菩薩之度般若波羅蜜亦不可量何以故拘翼薩云若亦不可量如虛空不可平量以薩云若不可平量虛空不可平量以虛空不可平量般若波羅蜜亦不可平量以是故拘翼菩薩摩訶薩般若波羅蜜不

可平量空亦不可平量以五陰無底菩薩般若波羅蜜亦無底何以故五陰底邊際不可得見故乃至薩云若亦無有底菩薩般若波羅蜜亦無有底何以故拘翼薩云若亦不可得底亦不可得邊際故是故菩薩般若波羅蜜無有底從五陰無有底至薩云若亦無有底復次拘翼以因緣無有底故菩薩般若波羅蜜亦無有底釋提桓因言唯須菩提云何因緣無底菩薩般若波羅蜜無底報言以薩云若因緣無底故菩薩般若波羅蜜無底法因緣無底是故菩薩般若波羅蜜無底又問云何法因緣無底菩薩般若波羅蜜無底報言拘翼法性無底故菩薩般若波羅蜜無底如因緣無底菩薩般若波羅蜜無底復問云何如因緣無底菩薩般若波羅蜜無底答言如如無底如因緣無底以如因緣無底菩薩般若波羅蜜無底衆生無底菩薩般若波羅蜜無底復問云何衆生無底菩薩般若波羅蜜無底答言於拘翼意云何何所法言有菩薩者亦不以法言亦不非法言但假名舉字耳是名所舉亦無有形所舉名字亦無因緣所舉字及衆生亦無因緣於拘翼意云何般若波羅蜜頗說有作衆生者不唯須菩提無有也拘翼若無有說作衆生者何所衆生有底拘翼如來無所著等正覺住壽如恒邊沙劫言衆生有生衆生有滅於拘翼意云何頗有衆生有生者有滅者不答言不也須菩提何以故衆生淨故無所有淨故以是故拘翼當知衆生無底般若波羅蜜亦無有底亦無有邊際

歎品第三十一

爾時諸梵王與諸梵天俱在會中釋提桓因與釋眷屬及婇女衆亦在會中釋梵諸天子各各歎言須菩提所說法快哉快哉皆是佛之威神因緣能演布是教若有不遠離是般若波羅蜜行者我等當視是輩菩薩摩訶薩當如如來亦無有能得見是法者亦無有能見色痛想行識者至薩云若三乘教處羅漢辟支佛及佛亦不可得佛告諸天子如是如是如諸天子所言法無可得者亦不可見從色痛想行識至薩云若皆不可得亦不可見但有三乘之教耳三乘之教亦不可得亦不可見有行是般若波羅蜜無所倚者當視如如來何以故於般若波羅蜜中廣說三乘之教故亦不離六波羅蜜而得佛者亦不離內外空及有無空亦不離三十七品佛十八法亦不離薩云若而得佛者諸天子菩薩盡當學知諸法從檀波羅蜜至薩云若以是故當知是菩薩爲如如來佛告諸天子昔者我於華嚴國從提和竭佛以來初不離六波羅蜜內外空至有無空三十七品四禪四等及四空淨諸三昧門陀隣尼門佛十種力四無所畏四無礙慧大慈大悲佛十八法餘無央數諸佛上法初不離此諸法亦無所倚是時提和竭佛便記我言後阿僧祇劫當來之世汝當作佛號釋迦文如來無所著等正覺無上士道法御天人師於是諸天子白佛言唯世尊甚奇甚特菩薩摩訶薩行般若波羅蜜於薩云若無取無捨於五陰法亦無所取亦無所捨時佛於四輩弟子中比丘比丘尼優婆

塞優婆夷諸菩薩摩訶薩諸四天王上至阿迦膩吒諸天等見諸衆已定佛告釋提桓因拘翼若有菩薩摩訶薩比丘比丘尼優婆塞優婆夷及諸天天女受持般若波羅蜜者諷誦讀者復布施與人使諷誦習念不離薩云若意者魔及魔天子不能得其便何以故是善男子善女人住五陰空無相無願行故無有能得空無相無願便者乃至薩云若空行亦無能得薩云若空便者不見是事可得便者拘翼是善男子善女人人非人不能得其便何以故是善男子善女人有大慈大悲以四等心加衆生故拘翼是善男子善女人隨其壽命終不中錯何以故爾用是善男子善女人行檀波羅蜜時等爲一切衆生故以是故壽命不錯拘翼是三千大千國土諸四天王忉利天炎天兜術天尼摩羅天波羅尼蜜天梵天阿波會天首訶既那天惟于頗羅天是諸天人發至阿耨多羅三耶三菩意者是諸天子所未聞般若波羅蜜者未諷誦讀持者是諸天子皆當習行般若波羅蜜諷誦讀持意常不離於薩云若者拘翼是善男子善女人行般若波羅蜜若有受持諷誦讀說習念守行不離薩云若意者是善男子善女人若遠出空寂處若露坐若在家終不恐終不怖何以故爾用是善男子善女人明於內外空及有無空故亦無所倚爾時三千大千國土諸四天王上至首陁會天俱白佛言唯世尊我等當護是善男子善女人行般若波羅蜜諷誦讀說習守持者我當擁護使不離薩云若何以故以菩薩來往因緣斷三惡趣斷

天人貧斷人中貧斷是輩災變斷諸飢餓穀貴以菩薩摩訶薩來往因緣故以十善之事現於世間便知有四禪四等四空定六波羅蜜從內外空至有無空便知有三十七品佛十八法至薩云若以菩薩來往因緣故世間便知有刹利長者種便知有婆羅門大姓種便知有轉輪聖王便知有四天王上至阿迦膩吒天以菩薩來往因緣故便知有須陀洹斯陀含阿那含阿羅漢辟支佛道便知有教授衆生便知有淨佛國土以菩薩來往因緣故便知有佛世尊如來無所著等正覺便知有轉法輪便知有三寶以是故諸天阿須倫諸世間人皆擁護是菩薩摩訶薩佛告釋提桓因如是拘翼用菩薩來往因緣故三惡趣斷佛三寶興以是故諸天世人皆當共恭敬承事是菩薩摩訶薩給其所須常擁護之拘翼供養承事是菩薩摩訶薩當如恭敬承事供養我當作是知如供養如來無異是故拘翼諸天世間人當作是恭敬之拘翼使三千大千國土滿中甘蔗竹葦稻麻叢林皆爲聲聞辟支佛其數如是若有善男子善女人悉供養承事給其所須不如是善男子善女人供養承事發意行六波羅蜜菩薩者何以故拘翼不以有羅漢辟支佛故知有菩薩如來無所著等正覺以有菩薩因緣故乃知有羅漢辟支佛三耶三佛是故拘翼諸天世人當恭敬承事是菩薩摩訶薩當擁護之

降衆生品第三十二

爾時釋提桓因白佛言唯世尊甚奇甚特受持般若波羅蜜諷誦習讀守行念者爲得現

世功德教授衆生淨諸佛國從一佛刹至一佛刹見諸佛已意欲供養隨其所願輙得供養具足善本所從諸佛聞經法者至得三耶三佛初不中忘便得家成就得父母成就得生成就得眷屬成就得相成就得光明成就得眼成就得耳成就得三昧成就得陀隣尼成就以漚惒拘舍羅變身如佛從一國至一國至無佛處到已便稱歎六波羅蜜之功德稱歎内外空及有無空四禪四等及四空淨皆稱歎是之功德又復稱歎三十七品佛十八法之功德以漚惒拘舍羅爲衆生說法以三乘降衆生釋提桓因白佛言快哉世尊甚奇甚特云何持般若波羅蜜總持五波羅蜜亦復總持三十七品至佛十八法亦復總持至聲聞辟支佛亦復總持薩云若薩云若事

佛告釋提桓因如是拘翼持般若波羅蜜者爲已總持諸波羅蜜已爲已總持三十七品佛十八法聲聞辟支佛法薩云若事悉總持已復次拘翼持般若波羅蜜者執者讀者念者諸所可得功德之應且聽諦聽是善男子善女人所得功德今爲汝說之釋提桓因言唯世尊願樂欲聞佛言若有異學外道若魔及其部界頑狠之人念欲破壞者念欲乖錯者諸持惡意欲來壞者皆不從願便中道滅去何以故拘翼是菩薩摩訶薩長夜行六波羅蜜以衆生貪諍於財故菩薩悉棄捨内外所有法安立衆生故行檀波羅蜜以諸衆生行惡戒者故菩薩棄捨内外法安立衆生於尸波羅蜜以衆生長夜有鬪訟恚故菩薩棄捨内外法安立衆生於羼波羅蜜以衆生

懈怠故菩薩棄捨內外法安立衆生行於惟逮波羅蜜以衆生常亂意故菩薩棄捨內外法安立衆生使行禪波羅蜜以衆生躭於惡智故菩薩棄捨內外法安立衆生使行般若波羅蜜以衆生住於生死恩愛故是故菩薩波羅蜜漚惒拘舍羅於恩愛中拔擢於生死安立於四禪四等四空定三十七品空無相無願勸助安立勸立衆生得須陀洹至阿羅漢勸立衆生得辟支佛勸立衆生使行菩薩得佛拘翼行菩薩之行是爲得現世奇特之德後世便得阿耨多羅三耶三菩阿惟三佛便轉法輪隨衆生所應而度脫之是爲菩薩後世奇異之德復次拘翼善男子善女人受持般若波羅蜜者若諷誦讀有守行般若波羅蜜者其地處魔及魔天異學外道頑狠之人若欲壞亂者若欲中道斷者若有鬪訟持惡意向者終不得發是意是菩薩其行功德轉更高顯殊異無能逮者以般若波羅蜜音聲故出生三乘而得度脫譬如拘翼有藥名摩蚳有蛇蚖飢行求索蟲欲食之蟲遥見蛇蚖蟲走趣藥所蛇欲得往以藥氣故不能得前何以故以藥威德故使蛇中道還拘翼是摩蚳藥威德乃爾若有善男子善女人行般若波羅蜜若諷誦讀習持守者有欲亂者若欲斷壞鬪諍向者以般若波羅蜜威德之力故隨其所趣處令於彼間便自滅去何以故爾般若波羅蜜者是諸法之定也非諸法之諍何等諸法謂婬怒癡從無黠十二因緣意有所著有我見有人見有衆生見有盡見有常見無垢見無有見衆邪見嫉惡戒見瞋恚

見懈怠亂意惡智常見有樂想淨想我想恩愛行受色痛想行識受六波羅蜜受內外空受有無空受三十七品受十八法受薩云若受於泥洹增益五根是為諸法之空三千大千刹土諸四天王諸釋提桓因及諸梵天乃至阿迦膩吒天是諸天人皆擁護是善男子善女人行般若波羅蜜者諷誦讀說習持守者十方諸現在佛皆共擁護是善男子善女人行般若波羅蜜者諷誦讀說習持守者諸惡悉消諸善增益於六波羅蜜轉復增益亦無所倚於內外空亦復增益而無所倚於三十七品佛十八法諸三昧門陀隣尼門薩云若慧悉轉增益而無所倚所言說者人皆信用與諸衆生共作朋友所語無失終無瞋恚終不自用亦不嫉妬自不殺生教人行慈為衆生稱歎不殺之德常復讚歎諸不殺者常自遠離於不與取教人不盜常復稱歎不盜之德自行清淨教人不婬亦復稱歎不婬之德身自遠離妄語麤言惡口綺語亦常遠離嫉恚邪見教人正見亦復讚歎正見之德自行六波羅蜜常勸助人行六波羅蜜常復稱說行六波羅蜜之大功德自行內外空勸人行空亦復稱歎行空之德有無空亦復如是自行陀隣尼諸三昧門教人行持學諸三昧歎說總持三昧之德自行四禪教人行禪稱說行禪定意之德自行四等教人行四等亦復稱說慈悲功德自行四無形定教人行之稱譽無形定之功德自行根力三十七品教人使行亦復稱譽道品功德自行三三昧八惟無九次第禪如來十力四無所畏四無礙

慧大慈大悲佛十八法薩云若慧教人行薩云若讚歎稱譽薩云若之功德常行六波羅蜜所可布施皆與衆生共爲阿耨多羅三耶三菩亦無所倚所作布施持戒精進忍辱一心智慧但爲一切衆生之類令得度脱阿耨多羅三耶三菩亦無所倚善男子善女人作如是行於六波羅蜜生念言若我不布施者或生貧賤家便不能得教授衆生亦不能得淨佛國土亦復不能得薩云若我若不持戒者或生三惡趣不得人身便不得教授衆生淨佛國土亦不得薩云若我若不行忍辱者便毀壞諸根亦不能得覆面舌相形不成就不得菩薩具足行身教授衆生淨佛國土亦不能得成薩云若若我不精進有懈怠者或生惡處身不明了亦復不能教授衆生淨佛國土成薩云若若我不行禪意不定者亦不能得諸三昧慧教授衆生淨佛國土成薩云若若我行惡智者便不能得漚惒拘舍羅度羅漢辟支佛地亦不能教授衆生及淨佛土成薩云若善男子善女人當作是念我不可隨貪嫉之心而不具足行檀波羅蜜我不可隨惡戒故而不具足行尸波羅蜜我不可以瞋恚故不具足行羼波羅蜜我不可以懈怠故不具足行惟逮波羅蜜我不可以亂意故不具足行禪波羅蜜我不可從惡智故不具足行般若波羅蜜我不具足行六波羅蜜者終不出生薩云若是善男子善女人受持諷誦守行般若波羅蜜者當得現世後世功德意終不離薩云若意釋提桓因白佛言唯世尊甚奇甚特快哉般若波羅蜜者是菩薩摩

訶薩之所施爲將導乃爾佛言拘翼云何般若波羅蜜爲菩薩摩訶薩作施爲將導釋提桓因白佛言諸所世俗布施不以漚恕拘舍羅若與佛及聲聞辟支佛及與貧窮乞匃者無漚恕拘舍羅者便墮貢高言我具足行檀尸波羅蜜羼惟逮波羅蜜禪波羅蜜言我具足行般若波羅蜜於世俗波羅蜜中便墮貢高言我具足三十七品行三三昧言我具足行陀隣尼諸三昧門言我具足於十種力佛十八法我當教授衆生淨佛國土言我當得薩云若慧以入吾我貢高者是爲世俗般若波羅蜜菩薩行是世俗法者便入吾我貢高菩薩摩訶薩行道檀波羅蜜者亦無吾我想亦無施想亦無物想亦無受施者想是爲行般若波羅蜜菩薩摩訶薩之施爲將導菩薩行戒不有尸波羅蜜行於忍辱亦不有羼行於精進亦不有惟逮行於定意亦不有禪波羅蜜行大智者不有般若波羅蜜行三十七品乃至佛十八法亦無所有亦無所倚行大慈大悲行薩云若者亦無所有亦無所倚世尊是爲行般若波羅蜜菩薩摩訶薩之施爲將導

放光般若波羅蜜經卷第九

音釋

雨法雨 上雨王遇切自上而下曰雨下雨王矩切雨澤也 姝 春朱切美好也 拔擢 拔蒲八切舉拔也擢直角切抽擢也 摩蚳 梵語也此云神丹藥名也蚳陳尼切 蚖 五官切毒蛇也 黠 胡八切慧也 乞匃 匃居太切乞請也

放光般若波羅蜜經卷第十

西晉三藏無羅叉共竺叔蘭譯

守行品第三十三

佛告釋提桓因若有善男子善女人受是深般若波羅蜜諷誦讀持習行守者拘翼是善男子若入闘戰中終不中道損其壽命若刀矛箭終不中其身所以者何是善男子長夜行六波羅蜜以自降伏婬欲之劒恚癡之刺復爲他人降婬怒癡以自降伏邪見劒刺復爲他人降邪見劒又自降伏習緒劒刺及恩愛刺復能爲他人降伏習緒恩愛之劒拘翼用是故善男子善女人不爲矛劒刀箭所中

復次拘翼善男子善女人受持諷誦守行般若波羅蜜不遠離薩云若意者終不中毒終不中蠱道終不中兵終不中水終不中火衆惡之事終不得忤何以故拘翼是般若波羅蜜者無上之術善男子善女人學是術者亦不自念惡亦不念他人惡亦不念兩惡何以故亦不自有亦不有彼亦不有知見亦不有五陰上至薩云若亦無所有亦無所得無所有者亦不自念惡亦不念他人惡亦不念兩惡至得阿耨多羅三耶三佛觀衆生之意何以故學是術故過去當來今現在諸如來無所著等正覺悉從是術中自致得阿惟三佛

復次拘翼若有善男子善女人學是般若波羅蜜者以書持者若人若非人終不能得其便所以者何三千大千國土及十方無央數阿僧祇諸國土中諸四天王上至阿迦膩吒諸天皆共擁護是善男子善女人書持般若波羅蜜者供養尊敬共禮事之書持是者其

德如是若有但書持般若波羅蜜不諷誦讀亦不守行者其處譬如道場坐四面左右中有畜生若人其外若有人非人欲來害者終不能得其便何以故過去諸如來無所著等正覺皆於中得佛故當來現在諸如來無所著等正覺皆亦當於中得佛故得佛道已使一切衆生無恐無畏以無恐無畏皆受天上人中之福安立於三乘而度脫之何以故拘翼是般若波羅蜜譬如道場之地爲一切作護應當作禮供養名華擣香澤香雜香繒綵華蓋幢旛妓樂釋提桓因白佛言世尊若有善男子善女人書般若波羅蜜已持經卷供養名華擣香澤香雜香繒綵華蓋幢旛妓樂作是供養若世尊般泥洹後取舍利作是供養名華擣香澤香雜香繒綵華蓋幢旛妓樂如是供養其福何所多者佛告釋提桓因拘翼我今問汝隨所問說之於意云何如來無所著等正覺成薩云若得此相好從何所學得釋提桓因白佛言世尊我聞如來無所著等正覺逮薩云若成相好從般若波羅蜜中學得佛言如是如是拘翼不以是身數故名爲如來逮得薩云若慧故成爲如來是薩云若者從般若波羅蜜中出生如是拘翼如來所有身者是薩云若慧之屋室如來因是室逮得薩云若是故名爲薩云若慧之室我般泥洹已後舍利供養如是若善男子善女人書般若波羅蜜諷誦讀說習持守行供養經卷名華擣香澤香雜香繒綵華蓋幢旛妓樂恭敬作禮作是供養者爲供養薩云若已如是拘翼是故善男子善女人受持般若波羅

蜜諷誦讀說當守習行當供養經卷名華擣
香澤香雜香繒綵華蓋幢旛妓樂當恭敬作
禮若般泥洹後供養舍利安處竪立塔名華
擣香澤香雜香繒綵華蓋幢旛妓樂若有善
男子善女人書持般若波羅蜜諷誦念守承
事供養名華擣香澤香雜香繒綵華蓋幢旛
妓樂作是供養其福多於供養舍利何以故
於是中出生舍利內外空及有無空三十七
品佛十八法皆從是中出生諸三昧門陀隣
尼門皆從是中出生教化衆生淨佛國土亦
從其中出生菩薩摩訶薩居家成就色像成
就財成就眷屬成就大慈大悲皆從中出生
剎利種婆羅門種大姓長者種四天王上至
阿迦膩吒天皆從其中出生從須陀洹至阿
羅漢辟支佛菩薩佛三耶三佛及薩云若皆
從中出生爾時釋提桓因白佛言是閻浮提
人不供養承事恭敬般若波羅蜜者是曹之
人爲不知其尊當所供養佛告釋提桓因言
於拘翼意云何知閻浮提中有幾所人信佛
信法信比丘僧者有幾所人狐疑於三尊者
有幾所人恭敬三尊者釋提桓因白佛言世
尊有信依佛依法依比丘僧者少少耳佛告
言於拘翼意云何閻浮提中有幾所衆生應
得三十七品三脫門八惟無九次第禪六通
四等及四空定四無礙慧閻浮提中有幾所
衆生滅三疑應須陀洹者幾所衆生三垢薄
應斯陀含者幾所衆生五疑斷應阿那含者
幾所衆生上五處畢爲阿羅漢者幾所衆生
發至辟支佛道者幾所衆生發阿耨多羅三
耶三菩意者釋提桓因白佛言世尊少所衆

生應得三十七品及三耶三佛者少少耳佛告釋提恒因言如是拘翼衆生甚多有發道意者少少耳何以故以前世時不見佛不聞法不識比丘僧之所致不布施不持戒不護戒不忍辱不精進不聞有禪不聞般若波羅蜜亦不聞内外空及有無空亦不聞三十七品佛十八法亦不聞亦不念亦不聞有三昧亦不聞有薩云若亦不念其事以是故拘翼當知少所衆生信三尊者耳於是中少所衆生發意至辟支佛道者於中復少所衆生行菩薩道者雖有少少衆生行菩薩道者欲至阿耨多羅三耶三菩者復少少耳拘翼我於是閒以佛眼見十方不可計阿僧祇衆生行阿耨多羅三耶三菩不離般若波羅蜜漚和拘舍羅者若一若二住阿惟越致地耳多墮羅漢辟支佛道者用離般若波羅蜜漚和拘舍羅故是故拘翼善男子善女人欲發意至阿耨多羅三耶三菩者當受持般若波羅蜜當諷誦讀當念習行持是般若波羅蜜者書已以香華幢幡繒綵華蓋諸餘功德入般若波羅蜜者當復受持亦當諷誦學念守行何等功德入般若波羅蜜者謂布施持戒忍辱精進一心内外空所有空無所有空諸三昧門陀隣尼門三十七品佛十八法大慈大悲餘無量佛法皆入般若波羅蜜亦當復學持諷誦守行念其中事何以故拘翼是善男子善女人當作是知諸如來本行菩薩道時亦復學般若波羅蜜亦行禪波羅蜜惟逮波羅蜜羼波羅蜜尸波羅蜜檀波羅蜜從内外空及有無空諸三昧門陀隣尼門乃至佛十八

法大慈大悲餘無央數諸佛法我等皆當受學我等所尊仰者是般若波羅蜜及諸佛法盡是諸佛如來之教辟支佛阿羅漢阿那含斯陀含須陀洹至薩云若教皆於般若波羅蜜中學成度此岸至彼岸拘翼善男子善女人如來在世若般泥洹皆當恭敬禮事是六波羅蜜亦當禮事薩云若何以故般若波羅蜜者是諸菩薩聲聞辟支佛之護世人及諸天皆依是般若波羅蜜而得安隱拘翼若有善男子善女人佛般泥洹已後取舍利起七寶塔高四十里盡其壽命自歸承事天華天香及天擣香天繒華蓋天衣天幔作是供養其福寧多不釋提桓因言世尊甚多甚多佛言不如是善男子善女人受行般若波羅蜜書持經卷諷誦讀持初不離薩云若意復加供養名華擣香澤香雜香幢幡華蓋其福倍多不可計也復次拘翼置是一七寶塔若善男子善女人取舍利起七寶塔滿一閻浮提亦高四十里供養承事天華天香及天擣香天繒華蓋天衣天幔作是供養其福寧多不釋提桓因言甚多甚多世尊佛言不如是善男子善女人供養般若波羅蜜其福轉倍多復次拘翼置是閻浮提所作塔事若善男子善女人取舍利起七寶塔滿四天下供養如前不如是善男子善女人供養般若波羅蜜其福轉倍多置是四天下拘翼若有善男子善女人取舍利起七寶塔滿小千國土供養如前復置是小千國土所作七寶塔若善男子善女人取舍利起七寶塔滿中千國土供養如前復置是中千剎土所作七寶塔若善

男子善女人取舍利起七寶塔滿三千大千國土供養如上故不如是善男子善女人供養般若波羅蜜其福轉倍多拘翼復置是三千大千刹土所作七寶塔若是三千大千國土滿其中人令一一人各各起七寶塔供養如上故不如是善男子善女人供養般若波羅蜜其福轉倍多釋提桓因白佛言如是如是世尊供養般若波羅蜜者爲供養過去當來今現在諸佛如來已佛言假令如東方恒邊沙刹土滿其中衆生一一佛般泥洹後取舍利起七寶塔彌滿其中供養如上從劫至劫復過一劫盡其壽命云何拘翼其人植福寧轉多不釋提桓因言甚多甚多佛言故不如是善男子善女人供養般若波羅蜜書持經卷諷誦讀習供以名香澤香雜香繒綵華

蓋得其福多何以故拘翼一切諸善法皆在般若波羅蜜中何謂善法五戒十善四禪四等及四空定三十七品三脫門四諦六通八惟無九次第禪六波羅蜜從内外空至有無空諸三昧門陀隣尼門佛十種力佛十八法四無所畏四無礙慧大慈大悲道事薩云若事是爲諸如來無所著等正覺之法教諸羅漢辟支佛過去當來今現在諸如來皆從是般若波羅蜜中學成度於彼岸

供養品第三十四

佛告釋提桓因言如是拘翼善男子善女人供養般若波羅蜜書持經卷受學諷誦念習守行者若復能盡力供養名華擣香澤香雜香繒綵華蓋所有幢旛所得功德不可計量不可思議不可稱限是善男子善女人所得

如是何以故諸如來無所著等正覺皆從般若波羅蜜中出生薩云若五波羅蜜皆從般若波羅蜜出生從內外空至有無空皆從般若波羅蜜出生三十七品佛十八法如來五眼教授衆生淨佛國土道慧薩云若慧皆從般若波羅蜜出生聲聞辟支佛佛乘無上等正覺道皆從般若波羅蜜出生如是拘翼若有善男子善女人書寫般若波羅蜜受持經卷學受諷誦念守習行復加供養名華擣香繒綵幡蓋其功德福過出前所供養舍利七寶塔上百千萬倍巨億萬倍計空不及不可爲譬喻何以故般若波羅蜜在於世者三寶終無斷絕時般若波羅蜜不在世者三寶便斷絕般若波羅蜜住於世者便知有十戒功德四等四禪及四空定六波羅蜜三十七品佛十八法薩云若慧便知有剎利種婆羅門種大姓長者種便知有四天王及阿迦膩吒天便知有須陀洹道至羅漢辟支佛道便知有菩薩摩訶薩之徑路便知有無上佛慧便知有轉法輪便知有教化衆生淨佛國土

持品第三十五

爾時三千大千國土諸四天王及諸阿迦膩吒諸天子語釋提桓因言仁者當受持般若波羅蜜諷誦習念守行般若波羅蜜供養諷誦念者諸餘惡法悉當消滅諸善功德當具足生受持般若波羅蜜者增益諸天衆減損阿須倫衆三寶之法終不斷絕以佛法不斷絕故世間便當有六波羅蜜三十七品佛十八法皆當現於世間便有行菩薩道者便有三乘之教佛告拘翼汝當受持般若波羅蜜

諷誦讀守念習行何以故若阿須倫聚會諸衆欲興惡意與諸忉利天共戰拘翼汝當誦念般若波羅蜜者阿須倫適生是意便即時滅不得究竟拘翼忉利天上若諸天子若諸天女若福巳盡壽欲終時或當墮落汝當爲諷誦說般若波羅蜜者此諸天人天女不至餘趣即得還生忉利天上以般若波羅蜜音聲之功德故此諸天人更生本處不復墮落何以故般若波羅蜜音聲其德大故拘翼若善男子善女人若諸天子若諸天女聞是般若波羅蜜音聲經耳一時便過以一經耳之德故其人久後會當得阿耨多羅三耶三菩終不復疑何以故拘翼過去十方諸如來無所著等正覺及諸弟子衆皆悉從是般若波羅蜜中於無餘泥洹而般泥洹故當來及今現在十方諸如來皆從般若波羅蜜中成阿耨多羅三耶三菩何以故諸三十七品皆從般若波羅蜜中出生聲聞辟支佛法菩薩法及佛法皆從般若波羅蜜中出生釋提桓因白佛言世尊是般若波羅蜜爲極大術般若波羅蜜無上之術般若波羅蜜者無等之術何以故世尊是般若波羅蜜者巳棄諸不善之法總持諸善之本佛告釋提桓因言如是拘翼是般若波羅蜜者極大之術無上無等之術何以故過去諸如來無所著等正覺皆由是術得阿耨多羅三耶三佛當來今現在諸佛亦當由是術得成阿耨多羅三耶三佛何以故由是術故世間知有十善之德四禪四等及四空定六波羅蜜三十七品佛十八法知有法性法位眞際知有如知有五眼知

有須陀洹道知有羅漢辟支佛道知有菩薩佛道知有薩云若薩云若慧由菩薩故十善之德顯於世間乃至如來薩云若亦顯現於世間皆由菩薩來往因緣故而有是現拘翼譬如月來往因緣爲世除冥照於星宿如是拘翼菩薩從善行等行生從十善功德生從薩云若慧生從無所從生法生拘翼當知諸菩薩摩訶薩從般若波羅蜜出生諸菩薩所行五波羅蜜內外空及有無空三十七品佛十八法亦不於聲聞辟支佛地中取證教授衆生淨佛國土欲得成就佛土成就菩薩成就逮薩云若皆從般若波羅蜜出生復次拘翼若有善男子善女人受持般若波羅蜜若諷誦讀習行其事者即得現世之德亦當得度世之德釋提桓因白佛言善男子善女人何等爲得現世之德佛言奉行般若波羅蜜者終不中毒死終不枉橫水火中死皆當盡其壽命而終若有縣官事往至縣官所終無有能得其便者何以故皆是諷誦般若波羅蜜威神之力若是善男子善女人若至國王所若太子群臣所語可諸國王太子意及諸群臣無不喜者何以故用是善男子善女人行大慈大悲以四等意向衆生故是爲現世之德何等爲具足得度世之德佛言未曾離是十善功德亦未曾離四禪四等及四空定六波羅蜜三十七品佛十八法初不離是法終不生三惡趣受身完具諸根具足終不生貧窮之家終不於工師家生亦不生於凡品之家常當具足三十二大士之相所生諸佛國常當化生終不離菩薩神通願欲從一佛

國至一佛國恭敬禮事諸佛世尊常欲聽受諸佛上法欲教化衆生淨佛國土是故拘翼善男子善女人受持般若波羅蜜諷誦讀念當守習行不離薩云若意至成阿耨多羅三耶三菩初不斷絶是爲後世度世之德

遣異道士品第三十六

爾時有異道士來至佛所欲索佛便釋提桓因意念言今日是諸異道士輩來欲謗佛欲中道斷般若波羅蜜如我從佛所受般若波羅蜜當諷誦念釋提桓因即諷誦般若波羅蜜諸異道士欲來壞般若波羅蜜者遥繞佛一帀復道而去時舍利弗意作是念云何此諸異道人輩遥繞佛一帀復道還去佛知舍利弗意所念告舍利弗言用釋提桓因誦念般若波羅蜜故異道人遥繞佛一帀復道還去佛言是異道士無一善意來至佛所但持勃意索佛長短耳佛告舍利弗若諷誦般若波羅蜜時若天若世間人沙門婆羅門若異學士持是勃意來欲求其長短者終不能得其便何以故是三千大千國土諸四天王諸天子乃至阿迦膩吒諸天子及弟子諸菩薩受持般若波羅蜜故何以故是亦皆從般若波羅蜜中出生故復次舍利弗東方恒邊沙國諸如來弟子衆辟支佛菩薩天龍鬼神是輩皆受持般若波羅蜜何以故是皆出生於般若波羅蜜故時魔波旬意念言今佛與諸四輩弟子及諸欲天子諸色天子共會其中當有受菩薩記者必當成阿耨多羅三耶三佛令我寧可往至佛所中斷其道於是波旬化作四種兵來至佛所爾時釋提桓因意念

言今日魔將四種兵欲來至佛所是魔所化四種兵嚴飾洴沙王所無有舍衛國王亦所無有諸釋種亦所無有隨耶利諸長者亦所無有如是魔所化四種兵者是魔波旬長夜常索佛短而嬈衆生我今寧可嘿誦念般若波羅蜜釋提桓因便定意稍稍誦念般若波羅蜜時魔波旬亦復稍稍却行還去爾時四天王諸天子及阿迦膩吒諸天子化作天華於虛空中而散佛上時諸天子同時歎言令般若波羅蜜久在閻浮提使閻浮提人常得受持般若波羅蜜般若波羅蜜久在者佛亦當久住無有滅時佛久在者法亦當久住如法久在者比丘僧常現於世間如是三寶終無斷絶時般若波羅蜜亦當久在三千大千剎土十方恒邊沙剎土亦當如是般若波羅

蜜者是善薩摩訶薩衆行之上最善男子善女人受持般若波羅蜜書經卷者隨其方面其處最尊則爲照明當知是處已離於冥是諸處中最尊之處佛告釋提桓因言如是拘翼當知是處衆處之尊復次拘翼是般若波羅蜜不但於人中其處最尊亦復在天上其處最尊是時諸天子化作天華散於佛上皆同時舉聲言若有善男子善女人受持般若波羅蜜諷誦讀者魔及魔天終不能得其便我等世尊亦當擁護是善男子善女人何以故我等視是善男子善女人如視世多羅釋提桓因白佛言世尊是善男子善女人以作無量善本誦念受持是般若波羅蜜者從過去佛時作功德所致是善男子善女人已見無量諸佛所致與善知識相隨所致何以故

欲得薩云若者當從般若波羅蜜索之欲得般若波羅蜜者亦當從薩云若求以是故般若波羅蜜則是薩云若薩云若則是般若波羅蜜是爲一無有二佛告釋提桓因言如是拘翼薩云若諸如來無所著等正覺者皆從般若波羅蜜出生何以故拘翼薩云若般若波羅蜜者一法耳無有二故

無二品第三十七

爾時賢者阿難白佛言唯世尊世尊所說初不稱譽五波羅蜜亦不稱譽佛十八法但稱譽般若波羅蜜何以故佛告阿難般若波羅蜜者於五波羅蜜佛十八法中最尊云何阿難不爲薩云若布施寧可稱譽檀波羅蜜不報言不也世尊不爲薩云若戒忍精進一心智慧寧可稱譽般若波羅蜜不不也世尊阿難白佛言云何布施爲薩云若而爲檀波羅蜜至般若波羅蜜耶佛告阿難布施無有二於薩云若是爲檀波羅蜜作無所生無所倚布施於薩云若是爲檀波羅蜜無所生無所倚念薩云若無有二是爲般若波羅蜜阿難白佛言云何念無有二布施應薩云若佛言於五陰無有二至道亦無有二云何五陰無有二至道亦無有二五陰五陰自空何以故五陰與諸波羅蜜一法耳無有二至於道亦一法無有二是故阿難般若波羅蜜於五波羅蜜中最尊乃至薩云若亦復於中最尊譬如大地下五穀種以散其中隨時而生般若波羅蜜者是地諸波羅蜜三十七品至薩云若皆從其中出生薩云若者因般若波羅蜜出生五波羅蜜者亦復因薩云若出生是故

阿難般若波羅蜜者是五波羅蜜之導至五波羅蜜佛十八法皆悉隨從釋提桓因白佛言世尊所說稱歎般若波羅蜜功德未盡善男子善女人受持般若波羅蜜若諷誦讀習念守行尊奉供養者其功德亦復未盡以奉持般若波羅蜜故十善現於世間四禪四等及四空定至佛十八法皆現於世間以奉行般若波羅蜜故便知有刹利梵志長者大姓種便知有四天王上至阿迦膩吒天便知有須陀洹道上至羅漢辟支佛道菩薩至佛道佛告拘翼我所說善男子善女人受持誦行供養般若波羅蜜者其功德未竟受持誦行供養般若波羅蜜者其功德不可稱計不可限量何以故是善男子善女人奉行般若波羅蜜者當得無量戒性得無量三昧性智慧性解脫性見解脫慧性意終不離薩云若意是善男子善女人皆當得是不可計諸功德拘翼當知是善男子善女人奉行般若波羅蜜者爲承佛第終不離薩云若拘翼聲聞辟支佛所有戒性三昧智慧解脫見解脫慧持是五性比是善男子善女人五事性者其功德百倍千倍巨億萬倍其功德最尊無有能爲作譬喻者何以故拘翼是善男子善女人意已離羅漢辟支佛初不見顧羅漢辟支佛故拘翼般若波羅蜜若有書持受學誦念及華香繒蓋供養者我常歎說是善男子善女人今世後世至竟之德釋提桓因白佛言我亦當常擁護是善男子善女人奉行般若波羅蜜者令竟不離薩云若意佛告釋提桓因言是善男子善女人誦說般若波羅蜜時無

央數百千諸天皆往到是善男子善女人所悉又手聽受般若波羅蜜是諸天子復以威神加是善男子善女人令疾開解益其識辯是爲善男子善女人得現世之德復次拘翼是善男子善女人於四輩弟子中説般若波羅蜜時終無疲倦懈怠之心終無能形識者何況欲有輕毁之者何以故般若波羅蜜所擁護故般若波羅蜜者分别諸法故何謂分别是道是俗是善是不善是無漏是有漏是具足是不具足是聲聞法是辟支佛法是佛法是爲分别何以故是善男子善女人已住於内外空及有無空故用般若波羅蜜無有短故亦不見能得般若波羅蜜短者如是奉持般若波羅蜜者無有能得其便者復次拘翼善男子善女人般若波羅蜜作如是持作如是行者意終不懈怠終不恐怖何以故是善男子善女人終不見恐怖懈怠之兆是爲善男子善女人現世之福德復次拘翼若有善男子善女人受持般若波羅蜜供養香華幢旛繒蓋作是供養者是善男子善女人爲父母所敬愛兄弟宗親朋友知識皆恭敬之十方諸羅漢辟支佛諸菩薩諸佛皆共愛敬是善男子善女人世間人及諸天阿須倫亦所愛敬行六波羅蜜無有斷絶時終不離内外空及有無空時終不離三十七品佛十八法終不離諸三昧門陀隣尼門終不離菩薩神通教授衆生淨佛國土終無斷絶時其力堪任降伏外謗拘翼是爲善男子善女人受行般若波羅蜜今世後世之德拘翼善男子善女人書般若波羅蜜持經卷諷誦者三千

大千刹土中諸四天王皆往到是善男子善女人所聽受般若波羅蜜作禮恭敬已去從忉利天上至阿迦膩吒天是諸天人行菩薩道者皆來到是善男子善女人所聽受般若波羅蜜承事恭敬作禮已去十方諸四天王諸阿迦膩吒天及諸龍神諸閱叉犍沓和阿須倫迦樓羅眞陀羅摩睺勒皆來見般若波羅蜜作禮供養承事恭敬是善男子善女人當作是知是爲法施是三千大千刹土中及十方諸國土中諸四天王天子上至阿迦膩吒諸天子行菩薩道者皆共擁護是善男子善女人行般若波羅蜜者諸邪惡害不能得其便除其宿命不償如是拘翼是善男子善女人得現世之福諸天子有欲來至是善男子善女人所者爲欲成阿耨多羅三耶三佛欲救護衆生安隱衆生欲樂衆生爾時釋提桓因白佛言是善男子善女人當云何知十方諸四天王及諸阿迦膩吒諸天來至般若波羅蜜所恭敬受持作禮時是善男子善女人當何以知之佛告釋提桓因言是善男子善女人若見異色淨光明者是爲知諸天人來聽受般若波羅蜜作禮恭敬時拘翼是善男子善女人所未曾聞香若聞異妙之香者當知諸大尊天來聽受般若波羅蜜恭敬作禮時拘翼是善男子善女人常當淨潔自喜用淨潔自喜故諸天皆大歡喜來到是善男子善女人所聽受般若波羅蜜承事作禮是大尊天來時是間小小少威神諸天鬼神輩皆悉避去用不堪任是尊天威神故用是諸尊天神來故是善男子善女人皆離衆難是

善男子善女人所止處常當淨潔住燃燈燒香懸繒華蓋無量嚴飾常淨潔供養是善男子善女人終無疲猒之心身體輕便常得安隱臥起亦安終無惡夢不見餘夢但夢見佛但夢聞法但見比丘僧但見三十二相八十種好但見諸弟子眷屬圍遶而爲說法但見聽聞六波羅蜜但見三十七品佛十八法但見發遣六波羅蜜其義具足但見坐佛樹下但見諸菩薩往至佛樹成阿耨多羅三耶三佛時但見已成阿惟三佛而轉法輪但見無央數百千諸菩薩衆但見當作是受薩云若慧但見教化衆生淨佛國土但聞十方無央數諸佛音聲但聞某方某國某佛字某若干百千菩薩弟子眷屬圍遶而爲說法但見十方若干諸佛般泥洹者但見已般泥洹取其

舍利起七寶塔以名華香供養塔者拘翼是善男子善女人所夢如是但見殊妙之像是善男子善女人臥安起安身體亦安淨潔且輕不貪飲食不貪衣服於諸供養無所希望拘翼譬如習行比丘意在禪息不貪於食以禪知足何以故諸天鬼神取諸味之精來益其氣故十方諸佛國諸天鬼神皆以諸飲食之精氣亦來益之佛告拘翼若善男子善女人欲得是現世之功德者當受學是般若波羅蜜書持諷誦意終不離薩云若正使是善男子善女人不能受持般若波羅蜜不能諷誦行其中事但書持作經卷恭敬承事香華旛蓋自歸供養其功德不可計加復受學諷誦守行般若波羅蜜意終不離薩云若者其功德勝於供養十方恒邊沙國諸佛功德者

上若有人供養十方現在諸佛盡其形壽香華繒蓋旛幢嚴飾衣鉢具越若佛般泥洹後取舍利起七寶塔供養如前故不如是善男子善女人受持般若波羅蜜諷誦學習念其中事得其功德過出於彼供養者上百倍千倍巨億萬倍

全身舍利品第三十八

佛告釋提桓因言拘翼如佛全身舍利滿一閻浮提持作一分般若波羅蜜書持經卷復作一分二分之中欲取何所釋提桓因白佛言世尊我寧取般若波羅蜜所以者何我於舍利不敢有慢意不敢不恭敬不爲不欲供養用諸佛身皆從般若波羅蜜出生故諸佛如來舍利皆因般若波羅蜜因緣故而得供養舍利弗語釋提桓因言拘翼是般若波羅蜜最第一無形不可護持不可見無礙一相一相者則無相云何而欲受持持是般若波羅蜜亦不於所生處住亦不增減處住亦不希望處住亦不無希望處住亦不轉處住亦不於著斷處住亦不持佛法有所與亦不捨凡人法亦不持聲聞辟支佛戒法有所與亦不捨凡人法亦不持無爲法有所與亦不捨有爲法亦不持內外空及有無空有所與亦不持三十七品佛十八法薩云若法有所與云何欲受持釋提桓因言如是如是舍利弗有知是般若波羅蜜於佛法無所與於凡人法而無所捨有作是知者是爲行念般若波羅蜜是爲於六波羅蜜而無二入故於是世尊歎釋提桓因言善哉善哉如汝所說於六波羅蜜無有二入所以者何六波羅蜜無有

二事故拘翼般若波羅蜜及法性亦無有二六波羅蜜眞際不可思議亦無有二釋提桓因白佛言世尊諸天及世間人當爲般若波羅蜜作禮所以者何菩薩摩訶薩於般若波羅蜜中成阿惟三佛故世尊譬如我與諸天子共在快等正殿共會諸天子來集爲我作禮若我不在座諸天子皆爲我座作禮用受教處故繞一帀已各各自去若善男子善女人有書持是般若波羅蜜復爲他人解說其義時十方諸天龍鬼神阿須倫揵沓和迦樓羅眞陀羅摩睺勒皆爲般若波羅蜜處作禮繞已竟去所以者何諸佛如來皆從中生諸世間人安隱快樂皆從中生諸佛舍利諸菩薩行皆來入薩云若中皆因薩云若皆悉隨從受其教令用是故世尊二分之中我取般若波羅蜜受持諷誦我受持般若波羅蜜者若使法欲盡時我亦不恐畏初無是想念何以故般若波羅蜜無想無形亦不可得故六波羅蜜二至薩云若皆無有想無行無形亦不可見是般若波羅蜜無想之法用是故如來無所著等正覺於無行無得無想法中成得阿耨多羅三耶三佛世尊用般若波羅蜜無想故爲弟子說法亦無想無得無行得成阿耨多羅三耶三佛用是故世人及諸天鬼神龍皆當承事恭敬名華名香繒旛華蓋供養般若波羅蜜世尊若有受持般若波羅蜜諷誦習行者若復書持經卷香華供養者是輩之人終不復墮三惡之趣亦不墮落羅漢辟支佛道至成阿耨多羅三耶三佛亦無是難所生常見佛不離諸佛國從一佛國復至

一佛國香華寶飾供養諸佛世尊正使三千大千國土全身舍利令滿其中二寶之中我故當取般若波羅蜜何以故世尊是舍利於般若波羅蜜中出生得供養故善男子善女人因是供養斷三惡趣得生天上人中之福於三乘法隨其所願各得度脫世尊書般若波羅蜜已見其經卷如見佛等無有異何以故世尊如來與般若波羅蜜等耳無有二故如世尊以三事教及十二部經若有善男子善女人受書般若波羅蜜持其經卷復以教人與佛所教正等無異何以故世尊佛三法教及十二部經皆從般若波羅蜜中出故復次世尊及十方諸佛以三事教十二部經若復有善男子善女人以般若波羅蜜經卷教人其福亦等無異何以故十方諸佛十二部經及三事教皆從般若波羅蜜中出生故復次世尊若有善男子善女人供養十方如恒邊沙諸佛眞越衣服所有名華供養嚴飾若復有供養般若波羅蜜者其功德福與彼無異何以故十方諸如來無所著等正覺皆從般若波羅蜜中出故復次世尊若善男子善女人受學般若波羅蜜諷誦讀持習行中事是人終不墮三惡趣亦不墮羅漢辟支佛道地正住阿惟越致地何以故世尊般若波羅蜜者遠離衆病故復次世尊若有善男子善女人書持般若波羅蜜者受學諷誦守行中事加復供養名華擣香繒綵華蓋幢幡當知是善男子善女人已離諸恐怖世尊譬如負債之人常懷恐怖與王相知不復恐怖何以故用依尊故如是世尊舍利從般若波羅蜜

中得成而得供養世尊當知是般若波羅蜜中王如來舍利者如負債人依般若波羅蜜用得安隱世尊當知薩云若之慧皆從般若波羅蜜得成是故我於二寶之中取般若波羅蜜何以故如來身者從般若波羅蜜中出生故大士三十二之相佛十種力四無所畏佛十八法大慈大悲皆從般若波羅蜜出生五波羅蜜者亦從般若波羅蜜出生各得名字如來所得薩云若慧皆從般若波羅蜜中出世尊三千大千剎土所在有受持是般若波羅蜜諷誦學者供養香華承事作禮人若非人終不能得其便是衆生等後皆當得泥洹之法世尊是般若波羅蜜大威神也乃使三千大千世界衆生皆建佛事世尊般若波羅蜜所止處當知是處已爲有佛譬如世間

無價摩尼之寶所在著處人非人不能得其便若男子女人爲非人所持持摩尼寶往非人見摩尼寶者不堪其威即自然去若男子女人有寒熱之病持摩尼寶示之其病即除若持摩尼寶著冥中即時明熱時持摩尼寶所著處即時涼寒時持摩尼寶所著處即時温摩尼寶所置處諸邪之毒皆悉消除若男子女人爲蛇虺所中見摩尼寶者毒即除其處愈世尊摩尼寶其德如是若男子女人若目冥若眼痛若身腫若有瘡見摩尼寶者諸瘡諸病皆悉除愈世尊此摩尼寶其德如是若著水中水即隨作摩尼寶色世尊若持雜色若干種繒裹著水中水續作摩尼寶色水濁即爲清摩尼寶其德如是是時阿難語釋提桓因言拘翼所說者爲是天上摩尼寶乎

爲是世間寶耶釋提桓因報阿難言我所說者天上之寶世間亦有摩尼寶不及天上之寶其德不具足不如天上寶其德不可以譬喻爲比我所說寶者若著函中若著篋中其光明徹出去正使舉珠去其處續明如故若有書持受學般若波羅蜜者其處則無衆患之難其處所尊譬如摩尼珠之處當知般若波羅蜜如摩尼珠其德無量五波羅蜜之德及薩云若內外空及有無空三十七品佛十八法法性如眞際不可思議薩云若慧之德佛般泥洹後舍利得供養承事薩云若慧從諸習緒盡常悉守護不忘於法薩云若者是諸法之器是故如來無所著等正覺舍利得尊敬供養舍利者是般若波羅蜜之寶器無斷無著波羅蜜無生無滅波羅蜜亦不著亦非不著波羅蜜亦不應亦非不應波羅蜜亦不舉亦不下波羅蜜亦不來亦不去亦不住波羅蜜是故如來無所著等正覺舍利得供養舍利者是諸法波羅蜜之器以諸法波羅蜜合成故舍利得供養世尊置是三千大千刹土如來舍利如恒邊沙刹土舍利滿中我故取般若波羅蜜所以者何如來舍利皆出是中得供養故若善男子善女人供養舍利恭敬承事者得天上世間之福得生刹利梵志長者大姓家得生第一四天王得第六天上功德之福殖此福已因諸善本必度衆苦若復持是般若波羅蜜供養承事便具足五波羅蜜三十七品佛十八法度羅漢辟支佛地住菩薩之德便得神通從一佛國復至一佛國隨其所應而教化之各令得所或作遮

迦越羅或作剎利梵志或作長者大姓隨其習俗而教授之是故世尊我不爲憍慢不恭敬承事不爲不欲受持舍利世尊若有善男子善女人恭敬承事般若波羅蜜者則爲供養諸如來無所著等正覺舍利已世尊若欲見十方現在無央數諸佛者當奉行般若波羅蜜諷誦受持教人習行供養是已善男子善女人便得見十方現在無央數諸佛以善男子善女人供養般若波羅蜜故便得諸佛法世尊欲得見諸佛如來無所著等正覺者是善男子善女人當受持般若波羅蜜世尊復有二法何等爲二謂有爲法之法無爲法之法何等爲有爲法之法內外空之智及有無空之智三十七品四無礙慧四無所畏佛十種力及十八法惡法善法之智有漏無漏之智俗法道法之智是名曰有爲法之法何等爲無爲法之法謂不生不滅之法亦不住住無有異亦不著亦不斷亦不增亦不減諸法之眞何等諸法之眞無所有者是法之眞是名爲無爲法之法佛告釋提桓因言如是如是過去諸如來無所著等正覺皆由般若波羅蜜成阿惟三佛諸弟子衆亦各得其所成須陀洹至羅漢辟支佛甫當來今現在諸如來無所著等正覺亦當由般若波羅蜜成阿惟三佛諸弟子衆亦各成其所得須陀洹至羅漢辟支佛何以故此三乘法皆從般若波羅蜜中出故雖出生三乘亦無所生亦無想念亦無著亦無斷亦無所有亦不應亦不不應亦不動轉亦不不動轉亦不取亦不捨但以俗數不以最要何以故般若波羅蜜亦

不在此亦不在彼亦不中流亦不近岸亦不偶亦不隻亦非想亦非無想亦非道亦非俗亦不有爲亦不無爲亦不善亦不惡亦不過去當來今現在何以故拘翼般若波羅蜜亦不持佛法亦不持聲聞辟支佛法亦不捨凡人法釋提桓因白佛言世尊般若波羅蜜者大度之度菩薩摩訶薩行般若波羅蜜盡知一切衆生之意亦不有衆生及知見處亦不見五陰亦不見六情亦不有六衰亦不縁起亦不有三十七品及佛十八法亦不見道亦不有道法亦不見佛亦不有佛法何以故般若波羅蜜亦不有所倚住何以故般若波羅蜜無有形不可見何況當見有所倚者佛告釋提桓因言如拘翼所説菩薩摩訶薩長夜行般若波羅蜜尚不見道何況及菩薩所行法釋提桓因白佛言世尊何以故菩薩摩訶薩但行般若波羅蜜不行餘波羅蜜佛告釋提桓因言菩薩盡行六波羅蜜亦無所倚不有所施不有受者不有與不有戒亦不有犯亦不有忍亦不有恚亦不有精進亦不有懈怠亦不有禪亦不有亂意亦不有智亦不有愚般若波羅蜜者是菩薩第一之行於般若波羅蜜布施持戒忍辱精進一心者欲具足五波羅蜜故菩薩行般若波羅蜜者欲觀諸法無所倚故從五陰至薩云若是爲諸法無所倚譬如閻浮提種種好樹若干種色若干種葉若干種華若干種菓其色各異種種莖節枝葉華實其陰無異無有差別拘翼般若波羅蜜含五波羅蜜至薩云若亦不若干無有差別亦無所倚釋提桓因白佛言世尊般

若波羅蜜者於諸功德皆具足滿世尊般若波羅蜜者是無央數無量功德皆悉具足世尊般若波羅蜜者舍受一切諸法功德皆悉具足世尊若有善男子善女人受持般若波羅蜜者書其經卷供養名華擣香繒蓋幢旛奉行中事若復有人書般若波羅蜜以爲經卷復與他人如是其福何所爲多者佛告釋提桓因言我今問汝隨所報我若善男子善女人供養全身舍利若復持如芥子者分與他人令供養者其福何所爲多釋提桓因白佛言世尊如我從佛所聞法中事善男子善女人供養舍利若復分持如芥子者與他人其福甚多世尊如我重察其義如來住於金剛三昧自壞其身下末舍利如芥子者而供養之受無極之福斷諸苦之際佛告釋提桓因言如是拘翼若有人供養般若波羅蜜書持經卷復與他人者其福德甚多甚多拘翼若持般若波羅蜜轉復教餘人解其中慧事事分別是善男子善女人所得福德多於前所供養者上所從聞是般若波羅蜜者當知其尊在諸賢聖之上當視是人如世尊無異所以者何得見般若波羅蜜者則爲見世尊巳世尊則是般若波羅蜜般若波羅蜜則是世尊何以故過去當來今現在諸如來無所著等正覺皆從般若波羅蜜中出得成阿惟三佛故諸賢聖智及諸阿惟越致菩薩皆從是般若波羅蜜中出得成阿惟三佛諸聲聞者亦從其中皆得羅漢辟支佛各得其所發菩薩意者亦從是中皆得諸菩薩德是故拘翼若善男子善女人欲得見現在諸佛承事

供養者當供養般若波羅蜜佛言我奉持供養般若波羅蜜如是上事自致成阿惟三佛於中最尊誰復有尊可承事供養從天上至世間過諸三界無復尊者熟自思念我本從般若波羅蜜自致三耶三佛般若波羅蜜者則是我之所尊是故我今當供養般若波羅蜜所應恭敬是故拘翼我自供養承事是般若波羅蜜初不遠離我所作者皆因般若波羅蜜而行若善男子善女人欲得阿耨多羅三耶三佛者當供養般若波羅蜜受持奉行何以故諸菩薩摩訶薩皆從般若波羅蜜出生故諸佛世尊皆從菩薩摩訶薩出生故是故拘翼若善男子善女人行三乘法者皆當供養般若波羅蜜書持受學亦當如是

放光般若波羅蜜經卷第十

音釋

矛莫侯切鉤兵也　降胡江切服也　蠱道蠱果五切惑也蠱道謂以左道蠱惑人也　擣都皓切舂也　枉横枉嫗往切抑屈也横戸孟切不順理也　洴蒲丁切洴沙王名也　揵沓和梵語亦云乾闥婆此云香陰　揵巨言切　沓達合切　虺許偉切頓也　篋苦協切箱篋

放光般若波羅蜜經卷第十一

西晉三藏無羅叉共竺叔蘭譯

功德品第三十九

佛告釋提桓因若有善男子善女人教一閻浮提其中衆生使立十善於拘翼意云何其福寧爲多不釋提桓因白佛言甚多甚多世尊佛言拘翼不如是善男子善女人持般若波羅蜜經卷授與他人使書持諷誦解其中事得其功德甚倍多也何以故是般若波羅蜜中廣說無漏之法使諸善男子善女人皆得而學甫當來者亦復得學等至於道求羅漢辟支佛道者皆於是得甫當求者亦於是得求菩薩道者皆於中得甫當求者皆悉當於中得已成阿惟三佛者皆於中得甫當求阿惟三佛者亦當於是中得拘翼何等爲無漏之法謂三十七品空及三脱門四諦内外空及有無空佛十種力無量佛法使善男子善女人得成阿惟三佛甫當求者亦當成阿惟三佛拘翼教一閻浮提衆生皆立於十善不如使一人得須陀洹道何以故雖教一閻浮提衆生使行十善未脱三惡趣教一人得須陀洹者已離三惡趣故拘翼若教一閻浮提其中衆生使行十善盡得須陀洹不如教一人使得辟支佛得福甚多拘翼盡教一閻浮提人立於十善皆得須陀洹斯陀含阿那含阿羅漢辟支佛不如教一人使發阿耨多羅三耶三菩意其德甚多何以故使一人發阿耨多羅三耶三菩者爲續佛種佛種不斷故拘翼須陀洹至辟支佛及佛皆從菩薩生是故當知善男子善女人持般若波羅蜜經

卷授與他人所得甚多何以故諸廣大之法皆來入般若波羅蜜故因是便知有剎利梵志長者大姓因知有四天王上至無思想無思想慧天因知有三十七品至薩云若知有須陀洹上至三耶三佛拘翼置是一閻浮提衆生及四天下至小千天下中千天下三千大千國土及如恒邊沙國土滿中衆生悉教立於十善故不如是善男子善女人書持般若波羅蜜教他人使書持經卷諷誦解說得其功德甚多甚多復次拘翼善男子善女人教一閻浮提滿中衆生令立四禪四等及四空定得五神通其人得福寧爲多不釋提桓因白佛言甚多甚多世尊佛言故不如是善男子善女人書持般若波羅蜜授與他人使書持經卷諷誦解說得其福多何以故拘翼般若波羅蜜者所說極廣遠故拘翼置是一閻浮提四天下小千國土中千國土三千大千國土及如十方恒邊沙國土滿中衆生悉教令得四禪四等及四空定得五神通其功德寧爲多不釋提桓因白佛言甚多甚多世尊佛言故不如是善男子善女人書持般若波羅蜜授與他人使書持諷誦解說中事得其功德甚多甚多復次拘翼受持般若波羅蜜者不以二事亦非不二受行五波羅蜜亦不以二道亦非不二亦不以二事念內外空及有無空亦不以二事道行三十七品亦不以二事道行薩雲若復次拘翼若善男子善女人以無央數方便持般若波羅蜜教化衆生使學受持諷誦解說廣演其義不以二事觀般若波羅蜜亦不以相亦不以無相亦不

合亦不散亦不應非不應亦不舉亦不下亦不著亦不斷亦不生亦不滅亦不持非不持亦不處非不處亦不實亦不虚亦不垢亦不淨亦不信非不信亦不法非不法亦不如非不如亦不眞際非不眞際如是拘翼善男子善女人受持般若波羅蜜授與他人使諷誦學事事分别解說其義章句分明持是教人所得功德勝自諷誦守行其事若善男子善女人自學般若波羅蜜諷誦解說身自供養復教他人令諷誦學爲解中義分别其慧明了具足者是善男子善女人所得功德最倍益多釋提桓因白佛言世尊是善男子善女人受學般若波羅蜜者當具足受解其句義佛言如是如是拘翼善男子善女人受學般若波羅蜜者當具足受解其句義如是受學者是善男子善女人得無央數不可計善本之德若有善男子善女人盡其形壽供養十方諸佛如來隨其所樂其人植福寧爲多不釋提桓因言甚多甚多佛言故不如是善男子善女人以無央數方便持般若波羅蜜授與他人使學守行具足解慧了其句義者所得功德福最甚多何以故過去當來現在諸佛本行菩薩道時皆於般若波羅蜜中學成得阿惟三佛其有學者亦當復成阿惟三佛復次拘翼善男子善女人於阿僧祇劫行檀波羅蜜不如是善男子善女人受持般若波羅蜜廣教衆生而無所倚拘翼菩薩行檀波羅蜜若有所倚生意念言我施與彼作如是有爲住布施不成檀波羅蜜言我持戒是我所戒便住於戒不成尸波羅蜜言我忍辱以

是故忍便住於忍爲不成羼提波羅蜜言我精進有所爲進便住於精進爲不成惟逮波羅蜜言我行禪有所爲禪便住於禪爲不成禪波羅蜜言我行智便念於智以住於智爲不成般若波羅蜜拘翼善男子善女人作是行者不成六波羅蜜釋提桓因白佛言菩薩摩訶薩作何等行當成六波羅蜜佛告釋提桓因言菩薩布施亦不自有亦不有所施亦不有受者是爲行檀波羅蜜至般若波羅蜜亦不有亦不得是爲菩薩具足行六波羅蜜拘翼若善男子善女人行六波羅蜜及其義解當作是知何以故後當來世當有善男子善女人發意欲得阿耨多羅三耶三菩住於般若波羅蜜不具足聞般若波羅蜜及其義解或不成阿耨多羅三耶三菩提是故當爲是輩人具足解說般若波羅蜜中慧釋提桓因白佛言何等爲人說般若波羅蜜佛告釋提桓因言若有善男子善女人說般若波羅蜜說已當復說釋提桓因白佛言云何善男子善女人說般若波羅蜜說已當復說佛語釋提桓因言若善男子善女人新入般若波羅蜜者當爲說般若波羅蜜爲說已當復說爲新入者說色無常當爲作如是說如是行者爲行般若波羅蜜如是說者爲念五陰無常善男子善女人作如是說五陰無常者爲欲初向行般若波羅蜜說十二衰無常苦空行六波羅蜜說十八性無常苦空行六波羅蜜說五陰苦空行六波羅蜜說四禪四等四空定無常苦空行六波羅蜜說三十七品十八法至薩云若說無常教非常苦空作如是

說作如是解是爲教新發意者行般若波羅蜜拘翼新學初發意者當作是行復次拘翼若善男子善女人深入學者說般若波羅蜜時當語是新學初發意者言汝當受念六波羅蜜受已當住第一菩薩地從第一至第二至十住作是想有著想有倚想作是念般若波羅蜜拘翼是爲新發意行般若波羅蜜者復次拘翼是善男子善女人復作是教言汝當作是念般若波羅蜜作是念已出過羅漢辟支佛上是爲新發意者行復次拘翼有行菩薩道者當語新學者言當受是般若波羅蜜當得無所從生法忍得是忍已便住神通從一佛國至一佛國禮事恭敬諸佛世尊復次拘翼深入學者當教新學初發意者言善男子善女人汝當作是受學般若波羅蜜作是持念作是念已汝便當得不可計無量之功德善福是爲教新發意者行復次拘翼深入學者當教新學者言善男子汝當學過去當來今現在諸佛所行善本所作功德當一心念至得阿耨多羅三耶三佛是爲教新學者行釋提桓因白佛言作是說已當復云何教新學者乎佛告釋提桓因言深入學者當復教新學者言善男子當受念般若波羅蜜念般若波羅蜜者莫觀五陰無常何以故五陰所有自空五陰所有者無所有也無所有者非五陰般若波羅蜜中五陰無有常與無常般若波羅蜜中尚不見五陰何況當有常無常耶拘翼善男子善女人作如是說爲不教新學著者當復教新學著者汝當受念般若波羅蜜念般若波羅蜜於諸法莫有所過

莫有所住何以故般若波羅蜜者亦無有法可過者有住者何以故法自空有空者無所有無所有者般若波羅蜜般若波羅蜜中無有法可應不應者亦無有生與不生法善男子善女人作如是說是爲不教新學著者拘翼善男子善女人說般若波羅蜜中義當如是善男子善女人作如是教所得功德多於前者復次拘翼善男子善女人教一閻浮提衆生令得須陀洹道其福多不釋提桓因言甚多甚多世尊佛言不如是善男子善女人以般若波羅蜜授與他人使學書持爲解說其義得其功德甚多甚多教是善男子善女人般若波羅蜜隨其上教習學守行何以故諸須陀洹道者皆從般若波羅蜜出生故復次拘翼置是閻浮提諸四天下及三千大千國土東方如恒邊沙國土滿中衆生盡教令得須陀洹道其福寧爲多不釋提桓因言甚多甚多世尊佛言不如是善男子善女人以般若波羅蜜授與他人使學書持諷誦習行解說其慧得其功德甚多甚多何以故須陀洹道皆從般若波羅蜜出生故復次拘翼若閻浮提滿中衆生盡教令得須陀洹斯陀含阿那含阿羅漢其福寧爲多不釋提桓因白佛言甚多甚多世尊佛言不如是善男子善女人以般若波羅蜜授與他人使學書持諷誦奉行如其中教解說慧義得其功德甚多甚多何以故須陀洹道至阿羅漢皆從般若波羅蜜出生故復次拘翼置是一閻浮提及三千大千國土如恒邊沙國土滿中衆生盡教令得須陀洹道至阿羅漢其福多不釋提

桓因白佛言甚多甚多佛言不如是善男子善女人以般若波羅蜜授與他人使學書持諷誦奉行隨其中教解說慧義得其功德甚多甚多復次拘翼一閻浮提滿中衆生盡教令得辟支佛道其福多不釋提桓因言甚多甚多世尊佛言不如是善男子善女人以般若波羅蜜授與他人使學書持諷誦奉行隨其中教解說慧義得其功德甚多甚多何以故諸辟支佛皆從般若波羅蜜出生故復次拘翼置是閻浮提及三千大千國土如恒邊沙國土衆生盡教令得辟支佛道其福多不釋提桓因言甚多甚多世尊佛言不如是善男子善女人以般若波羅蜜授與他人使學書持諷誦奉行隨其中教爲解慧義得其功德甚多甚多何以故諸辟支佛皆從般若波羅蜜中出生故復次拘翼若有善男子善女人教一閻浮提及恒邊沙滿中衆生勸助令發阿耨多羅三耶三菩意不如是善男子善女人以般若波羅蜜授與他人教使書持諷誦奉行爲解慧義其德甚多語其人言受般若波羅蜜當隨中教隨是教已當得薩云若利得是利已便具足般若波羅蜜汝便當成阿耨多羅三耶三菩何以故初發意菩薩皆從般若波羅蜜出生故復次拘翼若有善男子善女人教一閻浮提及恒邊沙滿中衆生教令立於阿惟越致其福寧爲多不釋提桓因言甚多甚多世尊佛言拘翼不如是善男子善女人持般若波羅蜜經卷授與他人解說中事及其義慧使宣行之語其人言受持是般若波羅蜜經卷如上所教皆習奉行汝

便當得諸法之利至得阿耨多羅三耶三菩何以故菩薩摩訶薩阿惟越致地皆從般若波羅蜜出故復次拘翼盡一閻浮提其中衆生悉爲阿耨多羅三耶三菩不復轉還若善男子善女人爲是輩人說般若波羅蜜及其義解而爲說之若有一人言我欲疾成阿耨多羅三耶三菩若有善男子善女人爲是一人說般若波羅蜜具足其義分別解說其福最多釋提桓因白佛言世尊菩薩摩訶薩務欲成阿耨多羅三耶三菩者務當教是菩薩令行六波羅蜜當教內外空及有無空三十七品佛十種力四無所畏四無礙慧佛十八法當以是法教是輩人給其所須衣服貟越所有供養以是二事法供養是輩菩薩摩訶薩世尊是善男子善女人所得福最尊勝前所作者所以者何世尊菩薩摩訶薩教人行六波羅蜜當如是教人行內外空及有無空三十七品乃至佛十八法亦當如是須菩提語釋提桓因言善哉善哉拘翼乃勸助是善男子善女人求菩薩道者乃爾如卿爲佛作賢弟子之法當益於菩薩摩訶薩以持法施及供養施護養菩薩勸助使成阿耨多羅三耶三菩何以故諸佛及弟子衆皆從是二事施中出若菩薩不發阿耨多羅三耶三菩意者是菩薩終不能學六波羅蜜及佛十八法若菩薩不學六波羅蜜及佛十八法者終不成阿耨多羅三耶三菩亦不知有羅漢辟支佛以菩薩學六波羅蜜及佛十八法故得成阿耨多羅三耶三菩三惡趣便斷世間乃知有刹利梵志長者大姓種便知有四天王天

及無思想無思想慧天便知有六波羅蜜從內外空及有無空三十七品佛十八法世間便知有聲聞辟支佛乘

放光般若波羅蜜經卷第十一

音釋

拘翼 拘音俱翼音亦帝釋別名也 薩雲若 梵語也亦云薩婆若此云一切智若爾者切 羼提 梵語也此云忍辱羼初澗初限二切

放光般若波羅蜜經卷第十二

西晉三藏無羅叉共竺叔蘭譯

勸助品第四十

爾時彌勒菩薩摩訶薩語須菩提菩薩摩訶薩所作勸助福祐之像與衆生共爲阿耨多羅三耶三菩無所希望出過衆生諸聲聞辟支佛所作勸助福祐者上一切衆生發聲聞辟支佛乘者所作布施福祐之像持戒自守一心福像不如是菩薩摩訶薩勸助之福與衆生俱共爲阿耨多羅三耶三菩其福最尊爲最第一具足無有過上者所作勸助皆爲衆生成阿耨多羅三耶三菩何以故羅漢辟支佛所作布施之福持戒自守但欲自調但欲自淨但欲自度念三十七品念三脱門但以自調而欲自度菩薩但欲調衆生欲淨衆生欲度衆生勸助衆生爲阿耨多羅三耶三菩須菩提白彌勒菩薩摩訶薩是菩薩摩訶薩於東方無央數諸佛刹土無央數般泥洹佛從發意至阿耨多羅三耶三佛至般泥洹乃至法滅盡從其中間所作善本應六波羅蜜及諸聲聞緣覺所作布施功德持戒自守及諸無漏之戒從行戒至無戒善本乃至諸佛淨戒之福三昧之福智慧之福解脱之福見解脱慧之福及大慈大悲無量阿僧祇佛所説法從其法中所聞受者有得須陀洹至得阿羅漢辟支佛上至菩薩及諸般泥洹佛所作功德都計之合之勸助爲尊最爲無上最爲具足我亦復持是功德如是勸助功德福是爲作阿耨多羅三耶三菩中勸助是便爲成阿耨多羅三耶三菩是善男子善女人

爲菩薩道者或當作是念如過去諸佛世尊所作功德使我得是意使我發是意行使我得是想念彌勒菩薩告須菩提善男子善女人發菩薩意者不以是因緣不以是像不作是想於阿耨多羅三耶三菩須菩提語彌勒菩薩若不以是得若不以是因緣諸佛世尊何以故想於十方世界從十方佛從初發意至於法盡諸善本及發聲聞乘我所從戒至無戒功德盡計之合之而求阿耨多羅三耶三菩應無有想將無作顛倒想無常謂有常用想顛倒用意顛倒用見顛倒不淨謂淨苦言有樂無我謂我用想顛倒用意顛倒用見顛倒其事虛空亦如因緣亦如是道意亦爾六波羅蜜亦爾乃至十八法亦爾若如事者亦如道意六波羅蜜亦如是五陰六情亦如是內外空及有無空三十七品及十種力佛十八法何等爲事何等爲因緣何等爲道何等爲諸善本何等爲勸助意何等爲勸助對意所可求阿耨多羅三耶三菩者彌勒菩薩語須菩提若有菩薩行六波羅蜜見過去佛供養承事諸佛與善知識相得若已自學身空是輩之人不以事像不以是因緣不以是佛善本之相不以勸助功德不以是諸福作想求阿耨多羅三耶三菩當復更作是意求令不墮二法亦不不二亦不以想亦不以無想亦無所倚亦非不倚亦不以著亦不以斷亦不以生亦不以滅若是菩薩不學六波羅蜜若不供事諸佛若無諸善之本若不與善知識相得若不自學空便以是事以是因緣以是勸助功德以是諸事起想求阿耨多羅

三耶三菩是故須菩提不當爲初發意菩薩前說六波羅蜜及內外空有無空及諸法空不當爲新學菩薩說之何以故若新學者或亡所信或亡所樂所有恭敬皆悉亡失便壞諸善本當爲阿惟越致菩薩摩訶薩說之若久與善知識相隨者亦可與說從前過去於諸佛所作功德者當與是輩人可說空相法是人聞是不恐不怖亦不畏懼菩薩摩訶薩當作如是勸助所可勸助意所可求阿耨多羅三耶三菩是意已滅盡無所復有所可作者及諸因緣所作功德亦復滅盡何等爲勸助意何等爲衆事何等爲因緣何等爲善本功德而求阿耨多羅三耶三菩者持意有所求如意無兩對如意之性而無所求若有菩薩行般若波羅蜜至六波羅蜜亦無所有至於五陰亦無所有至道亦無所有若有菩薩求阿耨多羅三耶三菩當作是知當作是求當作是勸助當作是善本如是求爲求阿耨多羅三耶三菩彌勒菩薩語長老須菩提言新學菩薩聞是將無恐怖當云何作諸善本功德而有所求云何勸助及諸功德持作阿耨多羅三耶三菩須菩提語彌勒菩薩新學菩薩行般若波羅蜜受持六波羅蜜無所倚受而無所想當解內外空及有無空解三十七品佛十八法常與善知識相隨得六波羅蜜及其義趣教授令不離六波羅蜜至得菩薩道不離佛法教語魔事聞魔事已不增不減何以故至得菩薩道常念諸法不離諸佛於中作功德受持諸菩薩宗至得阿耨多羅三耶三菩不離是功德新學菩薩於諸十方

無央數佛如來無所著等正覺及諸弟子所作功德及諸刹利梵志大姓及四天王首陀會諸天所作功德皆勸助之持是勸助功德求阿耨多羅三耶三菩其功德最上無過者是時彌勒菩薩語須菩提言若有新學菩薩念諸佛及弟子所有勸助功德持無上無比勸助無央數勸助功德求阿耨多羅三耶三菩提於想念見而不顛倒須菩提言雖念諸佛及弟子衆於中無佛想亦無弟子衆想亦無諸善本想意有所求亦無意想菩薩作如是求於想不倒於念不倒於見不倒若菩薩念諸佛及衆僧功德念所作善本持想求阿耨多羅三耶三菩是爲菩薩想倒念倒見倒菩薩雖有是念念佛及衆念諸善本雖有是念當知是念盡滅無所有所可盡者無所求意有所求是意之法所可求法亦是其法雖作是求是爲正求不爲邪求菩薩摩訶薩當作是求是爲過去當來今現在諸佛及諸弟子所作功德下至凡夫所作功德所聽受法及諸天阿須倫真陀羅摩睺勒所作功德及諸刹利梵志大姓長者所作功德及四天王上至首陀會天所作功德所聽受法所可發意求阿耨多羅三耶三菩都盧合之聚之計之稱之是所作功德皆勸助之持是勸助功德求阿耨多羅三耶三菩若當知是法已盡已滅無所復有所可求法亦復盡空若作是求爲求阿耨多羅三耶三菩當作是知法不求法何以故諸法皆自空故作是求者爲求阿耨多羅三耶三菩菩薩如是行六波羅蜜者於想不倒於念見亦不倒何以故不入所

求故於諸善本及其道意不見當有所入處故是爲菩薩無上之求菩薩摩訶薩於諸功德寂而無所生於五陰十八性及六衰至六波羅蜜亦寂無所生於內外空及有無空佛十八法亦寂而無所知菩薩如是知寂無所得者是爲求阿耨多羅三耶三菩若菩薩摩訶薩知勸助功德勸助功德寂無所生佛寂及佛事寂諸善本事善本事寂諸道意事道意事寂諸所求事所求事寂諸菩薩事菩薩事寂六波羅蜜事六波羅蜜事寂乃至佛十八法佛十八法寂如是菩薩當寂淨行般若波羅蜜是爲菩薩行般若波羅蜜諸過去佛所作善本有所求索盡般泥洹菩薩摩訶薩亦當作是求所作善本及於所求當如泥洹意有所索意與所求適等無異作如是求作

如是知是爲求阿耨多羅三耶三菩作如是求者想不顛倒念不顛倒見不顛倒若復菩薩以想行般若波羅蜜以想念諸佛功德是爲不求阿耨多羅三耶三菩過去諸佛亦不有想亦不無想若復作念若復作想如是爲不求阿耨多羅三耶三菩是爲想顛倒念顛倒見顛倒若復不念諸佛善本諸所有發意亦不作知亦不作想是則爲求阿耨多羅三耶三菩是爲菩薩想不顛倒念見不顛倒彌勒菩薩語須菩提云何菩薩有所求而無有想須菩提言菩薩欲得漚惒拘舍羅當於般若波羅蜜中學不求般若波羅蜜終不得諸善本功德何以故諸佛世尊亦不於般若波羅蜜中現及諸善本亦不見衆事亦不見意可作阿耨多羅三耶三菩所作已滅衆事亦

滅我但以自起是諸想諸善功德及諸發意諸佛世尊亦無想求亦無有是勸助亦無是知何以故用想求無所得故若想有可得者我及諸佛所作分别想當有所得是故菩薩功德菩薩有所求亦不當作想亦不當有所倚諸佛世尊不稱譽倚想求者何以故想求者爲雜毒譬如淨潔美食與毒相得色雖香美故爲雜毒若有愚癡之人欲得食之雖爲當時貪其色好香美可口久後不便其身作如是受不諦觀不諦知不知諷誦倒解中義自不能解爲他人説言善男子是教是過去當來今現在佛從發意以來至得阿耨多羅三耶三菩於有餘泥洹至無餘泥洹乃至法盡於其中間行般若波羅蜜所作功德及六波羅蜜所可行三十七品四禪四等及四空定十種力十八法所作善本及淨佛國教授衆生諸佛戒品三昧品智慧品解脱品見解脱慧品薩云若慧無所亡法常等行於聲聞中所作功德諸佛世尊所記辟支佛諸天尊神阿須倫迦留羅真陀羅摩睺勒所作功德都盧合聚此諸功德持求阿耨多羅三耶三菩倚想求三耶三佛是則譬如雜毒之食有倚想者終無所成何以故有倚有想而有形貌有雜毒求爲謗如來亦不受如來教亦不受法善男子善女人行菩薩道者當作是念過去當來今現在諸佛世尊從發意以來至得佛云何有所作求及諸弟子至薩云若中事所作上亦如是當云何有所作而求阿耨多羅三耶三菩善男子善女人求菩薩道不欲高下如來者當作是求如諸佛世尊所知

識以辯才慧諸善本之相與法相應者我持是勸助我所求阿耨多羅三耶三菩者皆是諸佛所知諸善男子善女人求菩薩道者不倚諸善本功德求阿耨多羅三耶三菩如是求者爲不高下如來是爲信佛信法菩薩如是行者爲不雜毒所求爲無有毒若善男子善女人求菩薩道行般若波羅蜜者所爲功德當作是求五陰亦不著欲界色界無色界亦不著過去當來今現在六波羅蜜亦不著三界亦不著去來今内外空及有無空三十七品佛十種力及十八法亦不著三界亦不著去來今如及爾法生法滅眞際不思議性戒忍智解脫解脫見慧薩云若無所亡法常等行亦不著三界不著三界者亦無去來今何以故以無所入故有所求者亦無所入所可求法亦復無所著是人亦復無所著諸佛世尊亦復無所著諸餘善本亦無所著聲聞辟支佛諸善本亦無所著諸無所著者亦非去來今若有菩薩行般若波羅蜜知五陰不著三界亦非去來今亦不可以倚想有所求何以故不見有所生者諸無所生者亦無所有無所有者不能有所爲六波羅蜜乃至無所亡法及常等行亦不著三界亦非去來今非去來今者亦不可以倚想有所爲何以故是所生不可得故諸所生者爲無所有無所有者亦不能有所爲是爲菩薩不雜毒求若有善男子善女人求菩薩道有倚想者則爲邪求所作善本倚想求者是爲邪求諸有邪求者諸佛世尊所不稱譽佛所不稱譽者爲不具足六波羅蜜不具足六波羅蜜者則不

具足三十七品則不具足內外空及有無空佛十種力及十八法則不具足不具足十八法者則不能淨佛國土則不能教授衆生終不成阿耨多羅三耶三菩所以者何有雜毒求故菩薩摩訶薩行般若波羅蜜者當作是念如諸佛所知善本功德法求如所求爲求阿耨多羅三耶三菩我亦當以是法求阿耨多羅三耶三菩是時佛讚歎須菩提言善哉善哉須菩提乃作世尊之行能爲諸菩薩說所爲所求之法無想無所倚無所出亦不斷亦不著亦不有亦不無應空相應法性應如行佛告須菩提假令三千大千刹土中衆生悉得十善之利悉得四禪四等四空定及五通盡得是利於須菩提意云何是衆生所得福寧多不須菩提白佛言甚多甚多世尊佛言不如是善男子善女人於諸善本無所生無所著以爲阿耨多羅三耶三菩是功德最爲尊化無上正眞之化具足之化復次須菩提若三千大千刹土中衆生盡得須陀洹上至羅漢辟支佛若有善男子善女人盡其壽命供養是輩羅漢辟支佛隨其所安飲食衣被牀卧之具病瘦醫藥盡諸所有敬之養之於須菩提意云何其福寧多不須菩提言甚多甚多佛言不如是善男子善女人住無所生無所著於善本之德無所求其福最尊最上復次須菩提假令三千大千刹土衆生盡發阿耨多羅三耶三菩十方恒邊沙刹土中衆生一一衆生供養是菩薩盡恒邊沙劫隨其所安飲食衣服牀卧醫藥瞻視恭敬承事於須菩提意云何其福寧多不須菩提言甚

多甚多世尊其福多不可計不可數不可以譬喻爲比若使福德當有形者十方虛空所不能受佛告須菩提雖作爾所福德不如是善男子善女人所作善本無所生無所著於善本之德無所求是善男子善女人之功德最尊最上無比無上之化是無所生無所著之功德與前功德百千億萬倍不相比何以故是善男子善女人有倚有想於十善事及四禪四等四空定五通盡具足何以故是善男子善女人以倚想供養諸聲聞辟支佛上至菩薩故爾時四王天上二萬天子皆叉手禮佛足白佛言世尊菩薩所施爲漚恕拘舍羅甚善快哉所作已應無倚無著應空無相所施善本爲阿耨多羅三耶三菩所施爲不二入是時釋提桓因與無央數忉利諸天及諸天子持天雜花香擣香澤香繒綵花蓋天衣天鬘雜色幢旛鼓天伎樂來至佛所供養散佛皆讃歎言菩薩所施爲漚恕拘舍羅甚善快哉所作已應無所倚無所著應空無想所施善本爲阿耨多羅三耶三菩所施爲不二入上至梵迦夷天無央數百千亦復歎譽菩薩漚恕拘舍羅皆復如是阿迦膩吒天與無央數億百千諸天來至佛所爲佛作禮俱發大音聲言世尊甚奇大哉於般若波羅蜜行漚恕拘舍羅所作善本其德勝前過去善男子善女人之所作爲於是佛告四天王及阿迦膩吒諸天子言假令三千大千刹土所有衆生盡作阿耨多羅三耶三菩復代過去當來今現在諸如來無所著等正覺代其歡喜及弟子衆從初發意至般泥洹乃至法盡

於其中間所作諸善之本代其歡喜聲聞辟支佛所作諸善之本代其歡喜及衆生所作諸善之本行檀波羅蜜至般若波羅蜜代其歡喜諸賢聖所有戒品三昧品智慧品解脱品解脱見慧品代其歡喜餘無量佛法都盧計校合聚是上諸功德皆代其歡喜倚是代歡喜功德爲阿耨多羅三耶三菩若復有善男子善女人欲發阿耨多羅三耶三菩代過去當來今現在諸如來無所著等正覺及羅漢辟支佛從發意至成阿耨多羅三耶三菩從其中間行六波羅蜜及餘無央數佛法功德代其歡喜而無所希望亦不二入已應無相應無所著應空是爲最第一代其歡喜爲無上代歡喜也持是代歡喜功德爲阿耨多羅三耶三菩而無所倚者其功德福祐勝於前善男子善女人所爲代歡喜比其功德百倍千倍巨億萬倍是爲菩薩摩訶薩最上代歡喜之所爲也爾時須菩提白佛言如世尊所説合集是善男子善女人功德於諸功德中無過代歡喜者代歡喜之德無過是德須菩提言世尊云何爲最上云何爲最尊佛告須菩提言若善男子善女人於當來過去今現在法無所取無所捨亦不貢高亦不無貢高亦不有所倚亦不無所倚於是法亦無有生亦無有滅亦無著亦無斷於是法中亦不見增亦不見減亦無往亦無反亦不道亦不俗如去來今法如及爾法所住法所滅法我亦復代歡喜持是代歡喜功德爲阿耨多羅三耶三菩施菩薩摩訶薩作如是施爲代其歡喜最爲第一無過是代歡喜者須菩提作

如是代歡喜比餘代歡喜之德百倍千倍巨億萬倍不及是代歡喜者復次須菩提善男子善女人行菩薩道者欲代去來今諸佛及諸聲聞辟支佛從初發意至于成佛於其中間作諸善本行六波羅蜜及餘無數佛法善本者欲代歡喜者復欲代一切衆生所作善本當作是代歡喜是代歡喜爲最等六波羅蜜與脱等脱與五陰等其脱之事與内外空等解脱之事與有無空等三十七品與解脱等十力與解脱等解脱與解脱見慧等去來今法與解脱等解脱則是過去當來今現在解脱如諸佛世尊之所施爲解脱如諸佛弟子諸佛弟子亦如解脱解脱者與聲聞辟支佛泥洹等解脱事與諸佛世尊法等解脱者亦如羅漢辟支佛解脱亦如諸法之法我於是無縛無脱之法我於無著如無汙染清淨之法不生無所生不滅無所滅之法我所施爲於阿耨多羅三耶三菩者亦如是上諸法無所縛法無所敗法無所壞法佛告須菩提是爲菩薩摩訶薩無上代歡喜最爲第一佛言菩薩摩訶薩具足作代如是歡喜者疾逮阿耨多羅三耶三菩阿惟三佛復次須菩提若有善男子善女人行菩薩道者盡其形壽供養十方恒邊沙佛及衆弟子隨其所安飯食衣被牀卧醫藥盡諸佛形壽般泥洹已後晝夜奉事舍利幢旛花蓋伎樂以爲供養常念行六波羅蜜而有所倚復有善男子善女人欲成阿耨多羅三耶三菩行六波羅蜜漚惒拘舍羅而無所倚持是功德無所希望於阿耨多羅三耶三菩比其善本功德百倍千

倍巨億萬倍不及是代歡喜福德最尊最上須菩提菩薩摩訶薩行六波羅蜜以漚惒拘舍羅無所倚功德爲阿耨多羅三耶三菩而無所倚

放光般若波羅蜜經卷第十二

音釋

漚惒拘舍羅梵語也此云方便漚烏侯切惒音和　繒綵繒慈陵切帛也綵此宰切繪繒也　鬘莫班切　阿迦膩吒梵語也此云色究竟阿於何切膩女利切吒陟駕切

放光般若波羅蜜經卷第十三

西晉三藏無羅叉共竺叔蘭譯

照明品第四十一

舍利弗白佛言世尊是般若波羅蜜耶佛言是舍利弗舍利弗言世尊般若波羅蜜者作照明故世尊般若波羅蜜者至竟清淨故世尊般若波羅蜜者爲有名字世尊般若波羅蜜者於三界無點汙世尊般若波羅蜜者除諸垢冥世尊般若波羅蜜者於三十七品之最尊上世尊般若波羅蜜者安隱諸災患恐怖者世尊般若波羅蜜者爲五荒見蔽者作明故世尊般若波羅蜜者無際衆生入邪徑者而作正導世尊般若波羅蜜者薩云若是能除諸習緒世尊般若波羅蜜者菩薩之母生諸佛法故世尊般若波羅蜜者不生不壞從有名至竟空故世尊般若波羅蜜者離於生死亦無所滅不與作本故世尊般若波羅蜜者受諸孤窮者爲作珍寶施故世尊般若波羅蜜者具足初無能伏者世尊般若波羅蜜者三轉十二事而轉法輪亦無能轉者所轉終不動還故世尊般若波羅蜜者能現種種之本及所有無所有空故唯世尊當云何住般若波羅蜜世尊報言當如世尊住舍利弗禮般若波羅蜜當如禮世尊何以故般若波羅蜜者則是世尊世尊與般若波羅蜜無有別般若波羅蜜則是世尊世尊則是般若波羅蜜諸佛世尊因般若波羅蜜而得名字菩薩辟支佛阿羅漢至須陀洹皆因般若波羅蜜得其名字十善四禪四等四空定五通內外空及有無空三十七品佛十種力及十

八法乃至薩云若皆因般若波羅蜜出生於是釋提桓因意念何因尊者舍利弗乃生是問釋提桓因便問舍利弗言尊者何緣乃生是問因何事有是問舍利弗報言拘翼菩薩摩訶薩漚惒拘舍羅爲般若波羅蜜所護持及諸過去當來今現在諸佛世尊從初發意以來至法欲盡於其中間所作善本盡持作薩云若拘翼是故菩薩摩訶薩持般若波羅蜜過五波羅蜜上拘翼譬如人生盲或百人或千人或萬人欲有所至若欲入城而無有導終不能有所至拘翼是五波羅蜜爲如盲者離般若波羅蜜如盲者無導亦不能具足至道亦不能成薩云若五波羅蜜爲般若波羅蜜所護如盲者得眼目般若波羅蜜護五波羅蜜令五波羅蜜各得名字釋提桓因語舍利弗如所言五波羅蜜因般若波羅蜜得名字者五波羅蜜但有名而無度舍利弗言如是拘翼五波羅蜜因般若波羅蜜而得名字五波羅蜜但有名無有度也菩薩住於般若波羅蜜者爲已具足五波羅蜜是故般若波羅蜜於五波羅蜜爲最上化妙化無比之化舍利弗白佛言世尊當云何入般若波羅蜜中佛言如入五陰當作是入般若波羅蜜如入五波羅蜜當作是入般若波羅蜜如入內外空及有無空如入三十七品佛十種力及十八法如入薩云若如入諸法當作是入般若波羅蜜中舍利弗言世尊云何入五陰如入般若波羅蜜云何如入諸法作是入般若波羅蜜佛言於五陰無所生無所得無取無捨無所壞當作是入般若波羅蜜於諸法

無所生無所得無取無捨亦無所壞是爲入般若波羅蜜舍利弗言作如是入般若波羅蜜爲及何法佛言於諸法無所及是乃爲般若波羅蜜名號世尊不逮何法佛言不逮善法亦不逮惡法亦不逮道法亦不逮俗法亦不逮有漏無漏法亦不逮有爲無爲法何以故般若波羅蜜之興亦不爲希望起以是故於諸法無所及無所逮釋提桓因白佛言云何世尊是般若波羅蜜爲不逮薩云若佛言如是拘翼般若波羅蜜不逮薩云若亦不逮亦不有世尊云何亦不逮亦不有佛言般若波羅蜜者亦不以字亦不以想亦不以生死釋提桓因言世尊亦不以字亦不以想亦不以生死云何爲逮佛言如不入亦不受亦不捨亦不住作是及如不及拘翼般若波羅蜜

如是逮諸法如無所逮釋提桓因白佛言世尊般若波羅蜜之興甚奇甚特於諸法無所生無所有無所倚無所壞須菩提白佛言若菩薩行般若波羅蜜爲逮諸法不逮諸法菩薩聞是或恐或怖便離般若波羅蜜佛言如是菩薩聞是或能恐怖若有行般若波羅蜜菩薩或作是念言般若波羅蜜空般若波羅蜜無有堅固般若波羅蜜侵欺人作是念者便能遠離般若波羅蜜以是因緣菩薩便遠離般若波羅蜜須菩提白佛言信般若波羅蜜者爲不信何等法佛言信般若波羅蜜爲不信色爲不信痛想行識爲不信六情不信色聲香味細滑法爲不信十八性及十二因緣乃至五波羅蜜亦不信內外空及有無空亦不信三十七品及十八法佛十種力不信

須陀洹至羅漢辟支佛亦不信阿耨多羅三耶三菩亦不信薩云若佛告須菩提若不有五陰及薩云若者爲不信般若波羅蜜以是故須菩提信般若波羅蜜者爲不信五陰諸法及薩云若若不有五陰及諸法者爲不信般若波羅蜜信般若波羅蜜者爲不信諸法須菩提白佛言世尊般若波羅蜜者爲大度佛言於意云何何以知般若波羅蜜爲大度須菩提言般若波羅蜜亦不使五陰大亦不令五陰小亦不使五波羅蜜大亦不令五波羅蜜小從内外空至有無空亦不令大亦不使小三十七品佛十八法亦不令大亦不令小至道及佛法亦不令大亦不令小亦不聚五陰亦不散五陰乃至佛法亦不聚亦不散亦不平相五陰亦不不平相乃至佛法亦不平相亦不不平相亦不廣五陰亦不狹五陰乃至佛法亦不廣亦不狹亦不使五陰強亦不使弱乃至佛法亦不強亦不弱世尊以是故般若波羅蜜爲菩薩之大度世尊若新發意菩薩未習六波羅蜜者聞是五陰及六波羅蜜無所增減無有廣狹聞是語者或能不行般若波羅蜜何以故不以般若波羅蜜故五陰及佛法有大有小不以般若波羅蜜故五陰及佛法有強有弱世尊行般若波羅蜜欲求大小五陰欲強弱佛法是爲大累何以故道初無有累想何以故衆生不生般若波羅蜜不生當作是見當作是知五陰亦不生佛法亦不生當作是觀觀般若波羅蜜所有如觀衆生所有觀般若波羅蜜所有當如觀五陰所有觀佛所有當如觀般若波羅蜜所

有觀般若波羅蜜無所有亦如觀五陰無所有觀般若波羅蜜無所有如觀佛無所有觀般若波羅蜜無所有如觀衆生亦無所有觀般若波羅蜜寂觀衆生亦寂觀般若波羅蜜寂觀佛法亦寂觀五陰亦寂觀般若波羅蜜亦寂觀般若波羅蜜亦無有緒當知衆生亦無有緒五陰及佛法亦無有緒般若波羅蜜亦無有緒般若波羅蜜不可思議當知衆生亦不可思議五陰亦不可思議及佛法亦不可思議衆生不敗壞當知般若波羅蜜亦不壞敗衆生不逮阿惟三佛當知般若波羅蜜亦不逮阿惟三佛當知五陰亦不逮阿惟三佛佛亦不逮阿惟三佛衆生力不具足當知般若波羅蜜力不具足五陰力不具足佛力亦不具足以是世尊大度者是菩薩摩訶薩般若波羅蜜

泥犁品第四十二

舍利弗白佛言唯世尊菩薩摩訶薩解般若波羅蜜者爲從何所來而生是間發阿耨多羅三耶三菩爲幾何間爲更見供養幾如來行六波羅蜜爲幾時云何解般若波羅蜜導入深義佛告舍利弗是菩薩摩訶薩供養十方諸如來無所著等正覺從彼來生是間是菩薩從發意以來不可計阿僧柢劫行六波羅蜜亦不可計來到是間從是以來不可復計常供養諸佛而來生是間是輩菩薩見般若波羅蜜時如見世尊無有異若聞般若波羅蜜時如聞世尊所說亦無有異是菩薩摩訶薩解般若波羅蜜導入深義不以想入不以二入而無所倚須菩提白佛言世尊般若

波羅蜜可得見聞不佛言不可得見聞何以故須菩提般若波羅蜜者亦非見事亦非聞事般若波羅蜜者亦無所聞亦無所見以諸法聾故五波羅蜜者亦不見亦不聞以諸法聾故内外空及有無空無所聞無所見以諸法聾故三十七品十種力十八法無所見無所聞以諸法聾故須菩提道及佛亦無所見無所聞亦如聾法故須菩提白佛言菩薩摩訶薩學般若波羅蜜久如當與般若波羅蜜相應佛語須菩提是事應當分別須菩提有因緣令菩薩適發意便應深般若波羅蜜以漚惒拘舍羅不見諸法榮冀終不誹謗終不離六波羅蜜終不離諸佛世尊若復欲作諸善之本供養承事諸佛世尊者即如意願從一佛國至一佛國終不復受毋人胎生終不離五通不與諸垢相近亦不與聲聞辟支佛意相近教化衆生淨佛國土菩薩如是行者爲應深般若波羅蜜須菩提復有善男子善女人行菩薩道者見無央數不可計阿僧祇諸佛行六波羅蜜而有所倚聞說深般若波羅蜜便棄捨去如是菩薩更生慢意便離諸佛世尊便不得聞深般若波羅蜜佛語須菩提不樂聞深般若波羅蜜者今亦在是會中坐何以故是善男子善女人行菩薩道時從本聞深般若波羅蜜不樂捨去用是故今聞深般若波羅蜜不樂復欲捨去與身口意不和積無黠之罪以是罪重故距逆深般若波羅蜜距逆深般若波羅蜜者爲距逆過去當來今現在諸佛薩云若已以逆薩云若罪故斷薩云若用斷薩云若罪故當入泥犁中見

責無央數百千歲從一泥犁出復至一泥犁至劫盡火燒時當復至他方大泥犁中他方劫盡當復從他方一泥犁中復至一他方泥犁中如是遍諸他方泥犁以用是斷法罪故當復更來生是間泥犁中當受泥犁中劇痛之罪至劫盡當墮他方畜生中如是展轉遍墮十方諸畜生中從畜生中出當生炎樓受薜荔形極劇懃苦如是久後纔得爲人所生之處常當生盲家或生殺人家或生漁獵家屠殺家或生下賤乞丐人家或盲或聾或無手足或瘖瘂不能言受是罪已當復生邊地無佛無法無弟子處作是斷法者皆當具足受是上罪舍利弗白佛言是斷法者爲入五無間罪佛言如是斷法之罪不可具說說是般若波羅蜜時若斷他人言是非律是非尊教是非如來無所著等正覺之教自不修學復斷他人令遠離之自喪其意復喪他人意自毒其意復毒他人意爲自亡失復亡失他人自不解深般若波羅蜜而棄捨去復教他人令遠離之舍利弗是曹之人尚不當聞其音聲何況當與共從事而同處坐起何以故當知是輩人法中之大患當知是人爲墮衰冥若聞是輩人所說有信受者亦當復受不測之罪舍利弗斷般若波羅蜜之人當知是爲法中之大病舍利弗言世尊是謗法之人在所生處受其身形寧可說不佛言置是謗法之人所生受形何以故是人儻聞其身熱血從口中出其人愁憂或病或死或瘦黃熟受是苦痛縻死之罪若使無是輩罪者世尊終不使舍利弗發是問也有如是病者所受

身形以是故如來不爲舍利弗說舍利弗言世尊當說是斷法之人所受身形世尊所說者當爲後世而作大明佛言我屬所說誹謗斷法所可受罪所更泥犁展轉刧數受畜生身受薜荔形所更刧數以受人身盲聾瘖瘂下賤乞丐所更如是則爲後世作大明已聞是教者則不敢復斷法誹謗舍利弗言世尊善男子善女人各當自念我聞是語其心恐怖我終不敢有是輩事盡我形壽終不敢斷法誹謗如彼我若誹謗或墮惡處懃苦如是須菩提白佛言世尊若善男子善女人常當攝身口意行意當念言我等不當受是壞法之罪不見如來而不見法不見衆僧或生無佛處或墮貧家或生拒突不聞法處須菩提白佛言世尊以口行故便受壞法深重之罪耶佛言如是以口過故便受壞法深重之罪須菩提當來之世或有愚人於善法教爲我作沙門友誹謗遠離深般若波羅蜜誹謗遠離深般若波羅蜜者爲已誹謗諸如來無所著等正覺之道已誹謗如來道者則爲誹謗遠離過去當來現在諸佛薩云若已誹謗薩云若者則爲遠離法已遠離法者則爲遠離僧已遠離僧者則爲遠離世間正見已遠離正見者則爲遠離三十七品薩云若已離薩云若者則爲受不可計阿僧祇刧之罪身受是罪身者則爲受不可計阿僧祇刧愁悲苦惱須菩提白佛言世尊愚癡之人遠離深般若波羅蜜爲有幾事佛言有四事何等爲四一者爲魔所使二者不信不解深法不愛不樂三者與惡知識相得不應順行入於五陰

以是三事遠離深法四者是愚癡人多行瞋恚喜自貢高呰蔑他人以是四事故愚癡之人遠離深般若波羅蜜須菩提白佛言深般若波羅蜜難了何以故解不隨順不應善本惡友相得佛言如是須菩提如汝所言須菩提復白佛言世尊云何深般若波羅蜜難了難知佛報言須菩提五陰不縛不解何以故色色自有性痛痛自有性想想自有性行行自有性識識自有性六波羅蜜亦不縛亦不解何以故六波羅蜜所有無所有故內空外空及有無空亦不縛亦不解何以故內外空亦無所有故須菩提三十七品至佛十八法乃至薩云若薩云若事亦不縛亦不解何以故所有者皆無所有故五陰過去亦不縛亦不解何以故諸陰過去空過去空故須菩提乃至薩云若過去亦不縛亦不解何以故薩云若過去空故須菩提當來五陰亦不縛亦不解何以故當來五陰空故乃至薩云若亦復如是現在五陰亦不縛亦不解何以故現在五陰空故乃至薩云若亦復如是須菩提言世尊解不隨順無有善本惡友相得懈怠之人無慧進者喜亂志者是輩之人不能解深般若波羅蜜佛言如汝所言是輩之人不能解說深般若波羅蜜須菩提五陰淨者則道亦淨以道淨故所得果淨須菩提以五陰淨則般若波羅蜜淨般若波羅蜜淨則五陰淨以五陰淨則薩云若淨以薩云若淨則五陰淨五陰與薩云若則一無有二亦不破亦不壞須菩提五陰無有二淨薩云若亦無二淨一法無二眾生知見壽命亦淨眾生亦淨

薩云若淨一淨無有二須菩提吾我淨薩云若淨知見壽命淨五陰薩云若一淨無二亦不斷亦不破須菩提婬怒癡五陰薩云若淨一淨無二須菩提癡淨已癡淨則行淨已行淨則識淨已識淨則名色淨已名色淨則六入淨已六入淨則裁淨已裁淨則覺淨已覺淨則愛淨已愛淨則受淨已受淨則有淨已有淨則生淨已生淨則死淨已死淨則六波羅蜜淨已六波羅蜜淨則內外空及有無空淨已有無空淨則三十七品淨已三十七品淨則薩云若淨薩云若淨是爲一淨無有二亦無破亦無斷須菩提般若波羅蜜淨五陰淨薩云若淨一淨無二淨五波羅蜜淨薩云若淨內外空及有無空淨薩云若淨三十七品淨薩云若淨十八法淨薩云若淨須菩提薩云若淨乃至般若波羅蜜淨等無有異須菩提有爲淨無爲淨一淨無有二須菩提過去淨當來淨現在淨過去當來今現在淨一淨無二亦不壞亦不斷以是故爲淨

明淨品第四十三

舍利弗白佛言世尊淨爲甚深佛言常淨舍利弗言世尊何以故常淨佛言五陰淨故常淨舍利弗三十七品十種力及十八法道淨佛淨薩云若薩云若事淨故淨甚深舍利弗言明淨世尊佛言常淨故舍利弗言何以故明淨佛言六波羅蜜淨薩云若淨是故明淨舍利弗言世尊泥洹淨耶佛言常淨世尊何以故泥洹淨佛言以五陰無邊福亦無來無去薩云若無邊福亦無來亦無去故舍利弗言世尊淨無所著佛言常淨世尊阿誰無所

著淨佛言以五陰性猛無所著常淨故至薩云若性猛無所著常淨故世尊無所逮無所得淨耶佛言常淨世尊何以故無所逮無所得淨耶佛言五陰無所逮無所得淨至薩云若無所逮無所得淨世尊無所生淨佛言佛常淨世尊何以故無所生無所生淨佛言無所生者是無所生淨至薩云若無所生無所生淨舍利弗言世尊不生三界淨耶佛言常淨世尊何以故不生三界淨耶佛言不有三界所有故不生爲淨世尊無所知淨佛言常淨世尊何以故無所知淨佛言諸法聾故無所知淨世尊知淨佛言常淨世尊云何五陰無所知淨佛言五陰相空故無所知淨世尊諸法皆淨耶佛言常淨世尊云何諸法淨故淨佛言諸法無所得故諸法淨舍利弗言世

尊般若波羅蜜於薩云若亦不作增事亦不作損事淨佛言常淨世尊何以故般若波羅蜜於薩云若不作增損事淨佛言法常住故世尊般若波羅蜜淨諸法無所取佛言常淨世尊云何般若波羅蜜淨諸法無所取耶佛言法性不動轉故須菩提白佛言吾我五陰淨耶佛言常淨須菩提言世尊何以故吾我淨五陰淨何以故常淨佛言吾我無所有五陰無所有故常淨須菩提言世尊吾我淨六波羅蜜淨三十七品淨吾我淨十力淨十八法淨佛言常淨須菩提言何以故吾我淨乃至十八法淨佛言吾我無所有乃至佛十八法亦無所有故淨世尊吾我淨須陀洹淨乃至羅漢辟支佛淨吾我淨道亦淨佛言常淨世尊何以故吾我淨聲聞辟支佛淨乃至道

佛道亦淨耶佛言諸法相空淨世尊吾我淨
薩云若淨佛言常淨世尊云何吾我淨薩云
若淨常淨耶佛言無有相不變故須菩提言
世尊二淨無所得無所逮佛言常淨世尊云
何二淨無所逮無所得常淨佛言不著不斷
故世尊吾我淨無所陷溺佛言無所生淨須
菩提言世尊云何吾我五陰淨無所生常淨
耶佛言空無邊際故須菩提白佛言若菩薩
摩訶薩作是知者是爲行般若波羅蜜佛言
常淨世尊云何作是知爲行般若波羅蜜佛
言知道事故須菩提白佛言假令菩薩行般
若波羅蜜以漚惒拘舍羅者作是念已亦不
知色痛想行識亦不知識過去法亦不知過
去法未來法亦不知未來法現在法亦不知
現在法佛語須菩提得般若波羅蜜行漚惒
拘舍羅菩薩不作是念行六波羅蜜言我布
施持是施爲是施至般若波羅蜜亦復如是
亦不言我作功德我有功德亦不言我當得
菩薩道亦不言我教化衆生淨佛國土亦不
言我逮薩云若諸行般若波羅蜜漚惒拘舍
羅者亦不有是念内空外空至有無空無是
念故須菩提爲菩薩摩訶薩行般若波羅蜜
漚惒拘舍羅爲無所著釋提桓因問須菩提
善男子善女人行菩薩道者何等爲著報言
拘翼行菩薩道者有意想有施想有六波羅
蜜想有内空外空及有無空想有三十七品
想有十八法想有十力想有諸佛如來想有
供養諸佛功德想都盧計之合之持是想作
阿耨多羅三耶三菩拘翼善男子行菩薩道
者是爲著不能得無礙慧行般若波羅蜜何

以故五陰性不可旨有所造設乃至薩云若性亦不可旨有所造設拘翼菩薩摩訶薩所爲阿耨多羅三耶三菩爲諸衆生勸助衆生爲衆生行檀波羅蜜念衆生故亦復勸助他人使爲衆生行檀波羅蜜不當作想行六波羅蜜亦不當想行内空外空及有無空亦不當想行三十七品亦不當想行道善男子善女人作如是行復勸助他人令作阿耨多羅三耶三菩作是勸助者爲不自墮落亦不令他人離諸佛之勸助如是善男子善女人離諸際著佛告須菩提善哉善哉令諸菩薩解諸際著須菩提諦聽諦聽善思念之當更爲汝說微妙著須菩提叉手言唯世尊願樂欲聞佛言善男子善女人發阿耨多羅三耶三菩想念如來須菩提意有想念便著於諸如來從發意至于法盡於其中間所作功德皆作想念作是想念求阿耨多羅三耶三菩隨其想念則爲著諸佛弟子衆及諸衆生所作功德持是想念作阿耨多羅三耶三菩如所想如所著何以故不當以想念諸佛之功德須菩提白佛言般若波羅蜜甚深佛言諸法性寂故須菩提言世尊般若波羅蜜者大有名字佛言般若波羅蜜無有作者無能成者無能得者亦無能逮者亦無能覺者須菩提言世尊一切諸法無能逮得者佛言法性無二也須菩提諸法性無有若干一性一性者則非性非性者則非作非作者亦不造須菩提法性一非造作佛言菩薩摩訶薩知一切法非作非造則棄一切著際須菩提白佛言般若波羅蜜難曉難知佛言亦無知者亦無

見者亦無得者無有識者亦無遠覺者須菩提白佛言世尊般若波羅蜜者不可思議佛告須菩提言亦非意所生亦非五陰所生亦非三十七品所生亦非十力十八法所生

放光般若波羅蜜經卷第十三

音釋

緒象呂切統緒也又絲端也　狹胡夾切隘也　誹謗誹敷尾切非議也謗補曠切毀也訕也　黠胡八切猾慧也　距逆距臼許切不從也逆宜戟切不順也　劇奇逆切甚也　薜荔梵語具云薜荔多此云餓鬼薜眦意切荔力霽切　漁獵漁牛居切捕魚也獵力涉切逐禽也　乞丐乞欺訖切求也丐居大切亦乞也　痿黄痿邕危切痺濕病也　糜忙皮切爛也　拒突相臼許切捍也又違也突陀骨切搪揬也　訾䜈訾音紫毁也䜈彌列切輕易也　陷　溺陷乎鑑切陷阱也溺乃歷切沉也没也

放光般若波羅蜜經卷第十四

西晉三藏無羅叉共竺叔蘭譯

無作品第四十四

須菩提白佛言世尊般若波羅蜜爲無所作佛報言無有作者故須菩提乃至諸法亦無所有世尊菩薩摩訶薩行般若波羅蜜當云何行佛言菩薩行般若波羅蜜不行色爲行般若波羅蜜不行痛想行識爲行般若波羅蜜乃至薩云若無所行爲行般若波羅蜜於五陰不念有常無常爲行般若波羅蜜乃至薩云若亦不念有常無常爲行般若波羅蜜於五陰無苦無樂爲行般若波羅蜜乃至薩云若亦無苦無樂爲行般若波羅蜜於五陰不有我無我爲行般若波羅蜜乃至薩云若亦不有我無我爲行般若波羅蜜於五陰無淨無不淨爲行般若波羅蜜乃至薩云若亦無淨無不淨爲行般若波羅蜜何以故五陰者亦不見有常無常亦不見有苦有樂有我無我好不好乃至薩云若亦復如是復次須菩提菩薩行般若波羅蜜不具足行五陰爲行般若波羅蜜乃至薩云若不具足行爲行般若波羅蜜何以故五陰不具足爲非五陰不作是行爲行般若波羅蜜乃至薩云若不具足爲非薩云若不作是行爲行般若波羅蜜須菩提白佛言世尊甚可奇特行菩薩道者善說菩薩著佛言如是如是如來無所著等正覺善說菩薩著不著事復次須菩提菩薩於五陰無所著爲行般若波羅蜜眼耳鼻舌身意於六情無所著爲行般若波羅蜜於六波羅蜜無所著爲行般若波羅蜜乃至薩

云若不著爲行般若波羅蜜須菩提菩薩作如是行者便知五陰著不著亦復知薩云若著不著知須陀洹道著不著知聲聞辟支佛道著不著知三耶三佛道著不著須菩提白佛言世尊甚奇甚特法甚深乃爾說亦不增亦不減不說亦不增亦不減佛告須菩提如是如是如汝所言須菩提譬如諸如來無所著等正覺盡壽稱譽虛空亦不增若謗毀虛空亦不減譬如稱譽幻人亦不增若毀訾幻人亦不減聞善亦不喜聞惡亦不怒須菩提諸法之法亦復如是若說若不說亦不增亦不減須菩提白佛言世尊菩薩行般若波羅蜜念般若波羅蜜甚難甚難世尊菩薩行般若波羅蜜不恐不怯應阿耨多羅三耶三菩不復動轉何以故世尊念般若波羅蜜者爲欲念虛空虛空亦無有六波羅蜜虛空亦無有五陰亦無內外空及有無空亦無三十七品亦無十力亦無四無所畏亦無十八法亦無須陀洹道亦無斯陀含道亦無阿那含道亦無阿羅漢道亦無辟支佛道虛空亦無三耶三佛道世尊菩薩摩訶薩作是僧那僧涅者當應爲作禮世尊爲衆生精進爲衆生展力爲衆生鬬爲衆生作要誓者爲欲爲空作精進爲欲爲空作要誓世尊爲衆生作要誓者爲欲度空是菩薩爲大要誓爲虛空等衆生作要誓者爲欲舉空著虛空中諸菩薩摩訶薩發阿耨多羅三耶三菩意者爲建大精進力世尊菩薩爲衆生發阿耨多羅三耶三菩意者爲建大誓已世尊是菩薩摩訶薩爲大勇猛爲虛空等衆生發阿耨多羅三耶三

菩何以故世尊假令三千大千剎土其中所有盡爲如來譬如叢林甘蔗竹葦稻麻草木藥果諸樹盡爲如來一一諸佛各說經法或至一劫復過一劫一一如來各度衆生無央數衆不可復計不覺衆生之性有增有減何以故衆生無所有寂故世尊置是三千大千國土十方恒邊沙一沙爲一佛國爾所佛國其中所有皆爲如來教化衆生不可計量不可稱度衆生之性無增無減所以者何一切衆生皆空寂故是故衆生無始無終與空等故世尊以是故我作是說欲度衆生者爲欲度空耳有異比丘意念言當爲般若波羅蜜作字於般若波羅蜜中亦無法可生者亦無法可滅者而於中有戒性三昧性智慧性解脫性見解脫慧性而於其中現有須陀洹斯陀含阿那含阿羅漢辟支佛三耶三佛而有三寶有轉法輪於是釋提桓因語須菩提菩薩習般若波羅蜜爲習何等耆年須菩提報釋提桓因言學般若波羅蜜者爲習空釋提桓因白佛言若善男子善女人受持般若波羅蜜諷誦讀念習行中事者世尊我當爲作何等護須菩提語釋提桓因言拘翼汝頗見法有可護者不唯尊者實不見法有可護者須菩提言拘翼善男子善女人如般若波羅蜜教住者則爲已得護不離般若波羅蜜教若人若非人終不得其便如般若波羅蜜教住者當知是善男子善女人終不離般若波羅蜜若有人言我欲護菩薩摩訶薩者當知是人爲欲護空拘翼寧能護夢及熱時炎幻化影響寧能護是輩事不釋提桓因言不能

護拘翼若菩薩行般若波羅蜜亦如是拘翼寧能護佛及佛所化不釋提桓因言不能菩薩行般若波羅蜜亦無能與作護也拘翼能護法性真際不可思議能與作護不唯須菩提不能菩薩行般若波羅蜜亦復如是無能與作護者釋提桓因問須菩提菩薩行般若波羅蜜當云何覺知夢法幻法熱時之炎法響法化法而不貢高須菩提言拘翼菩薩行般若波羅蜜亦不念五陰於五陰不貢高至薩云若亦不念亦不貢高於夢法乃至化亦不念亦不貢高佛之威神令三千大千國土諸四天王乃至首陀會天各持天上碎末栴檀遥散佛上散已來詣佛所頭面著地為佛作禮却住一面爾時諸四天王諸釋提桓因諸梵天王及諸首陀會天承佛威神各各意念令我曹等當請十方面各千佛使轉般若波羅蜜品諸四天王釋梵諸尊天適作是念已應時十方面各千佛應時悉現皆說般若波羅蜜品其弟子者亦如須菩提其難問者皆如釋提桓因亦如是問與釋迦牟尼佛說般若波羅蜜等無差特佛言彌勒菩薩摩訶薩亦當於是處成阿耨多羅三耶三菩成阿惟三佛亦當於是處說般若波羅蜜是賢劫中當來諸佛亦當於是處成阿耨多羅三耶三佛亦當於是處說般若波羅蜜須菩提白佛言以何事以何象以何意彌勒菩薩摩訶薩成阿耨多羅三耶三佛說般若波羅蜜佛告須菩提言彌勒菩薩摩訶薩成作佛時亦不說五陰有常無常亦不說五陰有苦有樂有淨不淨有我無我好不好亦不說五陰有

縛有解亦不說五陰有過去當來今現在五陰常淨當說五陰常淨乃至薩云若常淨當說薩云若常淨須菩提白佛言般若波羅蜜清淨世尊佛言以五陰清淨故般若波羅蜜清淨世尊云何以五陰清淨故般若波羅蜜清淨佛言五陰亦不生亦不滅亦不著亦不斷以是故五陰清淨須菩提虛空清淨故般若波羅蜜清淨世尊云何虛空清淨般若波羅蜜清淨佛言虛空不生不滅無所有是故虛空清淨世尊云何虛空無所有般若波羅蜜清淨佛言虛空不可護持故般若波羅蜜清淨如虛空事故般若波羅蜜清淨世尊云何如虛空事故般若波羅蜜清淨佛言如虛空無二寂以是事般若波羅蜜清淨佛言如虛空無行般若波羅蜜清淨世尊云何虛空無行般若波羅蜜清淨佛言以虛空無所行故般若波羅蜜清淨佛言以虛空無所倚般若波羅蜜清淨世尊云何虛空無所倚般若波羅蜜清淨佛言如虛空無所累故般若波羅蜜清淨須菩提以諸法不生不滅不著不斷故般若波羅蜜清淨世尊云何諸法不生不滅不著不斷故般若波羅蜜清淨佛言以諸法常清淨故般若波羅蜜清淨須菩提白佛言世尊若善男子善女人持般若波羅蜜諷誦讀習行中事者是善男子善女人終不病目耳鼻無病雖身有老終不久衰隨其壽終終時不亂身意安隱終不毒病誤妄惡死常有諸天隨侍擁護諸四天王至首陀會天常皆隨護善男子善女人為法師者若月十四日十五日說般若波羅蜜時爾時諸天皆

悉來會善男子善女人作是説般若波羅蜜時所得功德不可復計不可復稱量不可思議佛告須菩提善男子善女人若六齋以説般若波羅蜜時諸天來會所得功德不可計量所以者何般若波羅蜜者極大珍寶須菩提於般若波羅蜜珍寶中斷三惡趣斷人中貧施人天道人道使一切人得生大姓梵志長者家得生四王天上至三十三天施人須陀洹道斯陀含阿那含阿羅漢辟支佛道施人阿耨多羅三耶三菩道何以故於般若波羅蜜中廣説十善事於中學已便知有刹利梵志大姓長者知有四天王上至三十三天便知有須陀洹道聲聞辟支佛道便知有三耶三佛道便知有四禪四等及四空定三十七品佛十種力及十八法四無所畏便知有六波羅蜜知有内外空及有無空便知有薩云若以是故名爲珍寶度名爲般若波羅蜜於珍寶度中亦無生者亦無滅者亦無著者亦無斷者亦無取者亦無棄者所以者何亦無有法有生滅者有著斷者有取放者須菩提般若波羅蜜無有善法亦無惡法亦無道法亦無俗法亦無漏不漏亦無有爲法亦無無爲法以是故須菩提珍寶波羅蜜無所倚是珍寶波羅蜜無有法能染者無有法能逮者所以者何不可得法與相近者是故無能染者佛告須菩提若有菩薩行般若波羅蜜若不作是知不作是念不作是倚不作是戲爲行般若波羅蜜爲念般若波羅蜜爲禮諸如來無所著等正覺從佛國至佛國供養承事禮敬諸佛教化衆生淨佛國土須菩提是

般若波羅蜜無有法可見者無有不可見者亦不取亦不放亦不生亦不滅亦不著亦不斷亦不增亦不減亦不過去當來今現在亦不使欲界過亦不使住亦不使形界過亦不使住亦不使無形界過亦不使住亦不與人六波羅蜜亦不教人棄亦不與人內外空及有無空亦不棄亦不與人三十七品亦不棄亦不與人十力及十八法亦無所棄亦不持聲聞辟支佛上至薩云若有所與亦不使棄復次須菩提般若波羅蜜者亦不持羅漢法有所與亦不棄凡人法亦不持辟支佛法有所與亦不棄羅漢法亦不持佛法有所與亦不棄辟支佛法亦不持佛法有所與有所棄須菩提般若波羅蜜亦不持無爲法有所與亦不棄有爲法何以故有佛無佛法性住如故法性者則是法身亦不以忘住亦不以損住是時諸天衆於虛空歡喜踊躍大笑持天優鉢羅華拘勿投華分陀利華而散佛上俱發聲言我等今於閻浮提再見法輪轉所以者何無央數天子於空中得無所從生法忍故佛告須菩提轉法輪亦不二亦不一般若波羅蜜者亦不爲法故轉亦不有所爲故不轉以有無空故須菩提白佛言何等有無空故般若波羅蜜有所轉有所還佛言六波羅蜜空以六波羅蜜空空內外空以內外空空及有無空以有無空空三十七品空以三十七品空空十力空以十力空空佛十八法空以十八法空空聲聞辟支佛空以聲聞辟支佛空空薩云若空以薩云若空空須菩提白佛言般若波羅蜜所謂空者是菩薩之大度

菩薩有般若波羅蜜一切空故得成阿耨多羅三耶三菩阿惟三佛亦無所逮覺而轉法輪亦無有法可爲轉者亦不復轉還亦不見法何以故索法可爲轉者亦不可得以諸法常無所有故何以故空無相無願亦無所轉亦無所還者般若波羅蜜有是教說有是施設有是分別分部有是宣示分流般若波羅蜜有是教者如是爲大清淨教般若波羅蜜教亦無說者亦無受者亦無取證者若無說無受無證如是爲無般泥洹者若無般泥洹者於是教法中亦爲無有尊祐福田

等品第四十五

須菩提白佛言世尊是般若波羅蜜無有底荅言虛空無有際故世尊波羅蜜等荅言諸法等故世尊波羅蜜寂靜佛言常空故世尊波羅蜜無能伏者佛言諸法無所有故世尊種種波羅蜜空荅言亦無字亦無身故世尊波羅蜜空荅言呼吸出入不可見故世尊波羅蜜無有事行荅言無所覺無所行故世尊波羅蜜無有字荅言痛想念不可見故世尊波羅蜜無有去荅言諸法無有來故世尊波羅蜜無有等佛言諸法無所取故世尊波羅蜜消荅言以諸法常盡故世尊波羅蜜不生荅言諸法無所生故世尊波羅蜜無所爲荅言無有作者故世尊波羅蜜無有智佛言智者不可見故世尊波羅蜜無所越荅言索生死不可見故世尊波羅蜜無所敗荅言諸法無有壞故世尊波羅蜜如夢荅言夢中所有不可見故世尊波羅蜜如響荅言無有聞聲故世尊波羅蜜如光影荅言面像不可見故

世尊波羅蜜如炎荅言水流不可得故世尊波羅蜜如幻荅言術事不可得故世尊波羅蜜無著佛言緒不可見故世尊波羅蜜不斷荅言無有緒故世尊波羅蜜不出荅言無有窟故世尊波羅蜜不戲荅言諸戲已滅故世尊波羅蜜無貢高荅言諸貢高已滅故世尊波羅蜜不動轉荅言法性住故世尊波羅蜜無住荅言諸法審爾等故世尊波羅蜜無所住立荅言諸法無念故世尊波羅蜜寂荅言諸法想行不可見故世尊波羅蜜無婬荅言婬不可見故世尊波羅蜜無恚荅言無有恚不可見故世尊波羅蜜不癡荅言滅諸冥故世尊波羅蜜無有垢荅言無有狐疑故世尊波羅蜜非衆生荅言無有衆生故世尊波羅蜜無所除荅言諸法無所處故世尊波羅蜜兩際不滅荅言離於際故世尊波羅蜜不破荅言諸法不受故世尊波羅蜜無所批荅言度諸聲聞辟支佛地故世尊波羅蜜無所分别荅言諸法無有擇故世尊波羅蜜無有限荅言諸法不可平相故世尊波羅蜜虛空荅言諸法不可計故世尊波羅蜜無常佛言諸法壞敗故世尊波羅蜜苦荅言諸法無有黨與師子戰故世尊波羅蜜無有我荅言諸法無所入故世尊波羅蜜空荅言諸法不可見故世尊波羅蜜無有想荅言諸法無所出生故世尊波羅蜜內空荅言內空不可得故世尊波羅蜜外空荅言外空法不可見故世尊波羅蜜內外空荅言內外空不可見故世尊波羅蜜空空荅言空空不可見故世尊波羅蜜大空荅言諸法不可見故世尊波羅蜜至

竟空荅言無爲法不可見故世尊波羅蜜有爲空荅言有爲法空不可見故世尊波羅蜜常空荅言常空故世尊波羅蜜無有際空荅言無有無際不可見故世尊波羅蜜所作事空荅言所作事不可見故世尊波羅蜜性空荅言有爲性法不可見故世尊波羅蜜諸法空荅言内外空不可見故世尊波羅蜜自相空荅言自相寂故世尊波羅蜜有無空空荅言有無空不可得故世尊四意止波羅蜜荅言身痛意法不可見故世尊四意斷波羅蜜荅言善惡法不可見故世尊神通波羅蜜荅言四神足不可見故世尊五根波羅蜜荅言五根不可見故世尊波羅蜜力荅言五力不可得見故世尊波羅蜜覺荅言七覺意不可見故世尊波羅蜜道荅言八字不可見故世尊波羅蜜無願荅言願不可見故世尊波羅蜜空荅言空事寂不可見故世尊波羅蜜無相荅言靜事不可見故世尊波羅蜜脱荅言八惟無不可見故世尊波羅蜜定荅言九次第禪不可見故世尊波羅蜜檀荅言妬嫉不可見故世尊波羅蜜戒荅言惡戒不可見故世尊波羅蜜羼荅言忍不可見故世尊波羅蜜惟逮荅言精進懈怠不可見故世尊波羅蜜禪荅言定以亂不可見故世尊波羅蜜慧荅言惡智與慧不可見故世尊波羅蜜十力荅言諸法無有可伏故世尊波羅蜜勇悍荅言通事慧不可見故世尊波羅蜜分別智荅言一切慧無閡故世尊佛法波羅蜜荅言過諸法故世尊如來波羅蜜荅言所說無有異故世尊波羅蜜自然荅言般若波羅蜜自然

諸法中得自在故世尊佛法波羅蜜荅言諸法事阿惟三佛故

放光般若波羅蜜經卷第十四

音釋

毀訿毀虎委切謗也訿蔣氏切亦毀也　怯乞業切畏懦也　僧涅梵語也此云著又梵語僧那此云鎧僧涅僧那謂著鎧也涅乃結切　要誓要伊堯切約也誓時制切約信曰誓　竹葦葦羽鬼切大葭也初生名葭稍大爲蘆長成乃名爲葦　批蔣氏切捽也　勇悍悍侯旰切有力也勇一云謂勇健有力也　閡牛代切妨也阻也

放光般若波羅蜜經卷第十五

西晉三藏無羅叉共竺叔蘭譯

眞知識品第四十六

爾時釋提桓因意念善男子善女人聞般若波羅蜜過耳者皆是過去佛時作功德人爲已與眞知識相得何況受持諷誦讀說行中事者是人已更供養若干諸佛能爲人問能爲人解今復受持般若波羅蜜如其中教善男子善女人聞般若波羅蜜不恐不怖者其人已於若干百千劫中行六波羅蜜中事所致舍利弗白佛言世尊若有善男子善女人聞深般若波羅蜜不恐不怖不怯不懼聞已便能受持諷誦行其中事當視是輩菩薩當如阿惟越致何以故般若波羅蜜甚深故未能行六波羅蜜者終不能解如是世尊若復有善男子善女人欲誹毀般若波羅蜜者其人本以輕易般若波羅蜜已所以者何聞說深般若波羅蜜不信樂故未曾從佛及弟子衆聞行六波羅蜜所致不聞内外空及有無空所致不聞三十七品佛十種力及十八法所致釋提桓因問舍利弗般若波羅蜜有何等奇特新學菩薩聞深般若波羅蜜云何解六波羅蜜云何解内外空及有無空云何解三十七品十種力十八法釋提桓因語舍利弗言般若波羅蜜者有大名稱諸不恭敬般若波羅蜜者爲不恭敬薩云若慧佛告釋提桓因言如是拘翼不恭敬般若波羅蜜者爲不恭敬薩云若慧何以故諸佛如來薩云若慧皆於中生拘翼善男子善女人欲住薩云若者當住般若波羅蜜欲發道慧者當習行

般若波羅蜜善男子善女人欲離諸習緒當習行般若波羅蜜欲轉諸佛法輪者當習行般若波羅蜜善男子善女人欲得須陀洹斯陀含阿那含羅漢辟支佛道三耶三菩佛道者當習行般若波羅蜜欲總持比丘僧者當習行般若波羅蜜釋提桓因白佛言菩薩云何住六波羅蜜云何習六波羅蜜云何行般若波羅蜜習內外空及有無空云何行三十七品四無所畏十八法佛告釋提桓因言善哉善哉拘翼承佛威神乃能作是問如來無所著等正覺佛言菩薩行般若波羅蜜者不住於五陰如五陰不住者爲習五陰不住於眼耳鼻舌身意不住於色聲香味細滑法不住十二衰者爲習十二衰不住六波羅蜜者爲習六波羅蜜不住內外空及有無空者爲習內外有無空不住三十七品四無所畏十力至十八法者爲習十八法何以故不見五陰有可住可習者乃至十八法亦不見可住可習者復次拘翼菩薩於五陰不合者爲習五陰乃至佛十八法不合者爲習佛十八法何以故菩薩索過去五陰不可得見當來五陰不可得見現在五陰亦不可得見乃至佛十八法亦如是舍利弗白佛言般若波羅蜜甚深佛言五陰如亦甚深舍利弗乃至十八法如亦甚深世尊般若波羅蜜甚深難持難受佛言五陰難持難受故般若波羅蜜難持難受乃至十八法難持難受故般若波羅蜜難持難受世尊般若波羅蜜不可平相佛言五陰不可平相故般若波羅蜜不可平相乃至十八法不可平相故般若波羅蜜不可平

相佛告舍利弗若菩薩行般若波羅蜜不行深五陰爲行般若波羅蜜乃至十八法深不行爲行般若波羅蜜何以故以五陰深爲非五陰乃至十八法甚深爲非十八法佛言若菩薩行般若波羅蜜不行五陰難持難受爲行般若波羅蜜何以故若五陰難持難受者爲非五陰若十八法難持難受者爲非十八法舍利弗菩薩行般若波羅蜜不行不可平相五陰爲行般若波羅蜜何以故若五陰不可平相者爲非五陰乃至佛十八法不可平相者爲非十八法舍利弗白佛言般若波羅蜜甚深難解不可平相不當於新學菩薩前說是深般若波羅蜜聞者或恐或怖狐疑作礙不信不樂當爲阿惟越致菩薩摩訶薩說是深般若波羅蜜聞是終不恐怖終不疑礙聞則信解釋提桓因問舍利弗正使於新學菩薩前說深般若波羅蜜有何等過舍利弗語釋提桓因言若於新學菩薩前說者便能恐怖便能誹謗便不得度脱便受劇惡之罪更倍久難乃能成阿耨多羅三耶三菩釋提桓因問舍利弗頗有未受記莂菩薩聞是深般若波羅蜜不恐不怖者不舍利弗言有聞是深般若波羅蜜不恐不怖者今受記莂不久不過更見一佛兩佛便受記莂爾時世尊告舍利弗如是如是若有聞深般若波羅蜜不恐不怖者當知是輩菩薩摩訶薩人發意已久行六波羅蜜已久供養諸佛所行轉轉出於本所聞所行者上舍利弗白佛言世尊所說者我已解所言世尊若善男子善女人發菩薩意者若於夢中行六波羅蜜若坐於

佛坐當知是善男子善女人不久近阿耨多羅三耶三菩悉於夢中所作如是當近阿耨多羅三耶三菩不久何況行六波羅蜜求阿耨多羅三耶三菩而不疾成三耶三佛善男子善女人聞是深般若波羅蜜能奉行者於善本功德爲已成就已曾供養過去無央數諸佛爲與真知識相得受持諷誦般若波羅蜜得阿耨多羅三耶三菩記莂不久當知是菩薩於阿耨多羅三耶三菩不復動轉今現在信者亦當知是甫當來信者亦復如是世尊譬如有人若行百俞旬若二百俞旬至四百俞旬所經過處飢饉賊寇梗澀劇難遥見樹木若放牧之地當知居家去是不遠便自歡喜今我爲得脫此諸難不復恐畏不復飢饉受持深般若波羅蜜者當知是菩薩爲已受記成阿耨多羅三耶三菩不復久是菩薩不畏當墮羅漢辟支佛地是者則菩薩摩訶薩應成之兆佛語舍利弗汝所說辯才者皆是佛事舍利弗白佛言世尊譬如有人欲見大海便發往趣大海不懈止亦不見樹亦不見山便作念言今近大海不久雖不見大海於中生想言如我所見相知我今至海不久世尊菩薩摩訶薩當作是知聞受持般若波羅蜜諷誦讀者雖不面於諸如來無所著等正覺前受阿耨多羅三耶三菩劫數之記然自知成三耶三佛不久何以故已得見般若波羅蜜受持諷誦故世尊譬如人見春天諸樹萠牙含氣當知是樹枝葉花實將生不久何以故是樹先有瑞應故閻浮提人見瑞應莫不歡喜者世尊菩薩得見聞般若波羅蜜

聞已受持諷誦念習行中事當知是菩薩功德已成滿已供養若千百千諸佛逮前功德之所扶接便成阿耨多羅三耶三菩天上諸天曾見諸佛皆歡喜言前過去諸菩薩皆受記莂瑞應亦如是世尊譬如母人懷妊稍稍長大坐起不安行步無便氣力轉微食飲損少卧起不寧稍稍覺痛猒本所習皆受諸惱異母人覩見瑞應知是婦人今產不久菩薩摩訶薩已作善本供養若千百千諸佛從久遠作行常與眞知識相得功德成就菩薩摩訶薩行諸功德故便得般若波羅蜜已便受持諷誦習行中事如法住者世尊當知是菩薩摩訶薩受阿耨多羅三耶三菩記莂終不復久佛言善哉善哉舍利弗汝乃作是問者皆是佛事須菩提白佛言甚奇甚特世尊悉豫知菩薩所應佛語須菩提菩薩摩訶薩發阿耨多羅三耶三菩欲益衆生安隱一切及天與人欲以四事受行菩薩道者何等爲四一者施與二者仁愛三者利人四者同義勸彼令行十善自行四禪及四空定勸彼使行四禪及四空定自行六波羅蜜勸彼令行六波羅蜜以般若波羅蜜勸令人得須陀洹道自於內不爲勸人行羅漢辟支佛道自於內不爲不受羅漢辟支佛證勸助無央數億百千菩薩令行六波羅蜜自過於阿惟越致地勸彼住阿惟越致地自淨佛國土勸彼淨佛國土自具神通勸彼修神通自淨陀隣尼門勸彼令淨陀隣尼門自行具足辯才勸彼令行辯才自成就身相勸彼令成身相自成童男地勸彼令修淨潔行地自得佛十力勸彼

使行十力自逮薩云若勸彼令逮薩云若自離諸習緒勸彼令離習緒自轉法輪勸彼令轉法輪須菩提白佛言世尊甚奇甚特菩薩摩訶薩爲衆生普具足作功德行般若波羅蜜求阿耨多羅三耶三菩世尊菩薩摩訶薩念般若波羅蜜云何當得具足佛言行般若波羅蜜亦不見五陰有增有減是故菩薩摩訶薩行般若波羅蜜得具足念乃至薩云若亦不見有增有減是爲菩薩得具足念復次須菩提行般若波羅蜜菩薩亦不見是法亦不見非法亦不見過去當來今現在惡法善法亦不見受記莂亦不見不受亦不見有爲法亦不見無爲法亦不見三界亦不見六波羅蜜乃至薩云若亦無所見是故菩薩般若波羅蜜得具足念何以故諸法法之相法不壞空無堅固侵誑之貌法亦無生無壽無命故須菩提言世尊所說不可思議佛言須菩提以五陰不可思議故所說不可思議六波羅蜜乃至薩云若不可思議故所說不可思議須菩提若有菩薩行般若波羅蜜知五陰不可思議則知具足般若波羅蜜乃至薩云若知不可思議則具足知般若波羅蜜須菩提白佛言世尊深般若波羅蜜誰當信解者佛言菩薩久行六波羅蜜多作諸善本已供養過去無央數諸佛已與眞知識相隨者是輩菩薩乃信解深般若波羅蜜須菩提白佛言世尊是菩薩行六波羅蜜作諸善本以來幾時供養若干佛與眞知識相得佛告須菩提菩薩摩訶薩不有名五陰不分別五陰亦不以想有名分別五陰亦不有名分別五陰

有實及諸六情三界六波羅蜜内外空及有無空三十七品佛十八法道慧及薩云若亦不有名分別亦不以想有名分別有虚有實何以故須菩提以五陰不可思議乃至薩云若亦不可思議以是故菩薩摩訶薩久行六波羅蜜多作諸善本與眞知識相得須菩提白佛言世尊般若波羅蜜者甚深以五陰甚深故般若波羅蜜甚深以薩云若甚深故般若波羅蜜甚深世尊般若波羅蜜者珍寶之積聚是須陀洹及羅漢辟支佛寶之積聚亦是阿耨多羅三耶三菩寶之積聚亦是十力四無所畏四無礙慧四等四空定五神通三十七品佛十八法及薩云若乃至諸法寶之積聚世尊般若波羅蜜者是清淨之積聚以五陰清淨乃至薩云若清淨故世尊深般若

波羅蜜甚可奇恠於是中云何而有留難佛言有是有留難善男子善女人欲書是般若波羅蜜者當疾疾書之若欲受持若欲諷誦若欲守行者亦當疾疾爲之所以者何或未受書行之頃能有留難善男子善女人若能一月書成者若二若三若四若五若一歲成者要當書持受之諷誦學習若一月書成持學受者亦當竟之若至一歲亦當竟之所以者何多於珍寶中起諸因緣有留難故須菩提言世尊是深般若波羅蜜有書持學諷誦守行念中事者諸魔波旬常念欲斷絶之佛語須菩提正使波旬欲斷絶者會不能斷絶令不守行書持學者舍利弗白佛言世尊是阿誰恩令魔波旬不能斷絶學深般若波羅蜜者佛告舍利弗是佛之事令魔波旬不能

斷絶亦復是十方諸佛之恩擁護是菩薩受持般若波羅蜜者令魔波旬不能斷絶所以者何舍利弗菩薩受持般若波羅蜜爲佛所護持者天魔波旬終不能斷絶爲作留難何以故舍利弗諸有菩薩書持受學般若波羅蜜念諷誦者諸佛之法當應擁護令魔波旬不能中道令有留難者舍利弗是善男子善女人當作是念我今書持受學般若波羅蜜者皆是諸佛事舍利弗白佛言世尊若有善男子善女人書持受學般若波羅蜜者皆爲佛恩之所護持佛言如是如是舍利弗言世尊十方現在諸如來無所著等正覺頗知是善男子善女人書持受學般若波羅蜜念諷誦者不頗持佛眼頗知頗見不佛告舍利弗諸有書持受學般若波羅蜜諷誦行者十方

諸如來無所著等正覺已見已知諸善男子善女人行菩薩道者書持受學般若波羅蜜諷誦行者當知是人今近阿耨多羅三耶三菩不久舍利弗若復善男子善女人行菩薩道者書持受學般若波羅蜜諷誦守習行如中事愛樂供養般若波羅蜜名花擣香澤香雜香繒綵花蓋幢旛所有作是供養者諸佛以天眼悉見是善男子善女人已是善男子善女人有書持般若波羅蜜奉行學者得最大福得大功德爲得最勝行善男子善女人持善本功德終不墮惡趣至阿惟越致終無有離諸佛六波羅蜜時終不離内外空及有無空時至阿耨多羅三耶三菩終不離三十七品佛十八法時舍利弗如來去世之後是般若波羅蜜當在南方南方諸比丘比丘尼

優婆塞優婆夷亦當受學書持是深般若波羅蜜持是功德終不至惡趣受天上人中之福以奉行六波羅蜜明六波羅蜜已當復供養承事諸佛承事之後當以三乘而得度脫舍利弗般若波羅蜜所在方面所至到處四輩學士亦當受持是深般若波羅蜜書持諷誦持是功德不至惡趣受天上人中之福亦當復奉行六波羅蜜明六波羅蜜已當復供養承事諸佛承事之後以三乘法而得度脫舍利弗是般若波羅蜜當轉北去北方四輩亦當復受書持諷誦行深般若波羅蜜持是功德不生三惡趣受二道之福亦當奉行六波羅蜜亦當承事諸佛世尊復以三乘而得度脫舍利弗深般若波羅蜜是時當行佛事所以者何舍利弗我泥洹後法欲盡時我已豫知是善男子善女人受持是深般若波羅蜜者我復知是善男子善女人盡意供養般若波羅蜜所有名香繒綵華蓋持是功德不墮三惡趣受二地之善福行六波羅蜜供養諸佛以三乘法而得度脫何以故舍利弗如來已見是輩人已稱譽是人我已署是人所在十方現在諸佛亦復稱譽亦見是人亦署是人已舍利弗白佛言世尊是般若波羅蜜後當普在北方耶佛言如汝所說乃後世時善男子善女人受學書持行般若波羅蜜者當知是人久發大乘意已更供養若千諸佛作諸善本舍利弗白佛言世尊後北方面當有幾所善男子善女人行菩薩道受持般若波羅蜜諷誦解者佛告舍利弗後北方世雖多有善男子善女人受持般若波羅蜜者少

有成大乘者耳舍利弗是善男子善女人行菩薩道者聞說深般若波羅蜜不難不猒而不恐怖所以者何善男子善女人已爲見佛已從諸佛聞深法已所以者何是善男子善女人已爲具足六波羅蜜爲已具足內空外空及有無空已爲具足佛十八法三十七品是善男子善女人多作諸功德發阿耨多羅三耶三菩爲一切衆生故舍利弗我爲是善男子善女人說薩云若慧過去諸如來無所著等正覺亦復說應薩云若慧諸求阿耨多羅三耶三菩者皆爲生老病死故亦復爲彼說阿耨多羅三耶三菩諸慧之事是善男子善女人從小至竟求阿耨多羅三耶三菩魔及魔天終不能壞何況其餘有惡行者而欲誹謗深般若波羅蜜舍利弗是善男子善女人聞深般若波羅蜜者便得最妙歡喜立多所人於阿耨多羅三耶三菩佛言我爲菩薩時亦復作是誓我等亦當立無央數衆生勸令行菩薩道我等亦當受阿耨多羅三耶三菩不動轉記若有菩薩發意者我代歡喜諸有勸人使發阿耨多羅三耶三菩者我亦代歡喜善男子善女人行般若波羅蜜者爲已於過去諸佛前作是誓已今復於我前誓願衆生我當饒益安隱衆生我當勸助一切衆生立阿耨多羅三耶三菩意使不動轉所以者何過去諸佛亦復代諸發意菩薩作是誓者代其歡喜舍利弗我代歡喜者善男子善女人亦爲復欲安隱一切勸助衆生使立阿耨多羅三耶三菩離於六衰得淨妙行已自清淨復以淨施淨妙施已便受淨妙功德之

福受淨妙福已復爲衆生故分别内外所有令衆生得淨妙福持是功德遍至十方諸佛國土説般若波羅蜜處而得聽受聞受已亦復於彼勸發衆生令立阿耨多羅三耶三菩意舍利弗白佛言甚奇世尊如來無所著等正覺所説過去當來今現在之法無所不知衆生之行無事不知乃復知諸當來過去現在佛事衆僧之事或有善男子善女人得六波羅蜜欲諷誦受持或意進退便不能得學六波羅蜜若善男子善女人求六波羅蜜意不進退精進不懈便能一時具足六波羅蜜舍利弗白佛言善男子善女人如是行者便得深經爲應般若波羅蜜耶佛言如是深經者爲應般若波羅蜜何以故用能勸助安立衆生令發阿耨多羅三耶三菩故舍利弗是善男子善女人於六波羅蜜不捨生老病死精進不怠如般若波羅蜜教淨佛國土教化衆生令立阿耨多羅三耶三菩志終不懈怠

覺魔品第四十七

須菩提白佛言世尊歎説是善男子善女人發阿耨多羅三耶三菩行六波羅蜜者攝取佛國教化衆生其德乃爾是善男子善女人云何而趣斷絶留難佛告須菩提言辯不即生者當知魔事須菩提言世尊云何菩薩辯不即發知是魔事佛言菩薩行般若波羅蜜具足六波羅蜜久久乃成以是故菩薩辯不即生當知魔事也須菩提菩薩辯才卒起亦是魔事世尊何以故辯才卒起復是魔事佛言是菩薩行六波羅蜜卒起辯事所以者何學無本末辯起太卒不能究竟是故當知魔

事菩薩書是經時轉相形笑志亂不定衆意不和知是菩薩則爲魔事書是經時意自念言我不得是經中滋味便捨而去當復知是魔事須菩提說是經時若受持之貢高綺語隱置他人者復是魔事受持諷誦學是經時各自貢高轉相形笑菩薩當覺是爲魔事須菩提受是經時各各志亂意不和同者當知是爲菩薩魔事須菩提言世尊云何不得經中滋味便棄捨去當覺魔事佛言是輩菩薩未曾習行六波羅蜜不聞般若波羅蜜自生意念言我無有記莂於六波羅蜜以是故聞般若波羅蜜不喜樂悅便棄捨去當知是爲菩薩魔事世尊云何菩薩言我無記莂不樂便去佛言未得菩薩道者終不記阿耨多羅三耶三菩莂是故言我無有莂於六波羅蜜便棄捨去當知是爲菩薩魔事若有菩薩意念言我鄉里不聞般若波羅蜜及所生處亦不聞是復棄捨去不復欲學般若波羅蜜意轉一念轉却一劫隨其轉意多少之數當更乃爾所劫甫當復更學餘經不住薩云若亦不至薩云若是輩菩薩爲棄其根而攀枝條當知是爲菩薩魔事須菩提言世尊何等經不從薩云若中出而欲學誦餘經佛告須菩提聲聞所應三十七品法及三脫門善男子善女人住是中求取須陀洹道斯陀含阿那含阿羅漢道不取薩云若然自作礙須菩提是爲捨本攀枝者所以者何是菩薩亦復出生於般若波羅蜜中般若波羅蜜者亦出道法俗法菩薩學般若波羅蜜者亦當學道法亦當學俗法譬若有狗得大家所食不肯食

之得使人之食而便食之須菩提當來有學菩薩道者得深般若波羅蜜更棄捨去反攀枝條須菩提當知是爲菩薩魔事復次須菩提譬如有人欲得見象得象捨去反求象跡於意云何是人爲黠不須菩提言爲不黠當來之世有行菩薩道者得深般若波羅蜜反棄捨去更學聲聞辟支佛經法於意云何是菩薩爲黠不須菩提言爲不黠佛言是菩薩當覺魔事須菩提譬如有人欲見大海已見捨去反觀牛跡之水便言海之大小孰愈於此於意云何是人爲黠不須菩提言世尊爲不黠佛言當來有學菩薩道者得深般若波羅蜜亦棄捨去反學聲聞辟支佛經法於中受學諷誦須菩提是輩菩薩當覺魔事須菩提譬如工匠欲以揆則日月殿舍之模豎立安造帝釋之殿於意云何彼匠雖巧寧能作不須菩提言世尊此事甚難非是凡夫世愚之士所能作者佛言當來之世有行菩薩道者得學深般若波羅蜜中道而棄捨去更於聲聞辟支佛經法中欲以具足薩云若薩云若事於意云何是人寧能成薩云若不須菩提言所不能成佛言是菩薩當覺魔事須菩提譬如有人欲見轉輪聖王見已反觀小王諦熟視之便言聖王之體與此何異是人爲黠不須菩提言世尊爲不黠佛言當來有少德之人學菩薩道者得聞深般若波羅蜜學持守行中道捨棄更受羅漢辟支佛經法復言我當於中具薩云若於意云何是菩薩爲黠不須菩提言世尊爲不黠佛言是爲菩薩魔事譬如飢人得百味食更念欲得六十味

食捨百味去食六十味於意云何是爲黠不須菩提言世尊爲不黠佛言當來有學菩薩道者得深般若波羅蜜棄捨去已更於聲聞辟支佛經法中求薩云若是菩薩爲黠不須菩提言爲不黠佛言是爲菩薩魔事譬如士夫得無價摩尼寶已反比水精於意云何是爲黠不須菩提言世尊爲不黠佛言當來有學菩薩道者得深般若波羅蜜已更棄捨去反持比聲聞辟支佛經法於聲聞辟支佛經法中欲得薩云若寧爲黠不須菩提言爲不黠佛言是爲菩薩魔事復次須菩提若有善男子善女人書般若波羅蜜已於中他因緣起便不得書或復有色聲香味細滑法之留難或復有檀波羅蜜留難尸波羅蜜留難羼提波羅蜜留難惟逮波羅蜜留難禪波羅蜜留難乃至阿耨多羅三耶三菩皆爲作留難何以故須菩提般若波羅蜜者非是留難不可思議亦非選擇不生不滅不著不斷無礙非見非行非倚所以者何須菩提般若波羅蜜無是等像法若有菩薩書是經時若有是輩留難事者當知是爲魔事須菩提白佛言世尊是般若波羅蜜可得書耶佛言不也何以故般若波羅蜜者其實不可見至檀波羅蜜實不可見乃至薩云若亦不可見諸所有者皆不可見何以故無所有故無所有者不可書也須菩提善男子善女人行菩薩道者作是念言是深般若波羅蜜無所有者是爲菩薩魔事須菩提言世尊諸行菩薩道者書是深般若波羅蜜經字已入是字中便言我書般若波羅蜜世尊是六波羅蜜無有字法

所以者何六波羅蜜無有文字五陰亦無有文字乃至薩云若亦無文字世尊善男子善女人行菩薩道者從六波羅蜜乃至薩云若作無文字入般若波羅蜜者亦是菩薩魔事須菩提善男子善女人行菩薩道者書般若波羅蜜時若起想念郡國縣邑丘聚村落若聞父母所尊之聲意念父母若念兄弟姊妹若念兵賊婬欲之事作是念已復生餘念魔波旬復益其念作是留難欲令中斷使不書持須菩提是爲菩薩魔事若善男子善女人行菩薩道者書持般若波羅蜜時若供養事起衣被財利飲食牀卧病瘦醫藥言我書般若波羅蜜故得是供養於是樂者當覺魔事須菩提書是經時魔波旬於菩薩前說種種異深經之事菩薩有漚惒拘舍羅者不受魔所說何以故是經不能令人至薩云若故須菩提若是菩薩無漚惒拘舍羅意者聞深般若波羅蜜便欲捨去佛言我廣爲諸菩薩說漚惒拘舍羅事欲得漚惒拘舍羅事者當從深般若波羅蜜中索之須菩提善男子善女人求菩薩乘者捨深般若波羅蜜欲從聲聞辟支佛經法中求漚惒拘舍羅須菩提當知是爲菩薩魔事

放光般若波羅蜜經卷第十五

音釋

飢饉 飢居希切穀不熟曰飢饉渠吝切菜不熟曰饉 梗澀 梗古杏切澀色立切梗澀謂道跡梗塞不通也 痱癗 痱部浼切癗勒罪切痱癗皮外小起也 懷妊 妊汝鴆切孕也 署 常恕切表識也 揆則 揆巨癸切度也揆則謂揆度則傚之也 竪 竪上主切竪立也

放光般若波羅蜜經卷第十六

西晉三藏無羅叉共竺叔蘭譯

不和合品第四十八

佛告須菩提有人樂聽樂受般若波羅蜜爲法師者身體疲極不能所說當覺魔事佛言若法師者身體安隱欲有所說而受法者著餘因緣各自罷散當覺魔事須菩提受經之人欲書般若波羅蜜爲法師者欲有所至是爲魔事爲法師者欲得供養牀卧飲食病瘦醫藥所有衣被受經之人少欲知足寂無與心便不和合是爲魔事須菩提法師之人少欲知足守戒不貪志常精進樂在禪定受經之人不知猒足貪求供養兩不和合是爲魔事須菩提法師之人阿練宴寂行十二法受經之人不能宴坐又不奉行十二法事須菩提受經之人持十二法能獨宴寂爲法師者永無此志兩不和合不得書學是爲魔事須菩提受經之人精進有信奉戒如法樂般若波羅蜜爲法師者多欲犯律不能守戒須菩提爲法師者精進信樂奉律禁戒行般若波羅蜜受經之人多有所毁犯戒違律兩不和合是爲魔事須菩提爲法師者無所貪求好喜施與志願廣普受經之人多求有欲貪恡愛惜志礙意狹兩不和合須菩提若受經之人更無所欲好施不貪志願無礙爲法師者反更貪求無有止足志意狹小兩不和合是爲魔事須菩提受經之人欲供養與爲法師者所有之具爲法師者不肯受之不得學持般若波羅蜜須菩提爲法師者希望供養衣服所有受經之人更廉潔守節不慕利養復

不和合是爲魔事須菩提爲法師者明於經
道勇辯智猛煞受經者闇塞遲鈍志不時悟
須菩提受經之人志明意達智辯纎悟爲法
師者貪闇不達而不和合是爲魔事須菩提
爲法師者明十二部經次第解說無所乏短
受經之人不知次第未了逆順須菩提若受
經者明解次第解十二部經知逆順事爲法
師者更不能了志不和合是爲魔事須菩提
爲法師者具足六波羅蜜受經之人不能具
足或受法者具足六波羅蜜爲法師者更不
具足兩不和合是爲魔事須菩提爲法師者
具足六度兼有漚惒拘舍羅受經之人既無
六事復無漚惒拘舍羅兩不和合是爲魔事
須菩提爲法師者得陀隣尼受經法者無若
受法者得陀隣尼爲法師者無兩不和合是

爲魔事須菩提受經之人欲書般若波羅蜜
以爲經卷爲法師者而不肯與爲法師者適
欲與經受法之人不欲書寫亦不和合是爲
魔事須菩提爲法師者五陰蓋所見纏裹受
經之人無有覆蓋志不和合若受經者迷於
五蔽爲法師者陰蓋已盡兩不和合是爲魔
事須菩提書是般若波羅蜜時或有人來說
三惡趣苦難之劇語其人言我能使卿離懃
苦事用是阿耨多羅三耶三菩學爲是爲魔
事須菩提書般若波羅蜜若欲說時反有人
來稱譽天上欲天快樂五欲自恣飮食服御
妓樂自然色天所有以禪爲樂爲食無色天
以寂爲食爲樂從四王天至無有思想無有
思想慧天三界雖樂是亦無常苦空無我皆
當滅盡不得久立不如更受羅漢辟支佛法

莫樂三界受是生死是爲菩薩魔事爲法師者欲得寂志獨處其受經法者多將人衆樂在憒鬧若法師者意樂人衆而受經者更樂寂獨亦不和同當覺魔事若法師者意樂人衆多畜弟子受經之人不同比輩欲得獨爾若受法者欲樂多輩法師欲寂亦不和合是爲魔事爲法師者而自尊重欲得恭敬受經者慢意無恭敬若法師者無欲於時不喜順敬然受法者好行恭敬亦不和合是爲魔事若法師者書般若波羅蜜時意欲受取受經之人永無與心意不和合是爲魔事若受經者書般若波羅蜜時念欲轉從般若波羅蜜於中起意欲得財利是爲魔事若法師者欲至危命穀貴之處受經者不樂不能隨從亦不和同是爲魔事法師之人欲至豐樂穀賤之處其受經者皆悉樂從法師中道更作留難汝輩但欲貪於供養欲隨我取不知前至當得與不其受經者見發遣相稍稍還去是爲魔事若法師者語受經法者言我欲所至道過空澤彼有盜賊野人獵師又多虎狼蛇虺毒蟲汝能隨我忍此苦不受法者聞意不喜樂不能隨去作是罣礙不得書成受學是經是爲魔事法師之人曾所教授數往之處其受法者欲隨詣彼中道法師語受經者言今我蹔當有所經過卿且還去受經者愁憂不得隨從不聞不得受持般若波羅蜜是爲魔事復次須菩提彼魔波旬意常計念欲作沙門被服常欲壞亂不欲令有書持諷誦學般若波羅蜜者須菩提白佛言世尊波旬何以故常作沙門被服壞敗不欲令人有受學

般若波羅蜜者佛語須菩提波旬作沙門被服欲敗壞别離學般若波羅蜜者復語人言按我經中教法觀鄉經中事非般若波羅蜜須菩提未受記莂聞是說者便有狐疑適有疑意便不復書持受學般若波羅蜜是爲菩薩魔事須菩提波旬復作比丘形像語學般若波羅蜜者言善男子善女人有學諷誦受持般若波羅蜜者得眞際之證得須陀洹羅漢辟支佛道作是留難事便不復學受書持般若波羅蜜是爲魔事須菩提說是深般若波羅蜜時多有魔事起欲令斷絶是故須菩提當覺魔事須菩提言世尊菩薩云何當覺魔事遠離魔事佛語須菩提其事但像類六波羅蜜有覺是者是則爲護遠離魔事菩薩常當遠離羅漢辟支佛所應行經法當遠離之復次須菩提波旬於菩薩前說内空外空及有無空三十七品至三脫門是爲羅漢所得道事是爲魔事波旬復化作如來身金色光相來至菩薩所令諸菩薩起想起想者於薩云若則爲耗減當知是爲魔事須菩提波旬復作佛形像諸比丘衆相隨到是善男子善女人所是善男子善女人便起想言當來之世令我得身諸弟子衆於中說法亦如今日作是想者於薩云若則爲耗減波旬復化作無央數百千菩薩行六波羅蜜者於是善男子善女人前見已復於中起想起想者則爲耗減薩云若是爲魔事何以故須菩提般若波羅蜜者無有五陰乃至於道亦無所有無有五陰無有道者亦無佛法及弟子衆所以者何諸法盡空無所有故須菩提善男子

善女人書是般若波羅蜜時若諷誦讀多有起因緣譬如閻浮提大長者家多有金銀真珠瑠璃上妙珍寶多有憎嫉者善男子善女人受持諷誦般若波羅蜜者多有憎嫉而欲壞者須菩提言如是世尊多有魔事多憎嫉者何以故愚癡少智之士爲魔所使專行斷壞受學般若波羅蜜者是輩壞法之人意終不復在是妙法之中佛言如須菩提所言是愚癡之士爲魔所使專行敗壞是輩愚癡壞法之人新學適聞法所致不作功德善本不多所致未與真知識相得所致不供養過去諸如來無所著等正覺所致須菩提若書持般若波羅蜜諷誦讀說受行守持無有留難魔事不起無此難者便能具足六波羅蜜至薩云若亦無有難若有是善男子善女人書持諷誦般若波羅蜜者便具足五波羅蜜及薩云若已當知是爲佛事若復具足內外空及有無空三十七品佛十八法及十種力具足薩云若者當知是亦爲佛事十方現在諸如來無所著等正覺亦以佛事如是善男子善女人行般若波羅蜜者十方現在諸阿惟越致菩薩摩訶薩亦復擁護是善男子善女人行般若波羅蜜者亦復勸助之

大明品第四十九

佛告須菩提譬如母人一一生子從一數至于千人母中得病彼諸子等各各求救療治所進寒溫燥濕將育所宜令母安隱所以者何長我曹等得見日月我不孝養永不報恩如是須菩提諸如來無所著等正覺常以佛眼視行般若波羅蜜者何以故深般若波羅

蜜者爲世間之大明也十方諸如来無所著等正覺亦以佛眼常視行般若波羅蜜者何以故深般若波羅蜜者生諸如来無所著等正覺使得見薩云若慧以是故諸如来無所著等正覺常等視行般若波羅蜜者諸如来五波羅蜜者亦生是中内空外空及有無空三十七品皆於中生十力十八法薩云若亦皆於中生須陀洹斯陀含阿那含阿羅漢辟支佛道三耶三佛道皆從般若波羅蜜中出生過去當来今現在諸佛皆從深般若波羅蜜中出生自致得成阿耨多羅三耶三菩阿惟三佛須菩提若有善男子善女人書持受學般若波羅蜜者諸佛常以佛眼視是輩行般若波羅蜜者諸佛常擁護之使不動轉至阿耨多羅三耶三菩令不耗減須菩提白佛言如世尊所說般若波羅蜜者是菩薩之母爲世間之大明世尊般若波羅蜜云何是菩薩之母云何是世間之大明云何出生諸佛云何爲示現世間明佛告須菩提般若波羅蜜者生佛十力及十八法生薩云若如来示現是諸法已具是故諸如来從般若波羅蜜生世間者謂如来說五陰世尊云何深般若波羅蜜示現五陰佛言般若波羅蜜亦不生五陰示現亦不滅五陰示現亦不著亦不斷亦不增亦不減亦不持亦不捨亦不過去當来今現在何以故空無相無願亦不成敗示現亦不現有爲亦不現無爲亦不示現無所生亦不示現無所有亦不示現實諸法如是不示現成敗須菩提是爲般若波羅蜜示現世間須菩提般若波羅蜜亦知一切衆生意

行般若波羅蜜不知衆生之處亦不知諸陰六情之處乃至薩云若亦不知處須菩提是爲深般若波羅蜜示現世間深般若波羅蜜者亦不示現五陰乃至薩云若亦不示現何以故深般若波羅蜜亦不見深般若波羅蜜何况當見五陰乃至薩云若當有所見須菩提所謂名衆生欲界形界無形界是普世及十方衆生亂意定意如来悉知復知一切無央數事須菩提云何如来悉知衆生餘無數事以法故有亂意無亂意如来悉知以何等法知衆生亂意定意佛告須菩提法尚不可得見何况欲得衆生有亂有定以是故知須菩提如来無所著等正覺知衆生意有亂有定云何而知以無常故知以脫故知以寂故知以盡故知是故知有亂有定復次須菩提如来知衆生有婬怒癡者盡知須菩提白佛言世尊云何悉知佛言知婬怒癡所有意爲非婬怒癡意何以故所有及念不可見故何况當有婬怒癡而可得者以是故如来悉知須菩提如来復知衆生無婬怒癡意者悉知何以故知所可知無婬怒癡意意亦非有意何以故兩意不合故是故如来悉知須菩提如来因般若波羅蜜悉知衆生意有廣大者悉知云何悉知須菩提如来亦不廣大衆生意亦不狹衆生意亦不增衆生意亦不減衆生意亦不来衆生意亦不遣衆生意何以故意不可得進退故以是故悉知復次須菩提如来因般若波羅蜜悉知衆生有大意者何以故知以衆生意無来無往無生無滅無住無變以是故知復次須菩提如来以般若波

羅蜜悉知衆生意無有限云何悉知須菩提亦不見衆生意有增有減有所住止何以故以衆生意無有窟不可見故以是故知復次須菩提如来因般若波羅蜜悉知衆生意不可見云何悉知以衆生意意無有形無所有故悉知復次須菩提如来因般若波羅蜜悉知衆生意不可觀云何而知須菩提如来以五眼悉見衆生意之對故以是故知復次須菩提如来因般若波羅蜜悉知衆生屈伸卷舒云何而知須菩提衆生意之屈伸卷舒者皆出五陰窟之所生生不知五陰但知出息入息有我及世但知是事其餘不識不知五陰亦復不知出息入息但知有我及世其餘不識身則是命命則是身是身非命是命非身是故須菩提如来因般若波羅蜜悉知衆

生屈伸卷舒須菩提佛知五陰云何知知五陰如知知如知無作如知無相如知無進如知無戲如知無我如知無倚如是故須菩提如来以衆生之如屈伸出入五陰之如知五陰如者是諸法之如諸法之如者則六波羅蜜如六波羅蜜如者則三十七品如三十七品如者則十八空如十八空如者則八惟無禪九次第禪如八惟無九次第禪如者則佛十力如十力如者則四無礙慧四等心四無所畏大慈大悲佛十八法如十八法如者則薩云若慧如薩云若慧如者則一切諸善法惡法道法俗法有漏無漏之法如此諸法如者則過去當来今現在之如去来今如者則有為無為法如有為無為法如者則須陀洹斯陀含阿那含阿羅漢之如羅漢如者則辟

支佛如辟支佛如者則阿耨多羅三耶三菩之如三菩如者則是道如道如者則如来之如如来如者則是一如亦不可壞亦不可別亦無有盡亦無有二不可令異須菩提是則諸法之如如来因般若波羅蜜悉皆逮覺諸法之如須菩提是般若波羅蜜者則諸如来之母則是世間之大明是故須菩提如来無所著等正覺悉知諸法之如爾非不爾無能令不爾悉知諸如諸爾以是故諸佛世尊名曰如来須菩提白佛言世尊諸法之如及爾非不爾甚深甚深世尊因如分流道化如佛所說甚深之法誰當解者唯有阿惟越致菩薩摩訶薩漏盡羅漢乃能解之耳佛語須菩提無盡之如者是誰無盡之如則是諸法無盡之如須菩提如來無所著等正覺成阿耨多羅三耶三菩時說是諸法之如

問相品第五十

爾時三千大千刹土諸欲天子諸色天子持諸名花名香而散佛上作禮却住各白佛言世尊所說般若波羅蜜者甚深甚深何等是般若波羅蜜相佛告諸天子言深般若波羅蜜者空則是相無相無願相無行之相無生滅相無著無斷相無所有之空相無所依相虛空之相諸天子般若波羅蜜甚深如是如来者爲世俗故亦不爲道不爲滅盡諸天子是相者諸天龍鬼神世間人民所不能作無能長養者所以者何諸天龍鬼神及世間人民亦是相也是故相相不相長養相相不相識相亦不識無相無相亦不識相相以無相是二皆空無能成者無能合者無能識者諸

天子是相者非五陰所作非六波羅蜜所成亦非内外空及有無空所作亦非薩云若所成諸天子是相者亦非人亦非非人亦非漏亦非不漏亦非道亦非俗亦非有爲亦非無爲爾時佛告諸天子若有人問是虛空是何等相云何諸天子是人所問爲等問不諸天子言世尊爲不等問所以者何虛空無有相無有作者佛告諸欲天子諸色天子言有佛無佛相體性常住以如来如實逮覺相性故名爲如来諸天子白佛言如来所逮覺相甚深如来從是阿耨多羅三耶三菩無礙之慧住於相聚於般若波羅蜜甚奇世尊深般若波羅蜜者是諸佛如来無所著等正覺之藏於是藏成阿耨多羅三耶三菩阿惟三佛於是藏中作行逮諸法相逮五陰相逮薩云若相佛告諸天子色者形之相所更者覺之相所受者想之相善惡者行之相所知者識之相如来以無所受相故逮得正覺無所愛惜者爲檀波羅蜜相無所腐敗者尸波羅蜜相不起恚意者羼波羅蜜相無能伏者惟逮波羅蜜相合聚衆事者禪波羅蜜相所聞即覺即知者般若波羅蜜相如是諸天子無所受相是故如来得逮正覺四禪四等四空定者則無恚之相如来不以是相得逮正覺得出三界者是三十七品之相如来不以是相逮得正覺苦相者無願脫門是寂相者則空是淨相者則無相是如来不以是相逮得正覺寂相者無所起是無所共相則十八法是如来不以是相逮得正覺露現相者則薩云若是如来不以是相逮得正覺如是諸天子如

来不以諸法相逮得正覺法是故如来名爲無礙慧於是佛告須菩提言般若波羅蜜者是諸佛如来無所著等正覺之毋般若波羅蜜者是諸佛如来世間之大明如来依是法而得有所作以是故諸如来尊敬禮事是般若波羅蜜何以故諸佛如来皆從般若波羅蜜中出是故如来之所報恩須菩提其報恩者無過如来復次須菩提云何如来爲如恩云何爲報恩如来所可乘来法所成阿耨多羅三耶三菩阿惟三佛法逮守持是所乘来法恭敬承事作禮須菩提是爲如来無所著等正覺之所知恩之所報恩復次須菩提如来之所逮法者亦無作者作者不可見故如来盡逮是法得無作法者是爲無諍法須菩提如来知恩報恩因般若波羅蜜於無作之法得逮覺法復次須菩提如来無所著等正覺行般若波羅蜜故逮諸善法而無所逮是故般若波羅蜜者是諸佛之毋爲世間之大明導須菩提白佛言世尊諸法無所知無所見無所出生云何般若波羅蜜是佛之毋云何生如来云何爲世間之大明導佛告須菩提如是如是一切諸法無知無見云何無知無見以一切諸法空故無所有不堅固無所生以是故一切諸法無所出生復次須菩提諸法無知無見云何無知無見以諸法無所入無所著故以是故般若波羅蜜是如来毋世間之導不見五陰是故爲導乃至薩云若亦無所見是故爲導以是故般若波羅蜜是諸佛毋世間之導須菩提問佛言世尊云何不見五陰爲世間導須菩提不以五陰因緣

起識者是爲不見五陰不以薩云若起想者是爲不見薩云若以是故般若波羅蜜諸如来母爲世間導復次須菩提般若波羅蜜云何是如来之母爲世間導須菩提般若波羅蜜示現世間空云何示世間空示五陰空十二衰十八性現世間十惡之法從癡有愛十二因緣示吾我根本六十二見示世間空四禪四等及四空定示世間空三十七品六波羅蜜内空外空及有無空示世間空有爲無爲之性十種力佛十八法示世間空至薩云若示世間空是故須菩提般若波羅蜜者是諸佛之母世間明導復次須菩提如来以空示於世間以空念世間知世間空以是故般若波羅蜜諸佛之母爲世間導復次須菩提般若波羅蜜者示現如来示世間空示何等空現五陰空十二衰空十八性空現薩云若空是故般若波羅蜜諸佛之母爲世間導是故須菩提示現如来示現世間不可思議示現五陰不可思議乃至薩云若示世間不可思議復次須菩提深般若波羅蜜示現如来世間之寂示現何等寂示現五陰寂及薩云若寂以是故般若波羅蜜示現如来世間之寂須菩提般若波羅蜜示現如来世間常空示何等空從五陰至薩云若示現世間常空復次須菩提般若波羅蜜示現如来世間所有空示何等空從五陰乃至薩云若示世間所有空復次須菩提般若波羅蜜示現如来所有無所有空從五陰乃至薩云若所有無所有空復次須菩提般若波羅蜜示現如来世間之滅示何等滅從五陰至薩云若是爲

世間滅以是故般若波羅蜜爲如來毋世間之導般若波羅蜜示現世間無有今世後世之相何以故是法無有今世後世之相須菩提白佛言世尊般若波羅蜜者爲大事與爲不可思議事與爲不可稱量事與爲不可限事與爲無有與等事與佛言如是須菩提是爲大事不可思議事與云何爲大事與荅言須菩提諸如來無所著等正覺救護一切衆生故不捨衆生云何爲不可思議事與諸佛事自然薩云若不可思議是故般若波羅蜜爲不可思議事與云何爲不可稱量事與佛告須菩提一切衆生受身有識無有能知稱量佛事及自然薩云若者云何爲不可限事與須菩提佛事不可限如來事亦無有限一切無有與如來等者況欲出其上是故般若波羅蜜諸如來無所著等正覺爲無有限事與須菩提白佛言世尊佛事如來事自然事薩云若不可思議不可稱量爲不可限耶佛言如是如是須菩提是佛事自然事如來事薩云若不可思議不可稱限佛告須菩提五陰乃至薩云若不可思議不可稱限須菩提諸法之法索意以想亦不可得佛言五陰不可思議不可稱限乃至薩云若不可思議須菩提言何以故世尊言五陰不可思議無有與等者乃至薩云若亦不可思議無有與等者佛言五陰不可爲作限乃至薩云若亦不可爲作限須菩提言世尊何以故五陰薩云若不可爲作限佛言五陰乃至薩云若不可思議故不可與作限於須菩提意云何不可思議不可限中寧可得五陰及與道不須菩

提言世尊不可得以是故須菩提諸法不可思議不可得限如来之法不可思議無有與等不可得限亦不可量是爲不可思議所說亦不可思議虛空不可思議亦無有與等者須菩提是如来之法非世間人及諸天阿須倫所能思議說如来不可思議不可稱量不可得限說無有與等品時五百比丘二千比丘尼漏盡意解六萬優婆塞三萬優婆夷遠塵離垢法眼生二千菩薩得無所從生法忍皆當於是賢劫中作佛

放光般若波羅蜜經卷第十六

音釋

悋（良刃切靳惜也）闇塞（闇烏紺切與暗同不明也塞悉則切窒塞也）纖（思廉切細也）纏裹（纏呈延切繞也裹古火切包也）憒（古對切亂也）蛇虺（虺詡鬼切蝮蛇也）腐敗（腐音父腐敗爛壞也）

放光般若波羅蜜經卷第十七

西晋三藏無羅叉共竺叔蘭譯

大事興品第五十一

爾時須菩提白佛言世尊是般若波羅蜜甚深甚深爲大事興不可思議不可稱量無有與等不可得限佛言如是須菩提般若波羅蜜爲大事興爲無有與等事興何以故須菩提五波羅蜜者等從中得成與般若波羅蜜相應内空外空及有無空等從般若波羅蜜中出三十七品十力十八法等從中出與般若波羅蜜相應佛地薩云若慧等從中出與般若波羅蜜相應佛告須菩提譬如轉輪聖王諸小國有事各自成辦轉輪聖王亦無所憂所以者何諸小國王素已受聖王教令故是故不復憂諸弟子法辟支佛法諸菩薩法及諸佛法等從般若波羅蜜出般若波羅蜜者爲辦其事是故須菩提般若波羅蜜爲大事興爲無有與等事興不受五陰不入五陰爲應不受不入乃至薩云若亦爾須陀洹道至羅漢道辟支佛道亦不受不入乃至阿耨多羅三耶三菩不受不入須菩提白佛言世尊云何五陰不受不入乃至阿耨多羅三耶三菩不受不入佛告須菩提於意云何頗見五陰有所入有所受不須菩提言不見世尊乃至阿耨多羅三耶三菩亦不受不入須菩提言世尊亦不見五陰有受有入亦不見三耶三佛有受有入佛言善哉善哉須菩提我亦不見五陰我亦不受持五陰乃至三耶三菩我亦不見亦不受持不見所入須菩提我於佛地亦不見薩云若亦不見如來事亦不

受亦不持是故須菩提菩薩摩訶薩亦不當受五陰亦不當入五陰於佛事薩云若事如來事亦不持亦不入諸欲天子諸色天子俱白佛言世尊般若波羅蜜甚深難了不可思議甚深微妙是智者所知解深般若波羅蜜者世尊皆是過去佛時所作功德善本所致與眞知識相得所致世尊假令三千大千世界一切衆生皆信三尊盡得須陀洹斯陀含阿那含阿羅漢辟支佛是諸聖賢所可有慧所有道德不如是善男子善女人於是深般若波羅蜜中可念觀稱樂一日之中其德出彼上何以故從須陀洹上至辟支佛智及信至無所從生法忍諸天子不如是善男子善女人於深般若波羅蜜中書持諷誦守行一日疾得泥洹勝羅漢辟支佛道所作功德或過一劫奉行餘經離般若波羅蜜不住薩云若也何以故於是深般若波羅蜜中廣説三乘令諸羅漢辟支佛各得其信不失所應諸菩薩摩訶薩亦於中成阿耨多羅三耶三菩於是諸色天子諸欲天子同時嘆言世尊是摩訶般若波羅蜜不可思議於是中出信樂使諸聲聞各得所應成須陀洹斯陀含阿那含阿羅漢辟支佛道又使諸菩薩摩訶薩得成阿耨多羅三耶三菩阿惟三佛是深般若波羅蜜亦不增亦不減諸色天子諸欲天子各以頭面著地爲佛作禮遶佛三帀已去去是不遠忽然不現各還天上須菩提白佛言若有善男子善女人聞是深般若波羅蜜即解者於何所來而生是間佛告須菩提若菩薩摩訶薩聞是深般若波羅蜜即解不猒亦

不狐疑又亦不礙意常思念欲樂得聞終不遠離若行若起若坐若卧常隨法師意不遠離須菩提譬如新生犢子意終不欲遠離其母是善男子善女人聞是深般若波羅蜜諷誦上口樂喜守行解其中義意亦不欲遠離法師須臾之間是善男子善女人本從人道中來今生是間復得爲人所以者何以是善男子善女人前世時聞是深般若波羅蜜書持諷誦守行中事供養花香繒蓋幢旛以是功德從人道中來今得深般若波羅蜜聞便即解須菩提白佛言世尊頗有菩薩摩訶薩如佛所說所作功德善本具足供養諸佛復有從彼來生是間復得深般若波羅蜜書持諷誦信樂守行有是者無佛告須菩提有從他方供養諸佛從聞深般若波羅蜜以是故來生是間復得深般若波羅蜜聞便即解信樂守行復次須菩提當知是菩薩摩訶薩從兜術天上亦復具足功德善本何以故是菩薩從彌勒菩薩所聞是深經以是故今來生是間得深般若波羅蜜聞便即解信樂守行須菩提若有菩薩於深般若波羅蜜有狐疑猒意者是人前世時聞深般若波羅蜜不問中慧是故今來雖生是間聞六波羅蜜意續狐疑不信不受亦不喜樂復次須菩提是人本聞内空外空及有無空亦不問中事是故今續不信不樂是人前世聞三十七品佛十八法不信不樂不問中事是故今來聞般若波羅蜜驚怔狐疑不信不樂復次須菩提若有菩薩聞般若波羅蜜從一日至五日常問中事用是故所生處常得聞深般若波羅蜜

終不離所問何以故須菩提是菩薩但能得聞問其中事於行未備須菩提若有人或時欲聞般若波羅蜜若不欲聞志不堅固或能於中起餘因緣譬如輕衣隨風東西當知是菩薩適學未久不得真知識未供養過去諸佛不作功德善本所致不勤學諷誦所致未得六波羅蜜所致未得內外空及有無空所致不學六通三十七品薩云若所致當知是新學少樂於法不能書持般若波羅蜜受學諷誦亦未能習行其事須菩提若有善男子善女人行菩薩道者得深般若波羅蜜不念書持諷誦守行乃至薩云若亦復不念學受親近故當知是輩或墮二地所以者何是善男子善女人見深般若波羅蜜不念書持受學親近故也是故其人便入二地當墮羅漢辟支佛道地

譬喻品第五十二

佛告須菩提譬如大海中船卒破壞其船中人不取板木及取死人而抱持者知彼人終不能得度皆當俱沒所以者何用各不取所依持故其人若取板木檣者徑便得渡身得安隱用取所依而以自濟須菩提若有善男子善女人行菩薩道者於信樂少雖得深般若波羅蜜不諷誦受不依親近不習行六波羅蜜乃至薩云若亦不親近當知是人中道有礙不能逮得至薩云若當取羅漢辟支佛證須菩提若有善男子善女人行菩薩道於阿耨多羅三耶三菩有信樂有能有念有解有施有行得深般若波羅蜜書持受學親近諷誦當知其人能受持深般若波羅蜜成阿

耨多羅三耶三菩至薩云若終不中礙墮羅漢辟支佛道能教化衆生淨佛國土須菩提譬如有人持坏瓶行取水當知不久如是爛壞所以者何用未成熟故須菩提若有善男子善女人行菩薩道者雖有信樂有念有施有解有親近有行於阿耨多羅三耶三菩亦不受持六波羅蜜無漚惒拘舍羅又不受持內空外空及有無空不受五通三十七品至薩云若亦不親近當知是人中道妨礙須菩提何等爲中道妨礙墮於羅漢辟支佛道譬如有人持成熟瓶若詣河井若詣陂池而行取水當知是人得水來歸安隱不失所以者何用瓶成熟故須菩提若有善男子善女人行菩薩道於阿耨多羅三耶三菩有至信樂有施念解有行有慧受六波羅蜜漚惒拘舍羅親近薩云若當知是人至阿耨多羅三耶三菩終無罣礙須菩提譬如大海有始成船未牢撐治亦未莊辦便持財貨著於船中乘有所詣當知是船不久中道而壞亡散財物各在一處用是賈客無有方便失所持物亡其大寶須菩提若有善男子善女人欲行菩薩事於阿耨多羅三耶三菩雖有信樂信施念解於功德少得深般若波羅蜜亦不書持諷誦受學於六波羅蜜亦不受學亦不親近薩云若事無漚惒拘舍羅須菩提當知是人中道妨礙離失大寶大寶者薩云若是中道墮羅漢辟支佛道譬如有智之人先治其船辦莊牢固持物著中乘有所至當知是人必到所至得其珍寶安隱無失所以者何用其船完牢强所致若有善男子善女人行菩薩

道有大信樂有施有念有解有行於阿耨多羅三耶三菩得深般若波羅蜜便受學書持諷誦守行於六波羅蜜皆有功德於薩云若意常親近乃成阿耨多羅三耶三菩終不墨礙不墮羅漢辟支佛道須菩提譬如有人年百二十其人有病若風若寒熱於意云何其人寧能自起止行步不須菩提言世尊不能所以者何是人已老正使無病猶尚不能起止行步況復有病筋力消盡豈復能行有所至到須菩提若有善男子善女人行菩薩道於阿耨多羅三耶三菩雖有信樂有施有念有能有行於六波羅蜜功德中少亦不親近薩云若事無漚惒拘舍羅當知是人中道妨礙墮羅漢辟支佛道何以故不得深般若波羅蜜漚惒拘舍羅故須菩提向者老公所病已愈取兩健人各扶一腋各持一臂語老人言安意莫懼我當將公在所至處終不相棄是人寧能有所至不須菩提言世尊能至所處佛言若有善男子善女人行菩薩道於阿耨多羅三耶三菩有至信樂有能有施有行有慧於六波羅蜜皆有功德於薩云若意常親近有漚惒拘舍羅知是菩薩終不墨礙堪任於阿耨多羅三耶三菩而不動轉墮聲聞辟支佛道也是時世尊嘆須菩提言善哉善哉爲諸菩薩摩訶薩今問如來是事若有菩薩以吾我意想奉行六波羅蜜言我所爲行六波羅蜜已便貢高菩薩作是行者終不得度六波羅蜜是善男子善女人亦不知彼岸亦不知此岸不爲六波羅蜜所持不爲薩云若所持中道墮羅漢辟支佛地亦不出生於

薩云若須菩提云何菩薩無漚惒拘舍羅是善男子善女人行菩薩道不以漚惒拘舍羅行六波羅蜜於六波羅蜜皆有吾我想我有所為行六波羅蜜而自貢高何以故六波羅蜜中初無有是念有所分別有是念者常住此岸但知此岸不知彼者不為六波羅蜜所持亦不為薩云若所持中道墮羅漢辟支佛道亦不出生薩云若中須菩提如是菩薩不為漚惒拘舍羅所持便墮羅漢辟支佛中須菩提云何菩薩行般若波羅蜜為漚惒拘舍羅所持不墮羅漢辟支佛道成阿耨多羅三耶三菩須菩提菩薩行六波羅蜜無吾我念於六波羅蜜而不貢高何以故六波羅蜜中亦無有念亦不貢高菩薩知此岸知彼岸者為六波羅蜜所持為漚惒拘舍羅所持出生薩云若不墮羅漢辟支佛道須菩提菩薩作如是行者為不墮羅漢辟支佛道為六波羅蜜所持為漚惒拘舍羅所持為薩云若之所護

隨真知識品第五十三

爾時須菩提白佛言世尊新學菩薩云何學六波羅蜜佛告須菩提新學菩薩欲學六波羅蜜者當與真知識相隨常當承事又復當與能解說般若波羅蜜者相隨亦親近有能解說是般若波羅蜜者常當呼人勸助令學六波羅蜜當守奉行當持是得阿耨多羅三耶三菩莫於阿耨多羅三耶三菩中批於五陰亦莫於阿耨多羅三耶三菩中批六波羅蜜莫批於內外空及有無空莫批三十七品佛十八法莫批薩云若所以者何不批五陰

者便逮得薩云若不批六波羅蜜者便逮得薩云若不批内外空及有無空三十七品佛十八法者便逮得薩云若當言善男子行般若波羅蜜於五陰中莫起想著之意所以者何善男子是五陰非可著者亦莫於六波羅蜜有所著善男子六波羅蜜亦非可著者亦莫著於内空外空及有無空三十七品佛十八法乃至薩云若亦莫有著所以者何薩云若者亦非有著亦莫起著於須陀洹斯陀含阿那含阿羅漢辟支佛亦莫起著於菩薩乘亦莫起著於阿耨多羅三耶三菩所以者何善男子是阿耨多羅三耶三菩非可著者何以故諸法之相皆悉空故須菩提白佛言世尊菩薩摩訶薩甚慊苦於空無相之法發阿耨多羅三耶三菩欲得阿惟三佛佛言如是

須菩提菩薩甚慊苦於空無相之法發阿耨多羅三耶三菩得阿惟三佛須菩提為世間故愍念世間安隱世間欲救世間一切衆生以衆生故發阿耨多羅三耶三菩為世間歸為世間作護為世間作燈明故發阿耨多羅三耶三菩為世間作將為世間導為世間舍為世間趣故發阿耨多羅三耶三菩須菩提云何菩薩為諸衆生故發阿耨多羅三耶三菩度脱五道安隱衆生著無畏岸坦然泥洹以是故為世間發阿耨多羅三耶三菩云何菩薩欲安隱世間須菩提菩薩摩訶薩諸有衆生有苦惱憂悲者皆悉度著無憂之岸坦然泥洹是故菩薩為世間安樂須菩提云何菩薩為世間作救是菩薩摩訶薩世間諸有生死勤苦救世衆生令脱衆苦以法教化次

以三乘而度脱之是故菩薩爲世間救須菩提云何菩薩爲世間護世間衆生有生死之法護令不生衆生皆有老病死法護使不老不病不死有憂悲者護令得至無餘泥洹是故菩薩發阿耨多羅三耶三菩爲世間護須菩提云何菩薩爲世間舍是菩薩摩訶薩得阿耨多羅三耶三菩阿惟三佛時爲世間說諸法無礙是故菩薩爲世間舍云何菩薩爲世間燈明菩薩摩訶薩於三界冥中拔諸衆生令立泥洹是故菩薩爲世間燈明云何菩薩爲世間將是菩薩得阿惟三佛時爲世間說色非我所是爲非色痛想行識亦非我所是爲非識乃至薩云若爲非我所是爲非薩云若須菩提如色非我是爲非色如色非我諸法亦爾須菩提白佛言如世尊所說五陰非我所諸法亦爾如是菩薩爲不逮覺諸法何以故色者無所分別乃至薩云若亦無所分別亦不言是五陰亦不言是薩云若佛告須菩提如汝所言五陰無所分別至薩云若亦無所分別亦不言是五陰亦不言是薩云若須菩提是亦爲大慊苦常行是法而不猒倦亦不懈怠菩薩言我亦當逮覺亦當持是清淨之法宣示未學者須菩提是故菩薩爲世間說非我所須菩提云何菩薩爲世間渚譬如江河恒海斷流絶域可止頓處是謂爲渚於人有益當來過去五陰兩斷當來過去薩云若亦兩斷如是斷者諸法亦斷諸法斷者當來過去亦斷如是斷者是則爲淨是則爲快是則爲眞實是則爲空愛盡無倚無餘無塵是則爲泥洹須菩提菩薩得阿耨多羅

三耶三菩阿惟三佛時便分流是清淨法化眞諦法化以濟衆生是故菩薩爲世間渚須菩提云何菩薩爲世間將導菩薩得阿耨多羅三耶三菩阿惟三佛時爲世間衆生說五陰法不生不滅不著不斷作是說法從須陀洹至阿羅漢辟支佛法爲是輩說五陰不生五陰不滅持是法教流布世間須菩提是菩薩得阿惟三佛時作是說法是爲世間將導須菩提云何菩薩爲世間趣菩薩得阿耨多羅三耶三菩阿惟三佛時說五陰如趣空說薩云若如趣空五陰空者則無所趣亦不趣亦不不趣何以故五陰與空亦不來亦不去作是說法者爲衆生說薩云若空亦不來亦不去所趣而無所趣須菩提是故菩薩爲世間趣須菩提何以故諸法過者如空一趣不復還何以故空亦無來亦無去諸法所至亦無有相亦無有願何以故相願一過不復還故相願亦不來亦不去諸法所至亦無所至亦無有行亦無有生亦無有滅亦無有著亦無有斷如夢如幻如響如影如化如焰諸法亦如是一去亦不復還何以故化者亦無去亦無有來須菩提諸法所至無有邊際亦不復還諸法亦不動亦不不動諸法亦不來亦不去諸法亦不合亦不散諸法無我無命無壽須菩提衆生尚無所有況當有往還須菩提諸法所住有常諸法所住有樂諸法所住有淨諸法所住有我諸法無常苦無淨非我諸法所住者有婬怒癡見有身見是諸法住亦如如住如法性住如眞際住如普住如不思議性住如不動移住是所住處亦不來亦

不去何以故諸法亦不來亦不去諸法住如五陰何以故五陰尚不可見何況當有去來諸法住如六波羅蜜是住亦無有還何以故六波羅蜜尚不可見何況當有往還諸法住如內外空及有無空如三十七品住如十八法住如十八法亦無去亦無來諸法住如聲聞辟支佛道住如阿耨多羅三耶三菩住亦無往還何以故阿耨多羅三耶三菩無往還無所有故須菩提白佛言世尊是深般若波羅蜜誰能解者佛言菩薩摩訶薩從過去佛所作功德供養無央數百千諸佛久與眞知識相得者是輩人能解是深般若波羅蜜耳須菩提白佛言世尊菩薩摩訶薩有何等相能解是深般若波羅蜜佛告須菩提若有菩薩於婬怒癡斷者則是其相須菩提能解深般若波羅蜜者婬怒癡像則爲已斷也

解深品第五十四

須菩提白佛言世尊菩薩摩訶薩解深般若波羅蜜者爲至何趣佛告須菩提菩薩摩訶薩能解深般若波羅蜜者當趣薩云若須菩提白佛言如薩云若所趣者是爲菩薩摩訶薩解深般若波羅蜜趣薩云若者則爲一切衆生作導須菩提言世尊念般若波羅蜜者爲不念諸法念般若波羅蜜者爲無所念念般若波羅蜜者爲無端緒佛問須菩提念般若波羅蜜者何等爲無所念須菩提言世尊念般若波羅蜜者五陰無所念念般若波羅蜜者吾我衆生爲無所念念般若波羅蜜者六波羅蜜爲無所念念般若波羅蜜者內空外空及有無空三十七品佛十八法爲無所

念念般若波羅蜜者須陀洹至薩云若爲無所念佛言善哉善哉如須菩提所言念般若波羅蜜者爲不念五陰乃至薩云若爲無所念須菩提六波羅蜜者是阿維越致菩薩摩訶薩之所應護有菩薩行深般若波羅蜜不入六波羅蜜亦不入薩云若行般若波羅蜜者不隨他人語不信餘道亦不持作要阿維越致菩薩摩訶薩行深般若波羅蜜不雜婬怒癡行深般若波羅蜜阿維越致菩薩摩訶薩初不離六波羅蜜聞說深般若波羅蜜時亦不恐懼亦不猒惓終不轉還常思念聞聞已受持諷誦守行應般若波羅蜜教須菩提當知是阿維越致菩薩前世已曾聞般若波羅蜜中事亦諷誦受持已行中事何以故不恐不懼從久遠以來常行是深般若波羅蜜

故須菩提白佛言世尊菩薩摩訶薩聞說深般若波羅蜜不恐不怖亦不動還者云何於行倍復增益佛言行般若波羅蜜者如應薩云若云何行般若波羅蜜應薩云若佛言如依應空無相無願爲應依深般若波羅蜜依深般若波羅蜜者如依虛空如依無所生如依無所滅不依於著而依於斷如依於如依於法性依於不思議依等無作如依夢須菩提白佛言世尊依般若波羅蜜者如依虛空如依夢者菩薩行深般若波羅蜜者不依五陰不依薩云若作行佛語須菩提菩薩行般若波羅蜜亦不依五陰亦不依薩云若五陰及薩云若亦無有作者亦非不作亦無來亦無去亦無所止亦無所作亦無所出亦無所入亦無有數亦無有限無數無限者亦無有

能逮覺者從色至識無能逮覺者亦不從六波羅蜜能逮覺者亦非薩云若慧能逮覺者何以故五陰如薩云若如五陰與薩云若如俱等無異十八法如薩云若如亦等無有異一等無有二

放光般若波羅蜜經卷第十七

音釋

檣（音墻船上帆柱也）坏瓶（坏鋪杯切坏瓶未燒瓦瓶也）陂（班麋切澤也）撐（宅庚切與𣪍同楔也）賈客（賈果五切坐販曰賈）筋（舉欣切骨絡也）腋（音亦左右肘脇之間曰腋）慊苦（慊苦簟切不滿也苦孔五切急也）

放光般若波羅蜜經卷第十八

西晉三藏無羅叉共竺叔蘭譯

嘆深品第五十五

爾時諸欲天子諸色天子以天名花而散佛上來詣佛所頭面作禮叉手白佛言世尊是般若波羅蜜甚深難曉難了不可思議是智者之所知是一切世間所可信者是諸如來無所著等正覺之道徑從是成阿耨多羅三耶三菩阿惟三佛者皆是般若波羅蜜之恩是爲一教一教者五陰則薩云然薩云然則五陰薩云然如五陰如薩云然五陰一如無二佛如及薩云然如亦無有二佛告諸欲色天子如是如是如諸天子所言五陰則薩云然薩云然則五陰佛則薩云然薩云然則佛一如無有二以是故諸天子如來坦然無爲而不說法何以故是法甚深清淨難曉難了特可信故諸如來之道於過去當來今現在無有逮覺者於法無有二者是乃爲法諸天子如虛空之甚深微妙是法亦如是以如法之深妙故是法深妙法性不可思議性眞際無涯底無來無往無著無斷不生不滅甚深微妙無有逮覺者以無有逮覺者甚深微妙故般若波羅蜜甚深微妙諸天子以諸法甚深微妙故衆生我人壽命亦復甚深微妙五陰深妙六波羅蜜深妙內空外空及有無空三十七品佛十八法至薩云若甚深微妙以是甚深微妙故諸天子般若波羅蜜法甚深微妙諸欲色天子俱白佛言世尊是法於世間特可信者如是說者亦不受五陰亦不不受乃至十八法亦無所受亦不不受如是說

者從須陀洹乃至薩云然亦不受持亦不不受持諸世間者皆是受持云何受持五陰是我所我是五陰所十八法是我所我是十八法所從須陀洹至薩云然皆是我所我是薩云若所是爲世間受持佛告諸天子如諸天子所言是法亦不受持五陰亦不受持薩云然諸天子諸有受持行五陰者受持薩云然行者則不堪任行六波羅蜜亦不堪任行薩云然須菩提白佛言世尊是法不逆於諸法而有順何等法順是法順六波羅蜜是法順內外空及有無空順三十七品至薩云然是爲順法是法於諸法無所礙云何無礙不礙於五陰至薩云然亦無所礙是法無礙之相譬如虛空何以故其住如法性如眞際如不思議性如空無相無願是般若波羅蜜法亦不生亦不滅以五陰不生不有故乃至薩云若亦不生亦不有是法無有迹以五陰迹不可見故至薩云若迹亦不可見爾時諸欲天子諸色天子俱白佛言世尊尊者須菩提諸弟子中佛之眞子何以故所說但說空無縛之法時須菩提語諸欲色天子言如卿所說諸弟子中我爲眞子云何爲眞子諸天子報須菩提言佛從如生無去無來須菩提如亦不來亦不去以是故須菩提從佛生佛之如者則爲一切諸法之如如諸法如則佛之如如者亦復非如是故須菩提爲從佛生如佛如住須菩提如亦如是住如佛之如無作無爲亦無所有須菩提如亦復如是如佛之如無所罣礙諸法之如亦無所礙如佛之如諸法之如一如無二亦無作者無作之如常爾

無不不爾從有如爾無不爾時常一無二以是故知尊者須菩提從如來生如佛之如亦無所壞須菩提之如亦無所壞亦不不壞如佛之如亦不可見不可破壞須菩提如亦復如是如佛之如亦是諸法之如亦無他如尊者須菩提亦復如是以是故知須菩提眞從佛生如佛之如不過去當來今現在諸法之如亦無去來今是故知須菩提爲從佛生過去當來今現在如亦是佛如佛如者亦是過去當來今現在如等一無二五陰之如如來之如亦一無二吾我壽命衆生之如如佛之如亦一無二六波羅蜜如内外空如及有無空如三十七品如乃至薩云然如如佛之如一如無二何等爲如須菩提如者菩薩所可逮覺得如來名號者是說是如品時三千大千刹土地爲六反震動東涌西没西涌東没南涌北没北涌南没四面都涌則中央没中央涌四面都没是爲六反震動是時三千大千刹土諸欲天子諸色天子以天名花名香栴檀用散佛上及散須菩提上同時嘆言世尊甚奇甚特尊者須菩提乃從如來如生眞佛之子是時須菩提更爲諸天子說言諸天子須菩提者亦不從五陰生亦不從五陰如生亦不離五陰如生亦不從薩云然如生亦不離薩云然如生亦不從有爲無爲如生亦不離有爲無爲如生何以故是諸法皆無所有故亦無法可著樂者舍利弗白佛言世尊如者及爾法住道法甚深甚深五陰尚不可見況五陰如乃至薩云然尚不可見況薩云然如佛言如是如是舍利弗如者甚深五

陰及薩云然尚不可見況薩云然如舍利弗如者甚深說如乃爾爾時二百比丘僧漏盡意解五百比丘尼遠塵離垢法眼生五千菩薩天及人得無所從生法忍六十菩薩漏盡意解佛告舍利弗是六十菩薩已更供養五百佛已盡行六波羅蜜不持漚惒拘舍羅種種學五波羅蜜離般若波羅蜜不以漚惒拘舍羅行施行戒行忍行精進行禪種種相行不得一定菩薩之道便得須陀洹及羅漢辟支佛道舍利弗菩薩雖得空無相無願之道離般若波羅蜜不持漚惒拘舍羅便證眞際得弟子乘舍利弗白佛言世尊云何得空無相無願之法離漚惒拘舍羅眞際作證便得弟子乘云何俱得空無相無願之法得漚惒拘舍羅便得阿耨多羅三耶三菩佛告舍利

弗言諸有離薩云然意念空無相無願之法不與漚惒拘舍羅俱者便爲弟子乘舍利弗菩薩得空無相無願之法應薩云然不離漚惒拘舍羅者便得阿耨多羅三耶三菩舍利弗譬如大鳥身長一百俞旬二百俞旬三百俞旬無有兩翅欲從忉利天上來下至閻浮提已下中道復欲還去至忉利天上舍利弗是鳥寧得如意周旋往反不舍利弗言世尊不得假令是鳥來下至地欲使身不痛寧得不痛耶舍利弗言世尊不得不痛或悶或死所以者何其身長大無有翅故舍利弗正使是菩薩如恒邊沙劫相行五波羅蜜雖得大道欲發大意欲逮無量覺慧離般若波羅蜜無漚惒拘舍羅者便墮羅漢辟支佛道何以故離漚惒拘舍羅離薩云若離般若波羅蜜

行五波羅蜜便墮羅漢辟支佛道舍利弗菩薩雖於過去當來今現在佛所作功德戒性忍辱精進一心智慧皆作想著是爲不曉如來戒性三昧智慧解脱見解脱慧亦不知亦不見但遥聞空無相無願之法但想聞聲以想欲爲阿耨多羅三耶三菩作想念言是爲菩薩所住處也是爲佛所住處是爲聲聞辟支佛所住處舍利弗菩薩離般若波羅蜜漚惒拘舍羅者持是功德欲爲阿耨多羅三耶三菩是爲想舍利弗菩薩發意念薩云然不離六波羅蜜不離漚惒拘舍羅不離過去當來今現在諸佛戒性三昧智慧解脱見解脱慧性不以想著於空無想無願亦不以想舍利弗當知是菩薩不墮羅漢辟支佛道何以故是菩薩摩訶薩從發意以來不以想行六波羅蜜不以想於過去來今佛戒性三昧智慧解脱見解脱慧性皆無想著舍利弗不以想行六波羅蜜不以想行薩云然是則爲菩薩漚惒拘舍羅舍利弗白佛言世尊如我今從如來所聞菩薩不離般若波羅蜜漚惒拘舍羅者以爲至阿耨多羅三耶三菩何以故以是菩薩從發意以來初不見法有逮覺者亦不見甫當逮覺者亦不見已逮覺者五陰至薩云然亦復如是舍利弗言世尊若有行菩薩道者離般若波羅蜜漚惒拘舍羅當知是輩於阿耨多羅三耶三菩便有狐疑何以故用離般若波羅蜜漚惒拘舍羅故行六波羅蜜皆於中有想以是想故當知有狐疑是故世尊菩薩欲得阿耨多羅三耶三菩者不當離般若波羅蜜漚惒拘舍羅住般若波羅

蜜漚恕拘舍羅亦無想無倚行五波羅蜜者乃至薩云然亦無想倚爾時諸欲天子諸色天子俱白佛言世尊欲求阿耨多羅三耶三菩者難得所以者何爲菩薩者盡當逮覺諸法而無所得佛言如是如是諸天子甚難我亦成阿耨多羅三耶三菩亦無所成亦無所得亦不見法有所成得所以者何諸天子諸法常淨故須菩提白佛言如我今從佛所聞求阿耨多羅三耶三菩者甚難得如我意者快哉得成阿耨多羅三耶三菩何以故諸法空無所逮覺故於空法中諸法不可得亦無有法逮覺不逮覺者所以者何隨如法不增不減學五波羅蜜至薩云然是法皆空亦不可見亦不可得以是故世尊快哉菩薩逮覺成阿耨多羅三耶三菩所以者何五陰五陰

自空薩云然慧事自空舍利弗語須菩提言以是故阿耨多羅三耶三菩難解難得虛空亦不有念言我當成阿耨多羅三耶三菩菩薩亦不念我當成阿耨多羅三耶三菩何以故諸法如虛空故菩薩解諸法如虛空乃成阿耨多羅三耶三菩若菩薩知諸法如虛空快哉難成成阿耨多羅三耶三菩恒邊沙等諸菩薩求阿耨多羅三耶三菩終不動還以是故須菩提甚快難成成阿耨多羅三耶三菩須菩提語舍利弗言於意云何五陰於阿耨多羅三耶三菩爲動還耶舍利弗言不乃至如於阿耨多羅三耶三菩爲動還耶舍利弗言不於意云何頗有異離五陰爲還者無頗有離薩云然還者不舍利弗言無須菩提言舍利弗於意云何五陰如爲還不薩云然

如爲還不舍利弗言無頗有離五陰如離薩云然如還者無舍利弗言無於舍利弗意云何如法法性法住道法眞際不可思議性於阿耨多羅三耶三菩有還者無舍利弗言無頗有離如乃至不可思議性有還者無舍利弗言無是義是法亦不可得何所法於阿耨多羅三耶三菩有還者舍利弗語須菩提言如尊者須菩提所說法忍無有菩薩於阿耨多羅三耶三菩有動還者如來所記菩薩三乘之行皆無有處如須菩提所說爲一乘耳邠耨曼陀尼子語舍利弗須菩提爲欲說一菩薩乘耶當問須菩提舍利弗問須菩提云何爲欲說菩薩一乘行耶須菩提報言卿欲於如中說三乘耶羅漢乘辟支佛乘菩薩佛乘舍利弗言不也須菩提言於舍利弗意云何於如中頗有三乘不舍利弗答言無有須菩提言頗於如中有一事二事三事不舍利弗言無頗於如中見一菩薩不答言無也是法名無爲無所有法云何欲於中求索三乘羅漢辟支佛三耶三佛舍利弗菩薩摩訶薩於如出生諸法聞是不恐不猒不還出生於阿耨多羅三耶三菩爾時佛歎須菩提善哉善哉汝之所說皆是佛事菩薩聞是諸法皆出於如不恐不懼不猒不還當知是菩薩成阿耨多羅三耶三菩舍利弗白佛言世尊菩薩摩訶薩當出何道佛言是菩薩當出生阿耨多羅三耶三菩道須菩提言世尊菩薩欲出成阿耨多羅三耶三菩當云何住佛言當當等意於衆生大慈普念無有偏黨當爲衆生執勞護念安隱與語和順無得中傷視衆

生等如父如毋如身如子以慈勸人令不害生常勸衆生令行十善見人行正離於邪見代其歡喜菩薩摩訶薩欲得成阿耨多羅三耶三菩當作是住自行四諦四禪四等行四空定勸人令行見人行者代其歡喜自行六波羅蜜常勸教人行六波羅蜜見有行者代其歡喜自行內外空及有無空三十七品自行八惟無佛十種力大慈大悲自行逆順十二因緣勸人行逆順見有行者代其歡喜自行聲聞辟支佛慧勸人令行不證眞際見有行者代其歡喜自上菩薩位教人令進自行神通淨佛國土教化衆生勸彼令學見有學者代其歡喜自滅習緒勸彼令滅自壽命成就自受法住勸彼住法見彼爲者皆代歡喜須菩提菩薩摩訶薩欲成阿耨多羅三耶三菩者當作是學當作是住菩薩摩訶薩當作是學般若波羅蜜漚惒拘舍羅作如是學如是住者於五陰無有罣礙乃至法住亦無罣礙所以者何是菩薩摩訶薩眞際學不受五陰乃至薩云若亦無所受所以者何不受五陰則非五陰不受薩云然則非薩云然說是菩薩住品時二千菩薩得無所從生法忍

阿惟越致品第五十六

於是須菩提白佛言世尊我等當以何貌相像知是阿惟越致佛告須菩提言解知凡人地及弟子地辟支佛地乃至如來地盡是一如而不分別一無有二入自身如等一入不分別聞是如已直過無狐疑於如無所失所說無增減亦不視他人長短以是貌像當知是爲阿惟越致菩薩世尊當復以何相像之

貌知是阿惟越致菩薩佛言諸法亦無形亦無貌像亦無有相須菩提言世尊若諸法無形無像亦無相爲從何法轉還而爲阿惟越致菩薩佛言於五陰轉還知是阿惟越致菩薩須菩提菩薩於六波羅蜜轉還於内空外空及有無空三十七品佛十八法轉還於聲聞辟支佛地及阿耨多羅三耶三菩地轉還須菩提當知是爲阿惟越致菩薩何以故須菩提五陰無有形道亦無有形是故菩薩於五陰轉還及於道何以故五陰及道無有處故復次須菩提菩薩摩訶薩亦不觀視外道及沙門婆羅門所爲所知所見亦不觀視諸外道家邪見直見亦不狐疑亦不批外道沙門婆羅門戒亦不狡戲隨諸邪見不持香花繒蓋幢旛奉諸天神亦不教他人令奉邪見以是像貌觀其相行具足知是阿惟越致菩薩須菩提阿惟越致不生下賤之家不生八劇之處不受女人身以是像貌具足知是阿惟越致菩薩須菩提阿惟越致常行十善而不毁犯常於夢中守行十善教人令行見人行者代其歡喜以是像貌具足當知是爲阿惟越致菩薩須菩提阿惟越致爲衆生故行六波羅蜜自學十二部經常作願言持是十二部經勸勉衆生滿衆生願持是功德皆施衆生成阿耨多羅三耶三菩以是像貌具足當知是爲阿惟越致菩薩須菩提阿惟越致於深經中亦不狐疑平相須菩提白言云何阿惟越致於深法中無有狐疑佛言是菩薩亦不見有法亦不見五陰亦不見道有平相狐疑者以是像貌具足當知是爲阿惟越致

須菩提阿惟越致菩薩身口意行常慈柔輭身口意業常施衆生以是像貌具足當知是爲阿惟越致菩薩須菩提阿惟越致菩薩不與五蓋事俱初無戀慕於恩愛意以是相故當知是爲阿惟越致菩薩須菩提阿惟越致坐起行步卧覺安詳而不卒暴以是相具足知是阿惟越致菩薩須菩提阿惟越致菩薩淨潔自喜無有塵垢衣服牀卧亦復淨潔少於疾病凡人身中有八萬種蟲常侵食人阿惟越致無復是蟲何以故是菩薩功德過出世間諸天鬼神阿須倫上爲諸善本於功德中稍漸增益身口意淨以是相行像貌具足是爲阿惟越致菩薩須菩提白佛言云何菩薩受身口意淨佛言隨諸善本身口意淨瑕穢即除功德稍增瑕穢轉減是爲身口意淨

以是三事淨過於聲聞辟支佛上以是相行像貌具足是爲阿惟越致菩薩須菩提阿惟越致菩薩不貪利養不貪衣服具足十二沙門法行無嫉妬意亦無愚癡貪利之意無不等意無懈怠意無惡戒意以是相行像貌具足是爲阿惟越致菩薩須菩提阿惟越致志常安隱意常深入一意聽受所聞法教與般若波羅蜜俱等意奉行所有俗事皆與般若波羅蜜俱有不入法性者皆見與般若波羅蜜合以是相行像貌具足知是阿惟越致菩薩須菩提阿惟越致菩薩若魔波旬化作大小泥犁一一泥犁中有無數億千菩薩皆在其中受諸苦痛波旬指示語菩薩言是諸菩人皆過去佛所授記莂皆是阿惟越致菩薩今皆墮是中受諸苦痛今卿若是阿惟越致

受記莂者佛爲授卿泥犂記莂不爲授卿菩薩記莂卿不如捨菩薩道可得生天不復受是泥犂勤苦須菩提若是菩薩意不亂者終不墮泥犂中當知是爲阿惟越致菩薩時魔波旬復作沙門被服至菩薩所言卿前可所受六波羅蜜欲求阿耨多羅三耶三菩意者諸可行法令疾悔之疾悔過者可得解脫汝前所可供養諸佛及弟子衆從初發意至于法盡中間所作善本及勸助代歡喜之福求阿耨多羅三耶三菩汝疾捨是意早悔過若捨若悔者我便當語汝佛所說深經要法如來所教汝所聞者皆非佛經非如來教是異道人所撰集耳若菩薩得是意亂狐疑者當知是菩薩非如來所授記莂是菩薩未正定住阿惟越致地若菩薩不疑不亂不轉意無所受不信他事不用他教行六波羅蜜便自具足疾逮薩云然慧道自歸之不受他教譬如漏盡羅漢面自見法不信餘教魔終不能耶阿羅漢辟支佛終不能轉阿惟越致菩薩佛告須菩提如汝所言羅漢辟支佛不能動轉阿惟越致菩薩不能轉者爲不轉還是菩薩必至阿耨多羅三耶三菩正住阿惟越致地尚不信如來無所著等正覺何況當信羅漢辟支佛及魔波旬諸異學語所以者何初不見有法當可信者亦不見五陰如有可信者亦不見道如可信者須菩提當以是像貌觀其相行當知是爲阿惟越致菩薩須菩提魔復化作比丘被服形像來至菩薩前語菩薩言善男子如卿所行皆世俗事非薩云然行魔復語言我當斷卿勤苦之本便爲菩薩

說像道法教則是世事像道教者或爾尸解或說四禪及四空定言善男子是還正道從是可得須陀洹道可至羅漢辟支佛道從我教者可斷生死勤苦根本用是勤苦爲學之乎隨我教者可生欲天得生色天須菩提菩薩聞是便大歡喜不亂不轉亦不狐疑意復念言今是比丘持是像法來爲我說益我不少所以者何像法所說不於須陀洹取證至於羅漢辟支佛道亦不取證至阿耨多羅三耶三菩亦不取證今受是比丘恩我所應覺知之事今爲我說覺知是已當遍知三乘之事時魔波旬知菩薩喜語菩薩言善男子欲得知供養如恒邊沙佛衣被飲食牀臥醫藥菩薩者不復從是過去恒邊沙佛受行五波羅蜜從彼諸佛所聞所問菩薩摩訶薩當云何住當云何行五波羅蜜三十七品大慈大悲如諸佛所教當作是行當作是住如菩薩所應從是成阿耨多羅三耶三菩如其教住如諸行者逮薩云然諸過去菩薩作是輩行乃作爾所功德尚不能得阿耨多羅三耶三菩卿學以來甫爾便當耶得阿耨多羅三耶三菩若菩薩聞是意無有異不恐不懼倍復歡喜言是輩比丘重復益我令我得須陀洹至薩云然時魔波旬知是菩薩意不動轉更復化作大比丘衆示菩薩言是輩比丘諸漏已盡發求佛意不能得佛今皆取羅漢如是輩人不能得成況佛欲得阿耨多羅三耶三菩菩薩覺知是魔事者不墮羅漢辟支佛道當成阿耨多羅三耶三菩若有菩薩行檀波羅蜜至薩云然不動還者成阿耨多羅三耶

三菩復次須菩提若有菩薩行般若波羅蜜作是念言如佛所說菩薩盡奉持不離諸佛教至薩云然終不耗減須菩提菩薩行般若波羅蜜當作念言覺知魔事者終不耗減於阿耨多羅三耶三菩須菩提以是相行像貌具足當知是阿惟越致菩薩須菩提言世尊菩薩於何所轉而言不轉還佛言於五陰相還於十二衰相還於十八性相還於婬怒癡相還於見相還於三十七品相還於聲聞辟支佛相還於佛相還何以故阿惟越致菩薩空像色貌法相上菩薩位於不生法亦無所有既無所有亦無所作亦不作亦不生是故名爲無所從生法忍菩薩得是忍者則是阿惟越致菩薩摩訶薩須菩提以是相行像貌具足知是阿惟越致菩薩摩訶薩

放光般若波羅蜜經卷第十八

音釋

涯（冝佳切邊際也）翅（音試翼也）邠耨曼陀尼子（梵語也又云富那曼陀弗多羅此云滿嚴飾女子又明度經云滿見子邠音賓耨奴毒切）輭（乳兗切柔也）瑕穢（瑕音霞玷也穢烏廢切汚也）耗減（耗虛到切虛也減古斬切損也）

放光般若波羅蜜經卷第十九

西晉三藏無羅叉共竺叔蘭譯

堅固品第五十七

佛告須菩提彼魔波旬至菩薩所言薩云若者與虛空等有無之事皆空是法及形亦復空於空無之法初無能得已過去者亦不能得空無之法甫當來者亦不能得有無之相皆空如空汝唐勤苦成阿耨多羅三耶三菩者是皆魔事非三耶三佛所説諸賢者當覺魔事卿作是意者卿將無長夜墮惡趣中佛言是善男子善女人若聞是所言便當覺知是爲魔事魔欲壞我阿耨多羅三耶三菩是一切諸法有無之事雖與空等一切衆生無能見者無能知者我當以有無之空爲僧那僧涅逮薩云若爲衆生説法使得度脱當令衆生得須陀洹道得阿羅漢辟支佛道令得阿耨多羅三耶三菩菩薩摩訶薩從發意以來當堅其意不動不轉不信餘事意已堅固便行六波羅蜜便上菩薩之位須菩提言云何世尊菩薩不動還者爲阿惟越致耶動還者爲阿惟越致耶佛報言不動轉者是阿惟越致動轉者亦是阿惟越致須菩提言是事云何世尊佛言從阿羅漢辟支佛地動轉者是則阿惟越致從阿羅漢辟支佛地雖不動轉者是菩薩則爲動轉者須菩提以是相行像貌具足是爲阿惟越致有如是相者彼魔波旬不能壞菩薩令不至阿耨多羅三耶三菩須菩提阿惟越致菩薩欲得四禪則便能得欲得滅脱禪亦復能得欲得三十七品禪空無相無願禪皆悉能得欲得五神通者悉

能得之雖受諸禪不取禪證不取聲聞辟支佛證自取所應以濟衆生須菩提以是相行像貌具足知是阿惟越致菩薩復次須菩提阿惟越致常念於道不離於道不貪形色不貪身相不貪欙窟不貪六波羅蜜不貪四等亦不貪四空定不貪神通不貪十力及十八法不貪佛國亦不貪教授衆生不貪見佛不貪善本所以者何於空無法不見空無無相之法有可貪者何以故一切諸法有無之事相皆空故須菩提阿惟越致菩薩已具足菩薩念具足四事行步坐起卧覺出處安諦詳審終不卒暴用意不妄須菩提以是相行像貌具足是爲阿惟越致菩薩須菩提阿惟越致菩薩爲衆生故以漚惒拘舍羅現在居家五欲之中施諸窮厄衣被飲食隨人所欲皆供給之自行六波羅蜜勸彼使行六度常稱嘆六度功德見有行者代其歡喜阿惟越致處於居家滿閻浮提珍寶施於衆生及三千大千國土珍寶布施衆生初不貪惜無有婬欲之意常等法行語言謙下不陵易於人不使衆生起於恚意須菩提以是相行像貌具足是爲阿惟越致復次須菩提和夷羅洹閱叉常隨後護彼閱叉等言我常當護是菩薩至成阿耨多羅三耶三菩使意不亂終不遠離復有五性和夷閱叉亦復侍護阿惟越致菩薩摩訶薩令餘小神及非人神無能得其便者須菩提阿惟越致菩薩信根志根精進根三昧根智慧根諸根具足人中勇猛不爲怯弱須菩提白佛言云何爲勇猛云何爲怯弱佛語須菩提於道意堅固不動還者是則

勇猛不爲怯弱當知是爲阿惟越致相復次
須菩提阿惟越致菩薩道念常具足不學呪
術符書不作蠱道不作醫師合和諸藥不學
神仙外道卜相知他男子及女人意所以者
何菩薩於空無法相不見是事無有是相常
願清淨以是相行像貌具足知是阿惟越致
佛告須菩提我今當說阿惟越致菩薩像貌
相行諦聽諦受須菩提言唯世尊受教佛告
須菩提菩薩行般若波羅蜜者不離於道行
順應五陰順應諸性順應諸衰所以者何五
陰空故性衰亦空所行不逆國事何以故住
於空法亦不見法有增有減者不逆盜事何
以故以住於空於空法中亦不見法有持來
者亦不持去者不逆兵事何以故住於空性
亦不見法有多有少者不逆鬬事何以故住
於空法亦不見法有憎有愛者所語常順何
以故住於諸法空如亦不見有常無常故須
菩提阿惟越致不說城郭事何以故住於虛
空之空亦不見聚亦不見散亦不見聚落之
事何以故住於本際不見有得不見有失亦
不說吾我之事亦不說種種俗事但說般若
波羅蜜不離薩云然事行檀波羅蜜不爲貪
嫉行尸波羅蜜不爲惡戒行羼波羅蜜不爲
瞋恚行惟逮波羅蜜不爲懈怠行禪波羅蜜
不爲亂意行般若波羅蜜不爲愚癡行諸法
空爲諸法主非爲非法之主行於法性讃嘆
不壞法者與諸如來緣覺弟子及諸菩薩及
諸新發大道意者族姓男女共爲親友常願
欲得見諸如來無所著等正覺常願欲見十
方諸佛隨所見佛願往生彼便得往生晝夜

意常不離諸佛之念何以故諸阿惟越致菩薩隨順入欲界奉行十善得生十方佛前越第一禪至四禪從四禪至無形禪便得生十方佛前須菩提以是像貌相行具足知是阿惟越致菩薩須菩提行般若波羅蜜菩薩住内空者住三十七品者住三脱門者終不言我是阿惟越致亦不言我非阿惟越致自住其地終無有疑何以故初不見法有動轉不動轉者譬如須陀洹自住其道亦不疑惟阿惟越致亦譬如是自住其地教化衆生淨佛國土魔事適起即時覺知不隨魔教破壞魔事譬如下愚之人意欲懷逆惡至死不移須菩提阿惟越致菩薩自住其地亦譬如是諸天及人諸鬼神龍諸阿須倫諸魔波旬所不能移轉所以者何出諸世間諸天龍鬼神一切之上自於其地具足五通教化衆生淨佛國土從一佛國至一佛國於諸佛所殖諸善本問諸佛受諸教所住處有魔事即覺知以漚和拘舍羅處魔事著本際自於其地亦不疑猒所以者何於眞際無狐疑知眞際亦不一亦不二以過羅漢辟支佛地須菩提菩薩於是空無法相亦不見生亦不見滅亦不見斷亦不見著亦不作念言我當得阿惟三佛亦不言我不得阿惟三佛何以故以阿耨多羅三耶三菩相自空故是菩薩自住無所乏短之地不復悕望餘事無能壞是地者何以故須菩提阿惟越致菩薩所有慧不與他人共彼魔波旬化作佛像來至菩薩所言來取羅漢亦無有授卿阿耨多羅三耶三菩記者卿亦未得無所從生法忍諸如來無所著等

正覺不授卿記莂卿亦未有是事亦無是行亦無是相亦無是像貌任受記莂者須菩提菩薩聞是不恐不怖不疑不猒意無有二者是菩薩當自知我已從諸如來無所著等正覺受記莂已所以者何菩薩自知我有是事堪任受莂爲阿耨多羅三耶三菩彼魔波旬復作佛形像來至菩薩所便以魔事授與菩薩阿耨多羅三耶三菩記莂是菩薩即覺知或能是魔或能爲魔所使作是像來非是佛但欲使我墮於羅漢辟支佛耳須菩提若魔波旬復作佛像來至菩薩所語菩薩言汝所行者非佛所說亦非弟子所說但魔事耳須菩提菩薩即知復是魔耳或爲魔所使是非佛也欲壞我阿耨多羅三耶三菩意我意終不可轉是菩薩意不可轉者以從過去諸佛受記莂已以爲住阿惟越致地何以故以是像貌相行具足堪任阿惟越致以是當知阿惟越致相復次須菩提行般若波羅蜜菩薩者欲護持諸法故不惜身命若菩薩摩訶薩以漚惒拘舍羅乃能作是護法不惜身命者則爲護過去當來今現在諸佛法已須菩提白佛言菩薩不惜身命欲護法者爲欲護持何等法耶佛言我說空法愚癡之人罵詈誹謗言是非法亦非律行又非尊教須菩提爲是法故菩薩摩訶薩護持正法菩薩當作是念諸當來佛所可說法我亦在是數中受記是法亦復是我法以是法故不惜身命須菩提菩薩爲是法故不惜身命以是像貌相行具足知是阿惟越致復次須菩提阿惟越致聞說深法亦不狐疑亦不驚悸諸佛所說皆

能受持終不遺忘所以者何用得陀鄰尼故須菩提白佛言世尊菩薩得何等陀鄰尼能受持諸如來無所著等正覺法而不遺忘佛言菩薩以得聞持等陀鄰尼便能受持諸佛經法而不遺忘世尊如來所言非聲聞所説亦非天龍鬼神所説亦非阿須倫真陀羅摩休勒所説佛告須菩提諸所有音聲之名是菩薩聞是初不驚怖意無狐疑用得陀鄰尼故以是像貌相行具足是爲阿惟越致菩薩摩訶薩

甚深品第五十八

須菩提白佛言世尊阿惟越致菩薩大功德具足不可稱量功德具足佛告須菩提如是如是阿惟越致有大功德不可得稱量功德具足所以者何以得無礙無限之慧非諸羅漢辟支佛所能及故阿惟越致住是慧中便受神通亦非諸天世間人民所能及者須菩提白佛言世尊能以恒邊沙劫之壽嘆説阿惟越致菩薩摩訶薩功德貌像相行具足所入所住深奥之慧行六波羅蜜具足三十七品及薩云然可令人得知是阿惟越致菩薩摩訶薩功德者不佛言善哉善哉須菩提汝乃能問阿惟越致深奥之處説甚深空無相無願説無所有説無所生滅諸婬垢説泥洹淨説如説寂真際法性是諸深法皆是泥洹之像須菩提言世尊如是説者但是甚深泥洹非諸法之教耶佛言須菩提甚深亦是諸法之教也須菩提五陰甚深六衰甚深乃至于道亦復甚深須菩提五陰云何甚深五陰如如以是甚深亦如道如是故五陰甚深道

亦甚深云何如如夫如者亦非五陰亦不離
五陰如亦非道亦不離道須菩提白佛言世
尊阿惟越致菩薩摩訶薩甚奇甚特甚深微
妙乃爾除五陰處泥洹若道若俗之所有法
所作無作有漏無漏皆悉已除處於泥洹佛
告須菩提若菩薩摩訶薩應般若波羅蜜深
妙之法若念若持自念所住當如般若波羅
蜜教住所學亦當如般若波羅蜜教是菩薩
盡具足如般若波羅蜜教持是具足之念受
無央數善本功德捨無量劫生死之難何況
至意守行與般若波羅蜜與道相應者譬如
士夫情多放逸與彼端正女人尅期其女人
有事不得時往未到之間於意云何彼人爲
有幾意起想須菩提言世尊是想甚多甚多
佛告須菩提菩薩奉行般若波羅蜜如其中
教至念一日意不轉者却若干劫生死之垢
是菩薩應般若波羅蜜行一日所受善本功
德勝於菩薩但行布施如恒邊沙劫復次須
菩提菩薩布施三尊如恒邊沙劫於意云何
其人殖福寧爲多不須菩提言世尊甚多甚
多不可稱計佛言不如是菩薩摩訶薩念般
若波羅蜜應行一日如般若波羅蜜中教其
功德不可計何以故菩薩因是乘疾得成阿
耨多羅三耶三菩故須菩提若有菩薩行般
若波羅蜜以恒邊沙劫之壽爲須陀洹作功
德及羅漢辟支佛作功德至三耶三佛作善
本於意云何其人功德寧爲多不須菩提言
世尊甚多甚多佛言不如是菩薩行般若波
羅蜜如中教其功德不可計何以故菩薩行
般若波羅蜜已過羅漢辟支佛地故從菩薩

位成至阿耨多羅三耶三菩故須菩提若有菩薩壽如恒邊沙劫行六波羅蜜其人功德寧多不須菩提言甚多甚多佛言不如是菩薩隨般若波羅蜜教一日如中行六波羅蜜其功德不可計何以故般若波羅蜜者是菩薩摩訶薩之毋住是般若波羅蜜中具足諸佛法故須菩提若有菩薩行般若波羅蜜如恒邊沙劫之壽行法之施於意云何其人功德寧多不須菩提言甚多甚多佛言不如是菩薩行般若波羅蜜如中教一日法施其功德不可計何以故菩薩不離般若波羅蜜者則爲不離薩云然菩薩欲得成阿耨多羅三耶三菩不當離般若波羅蜜須菩提若有菩薩行般若波羅蜜如恒邊沙壽行三十七品及空無相無願其人功德寧爲多不須菩提

言世尊甚多甚多佛言不如是菩薩行般若波羅蜜如其中教一日如般若波羅蜜中教行三十七品及十八法其功德不可計何以故初不見有菩薩行般若波羅蜜從薩云然有還者離般若波羅蜜者便有動還故須菩提是故菩薩不當離般若波羅蜜佛告須菩提若有菩薩以恒邊沙劫之壽行六波羅蜜所可財物飲食布施以法布施及諸三昧事欲爲阿耨多羅三耶三菩其人功德寧爲多不須菩提言世尊甚多甚多佛言不如是菩薩行般若波羅蜜如中教所可布施及法施與諸三昧事欲爲阿耨多羅三耶三菩其功德不可計所以者何如般若波羅蜜教者於諸功德中爲最第一離般若波羅蜜念者是爲非念亦爲非求復次須菩提菩薩欲發阿

耨多羅三耶三菩者當善於智求須菩提若有菩薩習行六波羅蜜者壽如恒邊沙劫勸助過去當來現在諸佛及僧所作功德代其歡喜持是歡喜持作阿耨多羅三耶三菩其功德寧多不須菩提言世尊甚多甚多佛言不如是菩薩一日與般若波羅蜜教相應持是功德當成阿耨多羅三耶三菩須菩提菩薩欲得阿耨多羅三耶三菩者當善於智求須菩提白佛言世尊如佛所說菩薩從無所作爲爲最第一若無所作無所爲者云何而得正見須陀洹及羅漢辟支佛至薩云然成阿惟三佛佛言如是如是須菩提不可從有所作得須陀洹至薩云然成阿惟三佛行般若波羅蜜布施亦不求有所作亦不有是布施意常念言是布施空亦無所有何以故是菩薩學善於內外空及有無空故須菩提菩薩住是空已觀諸所作作是空觀已則不離般若波羅蜜不離般若波羅蜜則受無有數無有限無有量諸福功德須菩提白佛言無有數無有限無有量有何等異佛言阿僧祇者爲無有數有數身亦不可得無有數身亦不可得無有量者當來過去今現在不可限不可量亦不可思議須菩提白佛言世尊可使五陰不可量不可數不可限不佛言有是須菩提言世尊何因五陰不可量不可數不可限佛言五陰空不可數不可量云何世尊但五陰空諸法爲不空耶佛言我初不說諸法空耶世尊亦說諸法空耳世尊空者爲是不可盡爲是不可數爲是不可量空者不可數不可量亦不可平相世尊是法義解亦不

可得若干佛言如須菩提所説無異以諸法不可得故佛説若干不可得是法空無相無願無所有無所生是爲滅是爲泥洹是爲如來無盡至於泥洹須菩提白佛言未曾有世尊甚奇甚特如世尊所説無所得法我聽世尊所説諸法亦不可得以諸法不可得空亦不可得不可得義爲有增減不佛言無有增減須菩提言六波羅蜜亦無增減三十七品亦不增減八惟無禪四無礙慧四等佛十八法及十種力四無所畏亦無增亦無減須菩提言世尊若是法從六波羅蜜至四無所畏若有增有減者便不成阿耨多羅三耶三菩須菩提如是如是不可得之法亦無增亦無減若行般若波羅蜜若念般若波羅蜜若習般若波羅蜜漚恕拘舍羅亦不念言我增六波羅蜜亦不念我減六波羅蜜當作是念但有名故有六波羅蜜持是所念持是發意持是善本施作阿耨多羅三耶三菩如諸法如須菩提白佛言云何爲阿耨多羅三耶三菩如諸法如世尊何等爲諸法之如爲阿耨多羅三耶三菩佛言五陰之如泥洹之如是故爲阿耨多羅三耶三菩是亦不增亦不減是故菩薩不離般若波羅蜜倍復精進行般若波羅蜜亦不見諸法有增有減者是故不可得法亦無增減須菩提是故六波羅蜜亦不增減至四無礙亦不增減菩薩行般若波羅蜜當作是不增不減之意須菩提白佛言世尊菩薩摩訶薩成阿耨多羅三耶三菩爲用初時意得成爲用後頭意得成前意後意各各不俱云何善本得聚成阿耨多羅三耶三

菩世尊是不俱不同之意云何有所成功德不成不聚不得成阿耨多羅三耶三菩佛告須菩提我當爲汝説譬喻諸有智之士以譬喻得解於意云何譬如燈炷始然之時爲用初明得然爲用後明得然炷燋之時爲用初時明燋爲用後時明燋須菩提言世尊亦不用初頭焰得然亦不離初焰因緣得然亦不用後焰得然亦不離後焰因緣須菩提菩薩亦不用初意得阿耨多羅三耶三菩亦不離初意因緣亦不用後意得亦不離後意因緣得須菩提菩薩行般若波羅蜜從初發意至十住地成阿耨多羅三耶三菩世尊云何從十住地成阿耨多羅三耶三菩佛言先從智地觀地具足阿耨多羅三耶三菩從八輩觀地薄地離婬地已辦地辟支佛地菩薩地阿耨多羅三耶三菩地佛地具足佛地已便成阿耨多羅三耶三菩菩薩於是十地學亦不從初發意得阿耨多羅三耶三菩亦不離初發意得亦不以後意得亦不離後意得須菩提言世尊十二因緣起甚深不以初發意得阿耨多羅三耶三菩亦不離初發意因緣亦不用後意得阿耨多羅三耶三菩亦不離後意而成阿耨多羅三耶三菩須菩提於意云何意已滅可復使更生不世尊已滅不復生須菩提意已生爲是滅法不世尊是實滅法佛言已滅法者是爲滅不世尊不也須菩提於意云何爲正爾住不世尊住如如住佛告須菩提若如住者眞際住當如如耶不也世尊佛言於須菩提意云何如者爲甚深不世尊甚深甚深須菩提如者爲是意耶不也世

尊如非意須菩提意爲離如耶不也世尊須菩提如以如爲相見不不也世尊如如不相見須菩提如是行者爲行深般若波羅蜜不須菩提言世尊如是行者爲行深般若波羅蜜須菩提言作如是行爲行何法世尊佛言作是行者爲無所行何以故行般若波羅蜜者無若干行世尊夫如者亦無若干亦無作若干行佛告須菩提菩薩行般若波羅蜜爲行何等對曰爲行畢竟無有二處佛言行畢竟者爲有若干行爲有相行耶無有世尊佛言無相爲有相念耶無有世尊佛言云何有相念須菩提言世尊菩薩行般若波羅蜜亦不作是念有相無相菩薩行般若波羅蜜不具佛十種力及十八法不成阿耨多羅三耶三菩菩薩漚惒拘舍羅於諸法無所念亦不不念何以故菩薩知一切諸法相皆空故住空法爲衆生故行三三昧持是三昧教化衆生世尊菩薩摩訶薩何等三三昧佛言住是三昧者與空無相無願相應一切衆生皆著於空著於相願菩薩摩訶薩安處衆生以空無相無願之法行般若波羅蜜菩薩以是三事教化衆生

放光般若波羅蜜經卷第十九

音釋

樔窟 樔鋤交切通作巢在木曰巢窟苦骨切在穴曰窟

閱叉 梵語也亦云藥叉此云勇健閱音悅

蠱道 蠱音古惑也蠱道謂以左道蠱惑人也

駡詈 駡莫駕切詈力智切正斥曰駡旁及曰詈

炷燋 炷音注燈炷也燋茲消切燒也

放光般若波羅蜜經卷第二十

西晉三藏無羅叉共竺叔蘭譯

夢中行品第五十九

爾時舍利弗語須菩提菩薩於夢中行三事三昧空無相無願於夢中行是寧有益於般若波羅蜜不須菩提報舍利弗言若於晝日有益於般若波羅蜜者夜夢中亦當復有益所以者何晝夜夢中等無異舍利弗菩薩行般若波羅蜜若有般若波羅蜜者於夢中便當念般若波羅蜜舍利弗語須菩提若菩薩於夢中有所作寧有所成受不如佛所言諸法如夢是故無所成無所受何以故夢中初不見有法有所成者有所受者亦無所得若夢覺已寧有所得不須菩提言若於夢中有所害殺言我殺是快耶覺已念夢中所作是云何舍利弗言皆有因緣無因緣終不起須菩提言如是如是事有因緣有緣有念有念有事事從聞見便有覺意便有著斷不從不聞不見而有緣起是故舍利弗以因緣故有事起有念生舍利弗言云何須菩提所念所作佛言皆寂云何所作有緣有起有所成受須菩提言起想便有因緣有緣便有事有事便有念舍利弗言若菩薩於夢中行六波羅蜜持是功德念欲爲阿耨多羅三耶三菩是爲有所施作不須菩提言今彌勒菩薩摩訶薩爲世尊所記在是可問彌勒能解當從其問舍利弗白彌勒言我所問者須菩提言彌勒能解今仁者當爲我等解是時彌勒語舍利弗言卿等欲使我當以名以色以痛想行識而發遣耶當以何事而解說乎當以色空

而發遣耶當以痛想行識空而發遣乎色空亦無能發遣痛想行識空亦無所發遣我初不見法有能發遣法者亦無有受記莂受阿耨多羅三耶三菩者亦無受莂處者是法都無有二舍利弗言如仁者所說爲得證也彌勒答言雖作是說我亦不得證舍利弗意念彌勒菩薩辯才深入於六波羅蜜中種種發遣而無所倚佛告舍利弗汝頗見是法得羅漢證者不舍利弗言世尊不見是法有得證者佛言菩薩行般若波羅蜜亦不念言是法已受莂是法當受莂得阿耨多羅三耶三菩者菩薩作是行爲行般若波羅蜜亦不有疑我當得阿惟三佛亦不疑不得復次須菩提菩薩行檀波羅蜜時若見有衆生有飢渴者衣不蓋形孤貧窮厄不能自存者當起大哀願我得阿耨多羅三耶三菩阿惟三佛時使我境界無有是輩困苦之類使我佛土所有衣服飲食之具如四天上如忉利天第六天王所有飲食衣服自然須菩提菩薩作是行者便爲具足檀波羅蜜復次須菩提菩薩行尸波羅蜜若見衆生有不慈意殘殺衆命邪見疑網犯十惡者見有短命多病少威醜無顏色形殘羸劣極下賤者起大悲意使我奉行尸波羅蜜我得佛時使我境内無有是輩菩薩如是爲具足戒疾得阿惟三佛不久須菩提菩薩行羼波羅蜜時若見衆生有瞋恚意棰杖刀矛瓦石相加相傷殺者起大願言我當行忍至得佛時令我境内無有是輩諸惡事者我作佛時令我國土中一切衆生皆同慈意和志相視如父如母若兄若弟相向

無害菩薩作是行者爲具足忍疾得阿惟三佛不久復次須菩提菩薩行惟逮波羅蜜時若見衆生於三乘法起相懈怠無精進者復起大願我當自勉精進不懈我得佛時令我國中衆生精進於三乘法各得度脱菩薩如是爲具足精進疾得阿惟三佛不久復次須菩提菩薩行禪波羅蜜時若見衆生行五蓋事一者婬泆二者瞋恚三者睡卧四者調戲五者疑悃離於四禪離四空定者起大意願令我常當行禪波羅蜜教化衆生淨佛國土我得佛時令我國土一切衆生無亂志者菩薩如是爲具足禪疾得阿惟三佛不久復次須菩提菩薩行般若波羅蜜時若見衆生有犯惡者若俗若道離正見者行無道之事者言無報者言便斷者言有衆生者作是見已起大願言我當勤力行六波羅蜜淨佛國土教化衆生我作佛時令我國中無有是輩邪見之事菩薩如是爲具足般若波羅蜜疾近薩云然復次須菩提菩薩行六波羅蜜時若見衆生在於三際一者直見際二者邪見際三者亦不在邪亦不在正見際是以我當勤力行六波羅蜜教化衆生淨佛國土我作佛時令我國人不見邪見不聞邪見之聲菩薩如是是爲具足六波羅蜜疾近薩云然復次須菩提菩薩行六波羅蜜時若見泥犂薜荔畜生蠕動之類當發大慈我當勤力行六波羅蜜我作佛時令我國中不聞有三惡道之名菩薩如是具足六波羅蜜疾近薩云然復次須菩提菩薩行六波羅蜜時若見大地山陵溝坑荆棘草木不淨穢惡發普願言我當

勤力行六波羅蜜我得佛時令我國土皆平如掌令我國人不見諸穢菩薩如是爲具足六波羅蜜疾近薩云然復次須菩提菩薩行六波羅蜜時若見大地無有金寶但純以土發意願言我當勤力行六波羅蜜我得佛時令我土地從下際以上純以黄金爲地菩薩如是爲具足六波羅蜜疾近薩云然復次須菩提菩薩行六波羅蜜時若見衆生有所戀著者發是願言我當勤力行六波羅蜜我作佛時令我國人莫有所戀著菩薩如是爲具足六波羅蜜疾近薩云然復次須菩提菩薩行六波羅蜜時若見四姓剎利梵志田家工師長吏將帥發意願言我當勤力行六波羅蜜教化衆生淨佛國土我作佛時令我國中無有四姓純以一姓菩薩如是爲具足六波羅蜜疾近薩云然復次須菩提菩薩行六波羅蜜時若見衆生有上中下家者復發願言我當勤力行六波羅蜜教化衆生淨佛國土我作佛時令我國中一切衆生無是優劣有上中下菩薩如是爲具足六波羅蜜疾近薩云然復次須菩提菩薩行六波羅蜜時若見衆生有種種色發意願言我當勤力行六波羅蜜教化衆生淨佛國土我作佛時令我國人無若干色皆悉端正得第一色菩薩如是爲具足六波羅蜜疾近薩云然復次須菩提菩薩行六波羅蜜時若見國主發意願言我當勤力行六波羅蜜教化衆生淨佛國土我作佛時令我國土無有王者之號但以如來無所著等正覺以爲法王菩薩如是爲具足六波羅蜜疾近薩云然復次須菩提菩薩行

六波羅蜜時若見五趣之行發意願言我當勤力行六波羅蜜教化衆生淨佛國土我作佛時使我國人皆令無有五趣之行等以三十七品爲行菩薩如是爲具足六波羅蜜疾近薩云然復次須菩提菩薩行六波羅蜜時見四種生卵生濕生胎生化生發意願言我當勤力行六波羅蜜教化衆生淨佛國土我作佛時令我國中無有三生等一化生菩薩如是爲具足六波羅蜜疾近薩云然復次須菩提菩薩行六波羅蜜時見諸衆生無有五通無有光明復發願言我作佛時令我國中盡得五通皆有光明遠有所照菩薩行六波羅蜜時若見衆生有大小便利發意願言我作佛時令我國人等如天身無復便利之患菩薩行六波羅蜜時發大願言我作佛時令我國土無有一日一月一歲十歲都無此數菩薩行六波羅蜜時若見衆生短命發大願言我作佛時令我國中人壽命極長無有限數菩薩如是便具足六波羅蜜成阿耨多羅三耶三菩阿惟三佛菩薩行六波羅蜜時若見衆生無有相者發大願言我當勤力行六波羅蜜我作佛時令我國人普得具足三十二大人之相菩薩如是爲具足六波羅蜜疾近薩云然菩薩行六波羅蜜時若見衆生無有善本我成阿惟三佛時令我國人具足善本等如如來無所著等正覺作是念者具足六度疾近薩云然復次須菩提菩薩行六波羅蜜時言我當勤力疾成阿耨多羅三耶三菩令我國中無有三垢四病菩薩如是爲具足六波羅蜜疾近薩云然復次須菩提菩薩

行六波羅蜜時言我當勤力疾成阿耨多羅三耶三菩我作佛時使我國中無有二道之名普等至薩云然復次須菩提菩薩行六波羅蜜成阿惟三佛使我國土中不聞頑佷之名須菩提菩薩行六波羅蜜當作是念我未便成阿惟三佛先當知我壽命光明比丘僧數然後乃成阿惟三佛一切無有能知我年壽劫數比丘數者菩薩如是爲具足六波羅蜜疾近薩云然復次須菩提菩薩行六波羅蜜作如是念言我作佛時令我一國大如恒邊沙佛國菩薩如是爲具足阿耨多羅三耶三菩疾近薩云然復次須菩提菩薩行六波羅蜜當作是願生死道長衆生甚多虛空無邊衆生之性亦無有邊於中亦無生者亦無泥洹者如是念者爲具足六波羅蜜疾近薩云然

恒加調品第六十

爾時坐中有一女人名恒加調從座起整衣服爲佛作禮長跪乂手白佛言我亦當奉行六波羅蜜攝取佛國如世尊說般若波羅蜜事是女人嘆佛已以金銀花及水陸花著身瓔珞金色之疊而以散佛當頭上化成四柱寶交露臺嚴事淨如是未曾有是女人言持是功德施與衆生皆共發阿耨多羅三耶三菩爾時世尊知女人意便笑如諸佛法若干色光從口中出遍照諸十方無央數佛剎遶身三帀還從頂入時阿難從座起整衣服長跪乂手白佛佛何因笑願聞笑意佛告阿難是恒加調弟當來之世當作佛號名金華如來無所著等正覺畢女人身受男子形後當

生於妙樂佛國於彼國修梵行是菩薩摩訶薩在所生國常有金華名號於彼剎盡其壽普遊諸國從一佛至一佛不離諸佛阿難譬如轉輪聖王從一觀至一觀從生至竟足不蹈地是金華菩薩亦復如是至成阿惟三佛未曾不見佛時阿難意念是金華菩薩後作佛時諸會菩薩爲是佛會佛知阿難意之所念告阿難言如是如是當知彼時菩薩會者是爲佛會彼比丘僧甚多不可計不可以千數萬數億數無有限量阿難是金華菩薩成如來無所著等正覺時其國土所有一切衆惡諸不善事悉皆無有如向所說般若波羅蜜淨妙國土等無有異阿難白佛言世尊是弟從何佛以來殖功德本佛告阿難是弟乃從提惒竭羅如來無所著等正覺所始發道意亦復以金花散提惒竭佛散彼佛時意亦願言持是功德成阿耨多羅三耶三菩如我以五華散提惒竭羅佛上發阿耨多羅三耶三菩於時彼佛知我功德具足便記我阿耨多羅三耶三菩莂是金華菩薩爾時見我受記便發願言我亦當受莂如是菩薩受莂阿難是金華菩薩乃從提惒竭羅初始發意阿難白佛言世尊是女人以辦阿耨多羅三耶三菩佛告阿難如是如是是弟以爲成辦阿耨多羅三耶三菩阿惟三佛

問相行願品第六十一

須菩提白佛言世尊菩薩摩訶薩行般若波羅蜜云何行空三昧無相三昧無願三昧當云何入當云何行當云何行三十七品當云何念佛告須菩提菩薩摩訶薩行般若波羅

蜜觀五陰空乃至欲界色無色界觀空當作是觀意而不亂於諸法無所見適無所見於諸法不作證何以故善學於空法故至於得證亦不斷諸法不決定於諸法所可得證亦不見證亦不見是法須菩提白佛言世尊云何如佛所說菩薩不於空法取證云何住空而復取證佛告須菩提觀空具足無所乏短亦不念言我當受證是亦非證菩薩之法所應所行不以證爲期但以行爲期菩薩亦不定意亦不有所而係意於三十七品而不耗減亦不受漏盡之證何以故菩薩摩訶薩以具足於深妙之法故何以故菩薩已住於三十七品作如是言是爲行時非爲證時菩薩行般若波羅蜜當作是觀言今正是行五波羅蜜時非是證時今正是行三十七品時非是證時今正是行三三昧時行十種力四等大慈大悲是行薩云若時非是須陀洹羅漢辟支佛道證時須菩提菩薩行般若波羅蜜因三三昧行空無相無願三昧因三十七品行根力覺意法亦不取證因三十七品而行作行不受聲聞證須菩提譬如士夫端正勇健猛於兵法堅持鎧杖具足悉曉六十四能皆明諸術衆人無不愛敬者所作事物無不成辦見衆敬恃倍復歡喜若以他事當有所至道過厄難危嶮之處多有怨憎彼怨家者亦復勇猛所將群從父母大小莫不驚怖時勇猛者安隱父母慰諸群從言莫有恐畏我有術能無所乏短自當得脫此諸厄難既得脫難降伏怨敵而無所害以至所在安隱父母群從莫不歡喜所以者何用是男子勇健

雄猛其足諸術無乏短故佛告須菩提菩薩以四等意慈悲喜護爲衆生故具足六度未得漏盡開薩云若之大徑路以住於空無相無願亦不以空無相無願隨至爲證具足不墮羅漢辟支佛地譬如衆鳥飛行空中而不墮地亦不住空菩薩如是行空無相無願三昧而不取證度於羅漢辟支佛地悉當具足佛十種力四無所畏及十八法薩云然慧終不取證須菩提譬如士夫壯勇多力善於射術仰射虛空尋以後箭射於前箭箭箭相拄不得令箭有墮地者意欲令墮便止後箭不復射者爾乃墮耳須菩提菩薩摩訶薩行般若波羅蜜爲漚惒拘舍羅所持殖諸功德具足一切衆善之本一事不具終不中道取證至成阿耨多羅三耶三菩阿惟三佛功德具足爾乃於眞際作證是故須菩提菩薩行般若波羅蜜當具足是上諸法須菩提白佛言世尊菩薩學是慊苦甚難作是學者爲學眞際是爲學如爲學法性爲學本空爲學自空爲學三脫如是所學而不中道有肰世尊大哉甚奇甚特佛告須菩提所以者何菩薩有願志不捨一切衆生故須菩提菩薩若有意不捨衆生盡當度脫一切衆生於無端緒之法出生三脫門當知是爲漚惒拘舍羅菩薩要當成薩云若慧終不中道眞際取證復次須菩提菩薩欲得觀知諸深法處者內空外空及有無空三十七品及三脫門當作是念一切衆生長夜常有我想人想有壽命想有見知想所念所作皆依是想是故菩薩摩訶薩普見衆生有是輩想欲爲衆生除是念想

成阿耨多羅三耶三菩而爲說法行空三昧無相無願雖作是行終不中道取羅漢辟支佛證須菩提用是菩薩有是願故功德具足故亦不中道取證不失四禪不失四等及四空定不失三十七品法及三脫門四無所畏四無礙慧不失十力及十八法便得具足諸所有之法終不失阿耨多羅三耶三菩諸有菩薩爲漚惒拘舍羅所護持者具足功德善法轉增諸根通利過於羅漢辟支佛根復次須菩提菩薩常念衆生行四顛倒有常想有淨想有樂想有我想當爲是輩我當行道成阿惟三佛時當爲說法爲說無常爲說不淨無樂無我菩薩如是意行具足者是爲漚惒拘舍羅行般若波羅蜜悉當具足十力四無所畏大悲四等三十七品無願三昧然後乃當坐佛三昧眞際取證菩薩作是念言一切衆生常有倚著常著吾我著於壽命著於五陰著於六衰著於十八法著於四禪著於四空定著於四等我成阿耨多羅三耶三菩阿惟三佛時當使衆生皆無有是倚著之病持是意行以漚惒拘舍羅行般若波羅蜜未具足十力四無所畏四無礙慧無願三昧終不中道取證具足諸願爾乃取證復次須菩提菩薩行般若波羅蜜意復念言衆生長夜常著想行或想念男女有色無色想我當勲行成阿耨多羅三耶三菩時令我衆生無想著病以具足是念以漚惒拘舍羅行般若波羅蜜十力不具足及四無所畏佛十八法未具足者終不取證成諸功德具足無相三昧爾乃取證須菩提菩薩行六波羅蜜內空外空

及有無空三十七品佛十八法具足是行不與三界共同行也須菩提菩薩行是三十七品行三十七品已當問言菩薩云何欲得阿耨多羅三耶三菩不以空爲證以覺眞際得須陀洹斯陀含阿那含阿羅漢辟支佛道亦不證無相無願亦不證滅亦不證所作亦不證所生亦不證無所有而念般若波羅蜜須菩提若有菩薩問諸菩薩若聞說空則當念空若聞無相無願當念無相無願若聞無所作當念無所作聞無所生無所有當念無所生無所有但當行空三十七品不行無相不行無願不行無所作亦不行無所生須菩提當知是菩薩未受記莂未從諸佛受記莂何以故阿惟越致菩薩亦不作是念亦不作是行亦不作是說亦不作是想但行阿惟越致菩薩事但念是事但行但說但想是事須菩提當知是菩薩已過諸地如阿惟越致地以過阿惟越致地須菩提白佛言世尊是菩薩爲得阿惟越致不佛言若有菩薩聞六波羅蜜若不聞所作行事如阿惟越致菩薩須菩提白佛言多有人行佛道者少有如阿惟越致菩薩所行者何以故少有菩薩受阿惟越致慧地記莂受阿惟越致菩薩莂者爲已遠離上諸想著不具足事是菩薩摩訶薩諸天世間人無能及者

阿惟越致相品第六十二

佛告須菩提菩薩夢中不近羅漢辟支佛地亦不近三界亦不壞三界亦不起意視諸法如夢如響如幻如熱時焰視諸法如化而不作證須菩提是菩薩摩訶薩是爲阿惟越致

相復次須菩提菩薩夢中見佛與若千百千不可計數四輩之衆圍遶說法從佛聞法即解中義所作常不離法所說不失法則須菩提當知是爲阿惟越致相復次須菩提菩薩夢中見佛如來踊在虛空身有三十二相八十種好變化神通爲比丘僧說法變化使人詣他佛土施作佛事須菩提是爲阿惟越致相復次須菩提菩薩夢中若見郡縣兵起相殺若有火災若見虎狼師子毒虫諸恐畏之事憂悲苦惱若見飢餓若見喪失父母兄弟親友知識夢見是已不恐不怖於夢覺已便作念言三界所有皆如夢耳我當精進成阿惟三佛已當爲三界衆生說法須菩提是爲阿惟越致相佛告須菩提一切人盡當云何知是菩薩成阿耨多羅三耶三菩須菩提菩薩若見泥犁薜荔禽獸三惡趣中諸勤苦者當發願言我當成阿惟三佛時使我國中無有三惡趣何以故夢中所有及一切諸法一法無有二當知是爲阿惟越致相復次須菩提菩薩夢中見泥犁中火燒湯煮覺已念言我於夢中所見形像及其災變若於夢中自見阿惟越致相便作誓言如我所見泥犁中火即當滅去若火滅湯冷當知是菩薩以受記莂當成阿耨多羅三耶三菩是爲阿惟越致相若是火焰燒一家至一家燒一里至一里或燒一家不燒一家或燒一里不燒一里中有爲火所燒者當知被燒家人斷法所致皆是斷法餘殃從是以來斷法餘殃悉畢是爲罪滅福生是爲阿惟越致相佛告須菩提今我當說阿惟越致像貌相行若有男子女

人爲鬼神所持是菩薩便作是念過去諸佛如來無所著等正覺審授我莂者所作願行清淨無穢不應墮羅漢辟支佛地亦無羅漢辟支佛念當成阿惟三佛者亦不成亦不不成假令諸十方現在諸如來無所著等正覺無所不知無所不見無所不覺諸佛知我必當成阿耨多羅三耶三菩者是鬼神當去若是鬼神不去者當知是菩薩不從過去諸佛受其記莂須菩提若是菩薩爲說經已鬼神即爲去當知是菩薩以從諸如來無所著等正覺受記莂已須菩提以是像貌相行具足是爲阿惟越致相復次須菩提菩薩行六波羅蜜離漚惒拘舍羅未行三十七品及三脱門未逮菩薩位未得菩薩三昧處亦不從過去諸佛受莂是菩薩往至是男子女人所復言我審受莂當爲阿耨多羅三耶三菩者是鬼神當去鬼神不爲去是菩薩故爲說經法不止者時魔波旬往至彼所波旬念言我當令鬼神去所以者何波旬有威神勝是鬼神時彼波旬便勑鬼神令去是菩薩不知波旬令鬼神去喜言鬼神用我故去便自貢高輕蔑餘人語他人言我已從過去諸佛受莂已其餘人皆未受莂用是貢高輕易人故離薩云然不得如來無所著等正覺之智慧用是貢高失漚惒拘舍羅便墮二地羅漢辟支佛地用至誠誓故便起魔事遠離眞知識墮魔羅網何以故不行六波羅蜜不持漚惒拘舍羅故須菩提當知是菩薩爲自作魔事佛告須菩提菩薩未行六波羅蜜未得漚惒拘舍羅未逮菩薩位以魔事故波旬復來至菩薩

所作異被服語菩薩言善男子如來已授卿莂當爲阿耨多羅三耶三菩卿父母字某卿兄弟妹姊字某卿朋友知識親族字某卿七世父母字某卿從某國某縣某村落生若見菩薩體行和順卿前世時亦復柔輭若見才朗若見行沙門十二法若見節言波旬隨形語菩薩言卿前世時皆有是行卿前世時亦行此十二法彼菩薩聞魔語說先世事復自觀所作行倍復貢高輕於同學魔重語言過去如來已授卿莂如卿所作功德不復轉還波旬或作比丘形像或作父母或作迦羅越形像而來言卿必當成阿耨多羅三耶三菩所以者何卿盡有阿惟越致相行具足故佛告須菩提我所說阿惟越致像貌相行彼菩薩獲無是相當知是菩薩爲魔所使以聞是名譽貢高自可輕易同學形笑他人無所復録用貢高故是爲魔事復次須菩提菩薩於魔因緣當覺魔事何以故是菩薩不行六波羅蜜故不知魔事如不知五陰如彼菩薩用不覺魔事聞前比丘說其記莂今復聞是記莂名字意中歡喜便自念言以是證像我今定當得阿耨多羅三耶三菩益復貢高輕易他人呼無所知是菩薩無有阿惟越致相便遠離般若波羅蜜漚惒拘舍羅失阿耨多羅三耶三菩智遠離眞知識更得惡知識當知是菩薩終不成就墮二道地若後久遠更諸勤苦生死極遠乃當復得眞知識得聞般若波羅蜜爾乃悔本所著受字用是悔故乃得羅漢辟支佛譬如比丘犯四事禁現世不能得成四道須菩提是彼菩薩其罪重於四事

之禁用受名字著貢高故置是罪事其有犯是貢高受字受僞號者其罪過於五逆須菩提若有名字受想著者急當護魔覺微因緣復次須菩提波旬復往至菩薩所讚歎遠離說其功德如卿所行佛所稱譽正當如是須菩提如我所說菩薩遠離之法不爾若在山間樹下獨處寂無人中未必是爲遠離之法須菩提白佛言何等爲菩薩異遠離佛告須菩提菩薩遠離寂於聲聞辟支佛念寂於山間樹下獨處念須菩提菩薩如是是爲大遠離之法菩薩如是當晝夜行是爲菩薩寂然遠離若在人間隨我寂教者雖在城傍爲與山澤等無有異若受魔教便亡遠離墮於羅漢辟支佛地不應般若波羅蜜不具足薩云然事作是行念者非是清淨之法雜糅羅漢辟支佛意更反形笑輕易人間清淨行者人間行者亦不雜糅羅漢辟支佛意反更輕易之亦復輕易得禪惟無三昧者輕易得神通者菩薩無漚惒拘舍羅者雖在絕曠百俞旬外億千萬歲禽獸飛鳥所不至處鬼神盜賊所不至處雖久在中不知菩薩遠離之法會無所益受波旬教行遠離者不樂我所教遠離也亦復不能具足遠離之法亦復不在遠離法中何以故以去是遠離法遠故適去是遠離法遠已時魔波旬在虛空中歎言善哉善哉善男子是爲佛之所說是眞遠離法汝行是遠離法可疾得阿耨多羅三耶三菩彼妄遠離菩薩得是讚歎已便歡喜貢高輕易是眞遠離者反誹謗言是爲憒乎謂爲不淨憒鬧志亂有不淨者反呼爲淨不應敬者更

敬之應所敬者更輕慢之何以故我爲諸天及人非人所見勸助恭敬我所行者眞爲是行汝在城傍誰當來恭敬讚歎汝者是人於城傍善男子善女人求菩薩道者於前貢高言諸天來語我當得道時日數須菩提當知是貢高菩薩輩如旃陀羅（此云主殺人獄卒又云屠者正言旃荼羅此云嚴熾也）是輩之人在諸菩薩中爲大瑕病是爲倚法像如菩薩是爲天上人中之大賊亦復是沙門像法之中爲大賊復是善男子善女人之中大賊如是輩人不當與共從事亦不當與相見坐起語言飲食何以故是輩之人貢高頑佷故若有菩薩不欲捨薩云然不欲捨阿耨多羅三耶三菩者莊事欲得求阿惟三佛者欲救一切衆生者當遠離是輩之人不當與共從事自修其行莫與往來常當有猒意於世間不當受三界之樂常當慈哀加於衆生當爲是輩倒見之人起大悲意當自念言令我世世莫有是遭非法之事若有是意疾令滅之須菩提當知是輩菩薩自起神通復次須菩提若有菩薩至説莊事求阿耨多羅三耶三菩者當與眞知識從事須菩提白佛言何等爲菩薩眞知識佛告須菩提諸佛世尊是菩薩眞知識諸菩薩摩訶薩亦是菩薩眞知識諸弟子衆亦是眞知識當知是爲菩薩眞知識眞知識者常爲菩薩解説般若波羅蜜分別其事六波羅蜜三十七品佛十八法如眞際法性是爲菩薩眞知識也六波羅蜜者是世多羅六波羅蜜者是道六波羅蜜者是大明六波羅蜜者是爲大炬六波羅蜜者是大智光明六波羅蜜者是護

六波羅蜜者是歸六波羅蜜者是父是母六波羅蜜者是三十七品六波羅蜜者是薩云然六波羅蜜者除人諸習緒何以故須菩提三十七品者是過去當來今現在十方諸佛之毋何以故去來今諸如來無所著等正覺皆從三十七品中出生故是故須菩提菩薩欲成阿耨多羅三耶三菩淨佛國土教化衆生者當以四事饒益攝受衆生一者施二者愛三者利四者同義以是四恩事益於衆生須菩提我觀是義故說是事三十七品者則是菩薩摩訶薩父毋則爲是舍是則爲護是則爲燈明須菩提菩薩不欲隨他人教住者欲斷一切衆生狐疑者欲淨佛國教化衆生者當學般若波羅蜜何以故般若波羅蜜者廣說菩薩之行是諸菩薩所應當學者須菩提白佛言何等爲般若波羅蜜相佛言般若波羅蜜如虚空相亦非相亦不作相須菩提言世尊頗有因緣可知般若波羅蜜相不以相知諸法不佛言如是須菩提欲知般若波羅蜜相如諸法相何以故諸法寂故諸法常淨故以是故須菩提般若波羅蜜相則諸法之相以空寂故須菩提白佛言世尊若諸法寂若諸法空云何知諸法有著有斷空之寂亦不斷亦不著亦不成阿耨多羅三耶三菩於空寂中亦不有法於空寂中亦不見得阿惟三佛者世尊我等云何當知是義佛告須菩提衆生長夜著吾我行須菩提言爾世尊衆生長夜著吾我行佛言云何爲知吾我空寂不須菩提言爾世尊須菩提知衆生以吾我故久在生死不須菩提言爾世尊以衆生

著吾我故久在世間更受勤苦便知有著須菩提無吾無我無有受者亦不久在世間亦不久受勤苦亦不著便不斷須菩提白佛言世尊菩薩作如是行者不於五陰行亦不於三十七品作行亦不行四無礙慧何以故不見有法有可行者亦不見法當可行者菩薩如是行者諸天世人無能動者無能伏者羅漢辟支佛無能及者何以故所住處無有能逮故世尊行薩云然菩薩所住無有能及者菩薩如是疾近薩云然佛言於須菩提意云何閻浮提衆生盡得人道已皆爲阿耨多羅三耶三菩若有善男子善女人供養承事盡其壽命持是供養之福施爲阿耨多羅三耶三菩是善男子善女人其福寧多不須菩提言世尊甚多甚多佛言不如是善男子善女人持般若波羅蜜教人具足爲說解其中慧意不遠離應薩云然念乃至三千大千國土衆生皆得爲人若有善男子善女人皆教使行十善地立於四禪四等及四空定又立於須陀洹斯陀含阿那含阿羅漢辟支佛阿耨多羅三耶三菩持是功德施爲阿耨多羅三耶三菩是善男子善女人功德寧多不須菩提言世尊甚多甚多佛言不如是善男子善女人持般若波羅蜜宣示他人具足爲說解其中慧意不遠離薩云然念者出於賢聖之表何以故除如來無所著等正覺唯當有是菩薩摩訶薩何以故以是善男子善女人行般若波羅蜜有大慈行故行般若波羅蜜見諸衆生趣死地故便起大悲以是行故便得大護不與想俱便得大喜具足四等須菩提

是爲菩薩大智之明大智明者則六波羅蜜是是善男子善女人雖未得道爲一切衆生作救於阿耨多羅三耶三菩不動還所受供養衣服飲食牀卧醫藥一切珍寶以行般若波羅蜜故必報衆生信施之福疾近薩云然須菩提若不欲癡妄受人施者若欲示衆生之道徑者若欲解無所有者若欲度脫牢獄中人者若欲與一切衆生眼者身所行當應般若波羅蜜有所語言亦當應般若波羅蜜意應般若波羅蜜者他餘之意亦不得其便當作方便晝夜念般若波羅蜜莫有斷絶須菩提譬如士夫曾得摩尼寶後復得之大歡喜踊躍後復失之失是寶已甚大愁憂憶想是摩尼寶坐起無忘不離須臾自念我云何欻亡此大寶佛告須菩提菩薩離於薩云然念亦如彼人失大珍寶坐起不忘須臾之間須菩提白佛言云何世尊一切諸念無有止處皆空皆寂云何菩薩不離薩云然念亦不從離中亦不從念中可得菩薩亦不從薩云然中可得菩薩佛告須菩提若有菩薩知諸法自遠離法性常住道法及如眞際常住非佛所作亦非羅漢辟支佛所可作菩薩知是已終不復離般若波羅蜜何以故般若波羅蜜空寂故亦不增亦不減須菩提白佛言世尊若般若波羅蜜自空寂者云何菩薩與般若波羅蜜等成阿惟三佛佛言菩薩亦不與般若波羅蜜等亦不增亦不減眞際亦不增亦不減法性亦不增亦不減何以故般若波羅蜜亦非一亦非二若菩薩聞是不怖不難亦不恐畏當知是菩薩已住於阿惟越致地

行般若波羅蜜須菩提白佛言云何世尊念般若波羅蜜空念般若波羅蜜無所有爲行般若波羅蜜耶佛言不也須菩提言世尊頗有離般若波羅蜜行般若波羅蜜者不佛言不也須菩提言世尊般若波羅蜜行般若波羅蜜不佛言不也須菩提言世尊空可行空不佛言不也須菩提言世尊五陰行般若波羅蜜不佛言不也須菩提言世尊六波羅蜜行般若波羅蜜不佛言不也須菩提言世尊乃至四無礙慧行般若波羅蜜不佛言不也須菩提言世尊五陰之空如及爾法法性四無礙慧空行般若波羅蜜不佛言不也須菩提言世尊是諸法不行般若波羅蜜耶若不行是法菩薩云何行般若波羅蜜佛言於須菩提意云何頗見有法行般若波羅蜜者不

須菩提言不見也世尊頗見般若波羅蜜菩薩有可行者不須菩提言不見也世尊於須菩提意云何汝所不見法爲可得不不也世尊佛言不可得法爲有生滅不不也世尊佛告須菩提如菩薩無所從生法忍阿耨多羅三耶三菩薩亦復如是若菩薩學承用如來四無所畏四無礙慧習行是法終不離阿耨多羅三耶三菩慧薩云然慧摩訶衍慧何以故菩薩摩訶薩得無所從生法忍至成阿耨多羅三耶三菩終不耗減須菩提白佛言世尊從諸法無所生中授諸菩薩阿耨多羅三耶三菩記薩耶佛言不也須菩提言世尊從所生法中授諸菩薩薩耶佛言不也須菩提言亦不從無所從生法授菩薩薩亦不從有所生中授菩薩薩如是云何授諸菩薩阿耨

多羅三耶三菩記莂佛告須菩提頗見法受阿耨多羅三耶三菩記莂者不須菩提言世尊我亦不見法有授記莂者我亦不見得阿耨多羅三耶三菩亦不見當得者亦不見已得者佛言如是如是須菩提菩薩摩訶薩於諸法無所得菩薩亦不念言有阿惟三佛亦不念言我當得阿惟三佛何以故菩薩行般若波羅蜜於諸法無所分別般若波羅蜜亦無所分別故

放光般若波羅蜜經卷第二十

音釋

羸劣（羸倫爲切瘦也劣龍輟切弱也）捶（主蘂切擊也）矛（莫侯切鉤兵也）婬泆（婬夷斟切蕩也泆弋質切放也）調戲（調徒弔切戲香義切）蠕（乳兖切蟲動也）溝坑（溝居侯切水注谷曰溝坑丘庚切坑塹也）將帥（將子亮切帥所類切）佷（下懇切佷戾也）蹈（徒到切踐也）提惒竭羅（梵語也此云定光惒音和竭巨列切也）鎧（可亥切甲也）糅（女救切雜糅也）欻（許勿切忽

放光般若波羅蜜經卷第二十一

西晉三藏無羅叉共竺叔蘭譯

釋提桓因品第六十三

爾時釋提桓因白佛言世尊般若波羅蜜者甚深微妙難曉難了難解難知不可思議以本淨故聞是深般若波羅蜜書持學者為已具足從大功德來想著之意為不復生至阿耨多羅三耶三菩亦無想著佛告釋提桓因言如是如是拘翼有行般若波羅蜜者不從小功德來拘翼閻浮提滿中衆生皆行十善四等四禪及四空定不如是善男子善女人書持般若波羅蜜諷誦受學知其教住至阿耨多羅三耶三菩不聽餘念其福百倍千倍巨億萬倍不可以譬喻為比爾時有異比丘語釋提桓因言拘翼是善男子善女人守行奉持般若波羅蜜轉復教人者其功德出彼閻浮提衆生所作者上釋提桓因語是比丘言善男子善女人於般若波羅蜜中一發意勝閻浮提所作十善四禪四等五通者上何況奉行書持諷誦如中教者皆過諸天阿須倫世間人上是菩薩不獨過諸天世間人乃過須陁洹斯陁含阿那含阿羅漢辟支佛上不但過是上乃至菩薩行五波羅蜜無般若波羅蜜漚惒拘舍羅者上菩薩如般若波羅蜜教住者出諸天世人上諸天世人皆不能及如般若波羅蜜教住者為不斷薩云然種地住終不離如來名號菩薩行如是終不失道場菩薩摩訶薩所行如是為欲拔出衆生沉沒長流者如是學者為學菩薩所學不學聲聞辟支佛學菩薩如是學者諸四天王當

來至是菩薩所言善男子善女人勤學疾學成阿耨多羅三耶三菩坐於道場時過去諸如來無所著等正覺所持四鉢今在是間當奉不久如是行般若波羅蜜者諸釋提桓因亦當復來勸助是善男子善女人須焰天子將諸焰天子來下兜率天子將諸兜率天子來下諸尼摩羅天皆悉來下諸波羅尼蜜天亦悉來下乃至首陁會諸天皆悉來下至是行深般若波羅蜜菩薩所十方現在諸如來無所著等正覺皆常念是善男子善女人行般若波羅蜜者行是深般若波羅蜜者諸所世間所有厄難勤苦之事了無復有須菩提是爲行般若波羅蜜者現世功德之報一切世間皆有四病一事動者身中諸根無不受病以受病故意便受惱是諸病惱不復著是菩薩身用行深般若波羅蜜故是爲現世功德之報爾時阿難意念釋提桓因自持辯才說以佛事說釋提桓因知阿難意之所念語阿難言我之所說皆是佛事佛告阿難釋提桓因所可說者皆是佛事因緣若菩薩學習念般若波羅蜜時三千大千國土中魔皆生狐疑今是菩薩當爲眞際作證取聲聞辟支佛道耶當成阿耨多羅三耶三菩阿惟三佛乎阿難若有菩薩不離般若波羅蜜時魔復大愁毒爾時魔復起大風欲使是菩薩恐怖有難起懈怠之意欲使菩薩於薩云然念中起一亂意阿難白佛言世尊魔爲都盡嬈亂諸菩薩耶有不嬈者佛告阿難有行亂者有不亂者阿難白佛言有嬈者誰不嬈者誰佛言菩薩從本聞般若波羅蜜時意中不樂不

解者波旬便往嬈亂若聞說深般若波羅蜜時意中狐疑言爲審有是耶爲無有耶用是故波旬往嬈復次阿難若有菩薩遠離眞知識便不聞不知般若波羅蜜不解其事意便不樂是故波旬復往嬈亂復次阿難若有菩薩遠離般若波羅蜜反持非法用是故魔得其便復次阿難菩薩失般若波羅蜜更歎非法魔即歡喜念言彼說非法之事當有若干伴輩當滿我願復幷使餘人墮於二地羅漢辟支佛是也復次阿難若有菩薩聞說深般若波羅蜜時便意念言是深不能大深耶作是念者魔便念言我今已得子便復次阿難若有菩薩向餘人貢高言我能行六波羅蜜汝不能行是菩薩爲魔所得便阿難時魔波旬大歡喜踊躍復次阿難若有菩薩自怙智慧自怙種姓自怙其善自怙知識便起貢高下於他人亦無阿惟越致相行像貌專自貢高輕賤他人便語人言汝亦不在菩薩種姓之中現汝亦不在摩訶衍中爾時波旬歡喜念言今我境界宮殿不空增益三惡趣我種姓不損魔常伺是菩薩欲使說非法之事欲使衆人皆聞非法亦當邪見增益勞垢造顚倒行顚倒於法身口意錯貪著邪福從是因緣增益三惡趣魔之眷屬宮殿益多爾時波旬倍歡喜踊躍而自娛樂復次阿難若行菩薩道者與聲聞道家共諍魔時念言是善男子離薩云然遠不近大智所以者何鬬爭怨恚非薩云然道是三惡之業復次阿難菩薩菩薩自還共諍波旬念言兩離佛遠失薩云然是二菩薩俱不得成阿耨多羅三耶三菩

所以者何是善男子所造是三惡業非薩云然復次阿難未受莂者與得記莂菩薩共諍與起惡意隨其意起多少之數劫若干劫雖起諍意如故不捨薩云然者當劫劫數若干徑路然後乃成阿耨多羅三耶三菩阿難白佛言世尊乃當更爾所劫數於其中間寧有除不佛告阿難我爲三乘說法隨其意起多少之數各盡其事無有中間減少除之佛告阿難若菩薩菩薩共諍若恚若罵懷恨不悔者我不說有除當更劫數勤行僧那然後乃成若有菩薩鬬諍恚已便自悔言是利難得我今當爲一切下屈今世後世當使衆生皆共和解我今云何惡聲加人而念人惡我終不敢復作是事當如聾羊當自除過成阿耨多羅三耶三菩度脫衆生云何起恚而自陷溺不當起恨不當陷溺爾時菩薩適起是意已魔波旬不能得其便復次阿難行菩薩者不當與聲聞家共止若共止者不當與諍所以者何當自念言我不應得與是輩人起恚共諍我當成就阿耨多羅三耶三菩度諸苦厄阿難白佛言世尊菩薩菩薩自共住止其法云何佛告阿難菩薩菩薩共止之法相視當如世尊共止所以者何當作念言是我眞伴共乘一船彼學我學是爲同學共行檀波羅蜜至薩云然若彼意憒不順薩云然者我所不應若彼意定不離薩云然者我亦應爾菩薩摩訶薩作是學者爲共等學

問等學品第六十四

須菩提白佛言世尊何等爲菩薩摩訶薩之等所應學者佛告須菩提內空外空是菩薩

摩訶薩之等五陰自空乃至于道道亦自空須菩提是空爲是菩薩摩訶薩之等於是等空成阿耨多羅三耶三菩須菩提言世尊菩薩學消五陰爲學薩云然五陰不染爲學薩云然學滅五陰爲學薩云然不生五陰爲學薩云然乃至四無礙學爲學薩云然佛告須菩提如所言學消五陰爲學薩云然乃至學無所生爲學薩云然佛言於須菩提意云何五陰所有如乃至道如及世尊如是諸如頗有滅盡滅時不須菩提言不也世尊佛言菩薩如是學爲學如爲學薩云然如亦不盡亦不滅亦不滅如是學爲學如爲學薩云然菩薩如是學爲學六波羅蜜爲學三十七品爲學佛十八法爲學薩云然佛告須菩提菩薩作如是學爲度諸學表爲第一學如是學者

諸天及魔不能壞敗如是學疾近阿惟越致如是學者爲習尊業爲習如來如是學者爲導御衆生如是學者爲淨佛土爲學大慈大悲爲學教化衆生須菩提菩薩如是學者爲學三合十二法輪轉度脱衆生如是學者爲學不斷佛種如是學者爲學開甘露法門作如是學爲學示無爲法須菩提下劣之人不能學是作是學者爲欲拔一切衆生生死之根如是學者爲不入三惡趣不生邊地不生旃陁羅家如是學者不復聾盲瘖瘂跛蹇如是學者諸根具足終不缺減無惡音聲不犯十惡終不學耶以自生活不爲無反復不與惡者俱須菩提如是學者不生長壽天用漚惒拘舍羅故何等爲漚惒拘舍羅般若波羅蜜所説漚惒拘舍羅四禪四等及四空定不

墮禪計如是學者爲淨一切諸法之力淨羅漢辟支佛力須菩提白佛言世尊諸法之性皆自清淨云何菩薩欲淨諸法佛告須菩提如是如是菩薩已淨性之本學般若波羅蜜不猒不懈是爲學般若波羅蜜是法非是凡夫愚人之所能學所能知見菩薩爲衆生故行檀波羅蜜至薩云然菩薩學如是爲學十力爲學無所畏力如是學者出過衆生所爲之表須菩提譬如地之所出金銀異寶少少處出耳如是須菩提少少人學般若波羅蜜多有發聲聞辟支佛意少少人能行遮迦越羅福者作粟散小王行者多少少衆生能入薩云然者多有人入羅漢辟支佛道須菩提多所人求阿耨多羅三耶三菩意者得成就者少少耳多住羅漢辟支佛地須菩提多有人行菩薩道學般若波羅蜜者至阿惟越致地者亦少少耳用是故須菩提若欲堅住在阿惟越致地者當學深般若波羅蜜復次須菩提菩薩學般若波羅蜜時嫉意不生犯戒意不生恚意不生亂意不生懈怠意不生愚癡意不生三毒意不生疑意不生五陰意不生乃至道意不生何以故須菩提是菩薩行深般若波羅蜜時不見法有所生者於無生法亦無所得亦無所起是故菩薩學持深般若波羅蜜爲悉總持諸波羅蜜何以故菩薩學深般若波羅蜜時諸波羅蜜皆悉隨從譬如著吾我之人悉總持六十二見是故菩薩學般若波羅蜜諸波羅蜜皆悉隨從譬如人欲死時風先命去諸根悉滅須菩提菩薩行深般若波羅蜜時諸波羅蜜皆悉入中菩薩

欲出過諸波羅蜜表者當學深般若波羅蜜學深般若波羅蜜者爲學人中最尊上須菩提三千大千刹土其中衆生寧爲多不須菩提言世尊一閻浮提衆生尚多況乃三千大千刹土所有衆生佛言令此衆生盡得人道悉得阿耨多羅三耶三菩若有菩薩一一供養衣被飲食衆所當得盡其壽命其福寧多不須菩提言甚多甚多佛言不如是善男子善女人至意念般若波羅蜜也何以故是深般若波羅蜜者是諸菩薩摩訶薩之大益能使菩薩成阿耨多羅三耶三菩須菩提菩薩欲在衆生之上一切衆生爲無所歸無所依怙欲受其歸欲爲作依怙者欲爲盲人作明導者欲求作佛者欲得佛境界者欲作佛遊步者欲爲佛師子音響者欲撞擊佛鐘鼓者欲吹大螺音者欲爲佛會講說佛法義決斷衆人諸狐疑者悉欲得是者當學深般若波羅蜜菩薩行般若波羅蜜者所有三界諸善之福德無事不得須菩提言世尊菩薩寧復得羅漢辟支佛之福德耶佛言亦得羅漢辟支佛之福德但不於中作證耳以智慧觀察羅漢辟支佛慧即得過不於中住自上菩薩位菩薩作如是學者去薩云然不遠疾成阿耨多羅三耶三菩須菩提菩薩如是學者爲諸天阿須倫之福祐如是行者過諸羅漢辟支佛上疾近薩云然須菩提如是學者不久行般若波羅蜜不離般若波羅蜜菩薩如是行深般若波羅蜜當知是爲不耗減法不遠薩云然疾近三乘慧菩薩若復反作念言彼此般若波羅蜜便不逮薩云然作是念者爲

不行般若波羅蜜若復此彼深般若波羅蜜不知般若波羅蜜亦不見般若波羅蜜亦不知般若波羅蜜爲誰亦不知誰當於般若波羅蜜中得阿耨多羅三耶三菩若復作是念般若波羅蜜亦非彼亦非此亦無從中出者法性常住如真際有佛無佛法性常住菩薩摩訶薩作是學者爲學般若波羅蜜

放光般若波羅蜜經卷第二十一

音釋

拘翼（翼音亦帝釋名）漚惒拘舍羅（梵語也此云方便漚烏侯切惒音和）摩訶衍（梵語也此云大乘衍音演）莂（必列切記莂也）陷溺（陷乎鑒切溺女力切）憒（古外切心煩亂也）跛蹇（跛補火切蹇九輦切跛蹇謂偏廢不便於行也）撞擊（撞陟降切）螺（落戈切）

放光般若波羅蜜經卷第二十二

西晋三藏無羅叉共竺叔蘭譯

親近品第六十五

爾時釋提桓因意念言菩薩行六波羅蜜乃至佛十八法尚出衆生之上何况成阿耨多羅三耶三菩者若有發意念薩云然者爲得壽命中之最人中之善利何況發意欲爲阿耨多羅三耶三菩者發阿耨多羅三耶三菩意者未發者當親近之釋提桓因以天曼陁羅花而散佛上散已發願言若有發阿耨多羅三耶三菩意者令具足法願具足薩云然願具足自然法願具足無漏法願釋提桓因白佛言世尊如我意願其發阿耨多羅三耶三菩意者不復欲令動還墮羅漢辟支佛地爲下大乘終不墮於羅漢辟支佛乘倍復發願精進願阿耨多羅三耶三菩見三界中所有諸勤苦者悉爲作護如是具足菩薩意念我等已度當復度不度者我已安隱當復安餘我已泥洹當復度餘令得泥洹釋提桓因白佛言世尊善男子善女人代初發意菩薩歡喜者爲得幾所福久發意菩薩復代歡喜得何等福阿惟越致菩薩代其歡喜復得幾福至一生補處菩薩代其歡喜復得幾福佛告釋提桓因言拘翼是四天下尚可稱知斤兩代其歡喜者其福不可稱三千大千剎土亦可稱知代其歡喜者福不可稱計拘翼三千大千剎土其中海水取一髮破爲百分以一分髮盡滴海水尚可數知幾滴從代歡喜功德福不可計量拘翼阿僧祇佛剎所有境界虛空持斛斗升合量空尚可知幾所從代

歡喜功德福不可計量釋提桓因白佛言世尊諸不代初發意菩薩歡喜者是為魔之所使不代歡喜者是魔官屬人從魔中來何以故有代發意歡喜者是為壞魔故諸欲不捨敬三尊亦不一相亦不二者當持是代歡喜意求阿耨多羅三耶三菩佛言如是拘翼發是代歡喜意者得至佛國供養諸佛所以者何阿僧祇人初發意作功德代歡喜故從初發意菩薩至于十住阿惟顏菩薩所作功德皆代其歡喜持是功德疾近阿耨多羅三耶三菩成阿惟三佛已無央數不可說阿僧祇衆生皆當得度以是故拘翼是善男子善女人有初發意者當持代歡喜之功德求阿耨多羅三耶三菩不以意求亦不離意代阿惟越致及一生補處歡喜以求阿耨多羅三耶三菩不以意求而不離意須菩提言是意如幻云何能得阿耨多羅三耶三菩佛言於汝意云何汝見是意如幻不須菩提言不見也世尊我不見如幻亦不見意非幻佛言亦非法頗見是意不頗非見幻不離意見是法成阿耨多羅三耶三菩不須菩提言不見也世尊我不見法當持何等起為有為無法常自寂不可以有得亦不可以無得若法常寂不成阿耨多羅三耶三菩無所有者亦復不成阿耨多羅三耶三菩何以故世尊一切諸法亦不可得亦無有故世尊六波羅蜜常寂乃至于道亦復常寂法亦不應當念亦無有法而將來有般若波羅蜜常寂成阿耨多羅三耶三菩阿耨多羅三耶三菩常寂須菩提言世尊般若波羅蜜三耶三菩亦寂之中云何

遠覺佛言善哉善哉薩云然寂阿耨多羅三耶三菩亦寂須菩提般若波羅蜜及薩云然不寂者亦非般若亦非薩云然是故須菩提般若波羅蜜薩云然寂亦不因般若波羅蜜成阿惟三佛亦不離般若波羅蜜得阿惟三佛不得般若波羅蜜者終不得阿惟三佛須菩提言世尊菩薩所行甚深佛言如汝所說菩薩所行入甚深苦行雖慊苦行不於法中中道取證墮於羅漢辟支佛地須菩提白佛言世尊如我從佛所聞菩薩不為慊苦何以故亦不見是可得證者亦不見般若波羅蜜可取證者亦不見法當取證者諸法皆不可得者有何等義有何等法有何等般若波羅蜜當可取證成阿耨多羅三耶三菩者須菩提言菩薩行者為無所得行菩薩於無所得法中遠諸法無限之限事世尊若有菩薩聞說是事不却不難亦不懈怠是為行般若波羅蜜亦不見行般若波羅蜜者亦不見成阿耨多羅三耶三菩者菩薩行般若波羅蜜亦不作是念羅漢辟支佛地離我遠薩云然離我近世尊譬如虛空亦無近遠之念何以故虛空無分別故行般若波羅蜜菩薩亦無是念二道離我遠薩云然離我近何以故般若波羅蜜亦無所分別故譬如幻人亦不自念師離我近觀人離我遠何以故幻人無念故譬如光影無有念我所因者離我近餘離我遠菩薩行般若波羅蜜如來無所著等正覺亦無所愛世尊般若波羅蜜亦如是譬如如來無有念故譬如如來所化亦不念二道離我遠佛離我近何以故化以如來無念故般

若波羅蜜無有念故譬如有所興爲而作化事化亦無念所可説般若波羅蜜作般若波羅蜜事亦如化亦無所有譬如絶工之匠若匠弟子刻作木人若馬若象動作所作彼人象馬亦無有念般若波羅蜜所説所作亦復如是譬如所爲作事亦無念可説般若波羅蜜事亦如作亦無念故尊者舍利弗語耆年須菩提但般若波羅蜜無有念耶六波羅蜜復無有念耶須菩提言六波羅蜜亦無有念五陰六情亦復無念聲香味細滑識法亦復無念眼色入六入亦復無念四禪四等及四空定三十七品至三脱門佛十種力十八法四無所畏四無礙慧薩云然事亦無有念乃至于道亦復無念有爲性亦無念舍利弗言若諸法無念何從有五趣云何復有須陁洹斯陁含阿那含阿羅漢辟支佛及佛世尊須菩提言諸衆生因四顛倒而包四顛倒而造作事身口意行隨受其像便有疑慮故有泥犂荔獸人中天上舍利弗言云何有須陁洹乃至三耶三佛須陁洹道亦無念乃至三耶三佛道亦無念諸過去當來無所著等正覺及現在十方諸佛無念已盡滅以是故舍利弗當作是知一切諸法皆無念信如是法性眞際故舍利弗菩薩當以無行般若波羅蜜以無念行般若波羅蜜故便得遠覺無念之法

牢固品第六十六

於是舍利弗語須菩提菩薩摩訶薩行般若波羅蜜爲行不牢固耶須菩提報言如是如是菩薩摩訶薩行般若波羅蜜者爲行不牢

固何以故般若波羅蜜無有牢固乃至薩云然亦無有牢固亦無不牢固何以故菩薩行般若波羅蜜不牢固尚不可得乃至薩云然亦不可得見何況有牢固若干百千色欲天子意念言諸有善男子善女人發阿耨多羅三耶三菩行般若波羅蜜者當爲作禮既行般若波羅蜜而不中道取證墮羅漢辟支佛地以是故當爲作禮於等法不取證故須菩提語諸天子言菩薩於等法不取羅漢辟支佛證不足爲奇爲阿僧祇人盟誓亦不見有人而欲度脱衆生是乃爲奇以是故菩薩發意爲阿耨多羅三耶三菩者爲欲降伏衆生欲降伏衆生者則爲欲降伏虚空何以故當知虚空衆生皆悉寂故衆生亦空虚空亦空如虚空之無牢固衆生亦無牢固諸天子以衆生無有牢固故而結盟誓是故菩薩摩訶薩爲甚奇特爲衆生結盟誓者則爲與虚空共鬬所爲衆生結盟誓者亦不見衆生何以故衆生亦寂結盟誓亦寂故菩薩聞是不恐不懈不難不却爲行般若波羅蜜何以故五陰寂故衆生亦寂云何五陰寂故衆生亦寂以五陰寂故六波羅蜜亦寂以五陰六衰寂故内外空寂及有無空亦寂以五陰六衰寂故十八性亦寂五陰寂故三十七品四禪四等及四空定四無礙慧亦寂以五陰寂故佛十種力四無所畏大慈大悲及十八法薩云然亦寂菩薩聞是諸法皆寂意不恐怖不難不却是爲行般若波羅蜜佛告須菩提何以故菩薩不恐不懈爲行般若波羅蜜須菩提言世尊以無所有故不恐以寂靜故不懈菩

薩以是無所有寂靜故不恐不懈爲行般若波羅蜜何以故恐畏懈怠亦不可得見故菩薩聞是恐畏亦不可得復不恐怖是爲行般若波羅蜜何以故恐畏皆不可得見故菩薩摩訶薩如是行者諸天梵釋皆爲作禮不但諸天釋梵爲行般若波羅蜜菩薩作禮乃至首陁會諸天皆爲行般若波羅蜜菩薩作禮須菩提十方現在諸如來無所著等正覺皆念是菩薩行般若波羅蜜者菩薩行般若波羅蜜者爲具足五波羅蜜爲具足薩云若須菩提若十方諸佛念是行般若波羅蜜菩薩者當知是菩薩成就佛不久須菩提一恒邊沙人悉使爲魔一一魔者所將官屬如一恒邊沙假令爾所魔及將爾所官屬欲共壞亂行般若波羅蜜菩薩者終不能壞有二事魔不能中道壞菩薩何等爲二一者觀諸法皆空二者不捨衆生復有二事魔不能壞何等爲二一者所作如所言二者常念諸佛菩薩如是行般若波羅蜜諸天皆來勸助慰勞言善男子今成阿耨多羅三耶三菩不久是故莫得捨空無相無願之行如是行者無所歸仰者而受其歸仰無有依護者則爲依護無有覆蓋者而爲作舍爲冥者作大明爲盲者作眼目何以故是菩薩行般若波羅蜜者十方諸佛及衆菩薩比丘僧衆皆共稱揚說其名故須菩提譬如我說法時稱揚讃歎寶造菩薩及識挽菩薩我說法時稱譽妙樂佛國中諸菩薩修梵行者我亦常稱譽彼諸正士亦如十方諸佛歡喜顔色歎說菩薩行般若波羅蜜者從初發意菩薩欲具足行佛道至

阿耨多羅三耶三菩成薩云然十方諸佛亦復歡喜顔色稱譽說之所以者何少有菩薩有能順行應佛業者須菩提白佛言世尊諸佛以歡喜顔色稱譽諸菩薩爲讃歎動還者不動還者佛告須菩提有行阿惟越致菩薩行般若波羅蜜者亦有未受記莂菩薩行般若波羅蜜者佛爲是輩說法佛亦復讃歎說之若有菩薩在妙樂佛國所學者佛亦讃歎說之諸佛所可歡喜顔色讃歎說者復次須菩提諸可行般若波羅蜜菩薩知諸法無所生未得無所從生知諸法空亦未得無所從生知諸法淨亦未得無所從生知諸法無所有無有堅固亦復未得無所從生諸佛歡喜顔色讃歎是輩菩薩稱譽說其名字是輩菩薩摩訶薩以爲滅羅漢辟支佛地當受記莂於阿耨多羅三耶三菩地有行般若波羅蜜菩薩者諸佛皆歡喜稱譽讃歎之亦當住於阿惟越致地逮薩云然復次須菩提菩薩聞說般若波羅蜜時亦不狐疑不却不懈如來無所著等正覺所說教是菩薩當復至妙樂佛所聞是般若波羅蜜妙樂佛土彼諸正士見是聞善男子善女人亦復歡喜是人曾行般若波羅蜜故來生是間亦當復得深般若波羅蜜如諸佛教住於阿惟越致地須菩提是故當知般若波羅蜜音聲多有所饒益般若波羅蜜音聲尚有所饒益乃爾何況有行般若波羅蜜所行如教住於薩云然者須菩提白佛言世尊不離如教住不離如者則爲無所有云何住薩云然世尊解脱如者無所得法誰住如者誰住如中誰逮覺者誰住於

如誰說法者如尚不可得見誰有住如者誰逮覺者是處不然佛告須菩提如汝所言如者無生亦無有滅如住無異不生滅者誰當住是中成阿惟三佛者誰說法者是皆無所有釋提桓因白佛言世尊般若波羅蜜者甚深菩薩欲成阿耨多羅三耶三菩甚難得何以故亦無住如者亦無成阿惟三佛者亦無說法者雖無所見無所有聞是不恐不怖須菩提語釋提桓因言拘翼如拘翼所言菩薩甚奇甚特於深法中亦無狐疑亦無退意諸法皆空誰狐疑有進退意者釋提桓因語須菩提如尊者所言但說空事無所罣礙譬如仰射空中箭去無礙尊者須菩提所說亦無所著

囑累品第六十七

於是釋提桓因白佛言世尊我所說者頗為隨順為應法不佛言如是如是拘翼汝所說問者為順事形無有謬誤釋提桓因言世尊尊者須菩提所說甚可奇異所說不離空無相無願不離三十七品亦不離於道佛告釋提桓因言拘翼尊者須菩提常行空行六波羅蜜亦不有何況有行者三十七品亦不有何況有行者禪惟無三昧三昧越亦不有四無所畏四無礙慧四等大慈大悲十力佛十八法亦不有何況有行者道亦不有何況欲得者薩云然亦然亦不有何況有行者如來尚不有誰當為如來者無所從生亦不有何況有證欲得之者相亦不有何況有身有受三十二相者諸好亦不有何況有欲得八十種好者所以者何拘翼須菩提者一切諸法

以寂行故須菩提者無所有行爲以空行爲無相行爲無願行拘翼是則爲須菩提行如須菩提所行比菩薩摩訶薩行般若波羅蜜行百倍千倍巨億萬倍不得爲比何以故菩薩摩訶薩行般若波羅蜜者比羅漢辟支佛菩薩摩訶薩爲最上尊除諸如來無有過者是故菩薩摩訶薩欲出諸天世間人民上者當行般若波羅蜜何以故菩薩摩訶薩行般若波羅蜜出聲聞辟支佛上住於菩薩地具足佛法逮薩云然便得如來除諸習緒爾時座中諸忉利天以文陁羅花而散佛上爾時六千比丘整頓衣服已從座起爲佛作禮長跪佛前以佛威神諸文陁羅花各各滿掬持散佛上散花已訖皆同時白言我等世尊當奉妙行如諸佛所行諸羅漢辟支佛所不能及爾時世尊知諸比丘意便笑如諸佛常法五色光從口出遍照十方還遶身三帀從頂而入阿難從座起整衣服先下右膝長跪白佛言佛不妄笑願聞其意佛告阿難是六千比丘後當來世劫名多樓波尼於彼劫中皆當成佛號散花如來無所著等正覺是諸如來國土皆等比丘僧數亦各各等其佛壽亦等其壽各千歲作佛時各各盡世雨五色花佛告阿難是諸比丘於是壽終在所生處常當出家爲道久久共俱然後乃成阿耨多羅三耶三菩復次阿難菩薩摩訶薩欲得最妙之行者當行般若波羅蜜菩薩欲爲如來者當行般若波羅蜜阿難若有善男子善女人行般若波羅蜜者當知是人從人道中來或從兜術天上來當知是人從人道中廣聞般

若波羅蜜亦從兜術天上廣聞般若波羅蜜從本聞其中慧所致若有善男子善女人聞是深般若波羅蜜書持受學諷誦行者轉復教人行菩薩道者說其中事是善男子善女人當作是知如從佛聞亦無有異當知是人從過去諸佛作善本功德以來是善男子善女人不於聲聞辟支佛法中作功德亦不從聲聞所聞是般若波羅蜜阿難若有善男子善女人聞是深般若波羅蜜讀誦受持能解中義廣宣教人當知是人如面見佛無異復次阿難若善男子善女人聞說是深般若波羅蜜時不驚不怖倍復喜者當知是人以從過去佛所作行所致久與善知識相得所致是善男子善女人從過去佛作善本以來終不失三乘之事以精進意行六波羅蜜乃至薩云然亦當莊事精勤久當堅固行六波羅蜜至薩云然不住羅漢辟支佛地是故阿難以般若波羅蜜囑累汝阿難我所說諸法除般若波羅蜜悉忘悉失其過可可耳汝持是深般若波羅蜜若去失一句捨一句忘一句汝過甚多是故阿難以是深般若波羅蜜囑累汝當善持善受善諷誦念若有善男子善女人受持般若波羅蜜諷誦守行者則爲受持過去當來現在諸佛之道若有善男子善女人以名華名香繒蓋幢旛用供養我者當供養般若波羅蜜其有供養般若波羅蜜者以爲供養過去當來今現在諸佛已若有善男子善女人聞說深般若波羅蜜於中起恭敬意者則爲供養過去當來今現在諸佛已阿難汝若恭敬慈於我者當恭敬慈於般若

波羅蜜若書是般若波羅蜜時亦當恭敬慎莫失一句是故阿難持般若波羅蜜囑累於汝如我今於三界中尊般若波羅蜜亦復是尊我所囑累大有餘事耳我今持以般若波羅蜜囑累汝是故阿難當宣語諸天龍神諸世間人普今聞知諸不欲捨如來三寶者不欲棄去來今佛道者慎莫棄捨般若波羅蜜是者則我道之法御若有善男子善女人受持般若波羅蜜諷誦讀習念守行者轉復教人演其中義分別解說者是人疾得阿耨多羅三耶三菩得薩云然不久何以故阿難諸佛如來道者皆出般若波羅蜜中諸去來今佛皆從般若波羅蜜中出是故阿難菩薩欲得般若波羅蜜者當學六波羅蜜何以故阿難六波羅蜜者菩薩之母生諸菩薩故諸學六波羅蜜者皆當於中成阿耨多羅三耶三菩是故阿難持六波羅蜜倍囑累汝六波羅蜜者是諸如來無所著等正覺之法藏六波羅蜜者無盡之藏諸去來今佛轉法輪教化衆生者皆以六波羅蜜爲藏諸去來今佛皆於六波羅蜜中學成阿耨多羅三耶三菩諸去來今佛諸弟子皆學六波羅蜜而般泥洹甫當般泥洹者亦當學是六波羅蜜阿難汝若教三千大千刹土中爲弟子者說法皆令成就得阿羅漢雖有是教未爲我弟子之教不如以般若波羅蜜一句如法教菩薩令學是則爲我弟子之教阿難我屬所說三千大千國土教滿中人皆令得羅漢行行六波羅蜜所作功德寧爲多不阿難言甚多世尊佛言阿難不如我弟子說般若波羅蜜一日教

諸菩薩若不能一日日中可不能至日中食時可不能至食時彈指頃其福勝度爾所羅漢所以者何一菩薩之德出過一切諸羅漢辟支佛上何以故是菩薩自欲成阿耨多羅三耶三菩復勸助安慰一切衆生復欲令成阿耨多羅三耶三菩阿難行六波羅蜜三十七品至薩云然增益功德成阿耨多羅三耶三菩終不中還說是般若波羅蜜時四輩弟子及諸天龍阿須倫揵沓和甄陁羅摩睺勒爾時佛於是大衆之中而現神足變化令是會者大衆皆見阿閦如來彼大衆圍遶而爲說法衆大會譬如大海皆是羅漢諸漏已盡無復塵垢皆得自在意以得脫以出解慧悉捨重擔衆事以辦譬如大龍所應以逮習緒以訖得等解脫以度諸願彼會羅漢德皆如是及諸菩薩摩訶薩數不可計其德巍巍不可稱量佛攝神足已忽然不現佛告阿難諸法如是不可眼見諸法無對法法無等法法不相見法法不相知如今諸衆不見阿閦如來彼佛國土亦不與眼作對故諸法亦如是亦無對法法不相知不相見故阿難法亦不知亦不見諸法無所作何以故諸法空不可捉諸法不可思議諸法無有念譬如幻士亦無所覺用不要無堅固菩薩摩訶薩如是行者爲行般若波羅蜜於諸法無所入阿難菩薩如是學者爲學般若波羅蜜欲逮諸波羅蜜者當學般若波羅蜜如是學者最尊最上出諸辯之上無蓋之蓋爲世覆蓋無所歸者能爲作歸佛以是學能以右手舉此三千大千刹土復還故處一切衆生無覺知想所以

者何是般若波羅蜜諸去來今佛皆於中學成去來今佛無礙諸慧阿難是般若波羅蜜學於諸學中最尊最上過諸辯上欲平相般若波羅蜜爲欲得虛空邊際者何以故般若波羅蜜欲得其邊際者爲欲二相虛空不可平相阿難我初不説般若波羅蜜限身體有數字體有數句體有數義解有數般若波羅蜜者無有限數阿難白佛言世尊何以故般若波羅蜜無有限數佛告阿難般若波羅蜜不可盡故無有限般若波羅蜜寂故故無有限過去當來今現在諸如來無所著等正覺皆從是般若波羅蜜中學成亦不能盡般若波羅蜜是故阿難般若波羅蜜不可盡亦無能盡者亦非盡者若有言我能盡般若波羅蜜者爲欲盡虛空阿難當知六波羅蜜不可盡亦不盡亦無能盡者乃至薩云然亦不可盡無能盡者亦無有盡是法亦無有生尚無有生云何有盡於是世尊以廣長舌相障面告阿難言持是般若波羅蜜於四輩中廣宣廣説廣分別解説廣演其事當令分明所以者何是般若波羅蜜中廣出諸法故三乘學者皆當於中隨其所應而得學成阿難是深般若波羅蜜者是諸法之藏一切諸字皆來入中是般若波羅蜜者皆是諸陁羅尼之門諸菩薩欲學陁羅尼者當學般若波羅蜜諸有菩薩得陁羅尼者悉爲總持諸法之辯才般若波羅蜜者是去來今佛法之所是故我告語一切其有受持般若波羅蜜諷誦學者則爲總持去來今佛之道阿難我今爲汝説般若波羅蜜行汝持般若波羅蜜者則爲總

持一切諸法

無盡品第六十八

是時須菩提意念言諸佛之道大為甚深我寧可問世尊於是須菩提白佛言世尊般若波羅蜜云何不可盡世尊報言如虛空不可盡是故般若波羅蜜不可盡須菩提白佛言世尊菩薩當云何入般若波羅蜜中佛言如五陰不可盡菩薩當作是入如六波羅蜜不可盡菩薩當作是入乃至薩云然不可盡菩薩當作是入般若波羅蜜復次須菩提癡如虛空不可盡菩薩當作是入所作行如虛空不可盡當作是入識如虛空不可盡當作是入名色如虛空不可盡當作是入六衰如虛空不可盡當作是入覺如虛空不可盡當作是入愛如虛空不可盡當作是入有如虛空不可盡當作是入生如虛空不可盡當作是入老病死憂悲勤苦如虛空不可盡當作是入須菩提菩薩摩訶薩當作是入般若波羅蜜中菩薩摩訶薩於十二緣起作是觀者為捨癡際為應無所入菩薩作是觀十二緣起法者則為得坐道場作是觀者便得薩云然須菩提若有菩薩知虛空不可盡事為行般若波羅蜜觀十二緣起者終不墮羅漢辟支佛地便得三耶三佛地須菩提諸有善男子善女人行菩薩道而轉還者皆以無有般若波羅蜜念故不知行般若波羅蜜故不知十二緣起如虛空故不知漚惒拘舍羅故以是故於阿耨多羅三耶三佛而轉還復次須菩提諸有菩薩不轉還者皆以漚惒拘舍羅入般若波羅蜜中知虛空不可盡作是入般若

波羅蜜故須菩提菩薩摩訶薩作如是觀十二緣起不見有法無因緣而生者不見有法有常常生而不滅者不見有法無不偶者亦不見衆生亦不見有我人壽命亦不見有知見者亦不見無常亦不見無我亦不見淨亦不見不淨須菩提菩薩摩訶薩行般若波羅蜜當作是觀十二緣起須菩提菩薩摩訶薩行般若波羅蜜爾時不見五陰有常有無常有苦有樂有我無我有淨無淨乃至薩云然亦不見法有常無常有苦有樂有我無我有淨無淨須菩提菩薩摩訶薩行般若波羅蜜時亦不見般若波羅蜜亦不見有法可持見般若波羅蜜者乃至于道亦不見有法可持見道者須菩提菩薩摩訶薩作是行般若波羅蜜者於諸法無所倚須菩提菩薩摩訶薩行般若波羅蜜無所倚時時魔波旬愁憂不樂譬如士夫新喪父毋須菩提白佛言世尊獨是間魔愁憂耶三千大千刹土中魔復愁憂乎佛言三千大千刹土中魔皆大愁毒各在其處不能自安菩薩摩訶薩作是行時諸天及魔不能得其便須菩提菩薩欲得阿耨多羅三耶三佛者當行般若波羅蜜菩薩學般若波羅蜜者則爲具足諸波羅蜜須菩提白佛言世尊菩薩云何具足六波羅蜜念佛告須菩提言菩薩行六波羅蜜所可作爲薩云然念行是爲菩薩摩訶薩行六波羅蜜

放光般若波羅蜜經卷第二十二

音釋

慊苦（慊苦簟切饜也）耆年（耆音祈六十曰耆）掬（音菊兩手捧也）繒（慈陵切帛也）揵沓和（梵語也亦名乾闥婆此云香陰揵巨言切沓達合切）甄陀羅（梵語也亦名緊那羅此云疑神甄音真）阿閦（梵語也此云無動閦初六切）

放光般若波羅蜜經卷第二十三

西晉三藏無羅叉共竺叔蘭譯

六度相攝品第六十九

於是須菩提白佛言菩薩云何行檀波羅蜜而攝尸波羅蜜佛言菩薩布施求薩云然者身口意常以三事淨施衆生是爲菩薩布施攝取尸波羅蜜須菩提白佛言菩薩云何布施攝羼波羅蜜佛言菩薩布施時受者逆罵詈輕易麁言加之亦無恚恨之意向也是爲菩薩布施攝羼波羅蜜云何菩薩布施攝惟逮波羅蜜佛言菩薩布施時受者罵之亦復輕易菩薩持意倍欲布施無所愛惜常自念言我常當布施不可廢忘須臾之間常開意施與不須人來有所索者爾乃與之常索受者不問遠近是爲菩薩布施攝惟逮波羅蜜云何菩薩布施攝禪波羅蜜佛言菩薩布施時求薩云然其意不亂不求羅漢辟支佛道是爲菩薩布施攝禪波羅蜜云何菩薩布施攝般若波羅蜜佛言菩薩布施時意常念言我所布施如幻如夢雖行布施不見衆生有增有減亦不見有得我物者亦不見不得者是爲菩薩行檀波羅蜜攝取般若波羅蜜須菩提白佛言世尊云何菩薩摩訶薩住尸波羅蜜攝取五波羅蜜佛告須菩提菩薩摩訶薩戒身口意以戒不批羅漢辟支佛地自住於戒不害衆生命不犯不與取不犯梵行不犯十戒住戒布施隨人所持戒布施皆與衆生共發阿耨多羅三耶三菩不求羅漢辟支佛須菩提是爲菩薩持戒攝檀波羅蜜云何菩薩攝取羼波羅蜜佛言菩薩行戒若有人

來節節解剥其意亦無起恨不瞋不恚倍歡喜言我爲得大利人來節節解我是爲菩薩住戒攝取羼波羅蜜云何菩薩行戒攝取惟逮波羅蜜佛言菩薩行戒時身口意不懈怠常作念言從生死中拔諸衆生立甘露地是爲菩薩住戒攝取惟逮波羅蜜云何菩薩行戒攝取禪波羅蜜佛言菩薩行戒從第一禪至第四禪不倚二地意常念言我住於禪當度衆生是爲菩薩住戒攝取禪波羅蜜云何菩薩行戒攝取般若波羅蜜佛言菩薩行戒亦不見法有所住止不見法有以無不見法過於如者以般若波羅蜜漚和拘舍羅不墮二地須菩提是爲菩薩住尸波羅蜜攝取般若波羅蜜須菩提白佛言世尊云何菩薩行羼波羅蜜攝取檀波羅蜜佛言菩薩行忍從初發意至于道場一切衆生罵詈輕易節節支解菩薩以住於忍地者意常念言雖人不取我常布施不廢須臾持是功德與衆生共發阿耨多羅三耶三菩雖作是願不住二處何等二處無有願相無有作相是爲菩薩住忍攝取檀波羅蜜云何菩薩住忍攝取尸波羅蜜佛言菩薩行忍從初發意坐于道場初不犯十惡從殺生至邪見不犯十事奉行十善意不想念二地持是功德願與衆生共發阿耨多羅三耶三菩於三乘意適無所著是爲菩薩住忍攝取尸波羅蜜云何菩薩行忍攝取惟逮波羅蜜佛言菩薩行忍起精進意言我當去是百千由旬或百千剎土或無數剎若有一人不持戒者我當教令持隨其所應以三乘法而度脫之持是功德與衆生共

發阿耨多羅三耶三菩是爲菩薩住忍攝取惟逮波羅蜜云何菩薩行忍攝取禪波羅蜜佛言菩薩行忍從第一禪至于四禪所起善意持是善意發阿耨多羅三耶三菩所念意如無禪亦無禪者是爲菩薩住忍攝取禪波羅蜜云何菩薩行忍攝取般若波羅蜜佛言菩薩行忍從初發意至于道場觀諸法寂觀諸法淨觀諸法盡以淨法爲證坐道場已逮薩云然起便轉法輪是爲菩薩住忍攝取般若波羅蜜須菩提菩薩所攝取如不取如不捨須菩提白佛言世尊云何菩薩行惟逮波羅蜜攝取檀波羅蜜佛言菩薩精進從初發意至于道場於其中間身口意行無有須臾食息懈廢持是不懈之意我當成阿耨多羅三耶三菩不得不成住於精進爲衆生故過

百千由旬從一佛土至一佛國過百千刹爲一切人故假令一人未得度者欲安此人以三乘法而度脱之亦不見人有得度者若無有一人能行佛菩薩道者當以辟支佛事教之若無有行辟支佛事者當以十善事教之趣得一人使入道檢持是法施衆生已復以具足所有布施持是功德與衆生共爲阿耨多羅三耶三菩不爲二地是爲菩薩住於精進攝取檀波羅蜜云何菩薩精進攝取尸波羅蜜佛言菩薩精進從初發意至坐道場自奉十善勸人令行見行十善者代其歡喜住於戒中不願三界之樂亦不願二地持是功德與衆生共爲阿耨多羅三耶三菩所爲無有三念於去來今不見有作者是爲菩薩住於精進攝取尸波羅蜜云何菩薩精進攝取

羼波羅蜜佛言菩薩精進從初發意至于道場若人非人來取菩薩節節支解作意念言誰割我者去者是誰但念言我得大利我爲衆生故受是身今此衆生自來取去夫爲法御之者倍當歡喜不當有起持是功德共與衆生爲阿耨多羅三耶三菩不爲二地是爲菩薩住於精進攝取羼波羅蜜云何菩薩精進攝取禪波羅蜜佛言菩薩精進從第一禪至于四禪四等四無形禪亦不斷亦不著所生之處但欲救濟衆生以六度之法度脫衆生往見諸佛從一佛刹至一佛刹禮敬供養植諸善本是爲菩薩住於精進攝取禪波羅蜜云何菩薩精進攝取般若波羅蜜佛言菩薩精進不見五波羅蜜亦不以相見亦不以事見亦不見三十七品乃至薩云然亦無所見亦不見諸法亦不以事見亦不以相見亦不爲法作巢窟所語如所作亦無有二是爲菩薩住於精進攝取般若波羅蜜須菩提白佛言世尊云何菩薩行禪波羅蜜攝取檀波羅蜜佛言菩薩行四禪四等四無形禪不以亂意住於諸禪常行二施法施雜施自行二施復勸助人令行二施常讚歎二施之德見人二施常讚歎之代其歡喜持是功德共與衆生爲阿耨多羅三耶三菩不爲二地是爲菩薩住禪攝取檀波羅蜜云何菩薩行禪攝取尸波羅蜜佛言菩薩行禪不生婬怒癡意亦不生有所害意但生薩云然行意持是功德共與衆生爲阿耨多羅三耶三菩不爲二地是爲菩薩住禪波羅蜜攝取尸波羅蜜云何菩薩行禪攝取羼波羅蜜佛言菩薩行禪

觀色如聚沫觀痛如泡觀想如野馬觀所作行如芭蕉觀識如幻作是觀已於五陰作無堅固不安想作是觀已念言是中誰有割剥我者爲是誰色誰痛誰想誰行誰識誰作是觀已復自念言既罵詈麤言輕易之意亦不起恚尚無起者誰有罵者是爲菩薩住禪攝取羼波羅蜜云何菩薩行禪攝取惟逮波羅蜜佛言菩薩以四禪趣禪趣禪之德便得無量之變化以天耳徹聞二聲意知衆生念自識無數生死之事以天眼見衆生所得報應隨行善惡住五神通從一佛國至一佛國禮敬供養植諸善本淨佛國土教化衆生持是功德共與衆生爲阿耨多羅三耶三菩不爲二地是爲菩薩住禪攝取惟逮波羅蜜云何菩薩住禪波羅蜜攝取般若波羅蜜佛言菩薩行禪不有五陰六波羅蜜亦不有三十七品至薩云然及有爲無爲性無所有亦無所作雖無所作亦不生滅所以者何有佛無佛法性常如故亦不生亦不滅但有薩云然念應薩云然行須菩提是爲菩薩行禪波羅蜜攝取般若波羅蜜須菩提白佛言世尊云何菩薩行般若波羅蜜攝取檀波羅蜜佛告須菩提菩薩行般若波羅蜜自於內空不有內空於外空亦不有外空自於內外空亦不有內外空空空大空第一義空有爲空無爲空亦不有空亦不見空竟無底空行空性空一切諸法自空菩薩摩訶薩住此十四空已亦不見五陰空以不空亦不知亦不有亦不見三十七品空以不空亦不知亦不有乃至于道亦不見空以不空亦不見有爲無爲之性

空以不空亦不知亦不見菩薩摩訶薩行般若波羅蜜所作布施人中天上所有所可布施皆悉見空受者與者皆亦空觀貪嫉之意初不能得其便所以者何菩薩行般若波羅蜜無有分别若干念故從初發意至坐道場貪嫉之意不生亦如如來無所著等正覺無貪嫉意也是故菩薩行般若波羅蜜無貪嫉之意菩薩摩訶薩所可尊者則般若波羅蜜是是爲菩薩住於般若波羅蜜攝取檀波羅蜜云何菩薩行般若波羅蜜攝取尸波羅蜜佛言菩薩行般若波羅蜜二地之意不能得其便所以者何無羅漢辟支佛意故索作二地意亦不可得從初發意至坐道場常住十善復勸進人使行十善見人行者亦讚歎之代其歡喜持是戒意不批諸法亦不批二地何況其餘是爲菩薩住般若波羅蜜攝取尸波羅蜜云何菩薩行般若波羅蜜攝取羼波羅蜜佛言菩薩行般若波羅蜜便生順忍念言諸法亦無生者亦無滅者亦無生死亦無罵者亦無割者亦無剥者亦無撾捶亦無縛者從初發意至坐道場一切衆生若撾若割刀仗支解意生念言哀哉諸法之法何所罵者何所撾者何所割者是爲菩薩住般若波羅蜜攝取羼波羅蜜云何菩薩行般若波羅蜜攝取惟逮波羅蜜佛言菩薩行般若波羅蜜爲衆生説法安立衆生於六波羅蜜立於三十七品立於三乘之法立於阿耨多羅三耶三菩安立衆生如不立於有爲無爲之法是爲菩薩住般若波羅蜜攝取惟逮波羅蜜云何菩薩行般若波羅蜜攝取禪波羅蜜佛

言菩薩行般若波羅蜜除如來三昧餘二地三昧菩薩三昧皆悉能行於八惟無形禪九次第禪能逆順行三昧已竟於是三昧起便入師子奮迅三昧何等爲師子奮迅三昧佛言悉總持四禪無形禪解脫禪九次第禪悉能逆順入諸三昧於師子奮迅三昧起便入蒲佉闍三昧逮諸法等須菩提是爲菩薩摩訶薩住於般若波羅蜜攝取禪波羅蜜

漚惒拘舍羅品第七十

爾時須菩提白佛言唯世尊菩薩摩訶薩發意已來爲幾時能具足行漚惒拘舍羅乃如是佛告須菩提是菩薩摩訶薩發意已來不可計阿僧祇劫須菩提言世尊能行漚惒拘舍羅菩薩摩訶薩者爲供事幾佛佛告須菩提是菩薩已供事如恒邊沙佛已來乃能逮得是漚惒拘舍羅須菩提言世尊是菩薩作何等功德乃能具足漚惒拘舍羅佛言菩薩所作功德常具足六波羅蜜於施於戒於忍於進於禪於智於六德中無有不具足者以是故能行漚惒拘舍羅須菩提言世尊甚奇甚特是菩薩所作功德不可計量乃能逮是漚惒拘舍羅佛言如是如是須菩提甚可奇特乃能具足漚惒拘舍羅譬如日月宮殿周流四城能有所益般若波羅蜜亦復如是遍入五波羅蜜中多所饒益五波羅蜜因般若波羅蜜而得名字離般若波羅蜜者亦不得五波羅蜜之名字譬如轉輪聖王無七寶者亦不得爲轉輪聖王之名五波羅蜜離般若波羅蜜者亦無有名字譬如無夫之婦無不陵易者五波羅蜜離般若波羅蜜魔及魔天

無不欲嬈者五波羅蜜不離般若波羅蜜者魔及魔天無能得其便者譬如郡國有勇健之士悉知五兵器仗具足常在其處者隣國怨敵不敢侵近五波羅蜜不離般若波羅蜜者諸魔魔天若旃陁羅人若頑佷之人抵揬之人詐稱菩薩人是輩之人無能得其便者譬如轉輪聖王治於世間諸粟散小王隨其教令無敢違者皆悉隨從五波羅蜜得般若波羅蜜者便至薩云若譬如百川千流皆入於恒河已俱入大海般若波羅蜜者攝取五波羅蜜亦復如是般若波羅蜜者譬如人之右手無事不爲五波羅蜜者如人左手佐助右手譬如衆流恒水江河悉入大海合爲一味五波羅蜜與般若波羅蜜俱入薩云若合爲一法亦復如是譬如轉輪聖王將四種兵聖王出時紫金輪轉常在前導若聖王意欲得寶時輪則爲住聖王取寶畢竟有所施與其事訖意輪爾乃去若衆人未徧不足輪不爲轉般若波羅蜜導五波羅蜜至薩云若終不動轉譬如轉輪聖王所有七寶三寶常導在前一者金輪二者主兵臣三者主藏臣般若波羅蜜常導五波羅蜜至薩云若住般若波羅蜜亦不念言五波羅蜜常隨從我檀波羅蜜尸波羅蜜羼提波羅蜜惟逮波羅蜜禪波羅蜜亦不作念我當隨從般若波羅蜜何以故自空無所能作無所能爲如熱時之焰須菩提白佛言世尊云何諸法空云何菩薩行六波羅蜜逮得阿耨多羅三耶三菩佛報言菩薩行六波羅蜜意念言以三界衆生皆著四顛倒當以漚惒拘舍羅而度脫之我當爲

衆生故行六波羅蜜爲衆生故捨意所作内外所有布施布施時念言我無所一施何以故所有財物及身會當壞故菩薩作是觀者便具足檀波羅蜜爲衆生故不聽惡戒我亦不應犯十惡事我亦不應墮於二地菩薩作是觀便具足尸波羅蜜爲衆生故意常不恚亂是爲菩薩具足羼羅波羅蜜爲衆生故至阿耨多羅三耶三菩終不懈怠是爲菩薩具足惟逮波羅蜜爲衆生故至阿耨多羅三耶三菩終不亂意是爲菩薩具足禪波羅蜜爲衆生故至阿耨多羅三耶三菩初不離於智慧是爲菩薩具足般若波羅蜜何以故不可以異法度脫衆生唯當以智慧之事度衆生耳以是故菩薩當習行般若波羅蜜須菩提白佛言世尊若諸波羅蜜無有差特者云何般若波羅蜜於五波羅蜜中最尊最勝佛言如是如是諸波羅蜜無有差別雖無差別者要五波羅蜜從般若波羅蜜而得名字因般若波羅蜜故五波羅蜜各得名字須菩提譬如須彌山若干種雜色至須彌山者皆與須彌山同色無復別異五波羅蜜因般若波羅蜜而得名字入薩云然與般若波羅蜜合亦無差特以入般若波羅蜜亦無若干字亦無檀之名字亦無尸羼羅惟逮禪亦無是名何以故諸波羅蜜亦無有形故以是無有差别須菩提白佛言世尊所逮至處無有差特云何般若波羅蜜於五波羅蜜中最尊最上佛言如是所逮至處無有差别以世俗生死故知有六波羅蜜爲世俗施耳而衆生不知亦不起滅亦不生死衆生及諸法無有邊際亦無底

是故須菩提般若波羅蜜於五波羅蜜而最上尊譬如閻浮提衆母人中玉女寶最第一般若波羅蜜於諸波羅蜜中最上須菩提言世尊是誰之威神令般若波羅蜜於五波羅蜜中爲最尊上佛告須菩提以般若波羅蜜總持諸善功德之法以無處所住於薩云若須菩提言世尊般若波羅蜜頗有所取有所捨耶佛言般若波羅蜜於諸法無所取亦無所放何以故諸法亦無所持亦無所放世尊般若波羅蜜不持何法不捨何法佛言般若波羅蜜亦不取五陰亦不捨五陰及三十七品乃至于道亦不取亦不捨世尊云何不取五陰亦不取道佛言不念五陰亦不念道是故無所取須菩提言世尊是事云何不念五陰乃至于道亦復不念云何當得增益功德若不增益功德云何得具足諸波羅蜜若不具足諸波羅蜜云何逮薩云若佛告須菩提以不念五陰以不念薩云若故便得增益功德逮得薩云若何以故以不念五陰以不念道以是故便逮得道世尊何以故不念五陰不念道佛言以念故便著欲界形界無形界以無所念故便得無所著是故菩薩行般若波羅蜜亦無所近亦無所著世尊菩薩行般若波羅蜜如是爲無所住佛言如是菩薩作如是行般若波羅蜜者亦不住於五陰亦不住薩云若世尊何以故不住佛言以無所入故不住何以故亦不見法有所住有所入者菩薩行般若波羅蜜無所入便應無所住菩薩作是住作是行則爲行般若波羅蜜則爲住般若波羅蜜若有言我行般若波羅蜜我

念般若波羅蜜者則爲遠離般若波羅蜜已以遠離般若波羅蜜者則爲遠離五波羅蜜則爲遠離薩云若已何以故般若波羅蜜無所入亦無有能入般若波羅蜜者何以故無有形可入處故若菩薩於般若波羅蜜有知者則爲已墮於般若波羅蜜墮者則爲於諸法已墮若復作念般若波羅蜜受持五波羅蜜并受持薩云若者則復爲已墮爲不行般若波羅蜜不能成阿耨多羅三耶三菩若復生念言於是般若波羅蜜中受阿耨多羅三耶三菩記莂者則復已墮於般若波羅蜜墮者不得阿耨多羅三耶三菩若復作念我當因般若波羅蜜行五波羅蜜行於大慈則復爲墮墮者亦不能成五波羅蜜亦不能成大慈若復作念如諸如來於諸法無所受無所行自然得逮覺持是教授衆生則復爲墮所以者何如來者於諸法無所逮覺是故不處法何況有法可逮覺者是者不然須菩提白佛言菩薩當云何行般若波羅蜜而無是瑕隙佛告須菩提菩薩行般若波羅蜜者當念言是諸法無所有無所有法中法無所取亦無所逮覺如是行者爲行般若波羅蜜若欲入無所有法者則離般若波羅蜜何以故般若波羅蜜無所入亦無有入者須菩提言世尊若般若波羅蜜不離般若波羅蜜檀波羅蜜不離檀波羅蜜乃至薩云若不離薩云若若不離云何入般若波羅蜜乃至薩云若云何有入佛言菩薩行般若波羅蜜亦不入五陰亦不批五陰亦不非五陰乃至薩云若亦復如是亦不言五陰有常無常有苦有樂有

我無我有空有寂乃至薩云若亦復如是有常無常苦樂吾我空寂是法亦不入有形亦不入無形須菩提菩薩行六波羅蜜行薩云若譬如轉輪聖王出時四種兵皆隨從五波羅蜜皆隨從般若波羅蜜至薩云若住譬如善御駕駟初不失轍般若波羅蜜御五波羅蜜順至薩云若須菩提白佛言何等是菩薩道何等是非道佛報言聲聞辟支佛道非菩薩道薩云若者是菩薩道須菩提白佛言世尊般若波羅蜜者爲諸菩薩興大事也乃能分別是道非道佛言如須菩提所說般若波羅蜜者爲不可計阿僧祇衆生興雖讚歎行事不受五陰亦不受二地般若波羅蜜者衆生之御御衆生令至薩云若不與二地作御是故般若波羅蜜於諸法無所生無所滅以法性等故須菩提白佛言世尊若般若波羅蜜不生諸法亦不滅諸法菩薩云何行六波羅蜜佛言因薩云若故念六波羅蜜持是功德與衆生共爲阿耨多羅三耶三菩菩薩持是功德求阿耨多羅三耶三菩便具足六波羅蜜念菩薩所行慈則爲薩云若菩薩有離六波羅蜜者則爲離薩云若以是故菩薩欲得阿耨多羅三耶三菩者當學六波羅蜜具足諸善功德乃逮薩云若是故菩薩當行六波羅蜜世尊菩薩云何習六波羅蜜佛言菩薩當作是觀五陰不習亦不不習乃至薩云若亦復如是菩薩當作是習六波羅蜜復次須菩提菩薩不習住於五陰乃至薩云若亦不習住何以故五陰及薩云若無所住故菩薩欲成阿耨多羅三耶三菩當習無所住須

菩提譬如士夫欲得甘果便種果樹深埋栽根隨時漑灌令得潤澤萌芽得生便有枝葉華實而得食之菩薩欲得阿耨多羅三耶三菩者當學六波羅蜜以六波羅蜜攝取衆生度脱衆生是故須菩提菩薩欲獨步於三界欲淨佛土欲坐道場者欲轉法輪者當學六波羅蜜須菩提白佛言世尊當學般若波羅蜜耶佛言如是當學佛言欲於諸法中自在當學般若波羅蜜何以故般若波羅蜜於諸法中獨步故般若波羅蜜者諸法之面譬如大海爲萬川四流作面諸欲學薩云若當學般若波羅蜜是故菩薩當學六波羅蜜當學薩云若譬如善射之人執持弓箭不畏怨敵菩薩行般若波羅蜜不畏魔及魔天是故菩薩欲得阿耨多羅三耶三菩者當學般若波羅蜜有行般若波羅蜜者過去當來今現在諸佛皆悉念之須菩提白佛言世尊云何菩薩行六波羅蜜爲諸佛所念佛言所念不有六波羅蜜故念不有薩云若故念作是住者爲諸佛所念復次須菩提亦不以五陰故念不以乃至薩云若故念須菩提言世尊菩薩所學甚多如無所學佛言如是多有所學亦無所學何以故不見有法菩薩當可學者須菩提言世尊所説法多少菩薩皆當受行菩薩欲得阿耨多羅三耶三菩者六波羅蜜事若多若少皆當受行當堅持常當觀念令意不轉菩薩於六波羅蜜皆當盡學於諸法多者少者亦當盡學知須菩提言世尊云何諸法多少盡當知諸法佛言五陰如薩云若如以知五陰及薩云若如者便知得諸法多少

世尊云何得知五陰如薩云若如亦不知生亦不知滅亦不知耗常住不變佛言觀眞際故便知諸法多少世尊云何爲觀眞際佛言眞際者非際菩薩於非際學便知諸法多少以知法性便知諸法多少知色性法性無有斷絶便知諸法多少須菩提言世尊云何知諸法多少佛言諸法不偶非不偶世尊何等法不偶非不偶佛言五陰不合亦不不合乃至有爲性無爲性亦不合亦不不合所以者何是法亦無形可得合者非不合者何以故所有者皆無所有亦不合亦不散當作是知諸法須菩提言世尊菩薩從初發意至于十住皆當作是學計校然後皆知諸法多少菩薩利根者所入非鈍根者所入非中間者所入非多少者所入欲學入是法者非懈怠者所入非希望者所入是精進者所入強識者所入是阿惟越致逮薩云若者所入受六波羅蜜所教便入薩云若菩薩行般若波羅蜜者若魔事起能覺能滅欲得漚惒拘舍羅者當學般若波羅蜜菩薩行般若波羅蜜時若念若入時十方現在諸佛皆念是菩薩去來今諸佛皆於般若波羅蜜中出生菩薩行般若波羅蜜當作是念去來今諸佛所逮法我亦當逮菩薩行般若波羅蜜者當作是習如是習者疾得阿耨多羅三耶三菩是故菩薩不當離薩云若念大千剎土其中衆生皆教令行六波羅蜜盡令得須陁洹及羅漢至辟支佛不如是菩薩行般若波羅蜜如彈指頃何以故五波羅蜜須陁洹及羅漢辟支佛道皆於中出生故諸去來今諸佛皆亦於中出

生一恒邊沙其中衆生悉教令布施至聲聞辟支佛不如菩薩念般若波羅蜜應薩云若念般若波羅蜜應薩云若念一日至百日若至百劫何以故用諸如來皆於中出立於檀教及羅漢辟支佛教故若有菩薩如般若波羅蜜教住當知是如來所念阿惟越致菩薩當知是菩薩已行六波羅蜜已逮漚惒拘舍羅已供事若干佛已得眞知識已得具足十八空已成四無礙慧已得六通已住童男清淨之行滿足諸願當知是菩薩不離諸佛不離諸善功德不離諸佛之剎不失辯才已得總持諸根具足記莂成就當知是菩薩三界八難諸處永絶知是菩薩善入衆事善入無字義亦善於言亦善於默亦善多言亦善一言善誨於男善誨於女善於五陰善於泥洹善於法相善於有爲無爲之性善於有無善於此彼善於合散善於不合不散亦善於如亦善於淨法亦善於有緣無緣善於五陰善於六衰善於十八性善於四諦善於十二緣起亦善於禪亦善於四禪亦善於四無形禪亦善於六波羅蜜善於三十七品善於薩云若善於有爲無爲性亦善於身亦善無身亦善於五陰念乃至薩云若亦善於念善於五陰自空乃至于道善於道空善於信道空善於不信道空善於起滅善於一定住無復有變亦善於婬怒癡亦善無婬怒癡善於正見善於不正見亦善於邪見亦善於不邪見亦善於諸見善於名色善於所作善於尊事亦善於相亦善於苦亦善於集亦善於盡亦善於道善於泥犁善於薜荔善於畜生亦善於

三惡趣亦善於人亦善人趣亦善於天趣亦善於聲聞辟支佛亦善於聲聞辟支佛道亦善於薩云若亦善於薩云若道亦善於力亦善於具足力善於平知善於微知善於猒知善於大智善於無涯底智善於去來今三世之慧亦善於權善察衆生亦善於義亦善於解善斷於三惡處佛告須菩提是爲菩薩摩訶薩行般若波羅蜜念般若波羅蜜入般若波羅蜜之德

放光般若波羅蜜經卷第二十三

音釋

批音子取著也　剥伯各切裂也　撾捶撾職瓜切捶主蘂切撾捶並擊也　佉閣佉丘迦切閣石遮切　佷下懇切佷戾也　抵揬抵典禮切揬陀骨切謂抵觸搪揬也　駟音四一乘也四馬爲乘　漑古代切灌漑也　薜荔梵語具云薜荔多此云餓鬼薜毘意切荔力霽切

放光般若波羅蜜經卷第二十四

西晉三藏無羅叉共竺叔蘭譯

漚惒品第七十之餘

須菩提白佛言世尊云何爲行般若波羅蜜云何念云何入佛言當知五陰有常無常有堅固無堅固有眞無眞當作是知是爲行般若波羅蜜入般若波羅蜜當如入空觀諸所有皆無所有當作是念須菩提言世尊菩薩學般若波羅蜜當至久如佛言菩薩從初發意行般若波羅蜜至坐道場當作是行當作是念當作是入須菩提言世尊菩薩念般若波羅蜜當以一意念耶佛言菩薩常以一意至念般若波羅蜜不得令他餘之意中得其便行般若波羅蜜作是入作是念不離薩云然念念般若波羅蜜當如意法隨意不離須菩提言世尊般若波羅蜜持行持念持入逮薩云然耶佛言不也須菩提白佛言世尊持是不念得薩云然耶佛言不也須菩提白佛言世尊持念已不念得薩云然耶佛言不也須菩提白佛言世尊亦不念亦不不念得薩云然耶佛言不也須菩提言當以云何得薩云然佛言如如云何如如佛言如眞際云何如眞際佛言如法性如衆生性如壽性如命性世尊云何如法性如衆生性如壽性如命性佛言於須菩提意云何吾我壽命衆生爲可得不須菩提言世尊不可得佛言吾我壽命衆生不可得云何有衆生名衆生菩薩當作是知不以有名入般若波羅蜜不以有名入諸法得逮薩云然須菩提言世尊是六波羅蜜不當以名耶佛言六波羅蜜及諸法皆

不以有為無為之法及三乘之法須菩提言世尊若諸法不可名不可有名云何有名云何有五趣生死及須陀洹斯陀含阿那含阿羅漢辟支佛三耶三佛佛言於須菩提意云何眾生名處為可得見不世尊不可得見佛言眾生處尚不可得見何況有五趣三乘之法菩薩行般若波羅蜜者當學無處所所名諸法無處所須菩提言世尊如世尊所說為不當學五陰耶乃至薩云若不當學耶佛言當學五陰亦當學薩云然雖學亦無所處云何所學而無所處佛言學五陰薩云然亦無所生無所滅復問云何學無所生無所滅佛言當學所作無所有云何當學所作無所有佛言觀法如自觀無所有相是為學所作無所有云何自觀無所有相佛言如觀五陰空如觀六情空如觀內外空如觀有無空如觀禪空如觀滅脫禪空如觀三十七品空如觀道空須菩提菩薩行般若波羅蜜當作是觀當自觀相法空須菩提言世尊若五陰空乃至于道亦空菩薩當云何行般若波羅蜜佛言菩薩行般若波羅蜜為不成之行云何不成之行佛言般若波羅蜜不可得是故菩薩亦不可得行亦不可得亦無有行者亦無有當行者亦無有已行者是皆不可得是菩薩般若波羅蜜無成之行何以故諸戲不可得見故須菩提言世尊菩薩如是為不成行新發意者當云何行般若波羅蜜佛言菩薩從發意當無所倚法學行六波羅蜜皆當無所倚乃至薩云然當念無所倚云何為倚云何為不倚佛言二者為倚一者為不倚云何為

二云何爲一佛言眼色爲二六入念法爲二道與佛爲二是爲二云何世尊從有倚中無倚從無倚中有倚佛言亦不從有倚中有倚亦不從無倚中有倚倚與無倚而一等入者是謂無倚須菩提菩薩於倚無倚等者是謂無倚當作是學菩薩如是學般若波羅蜜者是爲無有倚須菩提言世尊菩薩行般若波羅蜜亦不行倚亦不行不倚云何行般若波羅蜜具足諸地而逮薩云然佛言菩薩不住於倚具足諸地何以故般若波羅蜜亦不倚道亦無所倚行般若波羅蜜者亦不可得見菩薩當作是行世尊般若波羅蜜不可得見道亦不可得行道者亦不可得云何菩薩行般若波羅蜜分別諸法是五陰是爲道耶佛言菩薩行般若波羅蜜亦不倚五陰亦不倚道復問若菩薩不倚五陰亦不倚道云何具足六波羅蜜過菩薩位云何淨佛土化衆生云何逮薩云然云何轉法輪云何當作佛事云何脫衆生生死佛言菩薩亦不爲五陰故行般若波羅蜜亦不爲道故行般若波羅蜜復問爲阿誰故行般若波羅蜜佛言適無所爲故行般若波羅蜜何以故諸法無有作者般若波羅蜜亦無有作者亦無成者道亦無作者亦無成者菩薩亦無有作者亦無有成者菩薩當作是行般若波羅蜜應無所作應無所成者須菩提言世尊若諸法無作無成者亦無有三乘之處佛言無作無成之法處不可得何以故以凡愚癡之士入五陰倚五陰自貢高倚道貢高便念言我當得道度脫衆生何以故須菩提佛以五眼尚不能得五

陰及道況於凡夫愚癡無目而入五陰欲度衆生須菩提言世尊以五眼不得衆生不見可度者云何成阿耨多羅三耶三菩而云何處衆生於三際佛言我亦不見得阿惟三佛我亦不得衆生我亦不見三際亦不得亦不見以衆生無身及有身想但以是戒之耳所說教但以世俗故有是言教非是最第一義無言之教須菩提言世尊不住最第一要義成阿惟三佛耶佛言不也須菩提言從四顛倒成阿惟三佛耶佛言不也須菩提白佛言世尊不從第一要義得亦不從四顛倒得將無世尊不逮正覺耶佛言不也佛言如來逮正覺耳亦不住有為性亦不住無為性譬如如來化作如來亦無所住亦來亦去亦住亦坐亦復行六波羅蜜亦能行禪亦行四等四無形禪能行五通三十七品能行三脫門行內外空及有無空亦行八解脫九次第禪十力四無所畏佛十八法亦能轉法輪此化佛復化作無央數人化佛語人言有度有衆生有三際佛問須菩提是化佛所化頗有三際衆生不須菩提言不也世尊佛告須菩提是故如來無所著等正覺知諸法如化無所度脫菩薩於般若波羅蜜當作是行當作是知須菩提言如世尊言諸法如化如來所化身與如來身有何等異有何等差別佛言亦無有異亦無有差別何以故如來亦有所作化亦有所作復問無有如來化獨能有所作耶佛言能有所作云何世尊佛告須菩提過去有佛名須扇頭（須扇頭者此云極淨）如來彼佛世時人無有行菩薩道者則佛現般泥洹作化佛留

住一劫行佛事一劫已後彼化佛授應菩薩行者蓟復般泥洹人皆呼般泥洹不知是化佛言化亦無生亦無泥洹須菩提菩薩行般若波羅蜜者當解諸法如化須菩提言世尊若化所作如來所作無有差别者所作功德云何畢施之恩若供養化佛供養如來彼供養者至般泥洹其福盡滅不佛言如來爲一切天及人作福田化如來亦復是一切之福田等無有異佛言置是供養如來化如來所作功德若有人慈意常念佛其福至畢苦乃盡佛言置是慈意之福若人但以一把之花散虚空中須臾念佛其福亦復至于畢苦佛言置是散花之福但有人能稱南無佛者其功德福亦至于畢苦須菩提施如來之福甚大弘普須菩提當作是知諸法皆等化佛及佛無有差别菩薩當作是行般若波羅蜜當解諸法之法亦不當滅亦不當捨是般若波羅蜜法亦不當别乃至諸法亦當如是須菩提言世尊若諸法不當别如來云何言是色是痛是想是行是識云何説是内法是外法是善是惡是漏是非漏是道是俗是生是死是有爲法是無爲法世尊如是諸法將無分别耶佛言不也但以名字數示衆生欲使解耳亦無所分别世尊是無名號之法云何以名相教授衆生欲令得解佛言行亦無名亦無相亦無入行亦無苦亦無相亦無入諸佛及弟子亦不入相若名有入名相亦當入相空亦當入空無相亦當入無相無願亦當入無願眞際亦當入眞際法性亦當入法性無爲法者亦當入無爲法是諸法但以字耳字

亦不入字菩薩住於以名相行般若波羅蜜亦不當入名相中須菩提言世尊若諸有為法但以名相住者菩薩為誰而發道意為誰受若干勤苦行六波羅蜜為誰行禪及無形禪及行四等三十七品總三脫門具足大慈皆為誰行佛言以名相數相諸有為亦不以名相空是故菩薩行菩薩道逮薩云若及轉法輪以三乘法度脱衆生是名字及相亦不生滅如所住無有異須菩提言世尊說薩云然耶佛言爾我所說薩云然薩云然事說道慧事世尊是者有何差别佛言薩云若者是諸聲聞辟支佛事道慧事是諸菩薩摩訶薩事薩云若事者是諸佛如來事復問云何薩云若是聲聞辟支佛事佛言諸内外法羅漢辟支佛悉知雖知不住衆道事何等為菩薩道慧事佛言菩薩者一切諸道皆當說皆當知及三乘道亦當具足知亦當作三道之事亦不受真際覺復問菩薩云何具足佛事不覺真際佛言未具足佛事未化衆生不當受真際覺復問菩薩當住於道中受真際證耶佛言不也云何可從無道耶佛言不也世尊可從道非道耶佛言不也亦不道亦非非道耶佛言不也須菩提言世尊當云何佛言於須菩提意云何汝本住於道滅盡諸漏耶須菩提言不也佛言汝從非道滅諸漏耶世尊不也佛言汝以道非道滅諸漏耶世尊不也佛言汝以道亦非道亦非非道滅諸漏耶世尊不也我無所住而滅諸漏雖滅諸漏而無所住佛告須菩提菩薩亦復如是雖為真際作證亦無所住雖言薩云若薩云若事者亦

一事耳世尊何等爲一事佛言寂淨者是也佛告須菩提諸所言所有形貌之像起滅之事佛悉覺之是故名薩云若須菩提白佛言世尊薩云若薩云若事道慧事是三句緒除寧有差別不緒有盡有餘者不佛言緒盡無有差別也但爲佛諸習緒盡耳聲聞習緒不悉盡世尊爾爲緒不盡得泥洹耶佛言不也世尊泥洹者爲有差別耶佛言不也若無差別世尊云何說諸習緒不盡佛言諸習者非習緒也雖有婬怒癡爲凡夫身作耗非爲是緒如來者無緒須菩提言世尊道亦無所有泥洹亦無所有云何說言是須陁洹是阿羅漢是辟支佛是三耶三佛乎佛言是皆因無爲而有名是須陁洹是阿羅漢是辟支佛是三耶三佛耳世尊從無爲而有名耶佛言不也但以言說有是言耳不從最要第一之義也所以者何第一要中無若干行也亦不施若干爲愛斷者故施後際世尊諸法相各自空真際不可知云何知有後際佛言如是諸法相空真際不可知何況有後際不知諸法相空者我爲是輩說前後際耳諸法相者亦無前後須菩提菩薩行般若波羅蜜者當知諸法相空如是諸法行空於諸法無所入亦不入內法亦不入外法亦不入有爲無爲法亦不入三乘法復問世尊所言般若波羅蜜者何以故言般若波羅蜜佛言得度第一諸法之度最第一度三乘之道諸如來無所著等正覺乘皆乘般若波羅蜜得到彼岸是故言般若波羅蜜又復超越諸法之塵不得堅要是故復言般若波羅蜜真際法性及如皆

入般若波羅蜜中是故言般若波羅蜜須菩提般若波羅蜜於是諸法亦不合亦不散有見無見有礙無礙於是諸法亦不合散以般若波羅蜜無形不可見亦無有對一相則無相所以者何生諸法諸辯故諸天及世間魔怨異學及聲聞辟支佛家一切無能斷截菩薩摩訶薩行般若波羅蜜者所以者何一切魔怨及諸二地皆不可得故須菩提菩薩於般若波羅蜜義中當作是知當作是行復次須菩提菩薩於般若波羅蜜義中行無常義苦非我義知苦集義知盡道義知消滅義知不起義知法義見一遍知義自知義知他人意義行如所言須菩提菩薩於般若波羅蜜當知是義當作是行須菩提白佛言世尊是深般若波羅蜜中義以非義皆不可得云何菩薩於般若波羅蜜當習諸義佛言菩薩深義者般若波羅蜜是當作是行菩薩於婬怒癡有耗故不當行邪見之義亦不當行於六十二見知其無義亦不當行所以者何婬怒癡如於法亦無所益亦無所耗諸見之義如亦無所益亦無所耗言五陰有所益無所益亦不當行乃至道言有所益無所益亦不當行何以故如來得阿耨多羅三耶三菩時亦不見有所益無所益有佛無佛諸法湛然亦無所益亦無所耗須菩提菩薩當除有益無益當作是行般若波羅蜜世尊云何般若波羅蜜亦無所益亦無所損佛言諸有為法常閑亦無所作是故般若波羅蜜亦無所益亦無所損世尊諸有為義非是諸佛及佛弟子耶佛言諸有為法皆是諸佛及佛弟子也亦

不以益亦不以耗譬如虚空如不爲所作與亦不爲無所作與般若波羅蜜亦如是亦不爲有所益與亦不爲有所耗與須菩提白佛言世尊菩薩不從不有爲般若波羅蜜學成阿耨多羅三耶三菩耶佛言如是菩薩從不有爲深般若波羅蜜學成阿耨多羅三耶三菩不以二應世尊云何一法爲逮一法耶佛言不也世尊不一者爲從二法耶佛言不也世尊云何亦不從一亦不從二云何有逮佛言逮無所得亦不以得故逮故得

種樹品第七十一

爾時須菩提白佛言世尊般若波羅蜜爲甚深無衆生而菩薩摩訶薩爲衆生慊苦求阿耨多羅三耶三菩譬如士夫欲於空中種樹菩薩爲衆生故欲逮薩云若佛言如是如是須菩提欲爲衆生逮薩云若以想爲衆生而度脱之須菩提譬如有人欲種樹者而不知樹根亦不知莖節枝葉花實取其栽而種之隨時溉灌而長養之稍稍莖節枝葉花實各各具足便取枝葉莖節其中用者各取用之又取其果而食之須菩提菩薩用一切衆生發阿耨多羅三耶三菩次行六波羅蜜逮薩云若枝節莖葉花實益於衆生以葉度三惡趣以有花故便有四性尊者及諸四天乃至無思想無思想慧天實者如菩薩成阿耨多羅三耶三菩逮薩云然便有須陁洹果斯陁含果阿那含果阿羅漢果辟支佛道有菩薩便成阿耨多羅三耶三菩益衆生果以是果處衆生於三乘雖成阿惟三佛亦不見衆生處從想度衆生亦不見得衆生亦無有處可

爲成阿惟三佛者須菩提菩薩當作是學行般若波羅蜜當作是念須菩提白佛言世尊當知是菩薩亦如如來所以者何有菩薩來往故便斷於三惡趣八難處皆斷諸貧窮下賤處皆斷三界處皆斷佛言如是如是須菩提當知是菩薩如如來無有異菩薩若猒懈怠者終不逮過去當來今現在諸佛之道世間亦無有聲聞辟支佛也三惡之趣三界無有斷時佛言當知是菩薩如如來如汝所言何以故以如知有如來知有辟支佛知有衆賢聖以如知有五陰知有有爲無爲性是諸如亦是如是故名曰如菩薩學是如逮薩云若從是中來是故名曰如來以如等故當知是菩薩便爲是佛須菩提菩薩當學般若波羅蜜如學般若波羅蜜如已當學一切諸法如學諸法如已當學具足一切法如具足如已逮於諸如得自在逮如自在已善於諸法根善諸根已便見衆生隨行之趣知諸趣已便具足慧願具足慧願已便淨三世慧淨三世慧已便行菩薩道行菩薩道已便饒益衆生饒益衆生已便淨佛土淨佛土已便逮薩云若逮薩云若已便轉法輪轉法輪已安立衆生於三乘法立衆生已於無餘泥洹而般泥洹須菩提菩薩摩訶薩自觀諸善之德及他人德當發阿耨多羅三耶三菩須菩提白佛言唯世尊諸天阿須倫及世間人民皆當爲應行般若波羅蜜菩薩作禮佛言如是如是諸天世人皆當爲之作禮世尊初發意菩薩爲衆生故發阿耨多羅三耶三菩得幾所福佛言若有善男子善女人教三千大千刹

土中衆生皆立於羅漢辟支佛道於意云何得福寧多不須菩提言世尊甚多甚多佛言不如是菩薩爲衆生發阿耨多羅三耶三菩意其福倍多百倍千倍巨億萬倍佛言復置是三千大千刹土若復有人教三千大千刹土中衆生令立黠地信地八地見地薄地淨地已辦地辟支佛地其福不如發意菩薩爲衆生發阿耨多羅三耶三菩其福甚多百倍千倍巨億萬倍須菩提三千大千刹土中衆生皆初發意其福不如以正定菩薩功德出彼上百千億萬倍復令三千大千刹土滿中成就菩薩其福不如如來百千巨億萬倍須菩提白佛言新發意菩薩當念何等佛言當念薩云若世尊薩云若者爲何等務爲何等尊相像佛言薩云若者無所有亦無有相亦無無相亦不生亦不現須菩提言世尊但薩云若無所有五陰内外空及有無空四禪四等四無形禪三十七品及三三昧八惟無九次第十種力四無所畏大慈大悲四無礙慧佛十八法及六神通諸有爲無爲性復無所有耶佛告須菩提薩云若者自無所有自無所有者空世尊何以故無所有佛言無所作者爲無所有以是故諸法所有無所有皆空又須菩提諸法空無相無願諸法如如諸法如真際諸法如法性是故諸法所有皆無所有皆空世尊若諸法所有皆無所有者何等是初發意菩薩漚惒拘舍羅行六波羅蜜行四禪四等四無形禪行三十七品行内外空及有無空行十八法行薩云若淨佛國土教化衆生佛言於諸空法有所作者則是其漚

惒拘舍羅能淨佛土教化衆生知佛國土及衆生所有皆無所有菩薩行六波羅蜜爲佛道作因緣乃至薩云若亦爲佛道作因緣知道事所有皆無所有菩薩行六波羅蜜與道場作因緣至佛十力四無所畏四無礙慧四等佛十八法爲薩云若慧具足道事一時一意以智慧一時合應便逮薩云若爾時所作諸習之緒悉滅已無所從生故持佛眼觀三千大千刹土尚不見無所有何況所有須菩提如是菩薩行般若波羅蜜於諸法不見所有亦不見無所有是爲菩薩摩訶薩漚惒拘舍羅尚不見無所有何況所有又復菩薩行檀波羅蜜布施無所有亦不知受者無所有亦不知道意無所有亦不知乃至薩云若無所有亦不知逮覺者當逮覺者已逮覺者無所有亦不知何以故一切諸法無所有非佛所作非弟子辟支佛所作諸法無所作離諸所作故須菩提言世尊將無法離法佛言雖言法爲離法須菩提言世尊若法法相離云何知法離法諸法所有無所有無所有法不知無所有有法亦不知有法有法不知無所有法無所有法不知有法菩薩於無所知法云何當知所有無所有法佛言菩薩以世事習故現有所有現無所有非第一最要義須菩提白佛言世尊世事及最要義爲有異耶佛言無有異世事如最要義如衆生不知是如以是故現世事有所有無所有又須菩提衆生於五陰有相不知無所有以是故作是分別說法欲使衆生知無所有菩薩欲行般若波羅蜜者當作是學

菩薩行品第七十二

於是須菩提白佛言唯世尊菩薩行菩薩行者爲何事佛告須菩提菩薩行者道行也是故名爲菩薩行須菩提言世尊菩薩行者爲在何處行佛言於五陰行空於内外法於六波羅蜜行於内外空及有無空作四禪行於四無形禪行於四等行於三十七品行於三三昧行於佛十力行於四無所畏行於四無礙行於十八法行淨佛國土行教化衆生行入於文字行不入文字行於陁鄰尼行於有爲無爲性行作行不令道有二是則爲道行是則爲菩薩摩訶薩空行須菩提白佛言世尊云何爲佛佛言以道覺故言佛又須菩提逮審諦法法覺故言佛超越審諦法故故名爲佛又須菩提眞覺諸法故名爲佛須菩提言世尊覺者爲何謂佛言以空法覺以如覺以法覺但以字爲名須菩提覺之義是不可斷義如及爾一住無有變易是故名爲覺又須菩提但以名相故名爲佛諸佛如來之道故是故名覺諸佛世尊皆共覺故故名爲覺須菩提言世尊菩薩行道爲行六波羅蜜不爲行薩云若不爲成何等善增益何功德有生有滅有著有斷耶佛言菩薩行道行六波羅蜜至薩云若者於諸法亦無所成亦無所敗亦無所增亦無所減亦無所著亦無所斷佛言菩薩行般若波羅蜜道者不於諸法有所墮於諸法亦不有所成敗有增有減亦不生亦不滅亦不著亦不斷須菩提言世尊若菩薩於諸法無所墮無所觀云何受持六波羅蜜而自於相行空云何行四禪云何行四

等四空定云何行三十七品及三脫門云何行十種力佛十八法云何行大慈大悲云何行菩薩十住云何過二地云何過於菩薩位佛告須菩提菩薩不以二事行六波羅蜜亦不以二事行薩云若須菩提言世尊若菩薩不以二事行六波羅蜜行薩云若者云何從初發意至後發意云何得增益功德佛言諸有以二行者是輩無所增益何以故二事行者於凡愚人有所增益菩薩從初發意至後發意不以二事增益功德以是故諸天及人不能壞菩薩令墮二地其餘衆惡不能制菩薩令不行六波羅蜜及薩云若須菩提言世尊菩薩爲功德故行般若波羅蜜耶佛言亦不以功德故行亦不以無功德故行般若波羅蜜菩薩要當供養諸佛要當具足諸善功德要當與眞知識相得爾乃得成阿耨多羅三耶三菩世尊云何菩薩供養諸佛具足功德得眞知識乃逮薩云若佛言菩薩從初發菩薩意常供養諸佛諸佛所說十二部經常當受持堅持守念便得陁鄰尼起諸無礙起無礙已在所生處至薩云若終不忘失所知所持所可供養諸佛功德終不生惡趣八不閑之處便受淨意已得淨意已淨佛土教化衆生以是功德終不離眞知識終不離諸佛諸菩薩諸眞人及讚嘆佛者如是須菩提菩薩摩訶薩欲行般若波羅蜜當供養諸佛當具足諸法受諸功德當與眞知識相隨

當得眞知識品第七十三

於是須菩提白佛言世尊若有菩薩摩訶薩不供養諸佛不具足諸功德不遇眞知識將

無不能逮薩云若佛告須菩提菩薩摩訶薩無不供養諸如來者無不具足諸功德者無不得眞知識者何以故雖供養諸佛雖作功德雖得眞知識尚未逮薩云若何況不供養佛不作功德不得眞知識而欲逮得薩云若是事不然是故須菩提菩薩摩訶薩欲學般若波羅蜜者當供養佛當作功德當得眞知識須菩提言世尊菩薩何以故當供養佛作諸功德得眞知識乃逮薩云若佛言以無有漚惒拘舍羅故不從諸佛聞漚惒拘舍羅事功德未具足未逮眞知識故世尊菩薩當具足何等漚惒拘舍羅乃當逮得薩云若佛言菩薩從初發意已來持薩云若意行檀波羅蜜施於三乘亦施人及非人皆具足薩云若念亦無施想亦無受者想亦無行檀波羅蜜想何以故諸想法者亦無所有亦無所生亦無所滅觀見諸法亦無轉還者皆度諸法之相不見諸法有所作以具足漚惒拘舍羅者便增益諸功德已增益功德者便行檀波羅蜜教化衆生淨佛國土亦不自受其報但欲益於衆生所作不受其報行檀波羅蜜但欲度脫一切衆生

放光般若波羅蜜經卷第二十四

放光般若波羅蜜經卷第二十五

西晉三藏無羅叉共竺叔蘭譯

教化衆生品第七十四

復次須菩提菩薩摩訶薩以薩云若念從初發意不離薩云若念行尸波羅蜜意初不墮婬怒癡亦不念婬怒癡亦不爲所纒裹諸不入道撿事嫉妬惡戒恚意懈怠亂意愚癡頑佷自用著於吾我及二地意悉無何以故皆知諸法相空皆知諸法無所有無所成觀見諸法皆無轉還皆解諸法相度諸世事處於無爲具足漚惒拘舍羅增益功德爲行尸波羅蜜教化衆生淨佛國土亦不於世受尸波羅蜜之報至般若波羅蜜但欲益於一切教化衆生復次須菩提菩薩行四禪四等四無形禪雖行諸禪不受禪福何以故以漚惒拘舍羅知諸禪相皆空亦知動還者復次須菩提菩薩行般若波羅蜜從初發意行漚惒拘舍羅行觀行淨亦不趣須陁洹不取須陁洹果至阿羅漢亦不取其果何以故知諸法相空及知不轉還法亦行三十七品過於二地須菩提是爲菩薩摩訶薩無所從生法忍菩薩行般若波羅蜜行八惟無禪及九次第亦不取須陁洹道何以故悉知諸法相空知不動還復次須菩提菩薩行佛十力業及四無所畏四無礙慧佛十八法大慈大悲淨佛國土教化衆生然後乃逮薩云若菩薩當作是行般若波羅蜜須菩提白佛言世尊菩薩摩訶薩其智甚廣大乃行是深法然不受其報佛言如是如是須菩提所以者何菩薩於所有處不動不轉世尊何等爲於所有處不動

不轉佛言於無所有而不動轉於五陰所有不轉於六波羅蜜所有不轉於諸禪四等所有不轉於三十七品所有不轉於三脫門所有不轉於大慈大悲所有不轉於十力十八法所有不轉所以者何是諸法所有皆無所有故須菩提不可以無所有逮覺所有須菩提言世尊寧可持所有逮覺所有不佛言不也須菩提言世尊寧可持無所有逮覺無所有不佛言不也如是世尊將無所逮無所覺耶佛言有逮覺不以是四句世尊是逮覺當云何佛言諸逮覺者亦非所有亦非無所有逮覺者亦非戲言亦非不戲言須菩提言世尊何等是菩薩戲言佛言五陰有常無常是菩薩戲言五陰苦樂者是菩薩戲言五陰是我所非我所是菩薩戲言五陰淨不淨者是菩薩戲言分別知五陰者是菩薩戲言知四諦者是菩薩戲言念四禪四等及四無形禪三十七品總三脫門八惟無九次第禪是菩薩戲言我得須陁洹道至阿羅漢辟支佛道是菩薩戲言我具足菩薩十住是菩薩戲言我淨佛國土教化衆生是菩薩戲言我具十力四無所畏四無礙慧佛十八法是菩薩戲言我逮薩云若是菩薩戲言我盡諸習緒是菩薩戲言菩薩行般若波羅蜜五陰有常無常亦不戲亦不不戲乃至薩云若有常無常亦不戲亦不不戲所以者何於所有亦不戲所有於無所有亦不戲無所有於所有無所有中亦不戲無不戲是故須菩提五陰及薩云若爲非戲也菩薩於般若波羅蜜行亦不以戲須菩提言云何五陰不戲乃至薩云若

不戲佛告須菩提五陰無所有乃至薩云若亦無所有諸法無所有者皆非戲以是故五陰及薩云若皆無有戲須菩提菩薩作是學般若波羅蜜者得上菩薩位須菩提言世尊諸法所有尚不可得云何得菩薩位爲用二地爲用佛道乎持何等行得位佛言菩薩亦不以二道亦不以佛道也遍學諸道乃上菩薩位如第八賢聖遍學諸道雖在平等地未受果證菩薩亦如是皆行諸道得菩薩位未及薩云若未得金剛三昧得功德時乃具足逮薩云若須菩提言世尊若菩薩遍學諸道爾乃上位者菩薩爲復在第八地取須陀洹道耶在斯陀含地得斯陀含道在阿那含地得阿那含道在阿羅漢地得阿羅漢道在辟支佛地得辟支佛道在佛地得佛道耶此諸道既各自異世尊云何言菩薩皆當遍學諸道上菩薩位耶若菩薩於是八地受八道者是終不然在菩薩位便逮薩云然者亦復不然若菩薩得聲聞辟支佛道至薩云然者亦復不然世尊我當云何知菩薩遍入諸道上菩薩位佛告須菩提如汝所言菩薩終不於八地得須陀洹及羅漢辟支佛道以逮薩云若須菩提菩薩從初發意常行六波羅蜜以慧見八地何等八淨地性地四賢聖八地觀地薄地無婬地已辦地辟支佛地以慧觀過於八地以道慧過菩薩位過位已以薩云若慧捨諸習緒須菩提第八地者是菩薩之忍須陀洹斯陀含阿那含慧及習緒除亦是羅漢慧觀亦是菩薩辟支佛慧亦是菩薩忍具足聲聞辟支佛道以道慧上菩薩位以薩云

若慧除諸習緒以是故須菩提菩薩當遍具足諸道爾乃成阿耨多羅三耶三菩阿惟三佛成阿惟三佛已爲衆生作道地須菩提白佛言世尊所說三乘聲聞辟支佛佛道何等爲道慧之道佛言當起諸道淨於諸道遍觀衆生及相貌像盡覺盡知皆遍知已當教一切分流廣化遍採音聲令得大聲遍三千大千刹土當如響相以是故菩薩當遍具足諸道當知道慧悉知衆生之意亦當知泥犁復知泥犁之趣亦當知衆生罪報當斷泥犁緣作罪之報薜荔畜生亦當知之薜荔畜生緣作報應悉當斷之當知真陀羅摩睺勒諸龍閱叉當知人之因緣人道果報亦當知天從四天王上至三十三天亦當知天人因緣天人果報當知三十七品法三脫門法亦當知十力亦當知四禪四等及四空定大慈大悲佛十八法盡知是已立諸衆生於三乘之道須菩提是爲菩薩具足道慧菩薩學是已皆知衆生意之所願已知所願如應說法初不斷絕所以者何普知衆生根生死之趣菩薩當作是行般若波羅蜜菩薩所可應行法三十七品所行二地所行盡入般若波羅蜜中故須菩提白佛言世尊諸法及三十七品及道法是諸法亦不合亦不散亦無有形亦不可見一相一相者則無相云何能致道是法亦不見亦無有形一相一相者則無相云何能致道世尊譬如虛空亦無所沒亦無所致佛言如是如是須菩提是空法亦無所致亦無所趣以衆生不知法相無所有故佛爲說三十七品及諸法有所致有所辦雖爾須菩

提所有五陰六波羅蜜內空外空及有無空三十七品四禪四等及四空定四無礙慧四無所畏佛十力十八不共大慈大悲至薩云若於賢聖法律亦不合亦不散亦無有形亦不可見亦無有對一相無相如來以是故欲度脫衆生以世俗因緣而說是教非第一最義是故菩薩當遍學諸道以慧觀隨習俗於法中有應用者不應用者何等是菩薩應用何等是菩薩所不應用羅漢辟支佛道以慧觀學而所不用以薩云若慧當用諸法菩薩如是於賢聖法律當學般若波羅蜜須菩提白佛言世尊所說賢聖律賢聖律者爲何謂佛告須菩提聲聞辟支佛菩薩摩訶薩如來無所著等正覺亦不與婬怒癡合亦不不合是我所非我所亦不合亦不散亦不狐疑亦不不狐疑於戒行亦不合亦不散於欲於色於無色界亦不合亦不散於不黠及頑佷亦不合非不合凶暴亦不合非不合於四禪四等及四空定三十七品大慈大悲及有爲無爲性亦不合亦不散何以故以諸法無有形不可見無有對一相無相無色不與無色合亦不散不可見不與不可見合亦不散無有對不與無對合亦不散一相不與一相合亦不散無相不與無相合亦不散須菩提是名爲賢聖律亦無形不可得見亦無對一相無相是菩薩無相度菩薩當作是學作是學已當得諸法無相須菩提白佛言世尊爲不學色聲香味細滑識法相耶不學地水火風空識相耶不學六波羅蜜相耶不學有無空相耶不學四禪四等及四空定三十七品三脫

門相十力四無所畏四無礙慧佛十八法大慈大悲四諦相賢聖相不學逆順十二因緣相耶不學有爲無爲性相耶於是諸法無相亦不學所作相亦不學菩薩當云何過於二地上菩薩位上菩薩位已云何逮薩云若逮薩云若已云何轉法輪轉法輪已云何以三乘法度脫衆生佛告須菩提若諸法有相者菩薩當學諸法相諸法無形亦不可見亦無有對一相一相者則無相是故菩薩亦不學相亦不學無相云何作是問佛言若前有相後便有相以前法無相故後亦無相是故菩薩亦不學相亦不學無相所以者何有佛無佛一相性常住如故須菩提白佛言世尊若諸法非相非無相云何爲念般若波羅蜜菩薩若不念般若波羅蜜者不能過於二地不過二地者不能過菩薩位不能過菩薩位者不得無所從生不得無所從生者不得菩薩神通不得神通者不能淨佛土教化衆生不淨佛土教化衆生者不能逮薩云若未逮薩云若者不能轉法輪不能轉法輪者不能安立衆生於三乘法亦不能安立衆生於三福地一者施二者戒三者念諸善法佛言如是如是須菩提諸法亦非無相亦非一相無相之法當云何念般若波羅蜜須菩提般若波羅蜜者非菩薩之念菩薩以無念是爲般若波羅蜜相須菩提言世尊云何無念是般若波羅蜜相佛言於諸法無所念是爲般若波羅蜜相云何於諸法無所念佛言不念五陰六情是爲般若波羅蜜念不念色聲香味細滑識法是般若波羅蜜念不念不淨是般若

波羅蜜念不念四禪四等及四空定是般若波羅蜜念不念三尊不念三福是般若波羅蜜念不念滅盡不念安般守意是般若波羅蜜念不念無常相苦相非我相不念四顛倒十二因緣不念吾我壽命及知見相是般若波羅蜜念不念三脫門不念三十七品法是般若波羅蜜念不念八惟無九次第禪不念四禪是般若波羅蜜念不念十慧不念六波羅蜜不念内外空及有無空是般若波羅蜜念不念十力不念四無所畏四無礙慧佛十八法不念大慈大悲是般若波羅蜜念不念須陀洹及羅漢辟支佛是般若波羅蜜念不念薩云若是般若波羅蜜念不念斷諸習緒是般若波羅蜜念須菩提白佛言世尊云何不念五陰乃至斷諸習緒復不念是般若波羅蜜念佛言菩薩行般若波羅蜜亦不念五陰無所有何以故須菩提諸有相者無有般若波羅蜜念不念婬怒癡所有不念無道之處所有何以故諸有想者爲無般若波羅蜜念諸有相者爲無六波羅蜜何以故諸有者亦無有六波羅蜜是名爲著諸有縛著者無有度脫須菩提著有者無有三十七道品念亦無三脫門念乃至薩云若亦無念何以故縛著於有故須菩提白佛言何等爲有何等爲無有佛言有二者爲有世尊何等爲二佛言五陰相者爲二十二衰相者爲二有佛相者爲二有道相有爲無爲相者是則爲二須菩提一切相乃至無有相是皆爲二道有二便有已有便有世間衆生不得離生老病死憂悲勤苦以是故須菩提當知有二者無

有六波羅蜜亦無有道亦無所逮亦無所覺
何況能捨五陰及薩云若者佛告須菩提尚
無道念耶得須陀洹至羅漢辟支佛道耶得
離諸習緒

無堅要品第七十五

爾時須菩提白佛言世尊假令有相者不得
順忍不得逮覺若無相者當得順忍不當及
聲聞八地不當及辟支佛地不當及菩薩地
不可得度脫不能得道念不能令羅漢辟支
佛習緒除不能使菩薩得上菩薩位不上菩
薩位已能得薩云若不得薩云若已能滅諸
習緒不世尊若無意若不生意不起是法相
可逮薩云若不佛告須菩提如是如是無有
相者亦無有順忍亦不能除諸習緒復問世
尊菩薩行般若波羅蜜有相意耶於五陰有
相耶乃至薩云若有相耶有婬怒癡相無有
婬怒癡相耶有六衰有六衰盡相耶有近有
近盡相耶有覺有覺盡相耶有愛有愛盡相
耶有受有受盡相耶有有有盡相耶有生
有生盡相耶有死有死盡相耶有憂悲勤苦
有憂悲勤苦盡相耶有苦有苦盡相耶有四
諦有四諦盡相耶有薩云若有薩云若盡相
耶有習緒有習緒盡相耶佛言不也須菩提
菩薩行般若波羅蜜亦無有相亦無無相須
菩提菩薩順忍者則無相是菩薩無有相則
爲念道無有有相無有無相則是菩薩之果
報佛言有相則是菩薩道無相則逮覺是故
須菩提當知諸法所有皆無所有須菩提白
佛言世尊若無所有云何於無所有中得逮
覺而於諸法得自在佛告須菩提我本爲菩

薩行六波羅蜜從第一禪至第四禪觀禪性不念貢高亦不倚禪亦不味禪於四禪事寂靜無所悕望已安足於禪便處於神通天眼徹視天耳徹聽意知他人宿命所從來自識宿命便飛行雖爾不以是神通貢高不味不倚於六通無所分別須菩提我以應一合相智成阿耨多羅三耶三菩便覺四諦具足如來十力四無所畏四無礙慧佛十八法處衆生於三乘須菩提白佛言世尊如來云何於無所有中起四禪六通無所有衆生爲無所有如來云何安立衆生於三乘佛告須菩提若婬怒癡及餘諸非法之事若有所有無所有者我爲菩薩時不於有無中起四禪是故須菩提亦不有所有亦不無所有是故我初發意行菩薩道時行四禪佛告須菩提若神通中當有所有無所有者我終不於神通中學所有無所有而成阿耨多羅三耶三菩以於神通知所有無所有故成阿耨多羅三耶三菩須菩提白佛言若菩薩於諸法所有無所有於禪五通成阿耨多羅三耶三菩云何菩薩於無所有法中未曾所知能知未曾所學得學從是中得成阿耨多羅三耶三菩佛告須菩提菩薩已從過去諸佛所供養若干佛菩薩所從諸佛聞無所有中無有佛無有辟支佛無所有中無有羅漢無所有中無有衆賢聖從無所有中無有毛髮許所有菩薩作是念言無所有中亦無有須陁洹乃至佛皆無所有以諸法無所有故我或成阿耨多羅三耶三菩我或不成阿耨多羅三耶三菩假令我當成阿耨多羅三耶三菩者諸可有

行相衆生我當立著無相地須菩提諸有菩薩成阿耨多羅三耶三菩者欲度脱衆生故便習未曾習者未曾學者未曾受者便學便受於諸過去諸佛所學先學六波羅蜜勸人令行六波羅蜜見人行者代歡喜以布施無貪垢故便得大富以布施故便守戒便得天上人中尊以布施故便得三昧以布施持戒忍辱精進禪故便得智慧品解脱品見解脱慧品持是諸品及六波羅蜜得過二地上菩薩位已上位已便淨佛土化衆生便逮薩云若轉法輪以三乘度衆生須菩提菩薩以是先當從檀波羅蜜起次得諸慧是亦不可得何以故無有實故復次須菩提菩薩從初發意以來自持戒勸人持戒見人持戒代其歡喜以持戒得天上人中之豪貧者以財施之

復以戒三昧智慧解脱見解脱慧而立之以五品之德過出二地上菩薩位度脱衆生便逮未曾所知所學所習皆學知習之何以故欲習無所有故復次須菩提菩薩行忍勸人使行見人行忍代其歡喜飽足衆生以財安立戒以五品之德過於二地上菩薩位何以故所施與亦無有要故復次須菩提菩薩自行精進於善勸人精進見人精進代其歡喜復以財物給足衆生以戒忍辱五品之德過出二地上菩薩位何以故所施亦無有要故復次須菩提菩薩行四禪四等四無形定勸人令行見人行者代其歡喜以住於禪布施窮乏教令智慧解脱見慧過出二地上菩薩位何以故所有者無有要故復次須菩提菩薩從發意以來行般若波羅蜜以財給足衆

生立以於戒三昧智慧解脫見慧自行六度勸人令行見人行者代其歡喜以漚惒拘舍羅過於二地上菩薩位成阿耨多羅三耶三菩何以故無有形故須菩提菩薩從是便得本所不學本所不知本所不應皆學皆知皆得所應復次須菩提菩薩學諸未曾學者從初發意以來常有薩云若念解諸有無之事便念三尊行常念天行戒念施念佛問須菩提云何為念佛念佛者不以色痛想行識念何以故五陰無有堅要故無堅要者為無所有何以故佛念者為無念復次須菩提如來無所著等正覺不當以三十二相八十種好念不當以金色光明念何以故佛形無有堅要故無堅要者為無所有念佛者為無念復次須菩提如來無所著等正覺不當戒性智慧品三昧品解脫品見解脫品不當以是五品念如來何以故以是無有堅實故無有堅者為無所有念佛者為無念復次須菩提念如來不以十力念不以四無所畏念四等大慈大悲佛十八法四無礙慧不以是念如來何以故無有堅實故不堅實者無所有念佛者為無念復次須菩提念如來者不以十二因緣念何以故無有堅要無堅要者為無所有念佛者為無念須菩提菩薩行般若波羅蜜者當作佛念以是故知次第學未曾學者習未曾應者具足悉應順至諸道應作是學具足三十七品及三三昧便具足薩云若慧便應所有無所有覺不堅固要便得所有無所有處須菩提云何為法念菩薩行般若波羅蜜亦不當念善惡法亦不念當受剃不受

莂亦不當念俗法道法亦不念有漏無漏法亦不念賢法愚法亦不念三界法亦不念有爲無爲性法何以故諸法無有堅要無有堅要者爲無所有念法爲無所念學法念以應所有無所有便逮薩云若便逮所有無所有處須菩提菩薩當作法念須菩提菩薩當云何念僧菩薩從初發意至薩云若常念僧爲無念如是須菩提菩薩當作僧念須菩提菩薩云何念戒行般若波羅蜜從初發意以來不缺於戒不差於戒善攝於戒當念有無如是念者爲順所應便逮薩云若無有有無之處須菩提云何菩薩念施所有無所有應施所可物施及以法施於中不起亂意亦不念有所施無所施雖持身命支節布施於中亦不起亂意何以故無有堅要故無堅要者則

無所有常念於施至成阿耨多羅三耶三菩須菩提菩薩云何當作天念諸須陁洹生四天上者至于六天諸生天者無有堅要無堅要者爲無所有須菩提當順是念至成薩云若須菩提諸阿那含生於色天及無色天亦無堅要無堅要者爲無所有菩薩當順是念至成阿耨多羅三耶三菩須菩提菩薩常念六念順其所應復次須菩提菩薩行般若波羅蜜欲學所順所習欲成諸功德當學内外空及有無空當學三十七品大慈大悲當學菩薩道行皆逮有無之要尚無毛髮之相何況有薩云若相須菩提是爲菩薩行般若波羅蜜得隨次第應須菩提白佛言世尊若諸法所有皆無所有乃至五陰六衰無所有諸性無所有三十七品無所有薩云若慧亦當

無所有亦無佛無法無比丘僧亦無有道亦無果報亦無著斷亦無逮覺諸法亦皆無所有佛告須菩提諸法有所有無所有可得見不須菩提言不可得世尊須菩提云何言諸法所有皆無所有五陰及逮覺耶須菩提白佛言世尊我於是法無有狐疑但爲當來之世三乘道家恐或言若諸法所有無所有阿誰著者阿誰斷者不知著斷之事便能敗戒毀戒不知所趣如是敗戒行者各各趣三惡處世尊我不敢有狐疑我畏當來之世是故問如來耳

無倚相品第七十六

於時須菩提白佛言世尊菩薩摩訶薩若諸所有者皆無所有菩薩爲見何等爲衆生發阿耨多羅三耶三菩佛告須菩提菩薩以所有皆無所有故能發阿耨多羅三耶三菩何以故諸有倚著者難得解脫有倚相者不得逮覺亦不能成阿耨多羅三耶三菩須菩提白佛言世尊無倚相者爲有逮覺成阿耨多羅三耶三菩耶佛言逮覺已阿耨多羅三耶三菩則是無所倚以不別法性故欲得無所倚逮覺阿耨多羅三耶三菩者則爲欲示一切法性世尊若無所倚者無有逮覺則無有阿耨多羅三耶三菩何緣菩薩從第一住至十住耶何因緣得無所從生法忍何因有五通及六波羅蜜之德而受諸法之德攝取佛國教化衆生供養諸佛一切有至般泥洹佛言無所倚者與五通之報等與十住等與六波羅蜜等及供養諸佛功德等以是故至般泥洹供養不斷須菩提言世尊無所倚及五

通六波羅蜜有何差別佛言無有差別説有差別世尊云何三事有差別佛言菩薩行般若波羅蜜亦不倚所施亦不自倚亦不倚受者至般若波羅蜜亦無所倚行神通亦無所倚行三十七品亦無所倚行三三昧亦無所倚教化衆生淨佛國土亦無所倚逮覺諸佛法亦無所倚須菩提是爲菩薩行般若波羅蜜爲無所倚菩薩摩訶薩如是行者諸魔魔天無能壞者須菩提言世尊云何菩薩行般若波羅蜜一意受持六波羅蜜受四禪四等大慈大悲及四空定四無礙慧四無所畏三十七品總三脫門佛十種力佛十八法云何受持八十種好佛言菩薩行般若波羅蜜所作施戒忍辱精進及諸禪事皆以般若波羅蜜行及三脫門四等大慈及三十七品所作所念皆不離般若波羅蜜及三三昧佛十種力四無所畏四無礙慧佛十八法八十種好皆不離般若波羅蜜須菩提言世尊云何菩薩一意行般若波羅蜜受持六波羅蜜乃至八十種好須菩提菩薩行般若波羅蜜行六波羅蜜初無二相乃至八十種好亦無二相世尊云何行六波羅蜜至八十種好不以二相佛言菩薩行般若波羅蜜皆悉具足總持諸波羅蜜及三十七品而行布施須菩提言世尊是事云何佛言菩薩行般若波羅蜜時不以漏意行檀波羅蜜於無漏作念言我爲是誰所施何物受者爲誰於是三事無相受念爾時亦不見意及所施受者至十八法亦復如是復次須菩提菩薩行檀波羅蜜乃至般若波羅蜜亦無有相亦不見六波羅蜜菩

薩行般若波羅蜜乃至八十種好亦無有相亦無所見須菩提言世尊以無相無所作法云何得具足六波羅蜜云何具足三十七品云何具足三空及十種力云何具足四無所畏佛十八法佛言菩薩行般若波羅蜜以無相施隨衆生所欲或索肌肉妻子國城珍寶所有財穀皆不逆人作是施時或有人來問菩薩言用是無相布施作爲雖有是言我續布施不可斷絶持是布施與衆生共爲阿耨多羅三耶三菩亦無相念亦無施意亦無物意亦無受者意亦不見阿耨多羅三耶三菩意何以故所見一切皆悉空故如是誰爲阿耨多羅三耶三菩者如是作爲則是眞作則能淨佛國土教化衆生則爲行六波羅蜜則爲具足三十七品及三脫門則爲具足佛十八法如是行者則爲不受布施之報譬如第六天王有所欲者但念即至菩薩如是但意念諸法皆具足至以布施之德能供養諸佛悉能飽滿諸天及人以漚惒拘舍羅行檀波羅蜜安立衆生於三乘法是爲菩薩行般若波羅蜜具足檀波羅蜜

放光般若波羅蜜經卷第二十五

放光般若波羅蜜經卷第二十六

西晉三藏無羅叉共竺叔蘭譯

無倚相品第七十六之餘

須菩提言世尊云何菩薩行般若波羅蜜具足尸波羅蜜佛言菩薩悉知賢聖無漏道法之戒不毀不亂奉賢聖戒於諸法無所挑亦不挑五陰亦不挑三十二相亦不挑四性亦不挑四天王至三十三天亦不挑須陁洹至羅漢辟支佛亦不挑轉輪聖王所作功德但欲與衆生共爲薩云若不相不倚亦不以二但爲世事非最要義具足戒已以漚惒拘舍羅起四禪不以貪受天眼以天眼觀十方諸佛至成阿耨多羅三耶三菩初不離天眼以天耳淨盡聞諸佛所說經法不失所聞至得自辯悉知諸佛之意知諸佛意已便能饒益一切衆生持識宿命之慧覺諸所作不失本行以無漏之法立衆生於三乘隨衆生所欲而悉授之須菩提是爲無相具足尸波羅蜜

佛言菩薩云何具足於忍從發意至坐道場若衆生來以刀杖摑加於菩薩菩薩終不起意當起二忍一者忍辱二者無所從生法忍起意念言以刀杖摑加我者爲誰受者爲誰當觀法相觀法相者亦無所有亦無所觀無所觀者便得無所從生法忍住二忍已便具足四禪四等及四空定便具足三十七品及三脫門便具足十力四無所畏四無礙慧菩薩已住是法便得神通非是二地所能及者具足神通已便具足六波羅蜜以天眼慧見十方佛至阿耨多羅三耶三菩不忘佛念復以天耳慧聞十方佛所說教法悉知諸佛諸

佛所念悉復逮知衆生之意如應說法自知
宿命以慧皆識衆生功德持諸善本功德勸
勉衆生以漏盡之慧立衆生於三乘菩薩摩
訶薩行般若波羅蜜以漚惒拘舍羅行教化
衆生淨佛國土具足薩云若慧逮得阿耨多
羅三耶三菩轉於法輪是爲菩薩行般若波
羅蜜具足羼波羅蜜佛言云何菩薩行般若
波羅蜜具足惟逮波羅蜜須菩提菩薩行般
若波羅蜜身意精進具足四禪於四禪起便
得無數神通變化來往手捫摸日月持是精
進遍至十方無數刹土供養諸佛一切所有
供養之具至阿耨多羅三耶三菩諸天世人
皆當恭敬是菩薩至般泥洹以神足到十方
聽受諸佛法佛言所聞法至成阿耨多羅三
耶三菩終不忘淨佛國土教化衆生具足薩
云若是爲行般若波羅蜜具足惟逮波羅蜜
復次須菩提以無漏道法具足意精進口不
言惡身不行惡意不念惡亦不批苦樂有常
無常不批有我無我不批有爲無爲不批三
界不批四禪及四空定四等三脫門三十七
品至十八法亦無所批亦不批聲聞辟支佛
不批聲聞辟支佛道亦不批菩薩亦不批菩
薩地亦不批五趣亦不分別是天是人是畜
生是泥犁是薜荔亦不分別是須陀洹道是
羅漢道是辟支佛道亦不分別是菩薩道亦
不分別是薩云若亦不批諸法諸道亦不分
別所以者何是諸法者皆無有要無可批者
亦無可分別者以具足意精進便救一切魔
怨衆生救衆生已亦不見衆生具足精進已
亦不見精進具足佛法已亦不見佛法淨佛

國土亦不見不得具足精進便受諸善法亦不於是善法中生念遍遊諸國救益衆生所作變化自恣無礙或雨諸華或散諸香或以妓樂鼓樂絃歌事或震動事或以光明或以國土七寶示現或以博弈或現水火隨道而入與爲因緣使行十善或以施戒而攝取之或以支解身體妻子國土或以自身隨衆生意而攝取之須菩提菩薩以漚惒拘舍羅無相行惟逮波羅蜜佛言菩薩行般若波羅蜜住於無相之法行禪菩薩行般若波羅蜜除如來三昧一切餘三昧皆當具足具足四禪具足四等及四空定皆當逆行八惟無及九次第禪行空無相無願三昧電光三昧金剛三昧直治三昧住是禪波羅蜜便得三十七品住於三昧具足道慧諸三昧門皆來入是具足道慧具足十住地作行至薩云若終不中道取證於三昧中住遊諸佛刹供養諸佛於諸佛所植諸德本淨佛國土遊諸四域教化衆生廣立衆生於六波羅蜜或立於須陁洹斯陁含阿那含阿羅漢辟支佛隨其所欲而滿其願於是禪波羅蜜者悉總持諸陁隣尼門便得四無礙慧便受神通終不墮女人胞胎不受色欲無生不生雖生不著於生何以故善觀於幻法知所有如幻救濟衆生便得無衆生之相以無所得法立衆生於無所得法以世俗數不以最上要以禪波羅蜜遍入諸禪及解脫禪不得阿耨多羅三耶三菩終不捨禪波羅蜜行道慧入薩云若慧便盡習緒爲以自救當復救餘救他人已爲諸天及人及阿須倫而作福田如是須菩提菩薩

行般若波羅蜜是爲具足無相三昧云何菩薩行般若波羅蜜於無相法具足般若波羅蜜念佛言菩薩不見法有實成者亦不見五陰實成者亦不見五陰生亦不見五陰來生處乃至須陁洹道亦不見所生亦不見來往處以虛空故其實不可得亦不見須陁洹漏盡法行般若波羅蜜以解有要無要之法如是解者便解內外及有無空於諸法無所入亦不入於五陰乃至于道亦無所入學無所有般若波羅蜜便具足菩薩道何等爲菩薩道則六波羅蜜是三十七品十力四無所畏四無礙慧佛十八法三十二相八十種好於無所有成佛道具足六波羅蜜具足三十七品及五神通隨衆生所欲於六度中有貪嫉者以檀波羅蜜授之有惡戒者以道戒授之有瞋恚者以忍授之有懈怠者以精進勸之有亂意者以禪授之有愚癡者以慧授之至解脫品解脫見品皆以授之有聲聞道意者隨其本應以須陁洹斯陁含阿那含阿羅漢辟支佛道隨本授之有大乘者以佛道授之以是方便能作無央數變化乃至恒邊沙諸佛國土隨人所欲則能變其刹土之好滿諸衆生之願從一佛國至一佛國所欲取國土皆隨其願譬如第六天人所有衣食妓樂隨意即至菩薩以六波羅蜜行菩薩道隨意所願盡皆具足逮薩云若於五陰無所受於一切諸法道法俗法善法惡法皆悉具足無所受後成阿耨多羅三耶三菩阿惟三佛時國土所有皆悉隨意即得無有持來者亦無有持往者亦如第六天上何以故諸法無所持

亦無所倚須菩提菩薩行般若波羅蜜以無所有相是為具足般若波羅蜜

無所有相品第七十七

爾時須菩提白佛言世尊菩薩摩訶薩云何於無所破壞法無相法無所有法中能具足六波羅蜜念云何於是無形法而知差別入般若波羅蜜中云何於無相法以一相而逮正覺佛告須菩提言菩薩摩訶薩行般若波羅蜜五陰如幻如響如夢如影如熱時焰如化持是五陰行六波羅蜜五陰無相如幻如響如夢如影如熱時焰何以故夢幻之法無所有故無所有者則一相一相者則無有相以是故須菩提當知檀波羅蜜無有相所布施乃至受者皆無有相作是知者則為具足檀波羅蜜作是具足檀波羅蜜已終不於六波羅蜜轉還便於六波羅蜜中具足四禪四等四空定悉具足三十七品具足內外空及有無空便具足三脫門具足八惟無九次第禪具足五通具足諸陁羅尼門具足四無礙慧四無所畏十種力悉具足佛十八法佛語須菩提菩薩以住於賢聖無漏法便能飛行供養諸佛隨其所安救濟衆生或以布施攝取衆生或以戒或以忍或以精進攝取衆生或以禪或以智慧攝取衆生隨其所善而教之為衆生故受生死法不與同歸亦不受生死勤苦為衆生故種天上人中之福欲以攝取衆生故知諸法無有相便學須陁洹道法亦不於中住及學羅漢辟支佛道法亦不於中住何以故悉知諸法已當逮薩云若慧故非羅漢辟支佛之所知佛語須菩提如是知

諸法無有相知六波羅蜜無有相乃至諸佛法亦知無有相復次須菩提菩薩摩訶薩行般若波羅蜜於五陰如夢如幻如響如影如熱時焰如化行尸波羅蜜知五陰如夢如幻化便以無相具足尸波羅蜜持戒不犯不毀善持戒不犯不毀善持不亂習智慧賢聖業遍護諸戒以法義戒身口意以等於諸戒不以戒扯四性及遮迦越王亦不言我持是戒當生四天及第六天上亦不念言持是戒得須陁洹道乃至羅漢辟支佛道何以故諸法一相爲無有相故無相之法終不逮無相法有相之法亦不逮有相法有相之法亦不逮無相之法須菩提是爲菩薩摩訶薩行般若波羅蜜以無相法具足尸波羅蜜上菩薩位已上菩薩位便逮得無所從生法忍便行道慧具足神通住於諸陁隣尼門便得四無礙慧從一佛國遊一佛國供養諸佛如來攝取衆生淨佛國土教化衆生生五趣之世不著於生死行譬如彌遮迦越王坐起行來無有知者育養衆生不仰臣下不嬈人民譬如須延頭如來轉法輪於三乘無有菩薩可教發阿耨多羅三耶三菩者便般泥洹後令化佛教授衆生一劫須菩提菩薩行般若波羅蜜具足尸波羅蜜諸法便隨從之復次須菩提菩薩行般若波羅蜜於五陰如幻如夢如響以無相法具足羼波羅蜜須菩提菩薩以二忍事具足羼波羅蜜何等爲二從初發意至于道場於其中間若有衆生持刀杖捶來撾打割刺菩薩欲具足羼波羅蜜者意不起亂當計念言誰有罵者誰有割者誰有撾者何

以故以諸法無有相如是觀者便具足羼羼波羅蜜以具足是忍便得無所從生法忍須菩提白佛言世尊無所從生法忍爲是滅爲是智耶佛言於忍不起毛髮惡意者是爲智以是智得無所從生法忍須菩提言世尊聲聞辟支佛無所從生法忍及菩薩摩訶薩無所從生法忍有何差别佛言須陁洹智及滅至羅漢辟支佛智及滅是菩薩摩訶薩之忍須菩提是爲聲聞辟支佛之差别菩薩摩訶薩有是忍者過出二地上以住無所從生法忍者便行菩薩道便具足道慧不離三十七品不離三脱門不離神通教化衆生淨佛國土逮薩云若須菩提菩薩以無相法具足羼羼波羅蜜復次須菩提菩薩住於五陰如幻如夢如響如野馬如熱時之焰於是無相法便行身意精進便辦神通遊諸佛刹供養諸佛以身精進教授衆生立衆生於三乘是爲菩薩行般若波羅蜜以無相法具足惟逮波羅蜜意精進者以意精進於聖賢無漏之法具足諸善本法三十七品法具足三脱門具足四禪四等及四空定具足十力四無所畏佛十八法菩薩於中學已當具足薩云若慧消諸習緒具足成相得普遍光明三昧十二法輪轉能令三千大千刹土六返震動能以光明照遍三千大千刹土能出音聲遍三千大千刹土諸衆生聞音者必至三乘之道須菩提菩薩精進所有饒益弘大如是菩薩住精進盡具足諸佛法逮薩云若慧復次須菩提菩薩行般若波羅蜜於五陰如夢如幻具足於禪波羅蜜行四禪四等四無形禪及三脱門

電光三昧金剛三昧直禪三昧除佛三昧諸餘無央數三昧意皆遍至亦不味諸三昧亦不受其果報何以故以菩薩盡知諸三昧相法空所有者皆無所有無相不味無相無所有不味無所有以不味故不隨禪生至形無形處何以故不見其形故亦不見三昧亦不見三昧相亦無所見故便具足無相三昧持是三昧過出二地上須菩提白佛言世尊菩薩云何以禪波羅蜜出過羅漢辟支佛道上佛告須菩提菩薩以禪學內外空及有無空於空法不見有住處聲聞辟支佛法及薩云若法皆空以是空故上菩薩位世尊云何是菩薩位云何非菩薩位佛言諸有倚著非菩薩位無所倚著是菩薩位世尊云何爲倚云何不倚佛言五陰十二衰是菩薩倚乃至薩云若亦是菩薩倚位者須菩提都不見諸法亦無有名字盡無所倚是菩薩位何以故五陰所有事薩云若所有事亦非行亦非說亦非見須菩提是爲菩薩受是爲菩薩位菩薩以是上位便具足諸三昧尚不隨禪生何況隨婬怒癡生而有所作是事不然但以幻法饒益衆生不見衆生亦不見幻於無所得法中攝取佛土教授衆生是爲菩薩行般若波羅蜜具足禪波羅蜜轉無倚法輪復次須菩提菩薩行般若波羅蜜知諸法如幻如夢諸法如響如化如光影如熱時焰須菩提言世尊云何菩薩知諸法如幻如焰佛言菩薩行般若波羅蜜亦不見夢亦不見持夢行示人亦不見響亦不見持響示人亦不見光影幻化熱時焰亦不見持此示人何以故諸凡愚

夫於夢幻諸法皆著顛倒諸羅漢辟支佛諸菩薩諸如來無所著等正覺於夢幻法亦不見有亦不見可持示人者所以者何諸法所有者皆無所有亦無所成亦無所有菩薩行般若波羅蜜終無貪相亦無成就相亦不生相是事不然何以故般若波羅蜜亦不念法有生者有成者菩薩如是行者亦不生五陰亦不生三界亦不生諸禪亦不生於解脱禪亦不生三十七品亦不生三脱門亦不生六波羅蜜當具足於第一地至十住不於中生欲何以故是處不可得亦不可見況當於中生欲意雖行般若波羅蜜亦不見般若波羅蜜於不見中盡見諸法皆來入般若波羅蜜亦不見諸法何以故諸法及般若波羅蜜一無有二亦非二事何以故爲如如教如法性教如真際教是諸法無有别須菩提白佛言假令諸法無有别無有散云何有善惡之教言有漏無漏教言道法俗法有爲無爲之法教佛言於須菩提意云何如諸法之法頗有善惡有漏無漏若道若俗有爲法無爲法不頗見有須陁洹及羅漢辟支佛法不頗見有佛道不須菩提言不見也世尊是故須菩提諸法無有别無有相無所生無所有須菩提我本爲菩薩初不見諸法有要者亦不見五陰亦不見有爲無爲從須陁洹至佛道亦無所見亦無所得須菩提菩薩欲學般若波羅蜜從初發意至成阿耨多羅三耶三菩阿惟三佛當善於所有無所有菩薩善於無所有者則能具足道慧教授衆生攝取佛國成阿耨多羅三耶三菩降諸衆生不見於三界須

菩提菩薩摩訶薩當作是行般若波羅蜜應無所有

住二空品第七十八

須菩提白佛言世尊云何是法如夢如響如幻如化如熱時焰如光如影是諸法皆空云何爲有造處所言是道是俗是無爲是有爲有漏無漏云何言是須陁洹斯陁含阿那含阿羅漢辟支佛云何言是求阿耨多羅三耶三菩佛告須菩提凡夫愚癡少有所聞依倚夢幻法而有所見因身口意所作非法不善之事或行善事至有善惡之報受罪福於三界菩薩摩訶薩行般若波羅蜜住於二空從有無本端空至畢竟空教化衆生說有五陰十二衰空十八性空是法如夢如響如幻如化如影如熱時焰是中亦無五陰亦無諸衰亦無諸性亦無夢亦無響亦無幻化亦無焰影亦無有見諸法皆無形所有皆無所有無有五陰汝等見有五陰無十二衰汝等見有諸衰無十八性汝等見有諸性以因緣顛倒故便有諸法隨行所受云何汝等於無所有法而有形相行般若波羅蜜菩薩以漚惒拘舍羅諸有衆生在貪嫉者教令布施令得大富於中拔出教令持戒以戒因緣得生天上於戒拔之令住禪三昧以禪因緣得生梵天具足四禪及四空定因緣施從戒以禪無數方便立之泥洹復以三十七品及三脫門八解脫九次第禪十種力四無所畏及四等勸令得十八法持是無像之法立於三乘爲說菩薩道須菩提白佛言世尊甚奇甚特未曾有菩薩行深般若波羅蜜爲諸空無法作處

所言是善法惡法是道法俗法是漏法無漏法是有爲法是無爲法佛言如是須菩提甚奇甚特所未曾有爲是空無之法而作處所須菩提汝等當知菩薩所行奇特羅漢辟支佛所不能及者汝等當應爲菩薩摩訶薩作禮須菩提白佛言世尊何等爲菩薩摩訶薩所未曾有諸羅漢辟支佛所不能及佛告須菩提若欲聞者善思念之吾當解説菩薩行般若波羅蜜者住於六波羅蜜中及内外空三十七品四無礙慧及五神通遍到十方觀諸衆生可以布施攝者便以施攝之可以戒忍精進一心智慧隨其所應以六波羅蜜而攝取之應以四禪及四空定得解脱者以禪因緣而攝取之或應以慈悲喜護度者以四等攝之或應以三十七品得度者以根力覺意而攝取之若應以三脱門得度者皆攝取之須菩提白佛言世尊云何以布施攝取衆生佛言菩薩行般若波羅蜜者隨人所索若索衣被飲食疾病醫藥象馬車乘金銀珍寶隨人所欲皆施與之及所施與若佛辟支佛阿羅漢及須陁洹下至凡夫及蜎飛蠕動諸三惡趣其意適等而無差別無若干種意何以故諸法無有若干種意故其意平等無若干者便得無差别薩云若慧佛言菩薩摩訶薩若見來求者當作念言我所施者當與三耶三佛福祐不從畜生出生有是念者非是菩薩法何以故菩薩發道意不作是念我持布施當生四姓家諸所施已攝取衆生者皆令至無餘泥洹而般泥洹菩薩以衆生爲親族所施與無若干差別亦不言當與是不與

是意無適莫所施衆生無有礙意何以故爲衆生故發阿耨多羅三耶三菩若有分別意者便於諸如來無所著等正覺諸緣覺諸眞人有大過失何以故諸天及人諸阿須倫無有倩菩薩爲衆生作救護作橋梁者爲菩薩之法自當救攝衆生復次須菩提菩薩行般若波羅蜜者若人若非人來至菩薩所取節節支解菩薩身菩薩亦不疑言當與不與何以故是菩薩欲救衆生故受是形耳我以是身饒益一切菩薩當作是念我爲衆生受是身形今來取之須菩提菩薩見來所求者當發意言施者爲誰受者爲誰所施物爲何等是諸法實不可得見何以故是諸法常空空亦無所與亦無所奪須菩提菩薩行般若波羅蜜當作是學所謂内空外空及有無空住是空者於中布施便具足檀波羅蜜具足檀已不斷内外法言誰有割者誰爲截者佛告須菩提佛以天眼見十方恒邊沙等刹土諸菩薩摩訶薩入泥犂中泥犂則爲冷以三事變化爲泥犂中衆生説法一者神足二者隨其所便三者四等之法以神足滅火隨意爲説四等法泥犂中衆生便有愛敬歸仰於菩薩即得離苦痛次爲説三乘之教皆令脱苦是故須菩提我以佛眼見十方恒邊沙諸菩薩摩訶薩供養諸佛不以憍慢愛好諸佛不以憎惡歡喜無恚諸佛所説皆悉受持至成阿耨多羅三耶三菩終不忘失須菩提佛以佛眼見十方恒邊沙刹土諸菩薩等爲衆生故割截身體支節分離布散四面諸有飛鳥走獸來食菩薩肌肉者皆有慈意於菩薩所

以慈意故得離畜生即得爲人往見諸佛聽受經法隨其所聞即得順行以三乘之法而度脱之佛告須菩提諸有菩薩摩訶薩發阿耨多羅三耶三菩者多所饒益如是能使衆生得無餘泥洹復次須菩提我以佛眼見十方恒邊沙諸菩薩等入薜荔中者諸薜荔衆見菩薩已便生慈意恭敬菩薩以恭敬故離諸勤苦因是功德終不離諸佛至得泥洹須菩提菩薩摩訶薩行慈如是使諸衆生皆得泥洹佛告須菩提我見諸菩薩至四天王及第六天爲彼諸天而廣説法以三乘教而度脱之令得泥洹諸天人衆有著五樂者菩薩應時令殿舍悉皆洞然以爲説法言諸仁者一切所有皆悉無常無尊無卑誰常安者佛告須菩提我於是以佛眼觀見恒邊沙國土諸有讃歎梵天上者菩薩則爲説法言諸仁者云何於是空無之法而生見意是法爲空無常無見爲磨滅法莫得於是而生見意須菩提菩薩摩訶薩已住於大慈爲衆生説法是爲菩薩甚奇甚特未曾有法須菩提十方恒邊沙國土諸菩薩摩訶薩以四事饒益衆生何等爲四一者惠施二者仁愛三者利人四者等義是爲四恩菩薩摩訶薩以二事施攝取衆生一者財物二者法施何等財物施攝取衆生菩薩以金銀璧玉珍奇異寶以食飲衣被香花服飾病瘦醫藥牀卧之具所有奴婢象馬車乘令諸衆生隨意所欲不逆人意諸有來者既施與已皆悉教令自歸三尊或授五戒或教十善或教八齋或教令行四禪及四等四空定或勸助之令念佛念法念

比丘僧念天念施諸行倒者教令行順諸不
諦者教令行諦勸助令行三十七道品及三
脫門八惟無九次第禪佛十種力四無所畏
四無礙慧大悲大慈勸衆生令行佛十八法
八十種好勸助人學三乘法教是爲菩薩摩
訶薩以漚惒拘舍羅行般若波羅蜜以財布
施攝取衆生立於無上無畏之地是爲菩薩
奇特未曾有之法何等爲菩薩行般若波羅
蜜以法布施攝取衆生布施有二一者道施
二者俗施何等俗法施世俗所說所施行者
謂爲不淨欲得四禪四等四無形定及餘凡
夫所行善法是名爲世俗法施作是俗法施
已便教衆生令離世俗以漚惒拘舍羅安立
於道法賢聖果報何等爲賢聖道法賢聖果
報賢聖法者謂三十七品及三脫門賢聖果
者從須陁洹至羅漢辟支佛佛言菩薩賢聖
道法者知須陁洹所有慧知羅漢辟支佛慧
及三十七道品慧佛所有十力慧大慈大悲
慧及餘道法俗法有漏無漏及有爲無爲之
法慧薩云若慧是爲菩薩賢聖之法何等爲
菩薩賢聖果報諸習緒皆盡是爲賢聖果報
須菩提白佛言菩薩復逮薩云若佛言如是
如是須菩提菩薩逮薩云若須菩提白佛言
如是者世尊菩薩摩訶薩如來有何差別佛
報言有差別差別云何菩薩逮薩云若便名
爲如來何以故菩薩意亦不可得如來意亦
無有異住於無限之冥爲諸法作明是名爲
菩薩因俗之法施而續道法之施佛告須菩
提是菩薩斷於衆生世俗之施以漚惒拘舍
羅安住於薩云若佛告須菩提何等爲菩薩

道法之施凡人所不能及者所謂三十七品及三脫門八惟無九次第禪佛十力四無所畏四無礙慧佛十八法三十二大士之相八十種好諸陁隣尼門是名爲道法施非是俗法是爲菩薩甚奇特未曾有之法以愛意攝取衆生持六波羅蜜布施持戒忍辱精進一心智慧以和顏悅色攝取衆生何以故六波羅蜜皆攝持諸善法數云何菩薩饒益於人攝取衆生常以六波羅蜜攝持衆生以四事饒益一切一者惠施二者仁愛三者利人四者等義是爲四事菩薩以是四事救濟衆生復次須菩提菩薩以般若波羅蜜教新學菩薩當語之言善男子受是文字之數當善於一字從一字至四十二字一字者皆入諸字義諸字義者皆入四十二字四十二字義皆入一字以爲一義是故菩薩當善於四十二字如來無所著等正覺善於諸法善於文字已教化衆生如來說法不離文字諸法亦不離文字須菩提白佛言世尊衆生不可得法亦不可得見諸法空故世尊菩薩云何行六波羅蜜四禪四等及四空定云何行三十七品行十八空行空無相無願云何行八惟無九次第禪云何行十力四無所畏佛十八法云何行三十二相八十種好云何行六神通爲衆生說法亦不見衆生亦不得其處乃至於識亦不可得六波羅蜜亦不可得見乃至八十種好亦不可得亦不可得處亦無有衆生亦無有處亦無有八十種好亦無有處云何菩薩行般若波羅蜜爲衆生說法須菩提言世尊將無菩薩以無端緒之事勸助衆生

令離四顛倒住於四諦邪行般若波羅蜜菩
薩尚不可得見何況行三十七品事

放光般若波羅蜜經卷第二十六

音釋

捫摸（捫音門摸末各切謂捫撫摸索也）蜎飛（蜎縈員切蟲行也）蠕動（蠕音軟蟲動貌）適莫（適音的必也莫末各切不可也）倩（七正切借倩也）

放光般若波羅蜜經卷第二十七

西晋三藏無羅叉共竺叔蘭譯

住二空品第七十八之餘

佛告須菩提如是如是如汝所言衆生不可得當知內外空及有無空當知五陰空性空衰空當知四諦十二因緣空當知吾我空及知見空當知四禪空四等空四空定亦空當知三十七品空三脫門空當知八惟無空九次第禪空當知佛十八法空十種力空四無所畏空四無礙慧空當知二地空當知菩薩空當知佛刹土空當知道空佛告須菩提菩薩覺知諸法皆空而爲一切衆生說法既爲說法不從是空有轉還者於諸法無所取無所捨亦無礙真諦說法無有虛飾譬如如來化作無央數人或安立於六波羅蜜者或安立於四禪四等者於須菩提意云何是化人寧有所得不須菩提言世尊不也化無所得須菩提當知菩薩教化衆生亦復如是隨其所能而爲說法皆令衆生離於顛倒亦不縛亦不解何以故五陰無縛亦不解若五陰有縛有解者則非五陰用五陰常自淨故乃至有爲無爲法亦常自淨菩薩爲衆生說法初不見衆生以諸法不可得故菩薩住於無所住五陰空故無有處所乃至有爲無爲亦無所住何以故無有實故而無所住無所有亦不住於無所有有所有亦不住於有所有何以故是皆不可得故不可得者無有住處須菩提菩薩行般若波羅蜜皆明諸法分別諸空菩薩作是行般若波羅蜜者於諸如來無所著等正覺於諸聖賢爲無有過何以故諸

佛世尊及諸聖賢皆逮覺是法教化衆生以得是法無轉還者何以故法性眞際及如無轉還者亦無形貌可轉還者須菩提白佛言世尊法性眞際及如不轉還者五陰及如眞際法性爲有異耶有爲無爲及道有漏無漏復有異耶佛言不也須菩提五陰及如眞際法性有爲無爲及道等無有異復問世尊假令五陰及如乃至有爲無爲等無有異者云何有善惡之報及五道生死云何有三乘之法耶佛言以衆生習於世諦故便有道之名號於第一最要義者無有分數何以故是法常寂無所分別亦無所說五陰亦無生滅亦無著斷用本空末空故須菩提白佛言世尊若習世諦便有道名者一切凡夫皆爲是道是三乘耶佛告須菩提一切凡夫盡知集諦及道諦者若知是者當知是道若使凡夫不知者亦無道處亦無道報復問云何凡夫當得道之果報佛言諸賢聖者有道念故便有道報復問世尊以道念故便有道耶佛言不也須菩提不以念故便能逮道也亦不無念亦不離念是故菩薩行般若波羅蜜爲衆生故便處於道道者亦無分部亦無有爲無爲亦無分別復問世尊若不分別有道處者云何佛說三習緒斷得須陀洹婬怒癡薄得斯陀含於下欲界滅五習得阿那含於上無形界滅五習者得阿羅漢眼所見形色皆如是盡法得辟支佛一切諸習緒盡便得三耶三佛如是云何當知是事若道無分數者云何隨行各得其道佛告須菩提須陀洹道乃至三耶三佛爲是有爲耶爲是無爲耶須菩提

言世尊非是有爲法佛言無爲之法有分界不須菩提言無有分界佛言於意云何善男子善女人一時逮得有爲無爲之法及得一相是時寧見言是有爲是無爲不須菩提言世尊不也佛言菩薩行般若波羅蜜爲衆生說法無有分界以內外空及有無空故菩薩於內自無所入教一切人亦無所入亦不入六波羅蜜亦不入禪亦不入等亦不入於三十七品亦不入薩云若無所入者爲無所生譬如如來化作化人化人布施亦不得報欲度人故亦不住於六波羅蜜亦不住於有漏無漏亦不住道亦不住俗亦不住有爲不住於無爲適無所住所以者何超越諸法之相故也

超越法相品第七十九

於是須菩提白佛言世尊云何超越諸法法相佛告須菩提譬如化人無婬怒癡亦無五陰行亦無內外事無有罣礙處亦無道事亦無俗事有漏無漏有爲無爲亦無道事亦無有果報佛語須菩提是爲超越諸法相須菩提白佛言世尊化者云何有道念佛報言道念者亦無斷亦無著亦不於五趣現佛言於須菩提意云何如來所化頗有形有來往有著斷耶須菩提言世尊如來所化無有來往亦無著斷亦不於五趣現佛言須菩提是爲超越諸法之相須菩提白佛言世尊諸五陰皆如幻耶佛言如是如是須菩提白佛言若諸法如化世尊化者亦無有色亦無有痛亦無想亦無行亦無識亦無著亦無斷亦不於五趣有脫菩薩摩訶薩有何等奇特事佛言

於須菩提意云何我本爲菩薩時頗見從五趣中得度脱衆生者不須菩提報言不見有所脱佛言於三界不見有衆生何況當有五趣當有所度何以故菩薩觀知諸法如幻如化須菩提言若菩薩觀知諸法如幻如化者用何等故行六波羅蜜四禪四等四空定爲何等故行三十七品而淨佛土教化衆生佛告須菩提若衆生自知諸法如幻如化者菩薩終不於阿僧祇劫慊苦行菩薩之道須菩提以衆生不能自知如幻如化故菩薩慊苦行六波羅蜜淨佛國土教化衆生須菩提白佛言世尊假令諸法如夢如幻如化如響如熱時之焰於何許有衆生菩薩行般若波羅蜜而拔濟衆生佛言衆生者但共縛於名字數著於無端緒是故菩薩摩訶薩行般若波羅蜜於名字相拔濟之須菩提白佛言何等爲名字相佛告須菩提名字者不真假號爲名假號爲五陰假名爲人爲男爲女假名爲五趣及有爲無爲法假名爲須陀洹斯陀含阿那含阿羅漢辟支佛三耶三佛佛語須菩提諸吾我造作之法及道但爲名字數法故凡諸愚人縛著於有爲法是故菩薩行般若波羅蜜以漚惒拘舍羅教授衆生言是名但從相起但以相故生毋人胞胎所有者無端緒所有者無所有諸智者不入於空佛語須菩提以是故菩薩摩訶薩行般若波羅蜜以漚惒拘舍羅教授衆生佛言何等爲相須菩提凡愚以二相著何等爲二一者形相二者無形相何等爲形相諸有好形惡形微形於是消耗之法於中有所起相是名爲形相何

等爲無形相諸無形之法於中起相生垢是名爲無形相菩薩學般若波羅蜜以漚恕拘舍羅於無形相出諸衆生建立於無相處令不二入何等爲二是相是無相是爲二須菩提是爲菩薩摩訶薩於相中出諸衆生建立於無相須菩提白佛言世尊假令諸法但有名相菩薩云何行般若波羅蜜於諸善法云何有差别而復勸他人於善法使有差别耶以善法具足諸處建立衆生於三乘佛告須菩提言假令菩薩念五陰名計校五陰相菩薩爲不行般若波羅蜜於善法無有差别亦不能令他人有差别須菩提若菩薩摩訶薩行般若波羅蜜以無相行五波羅蜜以無相具足四禪具足四等具足四空定以無相具足三十七品以無相具足内外空及有無空

以無相具足八惟無及九次第禪具足佛十種力以無相具足佛十八法菩薩以自具足是善法勸他人以無相具足諸善法須菩提若諸法有如毛氂之相者菩薩行般若波羅蜜終不逮空無相無願之法不能隨衆生所願而建立之不能令得空無相無願漏盡之法須菩提菩薩摩訶薩以無相無念行般若波羅蜜饒益一切如是須菩提白佛言世尊假令諸法空無相無念世尊云何爲法作分數言是有漏是無漏是能有所及是不能有所及言是聲聞法是辟支佛法是菩薩法是佛法佛告須菩提言於意云何無相與聲聞辟支佛法菩薩法佛法有異不須菩提言不也世尊佛言聲聞辟支佛法及菩薩佛法皆不是無相耶須菩提言爾世尊佛言以是故

當知諸法皆無相佛言菩薩於諸法作無相
學者則能增益善本功德則能增益六波羅
蜜四禪四等四空定三十七品佛十八法何
以故菩薩者不學餘但學空無相無願所以
者何諸菩薩法皆來入三脫門故三脫門自
空菩薩學空無相無願爲學五陰爲學十二
衰爲學十八性爲學四諦爲學十二緣起爲
學内外空及有無空爲學六波羅蜜爲學三
十七品爲學佛十力四無所畏四無礙慧佛
十八法須菩提白佛言云何世尊菩薩行般
若波羅蜜云何學五陰佛報言菩薩行般若
波羅蜜知色相知色起滅知色如云何知色
相色無堅固譬如聚沫云何知色本末色亦
不來亦不去亦無還反須菩提是爲知色本
末云何知色如如亦不生亦不滅亦不來亦
不去亦不斷亦不著亦不增亦不減作如是
知是爲知色亦不變異是故名爲如是故名
爲知色如云何知痛生滅云何知痛如知痛
如泡故云何知想如知想如熱時之焰至竟
無水亦不去亦不來痛如及想如等知想亦
如是云何知行如譬如芭蕉葉葉分解中無
有堅云何知行起滅行亦無有來往知行如
是知如亦如是云何觀識譬如幻師化作四
種兵亦不往亦不來觀識亦如是云何觀識
如觀如如識是爲知識如云何觀知眼性眼
所有空眼色空眼識空乃至意識所有空云
何觀知十二衰知内外法如知内外法所有
空云何觀知苦諦亦知苦亦知諦亦知有我
無我諦習盡空皆知諦云何知四諦如知如
如四諦是爲知四諦如云何觀知十二緣起

如十二緣起無所生是故知十二緣起如須菩提白佛言菩薩學般若波羅蜜行般若波羅蜜假令各各分別知是諸法如是則爲不分別法性色身佛報言若有異法離於法性者是色身法性則爲有别何以故須菩提如來及如來弟子不見有法離於法性與法性有别者雖不見不處法無有二離法性者佛告須菩提菩薩行般若波羅蜜當作是學法性須菩提白佛言世尊菩薩學法性者爲無所學佛告須菩提菩薩學法性者爲盡學一切諸法何以故一切諸法皆是法性須菩提白佛言何以故諸法皆是法性諸有爲法皆是法性是故須菩提菩薩學般若波羅蜜者爲學法性須菩提白佛言假令諸法皆是法性菩薩用何等故行六波羅蜜何以故行四禪四等四空定云何行三十七道品三脱門八惟無九次第禪十力四無所畏何以故學佛十八法學六通三十二相學成就八十種好何以故學生四姓家何以故學生四天上從第四天至三十三天何以故從初發意至第十地何以故學三乘淨佛國土教化衆生學陀隣尼門學辯才何以故學菩薩道學諸法如知一切衆事法性中無有是若干分數世尊將無菩薩行顛倒事所以者何法性亦非五陰法性亦不離五陰法性則是五陰五陰則是法性佛告須菩提如是如是須菩提如汝所言法性則是五陰五陰則是法性須菩提菩薩行般若波羅蜜若見法有離法性者終不發阿耨多羅三耶三菩菩薩行般若波羅蜜諸法之性則是道是故菩薩行般若

波羅蜜知諸法則是法性無名之法以名教授從五陰至道皆以名號法數字說之須菩提譬如幻師持一鏡現若干種像若男若女若馬若象若廬館若浴池於中示現若干種座氍氀毾㲪綩綖帳幔香華妓樂種種食飲之具以名妓樂娛樂衆人復現六波羅蜜於中現四大姓現有須彌山有三十三天於中現諸聲聞辟支佛現諸新發意行六波羅蜜菩薩復現十住一生補處菩薩現諸菩薩遊戲於五通現有淨佛國土教化衆生現有行三昧三摩洹以自娛樂復現有行佛十力四無所畏大慈大悲現有佛身相具足者中有愚癡之士稱歎言快哉是人所作甚奇特能食飲若干億萬人皆令歡喜現若干種像世尊相好中或有知者便大笑言是幻師所作

乃爾以空無所有法以無端緒之法樂衆人令使有端緒無形相與作形相佛言菩薩行般若波羅蜜不見有法離法性者以漚惒拘舍羅爲衆生說法亦不見衆生亦不見其處自行六波羅蜜勸人習六波羅蜜見有行者代其歡喜自行十善勸人令行見行十善者讚歎代其歡喜自行五戒勸人令持見有持者讚歎代其歡喜自持八齋勸人令持見有持者讚歎代其歡喜自行四禪四等四空定勸人令行見有行者讚歎代其歡喜自行三十七品三脫門及四無所畏佛十力佛十八法勸人令行見有行者讚歎代其歡喜佛告須菩提言法性前以後及中間無有增減是故菩薩摩訶薩爲衆生故慊苦行菩薩之行若法性前後及中間有異者菩薩終不以漚

惒拘舍羅廣宣法性教授衆生

信本際品第八十

爾時須菩提白佛言假令初無有衆生及其處菩薩爲何等故念行般若波羅蜜佛告須菩提菩薩信眞際故念般若波羅蜜眞際及衆生際有異者菩薩終不念般若波羅蜜以眞際衆生際等無有異故菩薩欲益衆生故念行般若波羅蜜復次須菩提菩薩摩訶薩行般若波羅蜜亦不分流分别眞際而建立衆生於眞際須菩提白佛言若建立衆生於眞際者則爲建立眞際於眞際若建立眞際於眞際者俱無所有云何持無所有建立於無所有世尊如是者菩薩云何建立衆生於眞際佛告須菩提不可以眞際建立於眞際不可以所有建立於所有亦不可以無所有建立於無所有須菩提菩薩行般若波羅蜜以漚惒拘舍羅建立衆生於眞際眞際及衆生際一際無有二須菩提白佛言世尊何等爲菩薩漚惒拘舍羅行般若波羅蜜而建立衆生於眞際而無所分現佛告須菩提言菩薩摩訶薩行般若波羅蜜以漚惒拘舍羅建立衆生於檀建立已爲説檀本末空爲説所施及施者受者皆空受果報亦空教言善男子莫作若干相汝所施及受者謂有異耶等一空耳皆入眞際教言善男子汝若不分别所施及受者及果報是則甘露施便逮甘露果莫以是施受色教言善男子莫以施受痛莫以施受想行識何以故汝所施及施者受者皆空受報亦空以空施有所求諸所施不可得見何以故所有者從本至竟常自空故

復次須菩提菩薩摩訶薩行般若波羅蜜以漚惒拘舍羅建立衆生於尸教言善男子捨是十惡行是諸惡法無有實當諦自思惟是十惡本無所有菩薩摩訶薩以是具足於漚惒拘舍羅教授衆生便以檀及尸教於衆生檀及尸果報皆自空無所有亦不入中便逮寂靜便生智慧斷諸曚冥離諸苦惱以世俗數般泥洹不以最第一義何以故從空中索般泥洹者無有空終不般泥洹泥洹者亦自至竟空復次須菩提菩薩見衆生亂意志不定鬪諍怨恚便教令忍辱教令習羼教人言汝所入陷溺皆是空無所有當熟思念言我空弊暴爲我爲是誰空弊暴意從何所來空無有不空時是空亦非如來菩薩羅漢辟支佛所作亦非諸三十三天龍阿須倫鬼神甄陀羅摩睺勒所作空自然空菩薩行般若波羅蜜以空法建立衆生令入空雖有報應不離阿耨多羅三耶三菩雖勸進衆生求道但是俗數非是最第一義何以故空性亦非逮覺亦無有逮覺者亦無有甫當逮覺者是爲眞際性空菩薩爲衆生故於中行般若波羅蜜亦不得衆生亦不見其處何以故衆生寂如諸法復次須菩提菩薩行般若波羅蜜以漚惒拘舍羅見衆生中有懈怠者菩薩便勸助身意行精進空無之法於諸法無有懈怠亦不見有懈怠空無法終不從空退轉莫於善法生懈怠意莫於身意退於六波羅蜜及四禪四等四空定莫退於三十七品法及三脫門至佛十八法莫生懈怠念莫於諸法作罣礙觀空無罣礙之法無有懈怠者佛語須

菩提菩薩行般若波羅蜜以空性之法勸進衆生令住空行雖住空行不以二事何以故空性者一無有二不二之法無可入處復次須菩提菩薩行般若波羅蜜持空性之法教衆生令精進教告之言善男子當善精進於施於戒於忍於進於禪於智隨意所能於三十七品乃至佛十八法善男子莫於是法起二念亦不離二念何以故是法性空空性之法亦無有二亦不不二故須菩提是爲菩薩行般若波羅蜜以漚惒拘舍羅習菩薩之行教授衆生淨佛國土次建立衆生於須陀洹斯陀含阿那含阿羅漢辟支佛建立衆生乃至阿耨多羅三耶三菩復次須菩提菩薩行般若波羅蜜以漚惒拘舍羅祐利衆生勸助之言當念禪一心莫生亂想亦莫生三昧想何以故諸法性皆空空無法中亦無亂者亦無有一心者當住是三昧身口意所作事若六波羅蜜三十七品八惟無九次第禪佛十力四無所畏四無礙慧大慈大悲佛十八法八十種好若聲聞辟支佛道菩薩道佛道若聲聞果辟支佛果若薩云若若淨佛土教化衆生若行空者便得是諸善法事佛告須菩提菩薩行般若波羅蜜以漚惒拘舍羅祐利衆生如是從初發意以來未嘗不爲衆生多少作祐利時從一佛國至一佛國供養禮事諸佛世尊從諸佛所受法教至阿耨多羅三耶三菩終不忘失常得諸總持身口意行常具足無所乏少何以故善於薩云若念故以善薩云若者便善於諸道聲聞辟支佛道及神通菩薩諸所可應行道終不廢捨立於神

通救護衆生周旋五趣生死不耗減於神通
佛告須菩提菩薩行般若波羅蜜住於空性
祐利衆生如是復次須菩提菩薩行般若波
羅蜜以漚惒拘舍羅住於空性祐利衆生以
般若波羅蜜勸教衆生言諸仁者淨於身口
意受甘露教有受甘露教者終不離空性法
何以故空性之法亦非是有法亦非是無法
佛告須菩提菩薩行般若波羅蜜使衆生作
是入作是學未曾不精進時自行十善勸人
令行自行五戒及八齋四禪四等四空定勸
人令行自行三十七道品法十力十八法勸
人令行自行八十種好勸人令行自學須陀
洹道慧復教人令學須陀洹自不於中有所
欲自於羅漢法中取慧亦教他人學阿羅漢
辟支佛法自於内無所欲自發阿耨多羅三
耶三菩復教他人學阿耨多羅三耶三菩佛
告須菩提菩薩摩訶薩習菩薩之行以漚惒
拘舍羅初無有懈怠時須菩提白佛言假令
諸法性本空衆生亦不可得亦無有正法亦
不見非法云何菩薩逮得薩云若慧事佛告
須菩提言如是如是如汝所言一切諸法性
皆空空法中亦無有衆生亦無有正法亦無
有非法若諸法性不空者菩薩不於空性中
成阿耨多羅三耶三菩爲空性説法説五陰
性空是故菩薩行般若波羅蜜説五陰性空
以十八性空以十二緣起性空故爲衆生説
法説四禪四等四空定説三十七品性空説
三脱門説八惟無九次第禪空四無礙慧四
無所畏説十八空佛十八法大慈大悲八十
種好空以是故爲衆生説法説聲聞辟支佛

道說薩云若說諸本習垢盡以是空性說法若內空外空及有無空是性不空者菩薩終不以空性說法若內空外空及有無空非是性空者爲壞敗空矣空不可壞亦不可上尊何以故空亦無有處亦不無處亦不來亦不往是故法常住無有增減無有起滅無著無斷菩薩住是法者爲成阿耨多羅三耶三菩亦不見法有所逮亦不不有所逮亦不無所逮是爲法之常住菩薩行般若波羅蜜者見諸法性皆空於阿耨多羅三耶三菩終不轉還何以故不見諸法罣礙當何從有狐疑阿耨多羅三耶三菩者性空無有衆生亦不見衆生處亦不見有吾我壽命及知見事亦不見五陰乃至八十種好亦無所見須菩提譬如化佛化作比丘比丘尼優婆塞優婆夷爲說法至那述劫不斷絶須菩提是化人於三乘法寧有所得不須菩提言不也世尊何以故無形故諸法亦無有形何所衆生爲菩薩入聲聞辟支佛者但爲著餘墮顛倒者建立於順如是倒者爲非顛倒無有顛倒及諸念處亦無衆生亦無吾我亦無壽命亦無知見之事亦無五陰亦無有道是名爲空性菩薩於中行般若波羅蜜度諸顛倒及有人相及衆生相度脫有色無色相度脫有漏之法以俗數度脫無漏之法非最第一之義何等無漏三十七品是亦無所有亦無所生亦不以行是謂空性諸佛世尊之道諸佛之道者亦無衆生亦無我人壽命亦無知見亦無五陰亦無三十二相八十種好是者眞是如來之道亦不以菩薩道故發阿耨多羅三耶三菩

但爲空性故從本至竟及其中間無不空者常一空故菩薩所以行空波羅蜜以衆生有衆生相欲建立於薩云若故是故菩薩行道慧以道慧事便能入諸道亦入三乘道菩薩具足入諸道已教化衆生淨佛國土便住於有爲中成阿耨多羅三耶三菩不斷佛業及諸空性住空性者是諸去來今佛之道業生死之處及諸俗法不離於空性諸菩薩皆當入於諸佛所習行空性雖行空性於薩云若而不墮落須菩提白佛言世尊諸菩薩摩訶薩甚奇甚特行於空事不分別空何等爲不分別空不言色異覺異想異行異識異空異乃至于道亦不言異空性則是道道則是空性佛告須菩提假令空性異五陰異者菩薩終不逮覺薩云若空性與五陰等無有異菩薩知諸法性皆空是故發阿耨多羅三耶三菩何以故空法性亦無壞者亦不尊上而世人迷惑言五陰是我所我是五陰所使入五陰行吾我事復入內外形便生五陰便有生老病死憂悲勤苦墮五趣中不得度脫是故菩薩習行空波羅蜜不分別五陰不觀五陰空以不空乃至于道亦不觀空以不空所以者何不以五陰空而現五陰亦不以道空而現道也須菩提譬如虛空不分別空亦不分別內外空如是須菩提亦不以五陰空故現五陰亦不以道空故現道何以故空者無所有亦不分別是空是不空乃至于道亦復如是須菩提白佛言世尊假令諸法不可分別不可壞者云何菩薩發阿耨多羅三耶三菩世尊於道有二者不能發阿耨多羅三耶三

菩佛言如是如是須菩提行二者無有道道者無二亦非二也菩薩學道不作二入菩薩則是道道則是菩薩亦不行色痛想行識亦不行道何以故道亦不言汝當行五陰汝當行道菩薩行道亦無所取須菩提白佛言菩薩行道亦不有所取亦不有所放爲作何等行於何所行道佛言於汝意云何如來所作化於何所行有取有放不須菩提言世尊不也無取無放佛言羅漢於夢中爲有所取有所放不答言不也須菩提言世尊羅漢尚不眠那得有夢佛言如是如是須菩提菩薩所行亦無所取亦無所放須菩提言世尊菩薩意亦不於五陰亦不於道有所取放者菩薩爲不行十住地所應行那不行六波羅蜜耶不於三十七品四禪四等及四空定八惟無九次第不行十力四無所畏三十二相八十種好不行五通淨佛國土教化衆生不逮薩云若可得成阿耨多羅三耶三菩不佛言如是如是須菩提若菩薩不具足行十地不具足六波羅蜜不具足四禪四等及四空定八惟無禪九次第禪三十七品乃至八十種好不具足者終不得成阿耨多羅三耶三菩不具足者不能逮薩云若滅五陰空相滅道空性是性已滅住於滅性不爲法作損益亦無所生亦無所滅亦無著斷亦不逮覺須菩提以世俗法數菩薩成阿耨多羅三耶三菩五陰及道以俗數故非最第一要義菩薩從初發意以來雖行道意亦不滅衆生亦不滅道亦不滅菩薩亦不滅於須菩提意云何汝等五陰除滅得無量三昧得須陀洹乃至羅漢

時是時頗見意頗見道果不須菩提言世尊不見也佛言汝弟子等云何有言有所逮得須菩提言但以世俗數耳佛言亦復以世俗數故言有五陰言有菩薩言有薩云若菩薩不於道有所得法有所損益者以法性故不得諸法性尚不得諸法性何況當得十住地及六波羅蜜三十七品及三脫門乃至佛十八法當有所得者是者不然是故須菩提菩薩摩訶薩行阿耨多羅三耶三菩得阿惟三佛祐利衆生

放光般若波羅蜜經卷第二十七

音釋

氂音梨毫氂也　氍毹氍音劬毹音閭毛布也罽也　毾㲪毾音塔㲪音登　綩綖綩於阮切綖夷然延線二切　帳幔幔莫半切幕也　般泥洹梵語也亦云般涅槃那此云安樂又云滅度又云圓寂洹胡官切

放光般若波羅蜜經卷第二十八

西晋三藏無羅叉共竺叔蘭譯

無形品第八十一

須菩提白佛言世尊若菩薩摩訶薩於六波羅蜜三十七品佛十種力四無所畏四無礙慧佛十八法行十八空不具足菩薩道不成阿耨多羅三耶三菩者云何菩薩摩訶薩得阿耨多羅三耶三菩佛告須菩提菩薩學般若波羅蜜以漚惒拘舍羅行檀波羅蜜亦不見所施物亦不自見亦不見受者亦不離是法亦不見是法作是行者便照明於菩薩道以是故須菩提菩薩行般若波羅蜜漚惒拘舍羅故逮覺阿耨多羅三耶三菩菩薩行五波羅蜜乃至佛十八法亦復如是舍利弗白佛言世尊菩薩行般若波羅蜜云何習般若波羅蜜佛告舍利弗菩薩行般若波羅蜜以漚惒拘舍羅亦不習五陰亦不不習何以故五陰無形無有可習無不可習六波羅蜜亦不習亦不不習何以故六波羅蜜無有形故乃至十八法亦不習亦不不習何以故十八法空無形故舍利弗言世尊諸法無所有亦無形像不可得見亦無習與不習云何入般若波羅蜜中學菩薩不學般若波羅蜜亦不得阿耨多羅三耶三菩佛言如汝所説菩薩不學般若波羅蜜者不得阿耨多羅三耶三菩以漚惒拘舍羅不離漚惒拘舍羅菩薩行般若波羅蜜諸法無所有是故菩薩亦無所取六波羅蜜亦無所有五陰亦無所有乃至十八法亦不可見當取何等是故菩薩亦無所取舍利弗般若波羅蜜亦不可護持乃至

佛十八法亦不可護持是般若波羅蜜則為不可護持舍利弗如是學者於學亦無所見何況般若波羅蜜何況菩薩何況佛法聲聞辟支佛法何況凡夫法何以故舍利弗諸法無有形故於無所有法中何所是凡夫愚人法何所是聲聞辟支佛法何所是三耶三佛法舍利弗白佛言世尊三乘及凡夫法尚不可見誰當說言凡愚人法是三乘法是無形之法何因是凡愚人法是三乘法佛告舍利弗凡愚人所入五陰有形有處有實不舍利弗言不也世尊是者則為顛倒佛言凡愚人所入佛道為有形有處有實不舍利弗言不也世尊但顛倒耳是故舍利弗菩薩行般若波羅蜜漚惒拘舍羅見諸法無有形便發阿耨多羅三耶三菩舍利弗言世尊何等為菩薩漚惒拘舍羅見諸法無有形發阿耨多羅三耶三菩佛告舍利弗菩薩行般若波羅蜜亦不見諸法有形可作礙者不見有礙當可猒者亦不見有懈怠者佛告舍利弗言以無有形無有壽命以所有皆無所有諸法性相空以衆生矇冥入於五陰十二衰菩薩見諸法所有皆無所有行般若波羅蜜自立如幻師為衆生說法有貪嫉者為說布施福有惡行者為說持戒福有恚怒者為說忍辱福有懈怠者為說精進福亂意者為說一心福愚癡者為說智慧福建立衆生於六波羅蜜已轉為說賢聖上尊之法使得三乘之道舍利弗白佛言世尊為有菩薩耶而言菩薩為空無衆生說六波羅蜜事令逮得三乘之道佛告舍利弗言菩薩行般若波羅蜜於諸法無

所得何以故菩薩行般若波羅蜜亦不見衆生亦不見其處但以道數故菩薩摩訶薩於二諦爲衆生說法舍利弗不以二諦故得衆生及其處也菩薩行般若波羅蜜但以漚积拘舍羅爲衆生說法衆生現在尚不自見何況有得道已得方當得者是故舍利弗菩薩行般若波羅蜜以漚积拘舍羅爲衆生說法

舍利弗白佛言世尊菩薩者是天上天下之大士於法中亦不見一字亦不見若干亦不見差別作是比要誓亦不於三界現亦不於有爲無爲性現而度三界衆生亦不見衆生亦無有衆生相衆生亦不縛亦不解脱亦不著亦不斷五趣各異亦無有合亦不見壞亦不有淨亦不有垢何況當有所受五道之趣

佛告舍利弗言如是如是舍利弗如汝所言假令本有衆生令無有者菩薩及佛便當有咎假令本無五道生死之趣令有者亦是如來菩薩咎有佛無佛生死法常住如及爾亦常住如故於中亦無衆生亦無吾我亦無壽命亦無知見之事何況當有五趣是法亦無端緒何況有五趣生死而度脱衆生舍利弗菩薩從過去佛所聞諸法相空故發阿耨多羅三耶三菩亦不言我於法中有所得假令有所得衆生所入顛倒處亦不能度脱是故菩薩作大要誓以要誓故阿耨多羅三耶三菩終不轉還會當成阿惟三佛以法祐利衆生令從顛倒得脱譬如幻師化作數千億萬人以若干百種味食皆飼若干化人令飽滿令飽滿已大歡喜言我今日所作福廣大於舍利弗意云何頗有得飽滿者不舍利弗言

不也世尊佛言舍利弗菩薩亦如是從初發意已來行六波羅蜜四禪四等四空定行三十七品法行十八空三脱門八惟無九次第禪行佛十種力四無所畏四無礙慧至佛十八法具足菩薩道以淨佛土教授衆生而不見法可得降化者須菩提白佛言何等為菩薩摩訶薩道可教授衆生淨佛國土者佛告須菩提菩薩從初發意已來行六波羅蜜乃至佛十八法教授衆生淨佛國土須菩提白佛言何等為菩薩行檀波羅蜜教授衆生佛報言菩薩行般若波羅蜜自布施教人布施言善男子當習布施可得大富可得離生死苦莫著所施莫著施者及其受者是三法性空空法亦不受亦不不受無受性空佛言是為菩薩行檀波羅蜜施與衆生亦不見所施物亦不自見亦不見受者檀波羅蜜者是無所倚度也持是三無所見法建立衆生於三乘是為菩薩摩訶薩行檀波羅蜜教授衆生自行布施勸助人令布施見人布施讃歎代其歡喜菩薩作如是施者得生四大姓家得為遮迦越羅便以四事攝取衆生一者惠施二者仁愛三者利人四者同義是為四事以是四恩布施建立衆生於尸波羅蜜及禪波羅蜜建立四禪四等四空定建立三十七品三脱門勸助令求三乘道教人言善男子當逮覺阿耨多羅三耶三菩衆生所繫顛倒法中無所有當自脱於顛倒轉復教人離於此縛當自受祐利亦當祐利餘衆生佛語須菩提菩薩當作是行檀波羅蜜作是行者從初發意已來不墮惡趣所在常得遮迦越羅福

何以故隨其所施而受果報有從聖王所求索者聖王念言我所以求作轉輪王者但爲衆生故語求者言我所有者盡汝所有所有福祐皆施衆生常持大悲饒益衆生亦不見衆生但以俗數有衆生名號之事譬如響也須菩提菩薩行檀波羅蜜肌肉尚不愛惜何況外物但欲度脱衆生生死何等外事六波羅蜜是乃至十八法奉行是已度脱衆生復次須菩提菩薩住於檀波羅蜜布施衆生勸令持戒汝持戒者我使汝無所乏隨汝所欲當給足之人但以財故專行犯戒汝持戒者我斷汝貧以戒因緣三乘之法度令脱苦復次須菩提菩薩住於檀波羅蜜若見衆生瞋恚諍者菩薩問言善男子汝何爲諍汝等若欲有所得者金銀寶物從我取之莫得共諍

菩薩於檀建立衆生行羼波羅蜜語衆生言汝等共諍空無有實皆無有本莫得諍空而相賊害以成怨結莫以空無之事墮三惡業起怨恚者尚不得復人身況值佛世人身難得佛世難值莫捨佛世而墮無極之罪菩薩行忍勸人令忍見行忍者讚歎歡喜建立衆生行羼波羅蜜以三乘之法而度脱之須菩提菩薩住施勸立衆生行羼波羅蜜如是何謂菩薩住檀波羅蜜勸令衆生行惟逮波羅蜜佛言菩薩見衆生懈怠菩薩問言汝何以懈怠衆生報言以無所因故懈怠菩薩住檀波羅蜜語衆生言善男子有所乏短我當給汝汝當精進我以布施持戒忍辱與汝作因緣衆生聞是便以身口意行精進便具足諸善法便得賢聖無漏之意隨其善法以三乘

法令得解脱須菩提是爲菩薩住於施與勸令衆生行惟逮波羅蜜如是何謂菩薩住於檀波羅蜜建立衆生行禪波羅蜜菩薩語衆生言汝等何以不學禪法衆生言我等無因不能學禪菩薩報言我當與汝共作因緣令汝念斷菩薩便與衆生作無念因緣令其念斷便得四禪四等念三十七品以三乘法而度脱之至阿耨多羅三耶三佛不耗於道事須菩提是爲菩薩住於施與勸立衆生行禪波羅蜜如是何謂菩薩住檀波羅蜜勸令衆生行般若波羅蜜菩薩語衆生言何以不念般若波羅蜜衆生報言無所因由菩薩復言我爲汝等作御汝等布施持戒忍辱精進行禪令汝等具足是事菩薩念言頗復有法可得入者不衆生吾我及壽命者及識三界爲

可得入不六波羅蜜三十七品爲可得入不須陀洹至羅漢辟支佛及佛爲可得入不菩薩於般若波羅蜜中住不見諸法有可得者有可入者可得處者得無所入已不見法有生有滅有著有斷雖無所見亦不分别亦不言是天是人是三惡趣亦不言是戒無戒亦不言是須陀洹斯陀含阿那含是阿羅漢辟支佛亦不言是如來無所著等正覺須菩提是爲菩薩住於施與勸立衆生令行般若波羅蜜何謂菩薩住於六波羅蜜勸立衆生令行二十七品菩薩以方便攝取衆生令行四意止四意斷四神足五根五力七覺意賢聖八品道有受是者便脱於生死須菩提以是賢聖無漏之法攝取衆生復次須菩提菩薩勸恤衆生言諸賢者我長夜布施令受其福

我所有者皆是諸賢所有欲得金銀七寶衣被財穀有所欲者我當相給足是所有可得長夜安隱汝等當住六波羅蜜幷勸餘人令住六度汝等當建立衆生令行三十七品佛十種力及十八法當復轉教一切衆生三乘之道無漏之法須菩提是爲菩薩住般若波羅蜜當作是教化衆生令度三惡趣及生死難復次須菩提菩薩住於尸波羅蜜教化衆生言汝等住於犯戒之地當爲汝作淨戒因縁便行布施隨其方便而誘進之勸令衆生普行十善持是十善住於無瑕不犯賢聖之戒漸以三乘而得盡苦尸波羅蜜爲首如檀波羅蜜說餘四波羅蜜亦如是

建立品第八十二

爾時須菩提意念言菩薩摩訶薩住於何道能作無畏堅誓佛爾時知須菩提所念便告言六波羅蜜是菩薩摩訶薩道三十七品及十八空八惟無九次第禪佛十力佛十八法須菩提是諸法是菩薩道於意云何頗有法菩薩所不學者不若不盡學諸法者不成薩云若須菩提白佛言世尊諸法皆空云何菩薩當盡學諸法亦無所有云何作念言是道是俗是漏無漏是有爲是無爲是凡愚人法是聲聞辟支佛法云何是佛法佛告須菩提如是如是諸法實空假令諸法不空菩薩終不逮覺阿耨多羅三耶三菩以諸法空故菩薩逮覺阿耨多羅三耶三菩佛告須菩提云何作是問假令諸法空者菩薩云何作念是道法是俗法於須菩提意云何若衆生知一切諸法皆空菩薩不逮覺阿耨多羅三耶三

菩以衆生不知一切諸法皆空故菩薩逮覺阿耨多羅三耶三菩菩薩爲諸法作處爲衆生說法須菩提菩薩行菩薩之道當作是觀言諸法不可但爾空得皆當由行觀諸法之所有亦不有所入亦不入六波羅蜜亦不入三十七品亦不入三乘法何以故諸法所有各自空故空亦不入空空尚不可得何況入空者是故菩薩於諸法無所入住於學法以觀衆生作無端緒事菩薩念言衆生雖作無端緒事易度耳以漚惒拘舍羅住於般若波羅蜜而度脫之語衆生言行布施者可得饒財亦莫於財貢高財無堅固建立衆生於戒忍精進一心智慧皆悉如是雖住三乘者亦莫貢高亦無堅固菩薩作是勸助已雖行菩薩道亦無所入何以故諸法無所有故諸法無有可入處菩薩之道無有住處行六波羅蜜亦無所住行四禪亦無有所住何以故禪者各自空行禪者亦空禪事亦空四等四空定八惟無九次第禪亦無所住得聲聞法亦不於中住何以故不住答言以二事不住何等二事答言道無有住處亦無能住於道者亦不歡喜言我當得須陀洹不於中住我當得阿羅漢辟支佛亦不於中住我當逮覺阿耨多羅三耶三菩何以故我從發意已來初不向餘道志常在阿耨多羅三耶三菩何以故菩薩發意已來至于十住亦不在餘道但志阿耨多羅三耶三菩須菩提菩薩身口意但志于道菩薩住於道不生因緣須菩提白佛言世尊若諸法適無所生云何菩薩得生道意佛言如是如是諸法無所生諸有無所

作者便於諸法無所生須菩提言世尊有佛無佛法爾常住耶佛言如是有佛無佛法性常住以衆生不知法性常住是故菩薩生道因緣欲度脱之須菩提言世尊以生道意故得道耶佛言不也不生道意得耶佛言不也亦從不生不滅得耶佛言不也若不爾者以何因緣得道言道亦不從度亦不從不度須菩提道則是度度則是道須菩提言若道則是度度則是道者菩薩爲已逮道爲已得度云何言是如來三十二相八十種好十種力四無所畏四無礙慧四等四空定佛十八法佛告須菩提於意云何佛爲逮道耶答言不也世尊佛則是道道則是佛須菩提云何作是言菩薩爲逮道菩薩具足六波羅蜜具足三十七品以具足十力四無所畏四無礙慧四禪四等具足十八法於金剛三昧一相之智逮得阿耨多羅三耶三菩以是次第故名爲如來於諸法得自在須菩提白佛言世尊菩薩云何能淨佛土佛言菩薩從初發意已來常淨身口意幷化餘人淨身口意須菩提言世尊何等爲菩薩身行惡口言惡意念惡佛言菩薩身口意犯十惡嫉妬犯戒瞋恚亂意懈怠惡智須菩提是爲菩薩意念惡戒不淨是亦爲惡離三十七品離三脱門是亦爲惡近須陀洹道至辟支佛是亦爲惡是爲菩薩之惡行復次須菩提菩薩有五陰十二衰相是亦爲惡有男子女人之相有三界相有善惡相有有爲無爲之相是爲菩薩身口意惡是故菩薩捨衆惡已自行六波羅蜜亦勸進人使行六度持是功德與衆生共求佛國

淨自持三千大千國土其中七寶施與三尊作誓願言令我國土其中所有盡是七寶復次須菩提菩薩以持妓樂樂佛世尊及精舍講堂復誓願言令我佛國常聞天樂須菩提菩薩以三千大千刹土所有衆香施於三尊復誓願言使我佛土常有天香復次須菩提菩薩持百味之食供養如來及弟子衆復誓願言我作佛時諸弟子衆飲食自然百味之飯復次須菩提菩薩以塗身之香施佛及衆復誓願言我作佛時使我國人身體細滑香潔皆如天身復次須菩提菩薩諸世所有五樂善願施佛及衆復誓願言我作佛時令我國土一切衆生隨意所願五樂善願皆令得之復次須菩提菩薩行般若波羅蜜復誓願言自行四禪四等及四空淨勸助衆生令行

四禪四等及四空淨自行三十七品復勸衆生普令行之復誓願言我作佛時我國衆生皆悉不離四禪及四空定三十七品須菩提是爲菩薩能淨佛土菩薩行道滿足諸願諸願不具終不止行自具足諸善法亦復滿足衆生善願作是勸教行者身得百福功德之相諸受教者亦復如是是故菩薩淨佛國土何等爲淨亦無三趣處無有邪見無婬怒癡無有二地之名無有無常無我苦空無有家業亦無吾我無有伺便處無有果報處但聞空無相無願之聲所聞内外音聲譬如風過所出音聲如諸法之相有佛無佛諸法常空空者無相無有相者亦無有願所出音聲其教如是晝夜卧覺若坐若行常聞是音聲成阿耨多羅三耶三菩時其刹如是十方諸佛

稱歎其佛功德名字一切衆生聞佛名者必至阿耨多羅三耶三菩爾時如來普說法時其有聞者無有狐疑是法非法所以者何諸法之法無有非法皆是正法諸無德者亦不於佛及弟子衆不種善本又亦不與眞知識會便作吾我見有吾我已便入於六十二見入諸見已便住邊際住邊際已便著有常著有常已便著旣盡於不平等有等覺想於平等覺更無覺想法言非法非法言法便誹謗法誹謗法已便壞人身墜其惡趣墮泥犂中菩薩諸佛得成阿耨多羅三耶三菩已乃度脫之得度脫已甫當建立三乘法不復墮惡趣須菩提是則爲菩薩摩訶薩淨佛國土淨佛土已一切衆生亦無是法亦無非法有漏無漏有爲無爲必至阿耨多羅三耶三菩

畢竟品第八十三

於是須菩提白佛言世尊云何菩薩摩訶薩爲畢竟耶爲不畢竟佛報言菩薩摩訶薩爲畢竟不爲不畢竟世尊爲畢竟何乘報言不畢竟於二乘畢竟於佛乘世尊畢竟佛乘者是初發意菩薩耶是十住菩薩耶佛報言初發意菩薩亦畢竟阿惟越致亦畢竟十住菩薩亦畢竟須菩提言世尊畢竟菩薩趣惡趣不佛言不也於須菩提意云何四雙八輩至辟支佛爲生惡趣不對曰不也佛言菩薩初發意行六波羅蜜諸惡則滅若生惡趣是事不然亦不生長壽天亦不生邊地無佛法處不生邪見家若生彼處是亦不然終不生無道見家須菩提新學菩薩發阿耨多羅三耶三菩意者終不復犯十惡之事須菩提言世

尊若有菩薩能於一法便爲具足不墮惡者云何世尊自説宿命所可經歷或墮鹿中墮獼猴中馬中象中亦遭勤苦是事云何佛告須菩提菩薩不作惡行自生惡趣隨衆生方便而受其身欲祐利衆生故佛問須菩提聲聞辟支佛頗有是漚惒拘舍羅入畜生中度脱衆生還爲所害其意不起以大慈大悲續度如故汝諸聲聞頗有是不以是故當知菩薩具足大慈以漚惒拘舍羅入畜生中救護衆生成阿耨多羅三耶三菩須菩提白佛言世尊菩薩住何等善本功德法能得是輩隨意形像佛報言於諸功德法皆當具足成就爾乃成阿耨多羅三耶三菩從初發意至坐道場無有善法不具足者成阿惟三佛菩薩發意當學具足諸善功德作是學已當逮薩云若盡諸習緒須菩提言世尊菩薩具足善法盡得賢聖無漏之法而生惡趣至畜生道耶佛問須菩提如來者爲是賢聖無漏法不須菩提言是也佛言如來爲自化作畜生像而作佛事耶爾世尊如來者化作畜生像而作佛事佛言如是如來爲是畜生受畜生苦耶言不也世尊不受諸苦佛言菩薩以受賢聖無漏之法菩權變形教化衆生如阿羅漢能變化作羅漢事令衆生歡喜不須菩提言世尊能爾佛告須菩提菩薩已受具足賢聖無漏之法隨衆生意而受其形爲衆生作福田亦不受形苦佛語須菩提譬如幻師或現象馬若干變化於意云何是象是馬不言不也世尊非象馬也菩薩如是以漚惒拘舍羅祐利衆生隨類而入而教化之以是故不復

受衆苦之惱須菩提白佛言世尊菩薩摩訶薩者善於大方便所以者何謂菩薩具足賢聖無漏之慧所在所在隨其習俗形貌之法安立衆生而爲作本世尊菩薩住何善法乃能作是善權方便不與同趣佛言菩薩住於般若波羅蜜者能作是漚惒拘舍羅持是方便爲十方恒沙衆生作本而不與同歸何以故亦不見法有能近者亦無有法而汙染者何以故諸法所有皆空故是故空不汙染空空亦不汙人人亦不汙空何以故空空不可得是故無所得空菩薩住於無所得空成阿惟三佛須菩提言世尊菩薩但住般若波羅蜜不復住餘法耶佛告須菩提諸法頗有不入般若波羅蜜者不須菩提言世尊世尊自說般若波羅蜜空無所有云何諸法入般若波羅蜜中世尊空亦無所入亦不不入佛報言云何諸法不入諸法空耶須菩提言世尊實空若諸法空者諸法亦不入空須菩提言菩薩行般若波羅蜜云何住於空具足神通之慧以神通慧過東方恒沙刹土見諸如來植衆善本聽受法教佛報言菩薩行般若波羅蜜見恒邊沙諸佛皆空但以名號示現其處諸假名號之處皆空若諸刹土諸佛不空者空爲有偏以空不偏故諸法皆空是故菩薩行般若波羅蜜以漚惒拘舍羅具足神通便得天眼天耳神足知他人意自知所從來生死之事菩薩不得神通者不成阿耨多羅三耶三菩是故般若波羅蜜是菩薩摩訶薩之道當作是求道以道天眼自見諸善之法幷見餘人住於善法亦不入善法何以故諸

法皆空空無所入亦無有入空者亦無樂空者空亦無所樂是故菩薩行般若波羅蜜以得天眼見諸法空若無是法亦不能作佛事爲衆生說法亦不得衆生之處以應無所得便得神通所應作者便能作之菩薩天眼見諸十方飛到諸刹祐利衆生或以六度或以三十七品或以諸禪惟無或以空定或以聲聞辟支佛法或以菩薩法或以三耶三佛法爲貪嫉者說施之德說貧苦之法貧者世間之苦尚不能自饒益身何能益餘是故賢者當念惠施既自安隱復安餘人莫以貧故轉相食噉而不能得離三惡趣爲犯惡者說戒法言爲惡者苦身自陷惡何能安餘犯惡之報不離三苦汝等自墮三惡趣中那能拔餘是故仁者不當恣意莫隨惡趣後自燒身若見衆生有嗔恚意相賊害者爲說法言汝等莫諍莫隨恚意入三惡趣爲懈怠者說精進法爲亂意者說禪定事爲惡智者說智慧法婬者爲說欲之不淨有邪見者指示正道令住三乘爲說法言諸仁者所入者皆無所有空無之法亦不可入空無所入須菩提菩薩行般若波羅蜜住於神通爲衆生作善本菩薩不住神通不能爲衆生說法譬如衆鳥無有翅者不能高翔菩薩如是不住神通者亦不能爲衆生說法是故菩薩行般若波羅蜜當學神通已得神通便能祐利一切衆生以天眼見恒沙國土盡見衆生悉知其意隨高下應而爲說法或說六波羅蜜或說泥洹法菩薩天耳聞一一音聲又聞東方恒邊沙佛所說教法廣爲衆生說如所聞隨意爲說或

說六度或說泥洹以清淨意知衆生念自知本末所從來生及他人事以是通慧憶識過去諸佛如來弟子名號皆悉識知又知衆生宿命所行而爲說法或說六度或說泥洹復能飛到恒邊沙刹土往見諸佛植諸善本復還本土淨漏盡之慧復以是慧爲衆生說法或說六度或說泥洹須菩提菩薩行般若波羅蜜當知神通如是得淨神通已隨意所欲能變其形三界苦樂不能汙染譬如佛所化人在所能辦無有苦樂須菩提菩薩摩訶薩行般若波羅蜜遊戲神通淨佛刹土教化衆生不具神通不能教化淨佛國土菩薩不淨佛國教化衆生者終不成阿耨多羅三耶三菩菩薩支節不具足者便無有道須菩提白佛言世尊何等爲菩薩支節具足而成阿耨多羅三耶三菩佛報言諸所善法是菩薩支節何等善法是菩薩支節報言從發意已來行檀波羅蜜中諸善法不曉施爲不能分別於中生念是者可與是不可與分別及念皆空無有持是具足波羅蜜自度彼岸復度他人度脱衆生於生死是爲菩薩阿耨多羅三耶三菩善法支節過去當來今現在菩薩從是得度亦復持是度脱衆生六波羅蜜亦復如是四禪四等及四空定三十七品十八諸空八惟無九次第禪陀隣尼門四無礙慧佛十八法是諸善法者菩薩道之徑路具足是已便逮薩云若逮薩云然已便轉法輪

放光般若波羅蜜經卷第二十八

音釋

曚音蒙不明也　恤雪律切憨也　樂空樂魚教切好也下文所樂亦同　噉徒濫切食也　逮音代及也

放光般若波羅蜜經卷第二十九

西晉三藏無羅叉共竺叔蘭譯

分別四諦品第八十四

須菩提白佛言世尊假令是法是菩薩法者佛法復云何佛報言以是法具足者便逮薩云若慧盡諸習緒菩薩摩訶薩便盡逮覺是菩薩法佛法者以一相慧應一切慧而得正覺是者佛法與菩薩法而有差別須菩提譬如向道已得道者是二輩者皆是賢聖菩薩住於兩際中間佛以過去如來無所著等正覺以是差別須菩提言世尊假令如佛所言者空無之法爲有差別有若干品耶而言是者泥犂薜荔畜生是者人道是者天道是者八數是者辟支佛是者菩薩是者爲佛如是諸道無所有行亦無所有如行無所有者罪福之報亦無所有佛言如是如是須菩提如汝所言空無之法亦無有行亦無有得須菩提不知空無之法者或作善惡之行有漏無漏由行所致便有三惡趣作善行者便有天道人道於三界中無斷絶時菩薩行六波羅蜜乃至佛十八法行菩薩法亦無有瑕是爲具足菩薩支節金剛三昧成阿耨多羅三耶三菩阿惟三佛爲衆生作厚其厚者終不腐敗而生五道須菩提言世尊成阿惟三佛時爲見五道生死耶佛言不也須菩提復問如來爲不見善惡法耶佛言不也世尊爲不見善法耶佛言不也世尊亦不見善亦不見惡耶佛言不也須菩提言若不以是四句云何處有天道人道是三惡道云何處有聲聞辟支佛道處有菩薩處有佛道佛問須菩提衆

生爲知諸法相空不若衆生知諸法相空者菩薩終不發阿耨多羅三耶三菩意亦不能度衆生令離惡趣以衆生不知諸法相空故不能得離五道菩薩於諸佛所聞諸法相空是故便發阿耨多羅三耶三菩凡夫所入之法如來無復有衆生不解空法所作各自得之無有衆生有衆生相無有五陰有五陰相於無爲作有爲相自無所有作顛倒想以身口意所作顛倒便墮五趣不能得脫菩薩行般若波羅蜜持諸善法皆內於般若波羅蜜行菩薩行以成阿惟三佛持四諦法廣演分別令衆生習之諸善之法三十七品四諦便有三尊其有衆生因三尊者無不得脫離諸勤苦須菩提白佛言世尊衆生得度爲用四諦用四諦慧耶佛報言亦不以四諦得度亦不以四諦慧得度我說於四諦得等覺者乃爲度脫耳復問世尊何等爲四諦之等報言亦無苦亦無苦慧亦無集亦無集慧亦無盡亦無盡慧亦無道亦無道慧以四諦如及爾亦不變異法性之法眞際法事有佛無佛常住如故是法不忘不失於諸法不耗減菩薩行般若波羅蜜行四諦逮四諦慧亦當作是覺復問世尊菩薩行般若波羅蜜云何行四諦而覺四諦以覺隨行亦不墮二地而上菩薩位佛報言諸法之要不可得見正使得見亦無所有既無所有見諸法皆空在四諦者不在四諦者皆空無所有作是見者便上菩薩位於種性住住種性已不與上爭不墮二地以住種性便起四禪四等及四空定住滅盡地攬知諸法知四諦慧不生苦集盡道因

緣但起道意想觀見諸法如須菩提言云何觀見諸法如應佛報言空云何爲空報言如自觀身相空作是比觀者爲見諸法空不見有法逮覺道者道者無所有亦非佛所作亦非羅漢辟支佛所作亦非行菩薩者所作一切衆生不審是事是故菩薩摩訶薩行般若波羅蜜以漚惒拘舍羅爲衆生說法

有無品第八十五

須菩提白佛言世尊假令諸法所有無所有非佛所作亦非羅漢辟支佛及菩薩所作云何有諸道分數善惡之差別有三惡趣及於人道從四天王上至長壽天高下之殊異云何復言作是得是行惡者入三惡趣行善者得生人道或生天上云何行道得須陀洹至得阿羅漢辟支佛作是行得菩薩法作是得三耶三菩世尊無所有法者亦無作亦無行亦無聲聞辟支佛行無有菩薩行亦無有三耶三佛行亦無逮薩云若而度脫衆生者是事云何佛報須菩提如是如是無所有者亦無作亦無行得凡夫愚闇不能得知賢聖之法又亦不知所有無所有之法爲四顛倒之見侵欺作若干行得若干報便有五趣生死無所有法亦無有行亦不受於須菩提意云何須陀洹乃至阿耨多羅三耶三菩爲有所有不須菩提言世尊從須陀洹乃至于道皆無所有佛告須菩提無所有能逮無所有法不對曰不也世尊是故須菩提無所有及道一切諸法亦不合亦不散無有形不可見亦無對一相一相者所謂無相是故須菩提菩薩摩訶薩行般若波羅蜜漚惒拘舍羅見於

衆生入於顛倒入於五陰無常有常想苦謂有樂想無我有我想不淨有淨想入於有爲菩薩以漚惒拘舍羅令衆生離於有中須菩提白佛言世尊衆生所入不離五趣有何因緣礙頗有實要不佛報須菩提無有無有餘行如毛髮者但以衆生著四顛倒故有五趣耳須菩提諦聽諦聽以是事故我今說之使汝得解於意云何夢中所見五樂自娛有作者不對曰世尊夢尚無所有況有五樂佛言於汝意云何諸法有爲無爲有漏無漏頗有法不如夢者不答曰世尊一切諸法皆如夢耳無有諸法不如夢者佛言於意云何夢中所見人頗有五趣不無也世尊須菩提夢中人頗有道念有著斷事不對曰無有何以故世尊無形之法無所造處著斷之法亦無有處云何須菩提鏡有見像頗爲有行頗有五趣生死報不對曰不也世尊所以者何鏡中像者無所有也凡夫爲惑自呼所有鏡中像者亦無五趣無作無行須菩提鏡中像爲有道念有著斷不對曰無有所以者何無形之法無所造作亦無著斷亦無有處佛言於須菩提意云何響從山谷出是響頗有行作生五趣者不對曰不也何以故無形之法無行無作無生五趣者於須菩提意云何響頗有道念有著斷不對曰無有所以者何無所有之法無所造作亦無著斷亦無有處於須菩提意云何譬如熱時之焰無有河水有河水想無有城郭有城郭想無有園觀有園觀想於意云何是焰寧有所作有五趣不對曰焰無所有但惑愚夫之眼但有像耳須菩提是

焰頗有道念有著斷不對曰無有無形之法無所造作無有著斷亦無處所須菩提譬如幻師化作象馬或作人衆若干種現是化人頗爲有行有五趣不對曰無有何以故幻無形故須菩提幻人所化頗有道念有著斷不對曰無有無形之法無所造立亦無著斷亦無處所須菩提如來所化寧有行作有五趣不對曰無有何以故化無所有故須菩提化有道念有著斷不對曰不也無形之法無有道念亦無著斷亦無處所於須菩提意云何是諸法頗有著斷不對曰不也無有著斷佛言假令無著斷者是爲無有著斷何以故衆生但住於吾我便有著斷審見諦者不著不斷衆生所見不審諦故便有著斷

諸法等品第八十六

須菩提白佛言世尊其審諦者不著不斷不審諦者亦不著不斷所有無所有無著無斷審諦不審諦俱不著不斷是事云何佛報須菩提言以諸法等故我言斷世尊是何謂佛報言有佛無佛如及爾法性真際法事初不變異常住如故是名爲斷但以俗爲名號有言有教俗之音聲雖有言教皆無所有須菩提言世尊假令諸法如夢如響如鏡中像如野馬如幻如化者菩薩云何於空無之法發阿耨多羅三耶三菩意言我當具足六波羅蜜具足神通具足慧度四禪四等及四空定三十七品及三脫門具足八惟無九次第禪言當具足十力佛十八法言當具足三十二相八十種好言當具足陀隣尼門云何言我當作光明普照窈冥之處云何知衆生意而

爲說法耶佛言須菩提於意云何如汝所問爲如幻如化不須菩提言假令諸法如夢如幻菩薩云何行般若波羅蜜世尊夢以幻化非眞實者不眞實法不能行六波羅蜜乃至十八法亦不能行佛言如是如是如汝所言夢化不行六波羅蜜不能成阿耨多羅三耶三菩是法皆爲是有爲相法有爲相之法亦不可得薩云若是法亦復是道亦復是泥洹以是法無所生無有相以是故菩薩初發意以來習諸善法六波羅蜜乃至十八法知是法已如夢如化不具足六波羅蜜十八法者亦不能教化衆生菩薩習諸善法觀諸法如夢如化菩薩觀般若波羅蜜觀薩云若觀衆生亦復如夢如化菩薩行般若波羅蜜不於中受形及幻化法不於中受形言當逮薩云若菩薩行般若波羅蜜無所取於十八法亦無所取菩薩知諸法無所取故逮阿耨多羅三耶三菩何以故諸法無形故無所取不可持無所取法而有所得亦不見是法是故菩薩爲衆生故發阿耨多羅三耶三菩意從發意以來行六波羅蜜但爲一切不自爲身菩薩起阿耨多羅三耶三菩意者但爲衆生故以衆生無所有以無衆生有衆生想不見有見想不知有知想是故菩薩於顚倒中拔出衆生於甘露地斷諸習想須菩提菩薩行般若波羅蜜以漚惒拘舍羅於諸法無所入建立衆生於無所入但以俗數非第一義須菩提言世尊如來所逮覺法爲以世俗數爲以第一義佛報言如來者以俗數得逮覺亦無有法有所得者所以者何若言我得道者是爲

大恥若有二者亦無逮亦無覺復問世尊假令有二不逮覺者爲從一得逮覺耶佛報言亦不從二亦不從一逮覺者亦不一亦不二不一不二則是逮覺所以者何逮覺者爲戲則爲貢高等覺者無戲亦無貢高須菩提言世尊諸法所有皆無所有云何是等正覺佛報言亦不有有亦不無無亦無言說是則等覺等覺法者亦無言說亦無有法說等覺者等覺者以過於諸法凡夫愚人去等覺遠復問世尊如來爲離覺法遠耶佛報言等正覺者非衆聖賢聲聞辟支佛菩薩及佛之處復問世尊如來於諸法中得自在耶佛報言凡夫之等及聲聞辟支佛及如來皆共一等覺一等覺者亦無有二亦無凡夫亦無三耶三佛乃至如來亦無若干須菩提言世尊假令於等覺中無有分數者凡夫聲聞辟支佛無有差別佛言如是如是凡夫乃至三耶三佛無有差別假令凡夫乃至三耶三佛無有差別者何以故有三尊佛言於須菩提意云何佛寶法寶比丘僧寶等覺異耶對曰如我從世尊所聞三寶及等覺無有異三寶及等覺亦不合亦不散無有形亦不可見一相無相爲無相法作數作處者則爲有近有處佛告須菩提如來無所著等正覺得阿耨多羅三耶三菩時爲諸法作處便知有三惡趣知有人道知有三十三天便知三十七品乃至內外空及所有無所有空知有十八法是故須菩提是爲如來大士之所差特不動於等覺法爲諸法立處須菩提言世尊如世尊於等覺不動耶凡夫聲聞辟支佛於等正覺亦復

不動佛法凡夫法聲聞辟支佛法及如來法爲一法耶及無形法色法痛法想法行法識法有異耶眼法耳法鼻法舌法身法意法有異耶地水火風識空法有異耶婬怒癡法有異耶六十二見有異耶四禪四等及四空定法有異耶三十七品法三脫門法內外空及所有無所有空法八惟無九次第禪四無畏四無礙慧十力佛十八法有爲無爲法是諸法皆有名云何處不可得若菩薩不住是處不分別諸法菩薩終不能行般若波羅蜜行般若波羅蜜菩薩遊諸十處爾乃上菩薩位便過二地已過二地具足神通於諸神通具足五波羅蜜遊諸佛刹供事諸佛植衆善本持是功德教化衆生淨佛國土佛告須菩提汝所問如來及凡夫法及二地法云何作是問於汝意云何五陰空法及如來法爲有異耶須菩提言等空佛言於空可見無相法不五陰相及佛相爲可見不須菩提言世尊不可見也是故須菩提諸法之法亦無有凡夫亦不離凡夫亦非如來法亦不離如來法復問世尊是法爲是有爲法爲是無爲法佛言亦不離無爲而得有爲法亦不離有爲法而得無爲法須菩提有爲法無爲法一法無二亦不合亦不散無有形不可見一相一相者無相以俗數故有所作耳非最第一義最第一義非身口意所作亦不離身口意得第一義以諸法之等是故第一義菩薩行般若波羅蜜亦不得最第一義而行菩薩事

諸法如化品第八十七

須菩提白佛言世尊假令諸法等空於諸法

無所作云何菩薩行般若波羅蜜不得最第一義而行菩薩事爲衆生作四恩耶佛告須菩提如汝所言空者亦無有作亦無不作若衆生知空者無有如來及佛境界不動於空度諸吾我有四大相度諸五陰有知見相度諸十二衰相度諸有爲相建立不有爲界是不有爲之性空云何爲空佛報言於諸相空幻師所化作人空不幻化及空不合不散以空空空及化人無能別者何以故俱空故須菩提五陰無不空者以空故作是說言五陰空復問世尊世俗之法如幻道法亦復如幻耶假令道法是幻者從三十七品乃至佛十八法及三乘法亦復如幻行三乘者亦復如幻佛報言是諸法化誰所化爲是聲聞辟支佛所化耶是菩薩佛之所化耶是諸習緒所化是行所化對曰無有化者佛言是故諸法如化復問世尊須陀洹至羅漢辟支佛所滅及佛諸習緒滅亦復如化耶佛報言諸有所生者滅者皆悉如化復問世尊何等法不如化者佛報言不起不滅是則非化復問世尊何等不起何等不滅非是化耶佛報言泥洹非化須菩提言世尊常說空不動轉無有雙法無不空者是故泥洹亦復如化佛言如是如是一切皆空亦非聲聞辟支佛所作亦非菩薩佛之所作審空者是泥洹復問世尊於空過去人行當云何入云何學云何說佛報言於須菩提意云何但有過去世無有當來世耶

薩陀波崙品第八十八

佛告須菩提菩薩摩訶薩欲求般若波羅蜜

者當如薩陀波崙菩薩今現在於雷音如來無所著等正覺佛所常修梵清淨之行須菩提白佛言世尊薩陀波崙菩薩云何求般若波羅蜜佛報言薩陀波崙菩薩求般若波羅蜜時不惜身命不望供養不求名稱常在寂處聞空中之聲言佳善男子莫起疲猒睡卧之意莫念食飲莫念晝夜莫念寒熱莫令意著於内外莫左右顧視行時當作是意當如不行於身五陰莫有起相何以故有起相者便於佛法有稽留礙有留礙者便在生死苦在生死苦者不能逮得般若波羅蜜爾時薩陀波崙報空中聲言我當從教何以故我欲爲衆生而作大明廣宣佛法我欲得阿耨多羅三耶三菩作是語已便聞空中聲言善哉善哉善男子欲聞於空無相無願之法當求索般若波羅蜜當離相念當離命見當離人見當遠離惡知識當與善知識從事當供養眞知識當爲汝說空無相無願之法當說無生不滅之法當勸助人求薩云若作是行者聞般若波羅蜜不久或從經中聞或從菩薩摩訶薩口聞善男子所從得聞般若波羅蜜處當視其人如世多羅汝於法師當修反復莫得背恩所從聞般若波羅蜜處則是眞知識得聞經已便得阿耨多羅三藐三菩不復動轉當自念言我去諸如來無所著等正覺不遠所生之處常值諸佛常當遠離八不閑處當得八樂之處持是德行當敬法師如敬世尊莫以世俗冀望之意於法師所當起法想恭敬之想莫望想者當知魔事若魔波旬或持五樂或以細滑色聲香味來貢法師法

師以漚惒拘舍羅欲度衆生能爲受之汝若見者莫起汙意但當念言我未得是漚惒拘舍羅如法師所行菩薩已逮漚惒拘舍羅者無所罣礙譬如金剛無所不入不受塵垢當以一調法行而觀法師何等爲一調法行謂諸法無著無斷何以故諸法皆空無我無人壽命譬如幻化熱時之焰當作是觀法師導師作是觀者令得般若波羅蜜不久善男子當護魔事善男子若至法師所不見法師莫起礙意當以法故恭敬法師爾時薩陀波崘聞空中聲已於是東行東行不久意中念言向者不問我當於何去去是幾所當從誰聞於是大哭哭已念言我今於是不復飲食不復動轉從一日至七日不聞般若波羅蜜終不起佛告須菩提譬如長者有一子其子而死父母悲哀無復他念但念其子須菩提爾時薩陀波崘一無復餘念但念般若波羅蜜亦復如是作是哭時於前便有如來之像三十二相八十種好其佛嘆言善哉善哉善男子過去諸如來無所著等正覺行菩薩時索般若波羅蜜亦如是持是勇進之意從是東行去是二萬里國名香氏其城純以七寶七重繞城池水周流七重有七寶樹羅列重行及七寶壍其城縱廣四百八十里其國豐樂人民熾盛所有服飾珍寶異妙其城中有五百欄楯街巷市廛行伍相當以諸雜寶金銀錯塗懸繒幢旛譬如天錦城上臺觀樓閣埤堄皆七寶作城上寶樹行列奇好復以閻浮檀金爲交露蓋以七寶鈴懸其樓閣風起之時吹其鈴聲其音和雅譬如天樂其有衆生

聞鈴音者以自娛樂繞城池水泠㶁和適常滿不減其池水中有七寶船其人乘船遊戲池水中其人宿命有福功德而得致是其池水中有波曇花分陀利花拘文羅花優鉢利花復有餘花雜種異色數千百種三千大千國土所有妙花無不在彼順繞其城各有五百盧觀亦七寶作姝好嚴事一一盧觀有五百池水其池縱廣各二十里亦以七寶雜色妙花其花大如車蓋其花五色青黃赤白紅各自分明其池中有鳧鴈鴛鴦孔雀鵁鶄異類奇鳥數千百種其城盧觀所有寶物亦無有主亦無守者以其國人宿福所致常習行般若波羅蜜故是以長夜受是福德善男子彼有菩薩名法上在其國中央有宮殿舍廣縱四十里皆以七寶作宮墻七重所有欄楯七寶之樹園觀浴池亦復七重其樓閣欄楯宮殿門閫皆是七寶雕文刻鏤七重法上宮裏有四盧觀一名常樂二名除憂三名雜花四名雜香一一盧觀有八池水一名曰賢二名賢妙二名曰樂四名妙樂五名吉祥六名吉上七名曰除八名不還其池四邊邊各一寶金銀瑠璃水精純以紫磨黃金爲底以金羅網爲蓋其一一池中金爲梯陛種種雜色硨磲碼碯衆寶雜成其梯陛兩邊復以紫金爲芭蕉樹其葉柔輭隨風委靡其池水中亦有雜花如上所有順池水邊又有花樹風吹諸花墮池水中便如根生其池水香如天栴檀法上宮中有六萬八千大人婇女圍繞娛樂香氏城中男女皆來會於常樂池觀共相娛樂其化佛言善男子是法上菩薩與其眷

屬共相娛樂以三時說法香氏城中衆人爲法上菩薩施設法座於城中央金銀水精瑠璃爲座細輭刼波育以爲其蓐以天雜香而著其蓐其座高十里當其座上有諸男女把特垂珠又散名花燒諸名香何以故敬於法故法上菩薩坐其座上以般若波羅蜜爲衆生說法化佛復言善男子香氏國人恭敬奉事法上菩薩其像如是有若干百千諸天來會聽受般若波羅蜜中有書者中有諷者中有口受者中有念者中有寂然念行之者國中衆生皆是阿惟越致於阿耨多羅三耶三菩不復動還善男子汝從是東去到法上菩薩所可得聞般若波羅蜜是法上者是汝前世眞知識也常勸助汝於阿耨多羅三耶三菩法上菩薩本求般若波羅蜜時亦如汝今往善男子晝夜莫斷於念得聞般若波羅蜜不久爾時薩陀波崙聞是語已踊躍歡喜言我何時當得見法師從受聞般若波羅蜜

放光般若波羅蜜經卷第二十九

音釋

攬 魯敢切與覽同觀也 窈 音杳深遠也 崙 盧昆切 塹 七艷切遶城水也 欄楯 楯乳尹切闌檻也 埤堄 埤匹詣切堄研計切埤堄城上女牆也 煗 乃管切 姝 抽居切美好也 鵁鶄 鵁音交鶄音精鳥名也 門 閫 苦本切門橛也 雕 丁聊切琢也 鏤 郎豆切雕刻也

放光般若波羅蜜經卷第三十

西晉三藏無羅叉共竺叔蘭譯

薩陀波崘品第八十八之餘

佛告須菩提譬如有人被重毒箭無有餘念但念言我何時當得良師拔我毒箭令其疾愈薩陀波崘無復餘念但欲得見法師從聞般若波羅蜜聞般若波羅蜜已滅諸倚著爾時薩陀波崘菩薩即見諸法無罣礙慧得無量三昧門其三昧名曰見諸法所有三昧於諸法無所得三昧降伏諸無智三昧得諸法無差別三昧得於諸法無變異三昧諸法無所有無所聚三昧滅諸冥三昧於諸法次第無異三昧於諸法無所見三昧散花三昧得如是比無量種種三昧門住是三昧已見諸十方無央數佛以般若波羅蜜爲諸菩薩說法爾時十方諸佛皆讚歎言善哉善哉善男子我等本爲菩薩時索般若波羅蜜亦復住是三昧所得如是得是三昧已入於般若波羅蜜亦復如是便成就漚惒拘舍羅立於阿惟越致法我等得是三昧時亦不見有法行三昧者離三昧者亦不見行道者亦不見逮阿惟三佛者般若波羅蜜者無有貢高善男子吾等住於不貢高故得金色身三十二相無限之光得不思議慧最無上覺三昧佛智具足逮諸功德諸佛所不能平量不能盡說何況聲聞辟支佛是故善男子於是法中當倍加敬善男子有志有進得阿耨多羅三耶三菩亦無有難善男子於真知識當起恭敬愛樂之意如視世尊菩薩得真知識者疾得阿耨多羅三耶三菩爾時薩陀波崘菩薩白

諸佛言我當所敬真知識者爲是阿誰諸佛報言法上菩薩世世常以阿耨多羅三耶三菩用教授汝法上菩薩常以般若波羅蜜具足漚惒拘舍羅是者則是汝之尊師是真知識卿善男子取法上菩薩以頂戴之從至一劫若至百劫以三千大千刹土所有以用供養尚未能報須史之恩聞是尊法其福難報使汝得般若波羅蜜漚惒拘舍羅之利故是諸如來無所著等正覺說是已忽然不現爾時薩陀波崙於三昧起四向顧望意自念言是諸如來從何所來去至何所作是念已惆悵不樂復更念言法上菩薩常行般若波羅蜜漚惒拘舍羅總持諸陀隣尼門於諸法得自在已從過去佛而作功德是我真師我當以問法上菩薩是諸如來從何所來去至何所於是薩陀波崙菩薩念法上菩薩恭敬愛樂豫加謙恪今我又貧無有珍寶香花奇異貢尊之具以般若波羅蜜故供養法上菩薩者不可空往至法上所我有恭敬而無所有不如賣身供養般若波羅蜜及師前後以來壞身不少今故不滅前後壞身坐婬怒癡更諸苦痛亦不爲法亦不爲師但爲貪欲五陰六衰爾時菩薩道經一城大喚呼言我欲自賣誰欲買我者時魔波旬意自念言今是菩薩用般若波羅蜜故自賣其身欲以供養法上菩薩欲得聞般若波羅蜜漚惒拘舍羅菩薩云何行般若波羅蜜疾得阿耨多羅三耶三菩聞已必當恭敬稽受我不敗壞者當教無數百千菩薩及諸衆生過我境界今我當往壞之波旬即使舉國男女不見其形不聞

其聲爾時薩陀波崙賣身不售愁憂啼哭言我甚爲劇欲自賣身供養於師而不能售時釋提桓因意念言今是菩薩以般若波羅蜜故欲供養法上菩薩我今試往看視其人爲用法故頗有諛諂時釋提桓因化作年少梵志至菩薩所問薩陀波崙言善男子何以不樂愁憂啼哭報言年少我用法故欲自賣身供養尊師而永不售無問我者是以哭耳自念薄德無財寶物可供養師者爾時年少謂菩薩言我不用人我今祠祀欲得人血欲得人髓欲得人心能與我者益與卿寶是時菩薩歡喜報言我得善利年少買我心髓及血與我財寶得供養師使我得聞般若波羅蜜及漚恕拘舍羅眞得我願年少重問言卿賣髓血及心爲索幾許菩薩報言隨年少意與我多少薩陀波崙便以右手自刺左臂出血與之復欲破骨出髓時城中有一長者女過於魔行魔不能屈時長者女於樓觀上遥見菩薩乃爾自刑我今當下問其意故時長者女即下來到菩薩所問言男子何爲乃爾酷毒自割用是血爲復欲破骨薩陀波崙報長者女言欲與年少賣得財寶供養於師欲聞尊經般若波羅蜜時長者女語菩薩言供養於師當得何等奇特功德菩薩報言師當教我般若波羅蜜漚恕拘舍羅語我菩薩所行法則我當得學爲諸衆生廣作橋梁成阿耨多羅三耶三菩阿惟三佛我身當得三十二相八十種好無上之光得四等意四無所畏佛十種力及十八法逮六神通不思議淨戒成作佛已得無礙之慧當得無上之寶除一

切貧我當得是如此之法時長者女聞是語已踊躍歡喜語菩薩言善哉善哉賢者甚奇甚特乃説如是微妙之法重言賢者以是一法當索無數恒邊沙法所以者何是法甚深用微妙故卿善男子所欲得者莫自疑難欲得瑠璃摩尼雜寶真珠金銀琥珀栴檀名香繒旛花蓋恣意所得今當與仁可持供養法之尊師莫爾自割毀壞其身今我亦欲往至彼所與卿相隨共植善本如卿屬所可説者我悉欲得時釋提桓因即滅年少梵志形還復釋身住薩陀波崙菩薩前讃歎言善哉善哉善男子如卿建志過去諸如來無所著等正覺行菩薩道求般若波羅蜜漚惒拘舍羅成阿惟三佛亦如賢者今日我亦不用人心髓及血我欲相試故來到是欲得何願薩陀波崙報言我不用餘與我阿耨多羅三耶三菩願釋提桓因報言善男子是佛之境界非我所辦更索餘願多少福我菩薩報言假令大願非卿境界者復我身體使無瘡瘢以是相福適作是語薩陀波崙身復如故於是帝釋忽然不現時長者女語菩薩言隨我共歸見我父母幷報父母隨卿所欲供養之具當相給與我亦當去侍從左右至法上所爾時薩陀波崙隨長者女往到其家在門外住長者女入白父母言今當與我金銀珍寶瑠璃摩尼名香栴檀花蓋幢旛雜色異衣供養之具及諸奇異及五百侍女欲以法故隨薩陀波崙菩薩行至香氏國法上菩薩所欲聞尊經佛所有諸法我當得之度脱衆生父母問女言薩陀波崙今爲是誰女重白言是人今

在門外住發堅誓之願欲求阿耨多羅三耶三菩欲爲衆生故救無極之苦有大妙法名般若波羅蜜是諸菩薩所應學者是善男子但爲是法故自賣其身不惜軀命而自割截欲以供養大師法上是人至誠感致帝釋我見是變就往問之有何奇特忍自割刺使報我言賣與年少欲得財物供養我師我當得佛三十二相八十種好當轉法輪度脫衆生我聞是已甚大歡喜誰聞是法而不樂者我便許之當與珍寶供養之具隨侍左右是故父母當給與我珍寶所有及諸侍女父母謂女如汝所言是人甚奇精進乃爾不惜身命欲求不思議之法如汝所言是善男子必能辦無上之法安隱衆生建立大誓僧那僧涅我當云何違汝是願欲得往見供養法上菩薩者隨汝意願我代汝喜自吾年老不能得行恣汝所欲珍琦寶物我終不斷一切之願爾時女取五百乘車以七寶校飾及五百侍女莊嚴自副種種諸花雜色寶衣如上所有載以自車薩陀波崙別載一車與五百女人圍繞相隨於是東行稍稍引道遙見香氏城郭七寶玄黃珍琦衆妙未曾所有如上所說復遙見其城中央法上菩薩與諸大衆數百千萬圍繞說法遙見是已甚大歡喜其身安隱譬如比丘得第四禪又自念言我今不可於車上載當下步耳即與長者女及五百女人圍繞而前入城門裏見七寶臺以赤栴檀而校飾之真珠交露其臺四角有四寶甕盛摩尼珠晝夜常明有寶香鑪常燒名香晝夜常香當臺中央有七寶塔又以四色之寶作

函以紫磨金薄爲素書般若波羅蜜作經在其函中又以七寶爲織成旛互相參絞其色上妙隨風繽紛薩陀波倫及五百女人見是七寶交露之臺見釋提桓因與諸天子持天曼陀羅花及天雜色栴檀名香擣以爲末其細如塵於虛空中供養散其臺上又鼓天樂而供養之爾時薩陀波倫遥問釋提桓因汝何爲供養以花散是臺爲於是釋提桓因報薩陀波倫言卿善男子爲不知耶是般若波羅蜜者生諸菩薩一切菩薩當於是學當成諸波羅蜜功德具足諸佛法逮薩云若以是故我等而供養之薩陀波倫聞是倍喜復問釋提桓因言般若波羅蜜爲在何所釋提桓因報言在臺中央七寶函中法上菩薩以七寶印印之汝等及我不得妄見爾時薩陀波倫長者女及五百女人各各取諸名花名香栴檀雜寶瑠璃摩尼供養般若波羅蜜已别留一分持至法上菩薩高座所復以法故供養法上大師所散諸花當法上菩薩上化作七寶臺止於虛空所散名花皆雨於法上菩薩所散雜色寶衣在其臺上有化天人以手把持天旛而垂之薩陀波倫及五百女人見是變化各念言是法上菩薩摩訶薩所化乃爾是未曾有何況當成阿耨多羅三耶三菩阿惟三佛時長者女及五百女人見法上菩薩歡喜踊躍皆發阿耨多羅三耶三菩意同時歎言持是功德得於法利亦當如是令我曹得供養般若波羅蜜如法上菩薩我等亦當廣宣般若波羅蜜以度衆生亦如法上菩薩願我等得般若波羅蜜成就漚惒拘舍羅

所作變化逮阿耨多羅三耶三菩於諸法得自在當如法上大師爾時薩陀波崙及長者女五百女人供養已訖前以頭面著地爲法上作禮却住一面以恭敬意叉手白法上菩薩言我昔於寂靜之處聞空中聲言善男子從是東行可得聞般若波羅蜜我即東去中道念我當從誰得聞般若波羅蜜愁憂啼哭默住一處七日不念飲食但念何時當得般若波羅蜜爾時便有化佛在我前住即告我言善男子持是精進勇意從是東行二萬里有國名香氏有菩薩名法上常說般若波羅蜜汝可從聞是汝眞師我從化佛聞是教已即便東行遥見大師意中歡喜踊躍安隱譬如比丘得第四禪以念般若波羅蜜故便得無量三昧即見十方諸佛讚歎我言善哉善哉汝所得三昧者皆從般若波羅蜜生我本行菩薩時索般若波羅蜜時亦復如是讚歎我已便不復現我三昧覺已自念諸佛從何所來去至何所復大愁憂我復念言法上大師以般若波羅蜜漚惒拘舍羅於諸法得自在我當往問師十方諸佛何所從來去至何所今日大師爲我解說是諸如來所從來往願欲知之我等聞已常見諸佛不離世尊

法上品第八十九

於是法上菩薩摩訶薩報薩陀波崙菩薩言善男子諸如來常不動揺亦不去亦不來如來者如如無所起滅不起者亦不來亦不去不生者是如來善男子眞際者亦不知來時亦不知去時眞際者則如來虛空者亦無來亦無去空者則如來眞諦者亦不知來時亦

不知去時眞諦者則如來無爲者亦不來亦不去無爲者則如來滅盡者亦無來亦無去滅盡者則如來善男子如來者不離是法此諸法者則是如來之如善男子如者一無有二亦不三亦無若干之數以法空故善男子譬如春節已過夏盛熱時熱有猛焰愚夫逐之謂爲是水追之不息呼當得水於賢者意云何是人所逐水者爲從何所來從東海西海南海北海從何海來薩陀波崘菩薩對曰熱時焰者尚非是水何況從海而有來往法上復言善男子彼凡夫爲熱渴所迫而起水想追逐疲勞竟不得水諸有起想謂諸如來有往來者亦是凡夫與彼無異所以者何莫以色身而觀如來如來者法性法性者亦不來亦不去諸如來亦如是無來無去善男子譬如幻師化作象馬車乘謂呼是幻有來往者皆是愚夫謂諸如來有來往者亦是凡夫所以者何法性者亦無來亦無去薩陀波崘白法上言夢幻所見悉空無實皆無所有法上報言善男子如來無所著等正覺說言諸法皆亦如夢有於夢幻法有實相者不知如來但入如來名色身耳便作如來來往之相是輩皆是無智凡夫是輩凡夫於生死道當有反數離般若波羅蜜大遠於諸佛法亦遠於諸夢幻法知諸法如夢幻者爲識如來於諸法不求有來往之相亦不求諸如來有生有滅諸有知如來無來無往不生不滅者爲近阿耨多羅三耶三菩不久是爲行般若波羅蜜是則爲佛之弟子是輩人應食國中施爲世間之福田善男子譬如大海所有名寶

不從十方國土而來以人福故海生此寶不爲無縁因縁故生是寶滅時亦復不至十方從因縁起從因縁滅亦不從十方有來有往者善男子諸佛身者有行因縁便得合成本行所致亦不用行往至十方若使無行無因縁合者若無因縁亦無有身也善男子譬如箜篌以因縁故有絃有柱有人鼓之音聲來往聲音斷時亦無來往是聲出時亦無從來滅亦無所至欲知佛身亦復如是有無量之德不以一事成皆有因縁而共合成不離因縁而有去來善男子當知諸佛亦無來往一切諸法皆復如是亦不生滅汝知是已必至阿耨多羅三耶三菩必究竟般若波羅蜜漚惒拘舍羅爾時釋提桓因以天曼陀羅花與薩陀波倫持是供養法上菩薩當福於我所以者何一切衆生當蒙仁者之恩當得阿耨多羅三耶三菩仁者上士世間少有甚難得值乃爲衆生執勞無央數劫都不以爲勞時薩陀波倫受釋提桓因曼陀羅花用散法上菩薩散已白言從今以去持身奉上於師供給所須叉手却住一面爾時長者女及五百侍女白薩陀波倫菩薩言願得以身奉上大師給所當得持是功德令得法利如令大師當與大師常共供養諸佛世尊爾時薩陀波倫告長者女及五百侍女汝等隨我教者我當受汝諸女報言身命自師不敢違教薩陀波倫菩薩白法上菩薩言願持身自上及五百女人及五百乘車一切所有以上大師哀我曹等願當受之爾時釋提桓因歎言善哉善哉發菩薩意者當持所有如賢者所爲菩

薩如是施者疾得阿耨多羅三耶三菩作是恭敬承事師者疾可得聞般若波羅蜜漚惒拘舍羅過去諸如來無所著等正覺皆悉如是捨意布施得般若波羅蜜漚惒拘舍羅成阿惟三佛爾時法上菩薩即受薩陀波倫及長者女五百侍女及五百乘車所有珍寶盡爲受之欲使薩陀波倫成其功德雖受之還持與薩陀波倫菩薩時日已冥法上菩薩從高座起還入宮中爾時薩陀波倫意念言我爲法來不宜坐卧當以二事須師來出一者經行二者住立時法上菩薩入宮中正坐以般若波羅蜜漚惒拘舍羅行無央數諸三昧至于七歲薩陀波倫亦七歲不坐不卧常經行住立不起三垢無諸欲味但念法上菩薩何時當出爲我說般若波羅蜜七歲已後薩陀波倫意中念言我當爲師莊嚴高座種種名花燒諸名香以待法師當爲大衆說般若波羅蜜薩陀波倫及五百女人各各布座身上好衣諸名綩綖柔輭細氎以布座上薩陀波倫即行索水欲以灑地了不能得是魔波旬之所蔽隱令水不現欲壞菩薩令起亂意不欲使成阿耨多羅三耶三菩薩陀波倫意復念言我當自刺其身出血以用灑地所以者何恐地有塵來坌師故我不當惜是危脆之身所以者何前後以來無央數劫棄是身體不可復計初未值是無上之法於是薩陀波倫菩薩即取利刀刺身出血持用灑地五百女人各各亦爾爾時波旬不能得其便爾時釋提桓因念言是薩陀波倫菩薩及五百女人甚可奇特貪德乃爾不惜身命恭敬法

師是魔波旬雖欲壞之不能得便乃爾堅固誓於僧那不惜身命於阿耨多羅三耶三菩欲度衆生無限之苦是時帝釋讚言善哉善哉賢者精進不可思議爲無上之願過去諸佛本所行時精進如是薩陀波崘意中念言我今爲師布座已訖當於何所得好名花法師出時當散其上爾時帝釋知其所念便以天上曼陀羅花千石與薩陀波崘言持是供養師幷可散地即取其花分布散地分留一分七歲已後法上菩薩從宫中出徑詣高座薩陀波崘及五百女人即持天花徧散法上頭面作禮却坐一面法上菩薩告薩陀波崘菩薩卿善男子諦聽諦受善思念之於是薩陀波崘菩薩受教而聽諸法等如金剛等諸法寂諸法等寂不動故般若波羅蜜等寂不動亦如金剛諸法無倚諸法不恐諸法一味故般若波羅蜜亦無所倚諸法一味不恐諸法不生諸法不滅諸法如空故般若波羅蜜不生不滅亦如虛空五陰無底無邊際諸法無底四大無底故般若波羅蜜亦無有底空無有邊際大海無有邊諸法無邊際故般若波羅蜜亦無邊際譬如須彌山種種嚴好般若波羅蜜亦復如是諸法無所破壞諸法不可得見諸法無所受諸法無所有諸法不可思議故般若波羅蜜無所破壞亦不可得亦無所受亦無所有不可思議亦復如是爾時薩陀波崘菩薩便於座上得諸法等三昧諸法寂三昧不動三昧無倚三昧無畏三昧一味三昧無生三昧無滅三昧虛空三昧五陰無底三昧諸法無底三昧四大無邊三昧虛空性

三昧如海三昧如須彌山三昧金剛三昧無所破壞三昧無所得三昧無所受三昧無所有三昧不可思議三昧如是等三昧得六萬三昧門

囑累品第九十

佛告須菩提爾時薩陀波崘菩薩得六萬三昧已便見十方如恒邊沙三千大千國土見諸如來無所著等正覺及比丘僧大衆圍繞說般若波羅蜜如我今日爲汝等說般若波羅蜜十方諸佛亦復如我字釋迦文薩陀波崘菩薩多聞具足其智如海不離諸佛所生之處在諸佛前若於夢中未曾離佛諸難已斷已得自在是故須菩提當知般若波羅蜜爲諸菩薩摩訶薩致薩云若菩薩欲學六波羅蜜者欲得諸佛境界一切智者當學行般若波羅蜜當受當持當諷誦讀廣爲人說解其中事亦當供養所有名花名香繒綵華蓋若干方便當供養之所以者何般若波羅蜜者是諸佛所尊是尊道之御佛告阿難於汝意云何汝爲尊重愛敬如來不阿難對曰唯然世尊愛敬如來如來自知佛語阿難汝實愛敬於如來阿難汝前後侍我以來汝身口意常有善慈今吾年以老矣弟子所應供養者汝以爲畢不爲不畢從今以往當恭敬承事般若波羅蜜世尊於是從一至三如是囑累於般若波羅蜜所以殷勤鄭重者何欲令不斷故若般若波羅蜜斷者一切衆生永爲盲冥若般若波羅蜜在世不斷絕者諸佛如來亦不斷絕若般若波羅蜜有斷絕者諸佛如來亦當斷絕阿難般若波羅蜜住於世者

當知如來常在說法一切衆生不離佛會不離說法阿難是般若波羅蜜若有書持諷誦念守習行解說其義供養經卷復教他人書持諷誦廣爲說者當知是人常與佛俱不離諸佛佛說是時彌勒菩薩耆年須菩提尊者舍利弗大目揵連邠耨文陀尼子摩訶拘絺羅摩訶迦旃延賢者阿難一切會者諸天阿須倫聞佛說已皆大歡喜前爲佛作禮而去

放光般若波羅蜜經卷第三十

音釋

售承呪切賣物去手也　酷枯沃切慘刻也　瘡瘢瘡初莊切痍也瘢音盤瘡痕也　甖幺莖切長項瓶也　繽紛繽紕民切紛音分繽紛雜亂貌　擣都皓切舂也　㲲音牒細毛布也　坌步悶切塵塕也　脃此芮切物易斷也　拘絺羅梵語也此云大膝絺抽知切

摩訶般若波羅蜜經

姚秦三藏法師鳩摩羅什共僧叡譯

清刻龍藏佛說法變相圖

摩訶般若波羅蜜經卷第一

姚秦三藏法師鳩摩羅什共僧叡譯

序品第一

如是我聞一時婆伽婆住王舍城着闍崛山中共摩訶比丘僧大數五千分皆是阿羅漢諸漏已盡無復煩惱心得好解脫慧得好解脫心調柔軟摩訶那伽所作已辦棄擔能擔逮得已利盡諸有結以正智得解脫唯阿難在學地得須陀洹復有五百比丘尼優婆塞優婆夷等皆見聖諦復有菩薩摩訶薩皆得陀羅尼及諸三昧行空無相無作已得等忍得無礙陀羅尼悉是五通言必信受無復懈怠已捨利養名聞說法無所希望度深法忍得無畏力過諸魔行一切業障悉得解脫善說因緣法從阿僧祇劫以來發大誓願顏色

和悅常先問訊所言不麤於大衆中得無所畏無數億劫說法巧出解了諸法如幻如燄如水中月如虛空如響如乾闥婆城如夢如影如鏡中像如化得無礙無所畏悉知衆生心行所趣以微妙慧而度脫之意無罣礙大忍成就如實巧度願受無量諸佛世界念無量世界諸佛三昧常現在前能請無量諸佛能斷種種見纏及諸煩惱遊戲出生百千三昧諸菩薩如是等種種無量功德成就其名曰跋陀婆羅菩薩罽那那伽羅菩薩導師菩薩那羅達菩薩星得菩薩水天菩薩主天菩薩大意菩薩益意菩薩增意菩薩不虛見菩薩善進菩薩勢勝菩薩常勤菩薩不捨精進菩薩日藏菩薩不缺意菩薩觀世音菩薩文殊師利菩薩執寶印菩薩常舉手菩薩慈氏菩薩如是等無數百千萬億那由他諸菩薩摩訶薩一切菩薩皆是補處紹尊位者爾時世尊自敷師子座結跏趺坐直身繫念在前入三昧王三昧一切三昧悉入其中是時世尊從三昧安詳而起以天眼觀視世界舉身微笑從足下千輻相輪中放六百萬億光明足十指兩踝兩蹲兩膝兩髀腰脊腹脅背臍心胷德字肩臂手十指項口四十齒兩鼻孔兩眼兩耳白毫相肉髻各各放六百萬億光明從是諸光出大光明徧照三千大千世界從三千大千世界徧照東方如恒河沙等諸佛世界南西北方四維上下亦復如是若有衆生遇斯光者必得阿耨多羅三藐三菩提光明出過東方如恒河沙等諸佛世界南西北方四維上下亦復如是爾時世尊舉身毛

孔皆亦微笑而放諸光徧照三千大千世界復至十方如恒河沙等諸佛世界若有衆生遇斯光者必得阿耨多羅三藐三菩提爾時世尊放常光明徧照三千大千世界亦至東方如恒河沙等諸佛世界乃至十方亦復如是若有衆生遇斯光者必得阿耨多羅三藐三菩提爾時世尊出廣長舌相徧覆三千大千世界熈怡微笑從其舌根放無量千萬億光是一一光化成千葉金色寶華是諸華上皆有化佛結跏趺坐說六波羅蜜衆生聞者必得阿耨多羅三藐三菩提復至十方如恒河沙等諸佛世界皆亦如是爾時世尊故在師子座入師子遊戲三昧以神通力感動三千大千世界六種震動東涌西没西涌東没南涌北没北涌南没邊涌中没中涌邊没地

皆柔輭令衆生和悅是三千大千世界中地獄餓鬼畜生及八難處即時解脫得生天上從四天王天處乃至他化自在天處是諸天人自識宿命皆大歡喜來詣佛所頭面禮佛足却住一面如是十方如恒河沙等世界地皆六種震動一切地獄餓鬼畜生及八難處即時解脫得生天上齊第六天爾時此三千大千世界衆生盲者得視聾者得聽瘂者能言狂者得正亂者得定裸者得衣飢渴者得飽滿病者得愈形殘者得具足一切衆生皆得等心相視如父如母如兄如弟如姊如妹亦如親族及善知識是時衆生等行十善業道淨修梵行無諸瑕穢恬然快樂譬如比丘入第三禪皆得好慧持戒自守不嬈衆生爾時世尊在師子座上坐於三千大千世界中

其德特尊光明色像威德巍巍徧至十方如恒河沙等諸佛世界譬如須彌山王光色殊特衆山無能及者爾時世尊以常身示此三千大千世界一切衆生是時首陀會天梵衆天他化自在天化樂天兜率陀天夜摩天三十三天四天王天及三千大千世界人與非人以諸天華天瓔珞天澤香天末香天青蓮花赤蓮花白蓮花紅蓮花天樹葉香持詣佛所是諸天花乃至天樹葉香以散佛上所散寶華於此三千大千世界上在虚空中化成大臺是華臺邊垂諸瓔珞雜色華蓋五色繽紛是諸華蓋瓔珞徧滿三千大千世界以是華蓋瓔珞嚴飾故此三千大千世界皆作金色及十方如恒河沙等諸佛世界皆亦如是爾時三千大千世界及十方衆生各各自念

佛獨爲我説法不爲餘人爾時世尊在師子座熙怡微笑光從口出徧照三千大千世界以此光故此間三千大千世界中衆生皆見東方如恒河沙等諸佛及僧彼間如恒河沙等世界中衆生亦見此間三千大千世界中釋迦牟尼佛及諸大衆南西北方四維上下亦復如是爾時東方過如恒河沙等諸佛世界其世界最在邊世界名多寶佛號寶積今現在爲諸菩薩摩訶薩説般若波羅蜜爾時彼界有菩薩名曰普明見大光明見地大動又見佛身到寶積佛所白佛言世尊今何因何緣有此光明照諸世界地大震動及見佛身寶積佛報普明言善男子西方度如恒河沙等諸佛世界有世界名娑婆是中有佛號釋迦牟尼今現在欲爲諸菩薩摩訶薩説般

若波羅蜜是其神力是時普明菩薩白寶積佛言世尊我今當往見釋迦牟尼佛禮拜供養及見彼諸菩薩摩訶薩紹尊位者皆得陀羅尼及諸三昧於諸三昧而得自在佛告普明欲往隨意宜知是時爾時寶積佛以千葉金色蓮花與普明菩薩而告之曰善男子汝以此花散釋迦牟尼佛上生彼娑婆世界中諸菩薩難勝難及汝當一心遊彼世界爾時普明菩薩從寶積佛受千葉金色蓮花與無數出家在家菩薩及諸童男童女俱時發引皆供養恭敬尊重讚歎東方諸佛持諸花香瓔珞澤香末香燒香塗香衣服旛蓋向釋迦牟尼佛所到已頭面禮佛足一面立白佛言寶積如來致問世尊少惱少患起居輕利氣力安樂不人以此千葉金色蓮花供養世尊

爾時釋迦牟尼佛受是千葉金色蓮花以散東方如恒河沙等諸世界中佛所散蓮華滿東方如恒河沙等諸佛世界一一華上皆有化菩薩結跏趺坐說六波羅蜜若有聞者必至阿耨多羅三藐三菩提諸出家在家菩薩及諸童男童女頭面禮釋迦牟尼佛足各以供養具供養恭敬尊重讚歎釋迦牟尼佛是諸出家在家菩薩及諸童男童女各各以善根福德力故得供養釋迦牟尼佛多陀阿伽度阿羅訶三藐三佛陀南方度如恒河沙等諸佛世界其世界最在邊世界名離一切憂佛號無憂德菩薩名離憂西方度如恒河沙等諸佛世界其世界最在邊世界名滅惡佛號寶山菩薩名義意北方度如恒河沙等諸佛世界其世界最在邊世界名勝佛號勝王

菩薩名德勝下方度如恒河沙等諸佛世界其世界最在邊世界名善佛號善德菩薩名花上上方度如恒河沙等諸佛世界其世界最在邊世界名喜佛號喜德菩薩名德喜如是一切皆如東方爾時此三千大千世界皆成爲寶花徧覆其地懸繒旛蓋香樹華樹皆悉莊嚴譬如華積世界普華世界妙德菩薩善住意菩薩及餘大威神諸菩薩皆在彼住爾時佛知一切世界若天若魔若梵若沙門婆羅門若天若乾闥婆人阿修羅等及諸菩薩摩訶薩紹尊位者一切皆集佛知衆會已集佛告舍利弗菩薩摩訶薩欲以一切種知一切法當習行般若波羅蜜舍利弗白佛言世尊菩薩摩訶薩云何欲以一切種知一切法當習行般若波羅蜜佛告舍利弗菩薩摩訶薩以不住法住般若波羅蜜中以無所捨法應具足檀那波羅蜜施者受者及財物不可得故罪不罪不可得故應具足尸羅波羅蜜心不動故應具足羼提波羅蜜身心精進不懈怠故應具足毘梨耶波羅蜜不亂不味故應具足禪那波羅蜜於一切法不著故應具足般若波羅蜜菩薩摩訶薩以不住法住般若波羅蜜中不生故應具足四念處四正勤四如意足五根五力七覺分八聖道分空三昧無相三昧無作三昧四禪四無量心四無色定八背捨八勝處九次第定十一切處九想脹想壞想血塗想膿爛想青想噉想散想骨想燒想念佛念法念僧念戒念捨念天念入出息念死十想無常想苦想無我想食不淨想一切世間不可樂想死想不淨想斷

想離欲想盡想十一智法智比智他心智世智苦智集智滅智道智盡智無生智如實智三三昧有覺有觀三昧無覺有觀三昧無覺無觀三昧三根未知欲知根知根知已根舍利弗菩薩摩訶薩欲徧知佛十力四無所畏四無礙智十八不共法大慈大悲當習行般若波羅蜜菩薩摩訶薩欲具足道慧當習行般若波羅蜜欲以道慧具足道種慧當習行般若波羅蜜欲以道種慧具足一切智當習行般若波羅蜜欲以一切智具足一切種智當習行般若波羅蜜欲以一切種智斷煩惱習當習行般若波羅蜜舍利弗菩薩摩訶薩應如是學般若波羅蜜復次舍利弗菩薩摩訶薩欲上菩薩位當學般若波羅蜜欲過聲聞辟支佛地欲住阿鞞跋致地當學般若波羅蜜欲住六神通當學般若波羅蜜欲知一切衆生意所趣向當學般若波羅蜜菩薩摩訶薩欲勝一切聲聞辟支佛智慧當學般若波羅蜜欲得諸陀羅尼門諸三昧門當學般若波羅蜜一切求聲聞辟支佛人布施欲以隨喜心過其上者當學般若波羅蜜一切求聲聞辟支佛人持戒欲以隨喜心過其上者當學般若波羅蜜一切求聲聞辟支佛人三昧智慧解脫解脫知見欲以隨喜心過其上者當學般若波羅蜜一切求聲聞辟支佛人諸禪定解脫三昧欲以隨喜心過其上者當學般若波羅蜜菩薩摩訶薩行少施少戒少忍少進少禪少智欲以方便力迴向故而得無量無邊功德者當學般若波羅蜜菩薩摩訶薩欲行檀那波羅蜜尸羅波羅蜜羼提波

羅蜜毘梨耶波羅蜜禪那波羅蜜當學般若波羅蜜菩薩摩訶薩欲使世世身體與佛相似欲具足三十二相八十隨形好當學般若波羅蜜欲生菩薩家欲得鳩摩羅伽地欲得不離諸佛當學般若波羅蜜欲以諸善根供養諸佛恭敬尊重讃歎隨意成就當學般若波羅蜜欲滿一切衆生所願飲食衣服卧具塗香車乘房舍牀榻燈燭等當學般若波羅蜜復次舍利弗菩薩摩訶薩欲使如恒河沙等諸佛世界衆生立於檀那波羅蜜立於尸羅波羅蜜羼提毘梨耶禪那般若波羅蜜當學般若波羅蜜欲殖一善根於佛福田中至得阿耨多羅三藐三菩提不盡當學般若波羅蜜復次舍利弗菩薩摩訶薩欲令十方諸佛稱讃其名當學般若波羅蜜復次舍利弗

菩薩摩訶薩欲一發意到十方如恒河沙等諸佛世界當學般若波羅蜜復次舍利弗菩薩摩訶薩欲一發音使十方如恒河沙等諸佛世界聞聲當學般若波羅蜜復次舍利弗菩薩摩訶薩欲使諸佛世界不斷者當學般若波羅蜜復次舍利弗菩薩摩訶薩欲住内空外空内外空空空大空第一義空有爲空無爲空畢竟空無始空散空性空自相空諸法空無所得空無法空有法空無法有法空當學般若波羅蜜菩薩摩訶薩欲知諸法因緣次第緣緣緣增上緣當學般若波羅蜜復次舍利弗菩薩摩訶薩欲知諸法如諸法法性諸法實際當學般若波羅蜜舍利弗菩薩摩訶薩應如是住般若波羅蜜復次舍利弗菩薩摩訶薩欲數知三千大千世界中大地

諸山微塵當學般若波羅蜜菩薩摩訶薩析一毛為百分欲以一分毛盡舉三千大千世界中大海江河池泉諸水而不嬈水性當學般若波羅蜜三千大千世界中諸火一時皆然譬如劫盡燒時菩薩摩訶薩欲一吹令滅當學般若波羅蜜三千大千世界中諸大風起欲吹破三千大千世界及諸須彌山如摧腐草菩薩摩訶薩欲以一指障其風力令不起者當學般若波羅蜜菩薩摩訶薩欲一結跏趺坐能令悉滿三千大千世界中虛空當學般若波羅蜜菩薩摩訶薩欲以一毛舉三千大千世界中諸須彌山王擲過他方無量阿僧祇諸佛世界不嬈衆生當學般若波羅蜜欲以一食供養十方各如恒河沙等諸佛及僧當學般若波羅蜜欲以一衣花香瓔珞末香塗香燒香燈燭幢旛花蓋等供養諸佛及僧當學般若波羅蜜復次舍利弗菩薩摩訶薩欲使十方各如恒河沙等世界中衆生悉具於戒三昧智慧解脫解脫知見令得須陀洹果斯陀含果阿那含果阿羅漢果乃至令得無餘涅槃當學般若波羅蜜復次舍利弗菩薩摩訶薩行般若波羅蜜布施時應作是分別如是布施得大果報如是布施得生剎利大姓婆羅門大姓居士大家如是布施得生四天王天處三十三天夜摩天兜率陀天化自樂天他化自在天因是布施得入初禪二禪三禪四禪無邊空處無邊識處無所有處非有想非無想處因是布施能生八聖道分因是布施能得須陀洹道乃至佛道當學般若波羅蜜復次舍利弗菩薩摩訶薩行

般若波羅蜜布施時以慧方便力故能具足檀那波羅蜜尸羅波羅蜜羼提波羅蜜毘梨耶波羅蜜禪那波羅蜜般若波羅蜜舍利弗白佛言世尊菩薩摩訶薩云何布施時以慧方便力故具足檀那波羅蜜乃至般若波羅蜜佛告舍利弗施者受者財物不可得故能具足檀那波羅蜜罪不罪不著故具足尸羅波羅蜜心不動故具足羼提波羅蜜身心精進不懈怠故具足毘梨耶波羅蜜不亂不昧故具足禪那波羅蜜知一切法不可得故具足般若波羅蜜復次舍利弗菩薩摩訶薩欲得過去未來現在諸佛功德當學般若波羅蜜復次舍利弗菩薩摩訶薩欲到有爲無爲法彼岸當學般若波羅蜜菩薩摩訶薩欲知過去未來現在諸法如諸法法相無生際者當學般若波羅蜜復次舍利弗菩薩摩訶薩欲在一切聲聞辟支佛前欲給侍諸佛欲爲諸佛内眷屬欲得大眷屬欲得菩薩眷屬欲淨報大施當學般若波羅蜜復次舍利弗菩薩摩訶薩欲不起慳心破戒心瞋恚心懈怠心亂心癡心當學般若波羅蜜復次舍利弗菩薩摩訶薩欲使一切衆生立於布施福處持戒福處修定福處勸導福處欲令衆生立於財福法福處當學般若波羅蜜復次舍利弗菩薩摩訶薩欲得五眼當學般若波羅蜜何等五眼肉眼天眼慧眼法眼佛眼菩薩摩訶薩欲以天眼見十方如恒河沙等世界中諸佛欲以天耳聞十方諸佛所説法欲知諸佛心當學般若波羅蜜欲聞十方諸佛所説法聞已乃至阿耨多羅三藐三菩提不忘當

學般若波羅蜜復次舍利弗菩薩摩訶薩欲見過去未來諸佛世界及見現在十方諸佛世界當學般若波羅蜜復次舍利弗菩薩摩訶薩欲聞十方諸佛所說十二部經修妬路祇夜受記經伽陀優陀那因緣經阿波陀那如是語經本生經廣經未曾有經論議經諸聲聞等聞與不聞盡欲誦受持當學般若波羅蜜十方如恒河沙等世界中諸佛所說法已說今說當說聞已欲一切信持自行亦爲他人說當學般若波羅蜜復次舍利弗菩薩摩訶薩過去諸佛說已未來諸佛當說欲聞聞已自利亦利他人當學般若波羅蜜十方如恒河沙等諸佛世界中間暗處日月所不照處欲持光明普照當學般若波羅蜜十方如恒河沙等世界中無有佛名法名僧名欲使一切衆生皆得正見聞三寶者當學般若波羅蜜欲令十方如恒河沙等諸世界中衆生以我力故盲者得視聾者得聽狂者得念裸者得衣飢渴者得飽滿當學般若波羅蜜復次舍利弗菩薩摩訶薩若欲令十方如恒河沙等世界中衆生諸在三惡趣者以我力故皆得人身當學般若波羅蜜欲令十方如恒河沙等世界中衆生以我力故立於戒三昧智慧解脫解脫知見令得須陀洹果乃至阿耨多羅三藐三菩提當學般若波羅蜜復次舍利弗菩薩摩訶薩欲學諸佛威儀當學般若波羅蜜菩薩摩訶薩欲得如象王視觀當學般若波羅蜜菩薩摩訶薩作是願使我行時離地四指足不蹈地我當共四天王天乃至阿迦尼吒天無量千萬億諸天衆圍遶

恭敬至菩提樹下當學般若波羅蜜我當於菩提樹下坐四天王天乃至阿迦尼吒天以天衣爲座當學般若波羅蜜我得阿耨多羅三藐三菩提時行住坐卧處欲使悉爲金剛當學般若波羅蜜復次舍利弗菩薩摩訶薩若欲出家日即成阿耨多羅三藐三菩提即是日轉法輪轉法輪時無量阿僧祇衆生遠塵離垢諸法中得法眼淨無量阿僧祇衆生一切法不受故諸漏心得解脫無量阿僧祇衆生於阿耨多羅三藐三菩提得不退轉當學般若波羅蜜我得阿耨多羅三藐三菩提時以無量阿僧祇聲聞爲僧我一說法時便於座上盡得阿羅漢當學般若波羅蜜我當以無量阿僧祇菩薩爲僧我一說法時無量阿僧祇菩薩皆得阿鞞跋致欲得壽命無量光明具足當學般若波羅蜜我成阿耨多羅三藐三菩提時世界中無婬欲瞋恚愚癡亦無三毒之名一切衆生成就如是智慧善施善戒善定善梵行善不嬈衆生當學般若波羅蜜使我般涅槃後法無滅盡亦無滅盡之名當學般若波羅蜜我得阿耨多羅三藐三菩提時十方如恒河沙等世界中衆生聞我名者必得阿耨多羅三藐三菩提欲得如是等功德者當學般若波羅蜜

奉鉢品第二

佛告舍利弗若菩薩摩訶薩行般若波羅蜜能作是功德是時四天王皆大歡喜意念言我等當以四鉢奉上菩薩如前天王奉先佛鉢三十三天乃至他化自在天亦皆歡喜意念言我等當給侍供養菩薩減損阿修羅種

增益諸天衆三千大千世界四天王天乃至阿迦尼吒天皆大歡喜意念言我等當請是菩薩轉於法輪舍利弗是菩薩摩訶薩行般若波羅蜜增益六波羅蜜時諸善男子善女人各各歡喜意念言我等當爲是人作父母妻子親族知識爾時四天王天乃至阿迦尼吒天皆大歡喜各自念言我等當作方便令是菩薩離於婬欲從初發意常作童眞莫使與色欲共會若受五欲障生梵天何況阿耨多羅三藐三菩提以是故舍利弗菩薩摩訶薩斷於婬欲出家者應得阿耨多羅三藐三菩提非不斷舍利弗白佛言世尊菩薩摩訶薩要當有父母妻子親族知識耶佛告舍利弗或有菩薩有父母妻子親族知識或有菩薩從初發心斷婬欲修童眞行乃至得阿耨多羅三藐三菩提不犯色欲或有菩薩方便力故受五欲已出家得阿耨多羅三藐三菩提譬如幻師若幻師弟子善知幻法幻作五欲於中共相娛樂於汝意云何是人於此五欲頗有實受不舍利弗言不也世尊佛告舍利弗菩薩摩訶薩以方便力故化作五欲於中受樂成就衆生亦復如是菩薩摩訶薩不染於欲種種因緣呰毀五欲欲爲熾然欲爲穢惡欲爲毀壞欲爲如怨是故舍利弗當知菩薩爲衆生故受五欲舍利弗白佛言菩薩摩訶薩云何應行般若波羅蜜佛告舍利弗菩薩摩訶薩行般若波羅蜜時不見菩薩不見菩薩字不見般若波羅蜜亦不見我行般若波羅蜜亦不見我不行般若波羅蜜何以故菩薩菩薩字性空空中無色無受想行

識離色亦無空離受想行識亦無空空即是色色即是空空即是受想行識受想行識即是空何以故舍利弗但有名字故謂為菩提但有名字故謂為菩薩但有名字故謂為空所以者何諸法實性無生無滅無垢無淨故菩薩摩訶薩如是行亦不見生亦不見滅亦不見垢亦不見淨何以故名字是因緣和合作法但分別憶想假名說是故菩薩摩訶薩行般若波羅蜜時不見一切名字不見故不著

習應品第三

佛告舍利弗菩薩摩訶薩行般若波羅蜜時應如是思惟菩薩但有字佛亦但有字般若波羅蜜亦但有字色但有字受想行識亦但有字舍利弗如我但有字一切我常不可得如衆生壽者命者生者養育衆數人者作者使作者起者使起者受者使受者知者見者是一切皆不可得不可得空故但以名字說菩薩摩訶薩亦如是行般若波羅蜜不見我不見衆生乃至不見知者見者所說名字亦不可見菩薩摩訶薩作如是行般若波羅蜜除佛智慧過一切聲聞辟支佛上用不可得空故所以者何是菩薩摩訶薩諸名字法名字所著處亦不可得故舍利弗菩薩摩訶薩能如是行為行般若波羅蜜譬如滿閻浮提竹葦甘蔗稻麻叢林諸比丘其數如是智慧如舍利弗目連等欲比菩薩行般若波羅蜜智慧百分不及一千分百千億分乃至筭數譬喻所不能及何以故菩薩摩訶薩用智慧度脱一切衆生故舍利弗置滿閻浮提如舍

利弗目連等若滿三千大千世界如舍利弗目連等復置是事若滿十方如恒河沙等世界如舍利弗目連等智慧欲比菩薩行般若波羅蜜智慧百分不及一千分百千億分乃至筭數譬喻所不能及復次舍利弗菩薩摩訶薩行般若波羅蜜一日修智慧出過一切聲聞辟支佛上舍利弗白佛言世尊聲聞所有智慧若須陁洹斯陁含阿那含阿羅漢辟支佛智慧佛智慧是諸衆智無有差别不相違背無生性空若法不相違背無生性空是法無有别異云何世尊言菩薩摩訶薩行般若波羅蜜一日修智慧出過聲聞辟支佛上佛告舍利弗於汝意云何菩薩摩訶薩行般若波羅蜜一日修智慧心念我行道慧益一切衆生當以一切種智知一切法度一切衆生諸聲聞辟支佛智慧爲有是事不舍利弗言不也世尊舍利弗於汝意云何諸聲聞辟支佛頗有是念我等當得阿耨多羅三藐三菩提度一切衆生令得無餘涅槃不舍利弗言不也世尊佛告舍利弗以是因緣故當知諸聲聞辟支佛智慧欲比菩薩摩訶薩智慧百分不及一千分百千分乃至筭數譬喻所不能及舍利弗於汝意云何諸聲聞辟支佛頗有是念我行六波羅蜜成就衆生莊嚴佛界具佛十力四無所畏四無礙智十八不共法度脫無量阿僧祇衆生令得涅槃不舍利弗言不也世尊佛告舍利弗菩薩摩訶薩能作是念我當行六波羅蜜乃至十八不共法成阿耨多羅三藐三菩提度脫無量阿僧祇衆生令得涅槃譬如螢火蟲不作是念我力

能照閻浮提普令大明諸阿羅漢辟支佛亦如是不作是念我等行六波羅蜜乃至十八不共法得阿耨多羅三藐三菩提度脫無量阿僧祇衆生令得涅槃舍利弗譬如日出時光明徧照閻浮提無不蒙明者菩薩摩訶薩亦如是行六波羅蜜乃至十八不共法得阿耨多羅三藐三菩提度脫無量阿僧祇衆生令得涅槃舍利弗白佛言云何菩薩摩訶薩過聲聞辟支佛地至阿鞞跋致地淨於佛道佛告舍利弗菩薩摩訶薩從初發心行六波羅蜜住空無相無作法能過一切聲聞辟支佛地住阿鞞跋致地淨於佛道舍利弗白佛言菩薩摩訶薩住何等地能爲諸聲聞辟支佛作福田佛告舍利弗菩薩摩訶薩從初發心行六波羅蜜乃至坐道場於其中間常爲諸聲聞辟支佛作福田何以故以有菩薩摩訶薩因緣故世間諸善法生何等是善法所謂十善道五戒八分成就齋四禪四無量心四無色定四念處四正勤四如意足五根五力七覺分八聖道分盡現於世以菩薩因緣故六波羅蜜十八空佛十力四無所畏四無礙智十八不共法大慈大悲一切種智盡現於世以菩薩因緣故有剎利大姓婆羅門大姓居士大家四天王天乃至非有想非無想天皆現於世以菩薩因緣故有須陀洹斯陀含阿那含阿羅漢辟支佛佛皆現於世舍利弗白佛言菩薩摩訶薩淨畢施福不佛言不也何以故本已淨畢故舍利弗菩薩摩訶薩爲大施主施何等施諸善法何等善法十善道五戒乃至十八不共法一切種智以是施

與舍利弗白佛言世尊菩薩摩訶薩云何習應般若波羅蜜與般若波羅蜜相應佛告舍利弗菩薩摩訶薩習應色空是名與般若波羅蜜相應習應受想行識空是名與般若波羅蜜相應復次舍利弗菩薩摩訶薩習應眼空是名與般若波羅蜜相應習應耳鼻舌身心空是名與般若波羅蜜相應習應色空是名與般若波羅蜜相應習應聲香味觸法空是名與般若波羅蜜相應習應眼界空色界空眼識界空是名與般若波羅蜜相應習應耳聲識界鼻香識界舌味識界身觸識界意法識界空是名與般若波羅蜜相應習應苦空是名與般若波羅蜜相應習應集滅道空是名與般若波羅蜜相應習應無明空是名與般若波羅蜜相應習應行識名色六入觸受愛取有生老死空是名與般若波羅蜜相應習應一切諸法空若有爲若無爲是名與般若波羅蜜相應復次舍利弗菩薩摩訶薩習應性空是名與般若波羅蜜相應如是舍利弗菩薩摩訶薩行般若波羅蜜習應七空所謂性空自相空諸法空無所得空無法空有法空無法有法空是名與般若波羅蜜相應佛告舍利弗菩薩摩訶薩習應七空時不見色若相應若不相應不見受想行識若相應若不相應不見色若生相若滅相不見受想行識若生相若滅相不見色若垢相若淨相不見受想行識若垢相若淨相不見色與受合不見受與想合不見想與行合不見行與識合何以故無有法與法合者其性空故舍利弗色空中無有色受想行識空中無有

識舍利弗色空故無惱壞相受空故無受相想空故無知相行空故無作相識空故無覺相何以故舍利弗非色異空非空異色色即是空空即是色受想行識亦如是舍利弗是諸法空相不生不滅不垢不淨不增不減是空法非過去非未來非現在是故空中無色無受想行識無眼耳鼻舌身意無色聲香味觸法無眼界乃至無意識界亦無無明亦無無明盡乃至亦無老死亦無老死盡無苦集滅道亦無智亦無得亦無須陀洹無須陀洹果無斯陀含無斯陀含果無阿那含無阿那含果無阿羅漢無阿羅漢果無辟支佛無辟支佛道亦無佛亦無佛道舍利弗菩薩摩訶薩如是習應是名與般若波羅蜜相應舍利弗是菩薩摩訶薩行般若波羅蜜不見般若波羅蜜若相應若不相應不見檀那波羅蜜尸羅波羅蜜羼提波羅蜜毘梨耶波羅蜜禪那波羅蜜若相應若不相應亦不見色若相應若不相應不見受想行識若相應若不相應不見眼乃至意色乃至法眼色識界乃至意法識界若相應若不相應不見四念處乃至八聖道分佛十力乃至一切種智若相應若不相應如是舍利弗當知菩薩摩訶薩與般若波羅蜜相應復次舍利弗菩薩摩訶薩行般若波羅蜜時空不與空合無相不與無相合無作不與無作合何以故空無相無作無有合與不合舍利弗菩薩摩訶薩如是習應是名與般若波羅蜜相應復次舍利弗菩薩摩訶薩行般若波羅蜜時入諸法自相空入已色不作合不作不合受想行識不作合

不作不合色不與前際合何以故不見前際故色不與後際合何以故不見後際故色不與現在合何以故不見現在故受想行識亦如是復次舍利弗菩薩摩訶薩行般若波羅蜜前際不與後際合後際不與前際合現在不與前際後際合前際後際亦不與現在合三際名空故舍利弗菩薩摩訶薩如是習應是名與般若波羅蜜相應復次舍利弗菩薩摩訶薩行般若波羅蜜薩婆若不與過去世合何以故過去世不可見何況薩婆若與過去世合薩婆若不與未來世合何以故未來世不可見何況薩婆若與未來世合薩婆若不與現在世合何以故現在世不可見何況薩婆若與現在世合舍利弗菩薩摩訶薩如是習應是名與般若波羅蜜相應復次舍利弗菩薩摩訶薩行般若波羅蜜色不與薩婆若合色不可見故受想行識亦如是眼不與薩婆若合眼不可見故耳鼻舌身意亦如是色不與薩婆若合色不可見故聲香味觸法亦如是舍利弗菩薩摩訶薩如是習應是名與般若波羅蜜相應復次舍利弗菩薩摩訶薩行般若波羅蜜檀那波羅蜜不與薩婆若合檀那波羅蜜不可見故乃至般若波羅蜜亦如是四念處不與薩婆若合四念處不可見故乃至八聖道分亦如是佛十力乃至十八不共法不與薩婆若合佛十力乃至十八不共法不可見故舍利弗菩薩摩訶薩如是習應是名與般若波羅蜜相應復次舍利弗菩薩摩訶薩行般若波羅蜜佛不與薩婆若合薩婆若不與佛合菩提不與薩婆若合薩

婆若不與菩提合何以故佛即是薩婆若薩婆若即是佛菩提即是薩婆若薩婆若即是菩提舍利弗菩薩摩訶薩行般若波羅蜜如是習應是名與般若波羅蜜相應復次舍利弗菩薩摩訶薩行般若波羅蜜不習色有不習色無受想行識亦如是不習色有常不習色無常受想行識亦如是不習色苦不習色樂受想行識亦如是不習色我不習色非我受想行識亦如是不習色寂滅不習色不寂滅受想行識亦如是不習色空不習色非空受想行識亦如是不習色有相不習色無相受想行識亦如是不習色有作不習色無作受想行識亦如是是菩薩摩訶薩行般若波羅蜜時不作是念我行般若波羅蜜不行般若波羅蜜非行非不行般若波羅蜜舍利弗菩薩摩訶薩如是習應是名與般若波羅蜜相應復次舍利弗菩薩摩訶薩不爲般若波羅蜜故行般若波羅蜜不爲檀那波羅蜜尸羅波羅蜜羼提波羅蜜毗梨耶波羅蜜禪那波羅蜜故行般若波羅蜜不爲阿鞞跋致地故行般若波羅蜜不爲成就衆生故行般若波羅蜜不爲淨佛世界故行般若波羅蜜不爲佛十力四無所畏四無礙智十八不共法故行般若波羅蜜不爲內空故行般若波羅蜜不爲外空內外空空空大空第一義空有爲空無爲空畢竟空無始空散空性空諸法空自相空不可得空無法空有法空無法有法空故行般若波羅蜜不爲如法性實際故行般若波羅蜜何以故是菩薩摩訶薩行般若波羅蜜時不壞諸法相故如是習應是名

與般若波羅蜜相應復次舍利弗菩薩摩訶薩行般若波羅蜜不爲如意神通故行般若波羅蜜不爲天耳故不爲他心智故不爲宿命智故不爲天眼故不爲漏盡神通故行般若波羅蜜何以故菩薩摩訶薩行般若波羅蜜尚不見般若波羅蜜何況見菩薩神通舍利弗菩薩摩訶薩如是行是名與般若波羅蜜相應復次舍利弗菩薩摩訶薩行般若波羅蜜不作是念我以如意神通飛到東方供養恭敬如恒河沙等諸佛南西北方四維上下亦復如是復次舍利弗菩薩摩訶薩行般若波羅蜜不作是念我以天耳聞十方諸佛所說法不作是念我以他心智知十方衆生心所念不作是念我以宿命智知十方衆生宿命所作不作是念我以天眼見十方衆生死此生彼舍利弗菩薩摩訶薩如是行是名與般若波羅蜜相應亦能度無量阿僧祇衆生舍利弗菩薩摩訶薩能如是行般若波羅蜜惡魔不能得其便世間衆事所欲隨意十方各如恒河沙等諸佛皆悉擁護是菩薩令不墮聲聞辟支佛地四天三天乃至阿迦尼吒天皆亦擁護是菩薩不令有礙是菩薩所有重罪現世輕受何以故是菩薩摩訶薩用普慈加衆生故舍利弗菩薩摩訶薩如是行是名與般若波羅蜜相應復次舍利弗菩薩摩訶薩行般若波羅蜜時疾得諸陀羅尼門諸三昧門所生處常值諸佛乃至阿耨多羅三藐三菩提初不離見佛舍利弗菩薩摩訶薩如是習應是名與般若波羅蜜相應復次舍利弗菩薩摩訶薩行般若波羅蜜時不作

是念有法與法若合若不合若等若不等何以故是菩薩摩訶薩不見是法與餘法若合若不合若等若不等舍利弗菩薩摩訶薩如是習應是名與般若波羅蜜相應復次舍利弗菩薩摩訶薩行般若波羅蜜不作是念我當疾得法性若不得何以故法性非得相故舍利弗菩薩摩訶薩如是習應是名與般若波羅蜜相應復次舍利弗菩薩摩訶薩行般若波羅蜜時不見有法出法性者如是習應是名與般若波羅蜜相應復次舍利弗菩薩摩訶薩行般若波羅蜜時不作是念法性分别諸法如是習應是名與般若波羅蜜相應復次舍利弗菩薩摩訶薩行般若波羅蜜時不作是念是法能得法性若不得何以故是菩薩不見用是法能得法性若不得舍利弗菩薩摩訶薩如是習應是名與般若波羅蜜相應復次舍利弗菩薩摩訶薩行般若波羅蜜時法性不與空合空不與法性合如是習應是名與般若波羅蜜相應復次舍利弗菩薩摩訶薩行般若波羅蜜時眼界不與空合空不與眼界合色界不與空合空不與色界合眼識界不與空合空不與眼識界合乃至意界不與空合空不與意界合法界不與空合空不與法界合意識界不與空合空不與意識界合是故舍利弗是空相應名爲第一相應舍利弗空行菩薩摩訶薩不墮聲聞辟支佛地能淨佛國土成就衆生疾得阿耨多羅三藐三菩提舍利弗諸相應中般若波羅蜜相應爲最第一最尊最勝最妙爲無有上何以故是菩薩摩訶薩行般若波羅蜜相應

所謂空無相無作故當知是菩薩如受記無異若近受記舍利弗菩薩摩訶薩如是相應者能爲無量阿僧祇衆生作益厚是菩薩摩訶薩亦不作是念我與般若波羅蜜相應諸佛當授我記我當近受記我當得淨佛世界我得阿耨多羅三藐三菩提當轉法輪何以故是菩薩摩訶薩不見有法出於法性亦不見有法行般若波羅蜜亦不見有法諸佛授記亦不見有法得阿耨多羅三藐三菩提何以故菩薩摩訶薩行般若波羅蜜時不生我相衆生相乃至知者見者相何以故衆生畢竟不生不滅故衆生無有生無有滅若法無有生相無有滅相云何有法當行般若波羅蜜如是舍利弗菩薩摩訶薩不見衆生故爲行般若波羅蜜衆生不受故衆生空故衆生不可得故衆生離故爲行般若波羅蜜舍利弗菩薩摩訶薩於諸相應中爲最第一相應所謂空相應是空相應勝餘相應菩薩摩訶薩如是習空能生大慈大悲菩薩摩訶薩如是習空不生慳心不生犯戒心不生瞋心不生懈怠心不生亂心不生無智心

摩訶般若波羅蜜經卷第一

音釋

耆闍崛（梵語也此云鷲峯耆音祈闍音蛇崛音掘）名聞（聞文運切名達曰聞）窒礙（窒胡界切礙牛代切窒礙窨也）罽（居例切）輻（音福輪輳也輪中木之直指者爲輻）踝（戸瓦切足骨也腿兩旁曰內外踝）踹（市兖切腓腸也）髀（部禮切股骨也）脅（虛業切腋下也）熈怡（熈虛其切和樂貌怡盈之切悅）

樂也　**裸者**　裸魯果切赤體也　**瑕穢**　瑕音遐玷也穢烏廢切污也　**恬然**　恬徒兼切安也靖也　**嬈**　女巧切擾也　**繽紛**　繽紕民切紛敷文切繽紛雜亂貌　**羼提**　梵語也此云忍辱羼初限初澗二切　**脹**　知亮切脹滿也　**膿**　奴冬切腫血也　**噉**　徒濫切食噉也　**阿鞞跋致**　梵語也此云不退轉鞞班糜切跋蒲撥切　**牀榻**　榻託合切牀狹而長者曰榻　**析**　先的切分析也　**摧**　**腐**　摧徂回切挫也折也腐扶雨切朽也爛也　**擲**　直隻切投也拋也　**蹈**　徒到切踐也　**呰毀**　呰將此切亦毀也毀虎委切謗也　**葦**　羽鬼切初生名葭稍大爲蘆長成乃名爲葦　**薩婆若**　梵語也此云一切智若尒者切

摩訶般若波羅蜜經卷第二

姚秦三藏法師鳩摩羅什共僧叡譯

往生品第四

舍利弗白佛言世尊菩薩摩訶薩行般若波羅蜜能如是習相應者從何處終來生此間從此間終當生何處佛告舍利弗是菩薩摩訶薩行般若波羅蜜能如是習相應者或從他方佛國來生此間或從兜率天上來生此間或從人道中來生此間舍利弗從他方佛國來者疾與般若波羅蜜相應與般若波羅蜜相應故捨身來生此間諸深妙法皆現在前後還與般若波羅蜜相應在所生處常值諸佛舍利弗有一生補處菩薩兜率天上終來生是間是菩薩不失六波羅蜜隨所生處一切陀羅尼門諸三昧門疾現在前舍利弗有菩薩人中命終還生人中者除阿惟越致是菩薩根鈍不能疾與般若波羅蜜相應諸陀羅尼門諸三昧門不能疾現在前舍利弗汝所問菩薩摩訶薩與般若波羅蜜相應從此間終當生何處者舍利弗此菩薩摩訶薩從一佛國至一佛國常值諸佛終不離諸佛舍利弗有菩薩摩訶薩不以方便入初禪乃至第四禪亦行六波羅蜜是菩薩摩訶薩得禪故生長壽天隨彼壽終來生是間得人身值遇諸佛是菩薩諸根不利舍利弗有菩薩摩訶薩入初禪乃至第四禪亦行般若波羅蜜不以方便故捨諸禪生欲界是菩薩諸根亦鈍舍利弗有菩薩摩訶薩入初禪乃至第四禪入慈心乃至捨入虛空處乃至非有想非無想處修四念處乃至八聖道分行佛十

力乃至大慈大悲是菩薩用方便力不隨禪生不隨無量心生不隨四無色定生在所有佛處於中生常不離般若波羅蜜行如是菩薩賢劫中當得阿耨多羅三藐三菩提舍利弗有菩薩摩訶薩入初禪乃至第四禪入慈心乃至捨入虛空處乃至非有想非無想處以方便力故不隨禪生還生欲界若剎利大姓婆羅門大姓居士大家爲成就衆生故舍利弗有菩薩摩訶薩入初禪乃至第四禪入慈心乃至捨入虛空處乃至非有想非無想處以方便力故不隨禪生或生四天王天處或生三十三天夜摩天兜率陀天化樂天他化自在天於是中成就衆生亦淨佛土常值諸佛舍利弗有菩薩摩訶薩行般若波羅蜜以方便力故入初禪此間命終生梵天處作大梵王從梵天處遊一佛國至一佛國在所有諸佛得阿耨多羅三藐三菩提未轉法輪者勸請令轉舍利弗有菩薩摩訶薩一生補處行般若波羅蜜以方便力故入初禪乃至第四禪入慈心乃至捨入虛空處乃至非有想非無想處修四念處乃至八聖道分入空三昧無相無作三昧不隨禪生生有佛處修諸梵行若生兜率天上隨其壽終具足善根不失正念與無數百千億萬諸天圍遶恭敬來生此間得阿耨多羅三藐三菩提舍利弗有菩薩摩訶薩得六神通不生欲界色界無色界從一佛國至一佛國供養恭敬尊重讚歎諸佛舍利弗有菩薩摩訶薩遊戲神通從一佛國至一佛國所至到處無有聲聞辟支佛乘乃至無二乘之名舍利弗有菩薩摩訶

薩遊戲神通從一佛國至一佛國所至到處其壽無量舍利弗有菩薩摩訶薩遊戲神通從一國土至一國土所至到處有無佛法僧處讚佛法僧功德諸衆生用聞佛名法名僧名故於此命終生諸佛前舍利弗有菩薩摩訶薩初發意時得初禪乃至第四禪得四無量心得四無色定修四念處乃至十八不共法是菩薩不生欲界色界無色界中常生有益衆生之處舍利弗有菩薩摩訶薩初發意時行六波羅蜜上菩薩位得阿惟越致地舍利弗有菩薩摩訶薩初發意時便得阿耨多羅三藐三菩提轉法輪與無量阿僧祇衆生作益厚已入無餘涅槃是佛般涅槃後餘法若住一劫若減一劫舍利弗有菩薩摩訶薩初發意時與般若波羅蜜相應與無數百千億菩薩從一佛國至一佛國爲淨佛國土故舍利弗有菩薩摩訶薩行般若波羅蜜時得四禪四無量心四無色定遊戲其中入初禪從初禪起入滅盡定從滅盡定起乃至入四禪從四禪起入滅盡定從滅盡定起入虛空處從虛空處起入滅盡定從滅盡定起乃至入非有想非無想處從非有想非無想處起入滅盡定如是舍利弗菩薩摩訶薩行般若波羅蜜以方便力故入超越定舍利弗有菩薩摩訶薩行般若波羅蜜時修四念處乃至十八不共法不取須陀洹果斯陀含果阿那含果阿羅漢果辟支佛道以方便力爲度衆生故起八聖道分以是八聖道令得須陀洹果乃至辟支佛道佛告舍利弗一切阿羅漢辟支佛諸果及智是菩薩摩訶薩無生法忍

舍利弗當知是菩薩摩訶薩如是行般若波羅蜜是阿惟越致地中住舍利弗有菩薩摩訶薩住六波羅蜜莊嚴兜率天道當知是賢劫中菩薩舍利弗有菩薩摩訶薩修四禪乃至十八不共法未證四諦當知是菩薩一生補處舍利弗有菩薩摩訶薩無量阿僧祇劫修行得阿耨多羅三藐三菩提舍利弗有菩薩摩訶薩住六波羅蜜常勤精進利益衆生不說無益之事舍利弗有菩薩摩訶薩行六波羅蜜常勤精進利益衆生從一佛國至一佛國斷衆生三惡道舍利弗有菩薩摩訶薩住六波羅蜜以檀那爲首安樂一切衆生須飲食與飲食衣服卧具瓔珞花香房舍燈燭隨人所須盡給與之舍利弗有菩薩摩訶薩行般若波羅蜜時變身如佛爲地獄中衆生說法爲畜生餓鬼中衆生說法舍利弗有菩薩摩訶薩行六波羅蜜時變身如佛徧至十方如恒河沙等諸佛國土爲衆生說法亦供養諸佛及淨佛國土聞諸佛說法觀採十方淨妙國相而已自起殊勝國土其中菩薩摩訶薩皆是一生補處舍利弗有菩薩摩訶薩行六波羅蜜時成就三十二相諸根淨利諸根淨利故衆人愛敬以愛敬故漸以三乘法而度脫之如是舍利弗菩薩摩訶薩行般若波羅蜜時應學身清淨口清淨舍利弗有菩薩摩訶薩行六波羅蜜時得諸根淨以是淨根而不自高亦不下他舍利弗有菩薩摩訶薩從初發心住檀那波羅蜜尸羅波羅蜜乃至阿惟越致地終不墮三惡道舍利弗有菩薩摩訶薩從初發心乃至阿惟越致地常不

捨十善行舍利弗有菩薩摩訶薩住檀那波羅蜜尸羅波羅蜜中作轉輪聖王安立衆生於十善道亦以財物布施衆生舍利弗有菩薩摩訶薩住檀那波羅蜜尸羅波羅蜜無量千萬世作轉輪聖王值遇無量百千諸佛供養恭敬尊重讚歎舍利弗有菩薩摩訶薩常爲衆生以法照明亦以自照乃至阿耨多羅三藐三菩提終不離照明舍利弗是菩薩摩訶薩於佛法中已得尊重舍利弗以是故菩薩摩訶薩行般若波羅蜜時身口意清淨不令妄起舍利弗白佛言世尊云何菩薩身業不淨口業不淨意業不淨佛告舍利弗若菩薩摩訶薩作是念是身是口是意如是取相作縁是名身口意不淨舍利弗菩薩摩訶薩行般若波羅蜜時不得身不得口不得意舍

利弗菩薩摩訶薩行般若波羅蜜時若得身若得口若得意用是得身口意故能生慳心犯戒心瞋心懈心亂心愚心當知是菩薩行六波羅蜜時不能除身口意麤業舍利弗白佛言世尊菩薩摩訶薩云何除身口意麤業佛告舍利弗若菩薩摩訶薩不得身不得口不得意如是菩薩摩訶薩能除身口意麤業復次舍利弗若菩薩摩訶薩從初發意行十善道不生聲聞心不生辟支佛心如是菩薩摩訶薩能除身口意麤業復次舍利弗有菩薩摩訶薩行般若波羅蜜淨佛道時行檀那波羅蜜尸羅波羅蜜羼提波羅蜜毘梨耶波羅蜜禪那波羅蜜是菩薩摩訶薩除身口意麤業舍利弗白佛言世尊何等是菩薩摩訶薩佛道佛告舍利弗佛道者若菩薩摩訶薩

不得身不得口不得意不得檀那波羅蜜不得尸羅波羅蜜不得羼提波羅蜜不得毘梨耶波羅蜜不得禪那波羅蜜不得般若波羅蜜不得聲聞不得辟支佛不得菩薩不得佛舍利弗是名菩薩摩訶薩佛道所謂一切諸法不可得故舍利弗有菩薩摩訶薩行六波羅蜜時無能壞者舍利弗白佛言世尊云何菩薩摩訶薩行六波羅蜜時無能壞者佛告舍利弗若菩薩摩訶薩行六波羅蜜時不念有色乃至識不念有眼乃至意不念有色乃至法不念有眼界乃至法界不念有四念處乃至八聖道分不念有檀那波羅蜜乃至般若波羅蜜不念有佛十力乃至十八不共法不念有須陀洹果乃至阿羅漢果不念有辟支佛乃至阿耨多羅三藐三菩提舍利弗菩薩摩訶薩如是行增益六波羅蜜無能壞者舍利弗有菩薩摩訶薩住般若波羅蜜中具足智慧用是智慧常不墮惡道不生弊惡人中不作貧窮人所受身體不爲人天阿修羅所憎惡舍利弗白佛言世尊何等是菩薩摩訶薩智慧佛告舍利弗菩薩摩訶薩用是智慧成就見十方如恒河沙等諸佛聽法見僧亦見嚴淨佛土菩薩摩訶薩以是智慧不作佛想不作菩薩想不作聲聞辟支佛想不作我想不作佛國想用是智慧行檀那波羅蜜亦不得檀那波羅蜜乃至行般若波羅蜜亦不得般若波羅蜜行四念處亦不得四念處乃至行十八不共法亦不得十八不共法舍利弗是名菩薩摩訶薩智慧用是智慧能具足一切法亦不得一切法舍利弗有菩薩摩

訶薩行般若波羅蜜時淨於五眼肉眼天眼慧眼法眼佛眼舍利弗白佛言世尊云何菩薩摩訶薩肉眼淨佛告舍利弗有菩薩肉眼見百由旬有菩薩肉眼見二百由旬有菩薩肉眼見一閻浮提有菩薩肉眼見二天下三天下四天下有菩薩肉眼見小千國土有菩薩肉眼見中千國土有菩薩肉眼見三千大千國土舍利弗是爲菩薩摩訶薩肉眼淨舍利弗白佛言世尊云何菩薩摩訶薩天眼淨佛告舍利弗有菩薩摩訶薩天眼見一切四天王天所見見三十三天夜摩天兜率陀天化樂天他化自在天所見見梵天王所見乃至阿迦尼吒天所見菩薩天眼所見者四天王天乃至阿迦尼吒天所不知不見舍利弗是菩薩摩訶薩天眼見十方如恒河沙等諸國土中衆生死此生彼舍利弗是爲菩薩摩訶薩天眼淨舍利弗白佛言世尊云何菩薩摩訶薩慧眼淨佛告舍利弗慧眼菩薩不作是念有法若有爲若無爲若世間若出世間若有漏若無漏是慧眼菩薩亦無法不見無法不聞無法不知無法不識舍利弗是名菩薩摩訶薩慧眼淨舍利弗白佛言世尊云何菩薩摩訶薩法眼淨佛告舍利弗菩薩摩訶薩以法眼知是人隨信行是人隨法行是人無相行是人行空解脫門是人行無相解脫門是人行無作解脫門得五根得五根故得無間三昧得無間三昧故得解脫智得解脫智故斷三結有我見疑戒取是人名須陀洹是人得思惟道薄婬恚癡當得斯陀含增進思惟道斷婬恚癡得阿那含增進思惟道斷

色染無色染無明慢掉得阿羅漢是人行空無相無作解脫門得五根得五根故得無間三昧得無間三昧故得解脫智得解脫智故知所有集法皆是滅法作辟支佛是爲菩薩摩訶薩法眼淨復次舍利弗菩薩摩訶薩知是菩薩初發意行檀那波羅蜜乃至行般若波羅蜜成就信根精進根善根純厚用方便力故爲衆生受身若生刹利大姓若生婆羅門大姓若生居士大家若生四天王天處乃至他化自在天處是菩薩於其中住成就衆生隨其所樂皆給施之亦淨佛國土值遇諸佛供養恭敬尊重讚歎乃至阿耨多羅三藐三菩提亦不墮聲聞辟支佛地是名菩薩摩訶薩法眼淨復次舍利弗菩薩摩訶薩知是菩薩於阿耨多羅三藐三菩提退知是菩薩於阿耨多羅三藐三菩提不退知是菩薩受阿耨多羅三藐三菩提記知是菩薩未受阿耨多羅三藐三菩提記知是菩薩到阿惟越致地知是菩薩未到阿惟越致地知是菩薩具足神通知是菩薩未具足神通知是菩薩以具足神通飛到十方如恒河沙等世界見諸佛供養恭敬尊重讚歎知是菩薩未得神通當得神通知是菩薩當淨佛土未淨佛土是菩薩成就衆生未成就衆生是菩薩爲諸佛所稱譽所不稱譽是菩薩親近諸佛不親近諸佛是菩薩壽命有量壽命無量是菩薩得佛時比丘衆有量比丘衆無量是菩薩得阿耨多羅三藐三菩提時以菩薩爲僧不以菩薩爲僧是菩薩當修苦行難行不修苦行難行是菩薩一生補處未一生補處是菩薩

受最後身未受最後身是菩薩能坐道場不能坐道場是菩薩有魔無魔如是舍利弗是爲菩薩摩訶薩法眼淨舍利弗白佛言世尊云何菩薩摩訶薩佛眼淨佛告舍利弗有菩薩摩訶薩求佛道心次第入如金剛三昧得一切種智爾時成就十力四無所畏四無礙智十八不共法大慈大悲是菩薩摩訶薩用一切種智一切法中無法不見無法不聞無法不知無法不識舍利弗是爲菩薩摩訶薩得阿耨多羅三藐三菩提時佛眼淨如是舍利弗菩薩摩訶薩欲得五眼當學六波羅蜜何以故舍利弗是六波羅蜜中攝一切善法若聲聞法辟支佛法菩薩法佛法舍利弗若有實語能攝一切善法者般若波羅蜜是舍利弗般若波羅蜜能生五眼菩薩學五眼者得阿耨多羅三藐三菩提舍利弗有菩薩摩訶薩行般若波羅蜜時修神通波羅蜜以是神通波羅蜜受種種如意事能動大地變一身爲無數身無數身還爲一身隱顯自在山壁樹木皆過無礙如行空中履水如地凌虛如鳥出沒地中如出入水身出煙燄如大火聚身中出水如雪山水流日月大德威力難當而能摩捫乃至梵天身得自在亦不著是如意神通神通事及已身皆不可得自性空故自性離故自性無生故不作是念我得如意神通除爲薩婆若心如是舍利弗菩薩摩訶薩行般若波羅蜜時得如意神通智證是菩薩以天耳淨過於人耳聞二種聲天聲人聲亦不著是天耳神通天耳與聲及已身皆不可得自性空故自性離故自性無生故不

作是念我有是天耳除爲薩婆若心如是舍利弗菩薩摩訶薩行般若波羅蜜時得天耳神通智證是菩薩如實知他衆生心若欲心如實知欲心離欲心如實知離欲心瞋心如實知瞋心離瞋心如實知離瞋心癡心如實知癡心離癡心如實知離癡心渴愛心如實知渴愛心無渴愛心如實知無渴愛心有受心如實知有受心無受心如實知無受心攝心如實知攝心散心如實知散心小心如實知小心大心如實知大心定心如實知定心亂心如實知亂心解脫心如實知解脫心不解脫心如實知不解脫心有上心如實知有上心無上心如實知無上心亦不著是心何以故是心非心相不可思議故自性空故自性離故自性無生故不作是念我得他心智證除爲薩婆若心如是舍利弗菩薩摩訶薩行般若波羅蜜時得他心神通智證是菩薩以宿命智證通念一心乃至百心念一日乃至百日念一月乃至百月念一歲乃至百歲念一劫乃至百劫無數百劫無數千劫無數百千劫乃至無數百千萬億劫設我是處如是姓如是名字如是生如是食如是久住如是壽限如是長壽如是受苦樂我是中死生彼處彼處死生是處有相有因緣亦不著是宿命神通宿命神通事及已身皆不可得自性空故自性離故自性無生故不作是念我有是宿命神通除爲薩婆若心如是舍利弗菩薩摩訶薩行般若波羅蜜時得宿命神通智證是菩薩以天眼見衆生死時生時端正醜陋惡處好處若大若小知衆生隨業因緣

是諸衆生身惡業成就口惡業成就意惡業成就故謗毀賢聖人受邪見因緣故身壞墮惡道生地獄中是諸衆生身善業成就口善業成就意善業成就不謗毀賢聖人受正見因緣故命終入善道生天上亦不著是天眼通天眼通事及已身皆不可得自性空故自性離故自性無生故不作是念我有是天眼神通除爲薩婆若心如是舍利弗菩薩摩訶薩行般若波羅蜜時得天眼神通智證亦見十方如恒河沙等世界中衆生生死乃至生天上四神通亦如是是菩薩摩訶薩漏盡神通雖得漏盡神通不墮聲聞辟支佛地乃至阿耨多羅三藐三菩提亦不依異法亦不著是漏盡神通漏盡神通事及已身皆不可得自性空故自性離故自性無生故不作是念我得漏盡神通除爲薩婆若心如是舍利弗菩薩摩訶薩行般若波羅蜜時得漏盡神通智證如是舍利弗菩薩摩訶薩行般若波羅蜜時具足神通波羅蜜具足神通波羅蜜已增益阿耨多羅三藐三菩提舍利弗有菩薩摩訶薩行般若波羅蜜時住檀那波羅蜜淨薩婆若道畢竟空不生慳心故舍利弗有菩薩摩訶薩行般若波羅蜜時住尸羅波羅蜜淨薩婆若道畢竟空罪不罪不著故舍利弗有菩薩摩訶薩行般若波羅蜜時住羼提波羅蜜淨薩婆若道畢竟空不瞋故舍利弗有菩薩摩訶薩行般若波羅蜜時住毘梨耶波羅蜜淨薩婆若道畢竟空身心精進不懈息故舍利弗有菩薩摩訶薩行般若波羅蜜時住禪那波羅蜜淨薩婆若道畢竟空不亂不

味故舍利弗有菩薩摩訶薩行般若波羅蜜時住般若波羅蜜淨薩婆若道畢竟空不生癡心故如是舍利弗菩薩摩訶薩行般若波羅蜜時住六波羅蜜淨薩婆若道畢竟空故不來不去故不施不受故非戒非犯故非忍非瞋故不進不怠故不定不亂故不智不愚故爾時菩薩摩訶薩不分別布施不布施持戒犯戒忍辱瞋恚精進懈怠定心亂心智慧愚癡不分別毀害輕慢恭敬何以故舍利弗無生法中無有受毀者無有受害者無有受輕慢恭敬者舍利弗菩薩摩訶薩行般若波羅蜜得如是諸功德聲聞辟支佛所無有得是功德具足成就衆生淨佛國土得一切種智復次舍利弗菩薩摩訶薩行般若波羅蜜時一切衆生中生等心一切衆生中生等心已得一切諸法等得一切諸法等已立一切衆生於諸法等中是菩薩摩訶薩現世爲十方諸佛所愛念亦爲一切菩薩一切聲聞辟支佛所愛念是菩薩在所生處眼中不見不愛色乃至意不覺不愛法如是舍利弗菩薩摩訶薩行般若波羅蜜不減於阿耨多羅三藐三菩提說是般若波羅蜜品時三百比丘從座起以所著衣上佛發阿耨多羅三藐三菩提心佛爾時微笑種種色光從口中出爾時慧命阿難從座起正衣服合掌右膝著地白佛言佛何因緣微笑佛告阿難是三百比丘從是以後六十一劫當作佛皆號名大相是三百比丘捨此身當生阿閦佛國及六萬欲天子皆發阿耨多羅三藐三菩提心於彌勒佛法中出家行佛道是時佛之威神故此

間四部衆見十方面各千佛是十方國土嚴淨此娑婆國土所不及爾時十千人作願我等修淨願行修淨願行故當生彼佛世界爾時佛知是善男子深心而復微笑種種光從口中出阿難整衣服合掌白佛佛何因緣微笑佛告阿難汝見是十千人不阿難言見佛言是十千人於此壽終當生彼世界終不離諸佛後當作佛皆號莊嚴王佛

歎度品第五

爾時慧命舍利弗慧命大目揵連慧命須菩提慧命摩訶迦葉如是等諸多知識比丘及諸菩薩摩訶薩諸優婆塞優婆夷從座起合掌白佛言世尊摩訶波羅蜜是菩薩摩訶薩般若波羅蜜尊波羅蜜第一波羅蜜勝波羅蜜妙波羅蜜無上波羅蜜無等波羅蜜無等等波羅蜜如虛空波羅蜜是菩薩摩訶薩般若波羅蜜世尊自相空波羅蜜是菩薩摩訶薩般若波羅蜜世尊自性空波羅蜜是菩薩摩訶薩般若波羅蜜諸法空波羅蜜無法有法空波羅蜜開一切功德波羅蜜成就一切功德波羅蜜不可壞波羅蜜是諸菩薩摩訶薩般若波羅蜜諸菩薩摩訶薩行是般若波羅蜜無等等布施具足無等等檀那波羅蜜得無等等身得無等等法所謂阿耨多羅三藐三菩提尸羅波羅蜜羼提波羅蜜毗梨耶波羅蜜禪那波羅蜜般若波羅蜜亦如是世尊本亦復行此般若波羅蜜具足無等等六波羅蜜得無等等法得無等等色得無等等受想行識佛轉無等等法輪過去佛亦如是行此般若波羅蜜具足無等等布施乃至轉

無等等法輪未來世佛亦行此般若波羅蜜當作無等等布施乃至當轉無等等法輪以是故世尊菩薩摩訶薩欲度一切法彼岸當習行般若波羅蜜唯世尊是行般若波羅蜜菩薩摩訶薩一切世間天及人阿修羅應當禮敬供養佛告衆弟子及諸菩薩摩訶薩如是如是諸善男子是行般若波羅蜜者一切世間天及人阿修羅應當作禮恭敬供養何以故因菩薩來往故出生人道天道刹利大姓婆羅門大姓居士大家轉輪聖王四天王天乃至阿迦尼吒天出生須陁洹乃至阿羅漢辟支佛諸佛因菩薩來往故世間便有飲食衣服卧具房舍燈燭摩尼真珠玻瓈琉璃珊瑚金銀等諸寶物生舍利弗世間所有樂具若人中若天上若離欲樂是一切樂具皆由菩薩有何以故舍利弗菩薩摩訶薩行菩薩道時住六波羅蜜自行布施亦以布施成就衆生乃至自行般若波羅蜜亦以般若波羅蜜成就衆生舍利弗是故菩薩摩訶薩爲安樂一切衆生故出現於世

舌相品第六

爾時世尊出舌相徧覆三千大千世界從其舌相出無數無量色光明普照十方如恒河沙等諸佛世界是時東方如恒河沙等世界中無量無數諸菩薩見是大光明各各白其佛言世尊是誰力故有是大光明普照諸佛世界諸佛告諸菩薩言諸善男子西方有世界名娑婆是中有佛名釋迦牟尼是其舌相出大光明普照東方如恒河沙等諸佛世界南西北方四維上下亦復如是爲諸菩薩摩

訶薩說般若波羅蜜故是時諸菩薩各白其佛言我欲往供養釋迦牟尼佛及諸菩薩摩訶薩并欲聽般若波羅蜜諸佛告諸菩薩善男子汝自知時是時諸菩薩摩訶薩持諸供養具無量花蓋幢旛瓔珞衆香金銀寶花向娑婆世界詣釋迦牟尼佛所爾時四天王諸天乃至阿迦尼吒諸天各持天上天香末香澤香天樹香葉香天種種蓮花青赤紅白向釋迦牟尼佛所是諸菩薩摩訶薩及諸天所散諸花於三千大千世界虛空中化成四柱大寶臺種種異色莊嚴分明是時釋迦牟尼佛衆中有十萬億人皆從座起合掌白佛言世尊我等於未來世中亦當得如是法如今釋迦牟尼佛弟子侍從大衆說法亦爾是時佛知善男子至心於一切諸法不生不滅不出不作得是法忍佛便微笑種種色光從口中出阿難白佛言世尊何因緣故微笑佛告阿難是衆中十萬億人於諸法中得無生忍是諸人於未來世過六十八億劫當作佛劫名華積佛皆號覺華

三假品第七

爾時佛告慧命須菩提汝當教諸菩薩摩訶薩般若波羅蜜如諸菩薩摩訶薩所應成就般若波羅蜜即時諸菩薩摩訶薩及聲聞大弟子諸天等作是念慧命須菩提自以智慧力當爲諸菩薩摩訶薩說般若波羅蜜耶爲是佛力慧命須菩提知諸菩薩摩訶薩大弟子諸天心所念語慧命舍利弗敢佛弟子所說法所教授皆是佛力佛所說法法相不相違背是善男子學是法得證此法佛說如燈

舍利弗一切聲聞辟支佛實無是力能爲菩薩摩訶薩說般若波羅蜜爾時慧命須菩提白佛言世尊所說菩薩菩薩何等法名菩薩世尊我等不見是法名菩薩云何教菩薩般若波羅蜜佛告須菩提般若波羅蜜亦但有名字名爲般若波羅蜜菩薩菩薩字亦但有名字是名字不在內不在外不在中間須菩提譬如說我名和合故有是我名不生不滅但以世間名字故說如衆生壽者命者生者養育者衆數人作者使作者起者使起者受者使受者知者見者等和合法故有是諸名不生不滅但以世間名字故說般若波羅蜜菩薩菩薩字亦如是皆和合故有是亦不生不滅但以世間名字故說須菩提譬如身和合故有是亦不生不滅但以世間名字故說

須菩提譬如色受想行識亦和合故有是亦不生不滅但以世間名字故說須菩提般若波羅蜜菩薩菩薩字亦如是皆是和合故有是亦不生不滅但以世間名字故說須菩提譬如眼和合故有是亦不生不滅但以世間名字故說是眼不在內不在外不在中間耳鼻舌身意和合故有是亦不生不滅但以世間名字故說色乃至法亦如是眼界和合故有是亦不生不滅但以世間名字故說乃至意識界亦如是須菩提般若波羅蜜菩薩菩薩字亦如是皆和合故有是亦不生不滅但以世間名字故說是名字不在內不在外不在中間須菩提譬如內身名爲頭但有名字項肩臂脊肋胜蹲脚是和合故有是法及名字亦不生不滅但以名字故說是名字亦不

在内亦不在外不在中間須菩提般若波羅蜜菩薩菩薩字亦如是皆和合故有但以名字故説是亦不生不滅不在内不在外不在中間須菩提譬如外物草木枝葉莖節是一切但以名字故説是法及名字亦不生不滅非内非外非中間住須菩提般若波羅蜜菩薩菩薩字亦如是皆和合故有是法及名字亦不生不滅非内非外非中間住須菩提譬如過去諸佛名和合故有是亦不生不滅但以名字故説是亦非内非外非中間住般若波羅蜜菩薩菩薩字亦如是須菩提譬如夢響影幻燄佛所化皆是和合故有但以名字説是法及名字不生不滅非内非外非中間住般若波羅蜜菩薩菩薩字亦如是如是須菩提菩薩摩訶薩行般若波羅蜜般若波羅蜜名假施設受假施設法假施設如是應當學復次須菩提菩薩摩訶薩行般若波羅蜜時不見色名字是常不見受想行識名字是常不見色名字無常不見受想行識名字無常不見色名字樂不見色名字苦不見色名字我不見色名字無我不見色名字空不見色名字無相不見色名字無作不見色名字寂滅不見色名字垢不見色名字淨不見色名字生不見色名字滅不見色名字内不見色名字外不見色名字中間住受想行識亦如是眼色眼識眼觸眼觸因縁生諸受乃至意法意識意觸意觸因縁生諸受亦如是何以故菩薩摩訶薩行般若波羅蜜般若波羅蜜字菩薩菩薩字有爲性中亦不見無爲性中亦不見菩薩摩訶薩行般若波羅蜜是法

皆不作分別是菩薩行般若波羅蜜住不壞法中修四念處時不見般若波羅蜜不見般若波羅蜜字不見菩薩不見菩薩字乃至修十八不共法時不見般若波羅蜜不見般若波羅蜜字不見菩薩不見菩薩字菩薩摩訶薩如是行般若波羅蜜時但知諸法實相諸法實相者無垢無淨如是須菩提菩薩摩訶薩行般若波羅蜜時當作是知名字假施設知假名字已不著色不著受想行識不著眼乃至意不著色乃至法不著眼識乃至不著意識不著眼觸乃至不著意觸不著眼觸因緣生受若苦若樂不苦不樂乃至不著意觸因緣生受若苦若樂不苦不樂不著有爲性不著無爲性不著檀那波羅蜜尸羅波羅蜜羼提波羅蜜毗梨耶波羅蜜禪那波羅蜜般若波羅蜜不著三十二相不著菩薩身不著菩薩肉眼乃至不著佛眼不著智波羅蜜不著神通波羅蜜不著內空乃至不著無法有法空不著成就衆生不著淨佛國土不著方便法何以故是諸法無著者無著法無著處皆無故如是須菩提菩薩摩訶薩行般若波羅蜜時不著一切法便增益檀那波羅蜜尸羅波羅蜜羼提波羅蜜毗梨耶波羅蜜禪那波羅蜜般若波羅蜜入菩薩位得阿惟越致地具足菩薩神通遊一佛土至一佛土成就衆生恭敬尊重讚歎諸佛爲淨佛國土爲見諸佛供養供養之具善根成就故隨意悉得亦聞諸佛所說法聞已乃至阿耨多羅三藐三菩提終不忘得諸陀羅尼門諸三昧門如是須菩提菩薩摩訶薩行般若波羅蜜

時當知諸法名假施設須菩提於汝意云何色是菩薩不受想行識是菩薩不不也世尊眼耳鼻舌身意是菩薩不不也世尊色聲香味觸法是菩薩不不也世尊眼識乃至意識是菩薩不不也世尊須菩提於汝意云何地種是菩薩不不也世尊水火風空識種是菩薩不不也世尊於須菩提意云何無明是菩薩不不也世尊乃至老死是菩薩不不也世尊於須菩提意云何離色離受想行識乃至離老死是菩薩不不也世尊須菩提於汝意云何色如相是菩薩不不也世尊乃至老死如相是菩薩不不也世尊離色如相乃至離老死如相是菩薩不不也世尊佛告須菩提汝觀何等義言色非菩薩乃至老死非菩薩離色非菩薩乃至離老死非菩薩色如相非菩薩乃至老死如相非菩薩離色如相非菩薩乃至離老死如相非菩薩須菩提言世尊衆生畢竟不可得何況當是菩薩色不可得何況色離色色如離色如是菩薩乃至老死不可得何況老死離老死老死如離老死如是菩薩佛告須菩提善哉善哉如是須菩提菩薩摩訶薩衆生不可得故般若波羅蜜亦不可得當作是學於須菩提意云何色是菩薩義不不也世尊受想行識是菩薩義不也世尊於須菩提意云何色常是菩薩義不不也世尊受想行識常是菩薩義不不也世尊色無常是菩薩義不不也世尊受想行識無常是菩薩義不不也世尊色樂是菩薩義不不也世尊受想行識樂是菩薩義不不也世尊色苦是菩薩義不不也世尊受想行識

苦是菩薩義不不也世尊色我是菩薩義不不也世尊受想行識我是菩薩義不不也世尊色非我是菩薩義不不也世尊受想行識非我是菩薩義不不也世尊於須菩提意云何色空是菩薩義不不也世尊受想行識空是菩薩義不不也世尊色非空是菩薩義不不也世尊受想行識非空是菩薩義不不也世尊色相是菩薩義不不也世尊受想行識相是菩薩義不不也世尊色無相是菩薩義不不也世尊受想行識無相是菩薩義不不也世尊色作是菩薩義不不也世尊受想行識作是菩薩義不不也世尊色無作是菩薩義不不也世尊受想行識無作是菩薩義不不也世尊乃至老死亦如是佛告須菩提汝觀何等義言色非菩薩義受想行識非菩薩義乃至色受想行識無作非菩薩義乃至老死亦如是須菩提白佛言世尊色畢竟不可得何況色是菩薩義受想行識亦如是世尊色常畢竟不可得何況色無常是菩薩義乃至識亦如是世尊色樂畢竟不可得何況色苦是菩薩義乃至識亦如是世尊色我畢竟不可得何況色非我是菩薩義乃至識亦如是世尊色有畢竟不可得何況色空是菩薩義乃至識亦如是世尊色相畢竟不可得何況色無相是菩薩義乃至識亦如是世尊色作畢竟不可得何況色無作是菩薩義乃至識亦如是佛告須菩提善哉善哉如是須菩提菩薩摩訶薩行般若波羅蜜色義不可得受想行識義不可得乃至無作義不可得當作是學般若波羅蜜須菩提汝言我不見是

法名菩薩須菩提諸法不見諸法諸法不見法性法性不見諸法法性不見地種地種不見法性乃至識種不見法性法性不見識種法性不見眼色眼識性眼色眼識性不見法性乃至法性不見意法意識性意法意識性不見法性須菩提有爲性不見無爲性無爲性不見有爲性何以故離有爲不可說無爲離無爲不可說有爲如是須菩提菩薩摩訶薩行般若波羅蜜於諸法無所見是時不驚不畏不怖心亦不没不悔何以故是菩薩摩訶薩不見色受想行識故不見眼乃至意不見色乃至法不見婬怒癡不見無明乃至老死不見我乃至知者見者不見欲界色界無色界不見聲聞心辟支佛心不見菩薩不見菩薩法不見佛不見佛法不見佛道是菩薩一切法不見故不驚不畏不怖不没不悔須菩提白佛言世尊何因緣故是菩薩心不没不悔佛告須菩提菩薩摩訶薩一切心心數法不可得不可見以是故菩薩摩訶薩心不没不悔世尊云何菩薩心不驚不畏不怖佛告須菩提是菩薩意及意識不可得不可見以是故不驚不畏不怖如是須菩提菩薩摩訶薩一切法不可得故應行般若波羅蜜須菩提菩薩摩訶薩一切行處不得般若波羅蜜不得菩薩不得菩薩名亦不得菩薩心即是教菩薩摩訶薩

摩訶般若波羅蜜經卷第二

音釋

鈍　徒困切頑也不利也

弊惡　弊毘祭切亦惡也又姦欺也弊惡謂姦惡不善也

憎惡　憎音增惡烏故切亦憎也

婬恚　婬夷斟切姧婬也恚於避切怒恨也

掉　徒弔切動也搖也

摩捫　摩眉波切指也捫謨昆切撫摸也

醜陋　醜齒九切可惡也又臭也如物臭穢可惡也陋郎豆切鄙惡也

阿閦　梵語也此云無動閦初六切

臂　卑義切手臂也肱腕也

脊　資昔切背呂也

肋脞　肋音勒脅幹也又肋者勒也所以撿勒五藏也脞部禮切股也

摩訶般若波羅蜜經卷第三

姚秦三藏法師鳩摩羅什共僧叡譯

勸學品第八

爾時慧命須菩提白佛言世尊菩薩摩訶薩欲具足檀那波羅蜜當學般若波羅蜜欲具足尸羅波羅蜜羼提波羅蜜毘梨耶波羅蜜禪那波羅蜜般若波羅蜜當學般若波羅蜜菩薩摩訶薩欲知色當學般若波羅蜜乃至欲知識當學般若波羅蜜欲知眼乃至意欲知色乃至法欲知眼識乃至意識欲知眼觸乃至意觸欲知眼觸因緣生受乃至意觸因緣生受當學般若波羅蜜欲斷婬瞋癡當學般若波羅蜜菩薩摩訶薩欲斷身見戒取疑婬欲瞋恚色愛無色愛掉慢無明等諸結使及纏當學般若波羅蜜欲斷四縛四結四顛倒當學般若波羅蜜欲知十善道欲知四禪欲知四無量心四無色定四念處乃至十八不共法當學般若波羅蜜菩薩摩訶薩欲入覺意三昧當學般若波羅蜜欲入六神通九次第定超越三昧當學般若波羅蜜欲得師子遊戲三昧當學般若波羅蜜欲得師子奮迅三昧欲得一切陀羅尼門當學般若波羅蜜菩薩摩訶薩欲得首楞嚴三昧寶印三昧妙月三昧月幢相三昧一切法印三昧觀印三昧畢法性三昧畢住相三昧如金剛三昧入一切法門三昧三昧王三昧王印三昧淨力三昧高出三昧畢入一切辯才三昧入諸法名三昧觀十方三昧諸陀羅尼門印三昧一切法不忘三昧攝一切法聚印三昧虛空住三昧三分清淨三昧不退神通三昧出鉢

三昧諸三昧幢相三昧欲得如是等諸三昧門當學般若波羅蜜復次世尊菩薩摩訶薩欲滿一切衆生願當學般若波羅蜜欲得具足如是善根常不墮惡趣欲得不生卑賤之家欲得不住聲聞辟支佛地中欲得不墮菩薩頂者當學般若波羅蜜爾時慧命舍利弗問須菩提云何爲菩薩摩訶薩墮頂須菩提言舍利弗若菩薩摩訶薩不以方便行六波羅蜜入空無相無作三昧不墮聲聞辟支佛地亦不入菩薩位是名菩薩摩訶薩法愛生故墮頂舍利弗問須菩提云何名菩薩生須菩提答舍利弗言生名法愛舍利弗言何等法愛須菩提言菩薩摩訶薩行般若波羅蜜色是空受念著受想行識是空受念著舍利弗是名菩薩摩訶薩順道法愛生復次舍利弗菩薩摩訶薩色是無相受念著受想行識是無相受念著色是無作受念著受想行識是無作受念著色是寂滅受念著受想行識是寂滅受念著色是無常乃至識色是苦乃至識色是無我乃至識受念著是爲菩薩順道法愛生是苦應知集應斷盡應證道應修是垢法是淨法是應近是不應近是菩薩所應行是非菩薩所應行是菩薩道是非菩薩道是菩薩學是非菩薩學是菩薩檀那波羅蜜乃至般若波羅蜜是非菩薩檀那波羅蜜乃至般若波羅蜜是菩薩方便是非菩薩方便是菩薩熟是非菩薩熟舍利弗菩薩摩訶薩行般若波羅蜜是諸法受念著是爲菩薩摩訶薩順道法愛生舍利弗問須菩提云何名菩薩摩訶薩不生須菩提言菩薩摩訶薩

行般若波羅蜜時內空中不見外空外空中不見內空外空中不見內外空內外空中不見外空內外空中不見空空空空中不見內外空空空中不見大空大空中不見空空大空中不見第一義空第一義空中不見大空第一義空中不見有爲空有爲空中不見第一義空有爲空中不見無爲空無爲空中不見有爲空無爲空中不見畢竟空畢竟空中不見無爲空畢竟空中不見無始空無始空中不見畢竟空無始空中不見散空散空中不見無始空散空中不見性空性空中不見散空性空中不見諸法空諸法空中不見性空諸法空中不見自相空自相空中不見諸法空自相空中不見無所得空無所得空中不見自相空無所得空中不見無法空無法空中不見無所得空無法空中不見有法空有法空中不見無法空有法空中不見無法有法空無法有法空中不見有法空舍利弗菩薩摩訶薩行般若波羅蜜得入菩薩位復次舍利弗菩薩摩訶薩欲學般若波羅蜜應如是學不念色受想行識不念眼乃至意不念色乃至法不念檀那波羅蜜尸羅波羅蜜羼提波羅蜜毘梨耶波羅蜜禪那波羅蜜般若波羅蜜乃至十八不共法如是舍利弗菩薩摩訶薩行般若波羅蜜得是心不應念不應高無等等心不應念不應高大心不應念不應高何以故是心非心心相常淨故舍利弗語須菩提云何名心相常清淨須菩提言若菩薩知是心相與婬怒癡不合不離諸纏流縛等諸結使一切煩惱不合不離聲聞辟

支佛心不合不離舍利弗是名菩薩心相常淨舍利弗語須菩提有是無心相心不須菩提報舍利弗言無心相中有心相無心相可得不舍利弗言不可得須菩提言若不可得不應問有是無心相心不舍利弗復問何等是無心相須菩提言諸法不壞不分别是名無心相舍利弗復問須菩提但是心不壞不分别色亦不壞不分别乃至佛道亦不壞不分别耶須菩提言若能知心相不壞不分别是菩薩亦能知色乃至佛道不壞不分别爾時慧命舍利弗讚須菩提言善哉善哉汝眞是佛子從佛口生從見法生從法化生取法分不取財分法中自信身得證如佛所説得無諍三昧中汝最第一實如佛所舉須菩提菩薩摩訶薩應如是學般若波羅蜜是中亦當分别知菩薩如汝所説行則不離般若波羅蜜須菩提善男子善女人欲學聲聞地亦當應聞般若波羅蜜持誦讀正憶念如説行欲學辟支佛地亦當應聞般若波羅蜜持誦讀正憶念如説行欲學菩薩地亦當應聞般若波羅蜜持誦讀正憶念如説行何以故是般若波羅蜜中廣説三乘是中菩薩摩訶薩聲聞辟支佛當學

集散品第九

爾時慧命須菩提白佛言世尊我不覺不得是菩薩行般若波羅蜜當爲誰説般若波羅蜜世尊我不得一切諸法集散若我爲菩薩作字言菩薩或當有悔世尊是字不住亦不不住何以故是字無所有故以是故是字不住亦不不住世尊我不得色集散乃至識集

散若不可得云何當作名字世尊以是因緣故是字不住亦不不住何以故是字無所有故世尊我亦不得眼集散乃至意集散若不可得云何當作名字言是菩薩世尊是眼名字乃至意名字不住亦不不住何以故是名字無所有故以是故是字不住亦不不住世尊我不得色集散乃至法集散若不可得云何當作名字言是菩薩世尊是色字乃至法字亦不住亦不不住何以故是字無所有故以是故是字不住亦不不住眼識乃至意識眼觸乃至意觸眼觸因緣生受乃至意觸因緣生受亦如是世尊我不得無明集散乃至不得老死集散世尊我不得無明盡集散乃至不得老死盡集散世尊我不得婬怒癡集散諸邪見集散皆亦如是世尊我不得六波

羅蜜集散四念處集散乃至八聖道分集散空無相無作集散四禪四無量心四無色定集散念佛念法念僧念戒念捨念天念善念入出息念死集散我不得佛十力乃至十八不共法集散世尊若我不得六波羅蜜乃至十八不共法集散云何當作字言是菩薩世尊是字不住亦不不住何以故是字無所有故以是故是字不住亦不不住世尊我不得如夢五受陰集散我不得如響如影如燄如化五受陰集散亦如上說世尊我不得離集散我不得寂滅不生不滅不示不垢不淨集散世尊我不得如法性實際法相法位集散亦如上說我不得諸善不善法集散我不得有爲無爲法有漏無漏法集散過去未來現在法集散不過去不未來不現在法集散何

等是不過去不未來不現在所謂無爲法也世尊我亦不得無爲法集散世尊我亦不得佛集散世尊我亦不得十方如恒河沙等國土諸佛及菩薩聲聞集散世尊若我不得諸佛集散云何當教菩薩摩訶薩般若波羅蜜世尊是菩薩字不住亦不不住何以故是字無所有故以是故是字不住亦不不住世尊我不得是諸法實相集散云何當與菩薩作字言是菩薩世尊是諸法實相名字不住亦不不住何以故是名字無所有故以是故是名字不住亦不不住世尊諸法因緣和合假名施設所謂菩薩是名字於五陰中不可說十二處十八界乃至十八不共法中不可說於和合法中亦無可說世尊譬如夢於諸法中不可說響影燄化於諸法中亦不可說譬如名虛空亦無法中可說世尊如地水火風名亦無法中可說戒三昧智慧解脫解脫知見名亦無法中可說如須陁洹名乃至阿羅漢辟支佛名亦無法中可說如佛名法名亦無法中可說所謂若善若不善若常若無常若苦若樂若我若無我若寂滅若離若有若無世尊我以是義故心悔一切諸法集散相不可得云何爲菩薩作字言是菩薩世尊是字不住亦不不住何以故是字無所有故以是故是字不住亦不不住世尊若菩薩摩訶薩聞作是說般若波羅蜜如是相如是義心不沒不悔不驚不畏不怖當知是菩薩必住阿鞞跋致性中住不住法故復次世尊菩薩摩訶薩欲行般若波羅蜜色中不應住受想行識中不應住眼耳鼻舌身意中不應住色

聲香味觸法中不應住眼識乃至意識中不應住眼觸乃至意觸中不應住眼觸因緣生受乃至意觸因緣生受中不應住地種水火風種空識種中不應住無明乃至老死中不應住何以故世尊色色相空受想行識識相空世尊色空不名爲色離空亦無色色即是空空即是色受想行識識空不名爲識離空亦無識識即是空空即是識乃至老死老死相空世尊老死空不名老死離空亦無老死老死即是空空即是老死世尊以是因緣故菩薩摩訶薩欲行般若波羅蜜不應色中住乃至老死中不應住復次世尊菩薩摩訶薩欲行般若波羅蜜四念處中不應住何以故四念處四念處相空世尊四念處空不名四念處離空亦無四念處四念處即是空空即是四念處乃至十八不共法亦如是世尊以是因緣故菩薩摩訶薩欲行般若波羅蜜四念處乃至十八不共法中不應住復次世尊菩薩摩訶薩欲行般若波羅蜜檀那波羅蜜中不應住尸羅波羅蜜羼提波羅蜜毘梨耶波羅蜜禪那波羅蜜般若波羅蜜中不應住何以故檀那波羅蜜檀那波羅蜜相空乃至般若波羅蜜般若波羅蜜相空世尊檀那波羅蜜空不名檀那波羅蜜離空亦無檀那波羅蜜檀那波羅蜜即是空空即是檀那波羅蜜乃至般若波羅蜜亦如是世尊以是因緣故菩薩摩訶薩欲行般若波羅蜜不應六波羅蜜中住復次世尊菩薩摩訶薩欲行般若波羅蜜文字中不應住一字門二字門如是種種字門中不應住何以故諸字諸字相空

故亦如上說復次世尊菩薩摩訶薩欲行般若波羅蜜諸神通中不應住何以故諸神通神通相空神通空不名神通離空亦無神通神通即是空空即是神通世尊以是因緣故菩薩摩訶薩欲行般若波羅蜜諸神通中不應住復次世尊菩薩摩訶薩欲行般若波羅蜜色是無常不應住受想行識是無常不應住何以故無常無常相空世尊無常空不名無常離空亦無無常無常即是空空即是無常世尊以是因緣故菩薩摩訶薩欲行般若波羅蜜色是無常不應住受想行識是無常不應住色是苦不應住受想行識是苦不應住色是無我不應住受想行識是無我不應住色是空不應住受想行識是空不應住色是寂滅不應住受想行識是寂滅不應住色是離不應住受想行識是離不應住亦如上說復次世尊菩薩摩訶薩欲行般若波羅蜜如中不應住何以故如如相空世尊如相空不名如離空亦無如如即是空空即是如世尊菩薩摩訶薩欲行般若波羅蜜法性法相法位實際中不應住何以故實際實際相空世尊實際空不名實際離空亦無實際實際即是空空即是實際復次世尊菩薩摩訶薩欲行般若波羅蜜一切陀羅尼門中不應住一切三昧門中不應住何以故陀羅尼門陀羅尼門相空三昧門三昧門相空世尊陀羅尼門三昧門空不名陀羅尼門三昧門離空亦無陀羅尼門三昧門陀羅尼門三昧門即是空空即是陀羅尼門三昧門世尊以是因緣故菩薩摩訶薩欲行般若波羅蜜如乃至

陀羅尼三昧門中不應住世尊如菩薩摩訶薩欲行般若波羅蜜以無方便故以吾我心故於色中住是菩薩作色行有我心故於受想行識中住是菩薩作識行若菩薩作行者不受般若波羅蜜亦不具足般若波羅蜜不具足般若波羅蜜故不能得成就薩婆若世尊如菩薩摩訶薩欲行般若波羅蜜以無方便故以吾我心故於十二入乃至陀羅尼三昧門中住是菩薩作十二入乃至作陀羅尼三昧門行若菩薩作行者不受般若波羅蜜亦不具足般若波羅蜜不具足般若波羅蜜故不能得成就薩婆若何以故色是不受受想行識是不受色不受則非色性空故受想行識不受則非識性空故十二入是不受乃至陀羅尼三昧門是不受十二入不受則非十二入乃至陀羅尼三昧門不受則非陀羅尼三昧門性空故般若波羅蜜亦不受般若波羅蜜不受則非般若波羅蜜性空故如是菩薩摩訶薩欲行般若波羅蜜應觀諸法性空如是觀心無行處是名菩薩摩訶薩不受三昧廣大之用不與聲聞辟支佛共是薩婆若慧亦不受內空故外空內外空空空大空第一義空有爲空無爲空畢竟空無始空散空性空自相空諸法空不可得空無法空有法空無法有法空故何以故是薩婆若不可以相行得相行有垢故何等是垢相色相乃至諸陀羅尼門三昧門相是名垢相是相若受若修可得薩婆若者先尼梵志於一切智中終不生信云何爲信信般若波羅蜜分別解知稱量思惟不以相法不以無相法如是

先尼梵志不取相住信行中用信空智入諸法相中不受色不受受想行識何以故諸法自相空故不可得受是先尼梵志非內觀故得是智慧非外觀故得是智慧非內外觀故得是智慧亦不無智慧觀故得是智慧何以故梵志不見是法智者知法知處故此梵志非內色中得是智慧非內受想行識中得是智慧非外色中得是智慧非外受想行識中得是智慧非內外色中得是智慧非內外受想行識中得是智慧亦不離色受想行識中得是智慧內外空故先尼梵志此中心得信解於一切智以是故梵志信諸法實相一切法不可得故如是信解已無法可受諸法無相無憶念故是梵志於諸法亦無所得無取無捨取捨不可得故是梵志亦不念智慧諸法相無念故世尊是名菩薩摩訶薩般若波羅蜜此彼岸不度故是菩薩色受想行識不受一切法不受故乃至諸陀羅尼三昧門亦不受一切法不受故是菩薩於是中亦不取涅槃未具足四念處乃至八聖道分未具足十力乃至十八不共法故何以故是四念處非四念處乃至十八不共法非十八不共法是諸法非法亦不非法是名菩薩摩訶薩般若波羅蜜色不受乃至十八不共法不受復次世尊菩薩摩訶薩欲行般若波羅蜜應如是思惟何者是般若波羅蜜何以故名般若波羅蜜是誰般若波羅蜜若菩薩摩訶薩行般若波羅蜜如是念若法無所有不可得是般若波羅蜜爾時舍利弗問須菩提何等法無所有不可得須菩提言般若波羅蜜是法

無所有不可得禪那波羅蜜毘梨耶波羅蜜羼提波羅蜜尸羅波羅蜜檀那波羅蜜是法無所有不可得內空故外空內外空空空大空第一義空有爲空無爲空畢竟空無始空散空性空自相空諸法空不可得空無法空有法空無法有法空故舍利弗色法無所有不可得受想行識法無所有不可得內空法無所有不可得乃至無法有法空法無所有不可得舍利弗四念處法無所有不可得乃至十八不共法無所有不可得舍利弗諸神通法無所有不可得如如法無所有不可得法性法相法位法住實際法無所有不可得舍利弗佛無所有不可得薩婆若法無所有不可得一切種智法無所有不可得內空乃至無法有法空故舍利弗若菩薩摩訶薩如是思惟如是觀時心不沒不悔不驚不畏不怖當知是菩薩不離般若波羅蜜行舍利弗問須菩提何因緣故當知菩薩不離般若波羅蜜行須菩提言色離色性受想行識離識性六波羅蜜離六波羅蜜性乃至實際離實際性舍利弗復問須菩提云何是色性云何是受想行識性云何是乃至實際性須菩提言無所有是色性無所有是受想行識性乃至無所有是實際性舍利弗以是因緣故當知色離色性受想行識離識性乃至實際離實際性舍利弗色亦離色相受想行識亦離識相乃至實際亦離實際相相亦離相性亦離性舍利弗問須菩提菩薩摩訶薩若如是學得成就薩婆若須菩提言如是如是舍利弗若菩薩摩訶薩如是學得成就薩婆若何

以故以諸法不生不成就故舍利弗問須菩提何因緣故諸法不生不成就須菩提言色色空是色生成就不可得受想行識識空是識生成就不可得乃至實際實際空是實際生成就不可得舍利弗菩薩摩訶薩如是學漸近薩婆若漸得身清淨心清淨相清淨漸漸得身清淨心清淨相清淨故是菩薩不生染心不生瞋心不生癡心不生憍慢心不生慳貪心不生邪見心是菩薩不生染心乃至不生邪見心故終不生母人腹中常得化生從一佛國至一佛國成就衆生淨佛國土乃至阿耨多羅三藐三菩提終不離諸佛舍利弗菩薩摩訶薩當作是行般若波羅蜜當作是學般若波羅蜜

行相品第十

爾時須菩提白佛言世尊若菩薩摩訶薩無方便欲行般若波羅蜜若行色爲行相若行受想行識爲行相若色是常行爲行相若受想行識是常行爲行相若色是無常行爲行相若受想行識是無常行爲行相若色是樂行爲行相若受想行識是樂行爲行相若色是苦行爲行相若受想行識是苦行爲行相若色是有行爲行相若受想行識是有行爲行相若色是空行爲行相若受想行識是空行爲行相若色是我行爲行相若受想行識是我行爲行相若色是無我行爲行相若受想行識是無我行爲行相若色是離行爲行相若受想行識是離行爲行相若色是寂滅行爲行相若受想行識是寂滅行爲行相世尊若菩薩摩訶薩無方便行四念處爲行相

乃至行十八不共法爲行相世尊若菩薩摩訶薩行般若波羅蜜時作是念我行般若波羅蜜有所得行亦是行相世尊若菩薩摩訶薩作是念能如是行是修行般若波羅蜜亦是行相當知是菩薩摩訶薩行般若波羅蜜無方便須菩提語舍利弗若菩薩摩訶薩行般若波羅蜜時色受念妄解若色受念妄解爲色故作行若爲色故作行不能得離生老病死憂悲苦惱及後世苦若菩薩摩訶薩行般若波羅蜜時無方便眼受念妄解乃至意色乃至法眼識界乃至意識界眼觸乃至意觸眼觸因緣生受乃至意觸因緣生受四念處乃至十八不共法受念妄解爲十八不共法故作行若爲作行是菩薩不能得離生老病死憂悲苦惱及後世苦如是菩薩尚不能得聲聞辟支佛地證何況得阿耨多羅三藐三菩提無有是處舍利弗當知是菩薩摩訶薩行般若波羅蜜無方便舍利弗問須菩提云何當知菩薩摩訶薩行般若波羅蜜有方便須菩提語舍利弗若菩薩摩訶薩欲行般若波羅蜜時不行色不行受想行識不行色相不行受想行識相不行色受想行識常不行色受想行識無常不行色受想行識樂不行色受想行識苦不行色受想行識我不行色受想行識無我不行色受想行識空不行色受想行識無相不行色受想行識無作不行色受想行識離不行色受想行識寂滅何以故舍利弗是色空爲非色離空無色離色無空色即是空空即是色受想行識空爲非識離空無識離識無空空即是識識即是空

乃至十八不共法空爲非十八不共法離空無十八不共法離十八不共法無空空即是十八不共法十八不共法即是空如是舍利弗當知是菩薩摩訶薩行般若波羅蜜有方便是菩薩摩訶薩如是行般若波羅蜜能得阿耨多羅三藐三菩提是菩薩摩訶薩行般若波羅蜜時行亦不受不行亦不受行不行亦不受非行非不行亦不受不受亦不受舍利弗語須菩提菩薩摩訶薩行般若波羅蜜時何因緣故不受須菩提言是般若波羅蜜自性不可得故不受何以故無所有性是般若波羅蜜舍利弗以是故菩薩摩訶薩行般若波羅蜜行亦不受不行亦不受行不行亦不受非行非不行亦不受不受亦不受何以故一切法性無所有不隨諸法行不受諸法相故是名菩薩摩訶薩諸法無所受三昧廣大之用不與聲聞辟支佛共是菩薩摩訶薩行是三昧不離疾得阿耨多羅三藐三菩提舍利弗言但不離是三昧令菩薩摩訶薩疾得阿耨多羅三藐三菩提更有諸餘三昧須菩提語舍利弗言更有諸三昧菩薩摩訶薩行是三昧疾得阿耨多羅三藐三菩提舍利弗言何等三昧菩薩摩訶薩行是疾得阿耨多羅三藐三菩提須菩提言諸菩薩摩訶薩有三昧名首楞嚴行是三昧令菩薩摩訶薩疾得阿耨多羅三藐三菩提有名寶印三昧師子遊戲三昧妙月三昧月幢相三昧出諸法印三昧觀頂三昧畢法性三昧畢幢相三昧金剛三昧入法印三昧三昧王安立三昧王印三昧放光三昧力進三昧出生三昧必

入辯才三昧入名字三昧觀方三昧陀羅尼印三昧不忘三昧攝諸法海印三昧徧覆虛空三昧金剛輪三昧寶斷三昧能照耀三昧不求三昧三昧無處住三昧無心三昧淨燈三昧無邊明三昧能作明三昧普徧明三昧堅淨諸三昧三昧無垢明三昧作樂三昧電光三昧無盡三昧威德三昧離盡三昧不動三昧莊嚴三昧日光三昧月淨三昧淨明三昧能作明三昧作行三昧知相三昧如金剛三昧心住三昧徧照三昧安立三昧寶頂三昧妙法印三昧法等三昧立生喜三昧到法頂三昧能散三昧壞諸法處三昧字等相三昧離字三昧斷緣三昧不壞三昧無種相三昧無處行三昧離暗三昧無去三昧不動三昧度緣三昧集諸德三昧住無心三昧淨妙華三昧覺意三昧無量辯三昧無等等三昧度諸法三昧分別諸法三昧散疑三昧無住處三昧一相三昧生行三昧一行三昧不一行三昧妙行三昧達一切有底散三昧入言語三昧離音聲字語三昧然炬三昧淨相三昧破相三昧一切種妙足三昧不喜苦樂三昧不盡行三昧多陀羅尼三昧取諸邪正相三昧滅憎愛三昧逆順三昧淨光三昧堅固三昧滿月淨光三昧大莊嚴三昧能照一切世三昧等三昧無諍行三昧無住處樂三昧如住定三昧壞身三昧壞語如虛空三昧離著如虛空不染三昧舍利弗如菩薩摩訶薩行是諸三昧疾得阿耨多羅三藐三菩提復有無量阿僧祇三昧門陀羅尼門菩薩摩訶薩學是三昧門陀羅尼門疾得阿耨多羅三

藐三菩提慧命須菩提隨佛心言當知諸菩薩摩訶薩行是三昧者已為過去諸佛所授記今現在十方諸佛亦授是菩薩記是菩薩不見是諸三昧亦不念是三昧亦不念我當入是三昧我今入是三昧我已入是三昧是菩薩摩訶薩都無分別念舍利弗問須菩提菩薩摩訶薩住此諸三昧已從過去佛受記耶須菩提報言不也舍利弗何以故般若波羅蜜不異諸三昧諸三昧不異般若波羅蜜菩薩不異般若波羅蜜及三昧般若波羅蜜及三昧不異菩薩般若波羅蜜即是三昧三昧即是般若波羅蜜菩薩即是般若波羅蜜及三昧般若波羅蜜及三昧即是菩薩舍利弗語須菩提若三昧不異菩薩菩薩不異三昧三昧即是菩薩菩薩即是三昧菩薩云何知一切諸法是三昧須菩提言若菩薩入是三昧是時不作是念我以是法入是三昧以是因緣故舍利弗是菩薩於諸三昧不知不念舍利弗言何以故不知不念須菩提言諸三昧無所有故是菩薩不知不念爾時佛讚言善哉善哉須菩提如我說汝行無諍三昧第一與此義相應菩薩摩訶薩應如是學般若波羅蜜禪那波羅蜜毘梨耶波羅蜜羼提波羅蜜尸羅波羅蜜檀那波羅蜜四念處乃至十八不共法亦應如是學舍利弗白佛言世尊菩薩摩訶薩如是學為學般若波羅蜜耶佛告舍利弗菩薩摩訶薩如是學為學般若波羅蜜是法不可得故乃至學檀那波羅蜜是法不可得故學四念處乃至十八不共法是法不可得故舍利弗白佛言世尊菩薩

摩訶薩如是學般若波羅蜜是法不可得耶佛言是菩薩摩訶薩如是學般若波羅蜜是法不可得舍利弗言世尊何等法不可得佛言我不可得乃至知者見者不可得畢竟淨故五陰不可得十二入不可得十八界不可得畢竟淨故無明不可得畢竟淨故乃至老死不可得畢竟淨故苦諦不可得畢竟淨故集滅道諦不可得畢竟淨故欲界不可得畢竟淨故色界無色界不可得畢竟淨故四念處不可得畢竟淨故乃至十八不共法不可得畢竟淨故六波羅蜜不可得畢竟淨故須陀洹不可得畢竟淨故斯陀含阿那含阿羅漢辟支佛不可得畢竟淨故菩薩不可得畢竟淨故佛不可得畢竟淨故舍利弗白佛言世尊何等是畢竟淨佛言不出不生無得無作是名畢竟淨舍利弗白佛言世尊菩薩摩訶薩若如是學爲學何等法佛告舍利弗菩薩摩訶薩如是學於諸法無所學何以故舍利弗諸法相不如凡夫所著舍利弗白佛言世尊諸法實相云何有佛言諸法無所有如是有如是無所有是事不知名爲無明舍利弗白佛言世尊何等無所有是事不知名爲無明佛告舍利弗色受想行識無所有内空乃至無法有法空故四念處乃至十八不共法無所有内空乃至無法有法空故是中凡夫以無明力渴愛故妄見分別説是無明是凡夫爲二邊所縛是人不知不見諸法無所有而憶想分別著色乃至十八不共法是人著故於無所有法而作識知見是凡夫不知不見何等不知不見不知不見色乃至十八

不共法亦不知不見以是故墮凡夫數如小兒是人不出於何不出不出欲界不出色界不出無色界不出聲聞辟支佛法中是人亦不信不信何等不信色空乃至不信十八不共法空是人不住不住何等不住檀那波羅蜜乃至不住般若波羅蜜不住阿鞞跋致地乃至不住十八不共法以是因緣故名爲凡夫如小兒亦名爲著者何等爲著著色乃至識著眼入乃至意入著眼識界乃至意識界著婬怒癡著諸邪見著四念處乃至著佛道舍利弗白佛言世尊菩薩摩訶薩作如是學亦不學般若波羅蜜不得薩婆若佛語舍利弗菩薩摩訶薩作如是學亦不學般若波羅蜜不得薩婆若舍利弗白佛言世尊何以故菩薩摩訶薩亦不學般若波羅蜜不得薩婆若佛告舍利弗菩薩摩訶薩無方便故想念分別著般若波羅蜜著禪那波羅蜜毗梨耶波羅蜜羼提波羅蜜尸羅波羅蜜檀那波羅蜜乃至十八不共法一切種智想念分別著以是因緣故菩薩摩訶薩如是學亦不學般若波羅蜜不得薩婆若舍利弗白佛言世尊若菩薩摩訶薩如是學亦不學般若波羅蜜不得薩婆若佛告舍利弗菩薩摩訶薩如是學亦不學般若波羅蜜不得薩婆若舍利弗白佛言世尊菩薩摩訶薩今云何應學般若波羅蜜得薩婆若佛告舍利弗若菩薩摩訶薩學般若波羅蜜時不見般若波羅蜜舍利弗菩薩摩訶薩如是學般若波羅蜜得薩婆若以不可得故舍利弗白佛言世尊云何名不可得佛言諸法内空乃至無法有法空故

摩訶般若波羅蜜經卷第三

音釋

奮迅 奮方問切迅思晉切奮迅謂奮揚振動也

首楞嚴 梵語也此云健相分別楞盧登切

摩訶般若波羅蜜經卷第四

姚秦三藏法師鳩摩羅什共僧叡譯

幻學品第十一

爾時慧命須菩提白佛言世尊若當有人問言幻人學般若波羅蜜當得薩婆若不幻人學禪波羅蜜毘梨耶波羅蜜羼提波羅蜜尸羅波羅蜜檀波羅蜜學四念處乃至十八不共法及一切種智得薩婆若不我當云何答佛告須菩提我還問汝隨汝意答我須菩提於汝意云何色與幻有異不受想行識與幻有異不須菩提言不也世尊佛言於汝意云何眼與幻有異不乃至意與幻有異不色乃至法與幻有異不眼界乃至意識界與幻有異不眼觸乃至意觸眼觸因緣生受乃至意觸因緣生受與幻有異不須菩提言不也世尊於汝意云何四念處與幻有異不乃至八聖道分與幻有異不不也世尊於汝意云何空無相無作與幻有異不不也世尊須菩提於汝意云何檀波羅蜜與幻有異不乃至十八不共法與幻有異不不也世尊須菩提於汝意云何阿耨多羅三藐三菩提與幻有異不不也世尊何以故色不異幻幻不異色色即是幻幻即是色世尊受想行識不異幻幻不異受想行識識即是幻幻即是識世尊眼不異幻幻不異眼眼即是幻幻即是眼眼觸因緣生受乃至意觸因緣生受亦如是世尊四念處不異幻幻不異四念處四念處即是幻幻即是四念處乃至阿耨多羅三藐三菩提不異幻幻不異阿耨多羅三藐三菩提阿耨多羅三藐三菩提即是幻幻即是阿耨多

羅三藐三菩提佛告須菩提於汝意云何幻有垢有淨不不也世尊須菩提於汝意云何幻有生有滅不不也世尊若法不生不滅是法能學般若波羅蜜當得薩婆若不不也世尊於汝意云何五受陰假名是菩薩不如是世尊於汝意云何五受陰假名有生滅垢淨不不也世尊於汝意云何若法但有名字非身非身業非口非口業非意非意業不生不滅不垢不淨如是法能學般若波羅蜜得薩婆若不不也世尊菩薩摩訶薩若能如是學般若波羅蜜當得薩婆若以無所得故須菩提白佛言世尊菩薩摩訶薩應如是學般若波羅蜜學阿耨多羅三藐三菩提如幻人何以故世尊當知五陰即是幻人幻人即是五陰佛告須菩提於汝意云何是五陰學般若波羅蜜當得薩婆若不不也世尊何以故是五陰性無所有無所有性亦不可得佛告須菩提於汝意云何如夢五陰學般若波羅蜜當得薩婆若不不也世尊何以故夢性無所有無所有性亦不可得於汝意云何如響如影如燄如化五陰學般若波羅蜜當得薩婆若不不也世尊何以故響影燄化性無所有無所有性亦不可得六情亦如是世尊識即是六情六情即是五陰如是法皆內空故不可得乃至無法有法空故不可得須菩提白佛言世尊新發大乘意菩薩聞說般若波羅蜜將無恐怖佛告須菩提若新發大乘意菩薩於般若波羅蜜無方便亦不得善知識是菩薩或驚或怖或畏須菩提白佛言世尊何等是方便菩薩行是方便不驚不畏不怖佛告

須菩提有菩薩摩訶薩行般若波羅蜜應薩婆若心觀色無常相是亦不可得觀受想行識無常相亦不可得須菩提是名菩薩摩訶薩行般若波羅蜜中方便復次須菩提菩薩摩訶薩應薩婆若心觀色苦相是亦不可得受想行識亦如是應薩婆若心觀色無我相是亦不可得受想行識亦如是復次須菩提菩薩摩訶薩應薩婆若心觀色空相是亦不可得受想行識亦如是觀色無相相是亦不可得受想行識亦如是觀色無作相是亦不可得受想行識亦如是觀色寂滅相是亦不可得乃至識亦如是觀色離相是亦不可得乃至識亦如是是名菩薩摩訶薩行般若波羅蜜中方便復次須菩提菩薩摩訶薩行般若波羅蜜觀色無常相是亦不可得觀色苦相無我相空相無相相無作相寂滅相離相是亦不可得受想行識亦如是是時菩薩作是念我當爲一切衆生說是無常法是亦不可得當爲一切衆生說苦相說無我相空相無相相無作相寂滅相離相是亦不可得是名菩薩摩訶薩檀波羅蜜復次須菩提菩薩摩訶薩不以聲聞辟支佛心觀色無常亦不可得不以聲聞辟支佛心觀識無常亦不可得不以聲聞辟支佛心觀色苦無我空無相無作寂滅離亦不可得受想行識亦如是是名菩薩摩訶薩不著尸羅波羅蜜復次須菩提菩薩摩訶薩行般若波羅蜜是諸法無常相乃至離相忍欲樂是名菩薩摩訶薩羼提波羅蜜復次須菩提菩薩摩訶薩行般若波羅蜜應薩婆若心觀色無常相亦不可得乃

至離相亦不可得受想行識亦如是應薩婆若心不捨不息是名菩薩摩訶薩毘梨耶波羅蜜復次須菩提菩薩摩訶薩行般若波羅蜜不起聲聞辟支佛意及餘不善心是名菩薩摩訶薩禪那波羅蜜復次須菩提菩薩摩訶薩行般若波羅蜜如是思惟不以空色故色空色即是空空即是色受想行識亦如是不以空眼故眼空眼即是空空即是眼乃至意觸因緣生受不以空受故受空受即是空空即是受不以空四念處故四念處空四念處即是空空即是四念處乃至不以空十八不共法故十八不共法空十八不共法即是空空即是十八不共法如是須菩提菩薩摩訶薩行般若波羅蜜不驚不畏不怖須菩提白佛言世尊何等是菩薩摩訶薩善知識守護故聞說般若波羅蜜不驚不畏不怖佛告須菩提菩薩摩訶薩善知識者說色無常亦不可得持是善根不向聲聞辟支佛道但向一切智是名菩薩摩訶薩善知識說受想行識無常亦不可得持是善根不向聲聞辟支佛道但向一切智是名菩薩摩訶薩善知識須菩提菩薩摩訶薩復有善知識說色苦亦不可得說受想行識苦亦不可得說色無我受想行識無我亦不可得說色空無相無作寂滅離亦不可得受想行識空無相無作寂滅離亦不可得持是善根不向聲聞辟支佛道但向一切智須菩提是名菩薩摩訶薩善知識須菩提菩薩摩訶薩復有善知識說眼無常乃至離亦不可得乃至意觸因緣生受說無常乃至離亦不可得持是善根不向聲

聞辟支佛道但向一切智是名菩薩摩訶薩善知識須菩提菩薩摩訶薩復有善知識說修四念處法乃至離亦不可得持是善根不向聲聞辟支佛道但向一切智須菩提是名菩薩摩訶薩善知識乃至說修十八不共法修一切智亦不可得持是善根不向聲聞辟支佛道但向一切智是名菩薩摩訶薩善知識須菩提白佛言云何菩薩摩訶薩行般若波羅蜜無方便隨惡知識聞說是般若波羅蜜驚怖畏佛告須菩提菩薩摩訶薩離一切智心修般若波羅蜜得是般若波羅蜜念是般若波羅蜜禪那波羅蜜毘梨耶波羅蜜羼提波羅蜜尸羅波羅蜜檀那波羅蜜皆得皆念復次須菩提菩薩摩訶薩離薩婆若心觀色内空乃至無法有法空觀受想行識内空乃至無法有法空觀眼内空乃至無法有法空乃至意觸因緣生受内空乃至無法有法空於諸法空有所念有所得復次須菩提菩薩摩訶薩行般若波羅蜜離薩婆若心修四念處亦念亦得乃至修十八不共法亦念亦得如是須菩提菩薩摩訶薩行般若波羅蜜以無方便故聞是般若波羅蜜驚畏怖須菩提白佛言世尊云何菩薩摩訶薩隨惡知識聞般若波羅蜜驚畏怖佛告須菩提菩薩摩訶薩惡知識教離般若波羅蜜離禪那波羅蜜毘梨耶波羅蜜羼提波羅蜜尸羅波羅蜜檀那波羅蜜須菩提是名菩薩摩訶薩惡知識須菩提菩薩摩訶薩復有惡知識不說魔事不說魔罪不作是言惡魔作佛形像來教菩薩離六波羅蜜語菩薩言善男子用修般

若波羅蜜爲用修禪波羅蜜毘梨耶波羅蜜羼提波羅蜜尸羅波羅蜜檀波羅蜜爲當知是菩薩摩訶薩惡知識復次須菩提惡魔復作佛形像到菩薩所爲說聲聞經若修妬路乃至憂波提舍教詔分別演說如是經不爲說魔事魔罪當知是菩薩摩訶薩惡知識復次須菩提惡魔作佛形像到菩薩所作是語善男子汝無眞菩薩心亦非阿惟越致地汝亦不能得阿耨多羅三藐三菩提不爲說如是魔事魔罪當知是菩薩惡知識復次須菩提惡魔作佛形像到菩薩所語菩薩言善男子色空無我無我所受想行識空無我無我所眼空無我無我所乃至意觸因緣生受空無我無我所檀波羅蜜空乃至般若波羅蜜空四念處空乃至十八不共法空汝用阿耨多羅三藐三菩提爲如是魔事魔罪不說不教當知是菩薩惡知識復次須菩提惡魔作辟支佛身到菩薩所語菩薩言善男子十方皆空是中無佛無菩薩無聲聞如是魔事魔罪不說不教當知是菩薩摩訶薩惡知識復次須菩提惡魔作和尚阿闍梨身到菩薩所教離菩薩道教離一切種智教離四念處乃至八聖道分教離檀波羅蜜乃至離十八不共法教入空無相無作作是言善男子汝修念是諸法得聲聞證用阿耨多羅三藐三菩提爲如是魔事魔罪不說不教當知是菩薩惡知識復次須菩提惡魔作父母形像到菩薩所語菩薩言子汝爲須陀洹果證故勤精進乃至阿羅漢果證故勤精進汝用阿耨多羅三藐三菩提爲求阿耨多羅三藐三菩提

當受無量阿僧祇劫生死截手截脚受諸苦痛如是魔事魔罪不說不教當知是菩薩惡知識復次須菩提惡魔作比丘形像到菩薩所語菩薩言眼無常可得法乃至意無常可得法眼苦眼無我眼空無相無作寂滅離說可得法乃至意亦如是用有所得法說四念處乃至用有所得法說十八不共法須菩提如是魔事魔罪不說不教當知是菩薩惡知識知已當遠離之

句義品第十二

爾時須菩提白佛言世尊云何爲菩薩句義佛告須菩提無有義是菩薩句義何以故阿耨多羅三藐三菩提無有義處亦無我以是故無句義是菩薩句義須菩提譬如鳥飛虛空無有跡菩薩句義無所有亦如是須菩提譬如夢中所見無處所菩薩句義無所有亦如是須菩提譬如幻無有實義如燄如響如影如佛所化無有實義菩薩句義無所有亦如是須菩提譬如如法性法相法位實際無有義菩薩句義無所有亦如是須菩提譬如幻人色無有義幻人受想行識無有義菩薩摩訶薩行般若波羅蜜時菩薩句義無所有亦如是須菩提如幻人眼無有義乃至意無有義須菩提如幻人色無有義乃至法無有義眼觸因緣生受乃至意觸因緣生受無有義菩薩摩訶薩行般若波羅蜜時菩薩句義無所有亦如是須菩提如幻人行內空無有義乃至行無法有法空無有義菩薩摩訶薩行般若波羅蜜時菩薩句義無所有亦如是須菩提如幻人行四念處乃至十八不共法

無有義菩薩摩訶薩行般若波羅蜜時菩薩句義無所有亦如是須菩提如多陀阿伽度阿羅訶三藐三佛陀色無有義是色無有故菩薩摩訶薩行般若波羅蜜時菩薩句義無所有亦如是須菩提如多陀阿伽度阿羅訶三藐三佛陀受想行識無有義是識無有故菩薩摩訶薩行般若波羅蜜時菩薩句義無所有亦如是須菩提如佛眼無處所乃至意無處所色乃至法無處所眼觸乃至意觸因緣生受無處所菩薩摩訶薩行般若波羅蜜時菩薩句義無所有亦如是須菩提如佛內空無處所乃至無法有法空無處所菩薩摩訶薩行般若波羅蜜時菩薩句義無所有亦如是須菩提如佛四念處無處所乃至十八不共法無處所菩薩摩訶薩行般若波羅蜜時菩薩句義無所有亦如是須菩提如有爲性中無無爲性義無爲性中無有爲性義菩薩摩訶薩行般若波羅蜜時菩薩句義無所有亦如是須菩提如不生不滅義無處所菩薩摩訶薩行般若波羅蜜時菩薩句義無所有亦如是須菩提如不作不出不得不垢不淨無處所菩薩句義無所有亦如是須菩提白佛言何法不生不滅故無處所何法不作不出不得不垢不淨故無處所佛告須菩提色不生不滅故無處所受想行識不生不滅故無處所乃至不垢不淨亦如是入界不生不滅故無處所乃至不垢不淨亦如是四念處不生不滅故無處所乃至不垢不淨亦如是乃至十八不共法不生不滅故無處所乃至不垢不淨亦如是須菩提菩薩摩訶薩行

般若波羅蜜時菩薩句義無所有亦如是須菩提如四念處淨義畢竟不可得須菩提菩薩摩訶薩行般若波羅蜜時菩薩句義無所有亦如是須菩提如四正勤乃至十八不共法淨義畢竟不可得菩薩摩訶薩行般若波羅蜜時菩薩句義無所有亦如是須菩提如淨中我不可得我無所有故乃至淨中知者見者不可得知者見者無所有故須菩提菩薩摩訶薩行般若波羅蜜時菩薩句義無所有亦如是須菩提譬如日出時無有黑闇菩薩摩訶薩行般若波羅蜜時菩薩句義無所有亦如是須菩提譬如劫燒時無一切物菩薩摩訶薩行般若波羅蜜時菩薩句義無所有亦如是須菩提佛戒中無破戒須菩提菩薩摩訶薩行般若波羅蜜時菩薩句義無所有亦如是須菩提如佛定中無亂心佛慧中無愚癡佛解脫中無不解脫解脫知見中無不解脫知見須菩提菩薩摩訶薩行般若波羅蜜時菩薩句義無所有亦如是須菩提譬如佛光中日月光不現佛光中四天王天三十三天夜摩天兜率陀天化樂天他化自在天梵衆天乃至阿迦尼吒天光不現須菩提菩薩摩訶薩行般若波羅蜜時菩薩句義無所有亦如是何以故是阿耨多羅三藐三菩提菩薩菩薩句義是一切法皆不合不散無色無形無對一相所謂無相如是須菩提菩薩摩訶薩一切法無礙相中應當學亦應當知須菩提白佛言世尊何等是一切法云何一切法中無礙相應學應知佛告須菩提一切法者善法不善法記法無記法世間法出

世間法有漏法無漏法有爲法無爲法共法不共法須菩提是名一切法菩薩摩訶薩是一切法無礙相中應學應知須菩提白佛言世尊何等名世間善法佛告須菩提世間善法者孝順父母供養沙門婆羅門敬事尊長布施福處持戒福處修定福處勸導福事方便生福德世間十善道九想脹想血想壞想膿爛想青想噉想散想骨想燒想四禪四無量心四無色定念佛念法念僧念戒念捨念天念善念安般念身念死是名世間善法何等不善法奪他命不與取邪婬妄語兩舌惡口非時語貪瞋邪見是十不善道等是名不善法何等記法若善法若不善法是名記法何等無記法無記身業口業意業無記四大無記五陰十二入十八界無記報是名無記法何等名世間法世間法者五陰十二入十八界十善道四禪四無量心四無色定是名世間法何等名出世間法四念處四正勤四如意足五根五力七覺分八聖道分空解脫門無相解脫門無作解脫門三無漏根未知欲知根知根知已根三三昧有覺有觀三昧無覺有觀三昧無覺無觀三昧明解脫念慧正憶八背捨何等八色觀色是初背捨內無色相外觀色是二背捨淨背捨身作證是三背捨過一切色相故滅有對相故一切異相不念故入無邊空處是四背捨過一切無邊空處入一切無邊識處是五背捨過一切無邊識處入無所有處是六背捨過一切無所有處入非有想非無想處是七背捨過一切非有想非無想處入滅受想定是八背捨九

次第定何等九離欲離惡不善法有覺有觀離生喜樂入初禪滅諸覺觀內清淨故一心無覺無觀定生喜樂入第二禪離喜故行捨受身樂聖人能說能捨念行樂入第三禪斷喜樂故先滅憂喜故不苦不樂捨念淨入第四禪過一切色相故滅有對相故一切異相不念故入無邊空處過一切無邊空處入無邊識處過一切無邊識處入無所有處過一切無所有處入非有想非無想處過一切非有想非無想處入滅受想定復有出世間法內空乃至無法有法空佛十力四無所畏四無礙智十八不共法一切智是名出世間法何等爲有漏法五受陰十二入十八界六種六觸六受四禪乃至四無色定是名有漏法何等爲無漏法四念處乃至十八不共法及一切智是名無漏法何等爲有爲法若法生住滅欲界色界無色界五陰乃至意識因緣生受四念處乃至十八不共法及一切智是名有爲法何等爲無爲法不生不住不滅若染盡瞋盡癡盡如不異法相法性法位實際是名無爲法何等爲共法四禪四無量心四無色定如是等是名共法何等名不共法四念處乃至十八不共法是名不共法菩薩摩訶薩於是自相空法中不應著不動故菩薩亦應知一切法不二相不動故是名菩薩義

金剛品第十三

爾時須菩提白佛言世尊何以故名爲摩訶薩佛告須菩提菩薩於必定衆中爲上首是故名摩訶薩須菩提白佛言世尊何等爲必定衆是菩薩摩訶薩而爲上首佛告須菩提

必定衆者性地人八人須陀洹斯陀含阿那含阿羅漢辟支佛初發心菩薩乃至阿鞞跋致地菩薩須菩提是爲必定衆菩薩爲上首菩薩摩訶薩於是中生大心不可壞如金剛當爲必定衆作上首須菩提白佛言世尊何等是菩薩摩訶薩生大心不可壞如金剛佛告須菩提菩薩摩訶薩應生如是心我當於無量生死中大誓莊嚴我應當捨一切所有我應當等心於一切衆生我應當以三乘度脫一切衆生令入無餘涅槃我度一切衆生已無有乃至一人入涅槃者我應當解一切諸法不生相我應當純以薩婆若心行六波羅蜜我應當學智慧了達一切法我應當了達諸法一相智門我應當了達乃至無量相智門須菩提是名菩薩摩訶薩生大心不可壞如金剛是菩薩摩訶薩住是心中於諸必定衆而爲上首是法用無所得故須菩提菩薩摩訶薩應生如是心我當代十方一切衆生若地獄衆生若畜生衆生若餓鬼衆生受苦痛爲一一衆生無量百千億劫代受地獄中苦乃至是衆生入無餘涅槃以是法故爲是衆生受諸勤苦是衆生入無餘涅槃已然後自種善根無量百千億阿僧祇劫當得阿耨多羅三藐三菩提須菩提是爲菩薩摩訶薩生大心不可壞如金剛住是心中爲必定衆作上首復次須菩提菩薩摩訶薩生大快心住是大快心中爲必定衆作上首須菩提白佛言世尊何等是菩薩摩訶薩大快心佛言菩薩摩訶薩從初發意乃至阿耨多羅三藐三菩提不生染心瞋恚愚癡心不生慢心

不生聲聞辟支佛心是名菩薩摩訶薩大快心住是心中爲必定衆作上首亦不念有是心復次須菩提菩薩摩訶薩應生不動心須菩提白佛言云何名不動心佛言常念一切種智心亦不念有是心是名菩薩摩訶薩不動心復次須菩提菩薩摩訶薩於一切衆生中應生利益安樂心云何名利益安樂心救濟一切衆生不捨一切衆生是事亦不念有是心是名菩薩摩訶薩於一切衆生中生利益安樂心如是須菩提是菩薩摩訶薩行般若波羅蜜於必定衆中最爲上首復次須菩提菩薩摩訶薩應當生欲法喜法樂法心何等是法所謂不破諸法實相是名爲法何等名欲法喜法信法忍法受法是名欲法喜法何等名樂法常修行是法是名樂法如是須菩提菩薩摩訶薩行般若波羅蜜於必定衆中能爲上首是法用無所得故復次須菩提菩薩摩訶薩行般若波羅蜜住内空乃至無法有法空能爲必定衆作上首是法用無所得故復次須菩提菩薩摩訶薩行般若波羅蜜住四念處中乃至住十八不共法能爲必定衆作上首是法用無所得故復次須菩提菩薩摩訶薩行般若波羅蜜住如金剛三昧乃至離著虚空不染三昧中住於必定衆作上首是法用無所得故如是須菩提菩薩摩訶薩住是諸法中能爲必定衆作上首以是因緣故名爲摩訶薩

斷諸見品第十四

爾時慧命舍利弗白佛言世尊我亦欲説所以爲摩訶薩佛告舍利弗便説舍利弗言我

見衆生見壽見命見生見養育見衆數見人見作見使作見起見使起見受見使受見知者見見者見斷見常見有見無見陰見入見界見諦見因緣見四念處見乃至十八不共法見佛道見成就衆生見淨佛國土見佛見轉法輪見爲斷如是諸見故而爲說法是名摩訶薩須菩提語舍利弗言何因緣故色見是見何因緣故受想行識乃至轉法輪見是名爲見舍利弗語須菩提菩薩摩訶薩行般若波羅蜜時無方便故得色生見用有所得故得受想行識乃至轉法輪生見用有所得故是中菩薩摩訶薩行般若波羅蜜以方便力斷諸見綱故而爲說法用無所得故爾時須菩提白佛言世尊我亦欲說所以爲摩訶薩佛言便說須菩提言世尊是阿耨多羅三藐三菩提心無等等心不共聲聞辟支佛心何以故是一切智心無漏不繫故是一切智心無漏不繫中亦不著以是因緣故名摩訶薩舍利弗語須菩提何等爲菩薩摩訶薩無等等心不共聲聞辟支佛心須菩提言菩薩摩訶薩從初發意已來不見法有生有滅有增有減有垢有淨舍利弗若法無生無滅乃至無垢無淨是中無聲聞心無辟支佛心無阿耨多羅三藐三菩提心無佛心舍利弗是名菩薩摩訶薩無等等心不共聲聞辟支佛心舍利弗語須菩提如須菩提說一切智心無漏心不繫心中亦不著須菩提色亦不著受想行識亦不著四念處亦不著乃至十八不共法亦不著何以但說是心不著須菩提言如是如是舍利弗色亦不著乃至十八不

共法亦不著舍利弗語須菩提凡人心亦無漏不繫性空故諸聲聞辟支佛心諸佛心亦無漏不繫性空故須菩提言如是舍利弗舍利弗言須菩提色亦無漏不繫性空故受想行識亦無漏不繫性空故乃至意識因緣生受亦無漏不繫性空故須菩提言爾舍利弗言四念處亦無漏不繫性空故乃至十八不共法亦無漏不繫性空故須菩提言爾如舍利弗所言凡夫人心亦無漏不繫性空故乃至十八不共法亦無漏不繫性空故舍利弗語須菩提如須菩提所説空無心故不著是心須菩提色無故不著色受想行識乃至意識因緣生受無故不著受四念處無故不著四念處乃至十八不共法無故不著十八不共法須菩提言如是舍利弗色無故不著色乃至十八不共法無故不著十八不共法如是舍利弗菩薩摩訶薩行般若波羅蜜時以阿耨多羅三藐三菩提心無等等心不共聲聞辟支佛心不念有是心亦不著是心用一切法無所得故以是故名摩訶薩

富樓那品第十五

爾時富樓那彌多羅尼子白佛言世尊我亦樂説所以爲摩訶薩佛言便説富樓那彌多羅尼子言是菩薩大誓莊嚴是菩薩發趣大乘是菩薩乘於大乘以是故是菩薩名摩訶薩舍利弗語富樓那言云何名菩薩摩訶薩大誓莊嚴富樓那語舍利弗菩薩摩訶薩不分別爲爾所人故住檀波羅蜜爲一切衆生故住檀波羅蜜行檀波羅蜜不爲爾所人故住尸波羅蜜行尸波羅蜜羼提

波羅蜜毘梨耶波羅蜜禪波羅蜜般若波羅蜜爲一切衆生故住般若波羅蜜行般若波羅蜜菩薩摩訶薩大誓莊嚴不齊限衆生我當度若干人不度餘人不言我令若干人至阿耨多羅三藐三菩提餘人不至是菩薩摩訶薩普爲一切衆生故大誓莊嚴復作是念我當自具足檀波羅蜜亦令一切衆生行檀波羅蜜自具足尸波羅蜜羼提波羅蜜毘梨耶波羅蜜禪波羅蜜自具足般若波羅蜜亦令一切衆生行般若波羅蜜復次舍利弗菩薩摩訶薩行檀波羅蜜時所有布施應薩婆若心共一切衆生迴向阿耨多羅三藐三菩提舍利弗是名菩薩摩訶薩行檀波羅蜜時檀波羅蜜大誓莊嚴復次舍利弗菩薩摩訶薩行檀波羅蜜時應薩婆若心布施不向聲聞辟支佛地舍利弗是名菩薩摩訶薩行檀波羅蜜時尸波羅蜜大誓莊嚴復次舍利弗菩薩摩訶薩行檀波羅蜜時應薩婆若心布施是諸施法信忍欲是名行檀波羅蜜時羼提波羅蜜大誓莊嚴復次舍利弗菩薩摩訶薩行檀波羅蜜時應薩婆若心布施勤修不息是名行檀波羅蜜時毘梨耶波羅蜜大誓莊嚴復次舍利弗菩薩摩訶薩行檀波羅蜜時應薩婆若心布施攝心不起聲聞辟支佛意是名行檀波羅蜜時禪波羅蜜大誓莊嚴復次舍利弗菩薩摩訶薩行檀波羅蜜時應薩婆若心布施觀諸法如幻不得施者不得所施物不得受者是名行檀波羅蜜時般若波羅蜜大誓莊嚴如是舍利弗菩薩摩訶薩應薩婆若心不取不得諸波羅蜜相當知是

菩薩摩訶薩大誓莊嚴復次舍利弗菩薩摩訶薩行尸波羅蜜時應薩婆若心布施共一切衆生迴向阿耨多羅三藐三菩提是名菩薩摩訶薩行尸波羅蜜時檀波羅蜜復次舍利弗菩薩摩訶薩行尸波羅蜜時是諸法信忍欲是名菩薩摩訶薩行尸波羅蜜時羼提波羅蜜復次舍利弗菩薩摩訶薩行尸波羅蜜時勤修不息是名菩薩摩訶薩行尸波羅蜜時毘梨耶波羅蜜復次舍利弗菩薩摩訶薩行尸波羅蜜時不受聲聞辟支佛心是名菩薩摩訶薩行尸波羅蜜時禪波羅蜜復次舍利弗菩薩摩訶薩行尸波羅蜜時觀一切法如幻亦不念有是戒用無所得故是名菩薩摩訶薩行尸波羅蜜時般若波羅蜜如是舍利弗菩薩摩訶薩行尸波羅蜜時攝諸波羅蜜以是故名大誓莊嚴復次舍利弗菩薩摩訶薩行羼提波羅蜜時應薩婆若心布施共一切衆生迴向阿耨多羅三藐三菩提是爲菩薩摩訶薩行羼提波羅蜜時檀波羅蜜復次舍利弗菩薩摩訶薩行羼提波羅蜜時不受聲聞辟支佛心但受薩婆若心是名菩薩摩訶薩行羼提波羅蜜時尸波羅蜜復次舍利弗菩薩摩訶薩行羼提波羅蜜時應薩婆若心身心精進不休不息是名菩薩摩訶薩行羼提波羅蜜時毘梨耶波羅蜜復次舍利弗菩薩摩訶薩行羼提波羅蜜時攝心一處雖有苦事心不散亂是名菩薩摩訶薩行羼提波羅蜜時禪波羅蜜復次舍利弗菩薩摩訶薩行羼提波羅蜜時應薩婆若心觀諸法空無作者無受者若有呵罵割截者心如

幻如夢是名菩薩摩訶薩行羼提波羅蜜時般若波羅蜜復次舍利弗菩薩摩訶薩行毘梨耶波羅蜜時應薩婆若心布施不令身心懈怠是名菩薩摩訶薩行毘梨耶波羅蜜時檀波羅蜜復次舍利弗菩薩摩訶薩行毘梨耶波羅蜜時應薩婆若心始終具足清淨持戒是名菩薩摩訶薩行毘梨耶波羅蜜時尸波羅蜜復次舍利弗菩薩摩訶薩行毘梨耶波羅蜜時應薩婆若心修行忍辱是名菩薩摩訶薩行毘梨耶波羅蜜時羼提波羅蜜復次舍利弗菩薩摩訶薩行毘梨耶波羅蜜時應薩婆若心攝心離欲入諸禪定是名菩薩摩訶薩行毘梨耶波羅蜜時禪波羅蜜復次舍利弗菩薩摩訶薩行毘梨耶波羅蜜時應薩婆若心不取一切諸法相於不取相亦不著是名菩薩摩訶薩行毘梨耶波羅蜜時般若波羅蜜如是舍利弗菩薩摩訶薩行毘梨耶波羅蜜時攝諸波羅蜜復次舍利弗菩薩摩訶薩行禪波羅蜜時應薩婆若心定心布施不令心亂是名菩薩摩訶薩行禪波羅蜜時檀波羅蜜復次舍利弗菩薩摩訶薩行禪波羅蜜時應薩婆若心持戒禪定力故破戒諸法不令得入是名菩薩行禪波羅蜜時尸波羅蜜復次舍利弗菩薩摩訶薩行禪波羅蜜時應薩婆若心慈悲定故忍諸惱害是名菩薩摩訶薩行禪波羅蜜時羼提波羅蜜復次舍利弗菩薩摩訶薩行禪波羅蜜時應薩婆若心於禪不味不著常求增進從一禪至一禪是名菩薩摩訶薩行禪波羅蜜時毘梨耶波羅蜜復次舍利弗菩薩摩訶薩行禪波

羅蜜時應薩婆若心於一切法無所依止亦不隨禪生是名菩薩摩訶薩行禪波羅蜜時般若波羅蜜如是舍利弗菩薩摩訶薩行禪波羅蜜時攝諸波羅蜜復次舍利弗菩薩摩訶薩行般若波羅蜜時應薩婆若心布施内外所有無所愛惜不見與者受者及以財物是名菩薩摩訶薩行般若波羅蜜時檀波羅蜜復次舍利弗菩薩摩訶薩行般若波羅蜜時應薩婆若心持戒破戒二事不見故是名菩薩摩訶薩行般若波羅蜜時尸波羅蜜復次舍利弗菩薩摩訶薩行般若波羅蜜時應薩婆若心不見呵者罵者打者殺者亦不見用是空能忍辱是名菩薩摩訶薩行般若波羅蜜時羼提波羅蜜復次舍利弗菩薩摩訶薩行般若波羅蜜時應薩婆若心觀諸法畢竟空以大悲心故行諸善法是名菩薩摩訶薩行般若波羅蜜時毘梨耶波羅蜜復次舍利弗菩薩摩訶薩行般若波羅蜜時應薩婆若心入禪定觀諸禪離相空相無相相無作相是名菩薩摩訶薩行般若波羅蜜時禪波羅蜜如是舍利弗菩薩摩訶薩行般若波羅蜜時攝諸波羅蜜舍利弗如是名爲菩薩摩訶薩大誓莊嚴是大誓莊嚴菩薩十方諸佛歡喜於大衆中稱名讚歎其國土某菩薩摩訶薩大誓莊嚴成就衆生淨佛國土慧命舍利弗問富樓那彌多羅尼子云何菩薩摩訶薩發趣大乘富樓那語舍利弗菩薩摩訶薩行六波羅蜜時離諸欲惡不善法有覺有觀離生喜樂入初禪乃至入第四禪中以慈廣大無二無量無怨恨無惱心行徧滿一方二

三四方四維上下徧一切世間悲喜捨心亦如是是菩薩入禪時起時諸禪無量心及枝共一切衆生迴向薩婆若是名菩薩摩訶薩禪波羅蜜發趣大乘是菩薩摩訶薩住禪無量心作是念我當得一切種智爲斷一切衆生煩惱故當說法是名菩薩摩訶薩行禪波羅蜜時檀波羅蜜若菩薩摩訶薩應薩婆若心修初禪住初禪二三四禪亦如是不受餘心所謂聲聞辟支佛心是名菩薩摩訶薩行禪波羅蜜時尸波羅蜜若菩薩摩訶薩應薩婆若心入諸禪作是念我爲斷一切衆生煩惱故當說法是諸心欲樂忍是名菩薩摩訶薩行禪波羅蜜時羼提波羅蜜若菩薩摩訶薩應薩婆若心入諸禪諸善根皆迴向薩婆若勤修不息是名菩薩摩訶薩行禪波羅蜜時毘梨耶波羅蜜若菩薩摩訶薩應薩婆若心入四禪及枝觀無常相苦相無我相空相無相相無作相共一切衆生迴向薩婆若是名菩薩摩訶薩行禪波羅蜜時般若波羅蜜舍利弗是名菩薩摩訶薩發趣大乘復次菩薩摩訶薩發趣大乘行慈心作是念我當安樂一切衆生入悲心我當救濟一切衆生入喜心我當度一切衆生入捨心我當令一切衆生得諸漏盡是名菩薩摩訶薩行無量心時檀波羅蜜復次菩薩摩訶薩是諸禪無量心不向聲聞辟支佛地但迴向薩婆若是名菩薩摩訶薩行無量心時尸波羅蜜復次舍利弗菩薩摩訶薩行四無量心不貪聲聞辟支佛地但忍樂欲薩婆若是名菩薩摩訶薩行無量心時羼提波羅蜜若菩薩摩訶薩應

薩婆若心行四無量心但行清淨行是名菩薩摩訶薩行無量心時毘梨耶波羅蜜復次菩薩摩訶薩入禪人無量心時亦不隨禪無量心生是名菩薩摩訶薩行無量心時方便般若波羅蜜舍利弗是名菩薩摩訶薩發趣大乘復次舍利弗菩薩摩訶薩發趣大乘一切種修四念處乃至一切種修八聖道分一切種修三解脫門乃至十八不共法是名菩薩摩訶薩發趣大乘復次舍利弗菩薩摩訶薩內空中智慧用無所得故乃至無法有法空中智慧用無所得故是名菩薩摩訶薩發趣大乘復次舍利弗菩薩摩訶薩一切法中不亂不定智慧是名菩薩摩訶薩發趣大乘復次舍利弗菩薩摩訶薩發趣大乘非常非無常智慧非樂非苦非實非虛非我非無我智慧是名菩薩摩訶薩發趣大乘用無所得故復次舍利弗菩薩摩訶薩智不行過去世不行未來世不行現在世亦非不知三世是名菩薩摩訶薩發趣大乘用無所得故復次菩薩摩訶薩發趣大乘智不行欲界不行色界不行無色界亦非不知欲界色界無色界用無所得故舍利弗是名菩薩摩訶薩發趣大乘復次菩薩摩訶薩發趣大乘智不行世間法不行出世間法不行有爲法不行無爲法不行有漏法不行無漏法亦非不知世間法出世間法有爲無爲有漏無漏法用無所得故舍利弗是名菩薩摩訶薩發趣大乘

乘大乘品第十六

爾時慧命舍利弗問富樓那云何名菩薩摩訶薩乘於大乘富樓那答舍利弗言菩薩摩

訶薩行般若波羅蜜乘檀波羅蜜亦不得檀波羅蜜亦不得菩薩亦不得受者是法用無所得故是名菩薩摩訶薩乘檀波羅蜜菩薩摩訶薩行般若波羅蜜乘尸波羅蜜羼提波羅蜜毗梨耶波羅蜜禪波羅蜜乘般若波羅蜜亦不得般若波羅蜜亦不得菩薩是法用無所得故是爲菩薩摩訶薩乘於般若波羅蜜如是舍利弗是爲菩薩摩訶薩乘於大乘復次舍利弗菩薩摩訶薩摩訶衍一心應薩婆若修四念處法壞故乃至一心應薩婆若修十八不共法法壞故是亦不可得如是舍利弗是名菩薩摩訶薩乘於大乘復次舍利弗菩薩摩訶薩作是念菩薩但有名字衆生不可得故是名菩薩摩訶薩乘於大乘復次舍利弗菩薩摩訶薩作是念色但有名字色不可得故受想行識但有名字識不可得故眼但有名字眼不可得故乃至意亦如是四念處但有名字四念處不可得故乃至八聖道分但有名字八聖道分不可得故內空但有名字內空不可得故乃至無法有法空但有名字無法有法空不可得故乃至十八不共法但有名字十八不共法不可得故諸法如但有名字如不可得故法相法性法位實際但有名字實際不可得故阿耨多羅三藐三菩提及佛但有名字佛不可得故如是舍利弗是名菩薩摩訶薩乘於大乘復次舍利弗菩薩摩訶薩從初發意已來具足菩薩神通成就衆生從一佛國至一佛國恭敬供養尊重讚歎諸佛從諸佛聽受法教所謂菩薩大乘是菩薩乘此大乘從一佛國至一佛國

淨佛國土成就衆生初無佛國想亦無衆生
想此人住不二法中爲衆生受身隨其所應
自變其形而教化之乃至一切智終不離菩
薩乘是名菩薩乘是乘得一切種智已轉法
輪聲聞辟支佛及天龍鬼神阿修羅世間人
民所不能轉爾時十方如恒河沙等諸佛皆
歡喜稱名讚歎作是言某方某國某菩薩摩
訶薩乘於大乘得一切種智轉法輪舍利弗
是名菩薩摩訶薩乘於大乘

摩訶般若波羅蜜經卷第四

摩訶般若波羅蜜經卷第五

姚秦三藏法師鳩摩羅什共僧叡譯

莊嚴品第十七

爾時須菩提白佛言世尊菩薩摩訶薩大莊嚴何等是大莊嚴何等菩薩能大莊嚴佛語須菩提菩薩摩訶薩摩訶衍大莊嚴所謂檀那波羅蜜乃至般若波羅蜜莊嚴四念處莊嚴乃至八聖道分內空莊嚴乃至無法有法空十力乃至十八不共法及一切種智莊嚴變身如佛莊嚴光明徧照三千大千國土亦照東方如恒河沙等國土南西北方四維上下亦復如是三千大千國土六種震動亦動東方如恒河沙等諸國土南西北方四維上下亦復如是是菩薩摩訶薩住檀那波羅蜜摩訶衍大莊嚴是三千大千國土變爲瑠璃化作轉輪聖王須食與食須飲與飲衣服卧具華香瓔珞擣香澤香房舍燈燭醫藥種種所須盡給與之與已而爲說法所謂應六波羅蜜衆生聞是法者終不離六波羅蜜乃至阿耨多羅三藐三菩提如是須菩提是名菩薩摩訶薩摩訶衍大莊嚴須菩提譬如工幻師若幻師弟子於四衢道中化作大衆於前須食與食須飲與飲乃至種種所須盡給與之於須菩提意云何是幻師實有衆生有所與不須菩提言不也世尊須菩提菩薩摩訶薩亦如是化作轉輪聖王種種具足須食與食須飲與飲乃至種種所須盡給與之雖有所施實無所與何以故須菩提諸法相如幻故復次須菩提菩薩摩訶薩住尸羅波羅蜜現生轉輪聖王家以十善道教化衆生有以

四禪四無量心四無色定四念處乃至十八不共法教化衆生聞是法者至阿耨多羅三藐三菩提終不離是法譬如幻師若幻師弟子於四衢道中化作大衆以十善道教化令行又以四禪四無量心四無色定四念處乃至十八不共法教化令行須菩提於汝意云何是幻師實有衆生教令行十善道乃至行十八不共法不須菩提言不也世尊須菩提菩薩摩訶薩亦如是以十善道教化衆生令行乃至十八不共法實無衆生行十善道乃至十八不共法何以故諸法相如幻故須菩提是名菩薩摩訶薩大莊嚴復次須菩提菩薩摩訶薩住羼提波羅蜜教衆生令行羼提波羅蜜須菩提云何菩薩摩訶薩住羼提波羅蜜教衆生令行羼提波羅蜜須菩提菩薩摩訶薩從初發心已來如是大莊嚴若一切衆生罵詈刀杖傷害菩薩摩訶薩於此中不起一念亦教一切衆生行此忍辱譬如幻師若幻師弟子於四衢道中化作大衆令行忍辱餘如上說須菩提是名菩薩摩訶薩大莊嚴復次須菩提菩薩摩訶薩住毘梨耶波羅蜜教一切衆生令行毘梨耶波羅蜜須菩提云何菩薩摩訶薩住毘梨耶波羅蜜教一切衆生令行毘梨耶波羅蜜須菩提菩薩摩訶薩應薩婆若心身心精進教化衆生譬如幻師若幻師弟子於四衢道中化作大衆教令行身心精進餘如上說是名菩薩摩訶薩大莊嚴復次須菩提菩薩摩訶薩住禪那波羅蜜教一切衆生令行禪那波羅蜜須菩提云何菩薩摩訶薩住禪那波羅蜜教一切衆生

令行禪那波羅蜜須菩提菩薩摩訶薩住諸法等中不見法若亂若定如是須菩提菩薩摩訶薩住禪那波羅蜜教一切衆生令行禪那波羅蜜乃至阿耨多羅三藐三菩提終不離禪那波羅蜜譬如工幻師若幻師弟子於四衢道中化作大衆教令行禪那波羅蜜餘如上說須菩提是名菩薩摩訶薩大莊嚴復次須菩提菩薩摩訶薩住般若波羅蜜教一切衆生令行般若波羅蜜須菩提云何菩薩摩訶薩住般若波羅蜜教一切衆生令行般若波羅蜜須菩提菩薩摩訶薩行般若波羅蜜時無有法得此岸彼岸如是菩薩摩訶薩住般若波羅蜜中教一切衆生令行般若波羅蜜譬如工幻師若幻師弟子於四衢道中化作大衆教令行般若波羅蜜須菩提是名菩薩摩訶薩大莊嚴復次須菩提菩薩摩訶薩大莊嚴十方如恒河沙等國土中衆生隨其所應自變其身住檀那波羅蜜乃至般若波羅蜜亦教衆生令行檀那波羅蜜乃至般若波羅蜜是衆生行是法乃至阿耨多羅三藐三菩提終不離是法須菩提譬如工幻師若幻師弟子於四衢道中化作大衆教令行六波羅蜜餘如上說如是須菩提是名菩薩摩訶薩大莊嚴復次須菩提菩薩摩訶薩大莊嚴應薩婆若心不生是念我教若干人住檀那波羅蜜不教若干人住檀那波羅蜜乃至般若波羅蜜亦如是不生是念我教若干人住四念處不教若干人住四念處乃至十八不共法亦如是亦不生是念我教若干人令得須陀洹果斯陀含果阿那含果阿羅漢

果辟支佛道一切種智亦不教若干人令得須陀洹果乃至一切種智我當令無量無邊阿僧祇衆生住檀那波羅蜜乃至般若波羅蜜立衆生於四念處乃至十八不共法令無量無邊阿僧祇衆生得須陀洹果乃至一切種智譬如工幻師若幻師弟子於四衢道中化作大衆教令行六波羅蜜乃至得一切種智餘如上説須菩提是名菩薩摩訶薩大莊嚴爾時須菩提白佛言世尊如我從佛所聞義菩薩摩訶薩無大莊嚴爲大莊嚴諸法自相空故所謂色色相空受想行識識相空眼眼相空乃至意意相空色色相空乃至法法相空眼識眼識相空乃至意識意識相空眼觸眼觸相空乃至意觸意觸相空眼觸因緣生受受相空乃至意觸因緣生受受相空世尊檀那波羅蜜檀那波羅蜜相空乃至般若波羅蜜般若波羅蜜相空内空内空相空乃至無法有法空無法有法空相空四念處四念處相空乃至十八不共法十八不共法相空菩薩菩薩相空世尊以是因緣故當知菩薩摩訶薩無大莊嚴爲大莊嚴佛告須菩提如是如是如汝所言須菩提薩婆若非作法衆生亦非作法菩薩爲是衆生大莊嚴須菩提白佛言世尊何因緣故薩婆若非作法是衆生亦非作法菩薩爲是衆生大莊嚴佛語須菩提作者不可得故薩婆若非作非起法是諸衆生亦非作非起法何以故須菩提色非作非不作受想行識非作非不作眼非作非不作乃至意非作非不作色乃至法眼識乃至意識眼觸乃至意觸眼觸因緣生受乃

至意觸因緣生受非作非不作須菩提我非作非不作乃至知見者非作非不作何以故是諸法畢竟不可得故須菩提夢非作非不作何以故畢竟不可得故幻響影燄化非作非不作何以故畢竟不可得故須菩提內空非作非不作畢竟不可得故乃至無法有法空非作非不作畢竟不可得故須菩提四念處非作非不作畢竟不可得故乃至十八不共法非作非不作何以故是法皆畢竟不可得故須菩提諸法如法相法性法住法位實際非作非不作畢竟不可得故須菩提菩薩非作非不作畢竟不可得故薩婆若及一切種智非作非不作畢竟不可得故以是因緣故須菩提薩婆若非作非起法是衆生亦非作非起法菩薩爲是衆生大莊嚴爾時須菩提白佛言如我觀佛所說義色無縛無脫受想行識無縛無脫爾時富樓那彌多羅尼子語須菩提色是無縛無脫受想行識是無縛無脫須菩提言如是如是色是無縛無脫受想行識是無縛無脫富樓那問須菩提何等色無縛無脫何等受想行識無縛無脫須菩提言如夢色無縛無脫如夢受想行識無縛無脫如響如影如幻如燄如化色受想行識無縛無脫富樓那過去色無縛無脫過去受想行識無縛無脫未來色無縛無脫未來受想行識無縛無脫現在色無縛無脫現在受想行識無縛無脫何以故無縛無脫是色無所有故無縛無脫受想行識無所有故無縛無脫離故寂滅故不生故無縛無脫富樓那善色受想行識亦無縛無脫不善色受想行

識無縛無脫無記色受想行識無縛無脫世間出世間有漏無漏色無縛無脫受想行識亦無縛無脫何以故無所有故離故寂滅故不生故無縛無脫富樓那一切法亦無縛無脫無所有故離故寂滅故不生故無縛無脫富樓那檀那波羅蜜無縛無脫尸羅波羅蜜羼提波羅蜜毗梨耶波羅蜜禪那波羅蜜般若波羅蜜無縛無脫無所有故離故寂滅故不生故無縛無脫富樓那內空亦無縛無脫乃至無法有法空亦無縛無脫四念處無縛無脫乃至十八不共法無縛無脫無所有故離故寂滅故不生故無縛無脫阿耨多羅三藐三菩提無縛無脫一切智一切種智無縛無脫菩薩無縛無脫佛亦無縛無脫無所有故離故寂滅故不生故無縛無脫富樓那諸法如法相法性法住法位實際無爲法無縛無脫無所有故離故寂滅故不生故無縛無脫富樓那是名菩薩摩訶薩無縛無脫檀那波羅蜜乃至般若波羅蜜四念處乃至一切種智無縛無脫是菩薩摩訶薩住無縛無脫檀那波羅蜜中乃至住無縛無脫般若波羅蜜中住無縛無脫四念處乃至住無縛無脫一切種智無縛無脫成就衆生無縛無脫淨佛國土無縛無脫諸佛當供養無縛無脫當聽法無縛無脫諸佛終不離無縛無脫諸神通終不離無縛無脫五眼終不離無縛無脫陀羅尼門終不離無縛無脫諸三昧終不離無縛無脫當生道種智無縛無脫當得一切種智無縛無脫法輪轉無縛無脫衆生安立三乘如是富樓那菩薩摩訶薩行無縛無脫

六波羅蜜當知一切法無縛無脫無所有故離故寂滅故不生故富樓那是名菩薩摩訶薩無縛無脫大莊嚴

問乘品第十八

爾時須菩提白佛言世尊何等是菩薩摩訶薩摩訶衍云何當知菩薩摩訶薩發趣大乘是乘發何處是乘至何處當住何處誰當乘是乘出者佛告須菩提汝問何等是菩薩摩訶薩摩訶衍須菩提六波羅蜜是菩薩摩訶薩摩訶衍何等六檀那波羅蜜尸羅波羅蜜羼提波羅蜜毘梨耶波羅蜜禪那波羅蜜般若波羅蜜云何名檀那波羅蜜須菩提菩薩摩訶薩以應薩婆若心內外所有布施與一切衆生共之迴向阿耨多羅三藐三菩提用無所得故須菩提是名菩薩摩訶薩檀那波羅蜜云何名尸羅波羅蜜須菩提菩薩摩訶薩以應薩婆若心自行十善道亦教他行十善道以無所得故是名菩薩摩訶薩尸羅波羅蜜云何名羼提波羅蜜須菩提菩薩摩訶薩以應薩婆若心自具足忍辱亦教他行忍辱以無所得故是名菩薩摩訶薩羼提波羅蜜云何名毘梨耶波羅蜜須菩提菩薩摩訶薩以應薩婆若心行五波羅蜜勤修不息亦安立一切衆生於五波羅蜜以無所得故是名菩薩摩訶薩毘梨耶波羅蜜云何名禪那波羅蜜須菩提菩薩摩訶薩以應薩婆若心自以方便入諸禪不隨禪生亦教他令入諸禪以無所得故是名菩薩摩訶薩禪那波羅蜜云何名般若波羅蜜須菩提菩薩摩訶薩以應薩婆若心不著一切法亦觀一切法性

以無所得故亦教他不著一切法觀一切法性以無所得故是名菩薩摩訶薩般若波羅蜜須菩提是爲菩薩摩訶薩復次須菩提菩薩摩訶薩有摩訶衍所謂内空外空内外空空空大空第一義空有爲空無爲空畢竟空無始空散空性空自相空諸法空不可得空無法空有法空無法有法空須菩提白佛言何等爲内空佛言内法名眼耳鼻舌身意眼眼空非常非滅故何以故性自爾耳耳空鼻鼻空舌舌空身身空意意空非常非滅故何以故性自爾是名内空何等爲外空外法名色聲香味觸法色色空非常非滅故何以故性自爾聲聲空香香空味味空觸觸空法法空非常非滅故何以故性自爾是名外空何等爲内外空内外法名内六入外六入内法内法空非常非滅故何以故性自爾外法外法空非常非滅故何以故性自爾是名内外空何等爲空空一切法空是空亦空非常非滅故何以故性自爾是名空空何等爲大空東方東方相空非常非滅故何以故性自爾南西北方四維上下南西北方四維上下空非常非滅故何以故性自爾是名大空何等爲第一義空第一義名涅槃涅槃涅槃空非常非滅故何以故性自爾是名第一義空何等爲有爲空有爲法名欲界色界無色界欲界欲界空色界色界空無色界無色界空非常非滅故何以故性自爾是名有爲空何等爲無爲空無爲法名爲無生相無住相無滅相無爲法無爲法空非常非滅故何以故性自爾是爲無爲空何等爲畢竟空

畢竟名諸法至竟不可得非常非滅故何以故性自爾是名畢竟空何等爲無始空若法初來處不可得非常非滅故何以故性自爾是名無始空何等爲散空散名諸法無滅非常非滅故何以故性自爾是爲散空何等爲性空一切法性若有爲法性若無爲法性是性非聲聞辟支佛所作非佛所作亦非餘人所作是性性空非常非滅故何以故性自爾是名性空何等爲自相空自相名色壞相受受相想取相行作相識識相如是等有爲無爲法各各自相空非常非滅故何以故性自爾是名自相空何等爲諸法空諸法名色受想行識眼耳鼻舌身意色聲香味觸法眼界色界眼識界乃至意界法界意識界是諸法諸法空非常非滅故何以故性自爾是爲諸法空何等爲不可得空求諸法不可得是不可得空非常非滅故何以故性自爾是名不可得空何等爲無法空若法無是亦空非常非滅故何以故性自爾是名無法空何等爲有法空有法名諸法和合中有自性相是有法空非常非滅故何以故性自爾是名有法空何等爲無法有法空諸法中無法諸法和合中有自性相是無法有法空非常非滅故何以故性自爾是名無法有法空復次須菩提法法相空無法無法相空自法自法相空他法他法相空何等名法法相空法名五陰五陰空是名法法相空何等無法無法相空無法名無爲法是名無法無法空何等名自法自法空諸法自法空是空非智作非見作是名自法自法空何等名他法他法空若佛

出若佛未出法住法相法位法性如實際過
此諸法空是名他法他法空是名菩薩摩訶
薩摩訶衍復次須菩提菩薩摩訶薩摩訶衍
所謂名首楞嚴三昧寶印三昧師子遊戲三
昧妙月三昧月幢相三昧出諸法三昧三昧
觀頂三昧畢法性三昧畢幢相三昧金剛三
昧入法印三昧三昧王安立三昧放光三昧
力進三昧高出三昧必入辯才三昧釋名字
三昧觀方三昧陀羅尼印三昧無誑三昧攝
諸法海三昧徧覆虛空三昧金剛輪三昧寶
斷三昧能照三昧不求三昧無住三昧無心
三昧淨燈三昧無邊明三昧能作明三昧普
照明三昧堅淨諸三昧三昧無垢明三昧歡
喜三昧電光三昧無盡三昧威德三昧離盡
三昧不動三昧不退三昧日燈三昧月淨三
昧淨明三昧能作明三昧作行三昧知相三
昧如金剛三昧心住三昧普明三昧安立三
昧寶聚三昧妙法印三昧法等三昧斷喜三
昧到法頂三昧能散三昧分別諸法句三昧
字等相三昧離字三昧斷緣三昧不壞三昧
無種相三昧無處行三昧離蒙昧三昧無去
三昧不變異三昧度緣三昧集諸功德三昧
住無心三昧淨妙華三昧覺意三昧無量辯
三昧無等等三昧度諸法三昧分別諸法三
昧散疑三昧無住處三昧一莊嚴三昧生行
三昧一行三昧不一行三昧妙行三昧達一
切有底散三昧入名語三昧離音聲字語三
昧然炬三昧淨相三昧破相三昧一切種妙
足三昧不喜苦樂三昧無盡相三昧多陀羅
尼三昧攝諸邪正相三昧滅增愛三昧逆順

三昧淨光三昧堅固三昧滿月淨光三昧大莊嚴三昧能照一切世三昧三昧等三昧攝一切有諍無諍三昧不樂一切住處三昧如住定三昧壞身衰三昧壞語如虛空三昧離著虛空不染三昧云何名首楞嚴三昧知諸三昧行處是名首楞嚴三昧云何名寶印三昧住是三昧能印諸三昧是名寶印三昧云何名師子遊戲三昧住是三昧能遊戲諸三昧中如師子是名師子遊戲三昧云何名妙月三昧住是三昧能照諸三昧如淨月是名妙月三昧云何名月幢相三昧住是三昧能持諸三昧相是名月幢相三昧云何名出諸法三昧三昧住是三昧能出生諸三昧是名出諸法三昧三昧云何名觀頂三昧住是三昧能觀諸三昧頂是名觀頂三昧云何名畢法性三昧住是三昧決定知法性是名畢法性三昧云何名畢幢相三昧住是三昧能持諸三昧幢是名畢幢相三昧云何名金剛三昧住是三昧能破諸三昧是名金剛三昧云何名入法印三昧住是三昧入諸法印是名入法印三昧云何名三昧王安立三昧住是三昧一切諸三昧中安立住如王是名三昧王安立三昧云何名放光三昧住是三昧能放光照諸三昧是名放光三昧云何名力進三昧住是三昧於諸三昧能作力勢是名力進三昧云何名高出三昧住是三昧能增長諸三昧是名高出三昧云何名必入辯才三昧住是三昧能辯說諸三昧是名必入辯才三昧云何名釋名字三昧住是三昧能釋諸三昧名字是名釋名字三昧云何名觀方三

昧住是三昧能觀諸三昧方是名觀方三昧云何名陀羅尼印三昧住是三昧持諸三昧印是名陀羅尼印三昧云何名無誑三昧住是三昧於諸三昧不欺誑是名無誑三昧云何名攝諸法海三昧住是三昧能攝諸三昧如大海水是名攝諸法海三昧云何名徧覆虚空三昧住是三昧徧覆諸三昧如虚空是名徧覆虚空三昧云何名金剛輪三昧住是三昧能持諸三昧分是名金剛輪三昧云何名寶斷三昧住是三昧斷諸三昧煩惱垢是名寶斷三昧云何名能照三昧住是三昧能以光明顯照諸三昧是名能照三昧云何名不求三昧住是三昧無法可求是名不求三昧云何名無住三昧住是三昧一切三昧中不見法住是名無住三昧云何名無心三昧

住是三昧心心數法不行是名無心三昧云何名淨燈三昧住是三昧於諸三昧中作明如燈是名淨燈三昧云何名無邊明三昧住是三昧與諸三昧作無邊明是名無邊明三昧云何名能作明三昧住是三昧即時能為諸三昧作明是名能作明三昧云何名普照明三昧住是三昧即能照諸三昧門是名普照明三昧云何名堅淨諸三昧三昧住是三昧能堅淨諸三昧相是名堅淨諸三昧三昧云何名無垢明三昧住是三昧能除諸三昧垢亦能照一切三昧是名無垢明三昧云何名歡喜三昧住是三昧能受諸三昧喜是名歡喜三昧云何名電光三昧住是三昧照諸三昧如電光是名電光三昧云何名無盡三昧住是三昧於諸三昧不見盡是名無盡三

昧云何名威德三昧住是三昧於諸三昧威德照然是名威德三昧云何名離盡三昧住是三昧不見諸三昧盡是名離盡三昧云何名不動三昧住是三昧令諸三昧不動不戲是名不動三昧云何名不退三昧住是三昧能不見諸三昧退是名不退三昧云何名日燈三昧住是三昧放光照諸三昧門是名日燈三昧云何名月淨三昧住是三昧能除諸三昧暗是名月淨三昧云何名淨明三昧住是三昧於諸三昧得四無礙智是名淨明三昧云何名能作明三昧住是三昧於諸三昧門能作明是名能作明三昧云何名作行三昧住是三昧能令諸三昧各有所作是名作行三昧云何名知相三昧住是三昧見諸三昧知相是名知相三昧云何名如金剛三昧

住是三昧能貫達諸法亦不見達是名如金剛三昧云何名心住三昧住是三昧心不動不轉不惱亦不念有是心是名心住三昧云何名普明三昧住是三昧普見諸三昧明是名普明三昧云何名安立三昧住是三昧於諸三昧安立不動是名安立三昧云何名寶聚三昧住是三昧普見諸三昧如見寶聚是名寶聚三昧云何名妙法印三昧住是三昧能印諸三昧以無印印故是名妙法印三昧云何名法等三昧住是三昧觀諸法等無法不等是名法等三昧云何名斷喜三昧住是三昧斷一切法中喜是名斷喜三昧云何名到法頂三昧住是三昧滅諸法暗亦在諸三昧上是名到法頂三昧云何名能散三昧住是三昧中能破散諸法是名能散三昧云何

名分別諸法句三昧住是三昧分別諸三昧諸法句是名分別諸法句三昧云何名字等相三昧住是三昧得諸三昧字等是名字等相三昧云何名離字三昧住是三昧諸三昧中乃至不見一字是名離字三昧云何名斷緣三昧住是三昧斷諸三昧緣是名斷緣三昧云何名不壞三昧住是三昧不得諸法變異是名不壞三昧云何名無種相三昧住是三昧不見諸法種種是名無種相三昧云何名無處行三昧住是三昧不見諸三昧處是名無處行三昧云何名離蒙昧三昧住是三昧離諸三昧微暗是名離蒙昧三昧云何名無去三昧住是三昧不見一切三昧去相是名無去三昧云何名不變異三昧住是三昧不見諸三昧變異相是名不變異三昧云何名度緣三昧住是三昧度一切三昧緣境界是名度緣三昧云何名集諸功德三昧住是三昧集諸三昧功德是名集諸功德三昧云何名住無心三昧住是三昧於諸三昧心無所入是名住無心三昧云何名淨妙華三昧住是三昧令諸三昧得淨妙如華是名淨妙華三昧云何名覺意三昧住是三昧諸三昧中得七覺分是名覺意三昧云何名無量辯三昧住是三昧於諸法中得無量辯是名無量辯三昧云何名無等等三昧住是三昧諸三昧中得無等等相是名無等等三昧云何名度諸法三昧住是三昧度一切三昧是名度諸法三昧云何名分別諸法三昧住是三昧諸三昧及諸法分別見是名分別諸法三昧云何名散疑三昧住是三昧得散諸法疑

是名散疑三昧云何名無住處三昧住是三昧不見諸法住處是名無住處三昧云何名一莊嚴三昧住是三昧終不見諸法二相是名一莊嚴三昧云何名生行三昧住是三昧不見諸行生是名生行三昧云何名一行三昧住是三昧不見諸三昧此岸彼岸是名一行三昧云何名不一行三昧住是三昧不見諸三昧一相是名不一行三昧云何名妙行三昧住是三昧不見諸三昧二相是名妙行三昧云何名達一切有底散三昧住是三昧入一切有一切三昧智慧通達亦無所達是名達一切有底散三昧云何名入名語三昧住是三昧入一切三昧名語是名入名語三昧云何名離音聲字語三昧住是三昧不見諸三昧音聲字語是名離音聲字語三昧云何名然炬三昧住是三昧威德照明如炬是名然炬三昧云何名淨相三昧住是三昧淨諸三昧相是名淨相三昧云何名破相三昧住是三昧不見諸三昧相是名破相三昧云何名一切種妙足三昧住是三昧一切諸三昧種皆具足是名一切種妙足三昧云何名不喜苦樂三昧住是三昧不見諸三昧苦樂是名不喜苦樂三昧云何名無盡相三昧住是三昧不見諸三昧盡是名無盡相三昧云何名多陀羅尼三昧住是三昧能持諸三昧是名多陀羅尼三昧云何名攝諸邪正相三昧住是三昧於諸三昧不見邪正相是名攝諸邪正相三昧云何名滅憎愛三昧住是三昧不見諸三昧憎愛是名滅憎愛三昧云何名逆順三昧住是三昧不見諸法諸三昧逆

順是名逆順三昧云何名淨光三昧住是三昧不得諸三昧明垢是名淨光三昧云何名堅固三昧住是三昧不得諸三昧不堅固是名堅固三昧云何名滿月淨光三昧住是三昧諸三昧滿足如月十五日是名滿月淨光三昧云何名大莊嚴三昧住是三昧大莊嚴成就諸三昧是名大莊嚴三昧云何名能照一切世三昧住是三昧諸三昧及一切法能照是名能照一切世三昧云何名三昧等三昧住是三昧於諸三昧不得定亂相是名三昧等三昧云何名攝一切有諍無諍三昧住是三昧能使諸三昧不分別有諍無諍是名攝一切有諍無諍三昧云何名不樂一切住處三昧住是三昧不見諸三昧依處是名不樂一切住處三昧云何名如住定三昧住是三昧不過諸三昧如相是名如住定三昧云何名壞身衰三昧住是三昧不得身相是名壞身衰三昧云何名壞語如虛空三昧住是三昧不見諸三昧語業如虛空是名壞語如虛空三昧云何名離著虛空不染三昧住是三昧見諸法如虛空無礙亦不染是三昧是名離著虛空不染三昧須菩提是名菩薩摩訶薩摩訶衍

摩訶般若波羅蜜經卷第五

摩訶般若波羅蜜經卷第六

姚秦三藏法師鳩摩羅什共僧叡譯

廣乘品第十九

佛告須菩提菩薩摩訶薩摩訶衍所謂四念處何等四須菩提菩薩摩訶薩内身中循身觀亦無身覺以不可得故外身中内外身中循身觀亦無身覺以不可得故勤精進一心除世間貪憂内受内心内法外受外心外法内外受内外心内外法循法觀亦無法覺以不可得故勤精進一心除世間貪憂須菩提菩薩摩訶薩云何内身中循身觀須菩提若菩薩摩訶薩行時知行住時知住坐時知坐卧時知卧知身所行如是知須菩提菩薩摩訶薩如是内身中循身觀勤精進一心除世間貪憂以不可得故復次須菩提菩薩摩訶薩若來若去視瞻一心屈伸俯仰服僧伽梨執持衣鉢飲食卧息坐立睡覺語默入禪出禪亦常一心如是須菩提菩薩摩訶薩行般若波羅蜜内身中循身觀以不可得故復次須菩提菩薩摩訶薩内身中循身觀時一心念入息時知入息出息時知出息入息長時知入息長出息長時知出息長入息短時知入息短出息短時知出息短譬如旋師若旋師弟子繩長知長繩短知短菩薩摩訶薩亦如是一念入息時知入息出息時知出息入息長時知入息長出息長時知出息長入息短時知入息短出息短時知出息短如是須菩提菩薩摩訶薩内身中循身觀勤精進一心除世間貪憂以不可得故復次須菩提菩薩摩訶薩觀身四大作是念身中有地大水

大火大風大譬如屠牛師若屠牛弟子以刀殺牛分作四分作四分已若立若坐觀此四分菩薩摩訶薩亦如是行般若波羅蜜時種種觀身四大地大水大火大風大如是須菩提菩薩摩訶薩內身中循身觀以不可得故復次須菩提菩薩摩訶薩觀內身從足至頂周帀薄皮種種不淨充滿身中作是念身中有髮毛爪齒薄皮厚皮筋肉骨髓脾腎心膽肝肺小腸大腸胃胞屎尿垢汗淚涕涎唾膿血黃白痰癃肪𦙶腦膜譬如田夫倉中隔盛雜穀種種充滿稻麻黍粟豆麥明眼之人開倉即知是稻是麻是黍是粟是豆是麥分別悉知菩薩摩訶薩亦如是觀是身從足至頂周帀薄皮種種不淨充滿身中髮毛爪齒乃至腦膜如是須菩提菩薩摩訶薩觀內身勤精進一心除世間貪憂以不可得故復次須菩提菩薩摩訶薩若見棄死人身一日二日至于五日膖脹青瘀膿汁流出自念我身亦如是相如是法未脫此法如是須菩提菩薩摩訶薩內身中循身觀勤精進一心除世間貪憂以不可得故復次須菩提菩薩摩訶薩若見是棄死人身若六日若七日烏鵄鵰鷲豺狼狐狗如是等種種禽獸攫裂食之自念我身如是相如是法未脫此法須菩提菩薩摩訶薩內身中循身觀勤精進一心除世間貪憂以不可得故復次須菩提菩薩摩訶薩若見是棄死人身種種禽獸食已不淨爛臭自念我身如是相如是法未脫此法乃至除世間貪憂復次須菩提菩薩摩訶薩若見是棄死人身骨璅血肉塗染筋骨相連自念我

身如是相如是法未脫此法乃至除世間貪憂復次須菩提菩薩摩訶薩若見是棄死人身骨㵝血肉已離筋骨相連自念我身如是相如是法未脫此法乃至除世間貪憂復次須菩提菩薩摩訶薩若見是棄死人身骨㵝已散在地自念我身如是相如是法未脫此法如是須菩提菩薩摩訶薩觀內身乃至除世間貪憂復次須菩提菩薩摩訶薩若見是棄死人身骨散在地脚骨異處䏝骨髀骨腰骨肋骨脊骨手骨項骨髑髏各各異處自念我身如是相如是法未脫此法如是須菩提菩薩摩訶薩觀內身乃至除世間貪憂復次須菩提菩薩摩訶薩若見是棄死人骨在地歲久風吹日曝色白如貝自念我身如是相如是法未脫此法如是須菩提菩薩摩訶薩觀內身乃至除世間貪憂以不可得故復次須菩提菩薩摩訶薩若見是棄死人骨在地歲久其色如鴿腐朽爛壞與土共合自念我身如是相如是法未脫此法如是須菩提菩薩摩訶薩內身中循身觀勤精進一心除世間貪憂以不可得故外身內外身亦如是受念處心念處法念處亦應如是廣說須菩提是名菩薩摩訶薩摩訶衍復次須菩提菩薩摩訶薩摩訶衍所謂四正勤何等四須菩提菩薩摩訶薩未生諸惡不善法為不生故欲生勤精進攝心行道已生諸惡不善法為斷故欲生勤精進攝心行道未生諸善法為生故欲生勤精進攝心行道已生諸善法為住不失修滿增廣故欲生勤精進攝心行道以不可得故須菩提是名菩薩摩訶薩摩訶衍

復次須菩提菩薩摩訶薩摩訶衍所謂四如意分何等四欲定斷行成就修如意分心定斷行成就修如意分精進定斷行成就修如意分思惟定斷行成就修如意分以不可得故須菩提是名菩薩摩訶薩摩訶衍復次須菩提菩薩摩訶薩摩訶衍所謂五根何等五信根精進根念根定根慧根是名菩薩摩訶薩摩訶衍以不可得故復次須菩提菩薩摩訶薩摩訶衍所謂五力何等五信力精進力念力定力慧力是名菩薩摩訶薩摩訶衍以不可得故復次須菩提菩薩摩訶薩摩訶衍所謂七覺分何等七菩薩摩訶薩修念覺分依離依無染向涅槃擇法覺分精進覺分喜覺分除覺分定覺分捨覺分依離依無染向涅槃以不可得故是名菩薩摩訶薩摩訶衍

復次須菩提菩薩摩訶薩摩訶衍所謂八聖道分何等八正見正思惟正語正業正命正精進正念正定是名菩薩摩訶薩摩訶衍以不可得故復次須菩提菩薩摩訶薩摩訶衍所謂三三昧何等三空無相無作三昧空三昧名諸法自相空是爲空解脱門無相名壞諸法相不憶不念是名無相解脱門無作名諸法中不作願是爲無作解脱門是名菩薩摩訶薩摩訶衍以不可得故復次須菩提菩薩摩訶薩摩訶衍所謂苦智集智滅智道智盡智無生智法智比智世智他心智如實智云何名苦智知苦不生是名苦智云何名集智知集應斷是名集智云何名滅智知苦滅是名滅智云何名道智知八聖道分是名道智云何名盡智知諸婬恚癡盡是名盡智云

何名無生智知諸有中無生是名無生智云何名法智知五陰本事是名法智云何名比智知眼無常乃至意識因緣生受無常是名比智云何名世智知因緣名字是名世智云何名他心智知他衆生心是名他心智云何名如實智諸佛一切種智是名如實智須菩提是名菩薩摩訶薩摩訶衍以不可得故復次須菩提菩薩摩訶薩摩訶衍所謂三根未知欲知根知根知根智者根云何名未知欲知根諸學人未得果信根精進根念根定根慧根是名未知欲知根云何名知根諸學人得果信根乃至慧根是名知根云何名智者根諸無學人若阿羅漢若辟支佛諸佛信根乃至慧根是名智者根須菩提是名菩薩摩訶薩摩訶衍以不可得故復次須菩提菩薩摩訶薩摩訶衍所謂三三昧何等三有覺有觀三昧無覺有觀三昧無覺無觀三昧云何名有覺有觀三昧離諸欲離惡不善法有覺有觀離生喜樂入初禪是名有覺有觀三昧云何名無覺有觀三昧初禪二禪中間是名無覺有觀三昧云何名無覺無觀三昧從二禪乃至非有想非無想定是名無覺無觀三昧須菩提是名菩薩摩訶薩摩訶衍以不可得故復次須菩提菩薩摩訶薩摩訶衍所謂十念何等十念佛念法念僧念戒念捨念天念善念出入息念身念死須菩提是名菩薩摩訶薩摩訶衍以不可得故復次須菩提菩薩摩訶薩摩訶衍所謂四禪四無量心四無色定八背捨九次第定須菩提是名菩薩摩訶薩摩訶衍以不可得故復次須菩提菩薩摩訶

薩摩訶衍所謂佛十力何等十佛如實知一切法是處不是處相一力也如實知他衆生過去未來現在諸業諸受法知造業處知因緣知報二力也如實知諸禪解脱三昧定垢淨分別相三力也如實知他衆生諸根上下相四力也如實知他衆生種種欲解五力也如實知世間種種無數性六力也如實知一切至處道七力也知種種宿命有相有因緣一世二世乃至百千世劫初劫盡我在彼衆生中生如是姓如是名如是飲食苦樂壽命長短彼中死是間生是間死還生是間此間生名姓飲食苦樂壽命長短亦如是八力也佛天眼淨過諸天眼見衆生死時生時端正醜陋若大若小若墮惡道若墮善道如是業因緣受報是諸衆生惡身業成就惡口業成就惡意業成就謗毁聖人受邪見業因緣故身壞死時入惡道生地獄中是諸衆生善身業成就善口業成就善意業成就不謗毁聖人受正見因緣故身壞死時入善道生天上九力也佛如實知諸漏盡故無漏心解脱無漏慧解脱現在法中自證知入是法所謂我生已盡梵行已作從今世不復見後世十力也須菩提是名菩薩摩訶薩摩訶衍以不可得故復次須菩提菩薩摩訶薩摩訶衍所謂四無所畏何等四佛作誠言我是一切正智人若有沙門婆羅門若天若魔若梵若復餘衆如實難言是法不知乃至不見是微畏相以是故我得安隱得無所畏安住聖主處在大衆中師子吼能轉梵輪諸沙門婆羅門若天若魔若梵若復餘衆實不能轉一無畏也

佛作誠言我一切漏盡若有沙門婆羅門若天若魔若梵若復餘衆如實難言是漏不盡乃至不見是微畏相以是故我得安隱得無所畏安住聖主處在大衆中師子吼能轉梵輪諸沙門婆羅門若天若魔若梵若復餘衆實不能轉二無畏也佛作誠言我說障法若有沙門婆羅門若天若魔若梵若復餘衆如實難言受是法不障道乃至不見是微畏相以是故我得安隱得無所畏安住聖主處在大衆中師子吼能轉梵輪諸沙門婆羅門若天若魔若梵若復餘衆實不能轉三無畏也佛作誠言我所說聖道能出世間是行能盡苦若有沙門婆羅門若天若魔若梵若復餘衆如實難言行是道不能出世間不能盡苦乃至不見是微畏相以是故我得安隱得無所畏安住聖主處在大衆中師子吼能轉梵輪諸沙門婆羅門若天若魔若梵若復餘衆實不能轉四無畏也須菩提是名菩薩摩訶薩摩訶衍以不可得故復次須菩提菩薩摩訶薩摩訶衍所謂四無礙智何等四義無礙法無礙辭無礙樂說無礙須菩提是名菩薩摩訶薩摩訶衍以不可得故復次須菩提菩薩摩訶薩摩訶衍所謂十八不共法何等十八一諸佛身無失二口無失三念無失四無異相五無不定心六無不知已捨心七欲無滅八精進無滅九念無滅十慧無滅十一解脫無滅十二解脫知見無滅十三一切身業隨智慧行十四一切口業隨智慧行十五一切意業隨智慧行十六智慧知見過去世無礙無障十七智慧知見未來世無礙無障十

八智慧知見現在世無礙無障須菩提是名菩薩摩訶薩摩訶衍以不可得故復次須菩提菩薩摩訶薩摩訶衍所謂字等語等諸字入門何等爲字等語等諸字入門阿字門一切法初不生故邏字門一切法離垢故波字門一切法第一義故遮字門一切法終不可得故諸法不終不生故那字門諸法離名性相不得不失故羅字門諸法度世間故亦愛枝因緣滅故陀字門諸法善心生故亦施相故婆字門諸法婆字離故荼字門諸法荼字淨故沙字門諸法六自在王性清淨故和字門入諸法語言道斷故多字門入諸法如相不動故夜字門入諸法如實不生故吒字門入諸法折伏不可得故迦字門入諸法作者不可得故娑字門入諸法時不可得故諸法時來轉故磨字門入諸法我所不可得故伽字門入諸法去者不可得故他字門入諸法處不可得故闍字門入諸法生不可得故簸字門入諸法簸字不可得故馱字門入諸法性不可得故賒字門入諸法定不可得故呿字門入諸法虛空不可得故叉字門入諸法盡不可得故哆字門入諸法有不可得故若字門入諸法智不可得故拖字門入諸法拖字不可得故婆字門入諸法破壞不可得故車字門入諸法欲不可得故如影五陰亦不可得故摩字門入諸法摩字不可得故火字門入諸法喚不可得故嗟字門入諸法嗟字不可得故伽字門入諸法厚不可得故他字門入諸法處不可得故拏字門入諸法不來不去不立不坐不卧故頗字門入諸法邊不

可得故歌字門入諸法聚不可得故醝字門入諸法醝字不可得故遮字門入諸法行不可得故咤字門入諸法傴不可得故荼字門入諸法邊竟處故不終不生過荼無字可說何以故更無字故諸字無礙無名亦滅不可說不可示不可見不可書須菩提當知一切諸法如虛空須菩提是名陀羅尼門所謂阿字義若菩薩摩訶薩是諸字門印阿字印若聞若受若誦若讀若持若為他說如是知當得二十功德何等二十得強識念得慚愧得堅固心得經旨趣得智慧得樂說無礙易得諸餘陀羅尼門得無疑悔心得聞善不喜聞惡不怒得不高不下住心無增無減得善巧知衆生語得巧分別五陰十二入十八界十二因縁四縁四諦得巧分別衆生諸根利鈍得巧知他心得巧分別日月歲節得巧分別天耳通得巧分別宿命通得巧分別生死通得能巧說是處非處得巧知往來坐起等身威儀須菩提是陀羅尼門字門阿字門等是名菩薩摩訶薩摩訶衍以不可得故

發趣品第二十

佛告須菩提汝問云何菩薩摩訶薩大乘發趣若菩薩摩訶薩行六波羅蜜時從一地至一地是名菩薩摩訶薩大乘發趣須菩提白佛言世尊云何菩薩摩訶薩從一地至一地佛言菩薩摩訶薩知一切法無來去相亦無有法若來若去若至若不至諸法相不滅故菩薩摩訶薩於諸地不念不思惟而修治地業亦不見地何等菩薩摩訶薩治地業菩薩摩訶薩住初地時行十事一者深心堅固用

無所得故二者於一切衆生中等心衆生不可得故三者布施施者受者不可得故四者親近善知識亦不自高五者求法一切法不可得故六者常出家家不可得故七者愛樂佛身相好不可得故八者演出法教諸法分別不可得故九者破於憍慢生慧不可得故十者實語諸語不可得故菩薩摩訶薩如是初地中住修治十事治地業復次須菩提菩薩摩訶薩住二地中常念八法何等八一者戒清淨二者知恩報恩三者住忍辱力四者受歡喜五者不捨一切衆生六者入大悲心七者信師恭敬諮受八者勤求諸波羅蜜須菩提是名菩薩摩訶薩住二地中應滿足八法復次須菩提菩薩摩訶薩住三地中行五法何等五一者多學問無厭足二者淨法施亦不自高三者淨佛國土亦不自高四者受諸世間無量勤苦不以爲厭五者住慚愧處須菩提是爲菩薩摩訶薩住三地中應滿足五法復次須菩提菩薩摩訶薩住四地中應受行不捨十法何等十一者不捨阿練若住處二者少欲三者知足四者不捨頭陀功德五者不捨戒六者穢惡諸欲七者厭世間心八者捨一切所有九者心不沒十者不惜一切物須菩提是爲菩薩摩訶薩住四地中不捨十法復次須菩提菩薩摩訶薩住五地中遠離十二法何等十二一者遠離親白衣二者遠離比丘尼三者遠離慳惜他家四者遠離無益談處五者遠離瞋恚六者遠離自大七者遠離懱人八者遠離十不善道九者遠離大慢十者遠離自用十一者遠離顛倒十

二者遠離婬怒癡須菩提是爲菩薩摩訶薩住五地中遠離十二事復次須菩提菩薩摩訶薩住六地中當具足六法何等六所謂六波羅蜜復有六法所不應爲何等六一者不作聲聞辟支佛意二者布施不應生憂心三者見有所索心不没四者所有物布施五者布施之後心不悔六者不疑深法須菩提是爲菩薩摩訶薩住六地中應滿具六法遠離六法復次須菩提菩薩摩訶薩住七地中應遠離二十法所不應著何等二十一者不著我二者不著衆生三者不著壽命四者不著衆數乃至知者見者五者不著斷見六者不著常見七者不應作相八者不應作因見九者不著名色十者不著五陰十一者不著十八界十二者不著十二入十三者不著三界十四者不作著心十五者不應作願十六者不應作依止十七者不著依佛見十八者不著依法見十九者不著依僧見二十者不著依戒見是二十法所不應著復有二十法應具足滿何等二十一者具足空二者無相證三者知無作四者三分清淨五者一切衆生中慈悲智具足六者不念一切衆生七者一切法等觀是中亦不著八者知諸法實相是事亦不念九者無生忍法十者無生智十一者說諸法一相十二者破分别相十三者轉憶想十四者轉見十五者轉煩惱十六者等定慧地十七者慧地調意十八者心寂滅十九者無礙智二十者不染愛須菩提是爲菩薩摩訶薩住七地中應具足二十法復次須菩提菩薩摩訶薩住八地中應具足五法何

等五順入衆生心遊戲諸神通見諸佛國如所見佛國自莊嚴佛國如實觀佛身自莊嚴佛身是名五法具足滿復次須菩提菩薩摩訶薩住八地中復具足五法何等五知上下諸根淨佛國土入如幻三昧常入三昧隨衆生所應善根受身須菩提是爲菩薩摩訶薩住八地中具足五法復次須菩提菩薩摩訶薩住九地中應具足十二法何等十二受無邊國土所度之分菩薩得如所願知諸天龍夜叉乾闥婆語而爲説法處胎成就家成就所生成就姓成就眷屬成就出生成就出家成就莊嚴佛樹成就一切諸善功德成滿具足須菩提是爲菩薩摩訶薩住九地中應具足十二法須菩提十地菩薩當知如佛爾時慧命須菩提白佛言世尊云何菩薩摩訶薩深心治地業佛言菩薩摩訶薩應薩婆若心集一切善根是名菩薩摩訶薩深心治地業云何菩薩於一切衆生中等心佛言若菩薩摩訶薩應薩婆若心生四無量心所謂慈悲喜捨是名於一切衆生中等心云何菩薩修布施佛言菩薩施與一切衆生無所分別是名修布施云何菩薩親近善知識佛言能教人入薩婆若中住如是善知識親近諮受恭敬供養是名親近善知識云何菩薩求法佛言菩薩應薩婆若心求法不墮聲聞辟支佛地是名求法云何菩薩常出家治地業佛言菩薩世世不雜心出家佛法中出家無能障礙者是名常出家治地業云何菩薩愛樂佛身治地業佛言若菩薩見佛身相乃至阿耨多羅三藐三菩提終不離念佛是名愛樂佛

身治地業云何菩薩演出法教治地業佛言菩薩若佛現在若佛滅度後爲衆生說法初中後善妙義好語淨潔純具所謂修多羅乃至優波提舍是名演出法教治地業云何菩薩破於憍慢治地業佛言菩薩破是憍慢故終不生下賤家是名破於憍慢治地業云何菩薩實語治地業佛言菩薩如所說行是名實語治地業是爲菩薩摩訶薩初住地中修行十事治地業云何菩薩戒清淨若菩薩摩訶薩不念聲聞辟支佛心及諸破戒障佛道法是名戒清淨云何菩薩知恩報恩若菩薩摩訶薩行菩薩道乃至小恩尚不忘何況多是名知恩報恩云何菩薩住忍辱力若菩薩於一切衆生無瞋無惱是名住忍辱力云何菩薩受歡喜所謂成就衆生以此爲喜是名

受歡喜云何菩薩不捨一切衆生若菩薩念欲救一切衆生故是名不捨一切衆生云何菩薩入大悲心若菩薩如是念我爲一一衆生故如恒河沙等劫地獄中受勤苦乃至是人得佛道入涅槃如是名爲爲一切十方衆生忍苦是名入大悲心云何菩薩信師恭敬諮受若菩薩於諸師如世尊想是名信師恭敬諮受云何菩薩勤求諸波羅蜜若菩薩一心求諸波羅蜜無異事是名勤求諸波羅蜜是爲菩薩摩訶薩住二地中滿足八法云何菩薩摩訶薩多學問無厭足諸佛所說法若此間國土若十方國土諸佛所說法盡欲聞持是名多學問無厭足云何菩薩淨法施有所法施乃至不求阿耨多羅三藐三菩提何況餘事是名不求名利法施云何菩薩淨佛

國土以諸善根迴向淨佛國土是名淨佛國土云何菩薩受世間無量勤苦不以爲厭諸善根備具故能成就衆生亦莊嚴佛土乃至具足薩婆若終不疲厭是名受無量勤苦不以爲厭云何菩薩住慚愧處恥諸聲聞辟支佛意是名住慚愧處是爲菩薩摩訶薩住三地中滿足五法云何菩薩不捨阿練若住處能過聲聞辟支佛地是名不捨阿練若住處云何菩薩少欲乃至阿耨多羅三藐三菩提尚不欲何況餘欲是名少欲云何菩薩知足得一切種智是名知足云何菩薩不捨頭陀功德觀諸深法忍是名不捨頭陀功德云何菩薩不捨戒不取戒相是名不捨戒云何菩薩穢惡諸欲欲心不生故是名穢惡諸欲云何菩薩厭世間心知一切法不作故是名厭世間心云何菩薩捨一切所有不惜內外諸法故是名捨一切所有云何菩薩心不没二種識處心不生故是名心不没云何菩薩不惜一切物於一切物不著不念是名不惜一切物是爲菩薩於四地中不捨十法云何菩薩遠離親白衣菩薩出家所生從一佛國至一佛國常出家剃頭著染衣是名遠離親白衣云何菩薩遠離比丘尼不共比丘尼住乃至彈指頃亦不生念是名遠離比丘尼云何菩薩遠離慳惜他家菩薩如是思惟我應安樂衆生他令助我安樂云何生慳是名遠離慳惜他家云何菩薩遠離無益談處若有談處或生聲聞辟支佛心我當遠離是名遠離無益談處云何菩薩遠離瞋恚不令瞋心惱心鬪心得入是名遠離瞋恚云何菩薩遠離

自大所謂不見内法故是名遠離自大云何菩薩遠離慠人所謂不見外法是名遠離慠人云何菩薩遠離十不善道是十不善道能障八聖道何況阿耨多羅三藐三菩提是名遠離十不善道云何菩薩遠離大慢是菩薩不見法可作大慢者是名遠離大慢云何菩薩遠離自用是菩薩不見是法可自用者是名遠離自用云何菩薩遠離顛倒顛倒處不可得故是名遠離顛倒云何菩薩遠離婬怒癡婬怒癡處不可見故是名遠離婬怒癡是爲菩薩住五地中遠離十二法云何菩薩住六地中具足六法所謂六波羅蜜諸佛及聲聞辟支佛住六波羅蜜中能度彼岸是爲具足六法云何菩薩不作聲聞辟支佛意作是念聲聞辟支佛意非阿耨多羅三藐三菩提道云何菩薩布施不生憂心作是念此非阿耨多羅三藐三菩提道云何菩薩見有所索心不没作是念此非阿耨多羅三藐三菩提道云何菩薩所有物布施菩薩初發心時布施不言是可與是不可與云何菩薩布施之後心不悔慈悲力故云何菩薩不疑深法信功德力故是爲菩薩住六地中遠離六法云何菩薩不著我畢竟無我故云何菩薩不著衆生不著壽命不著衆數乃至知者見者是諸法畢竟不可得故云何菩薩不著斷見無有法斷諸法畢竟不生故云何菩薩不著常見若法不生是不作常云何菩薩不應取相無諸煩惱故云何菩薩不應作因見諸見不可見故云何菩薩不著名色名色處相無故云何菩薩不著五陰不著十八界不著十二

入是諸法性無故云何菩薩不著三界三界性無故云何菩薩不應作著心云何菩薩不應作願云何菩薩不應作依止是諸法性無故云何菩薩不著依佛見作依見不見佛故云何菩薩不著依法見法不可見故云何菩薩不著依僧見僧相無爲不可依故云何菩薩不著依戒見罪無罪不著故是爲菩薩住七地中二十法所不應著云何菩薩應具足空具足諸法自相空故云何菩薩無相證不念諸相故云何菩薩知無作於三界中不作故云何菩薩三分清淨十善道具足故云何菩薩一切衆生中慈悲智具足得大悲故云何菩薩不念一切衆生淨國土具足故云何菩薩一切法等觀於諸法不損益故云何菩薩知諸法實相諸法實相無知故云何菩薩無生忍爲諸法不生不滅不作故云何菩薩無生智知名色不生故云何菩薩説諸法一相心不行二相故云何菩薩破分別相一切法不分別故云何菩薩轉憶想小大無量想轉故云何菩薩轉見於聲聞辟支佛地見轉故云何菩薩轉煩惱斷諸煩惱故云何菩薩等定慧地所謂得一切種智故云何菩薩調意於三界不動故云何菩薩心寂滅制六根故云何菩薩無礙智得佛眼故云何菩薩不染愛捨六塵故是爲菩薩住七地中具足二十法云何菩薩順入衆生心菩薩以一心知一切衆生心及心數法云何菩薩遊戲諸神通以是神通從一佛國至一佛國亦不作佛國想云何菩薩觀諸佛國自住其國見無量諸佛國亦無佛國想云何菩薩如所見佛國

自莊嚴其國住轉輪聖王地徧至三千大千國土以自莊嚴云何菩薩如實觀佛身如實觀法身故是爲菩薩住八地中具足五法云何菩薩知上下諸根菩薩住佛十力知一切衆生上下諸根云何菩薩淨佛國土淨衆生故云何菩薩如幻三昧住是三昧能成辦一切事亦不生心相云何菩薩常入三昧菩薩得報生三昧故云何菩薩隨衆生所應善根受身菩薩知衆生所應生善根而爲受身成就衆生故是爲菩薩住八地中具足五法云何菩薩受無邊國土所度之分十方無量國土中衆生如諸佛法所應度者而度脫之云何菩薩得如所願得六波羅蜜具足故云何菩薩知諸天龍夜叉乾闥婆語辭辯力故云何菩薩胎生成就菩薩世世常化生故云何菩薩家成就常在大家生故云何菩薩所生成就若刹利家生若婆羅門家生故云何菩薩姓成就如過去菩薩所生姓從此中生故云何菩薩眷屬成就純諸菩薩摩訶薩爲眷屬故云何菩薩出生成就生時光明徧照無量無邊國土亦不取相故云何菩薩出家成就出家時無量百千億諸天侍從出家是一切衆生必至三乘云何菩薩莊嚴佛樹成就是菩提樹以黃金爲根七寶爲莖節枝葉莖節枝葉光明徧照十方阿僧祇三千大千國土云何菩薩一切諸善功德成滿具足菩薩得衆生清淨佛國亦淨是爲菩薩住九地中具足十二法云何菩薩住十地中當知如佛若菩薩摩訶薩具足六波羅蜜四念處乃至十八不共法一切種智具足滿斷一切煩惱

及習是爲菩薩摩訶薩住十地中當知如佛須菩提菩薩摩訶薩住是十地中以方便力故行六波羅蜜行四念處乃至十八不共法過乾慧地性地八人地見地薄地離欲地已作地辟支佛地菩薩地過是九地住於佛地是爲菩薩十地如是須菩提是名菩薩摩訶薩大乘發趣

出到品第二十一

佛告須菩提汝所問是乘何處出至何處住者佛言是乘從三界中出至薩婆若中住以不二法故何以故摩訶衍薩婆若是二法俱不合不散無色無形無對一相所謂無相若人欲使實際出是人爲欲使無相法出若人欲使如法性不可思議性出是人爲欲使無相法出若人欲使色空出是人爲欲使無相法出若人欲使受想行識空出是人爲欲使無相法出何以故須菩提色空相不出三界亦不住薩婆若受想行識空相不出三界亦不住薩婆若所以者何色色相空受想行識識相空故若人欲使眼空出是人爲欲使無相法出若人欲使耳鼻舌身意空出是人爲欲使無相法出若人欲使乃至意觸因緣生受空出是人爲欲使無相法出何以故須菩提眼空不出三界亦不住薩婆若乃至意觸因緣生受空不出三界亦不住薩婆若所以者何眼眼相空乃至意觸因緣生受意觸因緣生受相空故若人欲使夢出是人爲欲使無相法出若人欲使幻燄響影化出是人爲欲使無相法出何以故須菩提夢相不出三界亦不住薩婆若幻燄響影化相亦不出三

界亦不住薩婆若須菩提若人欲使檀波羅蜜出是人爲欲使無相法出若人欲使尸羅波羅蜜羼提波羅蜜毗梨耶波羅蜜禪波羅蜜般若波羅蜜出是人爲欲使無相法出何以故檀波羅蜜相不出三界亦不住薩婆若尸羅波羅蜜乃至般若波羅蜜不出三界亦不住薩婆若所以者何檀波羅蜜檀波羅蜜相空尸羅波羅蜜羼提波羅蜜毗梨耶波羅蜜禪波羅蜜般若波羅蜜般若波羅蜜相空故若人欲使內空出乃至無法有法空出是人爲欲使無相法出何以故須菩提內空相乃至無法有法空相不出三界亦不住薩婆若所以者何內空內空性空乃至無法有法空無法有法空性空故若人欲使四念處出是人爲欲使無相法出何以故四念處性不出三界亦不住薩婆若所以者何四念處性四念處性空故若人欲使四正勤四如意足五根五力七覺分八聖道分出是人爲欲使無相法出何以故八聖道分性不出三界亦不住薩婆若所以者何八聖道分性八聖道分性空故乃至十八不共法亦如是須菩提若人欲使阿羅漢出生處是人爲欲使無相法出若人欲使辟支佛出生處是人爲欲使無相法出若人欲使多陀阿伽度阿羅訶三藐三佛陀出生處是人爲欲使無相法出何以故阿羅漢性辟支佛性佛性不出三界亦不住薩婆若所以者何阿羅漢性阿羅漢性空辟支佛性辟支佛性空佛性佛性空故若人欲使須陀洹果斯陀含果阿那含果阿羅漢果辟支佛道佛道一切種智出是人爲欲

使無相法出如上說若人欲使名字假名施設相但有語言出是人爲欲使無相法出何以故名字空不出三界亦不住薩婆若所以者何名字相名字相空故乃至施設亦如是若人欲使不生不滅法不垢不淨無作法出是人爲欲使無相法出何以故不生乃至無作法性不出三界亦不住薩婆若所以者何不生性乃至無作性性空故須菩提以是因緣故摩訶衍從三界中出薩婆若中住不動故須菩提汝所問是乘何處住者須菩提是大乘無住處何以故一切法無住相故是乘若住不住法住須菩提譬如法性不生不滅不垢不淨無相無作非住非不住須菩提是乘亦如是非住非不住何以故法性相乃至無作相非住非不住所以者何法性相性空故乃至無作性無作性性空故諸餘法亦如是須菩提以是因緣故是乘無所住以不住法不動法故須菩提汝所問誰當乘是乘出者無有人乘是乘出者何以故是乘出者所用法及出時是一切法皆無所有若一切法無所有用何等法當出何以故我不可得乃至知者見者不可得畢竟淨故不可思議性不可得畢竟淨故陰入界不可得畢竟淨故檀波羅蜜不可得畢竟淨故乃至般若波羅蜜不可得畢竟淨故內空不可得畢竟淨故乃至無法有法空不可得畢竟淨故四念處不可得乃至十八不共法不可得畢竟淨故須陀洹不可得乃至阿羅漢辟支佛菩薩佛不可得畢竟淨故須陀洹果乃至阿羅漢果辟支佛道佛道一切種智不可得畢竟淨故

不生不滅不垢不淨無起無作不可得畢竟
淨故過去世未來現在世生住滅不可得畢
竟淨故增減不可得畢竟淨故何法不可得
故不可得法性不可得故不可得如實際不
可思議性法性法相法位檀波羅蜜不可得
故不可得乃至般若波羅蜜不可得故不可
得内空不可得故不可得乃至無法有法空
不可得故不可得四念處不可得故不可得
乃至十八不共法不可得故不可得須陀洹
不可得故不可得乃至佛不可得故不可得
須陀洹果不可得故不可得乃至佛道不可
得故不可得不生不滅乃至不起不作不可
得故不可得復次須菩提初地不可得故不
可得乃至第十地不可得故不可得畢竟淨
故云何爲初地乃至十地所謂乾慧地性地
八人地見地薄地離欲地已作地辟支佛地
菩薩地佛地内空中初地不可得乃至無法
有法空中初地不可得内空乃至無法有法
空中第二第三第四第五第六第七第八第
九第十地不可得何以故須菩提初地非得
非不得乃至十地非得非不得畢竟淨故内
空乃至無法有法空中成就衆生不可得畢
竟淨故内空乃至無法有法空中淨佛國土
不可得畢竟淨故内空乃至無法有法空中
五眼不可得畢竟淨故如是須菩提菩薩摩
訶薩以一切諸法不可得故乘是摩訶衍出
三界住薩婆若

摩訶般若波羅蜜經卷第六

音釋

循身觀 循音旬觀音貫循身觀謂遍觀此身皆不淨也
睡覺 覺音教寤也夢醒曰覺
旋師 旋隨戀切旋師謂旋轉繩軸用欹劂之曲刀裁木為器之師也
爪齒 爪側絞切齒昌止切
脾腎 脾音皮土蔵也腎時軫切水蔵也
膽 覩敢切連肝之府也
胃胞 胃于貴切穀府也胞音抛
痰癊 痰音談病液也癊於禁切心中病也
肪䏼 肪音方肥也䏼相干切脂也
腦膜 腦乃老切頭髓也膜音莫肉間膜也
膟脹 膟匹絳切脹臭貌脹知亮切脹滿也
瘀 依據切氣血壅瘀而青腫也
汁 音執液也
烏鵄 鵄處脂切鴟鵄也
鵰鷲 鵰丁聊切鵰似鷹而大黑色俗呼為皂鵰鷲疾僦切大鵰也
豺狼 豺音柴狼屬狼音郎似犬銳頭白頰為狼
狐狗 狐音胡妖獸也
摑裂 摑古獲切摑裂謂摑打裂破而食之也
骨璅 璅蘇果切骨璅謂骨骼相連璅也
髑髏 髑音獨髏音樓髑髏首骨也
曝 步木切日乾也
邏 郎佐切
簸 補過切
賒 詩遮切
呿 丘加切
哆 丁可切
拏 女加切
醝 倉何切巳上邏字起皆四十二字毋中字也
傴 於語切

摩訶般若波羅蜜經卷第七

姚秦三藏法師鳩摩羅什共僧叡譯

勝出品第二十二

慧命須菩提白佛言世尊摩訶衍摩訶衍者勝出一切世間及諸天人阿修羅世尊是摩訶衍與虛空等如虛空受無量無邊阿僧祇衆生摩訶衍亦如是受無量無邊阿僧祇衆生世尊是摩訶衍不見來處不見去處不見住處是摩訶衍前際不可得後際不可得中際不可得是名三世等是摩訶衍世尊以是故是乘名摩訶衍佛告須菩提如是如是菩薩摩訶薩摩訶衍所謂六波羅蜜檀那波羅蜜尸羅波羅蜜羼提波羅蜜毗梨耶波羅蜜禪那波羅蜜般若波羅蜜是名菩薩摩訶薩摩訶衍復次須菩提菩薩摩訶薩摩訶衍一切陀羅尼門一切三昧門所謂首楞嚴三昧乃至離著虛空不染三昧是名菩薩摩訶薩摩訶衍復次須菩提菩薩摩訶薩摩訶衍所謂內空乃至無法有法空是名菩薩摩訶薩摩訶衍復次須菩提菩薩摩訶薩摩訶衍所謂四念處乃至十八不共法是名菩薩摩訶薩摩訶衍如須菩提所言是摩訶衍勝出一切世間及諸天人阿修羅須菩提若欲界當有實不虛妄不異諦不顛倒有常不壞相非無法者是摩訶衍不能勝出一切世間及諸天人阿修羅須菩提以欲界虛妄憶想分別和合名字等有一切無常相無法以是故摩訶衍勝出一切世間及諸天人阿修羅須菩提色界無色界若當實有不虛妄不異諦不顛倒有常不壞相非無法者是摩訶衍不能

勝出一切世間及諸天人阿修羅須菩提以色界無色界虛妄憶想分別和合名字等有一切無常破壞相無法以是故摩訶衍勝出一切世間及諸天人阿修羅須菩提若色當實有不虛妄不異諦不顛倒有常不壞相非無法者是摩訶衍不能勝出一切世間及諸天人阿修羅須菩提以色虛妄憶想分別和合名字等有一切無常破壞相無法以是故是摩訶衍勝出一切世間及諸天人阿修羅受想行識亦如是須菩提若眼乃至意色乃至法眼識乃至意識眼觸乃至意觸眼觸因緣生受乃至意觸因緣生受若當實有不虛妄不異諦不顛倒有常不壞相非無法者是摩訶衍不能勝出一切世間及諸天人阿修羅須菩提以眼乃至意觸因緣生受虛妄憶想分別和合名字等有一切無常破壞相無法以是故摩訶衍勝出一切世間及諸天人阿修羅須菩提若法性是有法非無法者是摩訶衍不能勝出一切世間及諸天人阿修羅須菩提以法性無法非法以是故摩訶衍勝出一切世間及諸天人阿修羅須菩提若如實際不可思議性是有法非無法者是摩訶衍不能勝出一切世間及諸天人阿修羅須菩提以如實際不可思議性無法非法以是故摩訶衍勝出一切世間及諸天人阿修羅須菩提若檀那波羅蜜是有法非無法者是摩訶衍不能勝出一切世間及諸天人阿修羅以檀那波羅蜜無法非法以是故摩訶衍勝出一切世間及諸天人阿修羅若尸羅波羅蜜羼提波羅蜜毗梨耶波羅蜜禪那波

羅蜜般若波羅蜜是有法非無法者是摩訶衍不能勝出一切世間及諸天人阿修羅以尸羅波羅蜜乃至般若波羅蜜無法非法以是故摩訶衍勝出一切世間及諸天人阿修羅須菩提若內空乃至無法有法空是有法非無法者是摩訶衍不能勝出一切世間及諸天人阿修羅以內空乃至無法有法空無法非法以是故摩訶衍勝出一切世間及諸天人阿修羅須菩提若四念處乃至十八不共法是有法非無法者是摩訶衍不能勝出一切世間及諸天人阿修羅以四念處乃至十八不共法無法非法以是故摩訶衍勝出一切世間及諸天人阿修羅須菩提若性人法是有法非無法者是摩訶衍不能勝出一切世間及諸天人阿修羅以性人法無法非法以是故摩訶衍勝出一切世間及諸天人阿修羅須菩提若八人法若須陀洹法斯陀含法阿那含法阿羅漢法辟支佛法佛法是有法非無法者是摩訶衍不能勝出一切世間及諸天人阿修羅以八人法乃至佛法無法非法以是故摩訶衍勝出一切世間及諸天人阿修羅須菩提若性地人是有法非無法者是摩訶衍不能勝出一切世間及諸天人阿修羅以性地人無法非法以是故摩訶衍勝出一切世間及諸天人阿修羅須菩提若八人須陀洹乃至佛是有法非無法者是摩訶衍不能勝出一切世間及諸天人阿修羅以八人乃至佛無法非法以是故摩訶衍勝出一切世間及諸天人阿修羅須菩提若一切世間及諸天人阿修羅是有法非無法

者是摩訶衍不能勝出一切世間及諸天人阿修羅以一切世間及諸天人阿修羅無法非法以是故摩訶衍勝出一切世間及諸天人阿修羅須菩提若菩薩摩訶薩從初發心乃至道場於其中間諸心若當是有法非無法者是摩訶衍不能勝出一切世間及諸天人阿修羅以菩薩從初發心乃至道場於其中間諸心無法非法以是故摩訶衍勝出一切世間及諸天人阿修羅須菩提若菩薩摩訶薩如金剛慧若是有法非無法者是菩薩摩訶薩不能知一切結使及習無法非法得一切種智須菩提以菩薩摩訶薩如金剛慧無法非法是故菩薩知一切結使及習無法非法得一切種智以是故摩訶衍勝出一切世間及諸天人阿修羅須菩提若諸佛三十二相是有法非無法者諸佛威德不能照然勝出一切世間及諸天人阿修羅須菩提以諸佛三十二相無法非法以是故諸佛威德照然勝出一切世間及諸天人阿修羅須菩提若諸佛光明是有法非無法者諸佛光明不能普照於恒河沙等國土須菩提以諸佛光明無法非法以是故諸佛能以光明普照於恒河沙等國土須菩提若諸佛六十種莊嚴音聲是有法非無法者諸佛不能以六十種莊嚴音聲徧至十方無量阿僧祇國土須菩提以諸佛六十種莊嚴音聲無法非法以是故諸佛能以六十種莊嚴音聲徧至十方無量阿僧祇國土須菩提諸佛法輪若當是有法非無法者諸佛不能轉法輪諸沙門婆羅門若天若魔若梵及世間餘衆所不能如

法轉者須菩提以諸佛法輪無法非法以是故諸佛轉法輪諸沙門婆羅門若天若魔若梵及世間餘衆所不能如法轉者須菩提諸佛爲衆生轉法輪是衆生若實有法非無法者不能令是衆生於無餘涅槃而般涅槃須菩提以諸佛爲衆生轉法輪是衆生無法非法以是故能令衆生於無餘涅槃中已滅今滅當滅

舍受品第二十三

佛告須菩提汝所言衍與空等如是如是須菩提摩訶衍與虚空等須菩提如虚空無東方無南方西方北方四維上下須菩提摩訶衍亦如是無東方無南方西方北方四維上下須菩提如虚空非長非短非方非圓須菩提摩訶衍亦如是非長非短非方非圓須菩提如虚空非青非黄非赤非白非黑摩訶衍亦如是非青非黄非赤非白非黑以是故說摩訶衍與空等須菩提如虚空非過去非未來非現在摩訶衍亦如是非過去非未來非現在以是故說摩訶衍與空等須菩提如虚空不增不減摩訶衍亦如是不增亦不減須菩提如虚空無垢無淨摩訶衍亦如是無垢無淨須菩提如虚空無生無滅無住無異摩訶衍亦如是無生無滅無住無異須菩提如虚空非善非不善非記非無記摩訶衍亦如是非善非不善非記非無記以是故說摩訶衍與空等如虚空無見無聞無覺無識摩訶衍亦如是無見無聞無覺無識如虚空不可知不可識不可見不可斷不可證不可修摩訶衍亦如是不可知不可識不可見不可斷

不可證不可修以是故說摩訶衍與空等如虛空非染相非離相摩訶衍亦如是非染相非離相如虛空不繫欲界不繫色界不繫無色界摩訶衍亦如是不繫欲界不繫色界不繫無色界如虛空無初發心亦無二三四五六七八九第十心摩訶衍亦如是無初發心乃至無第十心如虛空無乾慧地性地八人地見地薄地離欲地已辦地摩訶衍亦如是無乾慧地乃至已作地如虛空無須陀洹果無斯陀含果無阿那含果無阿羅漢果摩訶衍亦如是無須陀洹果乃至無阿羅漢果如虛空無聲聞地無辟支佛地無佛地摩訶衍亦如是無聲聞地乃至無佛地以是故說摩訶衍與空等如虛空非色非無色非可見非不可見非有對非無對非合非散摩訶衍亦如是非色非無色非可見非不可見非有對非無對非合非散以是故說摩訶衍與空等須菩提如虛空非常非無常非樂非苦非我非無我摩訶衍亦如是非常非無常非樂非苦非我非無我以是故說摩訶衍與空等須菩提如虛空非空非不空非相非無相非作非無作摩訶衍亦如是非空非不空非相非無相非作非無作以是故說摩訶衍與空等須菩提如虛空非寂滅非不寂滅非離非不離摩訶衍亦如是非寂滅非不寂滅非離非不離以是故說摩訶衍與空等須菩提如虛空非闇非明摩訶衍亦如是非闇非明以是故說摩訶衍與空等須菩提如虛空非可得非不可得摩訶衍亦如是非可得非不可得以是故說摩訶衍與空等須菩提如虛空非

可說非不可說摩訶衍亦如是非可說非不可說以是故說摩訶衍與空等須菩提以是諸因緣故說摩訶衍與空等須菩提如汝所言如虛空受無量無邊阿僧祇衆生摩訶衍亦受無量無邊阿僧祇衆生如是如是須菩提衆生無有故當知虛空無有虛空無有故當知摩訶衍亦無有以是因緣故摩訶衍受無量無邊阿僧祇衆生何以故是衆生虛空摩訶衍是法皆不可得故復次須菩提摩訶衍無所有故當知阿僧祇無所有阿僧祇無所有故當知無量無所有無量無所有故當知無邊無所有無邊無所有故當知一切諸法無所有以是因緣故須菩提是摩訶衍受無量無邊阿僧祇衆生何以故是衆生虛空摩訶衍阿僧祇無量無邊是一切法不可得故復次須菩提我無所有乃至知者見者無所有故當知如法性實際無所有如法性實際無所有故當知乃至無量無邊阿僧祇無所有無量無邊阿僧祇無所有故當知一切法無所有以是因緣故須菩提是摩訶衍受無量無邊阿僧祇衆生何以故是衆生乃至知者見者實際乃至無量無邊阿僧祇是一切法不可得故復次須菩提我無所有乃至知者見者無所有故當知不可思議性無所有不可思議性無所有故當知色受想行識無所有色受想行識無所有故當知虛空無所有虛空無所有故當知摩訶衍無所有摩訶衍無所有故當知阿僧祇無所有阿僧祇無所有故當知無量無所有無量無所有故當知無邊無所有無邊無所有故當知一切

諸法無所有以是因緣故須菩提當知是摩訶衍受無量無邊阿僧祇衆生何以故須菩提我乃至知者見者等一切法皆不可得故復次須菩提我無所有乃至知者見者無所有故當知眼無所有耳鼻舌身意無所有眼乃至意無所有故當知虛空無所有虛空無所有故當知摩訶衍無所有摩訶衍無所有故當知阿僧祇無所有阿僧祇無所有故當知無量無所有無量無所有故當知無邊無所有無邊無所有故當知一切諸法無所有以是因緣故須菩提是摩訶衍受無量無邊阿僧祇衆生何以故須菩提我乃至一切諸法皆不可得故復次須菩提我無所有乃至知者見者無所有故當知檀那波羅蜜無所有尸羅波羅蜜羼提波羅蜜毗梨耶波羅蜜禪那波羅蜜般若波羅蜜無所有般若波羅蜜無所有故當知虛空無所有虛空無所有故當知摩訶衍無所有摩訶衍無所有故當知無量無邊阿僧祇無所有無量無邊阿僧祇無所有故當知一切諸法無所有以是因緣故須菩提是摩訶衍受無量無邊阿僧祇衆生何以故我衆生乃至一切諸法皆不可得故復次須菩提我無所有乃至知者見者無所有故當知內空無所有乃至無法有法空無所有無法有法空無所有故當知虛空無所有虛空無所有故當知摩訶衍無所有摩訶衍無所有故當知阿僧祇無量無邊無所有阿僧祇無量無邊無所有故當知一切諸法無所有以是因緣故須菩提是摩訶衍受無量無邊阿僧祇衆生何以故我衆生乃

至一切諸法皆不可得故復次須菩提我衆生乃至知者見者無所有故當知四念處無所有四念處無所有故乃至十八不共法無所有十八不共法無所有故當知虛空無所有虛空無所有故當知摩訶衍無所有摩訶衍無所有故當知阿僧祇無量無邊無所有阿僧祇無量無邊無所有故當知一切諸法無所有以是因緣故須菩提摩訶衍受無量無邊阿僧祇衆生何以故我衆生乃至一切諸法皆不可得故復次須菩提我衆生無所有乃至知者見者無所有故當知性地無所有乃至已作地無所有已作地無所有故當知虛空無所有虛空無所有故當知摩訶衍無所有摩訶衍無所有故當知阿僧祇無量無邊無所有阿僧祇無量無邊無所有故當

知一切諸法無所有以是因緣故是摩訶衍受無量無邊阿僧祇衆生何以故我衆生乃至一切諸法皆不可得故復次須菩提我衆生乃至知者見者無所有故當知須陀洹無所有須陀洹無所有故當知斯陀含無所有斯陀含無所有故當知阿那含無所有阿那含無所有故當知阿羅漢無所有阿羅漢無所有故當知乃至一切諸法無所有以是因緣故須菩提是摩訶衍受無量無邊阿僧祇衆生何以故須菩提我乃至一切諸法皆不可得故復次須菩提我乃至知者見者無所有故當知聲聞乘無所有聲聞乘無所有故當知辟支佛乘無所有辟支佛乘無所有故當知佛乘無所有佛乘無所有故當知聲聞人無所有聲聞人無所有故當知須陀洹無

所有須陀洹無所有故乃至佛無所有佛無所有故當知一切種智無所有一切種智無所有故當知虛空無所有虛空無所有故當知摩訶衍無所有摩訶衍無所有故當知乃至一切諸法無所有以是因緣故是摩訶衍受無量無邊阿僧祇衆生何以故我乃至一切諸法皆不可得故須菩提譬如涅槃性中受無量無邊阿僧祇衆生是摩訶衍亦受無量無邊阿僧祇衆生以是因緣故須菩提如虛空受無量無邊阿僧祇衆生是摩訶衍亦如是受無量無邊阿僧祇衆生須菩提汝所言是摩訶衍不見來處不見去處不見住處如是如是須菩提是摩訶衍不見來處不見去處不見住處何以故須菩提一切諸法不動相故是法無來處無去處無住處何以故須菩提色無所從來亦無所去亦無所住受想行識無所從來亦無所去亦無所住須菩提色法無所從來亦無所去亦無所住受想行識法無所從來亦無所去亦無所住須菩提色如無所從來亦無所去亦無所住受想行識如無所從來亦無所去亦無所住須菩提色性無所從來亦無所去亦無所住受想行識性無所從來亦無所去亦無所住須菩提色相無所從來亦無所去亦無所住受想行識相無所從來亦無所去亦無所住須菩提眼眼法眼如眼性眼相無所從來亦無所去亦無所住耳鼻舌身意意法意如意性意相無所從來亦無所去亦無所住色聲香味觸法亦如是須菩提地種地種法地種如地種性地種相無所從來亦無所去亦無所住

水火風空識種識種法識種如識種性識種相亦如是須菩提如如法如如性如如相無所從來亦無所去亦無所住須菩提實際實際法實際如實際性實際相無所從來亦無所去亦無所住須菩提不可思議不可思議法不可思議如不可思議性不可思議相無所從來亦無所去亦無所住須菩提檀那波羅蜜檀那波羅蜜法檀那波羅蜜如檀那波羅蜜性檀那波羅蜜相無所從來亦無所去亦無所住尸羅波羅蜜羼提波羅蜜毗梨耶波羅蜜禪那波羅蜜般若波羅蜜般若波羅蜜法般若波羅蜜如般若波羅蜜性般若波羅蜜相無所從來亦無所去亦無所住須菩提四念處四念處法四念處如四念處性四念處相無所從來亦無所去亦無所住乃至十八不共法亦如是須菩提菩薩菩薩法菩薩如菩薩性菩薩相無所從來亦無所去亦無所住佛佛法佛如佛性佛相無所從來亦無所去亦無所住阿耨多羅三藐三菩提阿耨多羅三藐三菩提法如性相無所從來亦無所去亦無所住須菩提有爲法有爲法法有爲法如有爲法性有爲法相無所從來亦無所去亦無所住須菩提無爲法無爲法法無爲法如無爲法性無爲法相無所從來亦無所去亦無所住以是因緣故須菩提是摩訶衍不見來處不見去處不見住處須菩提汝所言是摩訶衍前際不可得後際不可得中際不可得是衍名三世等以是故說名摩訶衍如是如是須菩提是摩訶衍前際不可得後際不可得中際不可得是衍名三世等

以是故說名摩訶衍何以故須菩提過去世過去世空未來世未來世空現在世現在世空三世等三世等空摩訶衍摩訶衍空菩薩菩薩空何以故須菩提是空非一非二非三非四非五非異以是故說名三世等是菩薩摩訶薩摩訶衍是衍中等不等相不可得故染不染不可得瞋不瞋不可得癡不癡不可得慢不慢不可得乃至一切善法不善法不可得是衍中常不可得無常不可得樂不可得苦不可得實不可得空不可得我不可得無我不可得欲界不可得色界不可得無色界不可得度欲界不可得度色界不可得度無色界不可得何以故是摩訶衍自法不可得故須菩提過去色過去色空未來現在色未來現在色空過去受想行識過去受想行識空未來現在受想行識未來現在受想行識空空中過去色不可得何以故空中空亦不可得何況空中過去色可得空中未來現在色不可得何以故空中空亦不可得何況空中未來現在色可得空中過去受想行識不可得何以故空中空亦不可得何況空中過去受想行識可得空中未來現在受想行識不可得何以故空中空亦不可得何況空中未來現在受想行識可得須菩提過去檀那波羅蜜不可得未來檀那波羅蜜不可得現在檀那波羅蜜不可得三世等中檀那波羅蜜亦不可得何以故等中過去世不可得未來世不可得現在世不可得等中等亦不可得何況等中過去世未來世現在世可得尸羅波羅蜜羼提波羅蜜毗梨耶波羅蜜禪

那波羅蜜般若波羅蜜亦如是復次須菩提過去世中四念處不可得乃至過去世中十八不共法亦不可得未來世現在世亦如是復次須菩提三世等中四念處不可得三世等中乃至十八不共法亦不可得何以故等中過去世四念處不可得等中未來世四念處不可得等中現在世四念處不可得乃至十八不共法亦如是等中等亦不可得何況等中過去世四念處未來現在世四念處可得等中等亦不可得何況等中過去世乃至十八不共法可得未來現在世乃至十八不共法亦如是復次須菩提過去世凡夫人不可得未來世現在世凡夫人不可得三世等中凡夫人亦不可得何以故衆生不可得乃至知者見者不可得故過去世聲聞辟支佛

菩薩佛不可得未來世現在世聲聞辟支佛菩薩佛不可得三世等中聲聞辟支佛菩薩佛不可得何以故衆生不可得乃至知者見者不可得故如是須菩提菩薩摩訶薩住般若波羅蜜中學三世等相當具足一切種智是名菩薩摩訶薩摩訶衍所謂三世等相菩薩摩訶薩住是衍中勝一切世間及諸天人阿修羅成就薩婆若爾時須菩提白佛言世尊善哉善哉是菩薩摩訶薩摩訶衍何以故過去諸菩薩摩訶薩是衍中學得一切種智未來諸菩薩摩訶薩亦是衍中學當得一切種智世尊今十方無量阿僧祇國土中諸菩薩摩訶薩亦是衍中學得一切種智以是故世尊是衍實是菩薩摩訶薩摩訶衍佛告須菩提如是如是過去未來現在諸佛是摩訶

衍中學已得一切種智當得今得

會宗品第二十四

爾時慧命富樓那彌多羅尼子白佛言世尊佛使須菩提爲諸菩薩摩訶薩說般若波羅蜜今乃說摩訶衍爲須菩提白佛言世尊我說摩訶衍將無離般若波羅蜜佛言不也須菩提汝說摩訶衍隨般若波羅蜜不離何以故一切所有善法助道法若聲聞法若辟支佛法若菩薩法若佛法是一切法皆攝入般若波羅蜜中須菩提白佛言世尊何等諸善法助道法聲聞法辟支佛法菩薩法佛法皆攝入般若波羅蜜中佛告須菩提所謂檀那波羅蜜尸羅波羅蜜羼提波羅蜜毗梨耶波羅蜜禪那波羅蜜般若波羅蜜四念處四正勤四如意足五根五力七覺分八聖道分空無相無作解脫門佛十力四無所畏四無礙智大慈大悲十八不共法無錯謬法相常捨行須菩提是諸餘善法助道法若聲聞法若辟支佛法若菩薩法若佛法皆攝入般若波羅蜜中須菩提若菩薩摩訶薩摩訶衍若般若波羅蜜禪那波羅蜜毗梨耶波羅蜜羼提波羅蜜尸羅波羅蜜檀那波羅蜜若色受想行識眼色眼識眼觸眼觸因緣生諸受乃至意法意識意觸意觸因緣生諸受地種乃至識種四念處乃至八聖道分空無相無作解脫門及諸善法若有漏若無漏若有爲若無爲若苦諦集諦滅諦道諦若欲界若色界若無色界若內空乃至無法有法空諸三昧門諸陀羅尼門佛十力乃至十八不共法若佛法佛法性如實際不可思議性涅槃是一切

諸法皆不合不散無色無形無礙無對一相所謂無相須菩提以是因緣故汝所說摩訶衍隨順般若波羅蜜何以故須菩提摩訶衍不異般若波羅蜜般若波羅蜜不異摩訶衍般若波羅蜜摩訶衍無二無別檀那波羅蜜不異摩訶衍摩訶衍不異檀那波羅蜜檀那波羅蜜摩訶衍無二無別乃至禪那波羅蜜亦如是須菩提四念處不異摩訶衍摩訶衍不異四念處四念處摩訶衍無二無別乃至十八不共法不異摩訶衍摩訶衍不異十八不共法十八不共法摩訶衍無二無別以是因緣故須菩提汝說摩訶衍即是說般若波羅蜜

十無品第二十五

慧命須菩提白佛言世尊菩薩摩訶薩前際不可得後際不可得中際不可得色無邊故當知菩薩摩訶薩亦無邊受想行識無邊故當知菩薩摩訶薩亦無邊色是菩薩摩訶薩是亦不可得受想行識是菩薩摩訶薩是亦不可得如是世尊於一切種一切處求菩薩不可得世尊我當教何等菩薩摩訶薩般若波羅蜜世尊菩薩摩訶薩但有名字如說我名字我畢竟不生如我諸法亦如是無自性何等色畢竟不生何等受想行識畢竟不生世尊是畢竟不生不名爲色是畢竟不生不名爲受想行識世尊若畢竟不生法當教是般若波羅蜜耶離畢竟不生亦無菩薩行阿耨多羅三藐三菩提若菩薩聞作是說心不没不悔不驚不怖不畏當知是菩薩摩訶薩能行般若波羅蜜舍利弗問須菩提何因緣

故言菩薩摩訶薩前際不可得後際不可得中際不可得須菩提何因緣故言色無邊故當知菩薩亦無邊受想行識無邊故當知菩薩亦無邊須菩提何因緣故言色是菩薩是亦不可得受想行識是菩薩是亦不可得須菩提何因緣故言於一切種一切處菩薩不可得當教何等菩薩般若波羅蜜須菩提何因緣故言菩薩摩訶薩但有名字須菩提何因緣故言如說我名字我畢竟不生如我諸法亦如是無自性何等色畢竟不生何等受想行識畢竟不生須菩提何因緣故言畢竟不生不名爲色畢竟不生不名爲受想行識須菩提何因緣故言若畢竟不生法當教是般若波羅蜜耶須菩提何因緣故言離畢竟不生亦無菩薩行阿耨多羅三藐三菩提須菩提何因緣故言若菩薩聞作是說心不沒不悔不驚不怖不畏若能如是行是名菩薩摩訶薩行般若波羅蜜爾時須菩提報舍利弗言衆生無有故菩薩前際不可得衆生空故菩薩前際不可得衆生離故菩薩前際不可得舍利弗色無有故菩薩前際不可得受想行識無有故菩薩前際不可得色空故菩薩前際不可得受想行識空故菩薩前際不可得色離故菩薩前際不可得受想行識離故菩薩前際不可得舍利弗色性無故菩薩前際不可得受想行識性無故菩薩前際不可得舍利弗檀那波羅蜜無有故菩薩前際不可得尸羅波羅蜜羼提波羅蜜毗梨耶波羅蜜禪那波羅蜜般若波羅蜜無有故菩薩前際不可得何以故舍利弗空中前際不可

得後際不可得中際不可得空不異菩薩菩薩不異前際舍利弗空菩薩前際是諸法無二無別以是因緣故舍利弗菩薩前際不可得舍利弗檀那波羅蜜空故檀那波羅蜜離故檀那波羅蜜性無故菩薩前際不可得尸羅波羅蜜羼提波羅蜜毗梨耶波羅蜜禪那波羅蜜般若波羅蜜空故般若波羅蜜離故般若波羅蜜性無故菩薩前際不可得何以故舍利弗空中前際不可得後際不可得中際不可得空不異菩薩菩薩不異前際舍利弗空菩薩前際無二無別以是因緣故舍利弗菩薩前際不可得復次舍利弗內空無所有故菩薩前際不可得乃至無法有法空無所有故菩薩前際不可得內空空故內空離故內空性無故乃至無法有法空空故離故性無故菩薩前際不可得餘如上說復次舍利弗四念處無所有故菩薩前際不可得四念處空故離故性無故菩薩前際不可得乃至十八不共法無所有故菩薩前際不可得十八不共法空故離故性無故菩薩前際不可得餘如上說以是因緣故舍利弗菩薩前際不可得

摩訶般若波羅蜜經卷第七

摩訶般若波羅蜜經卷第八

姚秦三藏法師鳩摩羅什共僧叡譯

十無品第二十五之餘

復次舍利弗一切三昧門一切陀羅尼門無有故菩薩前際不可得三昧門陀羅尼門空故離故性無故菩薩前際不可得餘如上說復次舍利弗法性無有故菩薩前際不可得法性空故離故性無故菩薩前際不可得餘如上說復次舍利弗如無有故空故離故性無故實際無有故空故離故性無故不可思議性無有故空故離故性無故菩薩前際不可得餘如上說復次舍利弗聲聞無有故菩薩前際不可得聲聞空故離故性無故菩薩前際不可得辟支佛無有故空故離故性無故菩薩前際不可得佛無有故空故離故性無故菩薩前際不可得阿耨多羅三藐三菩提無有故乃至性無故菩薩前際不可得復次一切種智無有故乃至性無故菩薩前際不可得何以故舍利弗空前際不可得後際不可得中際不可得菩薩不可得舍利弗空不異菩薩菩薩不異前際空菩薩前際是諸法無二無别以是因緣故舍利弗菩薩前際不可得後際中際亦如是如舍利弗所言色無邊故當知菩薩亦無邊受想行識無邊故當知菩薩亦無邊舍利弗色如虚空受想行識如虚空何以故舍利弗如虚空邊不可得中不可得無邊無中故但說名虚空如是舍利弗色邊不可得中不可得是色空故空中亦無邊亦無中受想行識邊不可得中不可得識空故空中亦無邊亦無中以是因緣故

舍利弗色無邊故當知菩薩亦無邊受想行識無邊故當知菩薩亦無邊乃至十八不共法亦如是如舍利弗所言色是菩薩是亦不可得受想行識是菩薩是亦不可得舍利弗色色相空受想行識識相空檀那波羅蜜檀那波羅蜜相空乃至般若波羅蜜亦如是內空內空相空乃至無法有法空無法有法空相空四念處四念處相空乃至十八不共法十八不共法相空如法性實際不可思議性不可思議性相空三昧門三昧門相空陀羅尼門陀羅尼門相空一切智一切智相空道智道智相空一切種智一切種智相空聲聞乘聲聞乘相空辟支佛乘辟支佛乘相空佛乘佛乘相空聲聞人聲聞人相空辟支佛人辟支佛人相空佛佛相空空中色不可得受想行識不可得以是因緣故舍利弗色是菩薩是亦不可得受想行識是菩薩是亦不可得如舍利弗所言何因緣故於一切種一切處菩薩不可得當教何等菩薩般若波羅蜜舍利弗色色中不可得色受中不可得受受中不可得受色中不可得受想中不可得想想中不可得想色受中不可得想行中不可得行行中不可得行色受想中不可得行識中不可得識識中不可得識色受想行中不可得舍利弗眼眼中不可得眼耳中不可得耳耳中不可得耳眼中不可得耳鼻中不可得鼻鼻中不可得鼻眼耳中不可得鼻舌中不可得舌舌中不可得舌眼耳鼻中不可得舌身中不可得身身中不可得身眼耳鼻舌中不可得身意中不可得意意中不可得意

眼耳鼻舌身中不可得六入六識六觸六觸因緣生受亦如是檀那波羅蜜乃至般若波羅蜜内空乃至無法有法空四念處乃至十八不共法一切三昧門一切陀羅尼門性法乃至辟支佛法初地乃至第十地一切智道種智一切種智亦如是須陀洹乃至阿羅漢辟支佛菩薩佛亦如是菩薩菩薩中不可得菩薩般若波羅蜜中不可得般若波羅蜜般若波羅蜜中不可得般若波羅蜜菩薩中不可得般若波羅蜜中教化無所有不可得教化中教化無所有不可得教化中菩薩及般若波羅蜜無所有不可得舍利弗如是一切法無所有不可得以是因緣故於一切種一切處菩薩不可得當教何等菩薩般若波羅蜜如舍利弗所言何因緣故説菩薩摩訶薩但有假名舍利弗色是假名受想行識是假名色名非色受想行識名非識何以故名名相空若空則非菩薩以是因緣故舍利弗菩薩但有假名復次舍利弗檀那波羅蜜但有名字名字中非有檀那波羅蜜檀那波羅蜜中非有名字以是因緣故菩薩但有假名尸羅波羅蜜羼提波羅蜜毗梨耶波羅蜜禪那波羅蜜般若波羅蜜但有名字名字中無有般若波羅蜜般若波羅蜜中無有名字以是因緣故菩薩但有假名舍利弗内空但有名字乃至無法有法空但有名字名字中無内空内空中無名字何以故名字内空俱不可得乃至無法有法空亦如是以是因緣故舍利弗菩薩但有假名舍利弗四念處但有名字乃至十八不共法但有名字一切三昧門

一切陀羅尼門乃至一切種智亦如是以是因緣故舍利弗我說菩薩但有假名如舍利弗所言何因緣故說我名字畢竟不生舍利弗我畢竟不可得云何當有生乃至知者見者畢竟不可得云何當有生舍利弗色畢竟不可得云何當有生受想行識畢竟不可得云何當有生眼畢竟不可得乃至意觸因緣生受畢竟不可得云何當有生檀那波羅蜜畢竟不可得乃至般若波羅蜜畢竟不可得云何當有生內空畢竟不可得乃至無法有法空畢竟不可得云何當有生四念處畢竟不可得乃至十八不共法畢竟不可得云何當有生諸三昧門諸陀羅尼門畢竟不可得云何當有生聲聞乃至佛畢竟不可得云何當有生以是因緣故舍利弗我說如我名字我亦畢竟不生如舍利弗所言如我諸法亦如是無自性舍利弗諸法和合生故無自性舍利弗何等和合生無自性舍利弗色和合生無自性受想行識和合生無自性眼和合生無自性乃至意和合生無自性色乃至法觸眼界乃至法界地種乃至識種眼觸乃至意觸眼觸因緣生受乃至意觸因緣生受和合生無自性檀那波羅蜜乃至般若波羅蜜和合生無自性四念處乃至十八不共法和合生無自性復次舍利弗一切法無常亦不失舍利弗問須菩提何等法無常亦不失須菩提言色無常亦不失受想行識無常亦不失何以故法若無常即是動相即是空相以是因緣故舍利弗一切有爲法無常亦不失復次舍利弗若有漏法若無漏法若有記法若

無記法無常亦不失何以故若法無常即是動相即是空相以是因緣故舍利弗一切作法無常亦不失復次舍利弗一切法非常非滅舍利弗言何等法非常非滅須菩提言色非常非滅何以故性自爾受想行識非常非滅何以故性自爾乃至意觸因緣生受非常非滅何以故性自爾以是因緣故舍利弗諸法和合生無自性如舍利弗所言何因緣故色畢竟不生受想行識畢竟不生須菩提言色非作法受想行識非作法何以故作者不可得故舍利弗眼非作法何以故作者不可得故乃至意亦如是眼界乃至意觸因緣生受亦如是復次舍利弗一切諸法皆非作何以故作者不可得故以是因緣故舍利弗色畢竟不生受想行識畢竟不生如舍利弗所言何因緣故畢竟不生不名爲色畢竟不生不名爲受想行識須菩提言色性空是空無生無滅無住無異受想行識性空是空無生無滅無住無異眼乃至一切有爲法性空是空無生無滅無住無異以是因緣故舍利弗畢竟不生不名色畢竟不生不名受想行識如舍利弗所言何因緣故畢竟不生法當教是般若波羅蜜耶須菩提言畢竟不生即是般若波羅蜜般若波羅蜜即是畢竟不生般若波羅蜜畢竟不生無二無别以是因緣故舍利弗我説畢竟不生當教是般若波羅蜜耶如舍利弗所言何因緣故離畢竟不生無菩薩行阿耨多羅三藐三菩提須菩提言菩薩摩訶薩行般若波羅蜜時不見畢竟不生異般若波羅蜜亦不見畢竟不生異菩薩畢

竟不生及菩薩無二無别不見畢竟不生異色何以故是畢竟不生及色無二無别不見畢竟不生異受想行識何以故畢竟不生受想行識無二無别乃至一切種智亦如是以是因緣故舍利弗離畢竟不生無菩薩行阿耨多羅三藐三菩提如舍利弗所言何因緣故菩薩聞作是説心不没不悔不驚不怖不畏是名菩薩行般若波羅蜜須菩提言菩薩摩訶薩不見諸法有覺知想見一切諸法如夢如響如幻如焰如影如化舍利弗以是因緣故菩薩聞作是説心不没不悔不驚不怖不畏須菩提白佛言世尊菩薩摩訶薩行般若波羅蜜如是觀諸法是時菩薩摩訶薩不受色不示色不住色不著色亦不言是色受想行識不受不示不住不著亦不言是受想行識眼不受不示不住不著亦不言是眼耳鼻舌身意不受不示不住不著亦不言是意檀那波羅蜜不受不示不住不著亦不言是檀那波羅蜜尸羅波羅蜜羼提波羅蜜毗梨耶波羅蜜禪那波羅蜜般若波羅蜜不受不示不住不著亦不言是般若波羅蜜内空不受不示不住不著亦不言是内空乃至無法有法空亦如是復次世尊菩薩摩訶薩行般若波羅蜜時四念處不受不示不住不著亦不言是四念處乃至十八不共法不受不示不住不著亦不言是十八不共法一切三昧門一切陀羅尼門乃至一切種智不受不示不住不著亦不言是一切種智復次世尊菩薩摩訶薩行般若波羅蜜時不見色乃至不見一切種智何以故色不生是非色受想行

識不生是非識眼不生是非眼耳鼻舌身意不生是非意檀那波羅蜜不生是非檀那波羅蜜乃至般若波羅蜜不生是非般若波羅蜜何以故色不生不二不別乃至般若波羅蜜不生不二不別內空不生是非內空乃至無法有法空不生是非無法有法空何以故內空乃至無法有法空不生不二不別世尊四念處不生非四念處何以故四念處不生不二不別何以故世尊是不生法非一非二非三非異以是故四念處不生不二不別乃至十八不共法不生非十八不共法何以故十八不共法不生不二不別何以故世尊是不生法非一非二非三非異以是故十八不共法不生非十八不共法世尊如不生是非如乃至不可思議性不生是非不可思議性

世尊是阿耨多羅三藐三菩提不生一切智一切種智不生是非一切種智何以故是阿耨多羅三藐三菩提乃至一切種智不生不二不別何以故世尊是不生非一非二非三非異以是故乃至一切種智不生非一切種智世尊色不滅相是非色何以故色及不滅相不二不別何以故世尊是不滅法非一非二非三非異以是故色不滅相是非色受想行識不滅相是非識何以故識及不滅不二不別何以故世尊是不滅法非一非二非三非異以是故識不滅是非識檀那波羅蜜乃至般若波羅蜜內空乃至無法有法空四念處乃至十八不共法亦如是世尊以是故色入無二法數受想行識入無二法數乃至一切種智入無二法數

無生品第二十六

爾時慧命舍利弗語須菩提菩薩摩訶薩行般若波羅蜜觀諸法何等是菩薩何等是般若波羅蜜何等是觀須菩提語舍利弗汝所問何等是菩薩爲阿耨多羅三藐三菩提是人發大心以是故名爲菩薩亦知一切法一切種相是中亦不著知色相亦不著乃至知十八不共法相亦不著舍利弗問須菩提何等爲一切法相須菩提言若以名字因緣和合等知諸法是色是聲香味觸法是内是外是有爲法是無爲法以是名字相語言知諸法相是名知諸法相如舍利弗所問何等是般若波羅蜜遠離故是名般若波羅蜜何等法遠離遠離陰界入遠離檀那波羅蜜乃至禪那波羅蜜遠離内空乃至無法有法空以是故遠離名般若波羅蜜復次遠離四念處乃至遠離十八不共法遠離一切智以是因緣故遠離名般若波羅蜜如舍利弗所問何等是觀舍利弗菩薩摩訶薩行般若波羅蜜時觀色非常非無常非樂非苦非我非無我非空非不空非相非無相非作非無作非寂滅非不寂滅非離非不離受想行識亦如是檀那波羅蜜乃至般若波羅蜜内空乃至無法有法空四念處乃至十八不共法一切三昧門一切陀羅尼門乃至一切種智觀非常非無常非樂非苦非我非無我非空非不空非相非無相非作非無作非寂滅非不寂滅非離非不離舍利弗是名菩薩摩訶薩行般若波羅蜜時觀諸法舍利弗問須菩提何因緣故色不生是非色受想行識不生是非識

乃至一切種智不生是非一切種智須菩提言色色相空色空中無色無生以是因緣故色不生是非色受想行識識相空識空中無識無生以是因緣故受想行識不生是非受想行識舍利弗檀那波羅蜜檀那波羅蜜相空檀那波羅蜜空中無檀那波羅蜜無生尸羅波羅蜜羼提波羅蜜毗梨耶波羅蜜禪那波羅蜜般若波羅蜜般若波羅蜜相空般若波羅蜜空中無般若波羅蜜無生以是因緣故舍利弗般若波羅蜜不生是非般若波羅蜜内空乃至無法有法空四念處乃至十八不共法一切種智亦如是以是因緣故内空不生是非内空乃至一切種智不生是非一切種智舍利弗問須菩提汝何因緣故言色不滅是非色受想行識不滅是非識乃至一切種智不滅是非一切種智須菩提答言所有色所有不滅所有受想行識所有不滅是一切法皆不合不散無色無形無對一相所謂無相眼乃至一切種智亦如是以是因緣故舍利弗色不滅是非色受想行識不滅是非識乃至一切種智不滅是非一切種智舍利弗問須菩提何因緣故言色入無二法數受想行識入無二法數乃至一切種智入無二法數須菩提答言色不異無生無生不異色色即是無生無生即是色受想行識不異無生無生不異識識即是無生無生即是識以是因緣故舍利弗色入無二法數受想行識入無二法數乃至一切種智亦如是爾時須菩提白佛言世尊若菩薩摩訶薩行般若波羅蜜如是觀諸法是時見色無生畢竟淨

故見受想行識無生畢竟淨故見我無生乃至知者見者無生畢竟淨故見檀那波羅蜜無生乃至般若波羅蜜無生畢竟淨故見內空無生乃至無法有法空無生畢竟淨故見四念處無生乃至十八不共法無生畢竟淨故見一切三昧一切陀羅尼無生畢竟淨故乃至見一切種智無生畢竟淨故見凡人凡人法無生畢竟淨故見須陀洹須陀洹法斯陀含斯陀含法阿那含阿那含法阿羅漢阿羅漢法辟支佛辟支佛法菩薩菩薩法佛佛法無生畢竟淨故舍利弗語須菩提如我聞須菩提所說義色是不生受想行識是不生乃至佛佛法是不生若爾者今不應得須陀洹須陀洹果斯陀含斯陀含果阿那含阿那含果阿羅漢阿羅漢果辟支佛辟支佛道不應得菩薩摩訶薩一切種智亦無六道別異亦不得菩薩摩訶薩五種菩提須菩提若一切法不生相何以故須陀洹爲斷三結故修道斯陀含爲薄婬恚癡故修道阿那含爲斷五下分結故修道阿羅漢爲斷五上分結故修道辟支佛爲辟支佛法故修道何以故菩薩摩訶薩作難行爲衆生受種種苦何以故佛得阿耨多羅三藐三菩提何以故佛轉法輪須菩提語舍利弗我不欲令無生法有所得我亦不欲令無生法中得須陀洹須陀洹果乃至不欲令無生法中得阿羅漢阿羅漢果辟支佛辟支佛道我亦不欲令菩薩作難行爲衆生受種種苦菩薩亦不以難行心行道何以故舍利弗生難心苦心不能利益無量阿僧祇衆生舍利弗今菩薩憐愍衆生於

衆生如父母兄弟想如兒子及已身想如是能利益無量阿僧祇衆生以無所得故所以者何菩薩摩訶薩應生如是心如我一切處一切種不可得内外法亦如是若生如是想則無難心苦心何以故是菩薩於一切處一切種一切法不受故舍利弗我亦不欲令無生中佛得阿耨多羅三藐三菩提亦不欲令無生中得轉法輪亦不欲令以無生法中得道舍利弗語須菩提令欲令以生法得道以無生法得道須菩提語舍利弗我不欲令以生法得道舍利弗言令須菩提欲令以無生法得道須菩提言我亦不欲令以無生法得道舍利弗言如須菩提所説無知無得須菩提言有知有得不以二法令以世間名字故有知有得世間名字故有須陀洹乃至阿羅漢辟支佛諸佛第一實義中無知無得無須陀洹乃至無佛須菩提若世間名字故有知有得六道别異亦世間名字故有非以第一實義耶須菩提言如是如是舍利弗如世間名字故有知有得六道别異亦世間名字故有非以第一實義何以故舍利弗第一實義中無業無報無生無滅無淨無垢舍利弗語須菩提不生法生生法生須菩提言我不欲令不生法生亦不欲令生法生舍利弗言何等不生法不欲令生須菩提言色是不生法自性空不欲令生受想行識是不生法自性空不欲令生乃至阿耨多羅三藐三菩提是不生法自性空不欲令生舍利弗語須菩提生生不生生須菩提言非生生亦非不生生何以故舍利弗生不生是二法不合不散無

色無形無對一相所謂無相舍利弗以是因緣故非生生亦非不生生爾時舍利弗語須菩提須菩提樂說無生法及無生相須菩提語舍利弗我樂說無生法亦樂說無生相何以故諸無生法無生相及樂說語言是一切法皆不合不散無色無形無對一相所謂無相舍利弗語須菩提汝樂說不生法亦樂說不生相是樂說語言亦不生須菩提言如是如是舍利弗何以故舍利弗色不生受想行識不生眼不生乃至意不生地種不生乃至識種不生身行不生口行不生意行不生檀那波羅蜜不生乃至一切種智不生以是因緣故舍利弗我樂說無生法亦樂說無生相是樂說語言亦無生爾時舍利弗語須菩提須菩提於說法人中應最在上何以故須菩提隨所問皆能答須菩提言諸法無所依故舍利弗語須菩提云何諸法無所依須菩提言色性常空不依內不依外不依兩中間受想行識性常空不依內不依外不依兩中間眼耳鼻舌身意性常空不依內不依外不依兩中間色性常空乃至法性常空不依內不依外不依兩中間檀那波羅蜜性常空乃至般若波羅蜜性常空不依內不依外不依兩中間內空性常空乃至無法有法空性常空不依內不依外不依兩中間舍利弗四念處性常空乃至一切種智性常空不依內不依外不依兩中間以是因緣故舍利弗一切諸法無所依性常空故如是舍利弗菩薩摩訶薩行六波羅蜜時應淨色受想行識乃至應淨一切種智舍利弗問須菩提菩薩摩訶薩

云何行六波羅蜜時淨菩薩道須菩提言有世間檀那波羅蜜有出世間檀那波羅蜜尸羅波羅蜜羼提波羅蜜毗梨耶波羅蜜禪那波羅蜜般若波羅蜜有世間有出世間舍利弗問須菩提云何世間檀那波羅蜜云何出世間檀那波羅蜜須菩提言若菩薩摩訶薩作施主能施沙門婆羅門貧窮乞人須食與食須飲與飲須衣與衣卧具牀榻房舍香花瓔珞醫藥種種所須資生之物若妻子國土頭目手足支節等内外之物盡以給施施時作是念我與彼取我不慳貪我爲施主我能捨一切我隨佛教施我行檀那波羅蜜作是施已用得法與一切衆生共之迴向阿耨多羅三藐三菩提念言是布施因縁令衆生得今世樂後當令得入涅槃樂是人布施有三礙何等三我相他相施相著是三相布施是名世間檀那波羅蜜何因縁故名世間於世間中不動不出是名世間檀那波羅蜜云何名出世間檀那波羅蜜所謂三分清淨何等三菩薩摩訶薩布施時我不可得受者不可得施物不可得亦不望報是名菩薩摩訶薩三分清淨檀那波羅蜜復次舍利弗菩薩摩訶薩布施時施與一切衆生衆生亦不可得以此布施迴向阿耨多羅三藐三菩提乃至不見微細法相舍利弗是名出世間檀那波羅蜜何以故名爲出世間於世間中能動能出是故名出世間檀那波羅蜜尸羅波羅蜜有所依是爲世間尸羅波羅蜜無所依是爲出世間尸羅波羅蜜餘如檀那波羅蜜說羼提波羅蜜毗梨耶波羅蜜禪那波羅蜜般若

波羅蜜有所依是名世間無所依是名出世間餘亦如檀那波羅蜜說如是舍利弗菩薩摩訶薩行六波羅蜜時淨菩薩道舍利弗問須菩提云何菩薩摩訶薩爲阿耨多羅三藐三菩提道須菩提言四念處是菩薩摩訶薩爲阿耨多羅三藐三菩提道乃至八聖道分空解脱門無相解脱門無作解脱門内空乃至無法有法空一切三昧門一切陀羅尼門佛十力四無所畏四無礙智十八不共法大慈大悲舍利弗是名菩薩摩訶薩爲阿耨多羅三藐三菩提道爾時舍利弗讃須菩提言善哉善哉何等波羅蜜力須菩提言是般若波羅蜜力所以者何般若波羅蜜能生一切諸善法若聲聞法辟支佛法菩薩法佛法舍利弗般若波羅蜜能受一切諸善法聲聞法辟支佛法菩薩法佛法舍利弗過去諸佛行般若波羅蜜得阿耨多羅三藐三菩提未來諸佛亦行般若波羅蜜當得阿耨多羅三藐三菩提舍利弗今現在十方諸佛國土中諸佛亦行是般若波羅蜜得阿耨多羅三藐三菩提舍利弗若菩薩摩訶薩聞説般若波羅蜜時不疑不難當知是菩薩摩訶薩行菩薩道行菩薩道者救一切衆生故心不捨一切衆生以無所得故是菩薩常應不離是念所謂大悲念舍利弗復問欲使菩薩摩訶薩常不離是念所謂大悲念若菩薩摩訶薩常不離大悲念令一切衆生皆當作菩薩何以故須菩提一切衆生亦不離諸念故須菩提言善哉善哉舍利弗汝欲難我而成我義何以故衆生無故念亦無衆生性無故念性亦無

衆生法無故念法亦無衆生離故念亦離衆生空故念亦空衆生不可知故念亦不可知舍利弗色無故念亦無色性無故念性亦無色法無故念法亦無色離故念亦離色空故念亦空色不可知故念亦不可知受想行識亦如是眼乃至意色乃至法地種乃至識種檀那波羅蜜乃至般若波羅蜜内空乃至無法有法空四念處乃至十八不共法一切三昧門一切陀羅尼門一切智一切種智乃至阿耨多羅三藐三菩提無故念亦無乃至阿耨多羅三藐三菩提不可知故念亦不可知舍利弗菩薩摩訶薩行是道我欲使不離是念所謂大悲念爾時佛讚須菩提言善哉善哉是菩薩摩訶薩般若波羅蜜其有説者亦當如是説汝所説般若波羅蜜皆是承佛意

故菩薩摩訶薩學般若波羅蜜應當如汝所説學須菩提説是般若波羅蜜品時三千大千國土六種震動東湧西没西湧東没南湧北没北湧南没中湧邊没邊湧中没爾時佛微笑須菩提白佛言佛何因緣故微笑佛告須菩提如我於此國土説般若波羅蜜東方無量阿僧祇國土中諸佛亦爲諸菩薩摩訶薩説般若波羅蜜南西北方四維上下亦説是般若波羅蜜説是般若波羅蜜品時十二那由他諸天人得無生法忍十方諸佛説是般若波羅蜜時無量阿僧祇衆生亦發阿耨多羅三藐三菩提心

天王品第二十七

爾時三千大千世界諸四天王天等各與無數百千億諸天俱來在會中三千大千世界

諸釋提桓因等諸忉利天須夜摩天王等諸夜摩天兜率陀天王等諸兜率陀天須涅蜜陀天王等諸妙化天婆舍跋提天王等諸自在行天各與無數百千億諸天俱來在會中三千大千世界諸梵天王等乃至首陀婆諸天等各與無數百千億諸天俱來在會中是諸四天王天乃至首陀婆諸天業報生身光明於佛常光百分千分千萬億分不能及一乃至不可以算數譬喻爲比世尊光明最勝最妙最上第一諸天業報光明在佛光邊不照不現譬如燋炷比閻浮那提金爾時釋提桓因白大德須菩提是三千大千世界諸四天王天乃至首陀婆諸天一切和合欲聽須菩提說般若波羅蜜義須菩提菩薩摩訶薩云何應住般若波羅蜜中何等是菩薩摩訶薩般若波羅蜜云何菩薩摩訶薩應行般若波羅蜜須菩提語釋提桓因言憍尸迦我今當承順佛意承佛神力爲諸菩薩摩訶薩說般若波羅蜜如菩薩摩訶薩所應住般若波羅蜜中諸天子今未發阿耨多羅三藐三菩提心者應當發心諸天子若入聲聞正位是人不能發阿耨多羅三藐三菩提心何以故與生死作障隔故是人若發阿耨多羅三藐三菩提心者我亦隨喜所以者何上人應更求上法我終不斷其功德憍尸迦何等是般若波羅蜜菩薩摩訶薩應薩婆若心念色無常念色苦念色空念色無我念色如病如敗癰瘡如箭入身痛惱衰壞憂畏不安以無所得故受想行識亦如是眼耳鼻舌身意地種水火風空識種觀無常乃至憂畏不安是亦

無所得故觀色寂滅離不生不滅不垢不淨受想行識亦如是觀地種乃至識種寂滅離不生不滅不垢不淨以無所得故復次憍尸迦菩薩摩訶薩應薩婆若心觀無明緣諸行乃至老死因緣大苦聚集以無所得故觀無明滅故諸行滅乃至生滅故老死滅老死滅故憂悲苦惱大苦聚滅以無所得故復次憍尸迦菩薩摩訶薩應薩婆若心修四念處以無所得故乃至修佛十力十八不共法以無所得故復次憍尸迦菩薩摩訶薩應薩婆若心行檀那波羅蜜以無所得故行尸羅波羅蜜羼提波羅蜜毗梨耶波羅蜜禪那波羅蜜以無所得故復次憍尸迦菩薩摩訶薩行般若波羅蜜時作是觀但諸法諸法共相因緣潤益增長分別校計是中無我無我所菩薩迴向心不在阿耨多羅三藐三菩提心中阿耨多羅三藐三菩提心不在迴向心中迴向心於阿耨多羅三藐三菩提心中不可得阿耨多羅三藐三菩提心於迴向心中不可得菩薩雖觀一切法亦無法可得是名菩薩摩訶薩般若波羅蜜釋提桓因問大德須菩提云何菩薩迴向心不在阿耨多羅三藐三菩提心中云何阿耨多羅三藐三菩提心不在迴向心中云何迴向心於阿耨多羅三藐三菩提心中不可得云何阿耨多羅三藐三菩提心於迴向心中不可得須菩提語釋提桓因言憍尸迦迴向心阿耨多羅三藐三菩提心非心是非心相非心相中不可迴向是非心相常非心相不可思議相常不可思議相是名菩薩摩訶薩般若波羅蜜爾時佛讚須

菩提言善哉善哉須菩提汝爲諸菩薩摩訶薩說般若波羅蜜安慰諸菩薩摩訶薩心須菩提白佛言世尊我應報恩不應不報恩過去諸佛及諸弟子爲諸菩薩說六波羅蜜示教利喜世尊爾時亦在中學得阿耨多羅三藐三菩提我今亦當爲諸菩薩說六波羅蜜示教利喜令得阿耨多羅三藐三菩提爾時須菩提語釋提桓因言憍尸迦汝今當聽菩薩摩訶薩般若波羅蜜中如所應住所不應住憍尸迦色色空受想行識受想行識空菩薩菩薩空是色空菩薩空不二不別受想行識空菩薩空不二不別憍尸迦菩薩摩訶薩般若波羅蜜中應如是住復次眼眼空乃至意意空菩薩菩薩空眼空乃至菩薩空不二不別六塵亦如是地種地種空乃至識種識種空菩薩菩薩空憍尸迦地種空乃至識種空菩薩空不二不別憍尸迦菩薩摩訶薩般若波羅蜜中應如是住無明無明空乃至老死老死空無明滅無明滅空乃至老死滅老死滅空菩薩菩薩空憍尸迦無明空乃至老死空無明滅空乃至老死滅空菩薩空不二不別憍尸迦菩薩摩訶薩般若波羅蜜中應如是住檀那波羅蜜乃至般若波羅蜜內空乃至無法有法空四念處乃至十八不共法一切三昧門一切陀羅尼門聲聞乘辟支佛乘佛乘聲聞辟支佛菩薩佛亦如是一切種智一切種智空菩薩菩薩空一切種智空菩薩空不二不別憍尸迦菩薩摩訶薩般若波羅蜜中應如是住爾時釋提桓因問須菩提云何般若波羅蜜中所不應住須菩提言憍

尸迦菩薩摩訶薩不應色中住以有所得故不應受想行識中住以有所得故不應眼中住乃至不應意中住不應色中住乃至不應法中住眼識乃至意識眼觸乃至意觸眼觸因緣生受乃至意觸因緣生受中不應住以有所得故地種乃至識種中不應住以有所得故檀那波羅蜜乃至般若波羅蜜四念處乃至十八不共法中不應住以有所得故須陀洹果不應住以有所得故乃至阿羅漢果辟支佛道菩薩道佛道一切種智不應住以有所得故復次憍尸迦菩薩摩訶薩色是常不應住色是無常不應住受想行識亦如是色若樂若苦若淨若不淨若我若無我若空若不空若寂滅若不寂滅若離若不離不應住以有所得故受想行識亦如是復次憍尸迦菩薩摩訶薩須陀洹果無爲相斯陀含果無爲相阿那含果無爲相阿羅漢果無爲相不應住辟支佛道無爲相佛道無爲相不應住須陀洹福田不應住斯陀含阿那含阿羅漢辟支佛佛福田不應住復次憍尸迦菩薩摩訶薩初地中不應住以有所得故乃至第十地中不應住以有所得故復次菩薩摩訶薩住初發心中我當具足檀那波羅蜜不應住乃至我當具足般若波羅蜜不應住具足六波羅蜜當入菩薩位不應住入菩薩位已當住阿鞞跋致地不應住菩薩當具足五神通不應住以有所得故菩薩住五神通已我當遊無量阿僧祇佛國土禮敬供養諸佛聽法聽法已爲他人說菩薩摩訶薩如是不應住以有所得故如諸佛國土嚴淨我亦當莊

嚴國土不應住以有所得故成就衆生令入佛道不應住到無量阿僧祇佛土諸佛所尊重愛敬供養以香花瓔珞塗香擣香幢旛華蓋百千億種寶衣供養諸佛不應住以有所得故我當令無量阿僧祇衆生發阿耨多羅三藐三菩提心如是菩薩不應住我當生五眼肉眼天眼慧眼法眼佛眼不應住我當生一切三昧門不應住隨所欲遊戲諸三昧不應住我當生一切陀羅尼門不應住我當得佛十力不應住我當得四無所畏四無礙智十八不共法不應住我當具足大慈大悲不應住我當具足三十二相不應住我當具足八十隨形好不應住以有所得故是八人是信行人是法行人不應住須陀洹極七世生不應住家家不應住須陀洹命終垢盡不應住須陀洹中間入涅槃不應住是人向斯陀含果證不應住是人斯陀含一來入涅槃不應住是人向阿那含果證不應住斯陀含一種不應住是人阿那含彼間入涅槃不應住是人向阿羅漢果證不應住是人阿羅漢今世入無餘涅槃不應住是辟支佛不應住過聲聞辟支佛地我當住菩薩地不應住道種智中不應住以有所得故一切種一切法知已斷諸煩惱及習不應住佛得阿耨多羅三藐三菩提當轉法輪不應住作佛事度無量阿僧祇衆生入涅槃不應住四如意足中不應住入是三昧住如恒河沙等劫壽不應住我當得壽命無央數劫不應住三十二相一一相百福莊嚴不應住我一國土如十方恒河沙等國土不應住我三千大千世界純是

金剛不應住我菩提樹當出如是香衆生聞者無有婬欲瞋恚愚癡亦無聲聞辟支佛心是一切人必當得阿耨多羅三藐三菩提若衆生聞是香者身病意病皆悉除盡不應住當使我世界中無有色受想行識名字不應住當使我世界中無有檀那波羅蜜名字乃至無有般若波羅蜜名字當使我世界中無有四念處名字乃至無有十八不共法名字亦無須陀洹名字乃至無有佛名字不應住以有所得故何以故諸佛得阿耨多羅三藐三菩提時一切諸法無所得故如是憍尸迦菩薩於般若波羅蜜中不應住以有所得故爾時舍利弗心念菩薩云何應住般若波羅蜜中須菩提知舍利弗心所念語舍利弗言於汝意云何諸佛何所住舍利弗語須菩提諸佛法無有住處諸佛不色中住不受想行識中住不有爲性中住不無爲性中住不四念處中住乃至不十八不共法中住不一切種智中住舍利弗菩薩摩訶薩般若波羅蜜中應如是住如諸佛住於諸法中非住非不住舍利弗菩薩摩訶薩般若波羅蜜中應如是學我當住不住法故爾時會中有諸天子作是念諸夜叉語言字句所說尚可了知須菩提所說語言所可論議解釋般若波羅蜜了不可知須菩提知諸天子心所念語諸天子不解不知耶諸天子言大德不解不知須菩提語諸天子汝等法應不知我無所論說乃至我不說一字亦無聽者何以故諸字非般若波羅蜜般若波羅蜜中無聽者諸佛阿耨多羅三藐三菩提無字無說諸天子如佛

化作化人是化人復化作四部衆比丘比丘尼優婆塞優婆夷化人於四部衆中說法於汝意云何是中有說者有聽者有知者不諸天子言大德不也須菩提言一切法皆如化此中無說者無聽者無知者諸天子譬如人夢中見佛說法於汝意云何是中有說者有聽者有知者不諸天子言大德不也須菩提語諸天子一切法皆如夢無說無聽無知者諸天子譬如二人在大深澗各住一面讚佛法衆有二響出於諸天子意云何是二響展轉相解不諸天子言大德不也須菩提語諸天子一切法亦如是無說無聽無知者諸天子譬如工幻師於四衢道中化作佛及四部衆於中說法於諸天子意云何是中有說者有聽者有知者不諸天子言大德不也須菩提語諸天子一切諸法如幻無說者無聽者無知者爾時諸天子心念須菩提所說欲令易解轉深轉妙須菩提知諸天子心所念語諸天子言色非深非妙受想行識非深非妙色性非深非妙受想行識性非深非妙眼性乃至意性色性乃至法性眼界性乃至意界性眼識乃至意識眼觸乃至意觸眼觸因緣生受乃至意觸因緣生受檀那波羅蜜乃至般若波羅蜜内空乃至無法有法空四念處乃至十八不共法一切三昧門一切陀羅尼門乃至一切種智一切種智性非深非妙諸天子復作是念是所說法中不說色不說受想行識不說眼乃至意觸因緣生受不說檀那波羅蜜乃至般若波羅蜜不說内空乃至無法有法空不說四念處乃至十八不共

法不說陀羅尼門三昧門乃至一切種智不說須陀洹果乃至阿羅漢果不說辟支佛道不說阿耨多羅三藐三菩提道是法中不說名字語言須菩提知諸天子心所念語諸天子言如是如是諸天子是法中諸佛阿耨多羅三藐三菩提不可說相是中無說者無聽者無知者以是故諸天子善男子善女人欲住須陀洹果欲證須陀洹果者是人不離是忍斯陀含阿那含阿羅漢果辟支佛道佛道欲住欲證不離是忍如是諸天子菩薩摩訶薩從初發心般若波羅蜜中應作如是住以無說無聽故

摩訶般若波羅蜜經卷第八

音釋

燋炷 燋音焦燋灼也炷音注燈炷也 癰瘡 癰於容切腫也癰疽也瘡初莊切瘡痍也 擣 都皓切舂也

摩訶般若波羅蜜經卷第九

姚秦三藏法師鳩摩羅什共僧叡譯

幻聽品第二十八

爾時諸天子心念應用何等人聽須菩提所說須菩提知諸天子心所念語諸天子言如幻化人聽法我應用如是人何以故如是人無聞無聽無知無證故諸天子語須菩提是衆生如幻聽法者亦如幻衆生如化聽法者亦如化耶如是如是諸天子衆生如幻聽法者亦如幻衆生如化聽法者亦如化諸天子我如幻如夢衆生乃至知者見者亦如幻如夢諸天子色如幻如夢受想行識如幻如夢眼乃至意觸因緣生受如幻如夢內空乃至無法有法空檀那波羅蜜乃至般若波羅蜜如幻如夢諸天子四念處乃至十八不共法如幻如夢須陀洹果如幻如夢斯陀含果阿那含果阿羅漢果辟支佛道如幻如夢諸天子佛道如幻如夢爾時諸天子問須菩提汝說佛道如幻如夢汝說涅槃亦復如幻如夢耶須菩提語諸天子我說佛道如幻如夢我說涅槃亦如幻如夢若當有法勝於涅槃者我說亦復如幻如夢何以故諸天子是幻夢涅槃不二不別爾時慧命舍利弗摩訶目乾連摩訶拘絺羅摩訶迦旃延富樓那彌多羅尼子摩訶迦葉及無數千菩薩問須菩提般若波羅蜜如是甚深難見難解難知寂滅微妙誰當受者爾時阿難語諸大弟子及諸菩薩阿鞞跋致諸菩薩摩訶薩能受是甚深難見難解難知寂滅微妙般若波羅蜜正見成就人漏盡阿羅漢所願已滿亦能受之復次

善男子善女人多見佛於諸佛所多供養種善根親近善知識有利根是人能受不言是法非法須菩提言不以空分别色不以色分别空受想行識亦如是不以無相無作分别色不以色分别無相無作受想行識亦如是不以無生無滅寂滅離分别色不以色分别無生無滅寂滅離受想行識亦如是眼乃至意觸因縁生受亦如是檀波羅蜜乃至般若波羅蜜内空乃至無法有法空四念處乃至十八不共法一切三昧門一切陀羅尼門須陀洹乃至阿羅漢辟支佛佛一切智不以空分别一切智不以一切智分别空不以空分别一切種智不以一切種智分别空無相無作無生無滅寂滅離亦如是須菩提語諸天子言是般若波羅蜜甚深誰能受者是般若波羅蜜中無法可示無法可説若無法可示無法可説受人亦不可得爾時舍利弗語須菩提言般若波羅蜜中廣説三乘之教及攝取菩薩之法從初發意地乃至十地檀波羅蜜乃至般若波羅蜜四念處乃至八聖道分佛十力乃至十八不共法護持菩薩之教菩薩摩訶薩如是行般若波羅蜜常化生不失神通遊諸佛國具足善根隨其所欲供養諸佛即得如願從諸佛所聽受法教至薩婆若初不斷絶未曾離三昧時當得捷疾辯利辯不盡辯不可斷辯隨應辯義辯一切世間最上辯須菩提言如是如是如舍利弗言般若波羅蜜廣説三乘之教及護持菩薩之教乃至菩薩摩訶薩得一切世間最上辯不可得故我乃至知者見者不可得色受想行識檀

那波羅蜜乃至般若波羅蜜不可得内空乃至無法有法空不可得四念處乃至八聖道分佛十力乃至一切種智不可得故舍利弗語須菩提何因緣故般若波羅蜜中廣說三乘而不可得何因緣故般若波羅蜜中護持菩薩何因緣故菩薩摩訶薩得捷疾辯乃至一切世間最上辯不可得故須菩提語舍利弗言以内空故般若波羅蜜廣說三乘不可得外空乃至無法有法空故廣說三乘不可得内空故護持菩薩乃至一切世間最上辯不可得故外空乃至無法有法空故護持菩薩乃至一切世間最上辯不可得故

散華品第二十九

爾時釋提桓因及三千大千世界中四天王天乃至阿迦尼吒諸天作是念慧命須菩提爲雨法雨我等寧可化作華散佛菩薩摩訶薩比丘僧須菩提及般若波羅蜜上即時釋提桓因及三千大千世界中諸天化作華散佛菩薩摩訶薩比丘僧及須菩提上亦供養般若波羅蜜是時三千大千世界華悉周徧於虚空中化成華臺端嚴殊妙須菩提心念是諸天子所散華天上未曾見如是華比是華是化華非樹生華是諸天子所散華從心樹生非樹生華釋提桓因知須菩提心所念語須菩提言大德是華非生華亦非心樹生須菩提語釋提桓因言憍尸迦汝言是華非生華亦非心樹生憍尸迦若非生法不名爲華釋提桓因語須菩提言大德但是華不生色亦不生受想行識亦不生須菩提言憍尸迦非但是華不生色亦不生若不生是不名

爲色受想行識亦不生若不生是不名爲識六入六識六觸六觸因緣生諸受亦如是檀那波羅蜜不生若不生是不名檀那波羅蜜乃至般若波羅蜜不生若不生是不名般若波羅蜜内空不生若不生是不名内空乃至無法有法空不生若不生是不名無法有法空四念處不生若不生是不名四念處乃至十八不共法不生若不生是不名十八不共法乃至一切種智不生若不生是不名一切種智爾時釋提桓因作是念慧命須菩提其智甚深不壞假名而說諸法相佛知釋提桓因心所念語釋提桓因言如是如是憍尸迦須菩提其智甚深不壞假名而說諸法相釋提桓因白佛言世尊慧命須菩提云何不壞假名而說諸法相佛告釋提桓因色但假名

須菩提亦不壞假名而說諸法相受想行識但假名須菩提不壞假名而說諸法相所以者何是諸法相無壞不壞故須菩提所說亦無壞不壞眼乃至意觸因緣生諸受亦如是檀那波羅蜜乃至般若波羅蜜内空乃至無法有法空四念處乃至十八不共法亦如是須陀洹果乃至阿羅漢果辟支佛道菩薩道佛道一切智一切種智亦如是須陀洹乃至阿羅漢辟支佛佛是但假名須菩提不壞假名而說諸法相何以故是諸法相無壞不壞故須菩提所說亦無壞不壞如是憍尸迦須菩提不壞假名而說諸法相須菩提語釋提桓因言如是如是憍尸迦如佛所說諸法但假名菩薩摩訶薩當作是知諸法但假名應如是學般若波羅蜜憍尸迦菩薩摩訶薩作

如是學爲不學色不學受想行識何以故不見色當可學者不見受想行識當可學者菩薩摩訶薩如是學爲不學檀那波羅蜜何以故不見檀那波羅蜜當可學者乃至不學般若波羅蜜何以故不見般若波羅蜜當可學者如是學爲不學内空乃至無法有法空何以故不見内空乃至無法有法空當可學者如是學爲不學四念處乃至十八不共法何以故不見四念處乃至十八不共法當可學者如是學爲不學須陀洹果乃至一切種智何以故不見須陀洹果乃至一切種智當可學者爾時釋提桓因語須菩提言菩薩摩訶薩何因緣故不見色乃至不見一切種智須菩提言色色空乃至一切種智一切種智空憍尸迦色空不學色空乃至一切種智空不學一切種智空憍尸迦若如是不學空是名學空以不二故是菩薩摩訶薩學色空以不二故乃至學一切種智空以不二故若學色空不二故乃至學一切種智空不二故是菩薩摩訶薩能學檀那波羅蜜不二故乃至能學般若波羅蜜不二故能學四念處不二故乃至能學十八不共法不二故能學須陀洹果不二故乃至能學一切種智不二故是菩薩能學無量無邊阿僧祇佛法若能學無量無邊阿僧祇佛法是菩薩不爲色增學不爲色減學乃至不爲一切種智增學不爲一切種智減學若不爲色增減學乃至不爲一切種智增減學是菩薩不爲色受學不爲色滅學亦不爲受想行識受學亦不爲滅學乃至一切種智亦不爲受學亦不爲滅學舍利弗

語須菩提菩薩摩訶薩如是學不爲受色學不爲滅色學乃至一切種智亦不爲受學亦不爲滅學須菩提言菩薩摩訶薩若如是學不爲受色學不爲滅色學乃至一切種智亦不爲受學亦不爲滅學須菩提何因緣故菩薩摩訶薩不爲受色學不爲滅色學乃至一切種智亦不爲受學亦不爲滅學須菩提言是色不可受亦無受色者乃至一切種智不可受亦無受者內外空故如是舍利弗菩薩摩訶薩一切法不受故能到一切種智是時舍利弗語須菩提菩薩摩訶薩如是學般若波羅蜜能到一切種智耶須菩提言菩薩摩訶薩如是學般若波羅蜜能到一切種智一切法不受故舍利弗語須菩提若菩薩摩訶薩於一切法不受不滅學者菩薩摩訶薩云何能到一切種智須菩提言菩薩摩訶薩行般若波羅蜜不見色生不見色滅不見色受不見色不受不見色垢不見色淨不見色增不見色減何以故舍利弗色色性空故受想行識亦不見生亦不見滅亦不見受亦不見不受亦不見垢亦不見淨亦不見增亦不見減何以故識識性空故乃至一切種智亦不見生亦不見滅亦不見受亦不見不受亦不見垢亦不見淨亦不見增亦不見減何以故一切種智一切種智性空故如是舍利弗菩薩摩訶薩爲一切法不生不滅不受不捨不垢不淨不合不散不增不減故學般若波羅蜜能到一切種智無所學無所到故爾時釋提桓因語舍利弗菩薩摩訶薩般若波羅蜜當於何處求舍利弗言菩薩摩訶薩般若波

羅蜜當於須菩提品中求釋提桓因語須菩提是汝神力使舍利弗言菩薩摩訶薩般若波羅蜜當於須菩提品中求須菩提語釋提桓因非我神力釋提桓因語須菩提是誰神力須菩提言是佛神力釋提桓因言一切法皆無受處何以故言是佛神力離無受處相如來不可得離如如來亦不可得須菩提語釋提桓因言如是如是憍尸迦離無受處相如來不可得離如如來亦不可得無受處相中如來不可得如中如來不可得色如中如來如不可得如來如中色如不可得色法相中如來法相不可得如來法相中色法相不可得受想行識法相中乃至一切種智亦如是憍尸迦如來色如中不合不散受想行識如中不合不散如來離色如不合不散離受想行識如不合不散乃至一切種智亦如是如來色法相中不合不散受想行識法相中不合不散如來離色法相中不合不散離受想行識法相中不合不散乃至一切種智亦如是憍尸迦如是等一切法中不合不散是佛神力用無所受法故如憍尸迦言菩薩摩訶薩般若波羅蜜當於何處求憍尸迦不應色中求般若波羅蜜亦不應離色求般若波羅蜜不應受想行識中求亦不應離受想行識求何以故是般若波羅蜜色受想行識是一切法皆不合不散無色無形無對一相所謂無相乃至一切種智中不應求般若波羅蜜亦不應離一切種智求般若波羅蜜何以故是般若波羅蜜一切種智是一切法皆不合不散無色無形無對一相所謂無相何以

故般若波羅蜜非色亦非離色非受想行識亦非離受想行識乃至非一切種智亦非離一切種智般若波羅蜜非色如亦非離色如非受想行識如亦非離受想行識如般若波羅蜜非色法亦非離色法非受想行識法亦非離受想行識法乃至非一切種智如亦非離一切種智如般若波羅蜜非一切種智法亦非離一切種智法何以故憍尸迦是一切法皆無所有不可得以無所有不可得故般若波羅蜜非色亦非離色非色如亦非離色如非色法亦非離色法乃至非一切種智亦非離一切種智非一切種智如亦非離一切種智如非一切種智法亦非離一切種智法釋提桓因語須菩提是摩訶波羅蜜是菩薩摩訶薩般若波羅蜜無量波羅蜜無邊波羅蜜是菩薩摩訶薩般若波羅蜜諸須陀洹須陀洹果從是般若波羅蜜中學成乃至諸阿羅漢阿羅漢果諸辟支佛辟支佛道諸菩薩摩訶薩皆從是般若波羅蜜中學成能成就衆生淨佛國土得阿耨多羅三藐三菩提皆從是學成須菩提語釋提桓因言如是如是憍尸迦是摩訶波羅蜜是菩薩摩訶薩般若波羅蜜無量波羅蜜無邊波羅蜜是菩薩摩訶薩般若波羅蜜從是中學成須陀洹果乃至阿羅漢果辟支佛道諸菩薩摩訶薩從是般若波羅蜜中學成能成就衆生淨佛國土得阿耨多羅三藐三菩提已得今得當得憍尸迦色大故般若波羅蜜亦大何以故是色前際不可得後際不可得中際不可得受想行識大故般若波羅蜜亦大何以故受想行

識前際不可得後際不可得中際不可得乃至一切種智亦如是以是因緣故憍尸迦是摩訶波羅蜜是菩薩摩訶薩般若波羅蜜憍尸迦色無量故般若波羅蜜無量何以故色量不可得故憍尸迦譬如虛空量不可得色亦如是量不可得虛空無量故色無量色無量故般若波羅蜜無量受想行識乃至一切種智無量故般若波羅蜜無量何以故一切種智量不可得譬如虛空量不可得一切種智亦如是量不可得虛空無量故一切種智無量一切種智無量故般若波羅蜜無量以是因緣故憍尸迦是菩薩摩訶薩般若波羅蜜無量憍尸迦色無邊故諸菩薩摩訶薩般若波羅蜜無邊何以故憍尸迦是色前際不可得後際不可得中際不可得受想行識無邊故般若波羅蜜無邊何以故受想行識前際後際中際皆不可得故乃至一切種智無邊故般若波羅蜜無邊何以故一切種智前際後際中際皆不可得故以是因緣故憍尸迦是般若波羅蜜無邊色無邊乃至一切種智無邊復次憍尸迦緣無邊故般若波羅蜜無邊須菩提云何緣無邊故般若波羅蜜無邊須菩提言緣一切無邊法故般若波羅蜜無邊云何緣一切無邊法故般若波羅蜜無邊須菩提言緣無邊法性故般若波羅蜜無邊復次憍尸迦緣無邊如故般若波羅蜜無邊釋提桓因言云何緣無邊如故般若波羅蜜無邊須菩提言如無邊故緣亦無邊緣無邊故如亦無邊以是因緣故諸菩薩摩訶薩般若波羅蜜無邊復次憍尸迦衆生無邊故

般若波羅蜜無邊釋提桓因問須菩提云何衆生無邊故般若波羅蜜無邊須菩提言於汝意云何何等法名衆生釋提桓因言無有法名衆生假名故爲衆生是名字本無有法亦無所趣强爲作名憍尸迦於汝意云何是般若波羅蜜中説衆生有實不釋提桓因言無也憍尸迦若般若波羅蜜中不説實有衆生無邊亦不可得憍尸迦於汝意云何諸佛恒河沙劫壽説衆生衆生名字頗有衆生法有生有滅不釋提桓因言不也何以故衆生從本已來常清淨故以是因緣故憍尸迦衆生無邊故當知般若波羅蜜亦無邊

三嘆品第三十

爾時諸天王及諸天諸梵王及諸梵天伊賒那天及諸神仙并諸天女同時三反稱歎快哉快哉慧命須菩提所説法皆是佛出世間因緣恩力演布是教若有菩薩摩訶薩行是般若波羅蜜不遠離者我輩視是人如佛何以故是般若波羅蜜中雖無法可得所謂色受想行識乃至一切種智而有三乘之教所謂聲聞乘辟支佛乘佛乘爾時佛告諸天子如是如是諸天子如汝所言是般若波羅蜜中雖無法可得所謂色受想行識乃至一切種智而有三乘之教所謂聲聞乘辟支佛乘佛乘諸天子若有菩薩摩訶薩行是般若波羅蜜不遠離者視是人當如佛以無所得故何以故是般若波羅蜜中廣説三乘之教所謂聲聞乘辟支佛乘佛乘檀那波羅蜜中佛不可得離檀那波羅蜜佛亦不可得乃至般若波羅蜜中佛不可得離般若波羅蜜佛亦

不可得内空乃至無法有法空四念處乃至十八不共法一切種智亦如是佛語諸天子菩薩摩訶薩若能學是一切法所謂檀那波羅蜜乃至一切種智以是事故當視是菩薩摩訶薩如佛諸天子我昔於然燈佛時華嚴城内四衢道中見佛聞法即得不離檀那波羅蜜行不離尸羅波羅蜜羼提波羅蜜毗梨耶波羅蜜禪那波羅蜜般若波羅蜜行不離内空乃至無法有法空四念處乃至八聖道分不離四禪四無量心四無色定一切三昧門一切陀羅尼門不離四無所畏佛十力四無礙智十八不共法大慈大悲及餘無量諸佛法行以無所得故是時然燈佛記我當來世過一阿僧祇劫當作佛號釋迦牟尼多陀阿伽度阿羅訶三藐三佛陀鞞侈遮羅那修伽度路伽憊無上士調御丈夫天人師佛世尊爾時諸天子白佛言世尊甚希有是般若波羅蜜能令諸菩薩摩訶薩得薩婆若於色不取不捨故於受想行識不取不捨故乃至一切種智不取不捨故爾時佛觀四衆和合比丘比丘尼優婆塞優婆夷及諸菩薩摩訶薩并四天王天乃至阿迦尼吒諸天皆會坐普觀已佛告釋提桓因言憍尸迦若菩薩摩訶薩若比丘若比丘尼若優婆塞若優婆夷若諸天子若諸天女於是般若波羅蜜若聽受持親近讀誦爲他説正憶念不離薩婆若心諸天子是人魔若魔天不能得其便何以故是善男子善女人諦了知色空空不能得空便無相不能得無相便無作不能得無作便諦了知受想行識空空不能得空便乃至

無作不能得無作便乃至諦了知一切種智空空不能得空便乃至無作不能得無作便何以故是諸法自性不可得無事可得便誰受惱者復次憍尸迦善男子善女人人非人不能得其便何以故是善男子善女人一切衆生中善修慈悲喜捨心以無所得故復次憍尸迦是善男子善女人終不横死何以故是善男子善女人行檀那波羅蜜於一切衆生等心供給故復次憍尸迦三千大千國土四天王天三十三天夜摩天兜率陀天化樂天他化自在天梵天光音天徧淨天廣果天是諸天中有發阿耨多羅三藐三菩提心者未聞是般若波羅蜜未受持親近是諸天子今應聞受持親近讀誦正憶念不離薩婆若心復次憍尸迦諸善男子善女人聞是般若波羅蜜受持親近讀誦正憶念不離薩婆若心是諸善男子善女人若在空舍若在曠野若人住處終不怖畏何以故是善男子善女人明於内空以無所得故明於外空乃至無法有法空以無所得故爾時三千大千國土中諸四天王天三十三天夜摩天兜率陀天化樂天他化自在天乃至首陀婆諸天白佛言世尊是善男子善女人能受持般若波羅蜜親近讀誦正憶念不離薩婆若心者我等常當守護何以故世尊以菩薩摩訶薩因緣故斷三惡道斷天人貧斷諸災患疾病飢餓以菩薩因緣故便有十善道出世間四禪四無量心四無色定檀那波羅蜜尸羅波羅蜜羼提波羅蜜毗梨耶波羅蜜禪那波羅蜜般若波羅蜜内空乃至無法有法空四念處乃

至一切種智以菩薩因縁故世間便有生刹利大姓婆羅門大姓居士大家諸王及轉輪聖王四天王天乃至阿迦尼吒天以菩薩因縁故有須陀洹須陀洹果乃至阿羅漢阿羅漢果辟支佛辟支佛道以菩薩因縁故有成就衆生淨佛國土便有諸佛出現於世便有轉法輪知有佛寶法寶比丘僧寶世尊以是因縁故一切世間諸天及人阿修羅應守護是菩薩摩訶薩佛語釋提桓因如是如是憍尸迦以菩薩摩訶薩因縁故斷三惡道乃至三寶出現於世以是故諸天及人阿修羅常應守護供養恭敬尊重讃歎是菩薩摩訶薩憍尸迦供養恭敬尊重讃歎是菩薩摩訶薩即是供養我以是故是諸菩薩摩訶薩諸天及人阿修羅常應守護供養恭敬尊重讃歎

憍尸迦若三千大千國土滿中聲聞辟支佛譬如竹葦稻麻叢林若有善男子善女人供養恭敬尊重讃歎不如供養恭敬尊重讃歎初發心菩薩摩訶薩不離六波羅蜜所得福德何以故不以聲聞辟支佛因縁故有菩薩摩訶薩及諸佛出現於世以有菩薩摩訶薩因縁故有聲聞辟支佛諸佛出現於世以是故憍尸迦是諸菩薩摩訶薩一切世間諸天及人阿修羅常應守護供養恭敬尊重讃歎

現滅諍品第三十一

爾時釋提桓因白佛言世尊甚奇希有諸菩薩摩訶薩是般若波羅蜜若聞受持親近讀誦爲他説正憶念時得如是今世功德亦成就衆生嚴淨佛土從一佛國至一佛國供養諸佛所欲供養之具隨意即得從諸佛聞法

至得阿耨多羅三藐三菩提終不中忘亦得家成就毋成就生成就眷屬成就相成就光明成就眼成就耳成就三昧成就陀羅尼成就是菩薩以方便力故變身如佛從一國土至一國土到無佛處讚檀那波羅蜜乃至般若波羅蜜讚四禪四無量心四無色定讚四念處乃至十八不共法以方便力而爲說法以三乘法度脫衆生所謂聲聞辟支佛佛乘世尊快哉希有受是般若波羅蜜爲已總攝五波羅蜜乃至十八不共法亦攝須陀洹果乃至阿羅漢果辟支佛道佛道一切智一切種智佛告釋提桓因如是如是憍尸迦受是般若波羅蜜爲已總攝五波羅蜜乃至一切種智復次憍尸迦是般若波羅蜜受持親近讀誦爲他說正憶念是善男子善女人所得今世功德汝一心諦聽釋提桓因言唯世尊受教佛告釋提桓因言憍尸迦若有外道諸梵志若魔若魔民若增上慢人欲乖錯破壞菩薩般若波羅蜜心是諸人適生此心即時滅去終不從願何以故憍尸迦菩薩摩訶薩長夜行檀那波羅蜜尸羅羼提毗梨耶禪那般若波羅蜜以衆生長夜貪諍故菩薩悉捨內外物安立衆生於檀那波羅蜜中以衆生長夜破戒故菩薩悉捨內外法安立衆生於戒以衆生長夜鬪諍故菩薩悉捨內外法安立衆生於忍辱以衆生長夜懈怠故菩薩悉捨內外法安立衆生於精進以衆生長夜亂心故菩薩悉捨內外法安立衆生於禪那以衆生長夜愚癡故菩薩悉捨內外法安立衆生於般若波羅蜜以衆生長夜爲愛結故流

轉生死是菩薩摩訶薩以方便力斷衆生愛結安立衆生於四禪四無量心四無色定四念處乃至八聖道分空無相無作三昧安立衆生於須陀洹果乃至阿羅漢果辟支佛道佛道憍尸迦是爲菩薩摩訶薩行般若波羅蜜得現世功德後世功德得阿耨多羅三藐三菩提轉法輪所願滿足入無餘涅槃憍尸迦是爲菩薩摩訶薩後世功德復次憍尸迦善男子善女人是般若波羅蜜若聞受持親近讀誦爲他說正憶念其所住處魔若魔民若外道梵志增上慢人欲輕毀難問破壞般若波羅蜜終不能成其人惡心轉滅功德轉增聞是般若波羅蜜故漸以三乘道得盡衆苦憍尸迦譬如有藥名摩祇有蛇飢行索食見蟲欲噉蟲趣藥所藥氣力故蛇不能前即自還去何以故以是藥力能勝毒故憍尸迦摩祇藥有如是力若善男子善女人是般若波羅蜜若受持親近讀誦爲他說正憶念若有種種鬬諍起欲來破壞者以般若波羅蜜威力故隨所起處即疾消滅其人即生善心增益功德何以故是般若波羅蜜能滅諸法諍亂何等諸法所謂婬怒癡無明乃至大苦聚諸蓋結使纒我見人見衆生見斷見常見垢見淨見有見無見如是一切諸見慳貪犯戒瞋恚懈怠亂意無智常想樂想淨想我想如是等愛行著色著受想行識著檀那波羅蜜尸羅波羅蜜羼提波羅蜜毗梨耶波羅蜜禪那波羅蜜般若波羅蜜著内空外空内外空乃至無法有法空著四念處乃至十八不共法著一切智一切種智著涅槃是一切法

諍亂盡能消滅不令增長復次憍尸迦三千大千國土中諸四天王天諸釋提桓因諸梵天王乃至阿迦尼吒天常守護是善男子善女人能受持供養讀誦爲他說正憶念般若波羅蜜者十方現在諸佛亦共擁護是善男子善女人能聞受持供養讀誦爲他人說正憶念般若波羅蜜者是善男子善女人不善法滅善法轉增所謂檀那波羅蜜轉增以無所得故乃至般若波羅蜜轉增以無所得故内空轉增乃至無法有法空轉增以無所得故四念處乃至十八不共法轉增以無所得故諸三昧門諸陀羅尼門一切智一切種智轉增以無所得故是善男子善女人所說人皆信受親友堅固不說無益之語不爲瞋恚所覆不爲憍慢慳貪嫉妬所覆是人自不殺

生教人不殺讚不殺生法亦歡喜讚歎不殺生者自遠離不與取亦教人遠離不與取讚遠離不與取法亦歡喜讚歎遠離不與取者自不邪婬教人不邪婬讚不邪婬法亦歡喜讚歎不邪婬者自不妄語教人不妄語讚不妄語法亦歡喜讚歎不妄語者兩舌惡口無利益語亦如是自不貪教人不貪讚不貪法亦歡喜讚歎不貪者不瞋惱不邪見亦如是自行檀那波羅蜜教人行檀那波羅蜜讚檀那波羅蜜法亦歡喜讚歎行檀那波羅蜜者自行尸羅波羅蜜教人行尸羅波羅蜜讚尸羅波羅蜜法亦歡喜讚歎行尸羅波羅蜜者自行羼提波羅蜜教人行羼提波羅蜜讚羼提波羅蜜法亦歡喜讚歎行羼提波羅蜜者自行毗梨耶波羅蜜教人行毗梨耶波羅蜜

讚毗梨耶波羅蜜法亦歡喜讚歎行毗梨耶波羅蜜者自行禪那波羅蜜教人行禪那波羅蜜讚禪那波羅蜜法亦歡喜讚歎行禪那波羅蜜者自行般若波羅蜜教人行般若波羅蜜讚般若波羅蜜法亦歡喜讚歎行般若波羅蜜者自修內空教人修內空讚內空法亦歡喜讚歎修內空者乃至自修無法有法空教人修無法有法空讚無法有法空法亦歡喜讚歎修無法有法空者自入一切三昧教人入一切三昧讚一切三昧法亦歡喜讚歎入一切三昧者自得陀羅尼教人得陀羅尼讚陀羅尼法亦歡喜讚歎得陀羅尼者自入初禪教人入初禪讚初禪法亦歡喜讚歎入初禪者二禪三禪四禪亦如是自入慈心教人入慈心讚入慈心法亦歡喜讚歎入慈心者悲喜捨心亦如是自入無邊空處教人入無邊空處讚無邊空處法亦歡喜讚歎入無邊空處者無邊識處無所有處非有想非無想處亦如是自修四念處教人修四念處讚四念處法亦歡喜讚歎修四念處者四正勤四如意足五根五力七覺分八聖道分亦如是自修空無相無作三昧教人修空無相無作三昧讚空無相無作三昧法亦歡喜讚歎修空無相無作三昧者自入八背捨教人入八背捨讚八背捨法亦歡喜讚歎入八背捨者自入九次第定教人入九次第定讚九次第定法亦歡喜讚歎入九次第定者自修佛十力四無所畏四無礙智大慈大悲十八不共法亦如是自行不錯謬法常捨法教人行不錯謬法常捨法讚不錯謬法常捨法亦

歡喜讚歎行不錯謬法常捨法者自得一切種智教人得一切種智讚一切種智法亦歡喜讚歎得一切種智者是菩薩摩訶薩行六波羅蜜時所有布施與衆生共已回向阿耨多羅三藐三菩提以無所得故所有持戒忍辱精進禪定智慧與衆生共已回向阿耨多羅三藐三菩提以無所得故是善男子善女人如是行六波羅蜜時作是念我若不布施當生貧窮家不能成就衆生淨佛國土亦不能得一切種智我若不持戒當生三惡道尚不得人身何況能成就衆生淨佛國土得一切種智我若不修忍辱則當諸根毀壞色不具足不能得菩薩具足色身衆生見者必至阿耨多羅三藐三菩提亦不能得以具足色身成就衆生淨佛國土得一切種智我若懈怠不能得菩薩道亦不能得成就衆生淨佛國土得一切種智我若亂心不能得生諸禪定不能以此禪定成就衆生淨佛國土得一切種智我若無智不能得方便智以方便智過聲聞辟支佛地成就衆生淨佛國土得一切種智是菩薩復作是思惟我不應隨慳貪故不具足檀那波羅蜜不應隨犯戒故不具足尸羅波羅蜜不應隨瞋恚故不具足羼提波羅蜜不應隨懈怠故不具足毗梨耶波羅蜜不應隨亂意故不具足禪那波羅蜜不應隨癡心故不具足般若波羅蜜若不具足檀那波羅蜜尸羅波羅蜜羼提波羅蜜毗梨耶波羅蜜禪那波羅蜜般若波羅蜜我終不能成就一切種智如是善男子善女人是般若波羅蜜受持親近讀誦爲他說正憶念不離

薩婆若心得是今世後世功德釋提桓因白佛言世尊希有是菩薩摩訶薩般若波羅蜜爲回向薩婆若心故亦爲不高心故佛告釋提桓因憍尸迦云何菩薩摩訶薩般若波羅蜜爲回向薩婆若心故亦爲不高心故釋提桓因白佛言世尊菩薩摩訶薩若行世間檀那波羅蜜布施諸佛辟支佛聲聞及諸貧窮乞匃行路人是菩薩無方便故生高心若行世間尸羅波羅蜜言我行尸羅波羅蜜我能具足尸羅波羅蜜無方便故生高心言我行羼提波羅蜜毗梨耶波羅蜜禪那波羅蜜我行般若波羅蜜我修般若波羅蜜以是世間般若波羅蜜故無方便故生高心世尊菩薩修世間四念處時自念言我修四念處我具足四念處無方便力故生高心我修四正勤四如意足五根五力七覺分八聖道分自念言我修空無相無作三昧我修一切三昧門當得一切陀羅尼門我修佛十力四無所畏十八不共法我當得成就衆生我當淨佛國土我當得一切種智著吾我無方便力故生高心世尊如是菩薩摩訶薩行世間善法著吾我故生高心世尊若菩薩摩訶薩行出世間檀那波羅蜜不得施者不得受者不得施物如是菩薩摩訶薩行出世間檀那波羅蜜爲回向薩婆若故亦不生高心行尸羅波羅蜜尸羅不可得行羼提波羅蜜羼提不可得行毗梨耶波羅蜜毗梨耶不可得行禪那波羅蜜禪那不可得行般若波羅蜜般若不可得修四念處四念處不可得乃至修十八不共法十八不共法不可得修大慈大悲大慈

大悲不可得乃至修一切種智一切種智不可得世尊如是菩薩摩訶薩般若波羅蜜爲回向薩婆若故亦爲不生高心故

摩訶般若波羅蜜經卷第九

音釋

拘絺羅梵語也此云大膝拘音俱絺音癡　捷疾葉切敏疾也　鞞侈遮羅那梵語也此云明行足是佛十號之一也鞞班糜切侈敞爾切　路伽憊梵語也此云世間解亦佛十號之一也伽求迦切憊步拜切　乖錯乖公懷切戾也異也錯七各切舛也誤也

摩訶般若波羅蜜經卷第十

姚秦三藏法師鳩摩羅什共僧叡譯

寶塔大明品第三十二

爾時佛告釋提桓因若有善男子善女人聞是深般若波羅蜜受持親近讀誦正憶念不離薩婆若心兩陣戰時是善男子善女人誦般若波羅蜜故入軍陣中終不失命刀箭不傷何以故是善男子善女人長夜行六波羅蜜自除婬欲刀箭亦除他人婬欲刀箭自除瞋恚刀箭亦除他人瞋恚刀箭自除愚癡刀箭亦除他人愚癡刀箭自除邪見刀箭亦除他人邪見刀箭自除纏垢刀箭亦除他人纏垢刀箭自除諸結使刀箭亦除他人結使刀箭憍尸迦以是因緣是善男子善女人不爲刀箭所傷復次憍尸迦是善男子善女人聞是深般若波羅蜜受持親近讀誦正憶念不離薩婆若心若以毒藥熏若以蠱道若以火坑若以深水若欲刀殺若與是毒如是衆惡皆不能傷何以故般若波羅蜜是大明呪是無上呪若善男子善女人於是明呪中學自不惱身亦不惱他亦不兩惱何以故是善男子善女人不得我不得衆生不得壽命乃至知者見者皆不可得不得色受想行識乃至一切種智亦不可得以不可得故不自惱身亦不惱他亦不兩惱學是大明呪故得阿耨多羅三藐三菩提觀一切衆生心隨意說法何以故過去諸佛學是大明呪得阿耨多羅三藐三菩提當來諸佛學是大明呪當得阿耨多羅三藐三菩提今現在諸佛學是大明呪得阿耨多羅三藐三菩提復次憍尸迦般

若波羅蜜若有但書寫經卷於舍供養不受不讀不誦不說不正憶念是處若人若非人不能得其便何以故是般若波羅蜜爲三千大千世界中四天王諸天乃至阿迦尼吒諸天子及十方無量阿僧祇世界中諸四天王天乃至阿迦尼吒諸天等所守護故是般若波羅蜜所止處諸天皆來供養恭敬尊重讃歎禮拜已去是善男子善女人但書寫般若波羅蜜經卷於舍供養不受不讀不誦不說不正憶念令世得如是功德譬如若人若畜生來入菩提樹下諸邊内外設有人非人惡意來不能得其便何以故是處過去諸佛於中得阿耨多羅三藐三菩提未來諸佛現在諸佛亦於中得阿耨多羅三藐三菩提得佛已施一切衆生無恐無畏令無量阿僧祇衆生受天上人中福樂亦令無量阿僧祇衆生得須陀洹果乃至得阿耨多羅三藐三菩提以般若波羅蜜力故是處得恭敬禮拜華香瓔珞擣香澤香幢蓋妓樂供養釋提桓因白佛言世尊若善男子善女人書寫般若波羅蜜華香瓔珞乃至妓樂供養若有人佛般涅槃後若供養舍利若起塔供養恭敬尊重讃歎華香瓔珞乃至妓樂供養是二何者得福多佛告釋提桓因我還問汝隨意答我於汝意云何如佛得一切種智及得是身從何道學得是一切種智得是身釋提桓因白佛言佛從般若波羅蜜中學得一切種智及相好身佛告釋提桓因如是如是憍尸迦佛從般若波羅蜜中學得一切種智憍尸迦不以是身名爲佛得一切種智故名爲佛憍尸迦是佛

一切種智從般若波羅蜜中生以是故憍尸迦是佛身一切種智所依處佛因是身得一切種智善男子當作是思惟是身一切種智所依處是故我涅槃後舍利當得供養復次憍尸迦善男子善女人若聞是般若波羅蜜書寫受持親近讀誦正憶念華香瓔珞擣香澤香幢蓋妓樂恭敬供養尊重讚歎是善男子善女人則爲供養一切種智以是故憍尸迦若有善男子善女人書是般若波羅蜜若受持親近讀誦說正憶念供養恭敬尊重讚歎華香瓔珞乃至妓樂若復有善男子善女人佛般涅槃後供養舍利起塔恭敬尊重讚歎華香乃至妓樂若有善男子善女人書持是般若波羅蜜供養恭敬尊重讚歎華香瓔珞乃至妓樂是人得福多何以故是般若波羅蜜中生五波羅蜜生內空乃至無法有法空四念處乃至十八不共法一切三昧一切禪定一切陀羅尼門皆從般若波羅蜜中生成就衆生淨佛國土皆從般若波羅蜜中生菩薩家成就色成就資生成就眷屬成就大慈大悲成就皆從般若波羅蜜中生刹利大姓婆羅門大姓居士大家皆從般若波羅蜜中生四天王天乃至阿迦尼吒天須陀洹乃至阿羅漢辟支佛諸菩薩摩訶薩諸佛諸佛一切種智皆從般若波羅蜜中生爾時釋提桓因白佛言世尊閻浮提人不供養是般若波羅蜜不恭敬不尊重不讚歎爲不知供養多所利益耶佛告釋提桓因言憍尸迦於汝意云何閻浮提幾所人信佛不壞信法不壞信僧不壞幾所人於佛無疑於法無疑於僧

無疑幾所人於佛決了於法決了於僧決了釋提桓因白佛言世尊閻浮提人於佛法僧得不壞信少於佛法僧無疑決了亦少憍尸迦於汝意云何閻浮提幾所人得三十七品三解脱門八背捨九次第定四無礙智六神通閻浮提幾所人斷三結故得須陀洹道幾所人斷三結薄婬恚癡故得斯陀含道幾所人斷五下分結故得阿那含道幾所人斷五上分結故得阿羅漢道閻浮提幾所人求辟支佛幾所人發阿耨多羅三藐三菩提心釋提桓因白佛言世尊閻浮提中少所人得三十七品乃至少所人發阿耨多羅三藐三菩提心佛告釋提桓因言如是如是憍尸迦少所人信佛不壞信法不壞信僧不壞少所人於佛無疑於法無疑於僧無疑少所人於佛決了於法決了於僧決了憍尸迦亦少所人得三十七品三解脱門八背捨九次第定四無礙智六神通憍尸迦亦少所人斷三結得須陀洹斷三結薄婬瞋癡得斯陀含斷五下分結得阿那含斷五上分結得阿羅漢少所人求辟支佛於是中亦少所人發阿耨多羅三藐三菩提心於發心中亦少所人行菩薩道何以故是衆生前世不見佛不聞法不供養比丘僧不布施不持戒不忍辱不精進不禪定無智慧不聞内空外空乃至無法有法空亦不聞不修四念處乃至十八不共法亦不聞不修諸三昧門諸陀羅尼門亦不聞不修一切智一切種智憍尸迦以是因緣故當知少所衆生信佛不壞信法不壞信僧不壞乃至少所衆生求辟支佛道於是中少所衆

生發阿耨多羅三藐三菩提心於發心中少所衆生行菩薩道於是中亦少所衆生得阿耨多羅三藐三菩提憍尸迦我以佛眼見東方無量阿僧祇衆生發阿耨多羅三藐三菩提心行菩薩道是衆生遠離般若波羅蜜方便力故若一若二住阿鞞跋致地多墮聲聞辟支佛地南西北方四維上下亦復如是以是故憍尸迦善男子善女人發心求阿耨多羅三藐三菩提者應聞般若波羅蜜應受持親近讀誦說正憶念受持親近讀誦說正憶念已應書經卷恭敬供養尊重讚歎華香瓔珞乃至伎樂諸餘善法入般若波羅蜜中者亦應聞受持乃至正憶念何等是諸餘善法所謂檀那波羅蜜尸羅波羅蜜羼提波羅蜜毗梨耶波羅蜜禪那波羅蜜内空外空乃至無法有法空諸三昧門諸陀羅尼門四念處乃至十八不共法大慈大悲如是等無量諸善法皆入般若波羅蜜中是亦應聞受持乃至正憶念何以故是善男子善女人當如是念佛本爲菩薩時如是行如是學所謂般若波羅蜜禪那波羅蜜毗梨耶波羅蜜羼提波羅蜜尸羅波羅蜜檀那波羅蜜内空乃至無法有法空諸三昧門諸陀羅尼門四念處乃至十八不共法大慈大悲如是等無量諸佛法我等亦應隨學何以故般若波羅蜜是我等所尊禪那波羅蜜乃至無量諸餘善法亦是我等所尊此是諸佛法印諸辟支佛阿羅漢阿那含斯陀含須陀洹法印諸佛學是般若波羅蜜乃至一切種智得度彼岸諸辟支佛阿羅漢阿那含斯陀含須陀洹亦學是般

若波羅蜜乃至一切智得度彼岸以是故憍尸迦善男子善女人若佛在世若般涅槃後應依止般若波羅蜜禪那波羅蜜毗梨耶波羅蜜羼提波羅蜜尸羅波羅蜜檀那波羅蜜乃至一切種智亦應依止何以故是般若波羅蜜乃至一切種智是諸聲聞辟支佛菩薩摩訶薩及一切世間天人阿修羅所可依止憍尸迦若有善男子善女人佛般涅槃後為供養佛故作七寶塔高一由旬天香天華天瓔珞天擣香天澤香天衣天幢蓋天妓樂供養恭敬尊重讚歎憍尸迦於汝意云何是善男子善女人從是因緣得福多不釋提桓因言世尊甚多佛言不如是善男子善女人聞是般若波羅蜜書寫受持親近正憶念不離薩婆若心亦恭敬尊重讚歎若華香瓔珞擣香澤香幢蓋妓樂供養是善男子善女人福德多佛告憍尸迦置一七寶塔若善男子善女人供養佛故佛般涅槃後起七寶塔滿閻浮提皆高一由旬恭敬尊重讚歎華香瓔珞幢蓋妓樂供養憍尸迦於汝意云何是善男子善女人得福多不釋提桓因言世尊其福甚多佛言不如是善男子善女人如前供養般若波羅蜜其福甚多憍尸迦復置一閻浮提滿中七寶塔若有善男子善女人供養佛故佛般涅槃後起七寶塔滿四天下皆高一由旬供養如前憍尸迦於汝意云何是善男子善女人其福多不釋提桓因言世尊甚多佛言不如是善男子善女人書持般若波羅蜜恭敬尊重讚歎華香乃至妓樂供養其福甚多憍尸迦復置四天下滿中七寶塔若有

善男子善女人供養佛故佛般涅槃後起七寶塔滿小千世界皆高一由旬供養如前憍尸迦於汝意云何是善男子善女人其福多不釋提桓因言世尊甚多佛言不如是善男子善女人書是般若波羅蜜受持恭敬尊重讚歎華香乃至妓樂供養其福甚多憍尸迦復置小千世界滿中七寶塔若有善男子善女人供養佛故佛般涅槃後起七寶塔滿二千中世界皆高一由旬供養如前故不如供養般若波羅蜜其福甚多復置二千中世界七寶塔若有善男子善女人供養佛故佛般涅槃後起七寶塔三千大千世界皆高一由旬盡形壽天華天香天瓔珞乃至天妓樂供養於汝意云何是善男子善女人得福多不釋提桓因言世尊甚多佛言不如是善男子善女人書持是般若波羅蜜恭敬尊重讚歎華香乃至妓樂供養其福甚多復置三千大千世界中七寶塔若三千大千世界中衆生一一衆生供養佛故佛般涅槃後各起七寶塔恭敬尊重讚歎華香乃至妓樂供養若有善男子善女人書持般若波羅蜜乃至正憶念不離薩婆若心亦恭敬尊重讚歎華香瓔珞乃至妓樂供養是人得福甚多釋提桓因白佛言如是如是世尊若人供養恭敬尊重讚歎是般若波羅蜜則爲供養過去未來現在諸佛世尊若十方如恒河沙等世界中衆生一一衆生供養佛故佛般涅槃後各起七寶塔高一由旬是人若一劫若減一劫恭敬尊重讚歎華香乃至妓樂供養世尊是善男子善女人得福多不佛言甚多釋提桓因言

若有善男子善女人書持是般若波羅蜜乃至正憶念亦恭敬尊重讚歎華香乃至妓樂供養其福大多何以故世尊一切善法皆入般若波羅蜜中所謂十善道四禪四無量心四無色定三十七品三解脫門空無相無作四諦苦諦集諦滅諦道諦六神通八背捨九次第定檀那波羅蜜尸羅波羅蜜羼提波羅蜜毗梨耶波羅蜜禪那波羅蜜般若波羅蜜內空乃至無法有法空諸三昧門諸陀羅尼門佛十力四無所畏四無礙智大慈大悲十八不共法一切智道種智一切種智世尊是名一切諸佛法印是法中一切聲聞及辟支佛過去未來現在諸佛學是法得度彼岸

述成品第三十三

爾時佛告釋提桓因言如是如是憍尸迦是諸善男子善女人書是般若波羅蜜持經卷受學親近讀誦說正憶念加復供養華香瓔珞擣香澤香幢蓋妓樂當得無量無數不可思議不可稱量無邊福德何以故諸佛一切智一切種智皆從般若波羅蜜中生諸菩薩摩訶薩禪那波羅蜜毗梨耶波羅蜜羼提波羅蜜尸羅波羅蜜檀那波羅蜜皆從般若波羅蜜中生內空乃至無法有法空四念處乃至十八不共法皆從般若波羅蜜中生諸佛五眼皆從般若波羅蜜中生成就衆生淨佛國土道種智一切種智諸佛法皆從般若波羅蜜中生聲聞乘辟支佛乘佛乘皆從般若波羅蜜中生以是故憍尸迦善男子善女人書是般若波羅蜜持經卷親近讀誦說正憶念加復供養華香乃至妓樂過出前供養七

寶塔百分千分萬分百千萬分不及一乃至筭數譬喻所不能及何以故憍尸迦若般若波羅蜜在於世者佛寶法寶比丘僧寶終不滅若般若波羅蜜在於世者十善道四禪四無量心四無色定檀那波羅蜜乃至般若波羅蜜四念處乃至十八不共法一切智一切種智皆現於世若般若波羅蜜在於世者世間便有剎利大姓婆羅門大姓居士大家四天王天乃至阿迦尼吒諸天須陀洹果乃至阿羅漢果辟支佛道菩薩摩訶薩無上佛道轉法輪成就衆生淨佛國土

勸持品第三十四

爾時三千大千世界所有四天王天乃至阿迦尼吒天語釋提桓因諸天言應受是般若波羅蜜應持應親近應讀誦說正憶念何以故若受持般若波羅蜜乃至正憶念故一切所修習善法當具足滿增益諸天衆減損阿修羅諸天子受持般若波羅蜜乃至正憶念故佛種不斷法種不斷僧種不斷佛種法種僧種不斷故便有檀那波羅蜜尸羅波羅蜜羼提波羅蜜毗梨耶波羅蜜禪那波羅蜜般若波羅蜜皆現於世四念處乃至十八不共法菩薩道皆現於世須陀洹果斯陀含果阿那含果阿羅漢果辟支佛道佛道須陀洹乃至佛皆現於世爾時佛告釋提桓因言憍尸迦汝當受是般若波羅蜜持讀誦說正憶念何以故若諸阿修羅生心欲與三十三天共鬪憍尸迦汝爾時當誦念般若波羅蜜諸阿修羅惡心即滅更不復生憍尸迦若諸天子天女五衰相現時當墮不如意處汝當於其

前讀誦般若波羅蜜是諸天子天女聞般若波羅蜜功德故還生本處何以故聞般若波羅蜜有大利益故復次憍尸迦若有善男子善女人若諸天子天女聞是般若波羅蜜經耳是功德故漸當得阿耨多羅三藐三菩是何以故憍尸迦過去諸佛及弟子皆學是般若波羅蜜得阿耨多羅三藐三菩提入無餘涅槃憍尸迦未來世諸佛今現在十方諸佛及弟子皆學是般若波羅蜜得阿耨多羅三藐三菩提入無餘涅槃何以故憍尸迦是般若波羅蜜攝一切善法若聲聞法若辟支佛法若菩薩法若佛法釋提桓因白佛言世尊般若波羅蜜是大明呪無上明呪無等等明呪何以故世尊是般若波羅蜜能除一切不善能與一切善法佛語釋提桓因言如是如是憍尸迦般若波羅蜜是大明呪無上明呪無等等明呪何以故憍尸迦過去諸佛因是明呪故得阿耨多羅三藐三菩提未來世諸佛今現在十方諸佛亦因是明呪得阿耨多羅三藐三菩提因是明呪故世間便有十善道便有四禪四無量心四無色定便有檀那波羅蜜乃至般若波羅蜜四念處乃至十八不共法便有法性如法相法住法位實際便有五眼須陀洹果乃至阿羅漢果辟支佛道一切智一切種智憍尸迦菩薩摩訶薩因緣故十善出於世間四禪四無量心乃至一切種智須陀洹乃至諸佛出於世間譬如滿月照明星宿亦能照明如是憍尸迦一切世間善法正法十善乃至一切種智若諸佛不出時皆從菩薩生是菩薩摩訶薩方便力皆從

般若波羅蜜生是菩薩摩訶薩以是方便力行檀那波羅蜜乃至禪那波羅蜜内空乃至無法有法空四念處乃至十八不共法不證聲聞辟支佛地亦能成就衆生淨佛國土壽命成就國土成就菩薩眷屬成就得一切種智皆從般若波羅蜜生復次憍尸迦若善男子善女人聞般若波羅蜜受持親近乃至正憶念是人當得今世後世功德成就釋提桓因白佛言世尊何等是善男子善女人受持般若波羅蜜乃至正憶念得今世功德佛告釋提桓因若有善男子善女人受持般若波羅蜜乃至正憶念終不中毒死兵刃不傷水火不害乃至四百四病所不能中除其宿命業報復次憍尸迦若有官事起是善男子善女人讀誦般若波羅蜜故往到官所官不譴責何以故是般若波羅蜜威力故若善男子善女人讀誦是般若波羅蜜到王所若太子大臣所王及太子大臣皆歡喜問訊和意與語何以故是諸善男子善女人常有慈悲喜捨心向衆生故憍尸迦若善男子善女人受持般若波羅蜜乃至正憶念得如是等種種今世功德憍尸迦何等是善男子善女人得後世功德是善男子善女人終不離十善道四禪四無量心四無色定六波羅蜜四念處乃至十八不共法是人終不墮三惡道受身完具終不生貧窮下賤工師除廁人擔死人家常得三十二相常得化生諸現在佛國終不離菩薩神通若欲從一佛國至一佛國供養諸佛聽受法教即得隨意所遊佛國成就衆生淨佛國土漸得阿耨多羅三藐三菩提

憍尸迦是名後世功德以是故憍尸迦善男子善女人應當受持是般若波羅蜜親近讀誦說正憶念華香乃至妓樂供養常不離薩婆若心是善男子善女人乃至阿耨多羅三藐三菩提得今世後世功德成就

遣異品第三十五

爾時諸外道梵志來向佛所欲求佛短是時釋提桓因心念是諸外道梵志來向佛所欲求佛短我今當誦念從佛所受般若波羅蜜是諸外道梵志等終不能中道作礙斷說般若波羅蜜釋提桓因作是念已即誦念般若波羅蜜是時諸外道梵志遥繞佛復道還去時舍利弗心念是中何因緣諸外道梵志遥繞佛復道還去佛知舍利弗心念告舍利弗是釋提桓因誦念般若波羅蜜以是因緣故諸外道梵志遥繞佛復道還去舍利弗我不見是諸外道梵志一念善心是諸外道梵志持惡心來欲索佛短舍利弗我不見說般若波羅蜜時一切世間若天若魔若梵若沙門衆婆羅門衆中有持惡意來能得短者何以故舍利弗是三千大千世界中諸四天王天乃至阿迦尼吒天諸聲聞辟支佛諸菩薩摩訶薩守護是般若波羅蜜所以者何是諸天人皆從般若波羅蜜中生故復次舍利弗十方如恒河沙等世界中諸佛及聲聞辟支佛菩薩摩訶薩諸天龍鬼神等皆守護是般若波羅蜜所以者何是諸佛等皆從般若波羅蜜中生故爾時惡魔心念今佛四衆現前集會亦有欲界色界諸天子是中必有菩薩摩訶薩受記當得阿耨多羅三藐三菩提我寧

可至佛所破壞其意是時惡魔化作四種兵來至佛所爾時釋提桓因心念是四種兵或是惡魔化作欲來向佛何以故是四種兵嚴飾頻婆娑羅王四種兵所不類波斯匿王四種兵亦不類諸釋子四種兵亦不類諸梨昌四種兵皆亦不類此是惡魔化作四種兵是惡魔長夜索佛便欲惱衆生我寧可誦念般若波羅蜜釋提桓因即時誦念般若波羅蜜惡魔聞其所誦漸漸復道還去爾時會中四天王諸天子乃至阿迦尼吒諸天子化作天華於虛空中而散佛上作是言世尊願令般若波羅蜜久住閻浮提所以者何閻浮提人受持般若波羅蜜隨所住時佛寶住不滅法寶僧寶亦住不滅爾時十方如恒河沙等世界中諸天亦皆散華而作是言世尊願令般若波羅蜜久住閻浮提若般若波羅蜜久住佛法僧亦當久住亦分別知菩薩摩訶薩道復次所在住處有善男子善女人書持般若波羅蜜經卷是處則爲照明已離衆冥佛告釋提桓因等諸天子如是如是憍尸迦及諸天子閻浮提人受持般若波羅蜜隨所住時佛寶如是住法寶僧寶亦如是住乃至所在住處有善男子善女人書持般若波羅蜜經卷是處則爲照明已離衆冥爾時諸天子化作天華散佛上作是言世尊若有善男子善女人受持般若波羅蜜乃至正憶念魔若魔天不能得其便世尊我等亦當擁護是善男子善女人何以故若善男子善女人受持般若波羅蜜乃至正憶念我等視是人即是佛若次佛是時釋提桓因白佛言世尊善男子

善女人受持般若波羅蜜乃至正憶念者當知是人先世於佛所作功德多親近供養諸佛爲善知識所護何以故諸佛一切智應當從般若波羅蜜中求般若波羅蜜亦當從一切智中求所以者何般若波羅蜜不異一切智一切智不異般若波羅蜜般若波羅蜜一切智不二不別是故我等視是人即是佛若次佛佛告釋提桓因言如是如是憍尸迦諸佛一切智即是般若波羅蜜般若波羅蜜即是一切智何以故憍尸迦諸佛一切智皆從般若波羅蜜中生般若波羅蜜不異一切智一切智不異般若波羅蜜般若波羅蜜一切智不二不別

阿難稱譽品第三十六

爾時慧命阿難白佛言世尊何以不稱譽檀那波羅蜜尸羅波羅蜜羼提波羅蜜毗梨耶波羅蜜禪那波羅蜜乃至十八不共法但稱譽般若波羅蜜佛告阿難般若波羅蜜於五波羅蜜乃至十八不共法爲尊導阿難於汝意云何不回向薩婆若布施得稱檀那波羅蜜不不也世尊不回向薩婆若尸羅羼提毗梨耶禪那得稱般若波羅蜜不不也世尊以是故般若波羅蜜於五波羅蜜乃至十八不共法爲尊導是故稱譽阿難白佛言世尊云何布施回向薩婆若作檀那波羅蜜乃至作般若波羅蜜佛告阿難以無二法布施回向薩婆若是名檀那波羅蜜以不生不可得故回向薩婆若布施是名檀那波羅蜜乃至以無二法智慧回向薩婆若是名般若波羅蜜以不生不可得故回向薩婆若智慧是名般

若波羅蜜阿難白佛言世尊云何以不二法回向薩婆若布施是名檀那波羅蜜乃至以不二法回向薩婆若智慧是名般若波羅蜜佛告阿難以色不二法故受想行識不二法故乃至阿耨多羅三藐三菩提不二法故世尊云何色不二法乃至阿耨多羅三藐三菩提不二法佛言色色相空何以故檀那波羅蜜色不二不別乃至阿耨多羅三藐三菩提檀那波羅蜜不二不別五波羅蜜亦如是以是故阿難但稱譽般若波羅蜜於五波羅蜜乃至一切種智爲尊導阿難譬如大地以種散中得衆緣和合便生是諸種子依地而生如是阿難五波羅蜜依般若波羅蜜得生四念處乃至一切種智亦依般若波羅蜜得生以是故阿難般若波羅蜜於五波羅蜜乃至十八不共法爲尊導爾時釋提桓因白佛言世尊佛說善男子善女人受持般若波羅蜜乃至正憶念者功德未盡何以故受持般若波羅蜜乃至正憶念則受三世諸佛阿耨多羅三藐三菩提所以者何欲得薩婆若當從般若波羅蜜中求欲得般若波羅蜜當從薩婆若中求世尊受持般若波羅蜜乃至正憶念故十善道現於世間四禪四無量心四無色定乃至十八不共法現於世間受持般若波羅蜜乃至正憶念故世間便有剎利大姓婆羅門大姓居士大家四天王天乃至阿迦尼吒諸天受持般若波羅蜜乃至正憶念故便有須陀洹乃至阿羅漢辟支佛菩薩摩訶薩受持般若波羅蜜乃至正憶念故諸佛出於世間爾時佛告釋提桓因言憍尸迦善男

子善女人受持般若波羅蜜乃至正憶念我不説但有爾所功德何以故憍尸迦是善男子善女人受持般若波羅蜜乃至正憶念不離薩婆若心無量戒品成就無量定品慧品解脱品無量解脱知見品成就復次憍尸迦是善男子善女人能受持般若波羅蜜乃至正憶念不離薩婆若心當知是人爲如佛復次憍尸迦一切聲聞辟支佛所有戒品定品智品解脱品解脱知見品不及是善男子善女人戒品乃至解脱知見品百分千分百千萬億分乃至筭數譬喻所不能及何以故是善男子善女人於聲聞辟支佛地中心得解脱更不求大乘法故復次憍尸迦若有善男子善女人書持般若波羅蜜經卷供養恭敬尊重華香瓔珞乃至妓樂供養亦得今世後世功德爾時釋提桓因白佛言世尊是善男子善女人受持般若波羅蜜乃至正憶念不離薩婆若心供養般若波羅蜜恭敬尊重華香乃至妓樂我常當守護是人佛告釋提桓因言憍尸迦是善男子善女人欲讀誦説是般若波羅蜜時無量百千諸天皆來聽法是善男子善女人説般若波羅蜜法諸天子益其膽力是諸法師若疲極不欲説法諸天益其膽力故便能更説善男子善女人受是般若波羅蜜乃至正憶念供養華香乃至妓樂故亦得是今世功德復次憍尸迦是善男子善女人於四部衆中説般若波羅蜜時心無怯弱若有論難亦無畏想何以故是善男子善女人爲般若波羅蜜所護持故般若波羅蜜中亦分別一切法若世間若出世間若有

漏若無漏若善若不善若有爲若無爲若聲聞法若辟支佛法若菩薩法若佛法善男子善女人住內空乃至住無法有法空故不見有能難般若波羅蜜者亦不見受難者亦不見般若波羅蜜如是善男子善女人爲般若波羅蜜所護持故無有能難壞者復次善男子善女人受持般若波羅蜜乃至正憶念時不没不畏不怖何以故是善男子善女人不見是法没者恐怖者憍尸迦善男子善女人受持般若波羅蜜乃至正憶念華香供養乃至旛蓋亦得是今世功德復次憍尸迦善男子善女人受持般若波羅蜜乃至正憶念書持經卷華香供養乃至旛蓋是人爲父母所愛宗親知識所念諸沙門婆羅門所敬十方諸佛及菩薩摩訶薩辟支佛阿羅漢乃至須陀洹所愛敬一切世間若天若魔若梵及阿修羅等皆亦愛敬是人行檀那波羅蜜無有斷絶時尸羅波羅蜜羼提波羅蜜毗梨耶波羅蜜禪那波羅蜜般若波羅蜜亦無有斷絶時修內空不斷乃至修無法有法空不斷修四念處不斷乃至修十八不共法不斷修諸三昧門不斷修諸陀羅尼門不斷修諸菩薩神通不斷成就衆生淨佛國土不斷乃至修一切種智不斷是人亦能降伏難論毀謗善男子善女人受持般若波羅蜜乃至正憶念不離薩婆若心書持經卷華香供養乃至旛蓋亦得是今世後世功德復次憍尸迦善男子善女人書持經卷在所住處三千大千世界中諸四天王天發阿耨多羅三藐三菩提心者皆來到是處見般若波羅蜜受讀誦說

供養禮拜還去三十三天夜摩天兜率陀天化樂天他化自在天梵衆天梵輔天梵會天大梵天光天少光天無量光天光音天淨天少淨天無量淨天徧淨天無蔭行天福德天廣果天發阿耨多羅三藐三菩提心者皆來到是處見般若波羅蜜受讀誦說供養禮拜還去淨居諸天所謂無誑天無熱天妙見天喜見天色究竟天皆來到是處見是般若波羅蜜受讀誦說供養禮拜還去復次憍尸迦十方世界中諸四天王天乃至廣果天發阿耨多羅三藐三菩提心及淨居天并餘諸天龍鬼神乾闥婆阿修羅迦樓羅緊陀羅摩睺羅伽亦來見般若波羅蜜受讀誦說供養禮拜還去是善男子善女人應作是念十方世界中諸四天王天乃至廣果天發阿耨多羅三藐三菩提心及淨居天并餘諸天龍鬼神乾闥婆阿修羅迦樓羅緊陀羅摩睺羅伽來見般若波羅蜜受讀誦說供養禮拜我則法施已憍尸迦三千大千世界中諸四天王天乃至阿迦尼吒天及十方世界中諸四天王天乃至阿迦尼吒天發阿耨多羅三藐三菩提心者護持是善男子善女人諸惡不能得便除其宿命重罪憍尸迦是善男子善女人亦得是今世功德所謂諸天子發阿耨多羅三藐三菩提心皆來到是處何以故憍尸迦諸天子發阿耨多羅三藐三菩提心欲救護一切衆生不捨一切衆生安樂一切衆生故爾時釋提桓因白佛言世尊善男子善女人云何當知諸四天王天乃至阿迦尼吒天來及十方世界中諸四天王天乃至阿迦尼吒

天來見般若波羅蜜受讀誦說供養禮拜時佛告釋提桓因言憍尸迦若善男子善女人見大淨光明必知有大德諸天來見般若波羅蜜受讀誦說供養禮拜時復次憍尸迦善男子善女人若聞異妙香必知有大德諸天來見般若波羅蜜受讀誦說供養禮拜時復次憍尸迦善男子善女人行淨潔故諸天來到其處見般若波羅蜜受讀誦說供養歡喜禮拜是中有小鬼輩即時出去不能堪任是大德諸天威德故以是大德諸天來故是善男子善女人生大心以是故般若波羅蜜所住處四面不應有諸不淨應當然燈燒衆名香散衆名華衆香塗地衆蓋幢旛種種嚴飾復次憍尸迦善男子善女人說法時終無疲極自覺身輕心樂隨法偃息卧覺安隱無諸惡夢夢中見諸佛三十二相八十隨形好比丘僧恭敬圍繞而爲說法在諸佛邊聽受法教所謂六波羅蜜四念處乃至十八不共法分別六波羅蜜義分別四念處乃至十八不共法亦分別其義亦見菩提樹莊嚴殊妙見諸菩薩趣菩提樹得阿耨多羅三藐三菩提見諸佛成巳轉法輪見百千萬菩薩共集法論議應如是求薩婆若應如是成就衆生應如是淨佛國土亦見十方無數百千萬億諸佛亦聞其名號某方某國某佛若干百千萬菩薩若干百千萬聲聞恭敬圍繞說法復見十方無數百千萬億諸佛般涅槃復見無數百千萬億諸佛七寶塔見供養諸塔恭敬尊重讚歎花香乃至旛蓋憍尸迦是善男子善女人見如是善夢卧安覺安諸天益其氣力

自覺身體輕便不大貪著飲食衣服卧具湯藥於四供養其心輕微譬如比丘坐禪從禪定起心與定合不貪飲食其心輕微何以故憍尸迦諸天法應以諸味之精益其氣力故十方諸佛及天龍鬼神阿修羅乾闥婆迦樓羅緊陀羅摩睺羅伽亦益其氣力如是憍尸迦善男子善女人欲得今世如是功德應當受持般若波羅蜜親近讀誦說正憶念不離薩婆若心憍尸迦善男子善女人雖不能受持乃至正憶念應當書持經卷恭敬供養尊重讚歎華香瓔珞乃至旛蓋憍尸迦若善男子善女人聞是般若波羅蜜受持讀誦說正憶念書寫經卷恭敬供養尊重讚歎華香乃至旛蓋是善男子善女人功德甚多勝於供養十方諸佛及弟子衆恭敬尊重讚歎衣服飲食卧具湯藥諸佛及弟子般涅槃後起七寶塔恭敬供養尊重讚歎華香乃至旛蓋

摩訶般若波羅蜜經卷第十

音釋

蠱道 蠱果五切惑也師巫爲蠱以左道惑人也　譴 詰戰切譴問也亦責也　廁 初吏切溷廁也　擔 都監切負也　波斯匿 梵語也此云勝軍王名也　匿 音溺